领投人

王强 著

人民文学出版社

图书在版编目（CIP）数据

领投人/王强著.—北京：人民文学出版社，2022
ISBN 978-7-02-016415-8

I.①领⋯ II.①王⋯ III.①长篇小说—中国—当代 IV.①I247.5

中国版本图书馆 CIP 数据核字（2022）第 009470 号

策划编辑　胡玉萍
责任编辑　李　宇　秦雪莹
装帧设计　陶　雷
责任印制　任　祎

出版发行　人民文学出版社
社　　址　北京市朝内大街 166 号
邮政编码　100705

印　　刷　河北鹏润印刷有限公司
经　　销　全国新华书店等

字　　数　392 千字
开　　本　710 毫米×1000 毫米　1/16
印　　张　29.5　插页 2
版　　次　2022 年 3 月北京第 1 版
印　　次　2022 年 3 月第 1 次印刷

书　　号　978-7-02-016415-8
定　　价　59.00 元

如有印装质量问题，请与本社图书销售中心调换。电话：010-65233595

目 录
CONTENTS

楔子　　　资本如水 / 1

第一章　　投资就如投注 / 5

第二章　　危机随时可能降临 / 29

第三章　　阴差阳错的入职 / 45

第四章　　职场第一课 / 63

第五章　　意料不到的变数 / 83

第六章　　从天堂到地狱 / 98

第七章　　自取其辱 / 123

第八章　　管理层对股市能做的只有两件事 / 147

第九章　　人生有两出悲剧 / 175

第十章　　细节是魔鬼 / 197

第十一章　患难师徒 / 226

第十二章　老板最看重什么 / 247

第十三章　道是无情却有情 / 272

第十四章　我本将心向明月 / 298

第十五章　惊心动魄的生日 / 316

第十六章　同流不一定合污 / 344

第十七章　　投资就是投人　／ 376

第十八章　　高回报就要承担高风险　／ 402

第十九章　　天使、魔鬼与仆人　／ 423

第二十章　　资本只会站在胜利者一边　／ 443

谨以此书献给

在资本时代不忘初心,为理想坚持奋斗的人们!

楔子

资本如水

2019年7月22日,星期一,早晨六点半。凌世杰在上海浦东香格里拉紫金楼二层的怡咖啡刚坐下,服务生就领着一位客人走过来:"凌先生,这位先生说是跟您约好的。"

凌世杰向服务生点头示意,随即起身与来人握手,一同坐下后,凌世杰客气地说道:"不好意思啊吕先生,辛苦你这么早赶过来。"

对方立刻欠身回道:"凌总,今天对您而言是个大日子,科创板开市嘛,首批二十五家上市公司里就有您投的四家,这个节骨眼儿您还肯挤出时间接受我的采访,应该是我谢谢您。对了,您叫我老吕吧,社里都这么叫。"凌世杰礼貌地笑了下,老吕一脸歉疚地接着说道,"不好意思的是我,之前我们那个年轻记者不够专业,耽误您时间不说还惹您生气,我为她的态度向您诚恳地道声对不起。"

凌世杰呷了口咖啡:"对我的态度倒无所谓,问题在于她对自己职业的态度。"

"是,我也批评她了,对您这样重量级人物的专访必须事先把功课做足,哪能看一眼"百度百科"里的词条就跑来跟您聊?所以这次我亲自来,再次谢谢您又给我们一个机会。"

凌世杰摆了一下手:"咱们先取点儿东西吃吧,边吃边聊。"

"不啦,我等会儿再吃,现在太早吃不下,您请随意。"

凌世杰去中式排档拿回一根油条、两个鸡蛋,倒了一杯橙汁。老吕见状刚想说这也太简单了,服务生又端来一大碗担担面,老吕便问:"凌总,看您胃口不错,刚才又去跑步了吧?"

凌世杰眉毛一扬:"'百度百科'的词条里可没提这个。"

老吕露出几分自得:"我还知道您这习惯已经坚持了十二年,不瞒您说,我真花了不少工夫尽可能对您多做些了解。比如,我很想问问,一向低调的您为什么会同意我们做这次独家深度访谈?您以往都是躲在那些创始人身后,难得抛头露面时也只谈业务不谈个人,是什么让您有所改变?"

凌世杰放下筷子认真地想了想:"也许原因很简单,就是时间,到了该回头看看的时候了。今年正好是我的本命年,十二年一个轮回。我刚才沿着滨江步道边跑边想,也许应该写本书,把这一路经历过的人和事记录下来。"

"这可太有价值啦!"老吕夸张地叫好,"您自己写,肯定比我写得更翔实更深刻,干脆我这就跟您约个稿。"

"坦白讲,你发给我的采访提纲里那些问题,让我实在是……"凌世杰不由得摇头。

老吕忙问:"引不起您的兴趣?"

"我感觉有些无从谈起。"

"这好办,咱们把提纲扔到一边,想谈什么就谈什么,比如,就从眼前谈起。今天科创板开市,锣声一响,开启新一场资本的狂欢盛宴,富豪榜上的排名又得即刻调整。"老吕扭脸看看四周早起的零星几桌客人,"也许在座的就有……"

凌世杰笑着打断:"那倒未必,不过我确定楼上豪华阁套房里住的几位今天将首次上榜。"

老吕也笑："我是想说,时下有个热议的话题就是资本的善与恶。您这十二年一直跟资本打交道,对此您怎么看?"

凌世杰瞥了一眼桌上,指着老吕手边的水杯问："这杯里的水,你说它是善的还是恶的?"

老吕一愣："这……谈不上吧,就是水而已。"

凌世杰拿过水杯,边往自己的空杯里倒边问："水往低处流,它这种天性是对的还是错的?"

"我物理不及格,瞎说哈,好像这是重力和势能决定的,不管水愿不愿意,它都得往低处流。"

凌世杰点头："久旱逢甘雨,水是宝贵的好东西;河流泛滥成灾,水又成了罪魁祸首。它到底有功还是有过?"

老吕恍然大悟："凌总,您这比方打得好。水通财,资本就跟水一样,本身并没有善恶对错之分,关键看怎么利用它。"

"古人云上善若水,又说水火无情、洪水猛兽,其实水就是水,资本就是资本,是人们给它附加了太多主观的东西,令其背离了本质。资本的天性是逐利,哪里能带来最大回报就流向哪里,没有谁能改变,只有因势利导。资本的善恶、对错与功过都不取决于资本,只取决于资本背后的人,因为,"凌世杰的手指在桌上敲两下,"人是有善恶之分的。"

"难道资本就没有原罪?"

凌世杰反问："你觉得人有没有原罪?"

老吕很老到地把话题拉回来："凌总,具体说您吧,您觉得自己属于好人还是不太好的那类?您怎么评价自己?七分功、三分过?"

凌世杰微微一笑："现在还为时尚早,我远没到盖棺论定的那天。不过,"他的脸色转而严肃,"这些年来我每天都会扪心自问,我是变好了还是变坏了?我是在做好事还是在作恶?"

"像您这样勇于自省的人真不多见。您觉得资本对您产生了怎样的影响?是让您变好了还是让您变得……"

"当我刚入行的时候,我曾经天真地信奉人应该控制资本,绝不能让资本控制人……"

"难道您如今的看法反过来了?"老吕忍不住插问。

"不,十二年后的今天我更加坚信,起决定作用的不是资本,而是人性。不仅是我们这些投资人,也包括你、包括他们,包括所有人的人性,因为每个人都在不同程度地跟资本打交道,没人能超然世外。"说完,凌世杰看了一眼手表。

老吕立刻会意:"凌总,您今天肯定日程一个接一个,咱们这次就算开个篇,等您忙过这阵我再约您。"

凌世杰把餐巾放到一边,忽然冒出个念头:"老吕,要不你跟我一起去上交所吧。我叫人给你预备张请柬,科创板的开板仪式很简短,不会耽误你太多时间。"

"那真是再好不过!"喜出望外的老吕不禁奉承,"凌总,论年纪我比您还痴长几岁,但我不得不说,您的成熟和成就在同龄人中绝对是凤毛麟角,这里面最关键的原因您认为是什么?"

"曾经有个人对我讲过,最重要的是天赋,其次是悟性,然后是机遇。"凌世杰站起身,望着窗外奔流的黄浦江,思绪瞬间回到了十二年前的那个7月,他喃喃道,"我这辈子就是在对的时间遇到了对的人……"

第一章

投资就如投注

凌世杰穿梭在拥挤的人群中,大步跨出地铁站,眼前矗立的正是三十六层高的世贸大厦,顶端"黄埔资本"四个大字在盛夏的烈日下熠熠闪光,大厦街对面的花坛中五颜六色的鲜花簇拥着一块醒目的牌子:距离2008年北京奥运会还有三百九十二天。

凌世杰停下脚,长出一口气:九点二十,还有五分钟,谢天谢地,应该不会迟到。他快步走进大厦,凉爽的冷气袭来,这才感觉到西装里汗湿的衬衫紧贴在后背上。

几部电梯口都站着不少人,可从地下车库上来的电梯里已经拥挤不堪,凌世杰见状立刻又紧张起来:不好,照这速度,十分钟也到不了三十五层。他绕到最里面的电梯口,溜着墙边站到二十至三十六层的电梯前,其他人纷纷投来不满的目光,凌世杰只能厚着脸皮视而不见。

电梯门打开,里面已经满满当当,站在门口的是个穿着湖蓝色连衣裙、化着淡妆的漂亮女生,像个守护圣境的天使让人不敢冒犯。

凌世杰见周围的人都没动不禁也犹豫了,但转念一想,一旦错过这部电梯,自己的人生就永远升不到三十五层了,他赶紧伸手拦住就要关上的电梯门。

女生瞟他一眼,没动地方:"反正已经迟到了,再等下一趟呗。"

见女生的表情虽然冰冷但语气并不坚决,凌世杰凑过去摆出讨好的笑容:"帮帮忙,我要是再等就真的迟到了。"

女生迟疑了一秒,往后退了点儿,凌世杰急忙蹭进电梯,他和女生面对面几乎紧贴着,两人很是尴尬。

京城早上有三大挤:地下的地铁,地上的公交,楼里的电梯。

凌世杰心说自己真够倒霉的,这早晨全挤上了。要不是昨晚自己多嘴,骗老妈说去中关村的软件公司应聘程序员,老妈也不会坚持开车送他到中关村,结果害得他起个大早赶个晚集。不过,要是跟老妈说来"黄埔资本"面试,自己的大长腿估计早就被打折了。

电梯从二十层开始陆续下人,凌世杰和女生不再挨得那么紧。九点二十四分,还有一分钟,他转过身,贴在电梯门前,死盯着显示屏,做好百米冲刺的准备。

电梯门在三十五层打开的瞬间,凌世杰嗖地蹿出去,奔到"黄埔资本"的前台,急急地说:"不好意思,我是来面试的,我叫凌世杰,壮志凌云的凌。"

"你好。"前台笑盈盈地看着凌世杰,不紧不慢地打开签到簿。

"我没迟到吧?"

"要不是我,你肯定得迟到。"凌世杰扭头一看,电梯里的女生正笑眯眯地站在他旁边,冲前台说,"我也是来面试的,我叫金晓,金枝玉叶的金。"

凌世杰很意外:"这么巧?原来咱们是同一战壕里的战友。"

"准确地说,是同一战场上的对手。"金晓坏笑,露出俏皮的小虎牙,"我要是早知道,肯定不会让你进电梯。"

前台让两人登了记,指着右手方向:"你们先到那边的接待区坐一下,一会儿 HR 的人带你们进去。"

凌世杰顺着前台的手看过去，接待区是一个开放的小空间，U字形摆着三张简易皮沙发，两个男生分别占据中间三人位的两边，一个正在看手机，另一个白白胖胖的戴着耳机闭着眼睛，还有两个男生坐在一张两人位上，小声地交谈着。

"他们也是来面试的？"凌世杰小声地问前台。

"是啊，人家都来半个多小时了。"

走到接待区，凌世杰笑着跟那四个人打招呼："你们好。"

四个男生抬起头看了一眼他和金晓，礼貌地点点头。

凌世杰和金晓坐到白胖子旁边空着的那张两人位沙发上，白胖子摘下耳机，问道："你们也是来面试的？"

凌世杰点了一下头。

"确定没走错门儿？"

凌世杰和金晓一愣。

"你俩这么俊男靓女的，应该到十层的影视公司去面试，"白胖子露出一口白牙，"唉，明明可以靠脸吃饭，偏来跟我们争这苦差，叫我们怎么活啊……"

没等凌世杰和金晓开口，白胖子又戴上耳机闭上眼睛继续听MP3。凌世杰暗笑这位如此痴迷音乐，不知是特别淡定还是过度紧张。

金晓扫一眼面前这几个男生，扑哧一下笑出声来。

凌世杰狐疑地看着金晓。

金晓凑近凌世杰，尽量压低声音说："你们就跟五个新郎似的，还是那种不被丈母娘认可的新郎。"

凌世杰一看，两个黑色西装套装，两个深蓝色西装套装，自己是深灰色西装套装，确实有点儿滑稽。金晓从背包里掏出一包纸巾和一个化妆镜递给凌世杰："赶紧擦擦汗吧，跟他们比，你更像民工进城。"

凌世杰道着谢接过东西，看了一眼化妆镜的品牌，暗想这女生虽然心眼儿不坏，但嘴真够损的，将来谁娶回家谁倒霉。

擦完汗，整理好头发，凌世杰的心松弛下来，这才把身体靠到沙发上,开始扫视周围的环境。

眼前的接待台一看就不是装修工人现做出来的,而是那种进口的整体办公家具,弧形的亚光防火板,镶嵌富有质感的不锈钢带,线条时尚简洁,品质低调奢华。办公区主色是雅致的浅咖色,还有整体铺装的浅灰色地毯,连这几张沙发也是国内不常见的橄榄绿。

这种风格的办公场所凌世杰曾在纽约实习时看到过,没想到此刻自己竟在北京也置身同样的环境,而且正是他心心念念的"黄埔资本"——中国最有名的投资公司。想到今后能每天出入北京顶级的大厦,走进最酷的公司,跟最牛的人工作,凌世杰有些兴奋,他搓弄着左手腕上的红绳,这条红绳是早上出门前老妈给他系上的,说是特意请回来保他本命年平安顺利。

老妈就是迷信,什么都要图个吉利,连早饭都逼着他塞进一根油条、两个鸡蛋、一杯橙汁,这是他从小学一年级开始每逢考试的标配早餐。凌世杰刚滋扭说不吃了,面试又不是考试,老妈却坚持说面试更得这样,因为只有成功或失败两种结果,要么一百分要么零蛋。

"优秀如我,进黄埔还不是手到擒来?哪用得着一根红绳保佑。"但想起母亲这些年的辛劳和那张被愁苦摧残得满布皱纹的脸,凌世杰终究没有把红绳取下。

这时一个头上大波浪、身上波浪大的少妇从里面扭出来:"你们好,我是黄埔资本的HR,Judy,你们都是来面试的吧?"

几个人立刻收好手机耳机,纷纷站起。

Judy连忙摆手:"不用急,我就是来告诉你们一声,领导们正在开会,你们还得再等一会儿。"她的目光落在金晓身上,"你是金晓?"金晓点下头,Judy现出笑容:"我让前台拿水过来。"说完拧身走了。

几个人重新落座,凌世杰好奇地盯着金晓,不知这Judy叫前台送水是单为示好金晓还是对所有人略表歉意。

"看什么看?"金晓被凌世杰盯得有些不自在,"没见过美女吗?"

"你认识那个HR?"凌世杰小声问。

"不认识。怎么了?"

"感觉她对你的态度不一样。"

金晓白凌世杰一眼:"六个面试的就我一个女生,对我当然不一样。"

"不是因为你是女生,而是因为你……跟我们就是不一样。"

"我跟你们怎么不一样了?"金晓来了兴趣。

"这年龄,一身意大利名牌,包里装着法国化妆品,面试还开车来,非富即贵,"凌世杰娓娓道来,"而且能把名牌穿得这么低调,肯定不是暴发的土豪出身,应该是名副其实的金枝玉叶。怎么样,我没猜错吧?"

金晓撇嘴:"切,这么低调还被你看出来了。你怎么知道我是开车来的?"

"明摆着嘛,咱俩同一个电梯,我从一层大堂上来,你从地下车库上来……"

"可以呀你,"金晓露出一丝欣赏,"观察力挺强啊。"

"哪里哪里,都是生活的磨炼……"凌世杰掩饰不住内心的小小得意。

"那你猜猜他们?"金晓瞥向另外四个男生,挑衅地说道。

凌世杰想了想:"旁边这两个,国外回来的'海龟';对面两个,国内名牌大学的学霸。"

金晓有些惊讶:"你怎么这么肯定?"

"明摆着嘛。穿西装背双肩包的,属于出口转内销;穿西装拎电脑包的,国货土产。国产能扛到黄埔最后一轮面试的,必定是北大、清华这类名校硕士以上。"

金晓看了一眼凌世杰的双肩背:"你也是出口转内销喽?"

凌世杰没有正面回答,反问道:"你呢?"

"我?你不是说了吗,我跟你们不一样。"金晓再次露出坏笑,"接着说,你还看出什么?"

"嗯……旁边这个白胖子肯定是妈宝男,爱开玩笑、脾气不坏心眼儿也不坏。他旁边那个拿着诺基亚6300的'薄嘴唇',嘴好使脑子好使心眼儿也好使,没完没了发短信,跟女朋友不是在热恋就是在吵架。对面戴眼镜的有些书呆子气,属于高分低能那种。他旁边那个西装不太合身,估计是借来的,有点儿背负着乡亲们的希望和重托的架势,貌似是位凤凰男。"

"以貌取人啊你?"金晓捂着嘴忍住笑。

凌世杰一本正经:"'相由心生'这句老话是有一定道理的。"

这时前台端着五瓶水和一杯果汁径直走到金晓面前莞尔一笑:"这杯果汁是Judy特意给你的。"

金晓拿过果汁道声谢,凌世杰一脸的意味深长,金晓只装没看见。

前台转向众人说:"Judy还让我转告你们,你们有什么要问、要了解的,现在可以准备一下,面试有专门环节回答你们的问题。"

"有什么好问的?能不能过还不知道呢。"书呆子嘀咕了一句。

"就是,能进黄埔就谢天谢地,啥条件都得接受。"白胖子咕咚咕咚一口气灌进大半瓶水,好像刚才不是在听歌而是一直在唱歌。

凌世杰从双肩包里拿出一本杂志,取出夹在里面的一张A4纸:"我倒是列了一些问题……"

"你连问题都准备好了?""薄嘴唇"立刻凑过来,注意到杂志的封面,"'黄埔资本的领军人物——柯立锋'……行啊你,功课做得真到家啊。"

"我就是冲着柯大神来的,他是我偶像。"凌世杰不理会"薄嘴唇"的揶揄,指着封面上柯立锋的照片,"瞧这眼神,瞧这气质,一看就不是凡人,绝对大神范儿。"

金晓拿过杂志,对照打量一下凌世杰:"你这身西装……"

"看出来啦?"凌世杰拍拍身上,"我就是照他这款买的,虽然没他的高级,可惜就差条红领带。"

金晓又一翻白眼:"见过把明星当偶像,没见过把领导当偶像的。"

"柯立锋在我心里就是明星,这世上我谁都不服,就服他。"凌世杰神往地说道,"巴不得他当我领导呢,今天要是他来面试就太好了。"

白胖子插嘴道:"我也听说过这个人,简直是投资圈神一般的存在,眼光独到,手段老辣,作风稳准狠。"

书呆子又嘀咕道:"不过据说他挺刻薄的,不留情面,他要是真来面试咱恐怕凶多吉少。"

金晓撇嘴道:"什么凶啊吉啊,就是个面试,瞧把你们吓的。"

那位凤凰男终于忍不住好奇地问金晓:"你就一点儿都不紧张?"

"有什么好紧张的?谁来都无所谓,反正我是面着玩儿。林子那么大,又不是非得在这棵树上吊死。"金晓说完便低头检视自己新做的指甲,几个男生面面相觑。

这时 Judy 再次扭扭地走出来:"好了,你们现在跟我去大会议室。"说完转过身快步往办公区走,六个人赶忙站起来亦步亦趋地紧随其后。

凌世杰一路左顾右盼,瞄着不同区域的指示牌:投资管理部、风控中心、市场营销部、基金管理部、客户服务部、法务部……靠外窗的位置都是各自独立的高管办公室,每间办公室的落地玻璃都配有百叶帘。中间是敞亮的办公区,有人在打电话、有人在交谈,多数桌上都不止一块电脑屏幕,路过的几间会客室也都人影绰绰,一派忙而不乱,整个公司像一台行云流水般运转的庞大而高效的机器。

喜欢,太喜欢了,一切都是我喜欢的样子……凌世杰越看越激动,一脚踩到前面金晓的鞋后跟,金晓扭头狠狠地瞪了他一眼。

过了宽阔的办公区,沿走廊深入到更里面,凌世杰留意到一扇门侧贴着个铭牌,上面是英文"Managing Partner Frank KE",下面是中文"管理合伙人 柯立锋"。

凌世杰不由得停下脚步,盯着紧闭的门,仿佛听到自己怦怦的心跳:柯大神!我,凌世杰,来了!

当凌世杰站在柯立锋办公室门外激动不已时,师婕正站在办公室门内,面对柯立锋惴惴不安。

柯立锋的房间和外面办公区的风格完全不同,墙面、地面和家具都是深灰色,而大班椅和桌对面的两把椅子,还有2+1的沙发则是法拉利红的手工缝制顶级真皮。酷而不冷的灰色配上艳而不俗的红色,加上简洁流畅的线条和精细考究的质感,打造出一个既时尚又雅致的空间,尽显柯立锋的个人风格。

坐在大班椅上的柯立锋面色冷峻:"我没说过吗?今天上午我谁都不见!"师婕像挨老师批评的小学生,额上沁出一层细汗,柯立锋的语气缓和了些,"什么事?"

师婕赶紧说道:"乐开乳业的姚总给我打电话,说一直联系不上你,他们想尽快签投资协议……"

柯立锋皱起眉头:"我在等华都的消息,其他事都放一放。"

"姚总好像……挺急的。"

"这正是我想要的。"

柯立锋说完看了一眼手表,用遥控器打开对面墙上挂着的电视,师婕忙乖巧地移到一边,以免遮挡他的视线。

财经频道正在播《早盘聚焦》,主持人说:今天是7月13日,星期五,大盘会不会上演传说中的黑色星期五呢?让我们听听专家们的看法……

"黑色星期五,"师婕嗫嚅,"但愿今天别出什么坏事。"

"事在人为,跟日子有什么关系?"

师婕吐下舌头,忽然想起什么:"对了,你不会为了等消息,下午都不去电视台录节目了吧?"

柯立锋面无表情地盯着电视:"可以不去吗?"

"当然不行啊,赵董叮嘱过你的。"

"那你还问?"

师婕被噎得不知怎么接话,柯立锋抬手关上电视,见师婕没有走的意思:"还有事?"

"还有……Vivian给你打电话你没接，前台就又把她电话转给我了……"

柯立锋越发厌烦："我在等华都的消息，其他电话一律不接。"

师婕小心翼翼地观察着柯立锋的脸色："你都不问问她有什么事？"

"她能有什么事？就是闲的……"

柯立锋话音刚落，便传来两记敲门声，门随即被推开，进来一男一女，男的微胖，女的干瘦。

"哟，Jessie在啊。"微胖男人笑眯眯地走过来，"老柯交代说今儿谁都不见，原来是不想见我们这些外人。"说完便大剌剌地在柯立锋的对面坐下，然后跷起二郎腿，肚子上的衬衫扣子就要崩开。

柯立锋显然有所克制才没发作："老韦，你是有什么重要的事吗？"

"有件特别重要的事，咱们黄埔今天要面试几个新毕业的学生，是最后一轮群面。"韦正雄指着身边的干瘦女人，"Linda刚升任HR总监，让我来请你出马，帮着去把把关。"

"这不在我的职责范围之内。"柯立锋回答得极干脆。

韦正雄被如此硬生生地撅回来，倒没生气，转头看着师婕，满脸堆笑地说："你来帮着说说，老柯这儿你面子比我大。"

师婕看着韦正雄那张油腻腻的大脸说："韦总，瞧您说的，到哪儿我的面子也大不过您。"说完转身要走。

Linda忙拽住师婕的袖子央求："Jessie，谁都知道柯总就听你的。"一边说一边用眼瞟柯立锋。

师婕端出职业的微笑，拨开Linda的手："我可从来没做过柯总的主。"说完便径直出去了。

韦正雄尴尬地轻咳两声，拍拍旁边的椅子示意Linda也坐下。Linda恳切地说："柯总，这是咱们黄埔第一次招聘应届毕业生，招的又都是投资部的人，所以……"

"所以很没必要，"柯立锋立刻打断，"为什么招没有任何基础的素人?"

"这是赵董的意思。赵董想从一张白纸开始,打造黄埔自己的子弟兵,这样他们的归属感和忠诚度都更高。"

"子弟兵?老赵还真把自己当成黄埔军校的校长啦?"柯立锋不禁笑着摇头。

"打住,"韦正雄做个手势,"也就你老柯敢这么说。"

柯立锋见 Linda 在一旁窃笑,正色道:"就是当着老赵的面我也会这么说。"

Linda 忙附和着:"柯总您是咱黄埔的头号投资人,您得出面让那几个毕业生见识见识咱黄埔的实力,除了您……"

韦正雄脸上立时掠过一丝不悦,Linda 用余光瞄韦正雄一眼,赶紧收住嘴。

柯立锋全然没留意二人之间的小机锋:"我对校招根本不认同,何况我今天有重要的事。"然后一指桌上的诺基亚 N95 手机,"我在等一个消息。"

"老柯,什么消息至于你这么等?"

柯立锋皱眉沉默片刻:"华都有色并购重组西峰锂业今天过会。"

"难怪!"韦正雄一拍大腿,"华都项目确实重要,一百八十亿的大盘子,这要是成了,够咱黄埔吃好几年。"

"规模倒在其次,我是把华都视作我卖方业务的收官之作,今后一心一意做买方。"柯立锋忽然顿住,似乎意识到这两位并非他直抒胸臆的理想对象。

韦正雄放下二郎腿,把身子探到桌边,露出一副老好人的笑容:"老柯,这消息确实值得等,不过你与其在这里干等,不如到面试现场去等,两不耽误嘛。"

柯立锋瞟一眼韦正雄:"你以为我像你似的喜欢一心二用?"

韦正雄和 Linda 都有些不自在,"一心二用"这词被柯立锋貌似不经意地说出,两人难免怀疑他特有所指,Linda 的脸瞬间红了。

一阵难耐的沉寂过后,韦正雄盯着柯立锋的脸,煞有介事地压低声音道:"老柯,知道你一向做事专注,但你这风格恐怕今天还真得破回例,因为这是……老赵的意思。老赵临上飞机跟我讲,如果他在公司,一定会亲自参加面试;可既然他不在,柯总就应该代他出面。"

柯立锋狐疑地看着韦正雄:"我早上也跟老赵通过电话,他只嘱咐我盯紧华都,根本没提什么面试。"

"HR归我管,他当然会直接跟我交代。怎么,他让我转达给你不行吗?"韦正雄看眼表,起身示意Linda,"咱就别勉强柯总了,已经让那几个孩子等了太长时间,再不去就显得黄埔不专业了。"

见柯立锋默然无语,Linda也站起来,一脸失落,边走边心有不甘地扭脸望向柯立锋。

就在两人已走到门边,Linda的手已经搭在门把上,忽然传来柯立锋瓮声瓮气的声音:"既然是老赵的意思,我只有遵命了。"

"太好啦!"Linda几乎要跳起来。

韦正雄脸上也重又堆起笑容:"还不快谢谢柯总?人家可是帮你大忙。"

"我这是奉旨行事,没什么帮不帮的。"柯立锋走到衣架前,套上深灰色的西装上衣。

心情舒畅的Linda盯着柯立锋的暗红色领带,开始发嗲:"柯总,您最近好像蛮喜欢红色系的领带哟。"

"今年是柯总的本命年,你这干人事的居然不知道?"

"哟,柯总这么洋派还迷信哪?"

"凡是整天和钱打交道,没有不迷信的。"韦正雄深有感触地说。

Linda赶紧奉承:"吉人自有天相,柯总您今天华都的大单到手,下午到电视台闪亮登场,这个本命年肯定顺风顺水。"

韦正雄一愣:"录那个节目是今天下午?"

"对,我听Jessie说过,是'对话大腕'的访谈。"

柯立锋并不理会两人的喋喋不休,走回桌旁,拿起手机设置成会议模式。"

韦正雄嘿嘿一笑:"老柯,要是华都一直没消息,干脆下午我去替你出镜得了,让我也冒充一回大腕儿。"

柯立锋头也不抬:"我没意见,你去跟老赵说吧。"

韦正雄忽然问道:"直播还是录播?"

Linda接茬:"应该是录播吧,对吗柯总?"

韦正雄沉吟:"录播还好,出了问题,大不了重来。"

柯立锋一凛,不由得抬头有些诧异地看着韦正雄,正要问一句,Linda已打开门笑盈盈地说:"二位老板,请吧!"

黄埔资本的大会议室里,六个等待面试的年轻人坐成一排。长方形的大会议桌上,面朝门口的一侧已经整齐地摆放好六份面试资料,最上面的是评分表,精心削好的铅笔和一小瓶矿泉水放在旁边。每份资料的前面都立着面试官的名牌,最中间的是"联合创始人 韦正雄",韦正雄右边是两位投资总监,左边是"人力资源总监 Linda",Linda的左边是"高级投资经理 师婕"。

当凌世杰最后走进会议室时,他发现"薄嘴唇"已经占据了C位,直面韦正雄的名牌,凤凰男和白胖子坐在两位投资总监对面,书呆子对着Linda,金晓对着师婕。凌世杰只好坐到金晓另一边,面前空落落的。他扫一眼,没发现柯立锋的名牌,看来今天没机会在偶像面前展现自己了,心里不由得空落落的。

会议室的门忽然打开,Judy匆匆走进来,把师婕的名牌往外挪了一个座位,在Linda和师婕中间又放上一套资料,然后摆上一个名牌:"管理合伙人 柯立锋"。

其他五个人不约而同把头转向凌世杰。只见凌世杰激动地双手握拳,暗叫"天助我也",看来老妈的红手绳果然灵验。金晓见凌世杰这般兴奋,便来了句:"瞧把你乐的,干脆咱俩换一下,你好直面偶像?"

凌世杰连忙摆手:"不用不用,这样已经足够好了。"

金晓白他一眼,又撇了下嘴。

Judy 出去没一分钟,大门再次被推开,一个干瘦的女人侧着身引领一个微胖的男人走进来,后面是 Judy 引领着另外四个人。

凌世杰断定微胖男人必是韦正雄,但他的视线没有须臾停留,继续后移,当他看见最后进来的那个人时,不禁周身触电似的打个激灵——正是那身西装,正是那条领带,柯立锋宛若从照片中走出来一样!

Linda 刚请韦正雄落座,立刻发现名牌摆放不妥,吊起眼睛盯向 Judy:"你怎么回事?!柯总当然理应挨着韦总!"边说边探手要把自己与柯立锋的名牌调换位置。

柯立锋却已经挨着师婕坐下,挡住 Linda 的手说:"无所谓,反正我就是来充数的。"Linda 先是对柯立锋满怀歉意地笑了下,又扭头瞪 Judy 一眼,这才诚惶诚恐地在韦正雄与柯立锋之间坐下。

凌世杰目不转睛地看着斜对面的柯立锋,巴望引起他的注意,但柯立锋盯着手机,一副心不在焉的样子,似乎这个面试与他毫无关系。凌世杰正苦于不知如何让柯大神看眼自己,却发觉已有人正看着他。师婕微微翘起嘴角,对凌世杰淡淡笑了下。凌世杰这才反应过来,自己直勾勾盯着柯立锋的做法着实有些唐突,师婕想必是在善意提醒,他有些讪讪地冲师婕轻点下头。

Linda 侧头向韦正雄低语请示,韦正雄做个手势,Linda 调整一下坐姿,随即露出职业的微笑:"大家好,欢迎各位来到黄埔资本参加集体面试。首先介绍我们的两位核心高管,这位是公司的联合创始人——韦总。"

韦正雄气宇轩昂地扫视六位面试者,长者般颔首示意。

Linda 继而伸出左手:"这位是公司的管理合伙人,也是非常有名的金牌投资人——柯总。"

柯立锋连眼皮都没抬。

"下面,先请韦总给大家讲几句。"

韦正雄清清嗓子,两只胳膊搭在桌子上,摆出机关领导做报告的架势:"首先,感谢各位对我们公司的厚爱与信任,敢于选择黄埔说明你们有眼光、有理想、有自信;然后,祝贺你们成功走到这最后一轮。通过前几轮安排在外面的笔试面试,从最初的上百人精选到你们六位,说明你们每个人都很优秀。但是,我现在想告诉你们的是,你们中的大多数人,今天是第一次、也会是最后一次走进我们黄埔,能不能留下来,取决于你们接下来的表现。"韦正雄说完,重新靠回椅背,朝 Linda 一摆手,"开始吧。"

啊?大多数人要被淘汰?黄埔之前并未公布录用限额,凌世杰以为只要合格就能入职,听这意思,六个人至少要刷掉四个,意外的同时他头一次有些紧张:六个人里能跟自己 PK 的大概是那个"薄嘴唇",而身边这个金晓一看就是有关系的,要是她已然占据一个名额,剩下的就只能是自己和"薄嘴唇"之间争个你死我活了。

"集体面试的第一环节现在开始。"Linda 示意 Judy 把六个信封摆在桌子中间,"信封里是给你们准备好的题目,上面标着答问顺序,你们每人抽一个,按照次序先做自我介绍再回答问题。"

凌世杰最后一个拿到信封,打开一看,上面编号是 6,又扫眼题目,心里的紧张少了些。题目不难,准备时间也最长,唯一的不利是轮到他时,面试官或许已经审美疲劳。

苦命的凤凰男抽到第一个题目,说得结结巴巴脑门直冒汗。

第二个是书呆子,所答非所问,像比拼成语接龙似的,辞藻华丽、空洞无物。

轮到白胖子,他的乐天派风格为他赢得些许印象分,但也只能算中规中矩,并没有什么亮点。

面试官们脸上都没什么表情,只是偶尔在评分表上打钩或打叉。凌世杰发现 Linda 不时留意韦正雄的脸色,而柯立锋根本不曾动笔,面前的资料也从未翻过,倒是频繁查看手机。

看来前三个没什么戏了,凌世杰心想。

第四个,"薄嘴唇"站起来:"各位考官好,我叫刘家昌,本科读的是北大光华管理学院的金融学专业,后在美国乔治城大学获得金融硕士学位。我非常感谢公司给我的这次机会,我衷心希望能够加入黄埔,成为一名优秀的黄埔人。"

韦正雄在资料中抽出刘家昌前几轮的考评翻阅着。

"我的题目是:在某个项目上,当你和上级的判断截然相反,你是否会怀疑自己的判断?"刘家昌停顿一下,拿出演讲的姿态,字正腔圆、不紧不慢地说,"我的回答是,首先,如果上级的决策已经做出,我理应不折不扣地执行,不会纠结于自己的判断。其次,影响判断力的因素除了经验与认知,更有格局和视野。当我单纯地关注某个项目时,上级考虑的可能是整个赛道;当我关注自身利益时,上级谋划的可能是部门乃至公司的大局。所以我认为,"刘家昌的目光定在韦正雄身上,"与其怀疑自己的判断力,不如学习像上级一样思考,提升自己的格局。"

韦正雄微微颔首,Linda随即露出满意的笑容,师婕等人也在表上写着评注。

柯立锋忽然问:"你在学校是学生会主席吧?"

"我在北大当过一届学院的学生会主席,一届校学生会主席。"刘家昌面带谦恭的微笑,声调里却难掩一股傲娇。

"难怪。可惜公司里没有学生会。"柯立锋说完,便低下头继续看手机。

见刘家昌一脸错愕,凌世杰心里偷着乐,柯大神显然不喜欢这种官样做派。他注意到对面的师婕含笑不语,像是在表上画了个叉,看来她和柯立锋是一拨的。

Linda示意尴尬窘迫的刘家昌坐下,随后亲切和蔼地冲金晓点点头,像个贴心的大姐姐。

金晓站起来,大大方方地说:"我是金晓,中央财经大学经济学院,本科。"

凌世杰没想到金晓只是本科毕业。柯立锋抬头瞟一眼金晓,又扭脸看看师婕,师婕正盯着金晓出神。

金晓拿起自己的题纸:"我抽到的问题是:你四十岁时的人生目标是什么?嗯……我觉得这个问题不适合我,"然后放下纸,顽皮地露出小虎牙,"因为,我才二十二岁……"

几个面试官都笑了,其他四位男生一脸懵圈,都讶异金晓在这种场合还敢这般口吻,凌世杰倒益发断定这个金晓不比寻常。

韦正雄耐心地启发:"那咱们换个说法,设想你已经加入黄埔,你打算如何度过今后的十八年?"

金晓耸了耸肩:"十八年是一年一年过的,一年是一天一天过的,与其想这些没影儿的问题,不如过好当下的每一天。"说完径自坐下。

韦正雄不动声色地看眼Linda,Linda的表情竟有些无地自容,好像刚回答问题的不是金晓而是她。她避开韦正雄的目光,指向凌世杰:"下一个。"

凌世杰信心满满地站起身:"我是凌世杰,纽约大学斯特恩商学院金融工程硕士,清华大学电子工程学院学士。在回答问题之前,我想用一分钟简单说一下,我为什么只申请了黄埔一家……"

韦正雄直接打断:"不必了,你到哪儿都可以说只申请了一家。"

凌世杰注意到另几位面试官也都一脸不以为然,刚想解释,柯立锋突然发问了:"你为什么转专业?"

"因为我念大四的时候发现自己对金融和投资更感兴趣。"凌世杰看着柯立锋,头一次与偶像四目相对,心跳不禁骤然加速。

"你也当过学生会主席?"

"没有。"

"那你打什么官腔?"

"我……"凌世杰脑筋飞转,苦思有什么既不落俗套又恰当得体的说辞。

但柯立锋已不耐烦:"有难言之隐?那算了,只有脱口而出的话才发自内心。"

旁边的Linda敲敲桌面:"这位同学,你还是直接回答问题吧。"

柯立锋的态度让凌世杰很受挫,他的偶像显然并不看好他。凌世杰做个深呼吸,努力让自己看上去依然镇定自若:"好的,我的题目是:在投资行业里,究竟是人控制资本,还是资本控制人?我的回答很明确:人控制资本,绝不是资本控制人。因为人是万物之灵,资本应该为人所用,投资的目的在于让人们生活得更美好。如果让资本主宰人世间的一切,那人类岂不成了资本的奴隶?"

师婕的脸上现出赞许,一边微微点头,一边在评分表上打钩,旁边的金晓则仰头凝视凌世杰,但柯立锋的脸上明显不屑:"资本的奥秘你才了解多少?一个刚毕业的学生,竟然冠冕堂皇地说什么人控制资本,你以为你是谁?"

凌世杰没想到又一盆冷水当头泼下,愣了片刻,笃定地对柯立锋说:"虽然今天的我什么都不是,但我相信,一个优秀的投资人是可以掌控资本的,这也是我期望加入黄埔的初心。"

柯立锋冷笑一声:"初心?在资本面前,你的初心一文不值。"

凌世杰像被雷击一样,长这么大他的自尊心还从未受过如此打击,而这打击竟恰恰来自他的偶像。柯立锋这话在他听来还有另一层深意:在我柯立锋面前,你凌世杰一文不值!

所有人都呆了。冷场,尴尬的冷场。

师婕拿起柯立锋的水瓶,拧开盖,放在他面前。韦正雄轻咳一声,Linda 这才缓过神,连忙开口:"第一环节先到这里,下面……"

"下面还是这种问答形式?"柯立锋用瓶盖敲着桌面,不等 Linda 回话便接着说,"我看不如换个科目。投注和投资有很多相通之处,干脆就用德扑来考察他们做投资的潜力和悟性。牌桌就在旁边的活动室,现成的考场。"

Linda 被柯立锋的突发奇想搞得措手不及,面露难色,压低声音对韦正雄说:"韦总,后续环节我都准备好了,您看这……"

韦正雄站起来走到柯立锋身边,俯身小声道:"老柯,你这是干吗?咱不能想起一出是一出……"

"老韦,听你刚才转达老赵的话,我理解的是老赵让我全权代表他。据我对他的了解,老赵在乎的是选拔出黄埔需要的人才,而不是演练 HR 的招聘流程。"

韦正雄一怔,干笑一声,随即转向 Linda:"我充分尊重柯总的意见,你们尽力配合!"

Linda 见状,只好宣布:"大家先休息十分钟,下个环节改到活动室进行!"

Judy 带面试者走出大会议室,朝洗手间的方向指了指。书呆子边走边嘟囔:"没想到群面变成了聚赌……"

"我说什么来着,柯立锋就是个不按常理出牌的家伙。"白胖子沮丧地摇头,"我是不抱啥希望喽。"

"我倒觉得这种面试挺新颖,领导自然有领导的考虑。"刘家昌试探道,"你们德扑都玩儿得怎么样?"

凌世杰装没听见,冲金晓使个眼色,两人走到一边。凌世杰问:"这德扑……好学吗?"

金晓很惊讶:"你不会玩儿德扑?学金融的,尤其是你们'海龟',哪有不会德扑的?"

"我就不会。"

"你们学霸就会头悬梁锥刺股?"金晓挤对道。

"那倒不是,从小我妈就不许我碰所有跟赌博沾边儿的东西。"

"哟,看不出你还是妈妈的乖宝宝哪……"金晓说完便咯咯笑。

刚遭重挫的凌世杰受不了金晓揶揄,又想起她在前台说的"早知是同一战场的对手,就不让你进电梯了",心一横脸一沉,扭头要走。

"站住,"金晓跺下脚,"那行吧,我教你。"

凌世杰像个大男孩儿似的咧开嘴笑了。

活动室是个供员工娱乐放松的地方,不大,有棋牌桌、桌上足球,墙上挂着飞镖盘,靠墙立着卷起来的瑜伽垫。外面的光线被窗帘全部遮住,只有德州扑克牌桌上方的射灯聚在六个年轻人的头上,六位面试官站在他们身后,宛如在观看一场德扑大赛。

依照 Linda 宣布的规则,每人配给一百五十个筹码,小盲注投一个,大盲注投两个,每人轮流坐庄,六局过后定输赢,可以无限下注,不设上限。

凌世杰被金晓临阵磨枪,已经明白了大体玩法。五局下来,他看看每个人面前的筹码,刚赢了一把满堂红的刘家昌最多,其次是白胖子和书呆子,他和金晓、凤凰男同处第三阵营,还不到刘家昌的三分之一。自己和凤凰男初学乍练自然垫底,但金晓居然也打成这样,凌世杰只得自叹拜错了师父。

第六局,凌世杰坐庄,胜败在此一举。

凌世杰瞥了眼底牌,数都不数直接抛出一摞筹码,其他五人惊愕之际纷纷跟注。

充当荷官的 Linda 发出三张牌,桌面出现一对 10,凤凰男首先弃牌,其余几个人均未加注。轮到凌世杰,他再次抛出一摞筹码,众人又一惊。书呆子和白胖子看看自己手里与桌上的牌,也摇着头弃牌了。刘家昌面无表情地跟注,金晓难以置信地瞟眼凌世杰,一如既往地奉陪到底。

第四张牌发出,刘家昌与金晓都选择过牌,凌世杰则没有一丝犹豫再次加注。刘家昌看眼牌,默默跟注。金晓刚作势要跟,凌世杰目不转睛地盯着她,微皱一下眉头。金晓一愣,大眼睛冲着凌世杰忽闪两下,弃牌了。

韦正雄走过去看眼金晓的底牌,又绕到刘家昌身后拿起底牌看了看。凌世杰见韦正雄朝自己走来,便把手压在底牌上,韦正雄见状哼一声,停下脚步。

最后一张牌发出,又是一张黑桃,桌面已经有三张黑桃。

凌世杰发现刘家昌的嘴角不经意地翘了一下,眼睛里有一丝欣喜转瞬即逝,猜想他的底牌大概是两张黑桃,凑成一副同花!

刘家昌瞟眼凌世杰,轻松地说了声:"过。"

人生能有几回搏,必须赌一把了。

凌世杰把自己两张底牌掀起一角,像是最后要确认一下,然后扣上牌,凝视着刘家昌。终于,他扬了扬嘴角,把面前的所有筹码推到牌桌中央,声调沉稳地吐出两个字:"All in(全押)!"

在场的人一阵兴奋,唯有柯立锋依旧冷眼旁观。

刘家昌眉头紧锁:"难不成真让你等来了三带二?连续两把满堂红?概率太小了吧……"他挑衅地盯着凌世杰,竭力想探出什么端倪。

凌世杰面带微笑,迎着刘家昌的目光,眼睛一眨不眨。

刘家昌看了看自己面前的筹码,一耸肩膀:"算了,我已经赢得足够多,犯不上跟你拼命。"刘家昌把底牌往桌子中央一推,弃牌了。

四周发出一浪惊呼,金晓带头鼓起掌来。

"我赢啦!耶!"凌世杰望着柯立锋,兴奋地举起双臂,做了个V字手势,然后把桌面上所有的赌注揽到自己面前,乐得像个孩子。

窗帘打开,活动室又恢复了明亮。

Linda宣布:"第一名,凌世杰;第二名,刘家昌……第五名,金晓……"

柯立锋不紧不慢地从后面走上前:"其实输赢并不重要,我是想让你们根据牌局中的观察点评你们的对手。"然后一指凤凰男,"从你开始,排名靠后的先说。"

六个年轻人猝不及防,面面相觑。

凤凰男脑子里明显一片空白,开始支吾:"刚才的……牌局……嗯——很精彩……大家都……发挥了水平……"

"算了,你的眼里只有牌和筹码,根本没有你的对手。"柯立锋转向金晓,"你说吧。"

金晓满不在乎地扫视一圈:"我不会关注不值得关注的对手。刘家昌的风格稳健理性,从不冒险,最后一局弃牌很明智,因为第一次上牌桌的凌世杰不可能诈牌。"

"你觉得自己表现如何?"韦正雄问道。

"我?就是打着玩儿,输赢无所谓。"

轮到白胖子:"我今天的牌太臭,怎么关注对手也没用。"

书呆子嘀咕:"虽然凌世杰赢了,但要论水平的话肯定是刘家昌最高,别的人嘛……都差不多。"

柯立锋眉头越皱越紧,指着刘家昌:"该你了。"

刘家昌又拿出学生会主席的架势,一本正经地开始分析:"我认为,这场德扑主要是考察我们在实战中能否做到知己知彼……"

"说具体的。"柯立锋不耐烦地敲下牌桌。

"哦。我印象最深的是金晓,她和凌世杰互动非常多,明显有默契。尤其最后一局,凌世杰竟暗示她弃牌,而金晓也照做不误。不知他们这种行为是否有违公平……"

"公平?日后你在生意场上找谁要公平?!"柯立锋不再理会刘家昌,冲凌世杰一扬下巴。

凌世杰仍沉浸在胜利的喜悦中,见其他五人都不入柯立锋的法眼,以为在大神面前展示自己的机会终于到了,颇为自得地说:"按金晓的水平她应该成绩很好,但为什么才得了第五?因为她是我们当中唯一不在乎输赢的人,她的兴趣更在于看别人的底牌。刘家昌,稳扎稳打、风险意识最强,前五局领先后他不会冒险一搏,这就为我孤注一掷创造了条件。金晓不管不顾一路跟到底的激进打法,是我得手的唯一障碍,所以我只能诱导她弃牌,而她果然中了我的计。其实,我根本等不来满堂红,也做不成黑桃同花,因为……这才是我的底牌!"

话音未落,凌世杰再也抑制不住自己的得意和激动,抄起一直扣着的两张底牌,用力地甩在桌面上——一张方块3,一张梅花5。

"啊?!"金晓惊呼,"你连我都骗?!"

刘家昌懊恼地摇头不已,韦正雄好奇地打量凌世杰,而师婕和Linda都忍不住竖起大拇指。

凌世杰正享受险中取胜的快感和众人的赞叹,忽然"哗啦"一声,他面前的筹码被人猛地推倒，扭头一看，柯立锋两道利剑般的目光仿佛直插入他的灵魂深处。

"你以为自己是场上的赢家？"柯立锋恶狠狠地吼道，"在我眼里，你根本不配上场！"

凌世杰的脸瞬间石化，来自柯立锋一而再再而三的打击，令动辄得咎的他彻底蒙了。

师婕愕然地望向柯立锋，Linda不知所措地向韦正雄投去求援的眼神，韦正雄反倒拉过椅子坐到牌桌旁，饶有兴致地等着下面的好戏，他身边的刘家昌冷眼看着凌世杰，多少有些幸灾乐祸。

金晓看不下去，冲柯立锋说："您这也未免太武断了吧？"柯立锋冷森森的目光投向金晓，金晓并不畏缩，手一指凌世杰，"我觉得他表现挺好。"

柯立锋眉毛一挑："你是来面试的还是来相亲的？"

金晓顿时满脸通红。

柯立锋转向凌世杰："新手拿到好牌难免多看两眼，拿到差牌往往随手扣下。第四局你死盯着手中的两张Q，已经暴露出你这个特点。最后一局你只瞥一眼底牌就扣下，再也没拿起来。如果对手有足够的洞察力，就会看穿你是诈牌。今天你侥幸得手是因为对手太过平庸，否则你必定血本无归。"

刘家昌尴尬地咽口唾沫，把脸扭向一边。

凌世杰有些不服气："我All in前特意又看了眼底牌……"

"你那叫欲盖弥彰！"

凌世杰无言以对，下意识地摩挲手腕上的红绳，手指有些僵硬。

柯立锋继续训斥："技不如人倒在其次，关键在于你的牌德！对手弃牌后，赢家该不动声色地把底牌埋进牌堆，让对手搞不清自己放弃究竟是明智还是愚蠢。而你呢？得意忘形，把底牌甩在大家面前，你想干什么？显摆你的小聪明，博取女孩的仰慕，还是羞辱你的对手？无论什么心理，都暴露出你的浅薄。"

凌世杰心里满是委屈,想张口辩白,但最终只倔强地摇摇头。

"不服气？你刚才说什么人是万物之灵,简直是目空一切,不知天高地厚。过去一百多年,人类在资本面前表现出的只有狂妄、愚蠢、幼稚和贪婪。如果你对资本没有最起码的敬畏,怎么可能把资本投到它最该去的地方？"柯立锋脖子一梗,冲凌世杰甩出最后一句话,"你,根本不配干投资这一行！"

凌世杰一激灵,双手不自觉地背到身后,红绳默默地从手腕脱落到地毯上。他失神地盯着桌上的筹码和纸牌,脑子里一片空白。

一阵难挨的沉寂。

师婕面带微笑地走到凌世杰身边,拍了拍他肩膀:"好在你不是每天都有幸遇到柯总这样的高手。"

惊魂未定的凌世杰抬眼看着师婕,暗想我今天遇到柯立锋,究竟是有幸还是不幸？

回过神来的 Linda 赶紧凑近韦正雄,韦正雄不等她开口便摆下手。Linda 挺起胸,脸上又浮现出那种职业微笑:"相信刚才的两个小时对你们来说是一次非常难忘的体验,我们也对你们有了进一步了解。今天的集体面试就到这里,无论咱们最终是否有缘在黄埔资本共事,我都会逐一通知。感谢你们参与本轮招聘,也感谢公司高层和各位面试官的大力支持,谢谢大家！"

凌世杰头晕脑涨地跟着众人走出黄埔,刚要上电梯,才发现手腕上的红绳没了。糟糕,一定是打牌时掉了。他转身冲回活动室,四下扫视,发现红绳孤零零躺在地板上。凌世杰捡起红绳,重新系回手腕,目光落在散乱的牌桌,心里一揪,像被灼烧一样赶紧把视线挪开。凌世杰走回电梯口,忍不住扭头望着前台影壁上"黄埔资本"四个深红色的隶书大字,难道正如韦正雄所说,自己今天是第一次、也是最后一次走进黄埔吗？凌世杰的心往下一沉,双腿竟感觉有些支撑不住。

"你不下吗？"凌世杰定睛一看,师婕已经站在电梯里,手按着开门键,面带微笑地等着他。他这才恍然明白过来,赶紧走进电梯。

面试中师婕对他一直很和善,像个大姐姐,他本该说句感谢的话,但失魂落魄的凌世杰此时却不知如何启齿,反倒是师婕先开口安慰他:"柯总就是这样的风格,你别太往心里去。你条件不错,肯定有很多其他机会。"

"我……我真的只申请了黄埔资本……"凌世杰垂下头。

师婕一愣,侧头看看凌世杰,从手包里取出一块包装精美的巧克力,语气柔和地说:"给,振作一点儿,我难过时就会吃一块儿。"

凌世杰犹豫着,有些不好意思,他觉得已经欠了师婕太多。

这时电梯的提示音响起:一层,到了。

凌世杰侧身让师婕先出。

"我到B1。"师婕笑着把巧克力塞进凌世杰手里,"祝你好运。"

凌世杰像踩着棉花似的走出电梯,突然意识到自己连谢谢都没说,实在太没礼貌。他转过身,电梯门正徐徐关闭,师婕已经低头查看手机,不再留意他。

走出世贸大厦,7月正午的热浪迎面扑来,仿佛要把一切蒸发掉。而凌世杰却感觉周身发冷,行尸走肉一般慢慢晃到花坛前,脱掉西装,一屁股坐到石台上,呆呆地注视着眼前来往的路人和街上的车水马龙,心里像塞着块石头,又好像空空的只剩一副皮囊。

凌世杰忧伤而怅然地看着手中渐渐变软的巧克力,还有手腕上的那根红手绳,然后抬头望着对面的世贸大厦,阳光把大厦顶上"黄埔资本"四个大字照得格外刺眼。凌世杰记起早上兴冲冲地经过此处的自己,那时他仿佛正走向职场乃至人生的崭新起点,而此刻他步入资本世界的梦想却已被他所景仰的偶像柯立锋亲手终结,他只想哭。

第二章

/

危机随时可能降临

柯立锋伫立在窗前,目光深邃地望着地面的车流与蚂蚁般的行人,他低头看下手表,又扭脸看眼桌角的手机,然后恢复刚才的姿态,继续等待,脸上并无焦虑难耐而是笃定与虔诚。

门被轻轻敲了两下,柯立锋转过脸:"是Jessie吧?"

师婕推门进来,观察着柯立锋的脸色问:"重组委还没消息?"柯立锋面无表情地摇了摇头,师婕又问,"要不给监管部的人打个电话问问,华都的案子到底上没上会?"

柯立锋又摇头:"不用,坐那种位置的都有分寸,时候一到自然会打给我。"

师婕从包里拿出刚买来的三明治:"你又没吃午饭吧?咱们该去电视台了。"

跟了柯立锋五年,师婕已经非常了解师父的脾气,华都这种大案子定论之前无论柯立锋表面如何镇定,心里一定七上八下焦虑不安,这种关头任何劝慰的套话和无关痛痒的建议只会引发他的反感,唯一该做的就是润物细无声般的关心和照顾,尽量分散他的注意力。

柯立锋又看眼手表,一边从窗前走回来,一边指着三明治说:"先放你那儿,路上吃。"

柯立锋重新穿上西装,整理好领带,拿起手机,最后扫视一眼整洁有序的办公室。

刚一出门,Linda 便迎面堵住去路:"柯总,您这会儿有空吗?"

"你觉得我像有空吗?"柯立锋侧身绕过 Linda,脚步没有丝毫放慢。

"哎呀您帮帮忙吧,就两分钟,我也是没办法,韦总催我尽快敲定录用名单呢……"Linda 在旁边捯着小碎步紧跟,满脸堆笑央求。柯立锋停下脚步,脸色铁青。Linda 赶紧打开文件夹,递到柯立锋眼前:"这是我整理的评估汇总,就等您过目了。"

柯立锋耐着性子快速扫一遍,皱起眉头,指点文件问道:"这个人怎么划掉了?"

Linda 连忙凑过脸看柯立锋指尖的位置,诧异地抬起头:"这个凌世杰……您不是把他批得一无是处吗?"

"你就没有自己的判断?"柯立锋目光锐利地盯着 Linda。

Linda 有些不知所措,回头看看站在后面的师婕,师婕爱莫能助地耸耸肩。Linda 只好硬着头皮回答:"我是觉得他本科学的是电子工程,研究生才转的金融,属于半路出家……"

柯立锋冲师婕一扬下巴:"Jessie 本科是英语,金融一天也没学过,在你看来更不合格喽?"

"不是不是,我可没这个意思……"Linda 苦于如何把话圆回来,"这个凌世杰主要是表现得……不够稳重,有些浮躁……"

"投资讲究不拘一格,选才也一样,这个道理你不懂?"

"可是……"Linda 彻底摸不准柯立锋的脉了。

"可是什么?"

"可是您把他训得那么狠,我还以为……"

"你以为？"柯立锋表情愈加严厉，"我正是看中他的素质和潜力，才会重重敲打他，否则何必费那么多口舌？"

Linda还是一头雾水："那您究竟……看中他什么了？"

"他对人有一种天生的关注，而且，我欣赏他敢于孤注一掷的魄力，你务必把他给我招进来！"说罢，他抬腿径直往前走。

Linda捧着文件夹，望着柯立锋的背影无奈地叹口气，愤愤地小声对师婕说："真搞不懂你怎么能在这种人手下待五年！"

师婕心说，我更搞不懂你怎么能坐上HR总监的位置。她笑着拍下Linda肩膀，快步追上柯立锋，并肩走向电梯间。

柯立锋身材颀长，走路大步流星，目中无人的他从来不照顾同行者。这可苦了师婕，从第一天开始跟着柯立锋，为了能和他"步调一致、齐头并进"，她永远在奋力追赶师父的步伐。

两人走出世贸大厦，车还没到。师婕想起刚才Linda的话，笑着问柯立锋："你干吗在Linda面前拿我说事儿？也太抬举我了。"

"怎么，我说错了？"

"那个男生正经是美国金融科班出身，真正半路出家的是我。"

柯立锋想了想："准确地说，你属于被我带入歧途。"

"是一个愿打一个愿挨，"师婕目视前方，"不入歧途，怎能看到更美的风景？"

柯立锋瞟师婕一眼，没说话。

"不过你对那男生说的话确实挺重，就不考虑他能不能扛得住？"

"如果连几句话都扛不住，只能证明他不是块好材料。"

这时一辆黑色凯迪拉克快速驶到大厦门口，司机小卢打开车门跳下来："柯总，抱歉抱歉，让您久等。"

柯立锋未加理睬，自己打开车门坐进后座。师婕笑着冲小卢挥下手，绕到另一边上了车。

小卢边开车边用眼睛瞄着后视镜，解释道："柯总，真不好意思，韦总临时派我去送东西，路上堵车回来晚了，抱歉啊。"

柯立锋看着车外,置若罔闻。

师婕见柯立锋不给司机面子,赶紧打圆场:"没事儿卢师傅,这些都不是你能控制的。"

"师经理您真理解我。咱黄埔一共六台车,自打小张走了以后就要我一个司机,我又没三头六臂,一天到晚连吃饭上厕所的工夫都没有,家里有事儿也不敢请假,容易吗我……"

柯立锋挪了挪身子,师婕知道他是嫌小卢聒噪,赶紧掏出三明治和矿泉水,递到柯立锋手里。

"师经理,麻烦您找机会跟韦总提一句呗,叫劳务公司再派个司机。"小卢早已习惯柯立锋的冷漠,接着絮叨,"柯总,要不您也跟韦总说说?咱楼里的大公司都有司机班,黄埔就我一人……"

柯立锋咽下一口三明治:"忙还不好?"

"嗯?"小卢一脸困惑,抬眼看着后视镜中的柯立锋。

"忙,说明你有价值。要是哪天你不忙了,说明你已经毫无用处、该被淘汰了,那时候你哭都晚了。"

小卢被柯立锋的逻辑弄蒙了:"柯总,照您这么说,合着我累成狗还得特高兴、特感恩?"

"感恩倒不必,但也不用抱怨。人无远虑,必有近忧。不管干什么职业都要有风险意识,你现在就得考虑,往后人人都会开车,再往后车都不用人开,司机这个职业早晚消失,你怎么办?"

"柯总,我就想让公司再招个司机,怎么让您一说司机这饭碗都快没了?"

师婕听两人这通鸡同鸭讲,笑道:"卢师傅,招司机的事我找机会向公司反映一下,不过柯总说的风险意识你最好别当耳旁风,柯总的预见性那可是出了名的。"

小卢嘿嘿一笑:"你们这些有本事的人就爱吓唬小老百姓,什么风险意识,我才不想那么多呢,干一天算一天,真到了车不用人开的年月,我这人早没喽……"

柯立锋也意识到自己纯属对牛弹琴,刚摇了摇头,一阵手机铃声响起,他飞速掏出诺基亚N95,顾不上看来电显示便接通:"喂你好!"但他的期待与兴奋在听到对方声音的一瞬间便消退殆尽,代之以失望与烦闷,"Vivian,你怎么这会儿打电话?你那儿已经夜里两点了吧……好你说吧,什么事?……我已经跟你讲过多少次了?我不打算回纽约,来不来北京随你便……正事?这就是你的正事?……那我告诉你,我也有正事,而且是大事!"

柯立锋用力按断通话,脸色像暴风雨来临之前那般阴沉,望着窗外一言不发,师婕与小卢连大气都不敢出。

直到离复兴门不远了,师婕才试着打破沉默,没话找话说:"今天长安街倒没怎么堵。"

小卢接茬:"运气好,一路绿灯,不然还不如走北二环。"

柯立锋忽然长叹:"去年10月错过高德地图的首轮融资,是我的一大憾事,实时路况导航肯定大有前途,哪个司机不需要?唉……"

见柯立锋的心思又回到项目上,似乎已把Vivian带来的不快抛诸脑后,师婕趁机把话题引向将要进行的访谈:"栏目组这次还邀请了百川投资的万宗海……"

"所以我才没兴趣,走到哪儿他跟到哪儿。"柯立锋意兴阑珊,"我纯粹是给老赵个面子。"

"赵董也是想多宣传一下黄埔,否则露脸的机会都让百川占了。"

"他们那代人,就爱搞虚头巴脑的东西。"

直到在电视台演播厅的化妆间看着化妆师给柯立锋脸上打好底粉,师婕还有些不放心,忍不住再次叮嘱:"师父,待会儿对万宗海还是尽量客气点儿吧,别让大家看出你们俩有过节……"

柯立锋眼睛一瞪:"啰嗦。"

师婕吐下舌头,转而问:"用不用把你手机留给我?要是华都有色那边有消息出来,我可以替你接一下。"

柯立锋看眼手表,沉吟道:"不用了,看样子华都并购西峰今天没来得及上会,录完节目我再找人问问究竟怎么回事。"

师婕刚想说什么,外面忽然掌声雷动,两人注意力都被吸引了过去。

演播厅里工作人员笑着双手朝下按了几按,观众的掌声方才停住。工作人员再次张罗:"非常好!咱们再来一遍,这次时间要更长些,摄像老师好多拍几组镜头。你们要想在电视上看到自己就得玩儿命鼓掌。来,预备,鼓掌!"

再次掌声四起,观众们卖力地拍手,几架摄像机忙着拍摄。

女主持人终于款款出场,在台中央站定,微笑着开口:"观众朋友们大家好!欢迎来和我一起'对话大腕'!今天我们请到了两位重量级嘉宾,首先隆重欢迎,百川投资创始人万宗海先生!"

万宗海大步走上台,脸上挂着灿烂到夸张的笑容,双手握住主持人的手使劲摇了两下,然后冲着观众席频频挥手,许久才意犹未尽地站到一个沙发前面。

坐在观众席第一排中间的师婕忍不住发笑,她每次看到万宗海都想起那位演员范伟,只是范伟比万宗海年轻些、头发茂盛些。

主持人接着说:"另一位嘉宾是业内有名的投资鬼才,他就是黄埔资本的管理合伙人,柯立锋先生!掌声有请!"

柯立锋稳步登台,微笑着和主持人轻握下手,便走到另一个沙发前。

万宗海笑呵呵地冲柯立锋伸出手:"柯总你好啊。"

柯立锋略一迟疑,矜持地和万宗海搭了下手,算是握过。

师婕稍稍放下心,师父好歹露了个笑模样,没让万宗海下不来台。她又感慨真是人比人气死人,这万宗海平日在电视上显得人五人六的,此刻坐在柯立锋旁边竟像个小学都没念完的煤老板。

台上三个人落座。主持人开始提问:"眼下股市的红火真是前所未有,今天上证指数再次冲击四千点关口,势头不减。以前老北京见面是问'您吃了吗',现在都得问'您买股票了吗',所以我有个问题请教二位,你们觉得我们老百姓炒股算投资吗?"

万宗海刚要回答,不料被柯立锋抢了先:"不算,只能算投机。"

"啊?!"观众群发出疑惑的声音。

主持人夸张地瞪大眼睛:"柯总,您能具体说说原因吗?"

"打个比方,某个人不会做饭,也没经营过餐馆,看到有些人开餐馆赚了钱,就觉得他开餐馆也一定赚钱。老百姓炒股就和这个人开餐馆是一个心态。"

主持人头一歪:"我好像明白您的意思了,可毕竟确实有不少人开餐馆赚了钱呀……"

"那是因为人家专业,术业有专攻,即便黄埔资本这样专业的投资公司也是有所为有所不为,我们就从不涉足二级市场。不是谁都能开餐馆,也不是谁都能炒股票,老百姓不要拿自己的辛苦钱去打水漂。"

万宗海在一旁坐不住了:"柯总这话未免有些偏颇。我认为'全民投资'值得提倡,如果老百姓把闲置资金投到一家成长很快的公司,就可能带来数倍甚至数十倍的回报,这样不仅百姓的生活可以大大改善,公司也可以持续发展,国家会得到更多税收,利国利民、一举多得。"

柯立锋瞥一眼万宗海:"请问万总,老百姓如何判断哪家公司会成长很快呢?"

"可以咨询相关的专业人士或者买基金,把钱交给专业的基金团队来运作。"

"这和我刚才说的有什么不同?"柯立锋脸上划过一丝不屑。

万宗海被噎得一时语塞。

主持人见状赶紧转换话题:"万总认为'全民投资'应当鼓励,而柯总认为专业的事只能由专业的人去做,普通人最好对投资、对资本敬而远之。那么资本到底离我们的生活是太远了,还是太近了呢?"

万宗海一拍沙发扶手:"我觉得资本离百姓的生活还是太远。资本说白了就是钱,钱不是万能的,但没钱是万万不能的。资本可以创造很多东西,可以改善百姓生活。比如修路盖楼、飞机高铁,这些基础建设没有资本就实现不了;再比如老百姓现在天天用的互联网,也是靠资本发展起来的。所以我认为,科技进步可以让我们的生活越来越美好,而资本是科技进步最有力的助推器,离我们越近越好。"

万宗海越说越起劲,柯立锋却在一旁微微摇头。

主持人注意到了这一点,问道:"柯总好像对万总的说法不太认同?"

柯立锋板着脸:"资本无所谓太远还是太近,人不可能控制资本,资本只去它想去的地方,而且资本和科技都不一定会让我们的生活越来越美好,资本有时候也会干坏事。"

"那您给我们举个例子,资本干过哪些坏事?"

"太多了,比如今年国际原油期货价格持续攀升,是因为供不应求?不是,是因为资本。资本发现有利可图,就大举流入并沉积下来,导致期货价格越来越高。有人说是高盛干的,但我认为不应归咎于某家公司或某个人,应该归咎于资本。油价连连涨,老百姓大概都觉得是坏事;但也有认为是好事的,比如那家很大的石油公司,正紧锣密鼓地筹划 A 股上市,它一上市大家就该小心了。"

"哟,柯总这句提醒含金量很高啊,观众朋友记下来没有?反正我记下了。既然柯总说资本也会干坏事,那我得问一句,两位都是做投资的,你们有没有帮资本干过坏事呢?"

万宗海脑袋立马摇得像拨浪鼓似的:"绝对没有!我们百川投资自成立以来,一直遵纪守法,致力于让资本服务于社会公众。这是我们的原则,绝不动摇。"

"万总的回答真是掷地有声啊!柯总,我好像又看见您在摇头。"

柯立锋双手一摊:"什么算坏事?对某些人是好事,对另一些人可能就是坏事;今天看是好事,过些年再看可能就是坏事。不存在判定好坏的标准,资本也不会理睬我们强加给它的标准。"

万宗海大嘴一撇:"柯总,我看你这是在和稀泥,混淆是非。俗话说,人在做,天在看,不是不报,时候未到。"

柯立锋一愣,难得正视万宗海一眼。

观众席里的师婕皱起眉头,台上两人算是杠上了,自己担心的事终于还是发生了。

主持人再次岔开话题:"常听人讲,投资中择时很重要,最近有首歌在股民中挺火,是从《死了都要爱》改编的《死了都不卖》。股市涨了这么多,究竟该贪婪还是恐惧?如何判断危险还是机会?想听听您二位专业人士的分析。"

万宗海侃侃而谈:"有人说股市起决定作用的是资金量,依我看更关键的是信心。改革开放到现在快三十年了,中国经济到过顶吗?我不去猜指数的顶,因为我坚信中国经济还远远没到顶,在中国踏空是最大的风险,而做空更是作死。我们百川正在进一步加大投资力度,扩张行业布局,对优质企业绝不手软,该出手时就出手。"

"万总这番话相当振奋人心。柯总,您大概也认可万总的判断?"

"我也不猜所谓的顶,但不是因为万总说的远远没到顶,而是因为我不关心。我做投资无所谓牛市还是熊市,也不在乎经济成长还是衰退,值得投资的企业永远都有,但永远不多。既然无所谓好时候,也就无所谓坏时候;既然没有巅峰,也就没有低谷。"

主持人点头:"柯总让我想起一位古人的境界,不以物喜,不以己悲。但恕我冒昧问一句,会不会是因为您一直很顺很成功?您说无所谓坏时候,是因为您一直都在好时候?您说无所谓低谷,是因为您一直在巅峰?"

万宗海的脸忽然抽搐一下,无声地露出一丝冷笑。聚光灯令这个细微的反应被师婕敏锐地捕捉到了,她心头一紧,担心万宗海甩出什么不利于柯立锋或黄埔资本的言语,她的手心开始冒汗。

一直面对主持人的柯立锋并未看到万宗海的神情,回应道:"自幼的亲身经历告诉我,个人是非常渺小和脆弱的,没有任何人能预知下一刻会遇到怎样的危机,因为……危机随时可能降临……"

突然,主持人抬手摁住耳返,眉头紧锁,直勾勾地盯着柯立锋,露出一脸难以置信的表情。

柯立锋和万宗海都很诧异。

师婕盯着台上,心跳加速,手开始发凉。

观众席发出窃窃私语。

这时编导不知从哪儿突然冒出来,她边跑上台边冲主持人和摄像挥手:"别录了!没听见喊停吗?别录了!"

演播厅门口人声骚动,三个穿着深灰色夹克的人走了进来,径直上台站到柯立锋面前,柯立锋不由自主地立起身。

三人中领头的质问:"你是柯立锋?"

"我是,怎么了?"柯立锋满脸疑惑。

"我们是证监会稽查局的,有些情况需要向你核实,请你配合。"那人边说边亮出证件。

柯立锋正想再问什么,另外两人已不由分说地挽住他的胳膊。万宗海早已闪到台侧,主持人和编导都连惊带吓地捂着嘴不敢出声。

台下一片哗然。

"你们凭什么抓他?!"师婕不知哪儿来的力气,想都没想冲向台口,眼看就要靠近柯立锋,却被一个深灰夹克一把推到旁边。

柯立锋一边踉跄着被往外拖,一边回头奋力冲师婕大喊:"快去找赵卫国!除了他别信任何人!"

师婕六神无主地走出电视台演播厅,呆立在门口等车,节目录制半途终止,小卢一时半刻赶不过来。师婕脑海里不断闪现柯立锋最后的那副表情,她从未见过师父如此惊恐。不可能!一定是他们搞错了,一个谆谆教诲司机都要有风险意识的人,绝不会冒险做任何出格的事。

"哎呀,万万没想到,你们堂堂柯老板竟会干违法的事……"

师婕扭过头,万宗海不知何时站到她身边,身后跟着两个下属。师婕盯着万宗海:"你这是什么意思?"

"很明显嘛,柯立锋要不是犯了大事儿,证监会稽查局怎么会在这种场合抓人?"万宗海摇着大脑袋,一脸痛惜,"他胆子也太大了,干咱们这行好歹得有个基本的底线。"

师婕仿佛看见万宗海的目光里藏着无数把刀子,猛然想到百川投资就在黄埔资本楼上,万宗海又是个人脉甚广的家伙,他要是把刚才的一幕满世界宣扬出去,柯立锋以后就很难在业内立足了。

"万总,我认为在证监会给出明确结论之前,最好不要胡乱猜测,更不该无事生非。"师婕沉着脸,但她所能做的也只是用言语警告一下万宗海而已。

"胡乱猜测?无事生非?"万宗海冷哼一声,"我说什么来着?人在做,天在看,不是不报,时候未到。"说罢上车扬长而去。

师婕顾不上恼恨万宗海的幸灾乐祸,掏出手机刚要拨号,想起赵卫国此刻应该还在纽约飞北京的航班上。她犹豫一下,拨了韦正雄的电话,她必须第一时间通知公司。

韦正雄听师婕刚讲几句便打断:"你先回公司,别在电话里说!"

深夜的CBD道路空寂、灯光清冷,一辆黑色梅赛德斯轿车以一百二十迈的速度在东三环飞驰,两旁高楼的影子映在车窗上,转瞬即逝。

汽车在世贸大厦门口停下,毕恭毕敬地候着的韦正雄立刻迎上去。小卢急忙下车,小跑到右后侧,一边去开门,一边躬身解释:"韦总,飞机晚点四个多小时……"

韦正雄直接把小卢的手从门把上扒拉开,亲自拉开车门,火急火燎地说:"赵董,您可算回来了……"

赵卫国下了车,扫视一下四周,面色严峻地问:"人都到齐了?"

"到齐了,都在等您。"

赵卫国整理一下衣服,健步向楼里走去。韦正雄立马快步跟上。

沉寂中响起一声刺耳的"叮",电梯门打开,赵卫国踏出电梯,走进黄埔资本,前台墙上各时区时钟显示北京时间已经是凌晨两点。办公区黑黢黢的,空无一人,寂静中只听得见两个人的脚步声,走廊的声控灯被赵卫国沉稳有力的步履一盏盏点亮,向前延伸,好像他的归来可以为陷入黑暗的黄埔打开一条光明之路。

韦正雄抢上一步,推开大会议室的门,赵卫国昂首走入。

几位等待多时的核心高管立刻起身,脸上俱是肃穆和疲惫。师婕也跟着站起来,双手局促地摸着大会议桌的桌角,作为现场目击者,她是唯一被特许参加这场最高级别会议的中层员工。

赵卫国径直走到会议桌的首席位置,打手势示意众人都坐下,目光逡巡一圈,面容缓和下来:"这么晚把各位叫来,辛苦大家了。"

"赵董,辛苦的是您,飞了十几个小时,一落地就直接……"韦正雄上身前倾,关切地嘘寒问暖。

赵卫国摆手打断:"有没有更进一步的消息?"

"师婕讲的现场情况我已经在电话里向您汇报了,今天是周末,又这么晚了,还没打听出什么新消息。"

"已经有多少人知道这件事?"

韦正雄摇头:"说不好,人是在公众场合被带走的,当时的场面很有爆炸性,恐怕……"

赵卫国从每个人脸上看过去:"各位,咱们黄埔正面临一场前所未有的危机,大家必须拿出百分之二百的精气神打赢这场仗,"随后直视韦正雄,"韦总,你全力负责危机公关,圈子里该知道的早晚会知道,但必须控制住不要扩散到圈子外,各媒体尤其是网上那些论坛、博客都要打招呼,防止以讹传讹,绝不能损害黄埔的公众形象。"

韦正雄连连点头:"赵董,要不要统一口径?"

赵卫国思虑片刻:"在官方最终说法出来之前,在电视台发生的具体情形仅限于在座诸位知道,不要在公司内扩散了,就说柯总因为个人原因暂时离开一段时间,提醒员工不要议论、不要猜测,对外一致强调黄埔各方面业务正常,对谣传一律不予置评。"继而抬手指着另外几个高管,"Michael,你们基金管理部要主动跟大客户们沟通,务必让他们安心。Henry、若洋,你们风控和法务马上评估这次事件对黄埔都有哪些冲击。"

李慕白、欧亨利两个美国人和陈若洋一边点头，一边记录。

韦正雄试探道："赵董，柯立锋一直负责投资管理部，他下面那五个团队您看要不要？"

师婕听到韦正雄已经把"柯总"换成了"柯立锋"，心说真是人走茶凉，这韦正雄翻脸简直比翻书还快。

赵卫国看一眼韦正雄，显然也注意到他在称呼上的变化，立刻摇头："人事方面暂且先不动。"

"好的，"韦正雄有些小失望，"那项目方面……要不要重新明确一下？"

赵卫国想了想："柯总直接负责的几个项目里，华都有色的案子我会亲自盯着，乐开乳业和达丽国际已经临近最后阶段，"赵卫国把视线停在师婕身上，"我看就让师婕先了解一下情况。怎么样，师婕？"

师婕正琢磨着赵卫国依然称呼"柯总"，可见柯立锋看人确实准，公司上下果然只能相信赵卫国一人，冷不防听到两个项目落在自己头上，下意识地忙点头："没问题。"

"那就这么定了。"赵卫国对师婕投来信任的目光。

"赵董，我能问个问题吗？"师婕有些犹豫地问道。

赵卫国温和地点点头。

"柯总会是因为什么事？到底有多严重？"

韦正雄厉声喝止："师婕，你没听赵董刚才怎么说的？不要猜测！"

赵卫国对韦正雄摆下手，看了眼师婕，又扫视一遍所有人："在座的里面数我跟柯总认识最久，已经十几年了，柯总做人做事向来很有分寸。我相信柯总，如同我相信各位一样。"然后有意停顿片刻，"同时我要强调，非常时期切勿轻举妄动，以免好心办坏事。"

会议室里一阵寂静，人们都在揣摩赵卫国话中的含义。

韦正雄冷不丁地冲师婕发问："师婕，刚才赵董布置的任务，你听明白没有？"

师婕一愣,搞不清韦正雄什么意思:"哦……赵董让我接柯总的两个项目……"

"你接?他的项目是谁想接就能接的?"韦正雄敲打着桌面,却像在敲打师婕,"人家只认柯立锋!"

韦正雄所言确是事实,师婕恍然意识到将要面临的困难,但此刻当着大家的面被赵董点将,尽管内心忐忑,她仍强作镇定地说:"我会尽力而为。"

赵卫国抚慰道:"这次事发突然,你量力而行就可以了。"

师婕忙点头,假装在笔记本上写下什么,借以掩饰自己凌乱不安的心绪。

"那就这样,大家赶紧回去休息,准备战斗。"赵卫国像个将军似的挥了挥拳头,站起身,走出会议室,其他人也跟着鱼贯而出。

师婕长舒一口气,押了押酸痛的腰身,扭了扭僵直的脖子,这惊心动魄的二十个小时已经搞得她筋疲力尽。

走到门口,师婕刚要关灯,却发现赵卫国又返了回来。

"赵董,您落下什么东西了吗?"师婕回头四下察看。

"不是不是,我就是想再叮嘱你一下,刚才那句话我是专门说给你听的。"赵卫国面带微笑,像个慈祥的长辈。

师婕没反应过来:"您放心,项目的事我一定尽力而为。"

赵卫国收起笑容:"我是让你切勿轻举妄动……"

师婕这才恍然赵卫国指的是哪一句,但仍没明白为什么他单单叮嘱自己。

"Jessie,我知道柯总在你心里的分量,他是你师父,五年来一直带着你,你俩的师徒之情我完全理解。"赵卫国语重心长地说,"但你必须向我保证,不要去打听,更别惦记着去捞人,那不是救他,是害他,明白吗?"

"那咱们就这么干等着,什么都不做?"

"你呀,柯总没教过你吗?在很多关键时刻,以静制动往往是上上策,懂了吧?"

听到师父最信赖的赵卫国搬出师父往日的教诲,师婕愣怔片刻,用力点点头。

赵卫国重又露出敦厚的笑容:"你放心,我会想尽一切办法解决这件事的。"

"谢谢赵董。"师婕心头涌过一股暖流,她真想把柯立锋最后那句话说给赵卫国听,但还是忍住了。

师婕跟着赵卫国往前走,以为他也是去电梯间,不料他却拐向了自己的办公室。师婕诧异:"赵董,都这时候了,您还不赶紧回家休息?"

"我得先给老婆打个电话,她规定我飞机一落地必须马上报平安,刚才忙得没顾上,这会儿必须补上,不然后果很严重。"赵卫国呵呵笑起来,"被人惦记也是负担哟。"

师婕脑子里回荡着赵卫国的话,一个人走到电梯间,左思右想,意识到自己有件事还没做。她推开防火门走进楼梯间,撑在栏杆上思虑片刻,拿起手机找出Vivian的号码,犹豫再三要不要打这个电话。

最后,她还是按下了拨号键。

电话那边传来留言提示,听到滴的一声,师婕说:"Vivian你好,我是师婕。柯总这边出了点儿状况……请你尽快给我回复……"

师婕挂上电话,俯瞰着螺旋形的楼梯间,仿佛一口上不见顶、下不见底的井,狭小而幽暗,而她自己就像困在这井里的一只小猫,孱弱而无助。她不知道等待自己的将是什么,更担心柯立锋究竟怎样。一滴眼泪无声地流出来,从脸颊上掉落,坠入深深的井里。

与此同时,在京城的另一端,另一座楼里,另一个幽暗而狭小的"深井"中,柯立锋默默地坐在角落,双眉紧锁,牙关紧咬,无声地凝视着面前空无一物的白墙。

柯立锋已经无力辩白,也无意再做徒劳的争执。一路上他都在质疑和探究:为什么抓我?你们肯定是搞错了……我究竟犯了什么罪?

总得给个说法吧？但三个深灰夹克始终置若罔闻。

到了地方,柯立锋仍然不住地问:这是哪儿？你们凭什么关我？这里谁负责？我要马上见你们领导,我要打电话,这是我的权利！

无人应答,连个回声都没有。房间四壁都有厚厚的软包,灯一律是嵌入式的并包有丝网,仅有的几件家具是塑料的,固定在地板上,简单的盥洗卫具也不是陶瓷的,用的是薄薄的不锈钢板,挺软,仿佛一磕一个坑。直到自己的腰带和那条红色的领带都被收走,柯立锋才忽然明白过来:人家怕的是他绝不会做的事——寻死;而他做的恰恰是人家最不怕的事——挣扎。

第三章

阴差阳错的入职

凌世杰呆坐在床上,心怦怦乱跳,一身冷汗。

从十二岁起,他每年都会做几次同样的梦:一座光怪陆离的建筑物,他趴在高高的玻璃屋顶往下看,依稀可见灯光璀璨的大厅里人影攒动,熙来攘往不知在忙些什么。正当他把脸紧贴玻璃想对下面这神奇世界一探究竟,玻璃屋顶就像糖稀做的一般骤然四分五裂。他整个人坠了下去,那大厅和众人都倏忽不见,变成个黑洞洞的深渊……

起初,每当他把这怪梦讲给母亲听,母亲总会摸着他的脑袋说没事儿,这是睡觉蹿个子呢。可等到高中已经一米八五的他不再长高,同样的梦却依旧不期而至,他不再相信母亲那套歪理邪说。直到在纽约读硕士的某个夜晚再次从梦中惊醒,他忽然醍醐灌顶,这梦的寓意与象征豁然开朗,而他也再不会对母亲提起。

电话铃响,他激灵一下,一把抓过手机,是个陌生的号码,黄埔资本的?会是好消息还是坏消息?大概率应该不是好消息,但即便被拒也不能显露自己的失落。

凌世杰清清嗓子,平静地接通电话:"喂,您好。"

"哎,是我。"电话里传出一个女生欢快的声音。

应该不是黄埔资本的,凌世杰紧张的心放松下来,但又有些失望。

"你是?"

"你猜。"

凌世杰有些烦:"你到底谁啊?不说我挂了啊。"

"哟,真是忘恩负义,这才过了两天就不记得恩人啦?"女生咯咯地笑。

"恩人?"

"是我在电梯里救了你,也是我在牌桌上又救了你……"

"金晓?"凌世杰反应过来,"不好意思哈,我都睡晕了……"

"够闲的啊你,大周一上午十一点,你居然还在睡觉。"

凌世杰无声地叹口气:"反正睡觉不耽误等消息。"

"出来跟我吃饭吧,省得你自己待着瞎郁闷。"

凌世杰有些犹豫:"你在哪儿?"

"就在你家附近的香格里拉,赶紧过来吧,我在里面的香宫等你。"

"香格里拉……饭店?"

"怎么了?这儿的粤菜做得特别好,你应该尝尝,"金晓跟一句,"而且我有事儿跟你说。"

这句话让凌世杰不好拒绝,何况面试那天金晓确实帮了他不少忙,于情于理都得谢谢人家。他拿过钱包看了一眼,里面还有五六百块钱,要是不点特别贵的菜估计也够了。

凌世杰走进香格里拉饭店二层的香宫,四处张望,见金晓坐在靠窗的一张四人桌旁,简单的黑色连衣裙把她的皮肤衬托得更加白皙,像个精致的瓷娃娃。

金晓也看到了他,开心地冲他招手。凌世杰没精打采地走过去,还没落座就问:"你怎么有我的手机号?还知道我家离这儿不远?"

金晓诡秘地看看周围,身子前倾,打手势让凌世杰凑过来,手拢在嘴边:"不告诉你,"随即得意地晃着脑袋,"你不是说我跟你们不一样吗?"

凌世杰没再追问。就冲那天黄埔资本几个人的态度,她金晓想打听点儿信息还不易如反掌?

见凌世杰没什么情绪,金晓递过菜单,笑嘻嘻地说:"我已经点了几样菜,都是我爱吃的,你想吃什么自己加。"

凌世杰兴味索然地接过菜单随手放在一边,才注意到面前摆着两杯咖啡。金晓解释:"他们家上菜慢,我就从大堂要了一杯拿铁、一杯摩卡,看你喜欢喝哪种?"

"不用,我喝水就行。"

"那你要苏打水、汤力水,还是生姜水?"

"不用,矿泉水就行。"

"那你要加气的,还是不加气的?依云还是巴黎水?"

"算了,我就喝摩卡吧。"

金晓把拿铁端在手里,忍住笑白一眼凌世杰,心说:小样儿,我还治不了你?

凌世杰抿一口摩卡,问道:"你找我是要说什么事儿?"

"瞧把你急的,没事儿就不能跟你聊聊天啊?"

"大小姐,聊天也不用到这种地方吧?"凌世杰看眼周围,装潢考究的餐厅里寥寥几桌客人,背景音乐轻柔舒缓,外面庭院绿树成荫,跟老妈操持的川芙蓉餐馆相比,一个阳春白雪,一个下里巴人。

"这地方不吵,聊天方便。"金晓满不在乎地说。

凌世杰耸下肩膀,既来之则安之,反正也是来还人情的。菜陆续上来,鲍汁牛柳、松茸汽锅鸡还有鳕鱼。

"你吃啊。"金晓把一块鳕鱼夹到自己盘里,边吃边问,"你接到黄埔资本的 offer 了吗?"

"还没有。你接到了?"

"嗯。Linda 早上给我打了电话。"

凌世杰一愣。

"让我8月1号去报到。"金晓语调平淡,似乎黄埔对她的吸引力还不如眼前的菜。

"那……恭喜你啊,心想事成。"

"切,你怎么知道我心想什么?"金晓瞥凌世杰一眼。

"看来我没戏了。"凌世杰一脸沮丧。

"不要紧,好公司又不止他们一家。"

"可我只投了黄埔……"见金晓停住嘴,冲他瞪着一双大眼睛,凌世杰有些气恼,"怎么?你不信?"

金晓先摇头,又忙不迭点头:"不是,我信!我是搞不懂,黄埔究竟有什么好?"

"不是跟你说过吗?我是冲着柯立锋去的。"

"人家找工作都是奔着公司,没见过你这样的,奔着人去。"

"你可能不知道,黄埔资本的赵卫国和柯立锋都是哥伦比亚商学院出来的,在纽约学金融的留学生圈子名气特别大,尤其柯立锋,他那几个经典案例像招才网和同城会,传得都神了。我一直认为上班就像上学,所谓好学校就是因为有好老师,所以我一心想进黄埔给柯立锋当学生。"

金晓撇嘴:"那姓柯的说话太难听、为人太刻薄,他就是再有本事,我也不愿意让他教我。"

"严师才能出高徒。我这两天老琢磨柯立锋那些话,虽然刺耳,但仔细想确实有些道理,"凌世杰认真地说,"但他关于资本控制人的说法我仍然不认同,只有人控制资本,才能让资本只做好事、不做坏事。"

"哟,看不出你还挺理想主义的,我从来没想过为什么要做投资。"

"理想有什么用?我原以为柯立锋能帮我实现理想,结果他却亲手……"凌世杰无奈地苦笑,幽幽吐出一句,"我本将心向明月,奈何明月照沟渠……"

金晓反应一下,眼睛瞪得溜圆,佯作生气地举起餐巾:"你说清楚,谁是沟渠?"

凌世杰嘟囔:"黄埔要谁,谁就是沟渠。"

"切,它要姐,姐还不一定去呢。"金晓放下餐巾,得意道,"实话跟你说吧,我手里还有百川投资的 offer。"

"百川投资?"

"对呀,也在世贸大厦,规模不比黄埔小,老板叫万宗海,在投资圈名气很大。"

凌世杰顿觉老天真是不公,就像一个苦孩子眼巴巴地盯着橱窗里的玩具求而不得,可那边来个富孩子一下抱走俩。

金晓没留意凌世杰的神情,郑重其事地说:"找你就是因为昨天我听……一位业内人士……说,长期看百川的前景要远好于黄埔。"

"为什么?"

"人家没说为什么,只是劝我去百川。"

"说这话的是什么人?"

"嗯——这你就别管了,反正他肯定不会害我。"金晓话题一转,"本来我还想,咱俩也算朋友了,要是都去黄埔还能互相照应,至于前景不前景嘛,我这人向来只在乎当下,但既然黄埔没要你……"

凌世杰正黯然,却见金晓撂下筷子抓过手机拨号,大剌剌地说:"喂,Linda,我金晓。我考虑好了,决定不去黄埔……对,不去!拜拜!"

金晓放下电话,见凌世杰目瞪口呆地盯着她,便豪气十足地一挥手:"怎么样?够仗义吧,它不要你,我不要它!"

凌世杰总算回过神,喃喃道:"你这是何必呢……"

金晓不理会,接着拨通另一个号码:"喂,您好!我是金晓……对,上午已经电话通知我了。我考虑好了,决定加入百川投资……8月1号?没问题,到时去见您……嗯,谢谢您!"

金晓把手机往桌上一扔:"行啦,搞定!你跟我一起去百川吧,有我当内线,百川肯定要你。"

凌世杰狐疑地看着金晓:"你……和百川很熟?"

"当然,包在我身上,"金晓旋即改口,"主要是你这么优秀,百川没理由不要你,你今天就把简历发给我,我给你转过去。"

凌世杰犹豫一阵,嗫嚅道:"我还是想再等等,毕竟黄埔还没明确通知说不要我……"

"你真够死心眼儿的,等他们通知并不影响你申请百川嘛,"金晓有些恨铁不成钢,"要我说,你就去百川,等黄埔说不要你的时候,你就冲他们甩一句:无所谓,哥已经在你们头顶上的百川了!"

"可我从一开始认准的就是黄埔,我喜欢他们的风格,钦佩他们的眼光……"

"喜欢柯立锋训斥你的风格?钦佩柯立锋蔑视你的眼光?这位同学,你不会是受虐狂吧?"

就在同一时刻,Linda神情紧张地走进韦正雄办公室,绕过大班台立在韦正雄身边,忐忑地说:"韦总,您还得帮帮我……"

"你什么事儿我没帮过?"韦正雄颇具玩味地盯着Linda。

"出了点儿状况,您不是签发了两份录用通知书吗,结果有一个把咱们拒了。"

"哟,这倒新鲜,谁呀眼光这么高?"

"那个金晓呗,除了她还能有谁。"Linda叹口气,倚靠在桌沿上。

"她?"韦正雄收起笑容,"你们是不是在细节上处理不当?"

"怎么会?我们对她各方面做得都很到位。"

"那……会不会是因为面试那天柯立锋对人家太不客气了?"

Linda忙顺竿爬:"嗯,我估计肯定是这个原因。"

"哼,那天还不如不拉他去。"

"就是,可谁能想到他会那样?"Linda恨恨不已,"真是贻害无穷。"

韦正雄沉吟片刻,脸上的阴云逐渐消散:"这金晓不来就不来吧,天要下雨,娘要嫁人,随她去吧。"

Linda 扭了下身子，欲言又止。

韦正雄眉毛一扬："对了，你刚才说让我帮忙？"

"嗯，我是有点儿担心，咱们第一次大张旗鼓、花了那么多人力物力招聘应届生，如果忙活半天只录用一个人，是不是有些不好看？我担心公司里有人议论……"

韦正雄立刻直起身子，警觉地问："议论谁？你还是我？"

"还不都一样？"Linda 又扭了下身子。

韦正雄歪头琢磨："所以你想……再录一个人？哪个？"

"那个叫凌世杰的，您有印象吧？"

"凌世杰……"韦正雄努力回忆着。

"就是群面那天被柯立锋狠批的那个男生。这柯立锋也真是的，其实我觉得凌世杰表现还行，没想到他把人家狗血喷头地骂了一通，我就以为他特看不上人家；没想到他后来竟跟我说他其实最看好凌世杰，让我无论如何给他招进来；更没想到柯立锋当天就出事了，我就没把凌世杰报给您。可眼下这局面……您看要不要把他招进来？"

韦正雄被 Linda 绕得有点儿晕："柯立锋到底看中他什么了？"

"他说凌世杰天生有一种对人的关注，而且有魄力。"

韦正雄默然不语，手指下意识地轻轻敲打着桌面。

忽然，像是应和似的传来两记敲门声，赵卫国推开门先看到 Linda，连忙说："哟，你们先聊，我过会儿再来。"说完打算回身就走。

"赵董您等一下，"韦正雄赶紧起身迎上去，一边把赵卫国拉进房间，一边满脸堆笑地说，"您有事儿叫我就行，怎么还亲自过来……"

"怎么，我过来影响你们工作了吧？"赵卫国看眼 Linda，"你们继续聊你们的。"

见 Linda 犹疑不知如何开口，韦正雄忙解释："哦，也没什么，您不是很重视这次应届毕业生招聘嘛，老柯对其中一个印象不错，但他这不是刚出了状况嘛，Linda 把握不准该怎么办才好，想听听咱们的意见。"

"哦，柯总看人向来有一套，能被他相中的应该是可造之才，"赵卫

· 51 ·

国看着Linda,"柯总现在还是咱们黄埔的管理合伙人,他的意见还是要重视的。"

"就是就是,"韦正雄连连点头,"我刚才跟Linda也这么说的。"

Linda立刻如释重负:"赵董,明白了,我这就去办。"

凌世杰一点儿胃口都没有,又不好意思盯着正吃菜的金晓,便拿起杯子喝了口咖啡,眼睛瞟向别处。

这时,他的手机响了,凌世杰赶紧拿起来:"喂,你好……您好于总!我是凌世杰……真的吗?!……是,我知道您没开玩笑,我是有点儿不敢相信自己的耳朵……好的,我会随时查收邮件给您回复的……好的,8月1号,没问题,我绝对不会忘的……谢谢您!到时候见!谢谢您!"

凌世杰按捺住心中的狂喜,把手机轻轻放到桌上,仰头长长地吐出一口气。

"于总?Linda?黄埔的?"金晓有些难以置信。

凌世杰抿嘴笑着点头。

"他们……要你了?"

凌世杰再也绷不住,咧开嘴笑得像个宝贝失而复得的孩子:"看来这是老天在考验我对黄埔的诚意啊……"

"看来这是老天在耍我啊……"金晓失望地仰天长叹。

"老天不负有心人……"凌世杰又像当初赢了德扑那样兴奋地举起双臂,做了个V形手势。

金晓撇下嘴:"有心人?你有心吗?"

"当然有心,而且是诚心,不然我怎么能感动黄埔呢……"凌世杰当然看得出金晓的失望,也明白她话里的意思,于是换了话题,"哎你说,柯立锋那么瞧不上我,可黄埔却居然决定要我,说明内部肯定有人帮我说了话,我的这位贵人究竟会是谁呢?"

"你觉得呢?"金晓没好气地白他一眼。

· 52 ·

凌世杰在桌上一拍:"肯定是她!"

金晓吓一跳:"谁?"

"师婕!就是面试坐在我对面的那位女经理,看上去她心眼儿特好。对,她就是我的贵人!"

"她?你好歹是个学霸,用脚后跟想想,就她那个级别,能帮你说上话吗?"

"嗯,你说得也有道理……那会是谁呢?难道是……韦总?"

金晓的肺都快气炸了,把餐巾往桌上一扔:"不吃了,饱了!"然后拿起手包往洗手间走去。

凌世杰示意服务员买单,然而接过账单一看,顿时傻了眼,糟糕,钱不够。正犯愁,金晓回来了,凌世杰一脸窘迫地张口:"本来今天我是想请客的,一来谢谢你上周五帮了我大忙,二来算是庆祝我成功入职黄埔,可是……"

金晓瞥他一眼,从包里掏出一张黑卡,然后拽过凌世杰手里的账单,看都不看一并塞给服务员:"叫你出来跟我吃饭,当然不用你掏钱,我是这儿的 VIP。"

凌世杰愈发局促:"其实不用你请客,我带的钱够和你 AA 的。"

金晓抬手指着凌世杰,一时竟不知说什么才解气,垂下手臂苦笑一下:"我这才真是——我本将心向明月,奈何明月照沟渠……"

凌世杰的脸登时红了。金晓却没事人似的一甩头:"我想开了,老天虽然成心不让咱们在同一家公司,但他至少让咱们在同一座楼里。"

凌世杰忙就坡下驴:"以后在一个楼里上班,我多请你几顿。对了,百川在几层?"

"我刚才说过啦,百川在黄埔头顶上。"金晓坏笑,"你可得时刻记着,我压你一头。"

凌世杰婉言谢绝了金晓开车送他的一番美意,他不想让金晓知道自己要去的地方。在紫竹桥西上了公交车,没几站就到了中关村,下车走不多远就是川芙蓉。

他十二岁那年,父亲凌颂华去世,母亲赵雪梅为还清丈夫留下的"债",不得已辞了小学老师的工作,在中关村租下个不临街的门脸开了家小餐馆——川芙蓉家常菜,主要做周围上班族的生意,因为价廉物美而渐有名气。后来中关村西区大规模拆迁改造,原来的门脸要拆,赵雪梅一咬牙搬到苏州街东面一处二层底商,档次提升了些,得以接待商务应酬,招牌上"家常菜"三个字便去掉了。

十二年,整整十二年,赵雪梅独自默默地扛下所有的辛苦和责任。

凌世杰从中学到大学的课余时间和假期都是在川芙蓉度过的,后来到纽约读研,他去华盛顿广场北面的一家中餐馆打工,盘子刷得比谁都溜,老板挺惊讶,说如今国内出来留学的少有这么能吃苦的孩子了。

当初高考报志愿,为了减轻母亲负担,凌世杰想报师大。

"报清华!"赵雪梅语气坚决,不多说一个字。

大学毕业前,周围同学纷纷出国,凌世杰只想赶紧找份工作。

"去留学!"赵雪梅语气依然坚决,依然不多说一个字。

可凌世杰知道,为了这六个字,母亲这十二年里没休息一天,没睡过一个安稳觉。

"老妈,从现在开始,您肩上的担子就交给我了,我一定会让您越来越享福的。"凌世杰眼前的一切都那么美好,他忍不住频频冲同车的乘客投去灿烂的微笑,搞得售票员都有点儿纳闷。

午市的营业时间已过,川芙蓉已经关门关灯,这时候员工都会在一楼休息,而老妈则会在总台盘账。

凌世杰三步并作两步地走到门口推开店门,刚想叫声老妈,却见厅里格外冷清,一个人都没有。他正诧异,隐约听到二楼有声音,便蹑手蹑脚地沿楼梯走上二楼,发现声音出自最靠里的八人包间。包间门没关严,凌世杰把脸凑近门缝,看不清里面的情形,但多人的话语声却听得真真切切。

"雪梅姐,您别误会,我们纯粹是不想还让您受这份累。"一个公鸭嗓说道。

"是啊嫂子,这两年您也不容易,我们心里都明白。"这女人的声音又尖又细,像用指甲划过玻璃。

"赵老师,人家都说最笨的活法就是人忙死、钱闲死,干餐馆不就是这样?您辛苦挣的钱要么交房租,要么开工资,总这样可不行。"这人是典型的烟酒嗓。

凌世杰正凭借口音回忆这是哪几位曾经的"叔叔阿姨",传来母亲温和的声音:"瞧你说的,这世上哪有人闲死、钱忙死的活法?"

"炒股啊!那可比开餐馆轻松多啦。"这位说一不二的腔调挺像居委会大妈。

赵雪梅不以为然:"炒股轻松?依我看那根本算不上正经营生。"

"得分什么时候,"公鸭嗓听上去很是得意,"这大盘行情一来,躺着就能把钱挣了,你们说对不对?"

"对!我女婿说了,现在是从来没有过的牛市,咱这辈子能赶上一回那就是福气!"

赵雪梅疑虑道:"所以……你们想从川芙蓉把钱拿走去炒股?"

什么?凌世杰的心一下提起来。

"是啊。"烟酒嗓咳嗽一声,"赵老师,我家街坊今年3月份卖了套房,把一百多万全砸进股市,眼下小三百万了,等于挣回来两套房!"

"这种事还是少掺和,"赵雪梅淡淡地说,"你们是光看见贼吃肉,没看见贼挨打……"

"您说得对,所以就得瞅准时机赚一票走人。雪梅姐,您今天容我撤出三十万,年底我就能变成六十万,到时我再把这三十万放回川芙蓉,您看怎么样?"

"可是我现在拿不出三十万啊!别说三十万了,就是支走三万,我今天晚市都开不了张……"

仿佛指甲再次划过玻璃:"嫂子,要是川芙蓉账上拿不出这么多钱,那咱换个方式,您个人出钱,把我的股份买走,怎么样?"

几个人都附和:"就是,要不您就把我们的股份都买回去,这样您也合算。"

"怎么可能啊?我要是有那么多现钱,当初还至于把餐馆的股份让出这么多给你们?"

"居委会大妈"循循善诱:"那你把川芙蓉盘出去,换回现钱咱们一分,问题不就解决了?"

"盘出去?餐馆没了,你们让我靠什么活?坐吃山空?"赵雪梅急得声音都变了,"再说就算我肯卖,这一时半刻上哪儿找买主啊?"

"嫂子,您能不能把餐馆抵押喽?"

"餐馆能抵押的只有房子,可这房子是人家房东的呀。"凌世杰都能想象出母亲此刻愁容满面的样子。

"赵老师,您那房是当初老凌单位分的,如今已在您名下吧?那个可以去抵押。"

"可万一房子被银行收走,我跟小杰住哪儿去啊?你们能不能再给我些时间,容我慢慢想办法?"

"雪梅姐,不是我们不给您时间,是这波行情不等人啊!"

"赵老师,我给您提个一举多得的法子。您现在住的三居室在三环里,每平方米得上三万,您把它卖了,换到五环外买一套单价五六千的小两居,这样就能富余出不少现金,足够您把钱还给我们,餐馆重又只归您一个人,您和儿子照样有房住……"

凌世杰再也听不下去,猛地推开门,怒视着面前的四个外人。

包房里的人都被突然冒出来的凌世杰吓了一跳,赵雪梅更是一脸惊慌:"小杰?你怎么来了?"

凌世杰不回话,气鼓鼓地冲那四个人喝问:"你们到底想干什么?!我爸在世的时候,你们看他有权,哭着喊着把钱塞给我爸,求他带你们炒国债,你们亲口说的亏了无所谓。那些钱算什么?究竟是借债还是投资?!"

几个人都不吱声。

"后来我爸出了事,你们天天上门死皮赖脸地追着我妈要钱。是我妈可怜你们,觉得你们也不容易,更怕你们背地里埋怨我爸,她好好的老师不当,改行开餐馆,没日没夜地干,还不是为了快点儿赚钱还给你们?!后来你们看川芙蓉生意不错,趁我妈着急筹钱供我留学,你们主动提出来搞什么债转股,把我妈变成小股东,其实是你们的打工仔。现在你们又嫌分红太少太慢,要撤资去炒股,逼着我妈回购餐馆的股份,我妈没钱让你们退股,你们就逼她卖房,你们还是人吗?!"

公鸭嗓瞪起眼睛,吊着嗓子:"你小孩子家,怎么说话呢?"

"我就这么说话!"凌世杰狠狠拍了下桌子,"你们一个个都这么大岁数了,摸着良心好好想想,从法律上说,我妈欠你们一分钱吗?还口口声声可怜我们母子俩,你们是一直在欺负我们母子俩!"

"你那时候还小,有些事你不懂,我们跟你说不着。""居委会大妈"转向赵雪梅,"反正今天要是拿不到钱,我们就告你去!"

凌世杰怒不可遏:"你去告啊!我今天就给你一句话,往后谁再敢欺负我妈,我跟他没完!"话音未落,凌世杰双手抓住桌上的玻璃转盘用力一掀,放在转盘上的茶壶和杯碟登时飞起,茶水溅到几个人身上,转盘从桌上滑下去,撞到一把空椅子,椅子咣当一声倾倒在地,转盘就势滑到墙边停住。

那几个人惊叫着跳起来躲到墙角,纷纷擦抹身上的水渍和茶叶。

赵雪梅赶忙拉住儿子:"小杰,你发什么疯啊?"

"妈,您别管,"凌世杰甩脱开母亲的手,"我就是要让他们知道,别欺人太甚,兔子急了还咬人呢!"

赵雪梅冲那四位摆出笑脸:"对不住啊,我家世杰最近心情不好,我替他赔个不是……"

"今天先这样吧,"烟酒嗓贴着墙往外挪,"反正我们的意思你也清楚了,下回再说。"

"没下回!以后想要钱你们找我,不许再打扰我妈!"凌世杰不依不饶。

那几位蜂拥而出,赵雪梅赶紧跟出去。凌世杰看着眼前的一片狼藉,默默蹲下身收拾地上的杯碟碎片。

赵雪梅走回来,扶起一把倒地的椅子,坐下叹口气:"这些人呐,光惦记钱生钱,不然当年也不会总缠着你爸。还是连葳的爸妈明事理,跟咱关系那么近,可从来不求你爸帮他们投资,就是不想把钱掺和到友情里。后来你爸出了事,只有他们一直帮咱们,这家人咱可要好好珍惜啊。如今连葳一个人在外面,你常跟她打打电话……"

凌世杰没接茬,瓮声瓮气地问:"妈,都这样了,您还打算瞒下去?"

赵雪梅瞟一眼儿子:"你是刚知道,还是早知道了?"

"妈,是我在问您。"

"没大没小,还审起你妈来了?"

凌世杰头也没抬:"我去美国前就知道了,您跟他们的股权转让协议就放在抽屉里。"说完,他起身拿笤帚,把拢到一处的垃圾扫进簸箕。

赵雪梅看着凌世杰,心里五味杂陈,过了一阵才喃喃地念叨:"我儿子真是大了……今天多亏了你,不然我真不知道该怎么办了……"

"妈,我一定会挣很多的钱,帮您把股份都赎回来,让您不再这么辛苦,也不再受任何人欺负。"凌世杰鼻子发酸,低头把桌布铺好。

"你就不该这么想,我开餐馆就为赚钱吗?是因为我喜欢,我干的是最擅长也最喜欢的事,这是福气。你有这份心,妈就知足啦,比你挣多少钱都强。你记住,这世上很多东西比金钱、比股份更重要。"

"嗯,记住了。"

"当初为啥让你学计算机?就是想让你只跟电脑打交道,少跟人打交道,更别沾钱,因为人和钱都可能害你。对了,你工作怎么样了?我看你那天回来情绪不高,周末又闷在家里睡觉,也没敢问。"

"妈,我着急来店里就是想告诉您,人家要我了!我有工作啦!"

"我说什么来着?"赵雪梅一拍大腿,下巴扬得高高的,"我儿子堂堂清华的本科、美国的硕士,哪家公司不抢着要?"

凌世杰有点儿得意忘形:"这家公司不一样,可难进了。"

"啥公司？怎么不一样？你到哪儿不都是编程序？"

凌世杰冷不防地被问住了，正惶惶之际，母亲的波导手机响了。

赵雪梅一听对方声音，脸便笑成一朵花："是连葳啊，你午觉睡醒啦……哦对，英国那边现在是早晨。你妈妈这两天已经好多啦……放心吧，我每天都熬好粥给她送过去……你这孩子，跟干妈还瞎客气……噢，小杰呀？我告诉你啊，他找到工作啦……嗯，我可算踏实了……你要跟小杰说啊？他就在我身边呢。"

赵雪梅把手机塞给凌世杰，凌世杰接过电话，拿起簸箕往外走。

连葳急切而欢快的声音从手机里迸出来："世杰哥，你真的进黄埔资本了？"

凌世杰急忙低声制止："嘘！这句要是被我妈听见，我就死定了。"他缩着脖子四下张望，"我警告你啊，千万别对我妈说漏嘴。"

"呃，知道了。"连葳噘着嘴嘟囔，"从小到大你就知道训我，本来我刚想好好祝贺你，被你训得都没情绪了……"

凌世杰仍不放心："还有，对你爸妈也得严防死守，他们知道了我妈就知道了，我妈知道了我就……"

"哎呀好啦，我是那种不靠谱的人吗？当初你在纽大从工程学院转到商学院，我不是替你瞒得死死的？算了，热脸贴冷屁股，我要去弄早餐了。"

凌世杰嘿嘿一笑："你见过靠谱的吃货吗？"

"当然见过，我天天照镜子！"

凌世杰倒完垃圾走回包间，脸上还挂着笑容。

赵雪梅看在眼里，也笑："一跟连葳聊天就特开心吧？那孩子性格真好，还特懂事。小杰啊，你以后可得好好对连葳一家……"

"妈，您这话我听得耳朵都起茧子了。"

"人家连葳一个女孩子孤零零在英国……"

"知道啦，我跟她经常MSN。"

"你还应该多去看看她爸妈，别忘了，当初我们两家可是指腹为婚过的……"

"那会儿连我都没有呢,哪儿来的记性?"凌世杰直摆手,"跟您说多少遍了,我和连葳就是发小儿加哥们儿!"

"反正我就是喜欢连葳这丫头。"赵雪梅喜滋滋地一晃脑袋。

凌世杰无奈而同情地摇摇头,走过去抬起地上的玻璃转盘。赵雪梅忙过来搭把手往桌上放,庆幸道:"幸亏没碎,不然刚才肯定得叫救护车了。"

凌世杰大大咧咧地说:"不会,这是钢化玻璃。"

赵雪梅瞪儿子一眼,含笑嗔怪:"记住喽,以后掀桌子可别再掀自家的。"

一楼传来人声,想必是先前被赵雪梅打发出去的服务员和后厨陆续回来了。赵雪梅把儿子撂在一旁,赶紧出去了。

凌世杰终于坐下,长出一口气,刚准备好好憧憬一下即将开启的黄埔生涯,一个人悚然跃入他的脑海——柯立锋。如果说上周五面试之前凌世杰对柯立锋是七分崇拜、三分敬畏,经过这三天过山车一般的由喜到悲又由悲到喜,凌世杰已说不清他对柯立锋究竟抱有怎样的心态,他全然不知该如何面对这位曾经的偶像、如今的煞神了。

柯立锋难得有大把时间盘点他迄今为止的人生,发现他竟把太多工夫花在了等待上。小学毕业的那个暑假,他每天做好饭便守在房门口等父亲下班,直到拎着米色人造革包的父亲小跑着进楼;高中毕业的那个暑假,他每天站在弄堂口等身穿绿装的邮递员骑着绿漆斑驳的自行车出现,直到有一天邮递员递给他个牛皮纸大信封,落款是红色的"复旦大学"四个字。

柯立锋与常人不同,等待于他而言是桩如同读书考试般必须全力以赴的事,等待时的他总是专心致志、心无旁骛,不吃不喝简直像苦修一般,仿佛他在等待中的辛劳与虔诚真能影响他所等待的结果。实际上,并非每次等待都能修得正果,最近的例子便是上周五,他等了那么久也没等来华都有色重组过会的消息,结果却被换了个地方,从等待喜讯换成了等待审讯。柯立锋想,看来真不该去搞什么面试、去录什么节目,一心二用果然犯忌讳、遭报应。

一连几天,除了有人定时送来吃喝,一直没人搭理他,柯立锋越等越像热锅上的蚂蚁。究竟怎么回事?总得给个说法吧?每次有丁点儿响动,他便眼巴巴盼着门打开,盼着有人进来跟他好好谈谈。但屡屡失望以致几近绝望后,他恍然意识到,这是人家在搞心理战,就是要他急切之下失了方寸、乱了阵脚,恨不能见个人便一吐为快,把该说的不该说的全说了,只求速死。于是,柯立锋盘腿坐下,闭着眼让自己定下心神,既来之则安之,不急了,不等了。

柯立锋反复琢磨自己可能是因为什么事被弄进来的。既然对方自称证监会稽查局,说明与税务、工商各类纠纷无关,只能是证券业务中涉及内幕交易、市场操纵、利益输送、虚假陈述或财务欺诈等方面。他按时间顺序由近及远、按项目规模由大到小,在脑子里逐一梳理,究竟是哪桩哪件踩了雷、对方又能拿出何凭何据?想了许久,仍毫无头绪。他便换个方向,从琢磨事由转而推测性质,他们想给我安个什么名头?是违规、是违法,还是犯罪?这三者可是天壤之别……冥想中,他忽然闪出一个念头:不对!这也是人家的策略,把你晾在这里不闻不问,就是让你有充裕的时间自我反省、自我拷问,越想越怀疑自己浑身都是马脚,趁你急于撇清,人家便可请君入瓮,没两回合便把你撂了。

想到此处,柯立锋便不再盘算,开始琢磨算盘。他自小便跟着一辈子在银行当柜员的父亲打算盘,十二岁那年还得过上海少儿珠算大赛的金奖。柯立锋靠墙坐着,眼前仿佛出现一张硕大的算盘,他双手悬空,口中念念有词,三下五去二、二一添作五、六去四进一、一退六二五……十指依照口诀上下拨动,耳边响起算珠炒豆般清脆的声音,眼前是长串的数字一行行滚动,其间依稀浮现出父亲那张永远与世无争的脸。

忽然,算珠的噼啪声中出现几下杂音,门开了。

两个人走进来,盯着柯立锋看了一会儿,彼此交换一下眼色,一个人开口道:"怎么样?都想清楚了吗?那你就谈谈吧。"

柯立锋睁开眼睛:"谈什么?"

"谈什么你还不知道?"

另一个人笑了下:"谈什么都行,反正有的是时间。"

第四章

职场第一课

8月1日,清晨五点半,天刚蒙蒙亮,凌世杰已经起床了。其实整整一夜他几乎没睡着觉,脑子里不断勾画着自己光明灿烂的前景。这不是他第一次彻夜失眠,当初去清华入学报到还有乘机飞纽约的前一晚,他也是这样一宿没合眼。

冲了澡,凌世杰对着镜子里帅气而自信的自己一握拳:"加油!"看时间还早,凌世杰开始整理房间。台历上的"8月1号"早已用红笔圈出,他拿起笔在圆圈周围加上放射线,变成一轮红红的太阳,意犹未尽地又在太阳旁边加上个大大的惊叹号,新的人生注定充满阳光和精彩。放下台历,凌世杰又拿起桌上那本杂志,封面上的柯立锋好像满眼轻蔑地看着他,凌世杰心头掠过一道阴影,想起那天柯立锋最后说的话:"你根本不配干投资这一行!"他盯着封面凝视了几秒钟,然后说:"我一定会证明给你看!"说完,便把杂志掖进书柜。

凌世杰打开衣橱,检视自己新近从动物园服装批发市场买来的两套西装、一沓衬衫和几条领带,挑出浅灰色西装、浅蓝色牛津纺衬衫和深蓝色的领带,比对一下搭配效果,挺满意。

"咦,你今天怎么起这么早?"赵雪梅惊讶地发现儿子在厨房里忙活,"还不到七点,高兴得睡不着啦?"

"长这么大都是您给我做早饭,今天也让您尝尝我的手艺。"凌世杰先把煎好的荷包蛋装盘递给母亲,然后从锅里盛小米粥。

赵雪梅看眼刚烤好的面包片,笑道:"哟,还是中西结合呐,看来我真开始享儿子的福喽!"

"您别多想,本项福利仅限今天。"凌世杰心知小试牛刀献殷勤只能偶尔为之,这样才能既让老妈有满足感,也让自己有成就感。

赵雪梅夹起一个荷包蛋,忽然停在嘴边,盯着椅背上的西装上衣:"你打算穿这套去上班?"

"怎么了?"

"每天来咱家店里吃饭的有好多程序员,我看他们穿得很随便,都是牛仔裤、Polo衫,从没见他们穿得这么正式。"

"哦……我第一天上班,想给人家留个好印象……"凌世杰底气不足地敷衍。

"这印象能好?只会让人家觉得你太特殊、不合群。"赵雪梅面色凝重,"儿子,你到公司可得注意跟同事搞好关系,你得入乡随俗,只有和同事打成一片,你有困难人家才会帮你,要不然……"

"您打住,我换还不成吗?"凌世杰清楚,老妈会一直唠叨到他换身行头才罢休。

他无奈地摇摇头,抄起西装上衣回到自己房间,换成休闲的牛仔裤、Polo衫,再偷偷把西装衬衫和领带都小心翼翼叠好,塞进双肩包。

"嗯,这就对了。"赵雪梅挺满意,放下筷子拉凌世杰走到柜子前,望着凌颂华的遗像,"老凌,咱们儿子今天上班了,在家软件公司。你放心吧,他往后天天编程序,肯定不跟钱打交道。老凌,儿子已经成人了,我们娘儿俩的日子会越来越好的……"

凌世杰望着父亲的遗像,又看了一眼母亲花白的头发和瘦弱的肩膀,鼻子发酸,一股愧疚涌上心头。

赵雪梅转过脸:"来,跟你爸说两句,就说你没辜负他的遗愿。"

凌世杰有些迟疑,往前蹭一步,躲避着父亲的眼睛:"爸,您放心,我一定会让您和妈为我骄傲的。"

世贸大厦楼下,凌世杰背着鼓鼓囊囊的双肩包,穿着程序员的标准工服,低头走在一群脚步匆匆的西装革履之中,不敢多看周围一眼,恨不得自己是个隐形人。

走进写字楼,凌世杰正四处寻找卫生间,旁边突然传来一个清脆的声音:"喂,你这是来入职的,还是来辞职的呀?"

一扭头,金晓正好奇而俏皮地看着他。凌世杰一脸尴尬,只可惜大理石地面连条缝都没有,他赶紧拍拍自己的双肩包:"我……带着西装呢。"

"哟,你还挺讲究。"

"不是,地铁太挤,我怕一出汗……"凌世杰语无伦次地遮掩。

金晓又揶揄:"你确实讲究。"

凌世杰在卫生间换好西服,把休闲装塞进双肩包,这才坦然走出来,发现金晓还在等他,便昂首挺胸问道:"怎么样,帅多了吧?"

"帅,真帅,"金晓露出小虎牙坏笑,"长得丑活得久,长得帅老得快。"

进了电梯,凌世杰问:"你怎么没开车?"

"懒得开。"

凌世杰难得逮住机会反击,笑道:"你不像是心疼停车费的人嘛,肯定是因为头一天上班,得低调。"

金晓白他一眼:"你跟我爸一样烦。"等其他人陆续出了电梯,忽然感慨,"上次坐电梯咱俩还是面试的竞争对手,如今就是单纯的朋友,真好。"

凌世杰当即严正指出:"不对,我进了黄埔,你进了百川,从今天起咱们才真正成为竞争对手。"金晓见凌世杰煞有介事的样子不像开玩笑,一时竟无言以对。正好电梯到了三十五层,凌世杰朝金晓做了个鬼脸:"祝你好运,竞争对手!"

金晓情急之下气恼地嚷:"竞争对手也得请我吃饭!"

凌世杰冲即将关上的电梯门比画个OK,转身轻快地走向黄埔资本前台。他踌躇满志地看着墙上"黄埔资本"四个深红色的隶书,对前台说:"你好,我是凌世杰,壮志凌云的凌。"

前台定睛看了一眼凌世杰,笑了:"是你啊,咱们又见面了。"

"以后啊,咱们天天见。"凌世杰得意地挤下眼睛,"你叫什么?"

"Amy。你是来报到的?HR说今天有两位新员工入职,原来其中一位是你呀。"

"另一位是谁?"凌世杰不禁好奇。

话音刚落,有人走近前台。凌世杰一回头,与刘家昌四目相对。刘家昌一愣,明显有些意外。

"果然是你啊。"凌世杰亲热地伸出手,好像见到老朋友,"从今天起咱俩就是同事了。"

刘家昌轻轻和凌世杰握了手,脸颊和嘴角拘谨地动了动。

"哟,你们俩都到啦。"

凌世杰和刘家昌应声扭头,是Linda,脸上还是那副职业微笑。

"跟我来吧。"Linda领着两人走进黄埔资本,一路介绍着各个部门,"这片都是基金管理事业部,Michael总的团队负责新基金募集、客户服务、维护LP(出资人)关系……这几个房间属于风控中心、法务部和财务部,Henry总直接向赵董汇报……这部分区域都归韦总负责,有公关、行政还有我主管的人力资源……还有就是你们将要入职的投资管理事业部,从投资一部到五部,共五个团队……"

虽然面试那天凌世杰见过公司的布局,但此时此刻还是觉得一切都那么陌生和新鲜,他兴奋而又惴惴地东张西望,似乎害怕遇到那个人,又隐隐有些期待。走着走着,凌世杰赫然发现正经过柯立锋办公室门前,他不由得倒抽一口气,双脚像被钉住一样望着紧闭的房门。

"喂,你是来发呆的吗?"Linda在几米开外不耐烦地冲凌世杰拍手,刘家昌也不解地看着他。

凌世杰如梦方醒,连忙快步跟上。

走进人力资源办公室,Linda从桌上拿起已经备好的两张工卡,递给他们:"从今天起,你们就是黄埔人了。"

凌世杰郑重地双手接过工卡端详一番,然后满心欢喜地挂在脖子上,像个大男孩一样笑起来:"我现在是助理分析师啦。"

刘家昌瞥眼凌世杰,老到地把工卡掖进左上方的衣兜里,而凌世杰正仔细地把胸前的工卡摆放端正,生怕被领带遮住。

Linda将两人迥异的做派看在眼里,接着说:"刘家昌,你到投资五部,带你的是五部的投资总监朱敏文。凌世杰,你去投资三部,你的mentor(导师)是高级投资经理,师婕。"

"真的?!"凌世杰大喜过望。

"你至于这么激动吗?"Linda莫名其妙。

"不是……"凌世杰也察觉失态,"我……好像刚才没见到师经理……"

Linda白凌世杰一眼:"你以为所有人都得恭迎你大驾光临?"

凌世杰红着脸忙不迭摆手,刘家昌在一旁露出一丝不屑。

达丽国际的办公区一片忙碌嘈杂,不时有人用闽南一带的口音大声喊话,员工们的衣着都很随意,有趿拉人字拖的,有穿宽松圆领衫的,还有像是在夜店工作的。

师婕孤零零地坐在一间窄小的会客室里,不时抬手腕看时间,她已经等了足足一个小时。

一个穿黑色超短连衣裙、黑色网眼长筒袜,脚踩至少十厘米红色松糕鞋的粗腿女孩推开门:"师小姐,曹总请您过去。"

师婕起身整理了一下自己的套装,跟随秘书穿过杂乱无章的走廊,来到最里面的办公室。房间很大,屋顶中央一盏巨大的水晶吊灯,上面布满灰尘。清一色高级红木家具,大班台足有三米长,旁边是整面墙的陈列柜,上面摆放着各款达丽女鞋,女鞋中间是个金色的财神坐像,坐像前摆放着香炉和贡品。一套宽大的红木沙发摆在大班台对面,上面的黄色坐垫已经污渍斑斑,大茶几上是一套贵重的花梨木茶盘,满满当当地放着各种功夫茶具。

一身名牌、一脸横肉的曹总,好像暴富的武大郎,站在窗边的风水阵前,操着一口浓重的福建普通话,头也不抬地对师婕说:"师小姐,你坐。"语气比硬邦邦的红木家具还硬。

师婕环顾左右,坐到单人红木沙发上,沙发大得贴不到后背,师婕只得直挺挺地端坐着,堆起笑脸:"曹总,见您一面真是难啊,我这十几天一直在不断……"

"我既没请你给我打电话,也没请你来,是你不断地打、几次三番地来。"曹总走到师婕对面,坐进双人沙发里,点起一根香烟,仰靠在靠背上,二郎腿悬空吊着。

"曹总,我也不想打扰您,但我怕耽误你们搭建电商平台,毕竟柯总已经跟您推进到了签约阶段……"

"不要在我面前提那个名字!你听听他姓什么?柯!磕磕绊绊的磕,难怪我的事情搞得这么磕磕绊绊!"曹总挥了挥小肉手,黄灿灿的金戒指划出几道光,"还有,你们公司叫什么?黄埔!难怪害得我融资差点儿黄掉!还有那个……对,还有你的名字,也晦气……"

"我的名字?"师婕一愣。

"师婕,出师未捷!"

师婕简直哭笑不得:"曹总,您要非这么联想我也没办法,我今天来就是想跟您再次表态,我们公司的诚意没变、实力没变。达丽鞋业跟我们合作,后面的路一定越走越顺。至于名字嘛,我觉得实质大于形式,您大可不必……"

"错!名字最重要!你听听我们公司的名字:达丽,多好听多吉利,是我专门去南普陀花大价钱请来的;还有百川,这名字也蛮好,川是什么?水!水是什么?财!"曹总指着窗前的风水阵,"你看我正在摆什么?汇水聚财啊……"

师婕眉头一紧:"曹总,达丽考虑接受百川注资?已经定了吗?"

曹总狠吸一口烟:"定没定跟你都没关系啦。"

"曹总,我想您一定很清楚,融资是非常考验耐心和定力的,企业和投资方需要相互了解磨合,达丽如此仓促地改换投资方,是不是太急了?"师婕见曹总不吱声,继续劝道,"我知道达丽准备转型拓展线上渠道,百川肯定会利用你们的急切,下狠手压低估值,达丽被压榨走的那可是真金白银啊……"

曹总啪地狠拍红木扶手,多亏手上厚厚的肉垫,骨头与扶手居然都完好无损:"我认了!估值低一点儿,资金少一点儿,条款黑一点儿,我都认了!师小姐,你不要再啰嗦,要怪只能怪你们!"

师婕一脸错愕:"您怪我们什么?"

"我跟柯立锋什么都谈好了,可他出事了、进去了,你说,我还敢跟你们合作吗?人家百川最多是要我的股份,你们黄埔呢?是要我的命!"曹总气呼呼地一甩手,大截烟灰抖落到裤子上。

师婕脸色煞白,表情僵硬,捏着皮包带的手指下意识地用力。

凌世杰一脸兴奋地走到投资三部,朝坐在里面的两个人躬了下腰:"前辈们好!我是凌世杰,刚被分配到咱们三部,请多关照!"

离得近的一位只抬眼冲凌世杰微微点下头,算是打过招呼,然后继续看电脑。稍远那位有些过意不去,起身冲凌世杰招下手:"哦,新来的,欢迎啊。我叫马致远,叫我老马就行,他是王广明。"

"老马您好。"凌世杰热情地跟马致远握手,然后看向里面稍大些的一张堆满资料的办公桌,"师经理不在?HR 的于总说师经理是我的 mentor……"

王广明抬头看马致远,两人会心一笑。"师经理出去谈业务了。"

马致远指着一个工位,"那儿空着,你先坐吧。"

凌世杰走过去把双肩包放到桌下,发现眼前名副其实地"空"着,桌面上既没有电脑电话,也没有纸笔文具,拉开桌子下面的抽屉柜,同样空空如也。他偷瞄马致远和王广明,二人已经埋头工作,仿佛他根本不存在。

正枯坐着,却听不远处很是热闹,凌世杰抻脖子张望,见五部办公区里刘家昌笑眯眯地被几位同事围在中间,为首的应该是朱敏文,正热情介绍他和每个人依次握手。没有对比就没有伤害,凌世杰顿觉三部和五部的氛围真是天壤之别,他想起老妈早上的叮嘱不由得苦笑,即便穿着同样的衣服也未必能打成一片,更不敢指望遇到困难时得到帮助。

凌世杰不甘心,凑近马致远小声地问:"我听说咱们三部是由柯总亲自带的,他也没在公司?"

而马致远毫无反应,像根本没听见。凌世杰正尴尬,一直没出声的王广明却忽然嘿嘿一笑:"你呀,是在正确的时间来到正确的地点,运气实在好得不能再好了。"

凌世杰忙赔笑以示谦恭,随即察觉王广明的腔调有些阴阳怪气,他一时摸不着头脑。

见两人不再搭理他,凌世杰耐不住无聊,走到前台问道:"Amy,我需要电脑、座机电话,还有文具什么的,应该?"

Amy 一边飞快地敲击键盘,一边问:"你直接向谁汇报?"

"师婕师经理。"

"哦,那你就向 Jessie 申请,等她回来批完转给我们行政还有 IT,会尽快配发给你。"

"Jessie?"凌世杰愣了下,眼睛一亮,"师经理的英文名叫 Jessie?"

Amy 刚想回答,这时两个访客走了进来,她连忙站起身打招呼。

连 Amy 也没空搭理他,凌世杰膆眉耷眼地溜达到旁边的茶水间,慢条斯理地给自己倒杯水,心里有些失落。自己激动得一宿没睡起个大早,此刻却躲在茶水间无所事事,虽心知上岗第一天不可能发挥多大作用,却没想到竟无任何人、任何事需要他,实在太没存在感,也没归属感。

"这叫什么事儿……"Amy 嘟囔着走进茶水间,拿出两只茶杯各放进一个茶包,正要拿托盘,才发现角落里的凌世杰正用探询的目光盯着她,便解释,"四部季总的客人没预约就突然过来,偏偏这会儿四部一个人都不在……"

凌世杰随口说:"有什么我可以帮忙的,尽管吩咐。"

"你帮我往茶杯里倒热水吧。"Amy 边说,边在托盘上摆好杯垫和纸巾。

凌世杰乐颠颠地遵照 Amy 的指示倒水泡茶,这可是他加入黄埔后做的第一件事。

Amy 道声谢,把茶杯放到托盘上刚想端出去,前台电话铃响起。在餐馆历练多年的凌世杰很有眼力见儿,主动上前接托盘:"我替你送进去,反正闲着也是闲着。"

外线铃声没完没了,Amy 略一犹豫,便把托盘交给凌世杰:"麻烦你啦,右手第一间会客室,谢谢啊。"说完,快步跑向前台。

凌世杰推门走进会客室,把茶水摆放在两位客人面前,正要出去,其中一位浓眉大眼的叫住他:"小伙子,等一下。"

凌世杰回过身:"还有什么需要吗?"

"请问你怎么称呼?"

"我叫凌世杰。"

两位客人互相看一眼,另一位花白头发的问:"凌先生,你知道柯立锋什么时候能回公司吗?"

凌世杰纳闷他们不是来找季总的吗,怎么又打听柯总?想起刚才柯总办公室紧闭的门,果然不在公司,凌世杰便回答:"应该很快吧,柯总出去办事了。"

两位客人又互相看一眼,都有些诧异,那位浓眉下的大眼中闪过一丝疑惑:"他事情大不大?"

凌世杰顺着自己的思路继续说道:"柯总亲自办的事应该不会小。"

花白头发试探:"柯总大概是哪方面的事情?"

凌世杰不好意思地笑一下:"这个我可说不准。柯总除了投资也管黄埔其他业务,前些天校招他还亲自面试呢。"

"看来柯立锋在黄埔果然举足轻重啊……"浓眉大眼和花白头发又交换一下眼色,同时站起身,"那……我们还有事,就不等了。"

凌世杰忙拉开门恭送二位走到公司门口,回身见 Amy 面带困惑地看着他:"咦,他们不等季总了?"

"说有事等不及,"凌世杰满不在乎地一耸肩,"这俩不速之客,来得快去得也快。"

师婕一脸疲惫地低头走出电梯,Amy 笑盈盈地招呼:"Jessie 回来啦?"

师婕闻声立刻挺直腰板、打起精神,方才脸上的失落一扫而光,向 Amy 笑着点头致意,满血复活地走向投资三部。

呆坐在空桌边百无聊赖的凌世杰一眼看见师婕,噌地站起身兴冲冲地迎上去:"师经理,您回来啦!"

师婕冷不丁吓了一跳,往后退了一步:"你是?"

"我,凌世杰,您忘了?"

师婕定定神,这才认出来:"哦,是你。"

"师经理,我是新来的助理分析师。"凌世杰得意地指着胸前的工卡,"于总把我分配到咱们三部,由您当我的 mentor,您看我以后叫您师经理还是叫您师父?"

师婕一愣,扭头看向马致远和王广明,两人不约而同地埋头研读资料,都不敢正视师婕。师婕哼一声,把皮包重重撂在自己桌上,马王二人都不由自主地哆嗦一下。

凌世杰却依然沉浸在喜悦和兴奋之中,全然没看出师婕的脸色,一个劲儿套近乎:"师经理,我才知道原来您的英文名是 Jessie。我的英文名叫 Jesse,就差一个'i',您说巧不巧? 真是太有缘分了……"

师婕冷冷地瞟了凌世杰一眼:"我劝你趁早改个名字。"说完便转身走了,被晾在一边的凌世杰一头雾水。

师婕来到人力资源部,门都没敲,径直走到 Linda 面前:"你让我给那个新来的当 mentor,应该事先征求我意见吧?"

Linda 赶紧起身堆出笑脸:"哎呀,我刚才找过你,你们三部那两个人说你去谈项目了,我也不好为这事儿打扰你。我问他俩谁愿意当,结果一个说太忙没时间传帮带,另一个干脆说自己没耐心、不适合,我也没办法,只好派给你啦。说实在的,三部除了你确实没人能当 mentor……"

师婕依旧沉着脸:"你可以派到其他部门,凭什么非塞给三部?"

Linda 夸张地摆出一副惊异的样子:"咦? 你是明知故问还是贵人多忘事? 当时你明明在场嘛,是柯总明确指示我务必把凌世杰给他招进来。柯总亲自相中的人,不放到你们三部,还能放哪儿?"

师婕一时愣住,恍然想起半个月前柯立锋与凌世杰的那段"渊源",是啊,如果师父还在,十有八九也会让她给凌世杰当 mentor。一想到柯立锋,就想到刚才达丽鞋业曹总的那张脸,又想到另外几个岌岌可危的项目,师婕再无心思跟 Linda 较劲,扭头便走。

凌世杰见师婕一回来就打开电脑忙于工作,而马致远和王广明不时瞥他一眼抿嘴窃笑,他心里实在不是滋味。想到 Amy 讲过要先向师婕提出办公设备申请,这个事由正当且迫切,凌世杰便走到师婕桌旁,鼓起勇气刚要开口,注意到师婕的电脑屏幕上正设置打印,他的眼力见儿再次发挥作用,立刻朝打印间走去。

一台打印机正在工作,凌世杰拿起第一页,上面写着"黄埔资本与乐开乳业投资意向书"。刘家昌和朱敏文走进来,朱敏文先指引刘家昌从另一台打印机里取出已打好的文件,继而耐心讲解:"文件装订也有学问,什么性质、什么内容、给什么人看,决定了什么装订方式。像这份周报是给咱们五部自己看的,装订就很简单……"

凌世杰竖耳旁听,有样学样地刚把《投资意向书》装订好,师婕进来了,发现凌世杰也在,不由得一愣。凌世杰忙殷勤地把文件双手呈给师婕,暗想该如何回应师父即将给予的夸奖。

师婕莫名其妙地接过文件,瞟一眼便气不打一处来,立刻冲凌世杰嚷道:"谁让你动我打印的东西了?!谁让你装订成这样子?!这么敏感的文件你能随便动吗?!一旦出问题,你担得起责任吗?!"

凌世杰被这突如其来的连串暴击打蒙,像被雷劈了似的木然不知所措。

朱敏文向刘家昌和凌世杰使眼色,让两人先出去。

刘家昌会意,凌世杰却没动脚步,嗫嚅道:"对不起,我是想帮……"

"不是帮,是添乱!"师婕继续挥舞着文件呵斥。

朱敏文走上来拍拍凌世杰的肩膀,凌世杰只得讪讪走出去,站在门口冷眼旁观的刘家昌赶紧跟凌世杰保持距离。

打印间只剩下朱敏文和师婕,朱敏文小心察看师婕脸色,关切地问:"你这是怎么了?我还是头一回见你发这么大火……"朱敏文见师婕紧咬嘴唇不吭声,又探究道,"遇到什么事了?项目出了问题?"

师婕气鼓鼓地把凌世杰装订好的文件拆开,拿来新的文件夹换上:"我忙都忙死了,Linda还把个新人塞给我,你说我心情能好吗?"

"嗨,我以为多大事呢,"朱敏文用嘴朝外面努了努,"这不也给我塞了个新人?耐心点儿,慢慢调教就是了。那天面试你我都在,这俩已经算不错的了……"

师婕刚想再说什么,突然听到外面有人咆哮:"你吃饱了撑的?!"

师婕惊愕地看着朱敏文:"谁呀这是?"

朱敏文皱着眉头:"好像是……老季?"

师婕和朱敏文连忙走出打印间,循声走回投资三部,只见季晓诚正站在凌世杰面前,一副恨不能撕了他的架势:"你凭什么在我的客户面前胡说八道?!"

凌世杰紧张地看着季晓诚,声音都有些发颤:"您是?"

"还有脸问我是谁?我倒要问你是谁?新来的?没人教你规矩吗?谁让你碰我的客户的?!"

师婕赶紧走上前:"季总,怎么了?"

季晓诚手指凌世杰,冲师婕瞪着眼睛:"怎么了?你问他!他是你们三部的吧?刚才我客户来找我,他给送了趟茶,人家就走了!"

"送茶?他是不是说了什么?"

"你问他!"

师婕转问凌世杰:"你为什么去给季总的客户送茶?"

"当时四部的人都不在,我看 Amy 一个人又要送茶又要接电话忙不过来,就帮她……"

"你跟客户都说什么了?"

凌世杰满腹委屈:"他们打听柯总到哪儿去了、是哪方面的事情,我就说柯总去办事了,还说柯总在黄埔管很多业务,他们就走了……"

师婕扭头看着季晓诚,板着脸问:"季总,他说的有毛病吗?"

"怎么没毛病?他就不该说!我的客户轮得到他说话吗?!"

"你的客户?"师婕冷笑,"如果他们对你完全信任,还会自己跑黄埔来四处打听吗?"

"你……"季晓诚被噎得干瞪眼,气哼哼地抬手指一下师婕,又指一下凌世杰,掉头而去。

朱敏文凑到师婕身边,小声说:"消消气,为了个新人得罪老人儿,值得吗?"

师婕盯着朱敏文:"我这是为了三部!"

朱敏文干笑一下,扭头走了。师婕铁青着脸白一眼刚才一直作壁上观的马致远和王广明,回到椅子上坐下。

凌世杰瑟缩着跟过来,惴惴地说:"对不起,我……"

师婕凛凛的目光盯向凌世杰:"你给我记住,以后别再自作聪明!"

"嗯,记住了……"凌世杰一边点头,一边擦着前额上的冷汗,却又不知死活地问,"柯总他……"

师婕柳眉倒竖正要发作,整个办公区忽然骚动起来,有的凑在一起议论,有的在屏幕上指指点点。马致远惊慌地扭过脸:"Jessie,赶紧看邮件……"

"怎么了?"师婕顿时有种不祥的预感。

"华都黄了!"王广明懊丧地说,"我把链接发给你们了。"

师婕吃了一惊,赶紧打开邮件点开链接,是华都有色股份公司在上交所发布的公告,宣布正式终止并购重组西峰锂业,现已将全部报审资料撤回,华都有色股票将于翌日复牌。

马致远和王广明面面相觑,又看了一眼惊魂未定的师婕,忧心忡忡地问:"华都这么大单子没了,咱们三部今年够呛吧?"

王广明带着哭腔:"何止三部,整个黄埔都难说。"

凌世杰在一旁不知究竟发生了什么,只感觉非同小可,想凑近马致远的屏幕看一眼,但终究没敢,只是紧张地望着师婕。

师婕盯着电脑默然不语,她什么都说不出来,也什么都不能说,只有对柯立锋、对投资三部、对黄埔资本深深的惋惜和担忧。华都有色这家老牌国企自打上市后一直半死不活,好不容易抓住西峰锂业这块优质资产,打算并购重组后,乘着新能源锂电应用的风口飞一阵,结果重组失败,股票复牌后不知会有多少个一字跌停,作为投行的黄埔资本声誉肯定大受影响。如此具有战略意义的项目黄了,赵董亲自交代的达丽鞋业丢了,剩下的还有什么?

师婕靠在椅背上,闭起眼睛。在这多事之夏,面对风雨飘摇的投资三部,她还能做何打算?师婕仔细想了一阵,发现自己其实没的选择。她睁开眼,脸上重新现出坚毅和倔强,拿起皮包和文件夹起身向外走。本已漠然地从凌世杰面前走过,师婕忽然回过头说:"你的电脑我已经替你申请了,下午就会来装好。"

凌世杰刚要张口,师婕已经走出去,他只得嘟囔一句:"谢谢。"

师婕在位于亦庄西北角的一个产业园区门口下了出租车,步履匆匆地走进一座办公小楼,乐开乳业姚总的办公室在三层。

都说文如其人、字如其人,其实房也如其人。儒雅风范之姚总的办公室更像一个书房,既不浮华也无排场,除了几件必需的简约风格的国产办公家具,最醒目的就是两面墙的书柜,里面都是各种商业方面的书和人物传记。

姚总客气地给师婕斟茶,感慨道:"唉,真是世事无常啊……"

师婕连忙解释:"姚总,虽然柯总的情况我们现在还不太清楚,但黄埔的业务一切照常,请您放心。"

"我有什么不放心的?"姚总笑呵呵坐下,"退一万步说,就算柯总真做了什么不该做的事,也跟黄埔无关嘛。"

师婕心里暖暖的:"姚总您能这么看真是很有见地,我感谢您对黄埔资本的信任。"

姚总口气一转:"不过话说回来,眼下跟之前毕竟不一样了。当初柯总让我别急,我就耐心等,因为柯总确实帮我们很多,我们也死心塌地只认他。可如今我们也得给其他投资商机会,你们能理解吧?"

"瞧您说的,我们不理解又能怎样?投资商就是为企业服务的。"师婕无奈地笑了笑,"姚总,您有话不妨直说。"

"我们做企业的难啊。乐开融资意在大力拓展奶源,说白了就是跑马圈地,有多少钱圈多少地。所以不怕师经理见笑,我们当然希望融尽可能多的钱,同时出让尽可能少的股份,这个你们理解吧?"

"意思是之前您跟柯总商定的条款清单不作数了?"

"哎,怎么能不作数呢?只是……你换到我的位置想一想,如果有家投资商拿着更好的条件找上门,我却把人家推出去,是不是有些不近人情?而且也不符合乐开的利益嘛。"

师婕想了想,果断地说:"姚总,我这就回公司汇报,争取拿出新方案,让您看到我们黄埔的实力和诚意。"

"那就太感谢你们啦!"姚总的目光里满含真诚,"不过我想再冒昧提个恳求,那就是一定要快!"

"谢谢姚总!"师婕绽露出开心的笑容,心说爱看书的人就是比爱看风水的靠得住。

师婕风尘仆仆地赶回公司,已将近晚上八点,公司里多数人已经下班,而凌世杰还坐在位子上,师婕不禁奇怪:"咦,你怎么还没走?头一天加什么班?"

"反正回家也没事儿,现在地铁还挤,不如在公司看看资料。"

"什么资料?"师婕坐下打开电脑,心情好,说话的语气也温和不少。

凌世杰忙走过来把资料递到师婕眼前:"都是几年前的老项目,应该不敏感吧?"

师婕瞟一眼资料,抬头见凌世杰怯生生的样子,一天来终于头一次对他露出笑容:"这个招才网是我来黄埔参与的第一个案子。"

"真的吗?我随便拿的,没想到这么巧。"

师婕见凌世杰又蹬鼻子上脸,脸一板:"我要忙了。"

凌世杰知趣地坐回自己的位子。

师婕忙了一阵,拉开抽屉拿出零食,刚吃一口,忽然意识到凌世杰也在,便叫道:"哎!"

凌世杰扭过头:"师经理,您叫我?"

"你吃晚饭了吗?"

"吃了。怎么,您还没吃?"凌世杰立刻站起身,"我去给您买,您想吃什么?"

师婕摆手让凌世杰坐下,举起零食袋:"要不要吃点儿?"

"哦,您吃吧,我不吃零食。对了,您也不要拿零食当饭吃,对身体不好……"

"打住,我就是客气一下。"师婕可不想听他唠叨,继续埋头做方案。

凌世杰过一阵忍不住又扭过头,好奇地看着师婕。

"看我干吗?"师婕头也不抬地问。

凌世杰冷不防被吓了一跳,赶忙掩饰:"师经理,我想问……除了以前项目的资料,还有什么是我应该尽快熟悉的?"

师婕瞟他一眼,继续操作电脑。凌世杰等了一会儿,有些失望地正要转回头,师婕发话了:"刚打出来,你去拿吧。"

凌世杰小跑着去打印间取回一张纸,边走边看,到师婕桌前站下:"这是黄埔的组织结构图,今天 HR 于总已经给我介绍过了。"

"Linda 给你看的图上有我标注的这些人际关系和个人背景吗?"

"哦,那我再仔细看一下。"

"光看不行,背下来!"

"啊?"

师婕这才把目光从电脑上移开,对凌世杰严肃地说:"必须把这张图清晰地刻在脑子里,这样你才不会死得不明不白!"

凌世杰赶忙打个立正:"保证完成任务!"

"当初我师父教我的第一课就是这个,"师婕的目光投向远处,"不过那时黄埔才十几号人,如今竟然快一百人了……"

"您也有师父?谁啊?"

"不该问的别问!"师婕白凌世杰一眼,"好奇害死猫,记住没有?"

"记住了!"凌世杰把图放在师婕桌上,指着一处,"他……还在公司吗?"

师婕定睛一看,凌世杰手指的是"柯立锋",立刻抬眼瞪他:"我刚说什么来着?"

凌世杰忙把纸抽回:"好奇害死猫……"

"你赶紧回家,别在这儿烦我。"

凌世杰去洗手间换上程序员工服,回来把西装领带妥帖地放在工位,只把衬衫塞进双肩包。

师婕诧异地看着他:"你这样换来换去不嫌麻烦?"

"不麻烦,这样挤公交地铁也方便。"

"那也不能天天穿一样的西装啊……"这一点凌世杰还没想过,一时被问住,师婕继续质疑,"试用期也发交通费吧,干吗不打车?"凌世杰又一愣,尴尬地挠头。师婕忽然笑了:"嗯,省下车钱买西装,也对。"说完又埋头工作。

凌世杰走到三部外面,扒着隔断挡板鼓起勇气冲师婕喊道:"师父!"

"嗯?"师婕下意识地答应。

凌世杰心花怒放,笑得露出一口白牙:"我回去了,您别熬太晚!"

"走你的吧!真啰嗦!"师婕不耐烦地摆手。

夜深人静,公司里只有投资三部的灯还亮着。

师婕长舒一口气,伸个懒腰,站起来活动僵硬的肩颈。她踱到凌世杰桌边,翻开之前凌世杰看的资料,上面标明的项目负责人是——柯立锋、师婕。

那是五年前,2002年,师婕刚被柯立锋忽悠进黄埔跟的第一个项目。项目过会很顺利,师婕兴奋地要请师父吃饭,柯立锋淡淡地说:"少见多怪,你很快会习惯这种成功的感觉的。"

师婕走到卫生间,用凉水洗把脸,看着镜中的自己,憔悴、疲惫,眼神有些犹疑,远够不上坚定。习惯成功的感觉?所有的成功都是因为师父的存在,可如今没有了柯立锋,难道自己将不得不开始习惯失败的感觉?

柯立锋闭着眼睛,憔悴、疲惫。事由已经清楚,有人举报他在华都有色并购重组西峰锂业的过程中利用内幕消息搞老鼠仓,在华都有色对外公告因重大事项临时停牌的前两天大量买入华都有色股票,企图待重组成功股票复牌后的"几连板"中大赚特赚。柯立锋的第一反应是哭笑不得,你们这不仅是污蔑我的职业操守,更是在侮辱我的智商,我会干这么没技术含量的事吗?用我本人的身份亲自操盘,这也太?

我起码该用查不出与我有任何关联的人当马甲吧？

调查人员不为所动：常言道灯下黑，最危险的地方反而最安全，像你这样高智商的人往往逆向思维，你当初就已经为自己备下这套说辞了吧，但铁证如山，所有的开户记录和交易记录摆在这里，你还不认吗？

柯立锋很耐心地继续探讨：作为业内人士你们肯定很了解，股票开户的实名不等于真人，更不等于本人。去年到现在行情火热，很多人涌进股市，到券商营业部登记才发现早有人冒用自己的身份开过户了，"僵尸户"这个词你们不会没听过吧？别人用我的身份开户建仓再举报我，然后你们一查证据轻松到手，这也太简单、太顺利了吧？这恰恰证明了有人对我栽赃陷害。至于你们查到的那些通话记录更不能说明什么，跟各方面人士保持密切联络正是我的日常工作，所谓的内幕消息在圈子里其实无人不知，既不是我散播的，也不是只有我听闻，总不能因为我知道内幕消息便认定我利用内幕消息牟利吧……

唇枪舌剑僵持多日，忽然不再来人了，柯立锋心里反而没了底。独自煎熬了几天，人又来了。面色很温和，口气很委婉，甚至有种惺惺相惜的意味：我们该做的工作都已经做了，证据很充分很翔实，都摆在你眼前；能说的我们都已经说了，认不认在你。我们不想继续在你身上浪费时间，你是个聪明人，两条路任你选——要么承认下来，接受咱们行业监管部门的处罚；要么继续拒不承认，我们只好把你移送司法机关刑事立案，今后跟你打交道的就不再是我们，而是公安部证券犯罪侦查局……

柯立锋的头皮阵阵发紧，果然最关键的并非事由和情节，而在于定性。究竟是违规、违法还是犯罪，这可命运攸关。他不想被对方从眼神中察觉出什么，便闭上眼睛，在脑海里展开一场天人交战。一旦被移送公安部门就成了犯罪嫌疑人，各种侦察手段都将用上，虽然有一线希望就此洗清搞老鼠仓的污名，却有更大可能牵扯出别的事儿，其性质远比内幕交易严重得多,等待自己的将不是违规受罚,而是入狱服刑。两害相权取其轻,说得容易,但事到临头方知其难,究竟孰轻孰重?身、名、利三者如何权衡取舍?眼前还是将来?长痛还是短痛?

对方走了,临出门苦口婆心地提醒道:慢慢想,不过……留给你的时间不多了……

第五章
/
意料不到的变数

第二天早晨,凌世杰刚走进三部,就看到师婕坐在工位上,姿势如同昨晚他离开时一样,惊讶地问:"师父,您一夜没回家啊?"

师婕抬起头,活动着刺痛的脖颈,脸上挂着熬夜后的锈气,反问道:"昨天给你留的功课做好没有?"

"做了。"

"给你发了封邮件,打印出来。"

"遵命!"

师婕用荧光笔在邮件上画个圈:"按上面的名单逐个去提醒他们中午一点开投决会,一个都不能少。"

"好嘞师父,保证完成任务。"凌世杰兴奋地拿起名单转身要走。

师婕叮嘱道:"记住,称呼是最大的政治。"

"Yes,Madam!"凌世杰双脚并拢,抬手敬个礼。

凌世杰边走边看手里的名单,脑海中迅速浮现出两张图,一张是公司组织结构图,另一张是公司办公区平面图,两张图叠加在一起,名单上每个人的层级关系与位置坐标清晰地呈现在眼前。

不一会儿,眼前叠印出的组织结构图相关部门与人员都已加框闪亮,凌世杰步履轻快地回到投资三部,脸上带着得意的笑容:"师父,全通知到了,都没问题。"

"嗯。"

凌世杰本以为能有句表扬,没想到一个不冷不热的"嗯"之后再无下文,他有点儿小失落。

师婕头也不抬地问道:"你还站这儿干吗?"

"师父,我能求您件事吗?"凌世杰露出谄媚的笑容。

"说。"

"下午能让我去旁听投决会吗?我想跟您学习学习……"

"名单上有你吗?"

"没有。"

师婕白凌世杰一眼:"那你还问?"

凌世杰只好讪讪地走回自己工位,马致远和王广明在一旁默不作声地偷笑,脸上满是"你小子知道自己几斤几两吗"的鄙夷。

中午十二点五十,师婕从洗手间精神焕发地走出来,恰到好处的淡妆既显出职业女性的端庄干练,也暂且掩盖住她熬夜加班的倦容。华都项目已经流产,达丽鞋业也丢了,只剩下乐开乳业,所以这场投决会非常关键,她只能成功不能失败,不仅为了自己,更是为了师父柯立锋。

师婕刚走近前台,Amy忙站起来急切地说:"Jessie,电话里这人说他是柯立锋的父亲,一直没接到儿子电话很担心,手机和家里都联系不上,所以才打到公司问问。我该怎么说啊?你替我接吧。"

师婕二话不说,上前接过电话:"喂,是柯伯伯吗?您好,我是师婕。柯总一直在参加一个封闭式的评审会,不能跟外界联系……对,您放心,柯总一切都好……好的,柯伯伯您保重啊,再见。"

挂上电话,Amy正笑着要谢师婕,不料师婕忽然黑了脸:"'柯立锋'这三个字也是你叫的？以前怎么称呼,现在还怎么称呼!"

Amy 从没见一向温婉的师婕这般发作,立马连声认错。师婕不再理会,径自走回投资三部,她放下化妆包,抱起笔记本电脑和文件夹赶往第一会议室。凌世杰望着师婕的背影,暗自祈祷师父的项目能顺利过会,同时也有些许落寞。

韦正雄坐在会议桌的主位,那是以往投决会上柯立锋的位置,法务部总监陈若洋、财务部总监吴贵勋坐在一侧,师婕和风控中心的高级经理徐瑞坐在另一侧,吴贵勋的助理 Sherry 和徐瑞的助理 Rocco 在她俩身后靠墙坐着,Rocco 担任记录。

韦正雄清清嗓子:"以往投决会我很少来,现如今赵董委托我多花些精力过问一下具体业务,所以今后这些会都由我主持。"

徐瑞偷瞄对面,吴贵勋面无表情、目不斜视,陈若洋则在抓紧最后时间审文件;她又瞥眼师婕,师婕显然顾不上公司高层这些变动背后的玄机,只专注眼前这案子。

韦正雄看向师婕:"今天的临时投决会是应师婕提议开的,议题就一个,乐开乳业新的投资方案。具体情况由师婕先讲讲。"

师婕将电脑里的 PPT 投影到白幕上,介绍道:"乐开乳业之前是柯总和我在跟,上次投决会敲定的 TS(投资意向书)他们没提出异议,陈总也已经在做法律文件。但近期情况有些变化,昨天乐开姚总明确要求黄埔给出更好的条件,否则不排除寻求与其他投资商合作的可能。"

吴贵勋有些不快:"柯总上次说只要我们答应那些条件,乐开绝对跟定黄埔,可现在又……"

"此一时彼一时喽……"韦正雄笑着调侃,随即发觉这腔调与自己当下的身份不太相符,忙掩饰说,"计划跟不上变化,所以才需要开这个会嘛。"

师婕被韦正雄那句阴阳怪气搞得有些黯然,但马上打起精神,因为此刻不能让吴贵勋继续提出异议,否则会影响其他人的判断,她笃定地说:"乐开的基本面和前景都很好,为了跟竞争对手抢奶源拼规模,他们资金需求量很大,所以想多争融些资金,倒也在预料之中。"

吴贵勋看着师婕:"你是说,他们打算出让的股份没变,只是想卖个更高的价钱?"

"对,我判断是这样。之前方案是六千万美元占百分之十三的股份,这次我提的方案是七千万美元占百分之十四,但准备退到仍只占百分之十三。"

吴贵勋立刻皱眉:"将近两成!前后只差一个多月,胃口就大这么多……"

韦正雄似乎也不愿看到吴贵勋左右会议走向,把目光移向徐瑞:"你们风控怎么看?"

徐瑞立刻明确表态:"我跟Henry总讨论过,除了提高要价,乐开各方面状况没有变化,所以我们风控维持之前的判断。"

韦正雄又扭头看陈若洋:"老陈,法务上没什么问题吧?"

陈若洋摇头,习惯性做个"OK"手势。

韦正雄笑着转向吴贵勋:"老吴,看来只有你这位财神爷不太高兴啊……"

吴贵勋倒也没再坚持:"低买高卖嘛,买价涨了当然不舒服,不过……我尊重业务部门的判断。"

韦正雄露出满意的笑容,扫视参会者说:"那咱们提高效率,我看也不必走匿名投票那个形式,就咱们几位,举手表决算啦。"说完率先举起手。

师婕期待地望着其他三人,紧张得双手在桌下攥在一起。

徐瑞和陈若洋随后举手,吴贵勋苦笑一下,也扬了下手。

"哟,一致通过,难得啊。"韦正雄瞥向师婕,"怎么样?这结果你还满意吗?"

"满意满意,多谢韦总,多谢各位领导的理解和支持!"师婕高兴地站起来。

韦正雄皮笑肉不笑:"师婕,能给的我们都给了,下面就看你的喽,可别让大家空欢喜!"

"我保证不会让大家失望!"师婕信誓旦旦地说,丝毫没注意到韦正雄耐人寻味的深意。

韦正雄等人走出会议室,师婕正收电脑,徐瑞笑着碰下她胳膊:"没想到这么顺吧?Rocco还没做过这么短的会议记录呢。"

"多谢多谢,改天请你们吃饭。"

一直守在会议室门外观察动静的凌世杰见韦正雄等人离去,忙端着杯咖啡凑到门口,偏巧徐瑞和Rocco走出来,一见凌世杰翘首以待的殷勤样,不由得偷笑着交换眼色。

师婕抱着电脑和文件夹一出门,差点儿撞到手捧咖啡的凌世杰,叫声"哎呀",凌世杰迫不及待地问:"怎么样?过了吗?"

师婕定下神,被凌世杰这番举止搞得又好气又好笑,故意淡淡地说:"过了。"

"您太棒了!给,赶紧喝口咖啡吧。"

师婕瞟眼凌世杰,又瞟眼自己怀里的东西,凌世杰忙把电脑和文件夹接过来。师婕腾出手接过咖啡,试着喝一小口,点评道:"以后不要加糖,奶也少加一点。"

"记住啦。"凌世杰开心地抱着师婕的东西走了,好像投决会上大功告成的是他。

"这是你那儿新来的吧?"徐瑞在一旁望着凌世杰的背影,笑着问师婕。

"对,昨天头一天。"

"早上他来提醒我开会,我就发现他进入角色很快,真不像昨天刚进公司的。"

"哦,是吗?"师婕显然没想到凌世杰在外人眼中如此出众,不禁自豪地一笑,"你也不看看他是谁徒弟。"

"瞧把你嘚瑟的。"徐瑞笑着轻捣师婕一下,"将心比心,你对他可千万别像你师父对你一样,冰冷冰冷的。"

· 87 ·

师婕冲徐瑞一撇嘴:"我师父对我不叫冰冷,那叫严格。"

师婕端着咖啡,步履轻盈地走回工位,凌世杰已替她把笔记本电脑摆好、打开,兴冲冲地问:"师父,咱们黄埔习惯用哪种估值体系?"

"体系?"师婕没反应过来。

"对啊,黄埔肯定有一套很牛的估值模型,我猜想要么看对标公司,要么看行业平均,可如果找不到对标公司,甚至行业也是全新的怎么办?黄埔的模型最看重哪些参数?"

"我们可没你这么学院派,给某家公司多少估值就看三个因素。"

凌世杰连忙回身从桌上拿来记事本,拉开架势准备记录。

师婕掰着指头说:"第一,创始人想要多少;第二,我们能给多少……"

凌世杰如获至宝一通狂记,发现师婕停住,忙抬起头:"第三呢?"

师婕不屑地白他一眼,正要说你不会自己动脑子?立刻想起刚才徐瑞的话,转而说:"第三,对手会出多少。"

凌世杰赶紧记下,又追问:"师父,然后呢?"

"然后?"

"对啊,然后该怎么综合考量这三个因素呢?"

"哦,"师婕一耸肩膀,"那就要看你的悟性与风格了。"

凌世杰用笔轻敲下巴,半张着嘴用心揣摩,一旁的王广明和马致远都在窃笑。

师婕不再搭理他,拿起电话拨号:"喂,姚总吗?……对,我师婕。我们这边刚开完投决会,您要的我可都给您争取到了……您别客气,这都是我应该做的。咱们约个时间尽快往下走吧……明天上午十点?好,我准时到……"

凌世杰见师婕难得情绪不错,赶紧又凑上来:"师父,明天能带上我吗?"

忙于整理文件的师婕抬起头:"你觉得签约前最怕出现什么?"

"嗯——"凌世杰想了想,"最怕出现意料不到的变数。"

"没错,"师婕一指凌世杰,"比如突然冒出个生面孔。"

凌世杰无声地做个"哦"的口型,讪讪地点下头。

8月3日是个星期五,上午十点,明媚的阳光透过窗户洒进乐开乳业的小会议室。

师婕心血来潮梳的马尾辫令她显得格外清新爽利,剪裁得体的白色西装里,一件黑色的收身T恤把她原本掩藏在外套下的娇媚曲线勾勒出来。

"姚总,请您过目,"师婕颇为自信地把投资条款清单推到姚总面前,"之前的方案是黄埔注资六千万美元,持有乐开乳业百分之十三的股份,昨天我们通过的新方案是七千万美元占百分之十四。怎么样?黄埔的诚意足够大吧?"

姚总手指顺着清单一行行往下捋,拿过旁边的计算器敲了一阵,面露难色:"师经理,黄埔愿意多投一千万美元,真是雪中送炭呐。只是……我们虽然迫切需要资金,但对股份也是很珍惜的,又得让出一个点,这个决心不好下啊……"

师婕料到姚总会做此表示,故意犹豫片刻才说:"姚总,您的想法我能理解,不过我们确实也是尽了最大的努力,"然后用既有些为难、又有些试探的语气问,"如果……我是说如果,咱们维持百分之十三不变,您能不能下决心?"

姚总立刻笑着点头:"当然啦,这样一来就皆大欢喜喽。"

"那好,有您这话我就放心了。"师婕从包里抽出装订好的文件,郑重地放在桌上,"这是我们昨天连夜准备的合同,七千万美元、百分之十三,姚总您看看。"

姚总如获至宝地赶紧拿过合同,一边浏览,一边频频点头:"不错,你们黄埔确实效率很高哟。"

"这是应该的。姚总,您看还有什么问题?咱们当场商议、当场修改,我希望今天带着您签字盖章的合同回去。"

姚总把合同拿在手里，像是在掂掇其分量，笑着站起来："师经理，请你在这里等我一下，我给其他几位负责人看看，乐开毕竟不是我一个人的公司嘛。"

"没问题。"师婕礼貌地欠身，目送姚总走出小会议室。

黄埔资本里，凌世杰坐在工位上百无聊赖，师父此刻应该在乐开乳业谈合同，马致远和王广明都不在，去了哪里也不知道，投资三部只剩他一个人无所事事。不远处一间会议室，五部正在接待一家创业公司，刘家昌也在里面正襟危坐，凌世杰愈发深刻理解了什么叫相形见绌。同样都是投资部，人家每个部都有七八号人，只有三部算上他才四位，就像勉强拼凑起来的半支球队，互相还不配合。

回想当初自己过五关斩六将非要来黄埔，就是为了跟柯立锋学本事，可今天是第三天了，不仅连柯立锋的影子还没见到，黄埔上下更是都对柯立锋讳莫如深，令他隐隐有种不祥之感。不见也罢，凌世杰又想，自己什么长进也没有，见到他也只会再遭暴击，能不能熬过一个月都难讲。

原以为给师婕做徒弟是件极其幸运的事，可如今的师婕不再有面试时的善解人意，而是变得阴晴难测，让凌世杰简直是动辄得咎，整日里战战兢兢。

唉，度日如年啊……也许当初真应该依金晓所言，至少了解一下百川投资。想到金晓，凌世杰猛然记起欠她的饭，便拿出手机发条短信："今天有空吗？我还欠你一顿饭呢。"

金晓回得很快："哟，以为你忘了呢。这两天过得怎么样？"

凌世杰的自尊不允许他诉苦，想了想只好反问："你怎么样？"

"还行，连着两天开项目会，有点儿小忙。"

"你都进项目会啦？"凌世杰完全没想到。

"万总让我做他的助理，他开会我肯定得跟着。"

"万总助理？"凌世杰又一个没想到，"你没进百川的投资部？"

"万总先让我跟着他全面了解一下百川的业务,然后再去做项目。"

凌世杰恨不能仰天长叹,人世间真是不公平的。"中午有空没?我请你吃饭。"他打算正好了解一下百川的业务。

"今天不行,我马上到乐开乳业了,中午不一定能回公司。"

"乐开乳业?"凌世杰不由得念出声,腾地站起来,草草回一条:"那改天再约你。"

金晓,万宗海的助理,去乐开乳业,肯定是跟着万宗海去的。万宗海亲自去乐开乳业,想必是去谈投资的,而且是志在必得。可这样一来,师婕就?

凌世杰立马拨师婕电话。一次,两次,三次……师婕不接电话!估计是在会议中把手机设成了静音。凌世杰急得坐立难安,赶紧发了条短信提醒:乐开可能有变数,请速回电话!!!

只等了一会儿,却好像已过了好久,仍然没有回复。怎么办?凌世杰决定当机立断,不论用什么办法,必须尽快向师父示警!

凌世杰冲出黄埔资本,冲出世贸大厦,当街拦下一辆出租车:"师傅,亦庄,乐开乳业!越快越好!"

万宗海一行人已经坐在乐开乳业的大会议室。姚总手里拿着份文件推门而入,笑眯眯地与万宗海握手,然后坐到己方人员留出的中央位置,抱歉地说:"不好意思啊万总,让您久等,刚处理了点儿事情。"

万宗海大度地笑了笑:"忙好啊,说明乐开乳业蒸蒸日上嘛。姚总,咱们双方的时间都是金钱,我就开门见山啦。"他侧过头,"金晓,把拟好的合同请姚总过目。"

姚总接过金晓递上的合同扫了两眼,放在桌上,笑而不语。

万宗海老到地试探:"怎么样姚总?百川的诚意满满地体现在合同里了吧?"

姚总把黄埔那份合同与百川这份摆在一排,一只手按住一份,手指有节奏地敲击纸面:"既然万总时间宝贵,那我也直言不讳,贵司的诚意好像不如黄埔实在哟。"

万宗海斜着眼睛瞟向黄埔的合同:"他们出了那么大的事,且不论还有没有实力跟你们合作,就算有,黄埔的钱你还敢要?"

姚总也不示弱,微微一笑:"您敢不敢赌一把,看乐开敢不敢要黄埔的钱?"

万宗海收敛笑容,盯着姚总的脸:"那我表个态,黄埔给你什么条件,我也给你同样条件。怎么样,这诚意够大吧?"

"那我也表个态,同等条件下乐开一定会跟黄埔签约。"姚总掷地有声,"道理明摆着,黄埔是主动提出七千万美元换百分之十三的股份,人家是心甘情愿,你们是被逼无奈,您说我该跟谁走?"

万宗海斩钉截铁地把手一挥:"既然如此,百川投八千万美元!姚总,这样行了吧?"

姚总重重点头,却马上面露难色:"好是好,不过'13'这数字让人有点儿不舒服,黄埔之前想要14%,我说'4'不吉利,结果改成'3',可我才意识到'13'也没好多少……"

万宗海双眼直勾勾像鹰盯着猎物,姚总却一脸诚恳地看着万宗海。两人僵持数秒,万宗海一拍桌子:"12!姚总,这数吉利吧?"

姚总一竖大拇指:"'12'这数好!一年有十二个月,一天有十二个时辰,咱中国有十二生肖,西方有十二星座……"

"姚总真有学问。"万宗海打断道,"可我怎么知道你不会转脸又给黄埔打电话呢?"

"万总,您这么说我就不高兴了。"姚总绷起脸,义正词严地说,"乐开是有底线的,我们怎么可能干那种事儿呢?"

万宗海更用力地在桌上一拍:"好!我老万可以让步,但不能白白让步!除非马上签合同,否则我答应的统统作废!"

姚总从兜里掏出笔:"那咱们现在就把合同条款捋一遍,没问题的话我立刻签字!"

师婕在小会议室等了一阵,姚总还没回来,便打开皮包拿出一直静音的手机。连续六个未接电话,都是凌世杰的,又看到那条短信,师婕眉头紧蹙,拨通了凌世杰的电话:"你什么意思?"

"师父,您可算回电话啦!"凌世杰急吼吼地说,"百川的万宗海这会儿也在乐开,他亲自出马肯定是奔着签合同去的。"

师婕一愣:"你怎么知道的?"

"是金晓说漏嘴的,您记得她吧?她现在是万宗海的助理。"

师婕心一沉,嘴上却一副无所谓的腔调:"有什么大惊小怪的?想投乐开的又不止咱们一家,百川一直在跟这个项目,我清楚。"

"可是乐开如果真想跟黄埔合作,为什么还要见百川呢?"

"见就见呗,咱们的条件已经到上限了,百川不可能给出比咱们更高的条件,除非他们失去理智。"

"师父,我觉得这里面有诈……"

"什么诈不诈的,你别瞎咋呼。"师婕忽听电话里有汽车喇叭声,"你不在公司?"

"我在出租车上,已经快到乐开了。"

师婕厉声说:"谁叫你过来的?赶紧回去!"

"师父,我想过来帮你……"

"绝对不行!我没什么需要你帮的!"师婕真生气了,"忘了我第一天怎么跟你说的?别再自作聪明!"

放下电话,师婕脸上黯然笼罩一层阴云:如果凌世杰的消息属实,百川此刻肯定就在另一间会议室里。昨天她还教导凌世杰,签约前最怕出现意料不到的变数,当时这变数指的是凌世杰,如今看来百川才是真正的变数!所谓谈判,就是彼此摸清底牌的过程,但方才姚总拿走了黄埔的底牌,他会去干什么?去逼百川亮出更多的底牌!这个笑里藏刀、老奸巨猾的姚总!看来读书多的比信风水的更靠不住!

师婕焦虑地看了一眼手表,拿起水杯却发现早已喝光,她起身在小会议室走了两步,发现迎面已是墙壁,回身走到门边,手搭在把手上,松开,犹豫一阵又重新握住把手。

大会议室里,姚总在合同上潇洒地签完字,带着胜利者的喜悦叫道:"大功告成!"然后把手里的笔推到桌子中间,"万总,为纪念乐开乳业发展史上具有里程碑意义的时刻,咱们交换签字用笔互为留念吧。"

万宗海瞥了眼桌子中间那五块钱十支的签字笔,无可奈何地摇头笑了笑,不情愿地把自己手中的限量版万宝龙也搁到桌子中间。

姚总一把抓过万宝龙,心满意足地冲万宗海晃了晃:"万总的笔可金贵,我会好好珍藏的。"随即插进了自己衬衫口袋。

万宗海眼里掠过一丝嘲讽,拿过另外那支破笔,笑道:"姚总,从今天起,连你的笔都姓万喽。"

姚总愣一下,站起身隔着桌子伸出胳膊:"万总,握个手,让他们拿相机拍张照。"

万宗海探身握住姚总的手,两人正对着相机摆出灿烂的笑脸,忽听外面传来高声喧哗,有乐开工作人员叫道:"您不能进去,里面正在开会……"

砰的一声,大会议室的门被推开,师婕立在门口,怒视着眼前众人。姚总和万宗海定格似的僵住,所有人都一脸惊愕,不知所措。

"师经理……你来了?"姚总松开万宗海的手,脸上没有丝毫愧疚,好像这是今天头一次见到师婕。

师婕走到桌边,拿过姚总面前的几份文件,拣出黄埔合同,双手"嚓嚓"撕成几块,塞进自己的皮包,斜睨着姚总说:"姚总好手段啊,能让你从百川手里捞到更多便宜,我师婕也算没白费心。"师婕轻蔑地瞟了眼万宗海,昂首挺胸走出会议室,她要竭力维护自己最后的这点儿尊严。

直到师婕摔门而出,万宗海才反应过来:"姚总,怎么黄埔的人也在?"

姚总脸上青一阵白一阵，尴尬地不知作何解释，赶紧招呼乐开的人一同追出去。

万宗海扫视几个随从，厉声问："黄埔的人怎么知道咱们在这里？"

几个人都纷纷摇头，面面相觑，金晓也摆出毫不知情的无辜样。

万宗海把姚总那支破笔丢给金晓，烦闷地说："我以为柯立锋出了事，黄埔没人还有心思接这个项目，看来刚才如果我不把价码抬高，姚总真会扭头就跟这个师婕签约。"

师婕紧绷着劲，完全不理睬追在身后的乐开一众人等，她不想流露出分毫的气馁和软弱。然而，当电梯门关上的瞬间，师婕独自一人在狭小的空间里，再也撑不住，一下子瘫软在电梯内壁上，泪水无声地流下来。

败了，最终还是败了。

她可以接受没日没夜的辛苦，可以接受激烈残酷的竞争，甚至可以接受被欺骗、被算计、被耍弄，但她无法接受的是自己的天真和愚蠢。一个已近三十岁的女人，在唯利是图的投资圈摸爬滚打了五年，看过那么多的尔虞我诈、明枪暗箭，竟然还会相信一个老江湖口中的承诺。师婕啊师婕，你是不是真的不行？她把脑后的发圈散开，用手撑住额头，披散下来的秀发遮住了她万分沮丧的脸。

电梯门打开，师婕无力地缓缓走出，一眼看到满头大汗飞奔过来的凌世杰。

"怎么样师父？合同签了吗？"凌世杰气喘吁吁地问，随即怔住，"师父……您没事儿吧？"

师婕猛然意识到自己披头散发失魂落魄的样子，外表的不堪和内心的脆弱都是她最不愿被任何人看到的，而今天却被这个新来的徒弟一览无余，尤其她刚才还心怀侥幸地训斥他杞人忧天，到头来反被他不幸言中。懊悔、羞愧、沮丧和恼恨累加在一起，师婕再也控制不住，大声嚷道："谁是你师父？！不是说了不让你过来吗？！你别再叫我师父！

我没你这个徒弟!"

凌世杰一下子被吓蒙了:"对不起,师……师经理,我……这就回公司……"

师婕根本不睬他,径自往外走。凌世杰见师婕的脚步有些踉跄,担心她出事,默默跟在后面。

师婕走到乐开办公楼门口,简单地重新扎好马尾,戴上墨镜,回头发现凌世杰仍在身后便问:"你跟着我干吗?"

"我……"

凌世杰正支吾着,万宗海一行已经走出来,金晓看到凌世杰不由得一愣,凌世杰也看到了金晓,两人都故作视而不见。

万宗海走到师婕面前,没好气地说:"师婕,该放弃就得放弃,怎么样?被玩儿死了吧。"

师婕冷冷看着他:"最终谁死还不一定呢。"

万宗海眼睛瞪得溜圆:"你给我记住,我一定会让你、让黄埔付出代价!"

师婕挺直腰杆,讥讽道:"可惜啊万总,刚才您已经付出了更大的代价。"说完,便傲然走向自己的车。

万宗海气得咬牙切齿,金晓也狠狠地盯了凌世杰一眼。

剩下凌世杰呆愣在大门口,看到师婕坐在车里没马上开走,刚要硬着头皮过去搭车,转念一想还是别再自讨没趣,便往不远处的公交车站走去。

坐在公交车最后一排的位子,凌世杰把头靠在车窗上,眼睛睁得挺大,目光却空洞无神。看来自己的预感是对的,乐开一定是耍了黄埔、签了百川,导致师父没日没夜的辛苦都付诸东流。师婕疲惫而痛苦的表情、被泪水涂花的眼影,还有最后面对万宗海的坚强,在凌世杰脑海里交织。面试时的那个天使姐姐、这两天俨然的高冷女强人,方才竟现出软弱无助却又倔强的一面,令他不由得心疼和怜惜,还有对自己爱莫能助的愧疚与自责。

　　手机响了,接起来便听到连葳喜滋滋地问:"怎么样哥？昨天你说今天会签个大合同,签成没?"

　　凌世杰叹口气:"要是真像我以为那么容易就好了……"

　　"怎么了？不顺利？"

　　"被竞争对手抢了,我师父情绪很糟,对她打击挺大的。"

　　"哦……"连葳半夜起来原本是想第一时间道喜的,没料到情况竟这么严重,一时不知如何替凌世杰排解。

　　凌世杰猜到连葳的心思:"你不用安慰我,现在的问题是我该怎么安慰师父。"

　　"嗯——"连葳很卖力地替凌世杰出主意,"我心情不好就特别想吃东西,当然啦,心情好也想吃。你那位女师父怕胖吗？她如果不忌讳吃甜食,你可以给她买些巧克力什么的。对了,我知道有种不含糖的曲奇饼,挺好吃的。"

　　凌世杰眼睛一亮:"她倒是说过,难过时会吃块巧克力,能让她重新振作起来。"

　　"哦,你师父已经跟你讲了不少她的事嘛。"

　　"没有,她就随口提过这个。"凌世杰眼神又黯淡下来,"唉……我现在除了当她的出气筒,什么都帮不上她。"

　　连葳小声嘀咕:"那也比我强,我连你的出气筒都当不上。"

　　凌世杰没接茬,顺着自己的思路说:"我这个做徒弟的必须努力长本事,总有一天能帮到师父,一定能!"

第六章

/

从天堂到地狱

8月13号,星期一,跟一个月前的那天早晨不一样,凌世杰并未预见到这天会是个大日子,实际上直到一年多后,他才意识到这个日期的重要性,此时走进公司的他情绪高涨得就像外面火热的太阳。

师婕自从乐开乳业的事之后,状态一直不太好,每天也不怎么搭理凌世杰,可上周五下班前却忽然吩咐他搜集电商方面的资料,这既说明师婕已开始酝酿下一个项目,还说明这次会带着他一起干。凌世杰花了整个周末汇总所有能找到的信息,做出了一份漂亮的表格,打算今天向师婕汇报,争取一改师父对他的不良印象。

凌世杰愉悦地跟前台Amy打招呼,Amy却用异样的眼神看了他一眼,没说话,令他有些纳闷。再往里走,顿感办公区气氛诡异,三三两两窃窃私语。凌世杰心头一紧,疾速走进三部。师婕没在,马致远和王广明各自盯着显示屏,表情少有的严肃。他赶紧打开电脑,收件箱里有一封以赵卫国名义发出的《致黄埔员工信》,整封信使用的竟然都是加粗红色字体:

鉴于黄埔资本原管理合伙人柯立锋因牵涉内幕交易,证监会有关部门已决定给予其三年内禁止从事证券投资业务并处三百万元罚金的处罚,黄埔资本因此已正式解除其职务并终止合同。黄埔资本一贯严格守法合规,法务部及人力资源部将联手组织全体员工开展自查自纠,一旦发现有任何违规行为必须立刻改正,否则绝不姑息,同时将在全公司进行深入的合规教育⋯⋯

三年!三百万!曾经神一般存在的柯立锋,骤然跌下神坛、坠入深渊,昨日在天堂、今日在地狱,这难道是行走在资本世界的人们逃不脱的宿命吗?凌世杰盯着邮件,听着周围的嘈杂,视线越来越恍惚,字迹越来越血红,杂音越来越像蜂鸣⋯⋯

血红的字迹渐渐清晰,赫然变成地上的涓涓血流,嘈杂的蜂鸣渐渐尖利,变成母亲的惊叫和自己的哭喊⋯⋯凌世杰仿佛看到十二年前那个还是少年的自己,瞪着绝望的双眼,张着嘶喊的喉咙,看着躺在血泊中的父亲⋯⋯

凌世杰从恍惚中猛然惊醒,抬头看见马致远正盯着自己。马致远冲桌上一努嘴,凌世杰才发现水杯倒了,水在桌面流淌,一注水流从桌边滴答到地毯上。凌世杰忙伸手擦拭。

马致远扫一眼凌世杰的电脑屏幕:"至于吗?吓成这样。"他从旁边桌子拿过一盒纸巾,"被罚的是柯立锋,又不是你。"

凌世杰忙掩饰:"我面试的时候被他臭骂了一顿⋯⋯"他定下神,依然难以置信,"柯总他怎么会?"

"唉,这有什么奇怪的,常在河边走,哪能不湿鞋?这就是咱们的投资圈。"王广明头也不回地说。

"看来那些传言都是真的,"马致远转向王广明,"上次我问 Jessie,她是他的亲徒弟,肯定早就知道,可她什么都不说,我也懒得再打听。"

凌世杰一激灵,果然,师婕的师父正是柯立锋,而自己竟是柯立锋的徒弟的徒弟。

"你看咱们三部原先那几个,多贼,不吭不哈早都走了,"王广明摇头叹气,"我也想过换部门,可是下手晚了,唉……"

"我懒得换,反正在哪儿都是混,"马致远耸下肩膀,"不过华都、达丽、乐开全黄了,估计混也混不了多久了。"

王广明与马致远对视一眼,无言唏嘘。

凌世杰进门时火热的情绪一下子被肃杀的寒气吹得荡然无存,他此刻整个人还是蒙的,怎么会这样?

他最想加入的黄埔,人心惶惶;

他最崇拜的偶像,违规受罚;

他最依赖的师父,屡遭失败。

都说新官上任三把火,他这个新人不到半个月却被烧了三把火。

凌世杰第一次悚然发现,原来电视上杂志里那些光鲜的下面,竟隐藏着如此残酷的现实;那些掌声与赞美的背后,竟充斥着如此冷漠的目光。

铁门缓缓打开,一个身影拖着沉重的脚步走了出来,目光呆滞、面如死灰,皱巴巴的西装松垮地罩住消瘦的身形,蓬乱的头发和参差不齐的胡茬儿使他看上去更加憔悴和疲惫。

他,就是柯立锋,那个曾经神采飞扬、行走如风的柯立锋。

柯立锋站在路边,习惯性地用手遮住耀眼的阳光,如同这些夜晚遮住炫目的灯光。他眯起双眼,漠然地审视着周围的一切,外面的世界竟如此陌生。

呆站了好一阵,柯立锋才缓过神,从上衣口袋里掏出手机和钱包,除了手表,这是他唯二带进去又带出来的物品。手机彻底没电了,钱包里除了身份证,只有几张信用卡和借记卡,连个钢镚儿都没剩。

柯立锋用力搓搓脸,强打起精神,朝一个路过的大爷挤出笑脸:"您好,我手机没电了,麻烦能不能借您的手机打个电话?"

大爷瞪他一眼:"有病!"

看来不能找男的,柯立锋追上个拎着布袋子的大妈央求:"您好,我手机没电了……"

大妈被柯立锋的脸吓了一跳,紧紧护住自己的布袋子,一边躲闪,一边叫道:"你想干什么?"随即,以出人意料的敏捷逃走了。

连番碰壁令柯立锋有些丧气,从别人异样的目光中他意识到自己如今的形象大致介于逃犯和乞丐之间,很难赢得别人的信任。他颓唐地站在炎炎烈日下,觉得自己快被晒化了。

迎面有说有笑地过来两个大学生模样的女孩,柯立锋决定再做一次尝试,他拢拢头发又抻抻上衣,试图让自己显得不过分狼狈。"不好意思,请问你们这是哪儿啊?"这次他没敢直接借电话。

两个女孩停下来看着柯立锋,眼睛里没恐慌只有好奇,似乎面前站着的是个外星人。

"哦,是这样,我迷路了,手机没电了,钱也被偷了。"柯立锋赶紧拿出手机和钱包展示,"能不能求你们借手机用一下?我打个本地电话,找朋友来接我。"说完做出哀求的手势。

两个女孩相互看看,一个犹豫着掏出手机:"你不会骗我们吧?"

"绝对不会,这是我的身份证。"

女孩拿过柯立锋的身份证看了看,把手机递给他。

"谢谢,我就打一分钟。"柯立锋忙接过电话,拨出一个号码……

一辆蓝色帕萨特戛然停住,师婕从驾驶座跳出来。

柯立锋像被晒蔫的叶子,垂头蹲在路边一棵树下,饥渴交加,衬衣贴在身上,几缕头发粘在前额。

师婕走到柯立锋面前,犹疑着叫了声:"师父?"

柯立锋抬起头,如同见到救星,嗖地站起来,二话不说就钻进车里。

师婕一边系安全带,一边打量柯立锋:"师父,你怎么……"

"开车!快离开这儿!"柯立锋伸出左手拍打方向盘。车开动了,师婕不时侧脸扫一眼。柯立锋直挺挺地坐在副驾上,目不转睛地注视前方,"我这副样子,人不人鬼不鬼吧?"

· 101 ·

"不是,"师婕慌忙措辞,"我就是觉得才一个月,你怎么好像老了……十岁。"

柯立锋苦涩地咧下嘴:"'才'一个月?"

师婕紧着摇头,不知该怎么接话,便从身边包里取出个三明治,又从侧门拿过瓶矿泉水:"饿坏了吧?先垫一下。"

柯立锋毫不客气,打开瓶盖咕咚咕咚喝水,接着往嘴里大口塞着三明治。师婕从未见过师父这般落魄,心里隐隐作痛。等到柯立锋脸上稍有点儿血色,师婕终于忍不住小心翼翼地问:"他们说的内幕交易,你到底……做没做?"

柯立锋抹掉嘴边的面包渣:"你觉得呢?"

"我想听你说。"

"你以为我会做那么不入流的事?"

师婕的语气柔中带刚:"你为什么就不能明确回答我?"

柯立锋扭过脸冷冷盯着师婕:"我没做!"

"我想听到的就是这三个字。"师婕终于松口气,马上愤愤然,"那他们干吗处罚你?"

柯立锋把目光投向窗外:"这正是我要查的,究竟是谁陷害我。"他忽然想起什么,用命令的口吻说,"把你手机给我。"

师婕忙把扶手处的手机递给他,诧异道:"你手机没电我可以理解,怎么身上一点儿钱都没了?"

柯立锋哼一声:"你以为他们会让我白吃白住一个月?"

电话拨通,柯立锋立刻像换了个人:"喂,爸,我小锋……对,忙了一个月……挺好的,你不用担心……嗯,你也注意身体……好,过年我回去看你。"

师婕接过手机,心有余悸地叹口气:"暂时算是瞒过去了,可不知道能瞒多久……"

"他已经知道了。"柯立锋一脸平静。

"啊?怎么会?前几天伯伯来过电话,我说你在封闭式开会。"

"他是老股民,多少年都一边吃早饭,一边看证券报,我的事今天肯定见报了,他不可能看不到。"

"那伯伯刚才怎么只字不提?"

柯立锋沉默片刻:"他只要知道我现在平安、健康,就不会在意别的。"

师婕觉得嗓子好像突然被什么东西卡住,说不出话。她想起自己刚才急不可耐地逼问师父到底做没做内幕交易,相比之下柯伯伯对儿子才真是无条件的、纯粹的在意,而自己更在意的却是师父配不配当师父。她转回脸不敢看柯立锋,双手搭着方向盘轻声问:"现在去哪儿?"

"回家。"

柯立锋在北京没买房,这五年一直租住在 CBD 东边的一幢高端公寓里。回到公寓楼下,柯立锋在单元门口不停地刷门禁卡,可门禁却一直闪烁红灯,他开始烦躁,恨不得一脚把门踹开。

"别急,可能是机器坏了吧?"师婕忙安慰他。

物业的一个小伙子踱着四方步慢吞吞地走过来,看到柯立锋先一愣,似乎在问你这种人是怎么混进高档社区的?柯立锋也气鼓鼓地盯着小伙子,似乎在问你怎么才来?

师婕举起门卡对小伙子说:"师傅,麻烦您帮我们开下门,我们的卡好像坏了。"

"你们是哪套房的?"

"1802。"柯立锋瓮声瓮气地说。

小伙子抬起头,用侦察员的眼光仔细审视柯立锋,诧异道:"你就是原来 1802 的住户?"

"原来?"柯立锋和师婕都一愣。

"那我可不能给你们开门。有个公司前几天来人把东西都搬走了,1802 已经退租了。"

"什么?!"柯立锋大吃一惊。

师婕连忙问小伙子:"您说的公司是黄埔资本?"

"对,就这名字,我给他们开的门,也是我签的物品清单。"

柯立锋冲小伙子吼道:"岂有此理!谁允许你们随便进我家?随便动我东西?"

"怎么是你家呢?"小伙子一副公事公办的腔调,"租约上明明写的是那个黄什么公司,人家退租搬东西,我们当然不能拦着。"

柯立锋刚想继续理论,师婕拽住他,温和地对小伙子说:"师傅,我们就是黄埔的,上次有些东西没拿完,您能不能再让我们进去一下?"小伙子面对师婕有些难以拒绝,师婕又从皮包里掏出自己的工卡,"您看这是我的公司证件,我把手机号也留给您,后续有什么问题您随时找我。"

"行吧,"小伙子把门打开,"算你们走运,这房子已经租出去,明天就要彻底做保洁了。"

柯立锋呆呆地站在自己"原来"的家里,曾经的纤尘不染变成眼前的遍地狼藉。

他机械地走到沙发前,仿佛有心灵感应一般,蹲下身察看沙发底下,一只金钱龟缓缓地爬出来,探出头仰起脖子,傻傻地看着他。

柯立锋的嘴角颤抖一下,坐到地板上伸出右手,金钱龟很努力地爬到他的掌心。

他把金钱龟托起来,四目相对无言。

"太过分了!他们怎么能这样?!"师婕的心酸化作愤怒,拿出手机拨号。

柯立锋问:"你打给谁?"

"韦正雄,我非得……"

柯立锋站起身,把金钱龟换到左手:"我跟他讲吧。"

师婕迟疑地把手机递给柯立锋,电话已接通。

韦正雄正坐在办公室沙发上,优哉游哉地品尝新送来的上好普洱,慢条斯理地说:"Jessie 啊,难得你找我哟……"

"我是柯立锋,是你让人把我家搬空的?"

韦正雄一愣,随即笑道:"哟,老柯呀,你已经出来啦?怎么样?都还好吧?"

"我问你,你有什么资格这么做?!"

"噢,你是说那房子的事?老柯你先别急,什么资格不资格的,扯远了容易伤和气……"韦正雄非常诚恳,"主要是因为你不再是黄埔的人了,公司当然不能还替你付房租,这个你理解吧……"

"那也应该等我出来,我自己会搬走。"

"话虽是这么说,可我怎么知道你啥时候出来呢?"韦正雄嘿嘿一笑,"万一,我是说万一,你要是出不来呢?"

"公寓虽是黄埔租的,但物品都是我的,你怎么能随便处理?"

"怎么是随便处理?我亲自指示搬家公司,让他们必须认真仔细地打包、安全负责地搬运,我还让财务预交了一年的仓库费用。你说,这能叫随便处理吗?对了老柯,这搬家费、仓储费都是黄埔替你垫付的,你哪天有空来跟财务结下账,顺便到我这里品品茶哈。"韦正雄把"有空"和"顺便"二字说得很重,又补一句,"你要是没空,让师婕带过来也行,怎么样老柯,我够意思吧?"

韦正雄挂上电话,端起茶杯跷起二郎腿,靠在沙发上摇头晃脑哼起《苏三起解》。

师婕和柯立锋回到车上,师婕双手搭着方向盘,柯立锋捧着金钱龟,脸色铁青。

师婕问:"现在……去哪儿?"

"银行。"

一家外资银行的 VIP 接待室里,客户经理一边在键盘上操作,一边不时抬头看一眼坐在对面的柯立锋。

柯立锋不耐烦地蹙起眉头:"怎么?有什么问题?"

"柯先生,已经帮您查了,您没有权限进行取款等任何操作。"

"怎么可能?这是我的账户,我没权限谁有权限?"

师婕在一旁轻轻碰下柯立锋胳膊,压低声音:"会不会是监管部门把账户冻结了?"

柯立锋一愣。

银行经理显然听到了,摇摇头:"应该不是,因为我们没接到冻结指令。"

柯立锋急切地问:"那到底是怎么回事?"

"柯先生,您的账户原先是两人联名的,现在只有一个人的名字,但……不是您。"

"是谁?"柯立锋一怔,"Vivian?哦不,李薇薇?"

银行经理一脸为难:"很抱歉柯先生,我们不能向您透露他人账户信息。"

柯立锋越发气恼:"明明是我的,怎么成了他人的?哦对,你查的应该是美元账户,不可能影响我的人民币账户吧?"

"这个账户是本外币一体的,所以……"

柯立锋心下一沉,登时警觉:"变更发生在什么时候?"

"对不起柯先生,我们不能……"

师婕也急了:"变更后不再是他的,但变更发生时还是他的吧?为什么不能把时间告诉他?"

银行经理看了眼师婕又看了眼屏幕:"我只能笼统地说,大概几天前。"

柯立锋坐回车里,望着前方失神,金钱龟在挡风玻璃下缓缓爬动。

师婕握着方向盘,惴惴地小声问:"师父,现在……去哪儿?"

偌大的北京城,已经没有柯立锋的立足之地。

"无处可去,"他脸上平静如水,看不出一丝的伤感、愤怒或担忧,"而且信用卡无论公司卡、个人卡肯定也都被注销了。"

师婕的心被戳了一下,她知道师父故作镇静的表面所掩盖的其实是茫然无助,这世上此时只有她,也必须是她,成为师父最后的依靠。

"当务之急是总得先找地方安顿,"师婕一甩头发,拿定主意,"先去我那儿,别的事儿以后再说。"

师婕把柯立锋请进家门,从鞋柜拿出一双男式拖鞋摆在柯立锋脚下:"他的脚比你大,你先凑合,我明天给你买一双。"见柯立锋心不在焉地换鞋,师婕忍不住叮一句,"你也不问问他是谁?"

柯立锋触电似的把脚从拖鞋里抽出来,有些惶恐地问:"你……男朋友?"

"我有没有男朋友你不知道?"师婕白他一眼,"是我弟,他跟一帮狐朋狗友去内蒙古玩儿了,最近回不来。"

柯立锋跟着师婕走进客厅,一水儿的宜家家具,奶白色简约风格,架子上五颜六色的瓶瓶罐罐,浅米色布艺沙发上不同尺寸的碎花抱枕,餐桌上装满水果和零食的漆盘,还有阳台上大大小小的绿植和多肉,纯粹的小女生治愈型小窝,和他喜好的那种红灰黑完全不是一个世界。他局促地望着陌生的环境,不知该站在哪里好。

师婕忙着归置茶几上的各种时尚杂志,指着沙发说:"你随便坐,这套小三居住起来挺舒服的,只要你不嫌委屈就行。"

"我现在还谈得上什么委屈?"柯立锋苦笑,依然纹丝不动,"我衣服不干净,别弄脏你的沙发……"

"我可没那么讲究。要不先带你熟悉一下?那是我的房间,旁边是小书房,我弟住那间客卧,待会儿我给你收拾出来。对了,这套房还是用你给我发的招才网bonus(奖金)交的首付呢。"

柯立锋听到"招才网"三个字,想了一下,耸耸肩,好像这事儿已久远得想不起来。他走到与客厅相连的餐厅,拉出一把木质白色餐椅坐下,貌似漫不经心地问:"Vivian知道我的事吗?"

师婕心中一凛,低声回答:"知道。"

柯立锋平静地看着师婕:"怎么知道的?"

"我告诉她的。"

"什么时候?"

"你出事那天夜里……"师婕不敢直视柯立锋,声音越来越小,"我不该介入你的私事,可当时我想……那么大的事,Vivian应该知道……

· 107 ·

我就……"

"我打个电话。"柯立锋没等师婕说完,起身走进书房。

师婕更加不安,柯立锋应该是打给了Vivian,变更银行账户只可能是她干的,现在柯立锋要取出三百万交罚款,估计Vivian得跟他吵起来,毕竟这不是小数目。师婕走进厨房给柯立锋泡茶,轻手轻脚生怕闹出什么响动,一旦Vivian发现老公住在女下属家里,不知还要惹出多少误会。

书房门打开,柯立锋走出来。师婕把托盘端到餐桌上,问道:"想喝什么?有茶,还有可乐、橙汁,随便你。"见柯立锋心事重重地坐回椅子上一言不发,她又问,"没打通?Vivian肯定是怕账户被冻结,所以才……"

柯立锋摇头,半晌才喃喃自语:"只想着防冻结、防罚没,却没想到防她……"

师婕没明白:"防她什么?"

"Vivian拿着我事先签好的文件和《离婚协议书》,就可以把银行账户改成她自己的。"

"离婚?你们离婚了?!"师婕下巴差点儿掉下来。

柯立锋点点头,无力地靠在椅背上:"做这行随时会遇到各种风险,为防万一,我事先已签好《离婚协议书》,由我在纽约的律师保管,事到临头我会设法通知律师,律师拿着文件就可以帮Vivian完成财产分割和转移,这样就不至于被一网打尽,却没防着她假戏真做。"

"可你的律师并没得到你的指令,怎么会把文件交给Vivian?"

柯立锋紧绷着脸,默然不语,屋里只听得见空调运转的声音,忽然他站起来:"我得再打个电话。"

纽约中央公园东北角的一间公寓里,烛光晚餐的蜡烛已快燃尽,桌上餐盘狼藉。沙发上Peter端着红酒杯凑近Vivian,Vivian抬手抵挡:"先把杯子放好,洒到沙发上根本洗不掉。"

Peter大大咧咧地说:"那就不洗,正好换套新的。"

"喊,听听你这口气。"

"我这口气怎么了？我已经不再是客人,而是主人。"Peter正作势扑上去,手机响了,他不情愿地接起来,"喂？"

柯立锋开门见山："我找Vivian。"

Peter吃一惊："是……Frank？你找Vivian为什么打给我？"

"因为她和你在一起。"Peter登时僵住,柯立锋不容置疑地命令道,"让Vivian接电话。"

Peter把手机递向Vivian,Vivian连连摆手,Peter低声说："事到如今,何必再躲着他？"

Vivian一狠心,接过手机："是我。"

柯立锋一脸平静："你们什么时候在一起的？"

"什么意思？"

"你们究竟是我出事前就早在一起了,还是我出事后才在一起的？"

Vivian恼羞成怒,浑身颤抖："都这时候了,你要问的就是这个？"

"都这时候了,你想让我问什么？"

"姓柯的,你对我是不是从来没有过一点儿感情？如果跟Peter走的只是我,不包括你的财产,你是不是连这个电话都不会打？"

柯立锋反问："我那么信任你,你对得起我吗？"

"信任？你之所以信任,只是因为我在你眼里渺小到根本不可能伤害你！"

"所以你伤害我纯粹是为了报复？"

"我做都做了,你才想知道为什么？"

柯立锋像是自言自语："我只是想不通,你怎么会变得如此恶毒……"

"我恶毒？这些年你有一秒钟在乎过我吗？你的冷漠、你的无视才是真正的恶毒！我给过你机会,你这种下场我心安理得,你活该！"

柯立锋把手机从耳边挪开一点儿,声调仍然毫无感情色彩："你还是没回答我的问题。"

Vivian声嘶力竭地吼道："既然你这么想知道,那我告诉你,过去的我和现在的我都是我,就像过去的你和现在的你都是你!"

柯立锋走出书房,见师婕正站在电视柜旁边,对着个圆球状的玻璃缸像大姐姐似的问:"你对这个新家满不满意啊?"

柯立锋一愣:"你说什么?"

师婕忙转过身,冲柯立锋指下玻璃缸里的金钱龟:"我问的是它,你别误会。"说完才发觉更不妥,尴尬地笑了笑。

柯立锋无言地站着,师婕偷瞄他那布满阴云的脸,不知该怎么发问,一时间俩人都沉默不语。

"女人啊,真靠不住。"打破沉默的是柯立锋,"我在这边辛苦挣钱,希望她在美国生活得无忧无虑,结果她却卷了我的房子和钱跟人跑了,那个律师Peter还是我的学弟……"

师婕简直不敢相信自己耳朵,这种小说电影里的情节竟活生生在自己眼前上演,忙问:"能打官司追回来吗?哪怕一部分也好。"

"所有文件都有我的签字,官司怎么打?"柯立锋叹口气,"想不到,钱可以让女人变得这么恶毒。"

师婕想分辩说不是每个女人都像Vivian,但话到嘴边咽了回去,当下不是探讨这些的时候,师父需要的是关怀,应该尽可能回避敏感话题,哪怕装作若无其事,也要尽量分散他的注意力。但看着柯立锋痛苦绝望却努力保持平静的脸,师婕想不出该说些什么。

柯立锋忽然局促地搓着手:"我想去外面洗个澡。"

"就在这儿洗呗,"师婕指着卫生间,"柜子里有干净毛巾,我给你找两件我弟的衣服。"

"不用,"柯立锋有些难为情,"我不想把晦气留在这儿……"

"哦,正好我也得回趟公司,晚上回来一起吃饭。"

柯立锋点点头,转身往门口走。

"等一下,"师婕从抽屉里找出一把家门钥匙,又从皮包里拿出钱夹,抽出厚厚一沓钞票,"拿着,够不够？不够我再给你张银行卡。"

"够了,够了,"柯立锋接过钱,"以后还给你。"

师婕嫣然一笑:"徒弟孝敬师父,理所应当。"

下班时间到了,公司里的人陆续往外走。

凌世杰在洗手间换下西装回来,背起双肩包,看着依然埋头干活的师婕,怯生生地说:"师经理……我走了啊……"

师婕头也没抬:"嗯。"

从下午进公司到现在师父几乎没说话,吓得凌世杰都没敢拿出自己有关电商行业的作业。

Linda 沿过道走来招呼:"凌世杰,你来一下,抓你个壮丁。"

凌世杰爽快地应承:"没问题,您说。"

"你帮我把柯立锋的东西扔掉。"Linda 说完扭头走了。

凌世杰一愣,下意识回头看师婕。师婕敲键盘的手停了下,没说话,随即若无其事地继续敲起来。凌世杰杵在原地,不知该怎么办。

Linda 反身叫道:"哎,你是没听见还是不想干啊？大小伙子出点儿力这么难吗？"

凌世杰又看眼师婕,见她还是置若罔闻,只好放下双肩包,跟着 Linda 走到柯立锋办公室。他曾经数次站在这间办公室紧闭的门外,想象柯立锋在里面运筹帷幄、纵横捭阖,然而当此刻这扇门在他面前打开,里面却已人去屋空,而他偏偏是要把仅剩的东西扔掉的那个人。

凌世杰的心里除了遗憾,更多的是深深的迷茫,他呆站着四下打量,嘀咕道:"柯总不用电脑吗？还是已经……扔了？"

"上面稽查的人早来把他电脑抄走了,说是物证。"Linda 指着地上的一个大纸箱,"就这些,连纸箱一起拿出去扔掉。"

凌世杰低头看着纸箱里的书籍、相框之类,不由得质疑道:"这些私人物品是不是应该等他来取或者想办法转交给他,就这么扔了……不太好吧？"

· 111 ·

Linda用鞋尖踢了下纸箱："严格来讲,公司有规定不允许把个人物品长期摆放在办公室,这里毕竟不是自家,何况以他这种特殊情况,公司没义务替他保管。"

"哦,明白了。"凌世杰抱起大纸箱就往外走。

"等等,"Linda把门侧的中英文铭牌摘下,随手丢进纸箱里,"管理合伙人,柯立锋,再也不存在了。"

凌世杰把大纸箱放到电梯间的地上,等着物业保洁来收走,忽然留意到纸箱里有个奇怪的物件。他拿出来,是个巴掌大小的算盘,木头的,很旧、很普通,像是用过很长时间,边框磨得发亮,几个算珠已经有裂纹,但做工很精致,不像这个年代的产品。

犹豫片刻,凌世杰把小算盘揣进裤兜,在心里对柯立锋说："对不起,就算你给我留个纪念吧,作为我崇拜你这么久的见证。"

凌世杰回到三部,蹑手蹑脚凑到师婕旁边："师经理,能问您个事吗?"

"说。"

"柯立锋他……具体犯的什么事?今天我听到好几种说法……"

师婕抬头眯起眼睛看他："规矩又忘了?"

"呃,不该问的别问。"

"还有,别人我管不了,但你,得叫柯总。"

"是!"凌世杰心里挺高兴,这说明柯立锋在师婕眼里依然是个值得敬重的人,而师婕在他眼里是个重情义的人,跟着这样的师父肯定没错。

凌世杰小心翼翼地问："柯总今天是不是……出来了?"

"哎哟!"师婕忽然反应过来,看眼手表,赶紧收拾东西,奔出公司。

柯立锋坐在餐桌旁,桌上已经摆着三盘菜:青椒炒鸡蛋,菠菜炒鸡蛋,虾仁炒鸡蛋。师婕从厨房端来一大碗西红柿鸡蛋汤放到餐桌上,摘下围裙笑着说:"齐了,凑合吃哈。"

柯立锋看着一桌子的黄澄澄:"你是……特别喜欢吃鸡蛋吗?"

"不是啊,"师婕一愣,有些不好意思,"我记得你不喜欢吃肉,所以才……"

"哦,"柯立锋拿起筷子,淡淡地说,"我已经一个月没吃肉了。"

师婕顿时意识到自己的失误:"哎哟,对不起……我……"

"没关系,三菜一汤已经很丰盛了。"柯立锋说完就大口吃了起来。

师婕坐在对面没动筷子,目不转睛地盯着柯立锋狼吞虎咽,没两分钟一碗饭已经下肚。师婕赶紧又盛上一碗:"怎么样?味道如何?"脸上一副求表扬的样子。

柯立锋眼睛转了转:"吃得太快,没顾上品味道,不过你做菜真挺麻利的。"

得,这也算是一种表扬吧,师婕开心地笑了:"我做饭只求速度,不管味道。因为爸妈都在医院上班,我十二岁就开始做饭,稍微慢一点儿我弟就闹,但只要吃进嘴他就消停了,不管好不好吃。"

柯立锋点头:"我也是十二岁开始做饭。"

"你是独生子,也那么早开始管家?"

"嗯。"柯立锋不再多说,又闷头吃饭。

师婕满不在乎地笑笑,拿起筷子,她太熟悉柯立锋这种尬聊的风格了,只要他不再有兴趣,分分钟就能把天聊死。而找到柯立锋喜欢的话题实在不是件容易的事,在师婕记忆中,这五年里好像除了工作他俩几乎就没聊过闲天。此刻在自己家里,在同一张餐桌上,和一个人相对无言,这让师婕不太适应。平时不管是朋友还是弟弟,大家都有说有笑、其乐融融。

柯立锋忽然把碗撂下,歪着头笑了,师婕纳闷,柯立锋说:"你的钱包里还总放那么多现金。"

师婕一愣,随即也笑:"压财嘛,当初还是你教我的。"

柯立锋立马苦了脸:"我压了这么多年财,还不是一场空?"

师婕心里很不是滋味,她轻轻放下筷子,面带十二分的愧疚说:

"对不起,从上午我就一直在想,真的是我……害了你。"柯立锋望着师婕,师婕的头低得比声音还低,"都怪我不好,如果我没第一时间给Vivian打那个电话,她就不会误以为你这辈子完了,也就不会做出后面的事儿……"

柯立锋自嘲地扬了下嘴角:"你认为我这辈子还没完?"

"当然。"师婕抬起头,"如果Vivian知道你一个月就能出来,如果她知道你三年后又将东山再起,我相信她不会那样做……"她越说越觉得自己的过错不可饶恕。

柯立锋冷笑:"你认为她该等我这辈子真完了的时候,才那样做?"师婕一时语塞,柯立锋凑近桌子,盯着师婕,"所以,你不是害了我,而是帮了我。这场风波是迟早要来的,早来比晚来好,起码我还有可能从零开始。"

柯立锋的目光里没有一丝的虚伪和责怪,只有真诚和信任,师婕心里涌过一股暖流,不计较恩怨得失的男人才是真正的男人。她感觉轻松了许多,起身到自己的卧室取来两张银行卡,递给柯立锋:"你那三百万的罚款,我帮你出一些。"柯立锋看着师婕手里的卡,摇摇头。师婕把卡放到桌上:"现钱我只有这些,不过我还有一套比这里小点儿的房子,卖掉就应该够了。"

柯立锋站起身,把卡推到师婕面前:"我怎么可能要你为我还钱?这事你别管了,我另想办法。"

师婕不便坚持:"对了,你明天什么打算?我一早得去公司开例会,都是你当初定的规矩。"

"你忙你的,我也有事儿要办。"柯立锋说完便朝客卧走去。

师婕叫道:"师父……"柯立锋回过身,师婕犹豫着问,"嗯——Vivian和那个律师……你更恨谁?"

柯立锋的语气又恢复到冰点:"我更恨我自己,居然对他们毫不设防,这种错误绝不能犯第二次。"

第二天傍晚,柯立锋穿着新买的普通牛仔裤和 Polo 衫,伫立在凌霄会所的门口,有种恍如隔世之感。这是他曾经惯常出入的地方,多少次他推杯换盏、应酬自如,又有多少次他唇枪舌剑、费尽心机。而此刻金色的大门依然敞开,而他已不再属于里面的世界。

柯立锋重重地叹了口气,迈步走进会所,穿过金碧辉煌的门厅来到一个包房门口,看着门楣上"鸿运厅"三个字,觉得有些讽刺。推开足有两米五高的精致雕花铜门,包房中央是张六人圆桌,雪白的桌布上摆着几样精致的冷盘,别致的醒酒瓶里深红色的葡萄酒散发着优雅的醇香,两套白色镶金的餐具在柔和的灯光下显出致密的光色。

坐在旁边沙发上的赵卫国见到柯立锋,立刻起身迎过来,一把搂住他肩膀,像是元帅慰问归来的爱将,动情地说:"立锋,受苦啦……"说着,他的眼圈有些发红。

柯立锋顾不上煽情,迫不及待地问:"老赵,华都有色究竟怎么回事?"

赵卫国拉着柯立锋坐到餐桌边,哀叹道:"别提了,胎死腹中,所有材料都撤回了。唉,真是竹篮打水——一场空啊……"

柯立锋沉默片刻:"今天我去华都有色,连门都没让我进。"

"因为给你安的罪名就是在那项目里搞内幕交易,现在项目被迫终止,人家当然对你有气啦。倒也不怪人家,华都有色并购西峰锂业,本来是不少人这辈子唯一的发财机会,结果……"

柯立锋黯然无语。

赵卫国给柯立锋倒酒,微微一笑:"你今天不只去了华都有色吧?"

柯立锋看了一眼赵卫国:"我也试着找了找监管层。"

"碰壁了吧?我劝你一句,眼下你的身份太敏感,还是不要急着四处活动。策划这事儿的人目标不是你,而是整个黄埔……"赵卫国拍拍柯立锋的胳膊,"立锋,这件事儿你我都是受害者,你放心,查出幕后黑手我责无旁贷。"

柯立锋毫无表示,若有所思地看着服务员端上来一道道考究的

· 115 ·

菜肴。

"你呀,还是老毛病,不谈项目不开口,"赵卫国见柯立锋情绪不高,张罗道,"今天好好给你压压惊,聊聊天,不谈烦心事。"

柯立锋没动筷子:"以前山珍海味吃惯了,如今看这些还真有点儿心疼。"

"怎么?一个月下来,消费观、金钱观都变了?"赵卫国笑起来,"别再多想了,都过去了。"

"过去了?"柯立锋苦笑,"眼下那三百万罚款,我就过不去。"

"这个我也想过,虽说你往后的进账肯定不能跟从前比,但家底在那儿,"赵卫国有些不解,"三百万对你来说算不上大数吧?"

"家底?我的家底都被Vivian卷跑了……"

"什么?!"赵卫国大吃一惊,手一抖,刚夹起的肉掉在桌上。等柯立锋把缘由大略讲完,他仍然难以置信,"你向来心思缜密,这么大的事情怎么会所托非人?"

"证明我做人太失败呗。"柯立锋耸了耸肩,"老赵,你说我还能托谁?"

"我啊!"赵卫国胸脯一挺,"难道你连我都信不过?"

柯立锋摇头:"你以为我没考虑过?我最先想到的就是你,但咱俩是一条船上的,万一被一锅端怎么办?"

这话不无道理,赵卫国转念一想:"那……还有你父亲嘛,老爸总比老婆可靠吧……"

"我爸那么大年纪了,不想让他整天为我提心吊胆,再说这种事儿他也托不住。"

"也是,很多事情老人知道了更添乱。"

柯立锋盯着面前盘子里微微张着的鱼嘴,长叹一声:"说实话,Vivian这事儿我在乎的不是钱,而是教训……这辈子我不会再信任谁了。"说完,用筷子把鱼嘴戳破。

赵卫国眉头一皱:"这么说,你连我也不信了?"

柯立锋一愣,看着赵卫国:"我是在说女人。"

赵卫国拍拍柯立锋肩头:"看你眼下这情况,那三百万我出,再帮你租个房子,费用都走我私人账户,跟黄埔无关。唉,我就少说了一句话,老韦就把那套公寓给退了,他这人呐……"

柯立锋似乎就在等这句话:"租房不用了,我自己找个住处。三百万我会还你,一时还不上,慢慢还。"

"立锋,跟我也见外了?"赵卫国爽朗地笑起来,举起酒杯,"三年内人家不让你回黄埔,你就权当休个长假;三年后,你在黄埔的位子还是你的,我保证!"

柯立锋也举起酒杯:"老赵,还记得你从纽约飞北京之前咱们约定的吗?等你回来,华都的案子也成了,咱们好好喝杯庆功酒。结果呢?今天我喝的是压惊酒。这次的事儿让我明白了什么叫身不由己,所以将来的事儿将来再说吧。"说完,一饮而尽。

赵卫国也不由得怅惘,但马上话题一转:"说到飞,我明天一早又得飞香港,也是身不由己啊。我经常想,要是真能休个长假该多好……"

师婕加班回来,看到柯立锋的鞋摆在门口,客厅的灯亮着,心里莫名生出一股温暖和喜悦,已很久没有这种有人等她回家的感觉了。

"我回来啦!"

没人应声,客厅没人,客卧的灯黑着,门却开着,倒是书房的门虚掩着,灯光从门缝中透出来。

师婕推开书房门,柯立锋头也没回,仍站在白板前,白板上大圈套小圈写满很多人名。

师婕不禁好奇:"你这是干吗呢?"

柯立锋双手抱胸,手里夹着一支笔,盯着白板:"我在想,害我的人一定认识我,而且关系越近,嫌疑越大。"

师婕凑过去,看清白板中心圆圈里写的是"我",挨着的是"Vivian",旁边有个问号。她想了想:"你这么一分析,我也觉得 Vivian 确实可疑。"

柯立锋看着师婕,没说话。

"那天夜里,她收到我的留言后,很快就打了过来,可没说两句就让我再打给她。出了那么大事儿,她居然还惦记省点儿国际长途费,这说明什么?说明她早就知道这事儿会发生,所以才不急不慌。"师婕的神态像个业余侦探,"我当时还奇怪,她的心可真大,现在一想她显然有问题。"

柯立锋却摇头:"她就是这种人,天大的事儿也不耽误算计小钱。如果真与她有关,她肯定做贼心虚,会假装震惊、假装着急,反而会一反常态,顾不上惦记长途费了。"说完,他抬手擦掉 Vivian 的问号。

师婕看着外圈里赵卫国、韦正雄等黄埔众人的名字,发现自己也在上面,很是惊讶,指着自己的名字问:"你连我都怀疑?"

柯立锋用笔在师婕名字旁敲了一下:"看清楚,只有你没打问号。"

师婕定睛细看,满意舒心地笑了:"这还差不多,你要是连我都怀疑,明天北京就得下一场六月雪。"

柯立锋不但没心思开玩笑,连听玩笑的情绪都没有,沉着脸说:"今天我才发现,黄埔所有人都是我潜在的敌人,我倒霉他们都能受益。以前我只是觉得他们不太喜欢我,从没想过黄埔人人都可能害我。"

师婕一愣,没想到柯立锋这么极端,便开解道:"我倒觉得你怀疑的面儿有些过宽。你倒霉,有少数人会受益,这些人害你的可能性较大;但大部分人既不受益也不受损,他们没有害你的必要;还有人反而会受损,所以肯定不会害你。比如我。"

"你受损害了?"

师婕忽然一阵委屈:"还用问吗?我是你徒弟,你倒霉,我在黄埔能好吗?"师婕想说自他出事后三部的人几乎跑光了,只剩自己孤军奋战,想说连自己的名字都遭到达丽的曹总歪批,想说自己被乐开的姚总耍弄,想说韦正雄看她的那种难以言说的眼神……但她忍住了,她不想让师父因为她而更加多疑和怨恨。师婕迎着柯立锋的目光:"不管别人怎么想,起码我绝对不会害你,因为,你是我师父。"说完走出书房。

柯立锋盯着师婕的背影,反复琢磨她刚才说的话:你倒霉,我在黄埔能好吗?他抬笔在师婕名字旁犹豫一阵,终究什么也没画。也许师婕的分析有一定道理,最可能害他的应该是能从中获得最大利益的人,会是谁呢?

柯立锋在白板上又画了个更大的圈,写上华都有色、监管部门和另几家投资公司,并在"百川投资万宗海"的名字旁画了个大大的问号。

师婕端来两杯水,递给柯立锋一杯,发现白板上出现的名字越来越多,再看眼柯立锋冥思苦想的神情,担心他这样下去难免走火入魔。这是师婕最不愿看到的。

"师父,想跟你谈谈。"师婕一反平日在柯立锋面前的小心谨慎。

"说吧。"柯立锋的视线仍未从白板上移开。

"你想找出陷害你的人,我能理解,但你想过没有,害你的人最希望看到的是什么?是你从此一蹶不振、自毁前程,这样他们的意图就得逞了,正所谓我哭豺狼笑。所以现在最重要的是你得振作起来,过好你的生活,只有我笑,才能让豺狼哭。"

"我的生活?昨天你没看到吗?"柯立锋大声喊道,"我的生活已经全被他们毁了!"

"那就重新营造,把你曾经拥有的一点一点找回来!"师婕毫不畏缩,更加坚定地迎着柯立锋的目光,"你昨天还口口声声说可以从零开始,难道今天就忘了?如果你连这点都做不到,即便找到害你的人,你又能怎样?让他们当面看你哭吗?!你继续这样下去,结果只会是亲痛仇快!"

柯立锋惊异地望着师婕,五年来这是师婕第一次用这样的态度、这样的语气对他。

师婕看柯立锋半天说不出话,知道不能再敲打,聪明人点到为止。

她换成舒缓温和的口吻鼓励道:"师父,你一定可以的,因为你是柯立锋。"然后露出甜甜的笑容,意味深长地补了句,"而且,你一定会拥有更多,也一定能活得更好。"

因为,有我在你身边。师婕心里默默地说。

阳光明媚的早晨,师婕在梳妆台前精心打扮,在手腕和耳后喷上香水,想了想,又戴上一副珍珠耳环,最后满意地看看镜中的自己,走出卧室。

客卧的门开着,柯立锋不在里面,书房里只有已擦干净的白板,客厅、厨房也不见人影。

师婕正困惑,手机突然进来个陌生电话,她忙接起。

"师小姐吗?我是公寓物业的,前天咱们见过,您方便马上过来吗?柯先生在我们会所呢,我怕要出事!"

等师婕慌忙赶到柯立锋原先的公寓会所,几名物业人员正围着柯立锋。柯立锋情绪激动,一见师婕便大声告状:"我已经在这里游了五年泳,他们凭什么不让我进?"

物业的小伙子看到师婕,像盼来了救星:"师小姐,您总算来了。我们已经对柯先生解释了很多遍,会所设施只对公寓当前业主开放,但柯先生就是不听。"

柯立锋嚷:"我是钻石会员!我交了年费就有权在这里游泳!"

小伙子哭笑不得:"柯先生,我们刚才跟您说了,《会所条例》明确写着业主资格和交纳会费是缺一不可的两项条件,如今您不再是租户,会员卡就失效了。"

师婕见两边各执一词,想找个折中的方法赶紧解决,便说:"我理解你们有自己的规定,但柯先生先前已交过一年的费用,现在才8月份,你们起码该把剩下四个月的会费退还吧?"

柯立锋立刻声明:"我不要他们退款,我就要继续在这里游泳!"

小伙子面露难色:"师小姐,《会所条例》也明确规定会费是一概不退的,无论什么原因。"

师婕一听,也来了气:"你们这纯粹是霸王条款,没有使用过的部分当然该无条件退还!"

物业正要继续辩解,不料柯立锋却突然冲师婕爆发了:"你还不明白?!我要的不是钱!我要的是资格、是身份、是尊严!"发出近乎绝望的嘶喊后,柯立锋甩开众人,摔门而去。

师婕跑到公寓外的街上,四下寻找,见柯立锋正蹲在道边,望着路人与车流发呆,突然想起前天他蹲在树下等自己时那种沮丧无助的样子,心头很是难过。

师婕走过去,柯立锋脸上的怒容已经消散,此时只有凄凉与无奈。师婕站到柯立锋身边,用指尖轻轻戳下他的肩头:"你别这样,有话站着说,或者找地方坐下。"

柯立锋抬头望着师婕,没反应。

师婕忽然感觉眼前蹲着的是个任性的小弟弟,让人气不得、恼不得,便指指自己的西装裙,又看看周围的人来人往:"你觉得我穿成这样蹲着合适吗?"

柯立锋这才缓缓起身,四下瞅瞅,视线落到街边花园里的一处长凳。

两人走过去坐下。师婕眼睛注视着前方,像个大姐姐般哄道:"游泳呢,不是非到这里不可,甚至,泳也不是非游不可,对吧?"

柯立锋像个受了委屈的大男孩,低着头嘟囔:"是你昨天让我把曾经拥有的都找回来……"

师婕不由得笑了:"你就用这种方式找回来?"

柯立锋耸下肩膀,对着路上的车水马龙叹口气:"找不回来了,可望而不可即……"

师婕一阵酸楚,轻碰下柯立锋的胳膊:"别灰心,慢慢来。"

柯立锋扭过头,一本正经地看着师婕:"我刚才不该冲你发火,其实你是对的……如今身份和尊严对我都无关紧要,重要的只有一样。"

师婕满怀期待地迎着柯立锋的目光："是什么？"

"钱！身份和尊严的基础就是钱！只要有钱，一切都会回来！"

说完，柯立锋霍地起身，冲到路边招手拦辆出租车，不等师婕反应已绝尘而去。

师婕呆坐在原地，迟迟回不过神来：师父啊师父，你真是块木头！

已经走进黄埔了，师婕还在拨打柯立锋的手机，提示音仍然是"您所拨打的号码已关机"。

师婕心神不宁地走到办公区，发现格子间里三五成群正小声议论，还有人挤在过道上朝韦正雄的办公室张望，不禁纳闷又出什么事儿了？

凌世杰看到师婕，急忙凑过来，如临大敌一般压低声音激动地说："他！是他回来了！"

"谁？"师婕顺着凌世杰的手指望去，透过韦正雄办公室的落地玻璃，见一个人正规规矩矩地站在韦正雄的办公桌前。

师婕定睛一看，不禁目瞪口呆，那人竟然是——柯立锋！

第七章
/
自取其辱

柯立锋重又踏进黄埔资本的一瞬间，所有人竟然都没意识到哪里不对，等前台 Amy 反应过来，柯立锋已经推开了韦正雄办公室的门。

韦正雄见到柯立锋不禁一愣，刚想张口，Amy 急匆匆跑了进来，脸涨得通红、语无伦次地说："对不起，韦总，我……他……"

韦正雄已经缓过神，冲 Amy 挥手示意她出去。Amy 惴惴不安地瞄了眼柯立锋，退出去轻轻关上门，心却还在狂跳不已。

"老柯，别客气，坐。"韦正雄手指大班台前的椅子热情招呼，自己安坐在大班椅上，拿出领导的派头，"你还是那个急脾气，我跟你提过仓储费，可没逼你立刻交哈……"

柯立锋依旧站着，平静地说："我不是来交仓储费的，因为我……交不起。"

韦正雄一怔，随即笑道："老柯，跟你那三百万罚款相比，这点儿仓储费连零头都算不上，你不至于赖账吧？"

"实不相瞒，我现在既掏不出罚款，也掏不出仓储费，如果没人接济,连吃饭都成问题。"

"老柯,你不是在跟我开玩笑吧?"韦正雄惊讶地瞪大眼睛,"以你的家底,别说一个三百万,再罚几个也不至于伤筋动骨啊……"

柯立锋面无表情地看着韦正雄:"你觉得我是开玩笑的人吗?"

"老柯,说实在的,这个处罚砸谁头上谁心里都不舒服,所以你不愿意交,我也理解。不过既然已经这样了,胳膊拧不过大腿,我劝你还是想开点儿,就当是连输了十场德扑。"韦正雄来回转着大班椅,笑呵呵地说,"你别不信,我真挺羡慕你的,从此退隐江湖,修心养性,领略不一样的人生,多好。我也指望能有人推我一把,逼我走出这一步呢。"

柯立锋不理会韦正雄话里话外的幸灾乐祸,声音低沉地说:"我离婚了,净身出户,所以现在身无分文。"

韦正雄眼珠转动,嘿嘿一笑:"你这是假离婚、真跑路吧?老柯,你这么清高的人也玩儿这一套?监管层又没罚没你全部资产,区区三百万而已,至于整这一出吗?"

"唉……没玩好,弄假成真。"柯立锋垂着眼皮,"老婆在我出来之前和律师联手把我的财产都变到她名下了。"

韦正雄瞠目结舌,半天说不出话,依柯立锋的秉性绝不会装穷卖惨,而凭柯立锋的能力又绝不会沦落至此,实在真假难辨。他抬手一指:"你真被搞了个……人财两空?"

柯立锋轻叹一声:"你觉得我有什么理由骗你?"

韦正雄脑筋急转,把各种可能性罗列出来,又逐一否定,确实应该是真的。他心中一阵窃喜,之前他只是庆幸公司里少了个眼中钉、肉中刺,投资圈也再无柯立锋的容身之地,此时亲眼所见柯立锋竟落得这步田地,直让他畅快淋漓,感叹真是老天有眼呐。

"哎呀,你这个本命年……真是祸不单行……"韦正雄咋舌叹息,继而同情地看着柯立锋,"老柯,既然手头紧,一时交不上仓储费,何必还专门来一趟?哦——你是想让我通融一下?我回头跟财务商量看能不能先挂账……"

"不是,我想请你帮我另一个忙。"

"你说,只要我能帮,绝对义不容辞。"韦正雄仗义地一拍胸脯。

"这忙你绝对能帮,"柯立锋微微一笑,"在黄埔给我安排个工作。"

"什么?"韦正雄直起身子,简直不敢相信自己耳朵,"帮你在黄埔?老柯,啥叫禁入期你不会不懂吧?上面可有明文规定,你三年内不得从事与证券投资相关的工作……"

"我知道,但只是禁止我参与证券投资,并没禁止我留在黄埔。"

"老柯,你是不是脑子受刺激了?黄埔资本可是家投资公司,怎么可能不涉及相关业务?"

柯立锋不慌不忙地说:"公司这么大,不是每个岗位都和证券投资有关。"

韦正雄这才弄清柯立锋的真实来意,也明白了柯立锋为什么从进门到现在一直不肯坐下,他立刻摆出为难的表情:"老柯,你难得求我一回,眼下你又这么惨,于情于理都不该驳你面子,可这事确实不好办呐。黄埔核心业务你肯定不能碰,就连后台的财务和人事也免不了跟业务密切相关,没有你能待的位置。"

"最普通的位置就行,打杂都可以。"

韦正雄连连摇头:"不合适,不合适,你当初在公司呼风唤雨的,如今谁敢使唤你?我建议你还是去别的公司看看,哪怕给他们打杂呢,我这里确实没法安排。"

"韦总,"柯立锋这一叫竟让韦正雄一颤,黄埔上下只有一个人从来都只叫他老韦,而此刻这人居然改口了。"你知道我从美国回来就一直在黄埔,而且我这人也没什么亲朋好友,眼下找不到其他门路。再说以我现在的情况,哪家公司敢要我?"

韦正雄见柯立锋把身段压得如此之低,一时有点儿心软,但他绝不能让柯立锋再回黄埔,只有傻瓜才会把刚从眼里拔出的钉子又插到手上。他满脸愁容:"老柯,别的公司不敢要你,黄埔更不敢,我们避嫌还

· 125 ·

来不及呢。你要实在没地方去，就在家待一段等风头过去再说。"

"我等不起，因为我不能不吃不喝。"柯立锋口气一转，"其实留下我对你也有好处，把我放你眼皮底下，总比放在外头便于控制。"

韦正雄盯视柯立锋好一阵，忽然笑了："你这招没用的啦。你能讲出什么对黄埔不利的话？无非就是我们业务上的一些擦边球，那在圈子里都不是什么秘密，哪家公司没做过？黄埔犯不着控制你。再说如今你是个戴罪之人，一言一行都有《证券法》管着呢，我相信你老柯肯定不是那种不知分寸的人。"

柯立锋意味深长地一笑，"没错，我的一言一行有《证券法》管着，但别忘了，你的一言一行可有《婚姻法》管着呢……"

"你这话什么意思？"

"我什么意思你不清楚？你是聪明人，不用我说得那么直白吧？"

韦正雄的脸啪嗒撂下来，开始紧张。他当然清楚柯立锋指的是什么，他跟几位女下属的事儿在黄埔也不是什么秘密，但他不清楚柯立锋手中握有多少实锤，这些实锤一旦落到他老婆家人的手里或者传到社会上，确实比交到证监会的手里更可怕。

柯立锋啊柯立锋，看来你真是自寻死路，我原本已打算放你一马，可既然你自己又送上门来，那就别怪我韦某不够意思了。

韦正雄的脸上瞬间又堆起笑容："老柯，咱俩也算多年的老同事了，你现在落到这种地步，我就是再难也得帮你。既然你哭着喊着非要回黄埔，我尽量给你安排。不过咱们有言在先，第一，工资不高；第二，上下班没准点儿；第三，谁的话你都得听。要是不愿意干就当我没说，怎么样？"

"你放心，我肯定不会挑肥拣瘦。"

"好！"韦正雄一拍扶手，"小卢老跟我诉苦忙不过来，你就跟他一块儿干吧。"

轮到柯立锋一怔，他来之前想过，韦正雄肯定会给他安排个低级岗位，比如端茶倒水、打扫卫生，但起码能在公司待着，却万万没想到会打发他去开车。

"老柯,别看你以前整天坐车,论起开车,人家小卢可比你资深多了,"韦正雄看着柯立锋错愕的表情,生出一股快感,暗叫你也有今天呐,忍不住把双脚架到大班台上,"所以我把丑话说在前面,你在司机班归小卢管,接送赵董还有其他 VIP 由他负责,你就负责取送东西、接送普通员工出差之类的,没问题吧?"

柯立锋横下心,咬牙应承:"可以,没问题。"

韦正雄当即用内线电话叫来 Judy 吩咐道:"从今往后,老柯就跟小卢一样在黄埔当司机,你把人事和行政手续都办了,把老柯挂到劳务外派公司下面,别算咱们黄埔直接雇的,各方面规矩你也给他讲讲。"

Judy 张着嘴看了一眼韦正雄,又看了一眼柯立锋,半天没明白怎么回事儿。韦正雄正要发火,Judy 才恍然醒悟:"柯总,那请您跟我去办手续吧。"

韦正雄立时黑了脸:"你叫他什么?"

Judy 愣了,望着韦正雄试探:"那叫……老柯?或者……柯师傅?"

柯立锋实在不想再待下去,低头说:"韦总,谢谢你。"

不料刚要转身,韦正雄却叫道:"老柯,你说什么,我没听清?"

柯立锋想了想,直视着韦正雄一字一顿地说:"韦总,谢谢您!"

韦正雄这才满意地咧开嘴笑了。

从韦正雄办公室走到 HR,会经过柯立锋原先的办公室,Judy 有意观察着柯立锋的反应,却见柯立锋竟像个初来乍到的人一般,对曾经属于自己的地盘完全无感,连房门都没瞥一眼,便走过去了。

柯立锋办完入职手续,来到地下停车场,找到那辆黑色梅赛德斯,小卢正躺在车里闭眼听着 MP3。

柯立锋敲敲半开的车窗,小卢腾地坐起来:"哟,柯总,您回来了?"然后赶紧下车,有点儿为难地说,"不好意思啊,我得接到公司通知才能让您用车。"

"我不是来用车的,"柯立锋笑了,"我是来向你报到的。"

"向我……报到?"小卢一脸懵圈。

"你这儿不是缺人嘛,从现在开始,我就是你的下属了。"

小卢撇嘴:"您是我下属?柯总您不带这么开玩笑的啊。"

"是不是开玩笑你自己看吧。"柯立锋从兜里掏出入职通知,递给小卢。

小卢把这张纸看了两遍,忍不住扑哧笑出声。

"你笑什么?"柯立锋问。

"没什么,我就是想起您上次还教育我要有风险意识,没想到您的风险比我还大……"小卢说完笑得更厉害了。

柯立锋罕有地显出几分窘迫。

小卢忙收起笑容:"柯总,没事儿,谁都会有倒霉的时候。您是有大本事的人,这辈子不会跟我一样老当司机的。"

"你以后别再叫我柯总。"

小卢想了想,第一次平视柯立锋,笑道:"成,老柯,我带你看看咱黄埔这六台车去。"

师婕下班后,来到地下停车场,见柯立锋站在她的帕萨特旁边,她走过去严肃地盯着柯立锋:"你能不能解释一下,为什么自取其辱来当司机?"

"这事儿晚上回去再说,麻烦你先陪我去买几件衣服。"说完,柯立锋扭头就走。

"你去哪儿?我车不就在这儿吗?"

柯立锋冲师婕摇摇手中的车钥匙:"别忘了,我现在是司机。"

师婕跟柯立锋走到一辆黑色奥迪旁,柯立锋开门坐进驾驶室,见师婕还站在外面,便说:"怎么?等我给你开车门呢?"师婕只好坐进副驾驶。柯立锋拍拍方向盘,摸摸档把,盯着仪表盘说:"小卢让我尽快熟悉一下这三辆奥迪,以后接送你们的活儿都归我了。"

· 128 ·

师婕侧身看着柯立锋:"怎么?你还真打算干一行爱一行?"

柯立锋像没听见,发动车子缓缓驶出地库,自言自语道:"在美国学车、买车、开车,回中国坐车,一直都是美国货,这德国车还真得适应一下。"

师婕不接茬,转而问:"买衣服干吗?听 Judy 说,韦总已经同意你从仓库把东西拉回家,你那么多衣服……"

"你觉得那些衣服适合司机吗?"柯立锋瞥师婕一眼,"原先的行头,三年之内我都用不上了。"

师婕见柯立锋如此宠辱不惊,既高兴又难过——高兴的是他好像确实打算从零开始了,难过的是在这随遇而安背后有多少无奈与凄凉。

"咱们去贵友大厦吧,国贸商城的东西太贵……"师婕建议,她知道柯立锋之前只在国贸买东西,倒不是追求什么奢侈名牌,纯粹图方便。

"贵友?档次太高。"柯立锋摇头,"去秀水。"

两人先在秀水的一个摊上扫了几条牛仔裤和夹克衫,柯立锋开始把注意力转向西装,师婕看着三面挂满廉价货的摊位直皱眉,柯立锋却安之若素地拣选款式和面料。老板娘是个五十多岁的南方女人,一边看着柯立锋试穿,一边对师婕啧啧夸赞:"哎哟,你老公身材老好滴呀,你看这些衣裳穿在他身上,帅得不得了,小姑娘你真好福气耶……"

师婕听得面红耳热,不知该如何接话。

老板娘没完没了地叨叨:"小姑娘,你和你老公真是蛮配的嘞,都那么漂亮、那么有气质,就像一对电影明星嘞……"

师婕赶紧拿起一套西服假装打量。

结账时,老板娘在计算器上敲了几下,递到师婕面前:"喏,一共是八百八十五,给你们打个折扣,就八百块吧。"

师婕刚要掏钱,柯立锋按住她手,冲老板娘说:"四百,一口价。"

师婕惊讶地看着柯立锋。

老板娘一个劲儿摇头:"不行不行,我们都是小本买卖,这个价钱肯定做不来,赔都要赔死咧。"

"那就算了,我们再去别家看看。"

"那你们就去别家买好嘞。"老板娘也不示弱。柯立锋拉起师婕就走,没走出三五步老板娘在后面喊:"好吧好吧,四百就四百,交个朋友啦。"

老板娘一边包衣服,一边对师婕说:"小姑娘,你老公可真会砍价,这样的男人会过日子的,你好省心咧。"

师婕心里甜滋滋的,忍不住偷瞄柯立锋。

柯立锋却冲老板娘冷哼一声:"你的眼力真不怎么样……"

比老板娘更错愕的是师婕,她心里咯噔一下,柯立锋否认倒也罢了,何必显出如此不屑?

柯立锋拎着大包衣服往前走,扭脸冲跟在一旁的师婕小声说:"小卢说在秀水讲价,得先砍一半,再砍一半,我没说两百已经是心太软了。"

师婕暗自嘀咕:你心软?我真没看出来。

直到回家做完饭菜端上桌,师婕都闷闷不乐,完全没有前日的愉悦和殷勤,她想不通柯立锋为什么急于在一个陌生人面前撇清关系。

柯立锋似乎根本没注意到师婕情绪的变化,一边吃,一边对师婕说:"现在可以告诉你,我为什么回黄埔当司机了。"

"哦。"师婕漫不经心地应一句。

"你还记得我昨天画的那个图吗?"

"嗯。"

"那张图上跟我有直接利害关系的人几乎都是黄埔的,即便在黄埔以外也跟黄埔密切相关。"

"所以你?"师婕立刻明白了柯立锋的用意,瞬间把自己的小情绪抛诸脑后。

柯立锋点头:"不入虎穴焉得虎子,只有留在黄埔,才有机会查出害我的人。"

"可你这样做,是不是太?"师婕没说下去,她既顾虑柯立锋能否忍受公司上下的白眼和讥讽,又担心他的真实目的被发现后会有危险。但看着柯立锋一脸的果决,她知道这两天所有的逆耳忠言都白费了,只要他柯立锋认准的事儿,八匹马也拉不回来。

"我想过了,反正现在我已经一无所有,也找不到别的工作,"柯立锋笑了笑,"与其在你这儿天天吃白食,当司机好歹自食其力。"

师婕心说,你要是在我这儿天天吃白食,我反倒安心舒心。

晚上,师婕把戴了一天的珍珠耳环落寞地摘下,放进首饰匣里,原本她是特意戴给柯立锋看的,可柯立锋自始至终都视若无睹,倒是那个凌世杰中午吃饭时盯着她看了好几眼,似乎留意到她不同往日。唉,师父在这方面迟钝得还不如一个刚出校门的学生……

躺在自己床上,想着白天柯立锋站在韦正雄面前的样子,师婕还是放不下心。这个几乎不会说"谢谢""对不起"的男人,这个几乎张嘴就是反问句的男人,这个连借钱都难得有笑脸的男人,今后要像小卢那样在所有人面前毕恭毕敬、点头哈腰,可能吗?

隐隐约约,师婕听到隔壁的客卧门开了,估计柯立锋也一样难以入睡。她起身罩上披肩,走出自己房间,看到柯立锋站在客卧门口,抱着个枕头,脑袋上一绺头发朝天椒似的翘着。

"这个枕头……不舒服……"柯立锋可怜兮兮地抱怨,"我都几天没睡好了……"那表情好像睡这枕头比当司机这件事情更委屈他。

师婕不禁笑出声:"枕头不合适,头一天你就该跟我说呀。"

"我不想给你添麻烦……"

师婕心里顿时生出一股温情,这个冷傲的男人竟然也会像个孩子一样,因为区区一个枕头而如此无助。

师婕赶紧给他换个枕芯,又到厨房给他倒了一杯牛奶:"现在你可以踏实地睡啦。"

柯立锋摁摁枕头感觉一下软硬,冲师婕满意地笑了。

师婕回到屋里,背靠在门上,心还在怦怦乱跳。师婕对柯立锋的好感由来已久,不然当初也不会毅然跟着他步入投资圈,五年的朝夕相处使她对他的好感与日俱增,但她一直牢牢把持住自己,既因为柯立锋是有妇之夫,也因为两人是直接的上下级。没想到柯立锋此次蒙冤落马,那个曾经高高在上、让她仰视已久的师父终于变得触手可及,过去横亘在她与师父之间的距离与阻碍,一夕之间都已经不复存在……

早晨出门,柯立锋换上秀水买来的廉价西装,虽然款式中规中矩,但面料在日光下着实不敢恭维,多亏他衣架子一般的好身材撑着,看上去倒也挺括板正。

师婕把准备好的简餐放进双肩包递给他,嘱咐道:"现在日程不再由你控制,不一定能按时吃午饭,所以有机会就把东西吃了,免得饿太久。"

柯立锋把双肩包背上,精神抖擞地走出家门。师婕像个小女人似的美滋滋跟在柯立锋身后,她太喜欢这种出双入对的感觉了,这就是她憧憬的幸福生活。

"你今天怎么这么高兴?"柯立锋启动奥迪车,瞥了眼摇头晃脑哼歌的师婕。

"啊?哦。"师婕这才意识到自己有点儿忘形,赶紧把下半首《隐形的翅膀》咽回去,搪塞道,"我发现你今天这打扮特像我徒弟。"

"你徒弟?"

"对啊,就是那个凌世杰,群面的时候被你骂惨了。"

"哦。"柯立锋回想一下,仍然莫名其妙,"你高兴是因为我和他穿得很像?"

师婕翻个白眼,心说跟你这种人聊天真费劲。

柯立锋又问:"他怎么成你徒弟了?"

"还不是拜你所赐,是你非让 Linda 把他招进来,我是你徒弟,Linda 自然把他塞给我啦。"

"我还以为他们会因为我反而不要他,"柯立锋沉吟片刻,"你感觉他怎么样?"

"还行,起码比我当徒弟那阵机灵多了,毕竟是镀过金的专才。"师婕叹口气,"我摊上个好徒弟,可他没赶上好师父,我要是有你一半的本事就好了……"

柯立锋淡淡地说:"如果我在,也会让你做他的 mentor。"

"对了,"师婕忽然想起什么,"别直接去公司,你绕一下先送我去办点儿事,把我放下你就走。"

柯立锋自嘲地笑一下:"我是司机,听你的。"

师婕不由得心酸,岔开话题:"我不是还有另一套房子吗,约了中介和租客谈一下,我想把房子收回来。"

凌世杰的脚刚迈进茶水间,一眼看见站在里面正喝水的柯立锋,不禁心头一颤,定住了。

柯立锋冲凌世杰点了下头,算是打招呼,脸上既没有冷傲,也谈不上和善,好像面对的是一个陌生人。

凌世杰也慌忙点头,一时不知说些什么。这柯立锋真是邪了,不管是当初宛若天上的星星,还是如今好似跌落地下的尘埃,都让凌世杰睁不开眼睛。

凌世杰正心慌意乱地给自己冲咖啡,忽听办公区走廊里传来韦正雄的声音:"老柯,你在哪儿?"音量高得像村东头的大喇叭。

话音刚落,韦正雄已经一脸严肃地出现在茶水间门口,身后是紧张兮兮的 Judy 和小卢,三人把门堵得死死的,凌世杰想溜已然不可能。

"老柯,昨晚你把公司的车开走了?"韦正雄的音量丝毫未减,把小小的茶水间震得簌簌发抖。

"对。"柯立锋放下水杯,平静地走到韦正雄面前。

"是公司里有谁让你这么做的?"

"没有。"

"那我问你,没人告诉你不能擅自把车开回家吗?"

· 133 ·

柯立锋看了一眼脸色煞白的Judy，答道："车是我自己开走的，我是想……"

韦正雄转向Judy："我昨天是怎么交代你的？你没给他讲讲规矩？"

Judy颤声说："别的讲了，没讲这条，我以为小卢会告诉他。"

韦正雄又扭脸看小卢，小卢瑟缩着想躲到Judy身后，蚊子似的声音说："我以为老柯肯定知道，就没提这个。"

韦正雄吼道："国有国法家有家规，公司有公司的制度。老柯是个新司机，他什么规矩都不懂，你们俩难道也不懂吗?!"

"谁想到他第一天就把车开回家呀……"Judy低头委屈地嘟囔。

"你不用找什么借口！没有事先告诉老柯做司机的基本规矩，就是你的失职！"韦正雄指着Judy的鼻子训斥，重音却落在"司机"二字。

Judy脸色由白转绿，愤愤地瞪着柯立锋。

柯立锋见韦正雄意在挑动群众斗群众，便说："韦总，擅自开车回家是我的错，您不要责怪Judy。"

韦正雄的态度有所缓和，但嗓门并没降："老柯啊，即便没人告诉你，也不该犯这种低级错误嘛，公司的车难道是给你上下班用的？难不成你忘了自己已经不再是公司的管理合伙人？念你新上岗当司机，今天就算是个警告，下次该怎么处罚可就怎么处罚啦。"

"韦总，我错了，以后不会了。"柯立锋继而认真地探讨，"不过我想问一下，假如第二天一早要去办事，地点恰好离我家比较近，前一天晚上我可不可以把车开回家？这样避免路途往返，效率更高。"

"你家？"韦正雄打趣道，"这么快就有新家了？条件怎么样？"

柯立锋一愣："住着……还行吧。"

韦正雄坏笑："我问的不是你，是车！"

柯立锋有些尴尬："哦……有停车位，地下的。"

"那也不行！"韦正雄脸一板，"公司名下的车如果在工作时间出了事儿，自然由公司承担责任，但你下班时间把车开回家，万一出了事儿，这风险谁来担？责任谁来负？这个道理你不懂？"

柯立锋被问住了。

"所以,公司的车绝不允许挪作私用！就算第二天早晨要接的人就在你家楼下,你也得先来公司取车！往返辛苦是你的事,这就是规矩！"韦正雄拍拍柯立锋的肩膀,"老柯,不管干哪一行,都得学会守规矩！"

韦正雄着力大声强调"规矩"二字,就是要让所有人知道,柯立锋无论过去还是现在都是个不守规矩的人,他意味深长地看柯立锋一眼,恨铁不成钢似的摇摇头,转身走开。Judy狠狠地瞪着柯立锋,柯立锋刚想赔个不是,Judy已经扭身跟出去了。

小卢红着脸走过来,低声对柯立锋说:"韦总今天不知怎么了,以前我也把车开回家不止一次,从来没见他这样过……"

柯立锋苦笑一下,把水杯接满,正要跟小卢出去,就听韦正雄在办公区高声喊道:"老柯,你抓紧去趟派出所,开一份无犯罪记录证明,交到HR那里存档。别忘了,你跟其他人不一样。"

这段话与其说是吩咐柯立锋,不如说是对广大黄埔员工的广而告之,尤其那句"别忘了",究竟是让柯立锋别忘了开证明,还是别忘了他如今是戴罪之身？

柯立锋定在原地,一动不动,脸上没有任何表情,目光里却透出常人少有的坚忍。

凌世杰近距离旁观了这一幕,脑子里闪出七个字:虎落平阳被犬欺。柯立锋只是不小心犯错,但连他这个新人都看出韦总这般指桑骂槐还有那唯恐天下不知的调门儿,明显是故意让柯立锋难堪,要给他个下马威。这种侮辱简直是可忍孰不可忍,但柯立锋不仅忍了,居然还当众承认错误,这与凌世杰面试中领教过的那位完全判若两人。他对柯立锋的同情油然而生,但更多的是好奇,一个人的忍耐力究竟能有多大？心胸到底能有多宽？

星星可以破碎成尘埃,那尘埃是不是也可以再次凝聚成星星？

中午在地下一层的员工餐厅吃饭,凌世杰端着盘子坐到师婕对面,迫不及待地问:"师经理,上午的事您听说了没?"师婕摇头,凌世杰绘声绘色地把自己亲眼所见的柯立锋挨批经过叙述一遍,小声说,"柯总真挺冤的,我都替他抱不平。"

师婕撂下筷子,胸脯一起一伏,愤愤不已:"太不像话了!韦总这不是成心刁难人吗?!小题大做!"

"您也别太生气,据我观察韦总这点儿小动作对柯总不算什么,柯总太能忍了。"凌世杰四下瞟了瞟,问道,"不过我真搞不懂,柯总干吗回黄埔受这份窝囊气?"

"因为他这人一向不走寻常路,不按常理出牌。"师婕拿起筷子吃几口,忽然问,"同城会那个项目你知道吧?"

"当然,早就听说过,前几天我还专门找出项目资料看了一遍,那可是柯总一战成名的经典。"

"也让黄埔在创投界一战成名。"师婕神秘地一笑,"但有段内幕你肯定不知道,柯总当初跟同城会的创始人可是翻脸对骂过的。"

凌世杰惊问:"啊,第几轮的时候?"

"一轮都还没投呢。当时两个人全失控了,对着拍桌子,嗓门一个赛一个高,柯总气得拂袖而去。但在车上被风一吹,他立刻冷静了,叫我马上掉头回去,要跟创始人接着谈。"

"啊?那还能谈?没打起来就不错。"

师婕惟妙惟肖地还原当时的情况:"创始人还在气头上,瞪眼睛问,你怎么还有脸回来?!柯总一脸平静,好像什么都没发生过,说如果你仍然意气用事,不肯跟黄埔合作,说明我这次不该觍着脸回来,大不了后悔三五天;可如果因为我没回来而错失一个好项目,会后悔一辈子,我宁可丢脸也不能丢项目。创始人赌气说,所以你究竟后悔三五天,还是后悔一辈子取决于我喽?那我就先让你后悔三五天,再让你后悔一辈子,脸和项目都得丢!"

"这创始人够狂妄的,他不仅要把柯总撅回去、不让黄埔参投,还自信日后肯定 IPO 成功,柯总能受得了他?"

"柯总当时笑着说,我后不后悔、丢不丢脸都不重要,重要的是你别让自己后悔一辈子!创始人一下子被点醒,半天没说话,终于冷静下来,不再拿公司的前途命运跟柯总怄气。"

凌世杰追问:"然后呢?"

"然后的事你都知道了呀,要不怎么叫经典成功案例?"师婕仰脸看着高处,"他就是这样,内心有个无比强大的自我,只要他认定目标就会不惜一切,什么面子、身段、荣辱都不在话下。"

凌世杰不由得对柯立锋愈加好奇和崇拜,回味良久才喃喃地说:"我以为只有武侠书里才有不打不相识,投资圈居然也有……"

师婕瞟他一眼:"你没发现吗?你跟柯总也属于不打不相识。"

自从师婕在乐开乳业对他发火之后,凌世杰再没敢叫师婕师父,这会儿觉察师婕心情不错,便壮起胆子叫了声:"师父?"

"嗯?"师婕低着头答应。

凌世杰喜上眉梢,忙问:"您布置的作业我做完了,啥时候交?"师婕抬眼看着凌世杰,一时没反应过来。凌世杰解释,"您忘了?上周五您让我搜集整理关于电商行业的资料。"

"哦,"师婕才想起来,有些不好意思,"那就下午吧,叫上老马和王广明,我们一起听听。"

"好嘞!"凌世杰兴奋地抬手一挥,差点儿把托盘上的水杯碰倒。

下午的讨论会开得挺好,凌世杰辛苦完成的行业分析终于得以展示,师婕听得挺认真,马致远和王广明也没再露出丝毫不屑,这让凌世杰简直有些受宠若惊,回到工位才发现笔记本竟忘了拿,便反身回到会议室。

会议室的门开着,凌世杰一眼看到柯立锋正背着双手站在白板前,盯着白板上刚才凌世杰边讲边写的行业数据。

凌世杰注视着柯立锋的背影,想起上午茶水间的一幕以及中午师婕的话,心里有种难言的感慨。要是一切都没发生,刚才主持讨论会的本该是柯立锋,凌世杰就能见识投资圈大神的高屋建瓴,但可惜的是,这位大神如今连看眼数据都得趁没人的时候。

凌世杰动了恻隐之心,轻轻走到柯立锋身边,示好地笑了下,说:"我们刚才讨论的是垂直电商……"

柯立锋斜睨凌世杰一眼,鼻子里冷哼一声,傲然道:"这上面满眼都是GMV(商品成交总额),我还能看不出是家电商?"

凌世杰当场呆愣,眼前的柯立锋已瞬间变回面试时的那位煞神。凌世杰恨不得给自己一巴掌,热脸贴冷屁股,我就是吃饱了撑的,活该。我好心被他当成驴肝肺,万不该可怜他,真是可怜之人必有可恨之处。

凌世杰拿上笔记本刚要走,发现韦正雄立在会议室门口。韦正雄看眼凌世杰,又看眼背对着他的柯立锋,清了下嗓子。

柯立锋转回身,若无其事地望着韦正雄。韦正雄走到白板旁边,拿起板擦敲了敲,问凌世杰:"这会议室刚才是你们三部用的?"凌世杰忙点头,韦正雄眼睛一瞪,"你为什么没把白板擦干净?"

凌世杰先是一怔,赶紧放下笔记本,上前接过板擦,开始擦白板。

柯立锋低头往外走,听到韦正雄在他身后继续大声训斥凌世杰:"有没有点儿起码的常识?开完会要立即把白板都擦干净,上面都是公司的商业机密,要是让闲杂人员看到怎么办?!"

凌世杰闷闷不乐地走回工位,越想越窝火,你柯立锋跟韦总犯冲,可凭什么害得我莫名其妙被训一顿?

凌世杰正郁闷,就见Judy拿着一张A4纸出现在走廊里,一边用磁吸固定在布告栏上一边说:"韦总刚刚重申,所有外部闲杂人员一律不得随意进入内部办公区,各部门要严格遵守,一旦发现哪个部门执行不力,扣除全部门的当月绩效奖金。"

有人围着布告栏议论猜测,而这规定的来头凌世杰再清楚不过,暗自恨恨道,柯立锋啊柯立锋,你真不愧是颗星星——丧门星!

周五上午十点,首都机场 T2 航站楼国际和港澳台旅客出口处,正往外走的赵卫国一眼就看到了醒目出众的柯立锋。

"立锋,好巧啊,"赵卫国笑着走到柯立锋面前,目光四下寻找着司机小卢,"你来接人吗?"

"对啊,接你。"

"接我?"赵卫国一怔。

"是啊,小卢今天孩子病了,不能来接你,只能我替他了。"柯立锋接过赵卫国的拉杆箱,轻描淡写地说,"对了,给你介绍一下我的新身份:黄埔资本司机班最新成员。我现在的领导是小卢。"

"什么?!"赵卫国惊讶地睁大眼睛,"你能当司机?"

"怎么?信不过我的开车技术?"柯立锋笑道,"别忘了,以前你回纽约可都是我接送你。"

"我不是这意思,是说你怎么能接受自己当司机……"赵卫国没好意思说,而且还是在黄埔当司机。

"我也得吃饭啊。"柯立锋和赵卫国往停车场走,"我的情况你又不是不了解。"

走到奔驰车旁,柯立锋把拉杆箱装进后备厢,赵卫国把提包放到后座,然后拉开右前门径直坐到副驾驶位置。

柯立锋手握方向盘看着赵卫国,意思是这样合适吗?

"怎么?在纽约时我不就是坐前排吗?"赵卫国哈哈一笑,示意柯立锋开车。

驶上机场高速,两人有几分钟都沉默不语。终于,赵卫国有些动容地说:"立锋啊,虽然你给我开车,但在我心里你一直是、也永远是我的兄弟,我绝不会把你当司机的。"

"老赵,我当不当司机跟咱俩是不是兄弟没关系吧?皇帝还有草鞋亲呢。"

"我可不是什么皇帝,你更不是什么草鞋亲。不过我真佩服你的勇气,大丈夫能屈能伸,你厉害。"

"这有什么厉害的,我纯粹是走投无路、生活所迫。"

赵卫国有些尴尬,赶紧带着歉意说:"这得怪我,没想到这一层。你想回黄埔,那天怎么不跟我说呢?"

"你那么忙,我不想为这点儿事打扰你。你看,我自己不是已经解决了?"

"这叫什么解决?哪能让你当司机呢?"

"当司机挺好,不用老坐办公室,每天都能看到不同的风景,我这三天感觉比过去五年看到的北京都多。"

赵卫国不由得心酸,担心地问:"老韦……没为难你吧?"

"没有,老韦要是为难我,我也回不了黄埔。"柯立锋心说,他要是不为难我,我能当司机?

"嗯,那就好。"赵卫国拿出手机,"我给老韦打个电话,还是得给你调整一下。"

韦正雄正在一摞文件上签字,签完一份就递给站在他面前的Judy,见是赵卫国的来电,赶忙接通:"赵董,您到北京啦?小卢接上您了?"

"韦总啊,我这会儿就在柯总的车上,他回黄埔的事儿你怎么没跟我说呢?"

韦正雄没想到给赵卫国开车的是柯立锋,这是他最不希望发生的事,尤其不希望在他告知赵卫国之前发生。他狠狠瞪一眼 Judy,Judy 吓得一哆嗦。

韦正雄瞬间已堆起笑脸:"赵董,柯立锋的事儿我正想等您回来当面跟您汇报呢……"

"韦总,你怎么能让柯总当司机呢?这实在太欠考虑了……"

"我知道,柯立锋当司机确实委屈了,这话我那天当他面儿也说了,一再劝他不要回黄埔干这种落差太大的工作,对他对公司都不好,"韦正雄一脸委屈,"赵董,可他坚决要回来,说没钱吃饭了,搞得我没办法。后来我就想,都是老人儿了,能帮一把就帮一把……"

"帮是必须帮的,但司机这个差事太辛苦、收入又低,你看能不能给他调个适合他的工作?"

"不是我不想给他安排好位置,但赵董您说,以他的水平,咱黄埔哪个位置才算适合他?我的,还是您的?"

赵卫国听韦正雄巧舌如簧,明白让柯立锋当司机定是他故意为之,既然是故意,他自然有各种堂皇的借口。赵卫国瞥一眼柯立锋,对着手机说:"所以嘛,既然黄埔没有适合柯总的位置,我们为什么不能帮他在外面找个工作呢?为什么一定要回黄埔?"

"是啊,我也第一时间建议他去别的公司,但他说自己刚被证监会从重处罚,又上电视又上报纸的,谁敢要他这种有案底的人?"韦正雄压低声音,"赵董,您没开免提吧?……我还有另外一层考虑,以老柯的身份,咱们黄埔的事儿就没他不知道的,当前这种非常时期还是把他放在眼皮底下比较稳妥,您看呢?"

赵卫国见木已成舟,也不便硬驳韦正雄的面子,叹口气:"事已至此,只能算是权宜之计,我还是会建议他尽快找个正经工作的。同时你要告诉公司所有人,绝不能真把柯总当司机,他的能力和他对黄埔的贡献有目共睹,咱们黄埔绝不能做那种人走茶凉甚至落井下石的事。"

韦正雄连连称是:"您说得对,我这就去落实。"

挂上电话,韦正雄的笑脸立刻变成黑脸,厉声问Judy:"谁叫柯立锋去接赵董的?"

Judy连连摇头:"不是我,真不是我……噢,小卢今天请假说是孩子病了,估计是他临时叫柯立锋去的。"

韦正雄不便发作,烦闷地挥手让Judy走人。

赵卫国收起手机,扭脸看着柯立锋:"唉,这个老韦……立锋,你就先委屈一下,我刚说过,这不是长久之计,你还是要争取在外面找个正经工作。"

柯立锋淡淡一笑:"我真的无所谓,走一步看一步吧。"

赵卫国沉思片刻，主意已定，拍拍柯立锋右肩："我打算把师婕提成投资总监，负责投资三部。叫她替你看着摊子，确保三年之后你的班底都在，到时你重新执掌投资管理部，率领咱们黄埔再上新台阶。"赵卫国诚恳而坚定地看着柯立锋，仿佛看到了三年后的英雄归来。

言出必行，赵卫国回到公司马上召集高层开会，做出提拔师婕的决定，并当即向全公司宣布。

师婕看到邮件，却一点儿兴奋不起来，脑海立刻浮现出柯立锋在白板上写满的人名以及人名旁边的问号，还有自己那天晚上说的话：你倒霉，有少数人会受益，这些人害你的可能性较大……我是你徒弟，你倒霉，我在黄埔能好吗？可眼下实际发生的竟是：我是你徒弟，你倒霉，我在黄埔是第一个受益者……

想到此处，师婕心里一阵惊恐，她不敢想象柯立锋会用怎样的眼神看她，更不敢想象师父会不会在她的名字旁也画上个大大的问号。

也许，这个问号早已存在……

"师父，咱们该去金融街了。"凌世杰一副整装待发的样子站在师婕面前，这是他第一次外出谈业务，对方是家FA（财务顾问公司），他兴奋异常，以至于没察觉师婕脸色的异样。

"哦……"师婕忙从心神不宁中摆脱出来，一边收拾东西一边问，"定好车了？"

"嗯，刚跟Amy确认了，车在地库等咱们。"

下到B2层，看到柯立锋站在奥迪车旁，师婕和凌世杰同时一愣，师婕下意识往右前门走，但即刻发觉不妥，低着头坐到后排。凌世杰跟着也低头钻进去。两人都没和柯立锋打招呼，师婕是不敢看他，而凌世杰是不想看他。

车拐上建外大街，凌世杰乐呵呵地对师婕说："恭喜您啊师父，待会儿当着外人的面我是不是该叫您师总？"

师婕有些局促，偷瞄后视镜里柯立锋的表情，却看不真切，心不在焉地应付一句:"以前什么样,以后还什么样。"

"那怎么行,总监就是总监,作为徒弟我必须维护您的形象。"

师婕皱眉:"你不多嘴多舌给我惹麻烦,我就谢天谢地了。"

凌世杰见师婕兴致不高,只得闭上嘴,低头看中午刚收到的手机报。师婕很想跟柯立锋说点儿什么,但碍于凌世杰在场不便开口,只好魂不守舍地看着窗外。

忽然凌世杰拍下大腿,把手机举到师婕眼前:"师父,同海证券有两个人被处罚了,也是搞老鼠仓。"

师婕接过手机看眼标题,又马上观察柯立锋的反应,柯立锋正忙着打灯并线,似乎根本没留意车内。师婕把手机还给凌世杰,朝前排努下嘴,想让他明白驾驶座上坐的是谁。

凌世杰当然明白,否则不会说那个"也"字还故意加上重音,想起昨天在会议室受的那口恶气他意犹未尽,接着说道:"师父,按说他们跟咱们也算是同行,但我打心里特瞧不上他们。做投资整天和钱打交道,眼皮子还这么浅,丁点儿便宜也要赚?要赚也得上点儿档次,搞老鼠仓太没水准了吧?搞就搞呗,还被抓到,太不走运了吧?没底线、没水准、没运气,唉……只能说这些害群之马纯属活该。"

师婕连连给凌世杰使眼色,中间还夸张地咳嗽两声,但凌世杰越说越起劲,昨天的新仇加上面试时的旧恨,令他不吐不快,直到师婕脸色铁青地冲他瞪起眼睛,这才余兴未了地闭上嘴。师婕沉着脸说:"你把那家 FA 的资料拿出来再看一遍,如果待会儿说了不该说的话,以后我再也不带你见人。"

凌世杰见师婕真动气了,立马老实地照做不误,再也不敢多言。师婕又打量了一下柯立锋的脸色,见他一副无动于衷的样子,仿佛前后排之间有道无形的隔音板,师婕见状反而更不踏实。

到了地方,柯立锋刚把车停稳,凌世杰便解开安全带,打开车门。当他左脚刚踏上地面,奥迪车突然前行,吓得他赶忙收回左腿,情急之下脚后跟重重磕在底盘上,疼得他一咧嘴。车再次停稳,柯立锋面无表情地说:"小心脚下。"凌世杰明知柯立锋是蓄意报复,却有口难言,气鼓鼓地下了车,正要回身拿座位上的电脑包,奥迪车再次突然滑动。凌世杰左手抓着打开的车门,整个人被带着前冲两步差点儿摔倒。在他惊呼声中车终于停稳,柯立锋扭脸又说了句:"请带好随身物品。"凌世杰把电脑包拽到怀里,站到左前门外咬牙切齿瞪着柯立锋,柯立锋根本不看他,回头望着一直端坐的师婕。

师婕目睹柯立锋这一连串小动作,心里泛起一阵寒意。师父对凌世杰区区几句言语冒犯都如此睚眦必报,如果他知道自己因他的祸而得福,会有怎样的反应?师婕惴惴地小声说:"师父,赵董刚把我提为三部的 director(主管),我……"

柯立锋淡淡一笑:"那得恭喜你啊。"

师婕愈发惶恐:"师父,我没想好要不要接……"

"你想多了,"柯立锋的语气依然平静如水,"老赵已经第一时间告诉我了,这是好事儿。"

师婕看着柯立锋的眼睛,一颗心这才总算放下来。

柯立锋低声说:"我要去旁边办点事儿,如果没及时赶回来,你耐心等我一会儿。"

师婕忙点头,冲柯立锋笑了下。

柯立锋所指的旁边就是证监会,大门口一道长长的遥控不锈钢伸缩护栏挡住所有的车辆和来客,侧面是门卫室,里面几个值班员正在给访客做登记。

柯立锋走过去,跟一位正喝水的值班员搭讪:"最近没人来堵门了,这儿清静不少。"值班员抬眼看他,他又笑道,"'二·二七'和'五卅惨案'那两次大跌,跑这儿闹事儿的不少吧?"值班员放下水杯,满脸的一言难尽,柯立锋说,"股民就这样,大涨的时候怎么没人跑来送锦旗?"

值班员颇有同感地点头,问:"你有什么事儿?"

"我想进去找人打听个事儿。"

"你预约了吗?"

"没有。"

"没预约你进不去。"

柯立锋发愁:"我就是想进去问问谁管我这事儿,可怎么预约呢?"

值班员瞟他一眼:"你是上访?出门往南,见到红绿灯就往东,没多远就是信访接待室。"

"我想问问如何解决处罚不当的事。"

"这你应该去司法部门,不该来证监会,这儿没有部门解决上诉问题。"

"不是上诉,我就是问问情况。"柯立锋也不愿说得更详细。

"那你也不该来证监会,这儿不管各地区的具体事务。"值班员又瞟一眼柯立锋,"你是北京的?"

"对。"

"那你可以去北京证监局试试,也是出门往南,见到红绿灯就往东,紧跟着再往南,不远。"

柯立锋之前已经给证监会和北京证监局的诸多熟人打过电话,要么不接,要么听出是他就挂了,几天来一无所获,眼见熟人变得还不如路人,内部渠道一律不通,无奈之下才硬着头皮登门走"正常渠道"。

来到北京证监局门口,依然是不锈钢护栏,旁边依然是门卫室,唯一不同的是里面只有一个门卫。柯立锋清楚这里没有预约照样进不去,他灵机一动,从车里拿出个文件袋,走到门卫面前:"你好,我是黄埔资本的,来送文件。"

"你有预约吗?"

"是公司监管二处的李处长让我送来的,他急着要呢。"

"你稍等。"门卫拿起内线电话,一边拨一边审视柯立锋。柯立锋镇定自若,面带微笑。门卫放下电话:"李处长不在,你进去吧,交给他们处谁都行。"说着,打开了供人通行的小门。

"谢谢。"柯立锋快步走进小门,生怕门卫发现异常。

顺着指示牌来到法制工作处,柯立锋敲门。

"请进。"

推开门,柯立锋见里面坐着四五个人:"你们好,我想问点儿事儿……"

"您说。"一个三十多岁的女人抬起头狐疑地看着他,似乎在问你怎么进来的?

"我叫柯立锋,原来是黄埔资本的,我想了解有关行政处罚的申诉流程。"

"哦,我们这里只接待司法机关来访,不接受个人咨询,你要是对处罚结果有异议,得去司法机关反映。"

"但是我只想了解一下对我的处罚依据……"

"这些涉及个人具体案件的问题,我们没法回答你。"

"可当初是你们的人处理的我……"

"你可能没搞清楚,我们证监局没有司法权,处理你问题的人是执法部门派驻证监局的侦查大队,所以你要是有异议得向司法部门反映,比如去法院上诉。"

柯立锋见对方已经明显不耐烦,只好悻悻地走了出来。刚走到楼梯口,感觉有只手轻轻碰了碰他,柯立锋回过头,看到是刚才坐在办公室里的一个中年男子。此刻他在对面站着,柯立锋忽然觉得这人似曾相识。

那人看四周没人,轻声说:"咱们以前见过一面,交换过名片,我原先在稽查处,刚调过来。"柯立锋恍然,刚要寒暄,那人接道,"这里不方便,以后不要再来了。你等我电话,我约你。"

第八章

/

管理层对股市能做的只有两件事

整个周末,柯立锋都在等电话,他记起那位曾有一面之缘的人叫郑屹,在某次行业论坛上曾经寒暄过两句,后来便再无交集。直到周三仍没有任何消息,柯立锋决意不再傻等。幸亏他有定期把收到的名片输入手机通讯录的习惯,不然现找郑屹的名片已无可能,放在黄埔办公室的几大盒名片估计连同其他物品一起早都被清理了。接到柯立锋电话,郑屹好像才想起此事,赶紧说最近都忙晕了,忘得一干二净,又更加抱歉地说自己连电话都顾不上打,更没时间见面。

柯立锋明白了郑屹那天的话重点在前半句,意在让他别再来,后半句不过敷衍而已,类似于改天请你吃饭,便笑着说:"没关系,郑处,那我以后每天给您打个电话,您随叫我随到。"又追一句,"或者,要不我到您办公室候着?"

"你这人怎么这样?"郑屹明显生气了,"我好心帮你,你怎么反倒讹上我了?"

柯立锋听对方并未一口回绝,心知不能把人家逼急了,否则连这一线希望都没了,只得换了口吻:"郑处,我知道您是想帮我,也知道您工作忙,但您也替我想想,我如今是叫天天不应、叫地地不灵,您要是也不伸把手,我该怎么办呢?"

郑屹见柯立锋开始服软,不由得动了恻隐之心,他也晓得溺水之人那种强烈的求生欲搞不好会把救他的人一并拖下水,便说:"好吧,既然我说了约你,就见个面吧,不然我估计你真会没完没了。你我之间原本没事儿,搞得在别人眼里也好像有事儿了。"

第二天中午,柯立锋来到远大路上的金源燕莎购物中心,这里离金融街足有十公里。走进一层天井处的开放式咖啡厅,只见人来人往,四周都是监控摄像头,柯立锋暗叹郑屹这个人的心思果然缜密,选在这种光天化日之下,足以彰显没任何见不得人的勾当。

柯立锋选个稍微安静点儿的角落,刚点了杯咖啡和三明治,郑屹匆匆忙忙地朝这边走来,还不时四处张望,好像生怕遇到什么熟人似的。柯立锋扬手挥了挥,郑屹看到后冲他微微点头,快步走过来,背朝外坐下。

"郑处,您看要点儿什么?"柯立锋递过餐单。

"我吃过了。"郑屹看都没看就搁到一边,"有话直说吧,我还得赶回去,下午有会。"

柯立锋干脆单刀直入:"我就想知道为什么查处我。"

郑屹皱眉:"案由你应该清楚吧?"

"不是指案由。那我换个问法,为什么是我?"

"因为你赶上了。"

"怎么讲?"

"股市从去年热到现在,不是个正常现象,上面要的是慢牛,不是蛮牛,所以 5 月 30 号连夜出台了印花税新政,就是想传递一个信号——股市该降温了。可大盘只调整了三天,就又掉头向上,连创新高,所以上面部署六七月份集中整治市场乱象,同样是传递信号,希望股市软着陆。"郑屹顿了顿,看着柯立锋,"集中整治嘛,就得从重从快,发现一批,查处一批。态度越坚决,信号越强烈。为达到这个目的,对某些公司或某些人就可能下手重了些。"

柯立锋喃喃道:"我就是那个被下了重手的。"

"上面这么做是出于对股市的呵护,有个说法叫'爱之切故护之也苛',时间紧任务重,难免……只能说你的命不太好。"

"果然是本命年啊……"柯立锋苦笑,试探道,"打也打了,罚也罚了,该配合的我都配合了。如今上面的姿态和信号都已经做到位,能不能……把我的处罚减一点儿?我能不能申诉或者申请复议?"

郑屹不以为然地笑了下:"虽然可能在某些案件中存在一定程度的处罚过重或定罪不当,但我认为不太可能真的平白冤枉谁。出来混,迟早是要还的,你说对吧?"说完,他意味深长地盯着柯立锋。

柯立锋没说话,他非常清楚郑屹话里的深意,只是猜不透有无具体所指。

郑屹见柯立锋沉默不语,又说:"我之所以来见你,不是想听你说自己有多冤,而是劝你别再惦记翻案。你要是闹大了,让上边真的仔细查起来,可能反而导致更严重的后果,你明白吧?"

柯立锋恍然悟出郑屹为什么帮他,或许也是在帮他们自己,毕竟事情一旦闹大,谁都难以预料会往什么方向发展。

"你放心,我不打算申诉。"柯立锋用勺子搅动着杯里的咖啡,"我只想打听一下举报我的是什么人。"

"这忙我可帮不了。"郑屹撇了撇嘴角,"蛋都砸在身上了,何必还去追究是哪只鸡下的呢?"

柯立锋用恳求的眼神看着郑屹:"因为我不想被砸第二次。"

"你呀,真该学一点儿人生智慧,"郑屹见柯立锋如此执拗,有些不耐烦,"跌倒了应该赶紧爬起来,不能趴在地上光琢磨是谁绊的你,对吧?干你们这行的,这些年起起落落多少人了?就像做股票,不怕跌下去,就怕起不来。"

郑屹走了,但他这番话还久久在柯立锋的脑子里萦绕。很明显,从监管层这条线上再无可能查出什么,只能另行寻找其他线索。

柯立锋嚼口三明治,像是在嚼蜡;又喝口咖啡,像是在喝药。世上的一切都已变得索然无味。郑屹的劝说和那天师婕的苦口婆心如出一辙,但在柯立锋听来都是站着说话不腰疼。怎么可能放下?怎么可能善罢甘休?柯立锋不仅一定要查出下蛋的那只鸡,更要揪出扔蛋的那只手,甚至,不只是一只手……

8月的最后一天赶上周五,凌世杰特意没加班,早早回到家,赵雪梅正把刚做好的三菜一汤摆到桌上。

"小杰啊,妈今天做了你最爱吃的红烧牛肉,多吃点儿,"赵雪梅一边解围裙,一边叮嘱,"我去店里看看,有团体订餐,得搞到挺晚。"

"您先等等,"凌世杰笑眯眯地把赵雪梅按到餐椅上,从衣兜里掏出钱包,又从钱包里拿出张银行卡,放到赵雪梅面前,"老妈,给!"

"哪儿来的?"赵雪梅狐疑地看着凌世杰。

凌世杰喜形于色地说:"我的工资卡,里面有我第一个月工资,密码是六个八。"

"哎哟喂,我的大儿子终于开始挣工资啦!"赵雪梅抓起桌上的卡,脸上乐开了花,"妈真是太高兴啦!"

凌世杰坐到对面:"妈,以后我就可以养活您啦。"

"养活我?"赵雪梅来回翻看银行卡,调侃道,"瞧把你能的,你一个刚工作的能挣多少钱?你把自己养活好,妈就知足啦。"

凌世杰神神秘秘地看着赵雪梅:"妈,您猜我这个月挣了多少钱?"

"六千?"

"再猜。"

"五……千?"

"怎么越猜越少啊,往多了猜!"

赵雪梅只好穷尽想象力再来一次:"八千!"

"一万三千七。"

"啊？这么多?"赵雪梅不敢相信自己耳朵,"你刚上班就能挣这数?"

凌世杰晃着脑袋:"当然,这还是已经扣完四险一金的呢,等转正了会更高。"

"哇塞,都说程序员挣钱多,没想到能挣这么多,"赵雪梅不停地咂嘴,好像拿在手里的不是银行卡而是整个银行,"难怪整天到店里吃饭的程序员那么多,我见他们穿得乱七八糟的,还以为他们都是败家子儿呢……"

"所以啊,您以后就别拼命挣钱啦,也别省钱。"凌世杰隔着桌子拉过赵雪梅粗糙的手,"我跟您说过,有我在,咱家的生活会越来越好。"

赵雪梅已经感动得快掉眼泪了,她欣慰地端详着儿子,脸上绽放出十二年来最开心的笑容:"小杰啊,你的心意妈领了,但这钱还是你自己拿着,"说着把银行卡放到桌上,"你已经大了,需要花钱的地方多,再说妈也不用你养活。"

"您就拿着吧,"凌世杰把卡又塞给赵雪梅,"我每天除了公司就是家,没有花钱的地方,给公司办事也是先从财务预支,然后销账。"

"你以后交女朋友总要花钱的。"

"等我有了女朋友再说。"

"可你平时跟同事出去吃饭也得花钱啊。"

凌世杰刚要说用不着,忽然想起什么:"这样,卡您拿着,您给我两千块现金就行。"

"行,"赵雪梅起身回自己房间,然后拿来一沓钞票,交给凌世杰,"这是四千,去买几件衣服,再买两双鞋。"

"我的衣服够穿。"凌世杰把现金塞进钱包。

"儿子,身上有一千足够了,带那么多不安全……"赵雪梅有些不放心,"你们年轻人现在都刷卡了……"

"妈,这叫压财,"凌世杰晃着鼓囊囊的钱包,"我师父教我的。"

"你师父?怎么还教你这个?他多大岁数?什么样的人啊?"

· 151 ·

糟糕,盘问开始,凌世杰赶紧转移注意力:"妈,您记不记得,我小学那阵我爸老往我兜里揣零钱,也说是压财。"

"那是逗你呢。你爸就是太惯着你,老怕你没钱买零食、买铅笔橡皮啥的。"

"印象中我爸的钱包就老是鼓鼓的,里面装着好多现金。"凌世杰拍了拍钱包,"我也要像爸那样。"

"你爸他迷信,老说兜里有钱,好运连连,尤其是当了经理以后,结果……"赵雪梅忽然觉出哪里不对了,"儿子,你爸搞金融的,讲究个压财,你搞IT的压什么财?"

凌世杰也察觉自己有些得意忘形,再说就该露馅儿了,赶紧站起身,把赵雪梅架起来:"妈,时间不早了,您该去店里了。"

俗话说猫有猫道、狗有狗道,人的习性也各异。小卢不出车时极少上楼,除非有诸如报销或给茶杯续水之类的事情,平素都在地库的奔驰车里待着;而柯立锋但凡不出车就一定在公司里晃悠,虽然在韦正雄三令五申之下他能去的地方有限,但也时常在前台、电梯间和茶水间这带区域溜达,背着手、昂首阔步、趾高气扬,一如当年在办公区巡视的柯总。员工多有议论,说柯师傅还是那么有老板范儿,这话传到韦正雄耳里,他便找碴儿让柯立锋更加认清了现而今自己的身份。自此柯立锋不再溜达,而是把茶水间当作休息室,没事儿就在里面坐着。

茶水间原本是员工放松的地方,总有三三两两的人喝着咖啡闲聊,可如今却成了全公司最僻静的所在。不知是慑于韦正雄的淫威,还是忌惮柯立锋曾经的刻薄,抑或二者兼而有之。反正只要柯立锋在,以往喜欢聊天磨洋工的都不敢再来,泡茶冲咖啡的也都低着头进、低着头出,不肯多待一秒,搞得茶水间就像非洲草原上的水塘,柯立锋就像守着水塘的尼罗鳄,小动物们解渴都得冒着生命危险。如此一来,员工们的工作效率竟提高不少,大家纷纷哀叹:原来柯立锋回来不仅是当司机,更是当监工。

唯一的特例是公司资历最浅的员工——凌世杰。说来奇怪，自从前次在车上对柯立锋一通指桑骂槐、出了恶气之后，凌世杰面对柯立锋就再无疑惧。相反，眼见其他人像躲瘟神一样疏远柯立锋，自诩侠肝义胆的他颇为不平：黄埔曾经的第二把交椅已经惨到只能在茶水间的板凳容身，你们还要墙倒众人推、鼓破万人捶吗？凌世杰也不由得好奇，这面颓墙破鼓竟然不为所动，天天大模大样地出现在众人面前，这柯立锋究竟是怎样一个人？

凌世杰每次见到柯立锋都跟没事儿人似的，点头打个招呼，偶尔还会停下来聊几句。而柯立锋对凌世杰的态度则是不主动、不拒绝，既不冷漠也不热情，感兴趣的多说两句，没兴趣时半句都多。

走进茶水间，凌世杰看到柯立锋一如既往孤零零地坐在角落里的板凳上，一边慢悠悠喝水，一边看报纸。

凌世杰端着咖啡走到柯立锋身边，瞄了眼他手中的报纸，没话找话："最近A股挺牛啊，又创了历史新高。"

柯立锋头也没抬地应了一句："美股也一样。"

两人说话时谁也不看对方，活像地下党接头。

"对了，如果当初华都有色的重组要是能顺利完成，现在肯定是股市上的香饽饽。"凌世杰故意哪壶不开提哪壶。

柯立锋的眼皮颤一下，随即淡淡地说："并购失败对西峰锂业未必是坏事，来日方长，眼下市场虽热，但不会长久。"

"不一定吧，起码管理层不愿意看到股市暴跌，对谁都没好处。"

"管理层对股市能做的只有两件事：开办或者关停。如果有谁想左右市场走势纯粹是妄想，没人能控制市场，就像没人能控制资本一样。"柯立锋瞥凌世杰一眼，继续看报。

凌世杰品出柯立锋这话有点儿意思，听君一席话，胜读十年书，他得抓住机会多聊："不都说A股是政策市嘛，管理层想把控方向应该易如反掌。"

看来这报纸是不能安生看下去了，柯立锋干脆合上，拿起水杯，盯着对面的墙:"某种程度上美股同样是政策市,所以风险一样巨大,因为最可怕的不在于政策市本身,而在于上上下下真以为政策能操纵股市,这种思维完全错误。管理层和股民都有这种幻想,区别在于管理层会因此害了股市,而股民会因此被股市害了。"

"哦……"凌世杰似懂非懂地点点头,开始消化大神说的每个字。

两个相差十二岁的男人一站一坐,站着的聪慧,坐着的睿智,各有所思。

如此岁月静好的画面突然被手机铃声打破,凌世杰一愣,是老妈。老妈平时不会给他打电话,他赶紧往旁边挪了挪,小声问:"妈,怎么了?"

"小杰,你在哪儿呢?"

"我在公司上班啊,"凌世杰开始紧张,"您出什么事了?"

"我能出什么事啊,"赵雪梅笑道,"我就是想去你们公司看看你。"

"到公司来看我?"凌世杰脑袋嗡的一下,老妈倒没出事,是他要出事。

"对呀,我这会儿就在你公司附近,拐弯就是上次送你面试把你放下的地方,想顺路上去看看你,也看看多大的公司能给你那么高的工资。"赵雪梅越说越开心。

"妈,您不能过来,我……我正开会……"凌世杰心虚地瞄一眼正闭目养神的柯立锋。

"没事儿,你开你的会,我就到公司里看看。"

凌世杰的脑门开始冒汗,急得像热锅上的蚂蚁似的在茶水间打转。穿帮了,就要穿帮了!这可怎么办?

就在这时,柯立锋冲凌世杰伸出手,示意凌世杰把电话给他。凌世杰怔怔地看着柯立锋,柯立锋笃定地点下头,凌世杰虽将信将疑,手脚却像被一股无形的力量操纵着,近前两步把手机递上去。

柯立锋接过电话,低沉浑厚的声音不怒自威:"喂,我是公司的负责人,我姓柯,请问你是?"

赵雪梅当即蒙了:"柯……柯总,您……您好……,我是凌世杰的母亲。"

"你好,我正在和凌世杰谈工作,请问你有什么急事吗?"

"没……没有……我就是想去看看凌世杰工作怎么样……"

"哦,他很优秀也很好学,是我们公司重点培养的好苗子。"

"真的啊?"赵雪梅喜出望外,"柯总啊,谢谢您这么看重我家世杰……"

"我也想借这个机会跟你讲一下,我们公司业务很多,每个人都很忙,公司规定上班时间不得随便打私人电话,也不得随便请假外出,所以还请你以后尽量不要打扰凌世杰的工作,这点相信你能理解。"柯立锋瞟一眼凌世杰,"我也是为凌世杰的前途着想,不想让他今后的发展受到影响。"

"柯总,太谢谢您栽培世杰了……"赵雪梅紧张得几乎语无伦次,"真对不起,柯总,是我想得不周到……家有家规,公司更得有规矩,我……不该打扰你们工作……"

"没关系,以后一定有机会请你来公司参观,也让你看看凌世杰在我们公司有多优秀。"

柯立锋挂了电话,把手机还给凌世杰。

"谢谢,谢谢柯总。"凌世杰一块石头落地,高兴得冲柯立锋点头哈腰,"今天要没您我就彻底完了……"

虽然两人已打过多次交道,更有过不少纠葛,但这还是他第一次当面称呼柯立锋,也是他第一次对真人叫出"柯总"。

被凌世杰行此大礼的柯立锋却是一脸的不值一提,他斜睨凌世杰:"你有事瞒着你妈?"

"我……跟我妈说……我在中关村的 IT 公司当程序员……"

"所以你改专业的事儿你妈也不知道吧?"

"嗯,我没敢说。"凌世杰由衷佩服柯立锋的记忆力和思维敏捷。

柯立锋甩出一句:"以后你自求多福吧。"重又展开报纸,不再

· 155 ·

理他。

凌世杰呆望着柯立锋，竟觉得这人就像一头大象，而他自己就是个围着大象乱转的瞎子。

自从证监会那边断了线索，柯立锋开始把注意力转移到华都有色。他给里面熟识的几个人打电话，人家都直接挂断或者干脆把他加入黑名单。眼瞅私下约见已不可能，柯立锋只好想办法几番亲自上门，希望能堵到个人问问。

但这事儿并不容易，因为华都的办公时间他也在上班。唯一的可能是利用出车的时候，刚好顺路，又刚好有足够空当，而满足这些的机会并不多。柯立锋经常跑到前台 Amy 那里查看近期的用车登记表，努力找寻各种时机，并向小卢主动请缨，类似年检或保养这类"大活儿"他都包了。

柯立锋成功去了几次华都，也成功骗开了几位高管的门，但待遇都差不多：横眉冷对、恶语相向，有的甚至直接咒他全家。这也可以理解，当初要不是受他出事牵连，华都有色便可以顺利重组，公司很多高层就可以实现财富自由，而今你断送了人家一生一次的发财机会，还能指望得到个好脸？柯立锋不知该怜悯自己，还是更该怜悯他们。

心诚则金石为开，周五下午，当柯立锋就要再次沮丧地走出华都有色大楼，迎面遇到刚抽烟回来的小贾。

当初在项目里，小贾是华都这边的材料组组长，负责制作提交华都所有的申报材料。柯立锋对他印象不错，小伙子西北人，个子不高、敦敦实实、戴副眼镜、话不多，每次开会都坐得离门最近，图的是方便出去抽烟，但活儿干得挺利索，柯立锋这么挑剔的人都没挑出过毛病。

柯立锋见到小贾就像捞到救命的稻草，快步奔过去："小贾，难得碰到你呀！"

小贾看到柯立锋好像并不意外："柯……"然而，他犹豫着还是把"总"咽了回去，"您还是别再来了，公司上下讲您的话可难听了……"

"我知道,"柯立锋苦笑,"就差把我碎尸万段了。"见小贾的目光里流露出同情,柯立锋急道,"小贾,我能不能跟你聊聊?"

"跟我聊?"小贾一愣,"我这个级别……跟您也聊不出什么。"

"就聊几句,"柯立锋央求,"我绝对不会给你惹麻烦。"

"那……行吧。"小贾迟疑地点下头。

看来老天不该绝我,柯立锋高兴极了,朝四周看看,指着马路斜对面一家茶馆:"这里说话不方便,十分钟后,咱俩在那儿不见不散。"

柯立锋坐在茶馆包间里,心急如焚,后悔刚才不如约定五分钟了。他从手包里掏出一个厚厚的纸袋,里面是五万块钱。柯立锋找师婕借这五万块钱让师婕有些诧异,问他要这么多现金做什么,他支吾搪塞过去,因为即便对师婕也不能明说这是预备打点华都方面的。

柯立锋从纸袋里抽出两万,凭小贾的级别恐怕提供不出多有价值的消息,给五万好像有点儿多。然而,斟酌片刻,他又把两万塞进纸袋,把纸袋放回包里。不为别的,就冲小贾在这种时候还肯来见他,就值这个价。

小贾总算来了,坐到柯立锋对面说:"我半小时后还有会……"

"那咱们就开门见山。"柯立锋从包里拿出纸袋,推到小贾面前。

小贾把纸袋掀开一角,看眼里面的钱,吓得立刻放下:"您这是干什么?"

"我只想拜托你一件事,"柯立锋又拿出一张纸,上面写着一串人名,递给小贾,"如果这里面有谁从华都离开,麻烦你务必第一时间告诉我。"

小贾接过名单扫一眼便摇头:"这可不行,而且我也不知道谁要离职。"

"不是让你告诉我谁要离职,你只要告诉我谁已离职就行。"

小贾憨憨地笑道:"那要是我离职呢?"

"那你也得告诉我,我好再委托别人帮我盯着。"

"我是开玩笑,像我这号的还能去哪儿?不过……"小贾好奇地看

· 157 ·

着柯立锋,"您能告诉我为什么您也关心我们公司谁离职吗?"

"也?"柯立锋一愣,"还有谁关心这事儿?"

"前几天听我们副总说,大老板也问起过项目组里有谁离职。"

柯立锋若有所思。

小贾见柯立锋不说话,看眼表:"您还有别的事吗?我得回去了。"

柯立锋这才回过神:"没有了。"

"那我走了。"小贾站起身,既没拿纸袋,也没拿名单。

柯立锋忙站起来拉住小贾,把纸袋和名单往他手里塞。

小贾推脱着:"名字我都记住了,这钱我不能要,我也没帮上您什么,再说您现在……"

"拿着,必须拿。"

"拿了我心里不安……"

"你不拿,我心就不安;我心不安,你的心会更不安。"柯立锋边说绕口令,边把纸袋用力按在小贾怀里。

小贾想了想,又憨憨地笑了笑,收起纸袋。

柯立锋独坐在包间里,陷入沉思。华都有色一定有内鬼,正是这个内鬼既毁了他柯立锋,更毁了华都有色与西峰锂业的并购重组。而内鬼之所以这么做,一定是从外界得到了让他无法拒绝的好处,令他既不想也不敢在华都一直待下去。所以项目组中谁越早离开,谁的嫌疑就越大。这便是柯立锋推理的逻辑。只是他没想到,华都有色的董事长跟他用的是同一套逻辑,而且竟然在下属中传得尽人皆知,那做贼心虚的内鬼想必绝不敢冒险第一个离职了。如此一来,问题变得复杂,第一个离职的反而嫌疑最小,那么,究竟第几个走的才最可能是内鬼呢?

傍晚,师婕下班来到超市,一边挑选蔬菜,一边打电话问柯立锋想吃什么。她以前一个人时基本只买速食类,但自从柯立锋住进来后,一切都不一样了,她开始喜欢做饭,开始钻研菜谱,开始迎合柯立锋的口味。

"买条鱼,还有虾、牛肉,再买点儿西兰花和上海小油菜。"柯立锋回答得干脆利落,师婕很意外,往常每次问他总是说随便,今天竟然点菜而且点得这么明确具体,就像老公吩咐老婆。"周末了,你买回来我做。对了,记得买灯泡,洗手间有个吸顶灯坏了。"柯立锋又叮嘱。

"好嘞!"师婕喜出望外,脸上荡漾着甜蜜的笑,想象着柯立锋炒菜时自己为他系上围裙,想象着柯立锋换灯泡时自己在一旁扶着,就像两口子一样,简单的柴米油盐中散发着温馨自然、舒服和谐。这感觉实在太好了。

从初进家门的拘束到每天一起吃饭闲聊,到今天主动要做菜还换灯泡,师婕感受到柯立锋正一点点走进并适应两个人的生活。接下来,他们还会一起逛超市,一起看电影,一起去旅行,一起牵着手走完这一生……师婕有些庆幸柯立锋此番的落难了,否则他依然坐在黄埔三十五层的办公室里,而她也依然只能站在他的办公桌前。

慢慢来,不用急,一切都会实现的。

但师婕想多了,其实柯立锋的一反常态完全是出于想要分散内心的焦虑。监管层那边打探不出任何口风,华都有色这边原本清晰的捉内鬼策略很可能行不通,而在黄埔资本忍辱负重地卧底至今徒劳无获。起初,他以为自己眼前是个城门洞,咬牙穿过去便可重见天日;前些天,愈发感觉他钻进的是一条漫长的隧道,看不见一丝光亮;如今,他怀疑自己滑入了煤矿的巷道,没有尽头、没有出口,而且越坠越深……

柯立锋习惯借助整理东西来整理思路,难得回来挺早,他便开始收拾归置师婕的家。处女座的师婕已经比多数人可谓洁癖,但在强迫症发作的柯立锋眼中,这三室两厅既不算一尘不染,更称不上井然有序,尤其洗手间里的四个灯泡只亮着仨令他绝对无法忍受。

师婕拎着大包小包,欢欣愉悦地打开家门,一边换鞋,一边像往常一样招呼:"我回来啦!"

进客厅一抬头,惊得手里一大袋蔬菜啪地掉在地上。家里窗明几净,所有东西都收拾得干净整齐,师婕恍惚以为自己走错家门,而且房间里竟有两个男人,端坐于靠阳台的单人沙发上、面无表情看杂志的是柯立锋,另一个斜躺在三人沙发上、正看电视剧《奋斗》的,原来是弟弟师睿。

"姐,你回来啦!"师睿一下蹦起来,喜笑颜开地走到师婕面前,青春帅气的脸晒得黝黑,浓密蓬乱的头发弥漫着洗发露的清香。

"咦,你怎么回来了?"师婕仍是一脸错愕。

"我怎么不能回来啊?"师睿捡起袋子,"你想让我在呼伦贝尔大草原冻死呀?"

"那你也该提前给我打个电话啊,又不是没给你手机。"

"怎么,你有啥想躲着我的?"师睿扭头瞄着柯立锋坏笑。

师婕赶紧拉着师睿对柯立锋说:"给你们介绍一下……"

"不用了,我们已经认识啦,"师睿大大咧咧地冲柯立锋一扬下巴,"对吧锋哥?"

锋哥?怎么上来就成锋哥了?师婕有点儿跟不上形势。

"嗯,我知道他是你弟弟,他房间里有他的照片。"柯立锋站起身,"灯泡买了吗?我去换上。"

奇怪,看弟弟的样子好像他俩已经挺熟,可看柯立锋的表情好像两人根本不在同一空间。师婕从购物袋里拿出灯泡,打量着样板间一样的家:"这……都是你收拾的?"

"嗯,我回来得早,闲着没事。"柯立锋接过灯泡,走进洗手间。

师婕骤然紧张,她太了解柯立锋的秉性,每当心绪特别烦乱时,他就会关上门把办公室收拾得像个无尘车间,让人连说话都怕弄脏空气。可今天韦正雄不在公司,没人敢招师父烦啊,她瞥眼师睿,貌似这是唯一的嫌疑人。

师婕拽着师睿走进厨房,瞄了瞄外面,小声道:"我问你,刚才你跟他说什么了?"

"我没说什么呀,加起来没两句话。"

"没两句话他就这样了?"

"他哪样了？男人之间不说话不挺正常吗？你以为像你们女人似的见面就八卦啊？"师睿忽然笑起来，"对了，我本以为家里没人，结果一开门，看见他正站在凳子上,吓我一跳,家里进贼啦！就'啊'地叫了一声。锋哥听到我大叫,吓得差点儿从凳子上摔下来,也'啊'地大叫一声……"师睿手舞足蹈地比画着，被自己逗得笑个不停，"然后我才看清他当时正在擦灯罩……"

师婕也不禁笑了："然后呢？"

"然后我和他同时问了一句：你是谁？！"师睿笑得更欢了，"像极了周星驰电影里那种无厘头。"

师婕急着追问："再然后呢？"

"然后我就先说是你弟，叫师睿。他好像知道，就说他叫柯立锋，我就问他是不是你朋友。"

"他怎么说？"师婕的心提起来。

师睿想了想："他没说是，也没说不是。我就说那我叫你锋哥吧。他没说好,也没说不好。"

"还有呢？"师婕有些小失望。

"还有……他接着擦灯罩，我就去洗澡，洗完澡出来看他就坐在那里看杂志，也不跟我说话，我只好自己看电视喽。"

"就这些？"师婕半信半疑。

"我骗你干什么？"师睿坏笑着凑近师婕，"姐，锋哥是不是你男朋友？"

"别胡说八道！"师婕瞪弟弟一眼，"跟你说啊，别锋哥锋哥的，他跟你不是一种人。"

"那我叫他什么？姐夫？"

"滚，再胡说小心我揍你！"师婕冲师睿举起平底锅佯怒道。

"他要不是你男朋友，你干吗让他住家里？从小到大我可是头回见你领个陌生男人回家……"

"真难听，什么叫领个陌生男人回家啊？我们俩认识五年了，他眼下有困难,我得帮帮他。"

"帮?这包吃包住的,可不是一般的帮啊……"师睿又坏笑,"姐,你喜欢他,对吧?"

师婕脸一红:"别瞎说,我们只是普通朋友关系。"

"别骗我了,普通朋友你买这么多花样?"师睿翻着满满的购物袋,"我是你弟,也没见你为我这么花心思,成天就是速冻饺子。"

"谁让你整天瞎混的?有你吃的就知足吧。"师婕一把抢过购物袋,拿出东西,开始择菜。

师睿又凑过来:"姐,你要是不好意思,我帮帮你?"

"不用,你少给我添乱就行。"

"那你帮帮我呗,赶紧把自己嫁出去,省得爸妈成天让我看着你。"

一提到爸妈,师婕的肩膀竟然哆嗦一下:"喂,我警告你,这事儿你绝对不许跟爸妈说!你要是敢说出半个字,我就断了你的零花钱,听到没有?!"

"不说,我保证不说,你的事我才懒得管呢,"师睿拍完胸脯,又赖皮赖脸地往师婕身边蹭了蹭,"姐,苹果公司好像要出手机了……"

"你什么意思?"

"我的意思是……我得给爸妈打电话,说你在北京'一个人'挺好哒……"

"敲竹杠是吧?"师婕白弟弟一眼,"等以后再说,现在要买我还得托人从美国带回来,而且中国移动好像还不能入网。"

"我看行。你可得记着啊,算你欠我的。"

"我就欠好好揍你一顿!"

师睿伎俩得逞,心满意足地从冰箱里拿出一罐饮料:"姐,你那套小房子空出来没有?"

"上星期刚空出来,怎么了?"

"我今晚在沙发上忍一宿,明天就搬到那边去吧,"师睿冲师婕挤眉弄眼,"我可不想在这儿当电灯泡。"

师婕一愣,刚才光顾着琢磨柯立锋为什么突然收拾屋子,却没想到还有这个问题。

"又乱讲。"师婕嘴上否定,心里倒觉得让师睿搬去那边也不失为一个好办法,但她不能这么痛快地同意,毕竟柯立锋现在不是她男朋友,为个外人轰走亲弟弟未免说不过去。她希望一会儿到饭桌上,师睿坚持搬走而柯立锋不拒绝留下,她顺势找个理由半推半就地决定。

师睿如何知晓姐姐的这点儿小心思,接着问:"那我睡哪儿?要不……我还睡我屋,你俩……睡你屋?"

"去你的!"师婕红着脸用菜刀恫吓师睿,猛然看到柯立锋站在厨房门口。

"今晚我睡沙发,明天我就搬走。"柯立锋的声音没任何感情色彩。

"不用,锋哥,真不用。"师睿冲师婕眨眼睛,意思是你赶紧说句话把他留下来。

师婕刚想张口,柯立锋不容置疑地说:"我已经决定了,不用再商量。"说着扭身就走,"我现在就去收拾东西。"

师睿刚想跟出去劝阻柯立锋,却被师婕一把拉住。

师婕不高兴了,柯立锋要搬走于情于理都没毛病,她虽不情愿,可也不能坚持阻拦,但本以为柯立锋会先和她商量,哪怕用客气温和的态度说出来也行。然而,柯立锋却用极坚决的态度和极冰冷的语气下达了个通牒,好像一国单方面撕毁与另一国合约,这就让师婕非常不舒服:连我弟都看出我对你好,而你却急着在我弟面前撇清关系,好像在说"我没看上你姐,你姐是一厢情愿",难道我师婕不要面子吗?算了,上赶着不是买卖,看在你人生低谷的份上,看在你心情烦乱的分上,你爱咋地咋地吧,我不跟你计较。而且你自己说好的要做晚饭,看来我是没这口福了……

师婕走到客卧,看着正收拾简单行李的柯立锋:"你想搬哪儿去?"

"明天去租套房子。"

师婕暗气你还嘴硬,租套房子?就你那工资,在寸土寸金的北京能租间房子才怪。

"这样吧,明天你搬到我那套小房子去住,那里离公司更近些,坐地铁也方便。"

柯立锋没说话,算是默认。

"我明天开车送你过去,正好也给你交代一下。"说完等了一会儿,见柯立锋低头收拾再无反应,师婕不由得心道,连声"谢谢"都不会说,你可真是柯立锋。

第二天清晨,师婕听到客厅里窸窸窣窣的声音,出来一看,柯立锋已静静地坐在沙发上,被褥叠得整整齐齐放在一边,行李箱也已搬到门口。师婕心里顿时不快,至于这么迫不及待吗?就算只把这儿当成酒店,退房也不必这么急吧?

师睿打着哈欠揉着眼睛走出客卧:"锋哥,有空常来啊,你不来我姐都不给我做好吃的。"

"说什么梦话呢,睡你的觉去。"师婕把气撒到弟弟身上。

柯立锋冲师睿微微点了下头,算是告别。

两人上了帕萨特,师婕对柯立锋说:"我弟就是那种熊孩子,说话没心没肺的,你别往心里去。"

"哪里,不会。"

师婕还是想弄清柯立锋对自己到底有没有一点儿好感,便试探着说:"我爸妈打算让我弟回成都找工作,等他走了,你可以再搬回来。"

"不用,"柯立锋对着手上捧着的金钱龟,淡淡地说,"老住你那里影响你正常生活。"

师婕仿佛掉进冰窖里一般透心凉,一路再没说话。

把柯立锋送到那套小两居,交代好水电气之类的事情,师婕也不多待,径直回到家中。

师睿坐在餐桌前吃早餐,见师婕情绪低落地走进来,立刻说:"姐,这锋哥到底喜不喜欢你啊?我怎么觉得你有点儿剃头挑子——一头热?"

不问还好,师婕一下子万千委屈涌上心头,终于控制不住,坐在沙发上红了眼圈。

"姐,怎么了?他欺负你了?"师睿急忙过来坐到师婕身边,"他要是敢欺负你,我抽他!"

师婕低着头不吱声。欺负?柯立锋就是在欺负我,他享受着我对他的好、对他的呵护、对他的包容、对他的忠诚,却始终无动于衷,他是真的心里没我,还是装傻充愣?她越想越伤心,眼泪止不住地往下淌。

师睿见姐姐难过成这样,急了:"姐,我跟你说啊,柯立锋这种人你不能要!"

师婕惊讶地抬起一双泪眼看着师睿,接过纸巾擦拭眼泪,等着弟弟开口,她此刻确实需要个旁观者跟她说点儿什么。

"姐,我又仔细想了一遍,得给你好好分析分析,"师睿挪到另一张沙发上,盘起腿,一本正经地说,"柯立锋对你有三种可能:第一种,是他讨厌你;第二种,是他喜欢你;第三种,是他既不讨厌也不喜欢,而是对你无感。你同意吧?"

师婕默然不语。

"先说第一种,我觉得他肯定不至于讨厌你,否则他在这儿又吃又住的简直人品有问题。你肯定了解他的品性,对吧?"

师婕点头。

"再说第二种可能,我觉得他也谈不上喜欢你。从我昨天进门到他今天出门,我就没见他对你露半个笑脸,男人喜欢女人才不会这样。假如他喜欢你,我回来正好给他个跟你睡一屋的借口,一般人巴不得这好事呢,可他坚决要走,说明他就没打算和你怎么样。"

师婕脸上有些不自然,怀疑跟弟弟聊这些不是个好主意。

"退一万步说,假设他喜欢你,就冲他跟谁都一副臭脸,别说我了,咱爸妈就算再急着把你嫁出去也肯定不会同意,因为跟他这种人生活你得哭死。"

师婕开始觉得弟弟的话有些道理。

"最后第三种,他既不喜欢你也不讨厌你,只是把你当朋友。这种可能性最大,所以我回来,他自然要走。而且我敢肯定,他现在但凡有能力绝不会去住你那套小房子,即使住也会给你房租。因为他这种自私到没朋友的人,最不愿意麻烦别人,生怕欠下什么。"

"你怎么会觉得他没朋友?"

"明摆着嘛,他既然不想跟你谈恋爱,但凡另有个好哥们儿,还会到你这儿寄人篱下?"

师婕哑然失笑,还真没听说柯立锋在国内有什么好哥们儿,唯一那个在美国的 Peter 还把他老婆拐跑了。

"综上所述,姐,如果你和柯立锋只是普通朋友,你就干脆把这剃头挑子的火灭了吧。我代表自己和咱爸妈明确表态,我们只能接受你和他仅是普通朋友。"

师婕看着这个在她眼里不着四六的弟弟:"没想到你还有这么多一套一套的。"

"那是,说到底还是男人更了解男人,"师睿摇头晃脑,"再说,我那十几个女朋友也不是白谈的。"

师婕揶揄:"真不害臊!据我所知,基本都是人家甩的你吧。"

师睿又凑到师婕身边:"姐,所以我感同身受,知道你现在肯定特难过、特失落,暗恋也是恋,失恋的伤口都需要愈合。据我的经验,你当务之急就是赶紧找到下家,把柯立锋抹掉。"

"你说得轻巧,我每天工作那么忙,上哪儿找下家去啊?"

"上网啊!"

师婕捶弟弟一拳:"网恋?你能不害你姐吗?"

"不是那种网恋,"师睿把师婕的电脑抱过来,打开,搜到云红娘的主页,"你可以注册这个网站,把你的情况还有要求都填上,他们有算法帮你匹配到合适的人,还能安排见面相亲。"

"不行不行,这种网站全是骗人的,信息都是假的。"

"你试试嘛,我一个朋友的妈,都五十多了,就通过这云红娘给他找了个后爹,要不我怎么知道这家?"

"真的假的?"师婕笑起来,将信将疑。

"你是我亲姐,我骗你干吗?"师睿开始替师婕注册,"又没让你非在这里找个老公,咱主要目的是尽快忘了柯立锋。"

师婕原本还不以为然,一听'柯立锋'三个字立刻拨开师睿,自己坐到电脑前填写个人资料。

柯立锋,我倒要让你看看,有没有人喜欢我!

师婕注册云红娘之后,浏览了几个年龄学历符合条件的男士资料,不由自主地把他们的长相和气质跟柯立锋比较,结果就像巴望在公交车上遇见影星,只能让自己失望。

云红娘的客服倒极热情,每天给师婕打电话,说又有多少位男士对她感兴趣,希望和她线下见面,而师婕每每都以工作忙推辞了。

师睿担心姐姐走不出柯立锋的阴影,连番撺掇师婕去相亲,说姐你不能在萝卜堆里找人参,得降低标准。

师婕反驳说,既然我想要的是人参,没必要去见一堆萝卜。

师睿说萝卜有萝卜的好,何况柯立锋也是个萝卜,只是貌似人参而已。

师婕明白,当喜欢上一棵萝卜的时候,他在你眼里就成了人参,而所有真正的人参反倒成了萝卜。柯立锋,就是师婕的那棵人参,即便一直泡在心里,却永远无法滋补她。

终于,当师睿再一次搬出远在成都的父母之后,师婕只好同意去参加周末的云红娘线下相亲大会。

云红娘包了世纪金源大饭店一间很大的多功能厅,布置得好像村里办喜事,又像乡镇企业开年会,红色的地毯、红色的帷幕还有"红娘伴我,良缘可期"八个红色大字。主席台四周摆满逼真的假花,四壁挂满五颜六色的气球,中间是几十张铺红布的小桌,上面都立着一个桌号。有些桌旁坐着一个人,或男或女,有些桌旁坐着两个人,一男一女。

师婕站在门口看着一片的红彤彤,心里直后悔,这是相亲,还是招商?

一个小姑娘一身黑色套装,笑盈盈地朝师婕走了过来:"师小姐吧?我是一直和您联系的红娘小美,咱们通过电话的。"

"小美你好。"师婕面带微笑,心里却在想着找什么借口走人。

"师小姐,您本人可比照片还要年轻漂亮有气质。"

师婕淡淡一笑,心里清楚这种套话是每个客服的必修课。

"师小姐,不好意思,我能先看一下您的身份证吗?这是我们云红娘的要求,目的是确保每位嘉宾的真实度和我们网站的可信度。"

师婕掏出身份证,心说这点还行,到场的即便身份有假,起码身份证是真的。

小美验完身份证号码,又递上个胸牌,"这是您的编号,您是今天的二十九号女嘉宾。"

二十九,跟我的年龄一样,成心吧?师婕接过胸牌,跟着小美往里走,感觉身上落满了审视的目光,不禁暗笑,我来挑萝卜,人家还未必看得上我这棵白菜呢。

"师小姐,您喜欢坐哪个位置?"

眼见想走已不容易,那就既来之则安之,师婕指着靠里的一个角落:"就那儿吧。"她可不想在显眼处被各种目光挑来挑去。

"您是第十八号桌。"小美请师婕坐下,从手中的文件夹里抽出张纸,"这是我们今天活动的流程表,一共邀请了男女嘉宾各三十位,先是自由交流时间,您对现场哪位男嘉宾感兴趣,可以告诉我们他的桌号或胸牌号,我们会尽快安排您和他交流。如果您不想主动选择,我们也会安排对您感兴趣的男嘉宾来见您。"

师婕听得头大:"如果我谁也没看上,也没谁看上我,是不是就可以走了?"

"怎么会让您白来一趟?我们网站相亲的成功率很高的,"小美莞尔一笑,"您条件这么好,我手里已经有几位男嘉宾急着见您呢。"

师婕明白所谓的"他看上您了"或者"她对您感兴趣"都是红娘们从中转达,真假只有她们自己知道。

"在一小时的自由交流之后,是分小组的互动游戏时间,我们按照嘉宾的缘分值分成不同小组,一起做些开心小游戏,来增加彼此的了解与好感。最后是集体活动时间,让嘉宾们感受到我们云红娘的热情和诚信。"

师婕暗叫糟糕,今天没俩小时完不了。她扫一眼会场:"我没有想主动约见的男嘉宾,你看着安排吧。"

"好的,我这就安排三十号男嘉宾来跟您交流。"小美说完却没动地方。

师婕有些奇怪:"还有问题吗?"

小美甜甜一笑:"师小姐,我想先跟您说明一下,我们只安排一次免费的线下相亲,如果您以后还希望参加这样的活动,每次要交三百元的费用。"

"哦,我明白了。"师婕心想没有下次了,我连这次免费的都后悔呢。

"您要是不喜欢这种集体相亲的形式,可以选择我们的VIP服务,我们会安排一对一的见面,但费用比较高,每次收一千元。"

师婕调侃:"包两个人的餐饮吗?"

"这只是我们安排你们见面的费用。你们想在哪里见面、想怎么消费,我们就不负责;你们能不能成功,我们也不负责。"

两边各收一千就是两千,只管牵线,其余概不负责,这简直像花了张机票钱看了张明信片,相比之下那些培训机构真是良心企业,起码宣传的是"包教包会"。

擅长察言观色的小美已看出师婕的不以为然,马上说:"您也可以注册我们的金卡会员,每年五千元,我们会给您每年安排至少十次的一对一线下相亲,这样可以提高您的成功率。当然,如果交三万元,您就是我们的钻石会员,我们会一直负责给您找到理想的对象。师小姐,我觉得金卡会员比较合适,性价比最高,您要是今天办卡我们还有九折优惠。"

如今怎么哪儿都办卡啊?连找老公都办卡?师婕暗笑。

"我们网站已经有一万多金卡会员、两千多钻石会员,要是我们的成功率不高,也不会有这么多人选择我们,您说是吧?"

师婕没想到有这么多肯掏钱相亲的渴婚人士,眼前一亮,脑子里立刻估算云红娘的营收数据,随口问:"如果我交五千,但第一次相亲就成功了,你们退不退后面的钱?"

"师小姐可真会开玩笑。"小美捂着嘴笑,"就像您生病了,大夫给您开了三服药,您吃一服就好了,总不能把另外两服药退了吧。"

此话虽然在理,但听着别扭,师婕瞬间想起自己曾经也用过类似的比喻跟客户讲道理,柯立锋当即笑着教导她该把"您"换成"我",咒自己可以,绝不能拿客户打比方,这是条铁律。看来柯立锋的情商其实挺高的,只是分人分场合……

师婕正走神,发现小美已拿出办理会员的登记表,连忙摆手:"我先看看今天情况再说吧。"

"好吧,不过机会难得哦,我们网站不常有这种打折优惠。"小美有些失望,"那我现在去给您约三十号男嘉宾,祝您成功。"

师婕望着小美的背影,心想真是有病乱投医,难怪遇到你们这种抢钱的大夫。想到抢钱,她便接着评估云红娘的盈利状况:姑且假设小美没有信口胡诌,销售额大概一个亿,费用包括网站的运营维护和线下活动的场租费之类,占大头的反而是小美这些红娘们的业绩提成,利润之高显而易见。关键还要考察两个因素:一是云红娘的市场覆盖,一个亿是来自全国还是北京一地,是否已拓展到其他城市?二是云红娘的获客能力,平均要花多少市场公关费才能骗来一个我这样的?需要小美们花多少人工才能让我掏钱办卡?师婕越想越动心,这网站听起来找老公不靠谱,但商业模式好像挺靠谱,想不到看似没什么技术含量的婚介行业竟藏有这么宝贵的投资商机。

"你好,我是三十号,我姓邓。"一个男嘉宾笑眯眯地坐到师婕面前。

师婕抬眼吓一跳。好嘛,活脱脱一个曾志伟,稀疏的头发耷拉在头顶上,连萝卜都谈不上,整个一土豆,还是发了芽的那种。

"曾先生你好。"师婕微一皱眉,隔着桌子已闻到类似咖喱的味道,她暗道长得丑不是你的错,但是喷这种劣质香水就是你不对了。

"不是曾,是邓。"

师婕忍住笑:"对不起,邓先生你好。我叫师婕。"

邓先生开始详细介绍自己的情况,师婕很快明白了那类似咖喱的味道其实源自猫屎狗屎,也明白了邓先生并不是来寻找爱人的,而是为自己的六只猫和两条狗物色"妈妈"。

"抱歉,我对动物毛过敏。"师婕懒得客套,"咱俩不合适。"

三十号刚走,二十八号飘着就过来了。师婕仰脸一看,这位倒是高,但也忒瘦了,豆芽菜似的,我这是进了菜市场吗?

"豆芽菜"与只自说自话的"土豆"不同,坐下便审贼似的问了师婕一连串问题,师婕不得不打断他,充满同情地说:"恕我直言,你要找的'保姆'这么理想、这么完美,可能现实中根本不存在。"

"你这人怎么这样讲话?""豆芽菜"立刻瞪起绿豆眼儿,"要不是那个红娘非让我来跟你聊,我才不感兴趣你这种外地白骨精呢。"

师婕拎起包正要往外走,小美已经赶过来,师婕不满道:"你们给我安排的都什么人啊?一个是找宠物饲养员,一个是找保姆。"

"师小姐,集体相亲的特色就是直截了当,彼此都不浪费时间。可能您不习惯这种方式,所以我建议您还是办张金卡,我们给您安排一对一的见面,感觉会好很多。"见师婕执意要走,小美也不再赔笑脸了,"我说句话您别不爱听,其实对您这样的有兴趣的男士并不多,我们已经尽力了。"

"你什么意思?我哪样的?"

· 171 ·

"您看上去条件是不错,绝对是人们常说的白领骨干精英,但您这样的找工作吃香,找老公反而不吃香,因为您的全部优点在男士眼中反而都成了缺点。高学历、高收入、高级别甚至高颜值,对普通男士而言只有高压力。坦白讲,能跟您互相看得上的男士恐怕少之又少……"小美惴惴地试探,"要不,您也适当考虑一下离异或丧偶的?"

师婕愣住了,她终于切实体会到自己真成了人见人嫌的剩女,不禁苦笑:"既然我这么困难,也不必办什么金卡了。"

小美忙拉住师婕,使出最后一招——哀求:"对不起,您别生气。要不这样,我再给您介绍一位职场精英,又高又帅也是搞金融的,要是还不满意您再走,行吗?"

师婕停住脚,有些犹豫,也搞金融?还又高又帅?

小美见机赶紧把师婕请回桌子坐下,又问:"这位男嘉宾比您小几岁,师小姐不介意吧?"师婕刚一皱眉,小美忙解释,"其实也没小几岁,您看着跟他差不多大。"不等师婕回答,她已一溜烟儿走了。

师婕正恨恨盘算,到家第一件事就是揍师睿一顿,然后再饿他三顿,断他一个月零花钱,给他吃一个月方便面……忽听身后传来声音:"您好。"

师婕一回头,顿时目瞪口呆:"怎么是你?!"

凌世杰也吃一惊:"师父?"

"你就是她们说的那个又高又帅的金融精英?"

"您就是她们说的那个三高女嘉宾?"

两人都笑了起来,尴尬之际却纷纷感觉些许轻松。

"坐下。"师婕以攻为守、先发制人,瞬间绷起脸端出师父的威严,"说,你到这儿起什么哄?"

"师父,您可得替我保密,"凌世杰扫眼周围,凑近前悄声说,"我是来当婚托儿的……"

"什么?婚托儿?"

"这家网站为了吸引客户,会找些条件不错的男女冒充求偶人士,让人觉得这家网站的资源质量挺好,就会买会员卡。"

师婕柳眉倒竖:"这不是骗人吗?!"

"怎么说呢……法律层面不能算骗,因为我们这些托儿确实都单身,而且我也真是海归;但道德层面算是骗吧,因为我们只跟客户见一两次就得闪,不管对方动没动心,有点儿对不起人家感情。"

原来小美是为了骗她留下,不得已使出凌世杰这秘密武器,师婕越想越气:"你干多久了?嫌我给你的不够多是吧?"

"不是不是,"凌世杰又摇头又摆手,"我一个中学同学给他们当市场推广,求我帮忙,我才干了三回……您可别告诉黄埔的人,我怕他们说我兼职,因为我不是白干,每次见客户都有报酬,客户要是办了卡还给我提成。"

师婕一脸鄙夷:"你这是有多缺钱啊,连这种钱都挣?"

"其实我也不是纯粹为了钱,更多的是好奇,想看看都什么人网上相亲。"凌世杰忽然坏笑,"师父,您这是有多急啊,连这种相亲都来?"

师婕就怕凌世杰反击,而且一击中的,脸不由得红了,慌忙抵赖:"你想哪儿去了?我才不会干这种不靠谱的事儿呢。其实我……只是来现场考察一下,看看这个行业是否值得介入。"

凌世杰立刻来了兴致:"我正想跟您说呢,我发现这家公司的商业模式几乎是一本万利。"

师婕沉吟:"这只是表面,至少还有两方面的问题需要评估。"

"师父,这回您一定得带上我,"凌世杰央求,"咱俩都并肩联手了,您不能把我甩了。"

师婕暗笑,一个剩女、一个婚托儿,为了不同的目的走到一起了。

凌世杰见师父没拒绝,立马露出灿烂的笑容:"来都来了,不如参加完后面的活动,将考察进行到底。"

师婕想想也行,权当参加个联欢会吧。于是,两人一起参加分组游戏,之后是全体在会场中间围成一个大圈,合唱《我想有个家》。师婕无意间发现,刚才那两个奇葩正恼恨地瞪着她,师婕便主动拉起凌世杰的手,得意地昂着头大声唱起来。哼,我就是要让你们这些"豆芽""土豆"看看,我这外地大龄剩女偏能找到又高又帅的小鲜肉。

　　凌世杰被师婕十指相扣的一瞬间犹如触电一般,师婕的手绵软温润,是他从未体验过的。他侧头端详着师婕桃花般的脸颊、白玉般的颈项,还有妩媚的笑容和温柔的眼神,第一次强烈意识到自己的师父不仅是个女人,更是个周身散发着成熟魅力的女人。

第九章

人生有两出悲剧

乐开乳业的事情过后,凌世杰虽然被师婕训斥,但心里却觉得自己并没做错,相反,他对金晓多少有所歉疚,毕竟金晓是把他当朋友而不是竞争对手才对他知无不言,他不想金晓因为这事儿也被万宗海训斥。

凌世杰纠结了好些天才鼓足勇气给金晓打电话,金晓丝毫没有计较,说反正最终拿到合同的是我们百川,你只要记得欠我五顿饭就行。

凌世杰诧异说,咱俩刚认识一个多月,我怎么就欠你五顿饭了?

金晓如数家珍:第一顿是因为我让你挤上电梯,第二顿是我教你打德扑,第三顿是我把黄埔的位置让给了你,第四顿是我请你吃香格里拉你还没回请,第五顿是你为了师婕出卖了我。

凌世杰不得不承认她说的没毛病,拿到第一个月工资就赶紧请金晓吃了顿鱼头泡饼,后来忙着加班和当婚托儿一直没时间再约。金晓一看有了上顿没下顿,便自己打电话对凌世杰说,你可以中午请我在世贸 B1 的员工餐厅吃饭,三小顿顶之前的一大顿。凌世杰立马说,行。

这天中午凌世杰正在请金晓第三个小顿,吃到一半,师婕突然走过来对凌世杰说:"别忘了一点出发。"

"没忘,我一会儿就上去。"

师婕冲金晓礼貌地点下头,转身走了。凌世杰立刻开始收拾餐盘。

金晓不高兴了:"你至于这么急吗?一点出发,现在才十二点半。"

"怎么不至于,师父的话就是圣旨。再说我还没转正,得表现好点儿。"

金晓撇嘴:"你能不能转正又不是她说了算。"

"但她对我的评价很关键。"凌世杰赔个笑脸,"这顿不算,下回我重新请。"

凌世杰回到办公室,师婕一愣:"这么快就吃完了?我可没催你,就是提醒一下。"

"赶早不赶晚,万一堵车呢。"

"咱们还是一点走,不用提前。"师婕想让茶水间里的柯立锋能安心吃完午饭。

师婕和凌世杰此次莅临云红娘,身份已大不同,之前的女嘉宾如今是潜在投资人,而婚托儿摇身一变为投资分析师,云红娘出面接待的也绝不能还是小美,而是创始人连同整个管理团队联袂出场。师婕首先向对方核实了两个她最关心的问题,所谓的一万金卡和两千钻石会员究竟出自全国还是北京一地?云红娘在其他城市有无落地计划?对方虽然承认数据有水分,但北京市场确实业绩不俗,而云红娘正准备全线出击、大力拓展其余一二线城市。凌世杰的关注点则更偏学术,诸如云红娘用什么算法为会员匹配牵线?会员首次相亲后有多大概率愿意见第二面?用户体验有没有量化评估模型?对方提供的数据虽不完美,但也算说得过去。师婕便明确提出了投资意向,对方说他们也正有融资需要,双方一拍即合。

离开云红娘已过下午四点,凌世杰说现在回去的话到公司也该下班了。

"下什么班?回去跟我加班,"师婕走得飞快,"咱们得赶紧做出方案书,争取赶交下一轮投决会。"

"遵旨!"凌世杰也摩拳擦掌,能在试用期内完成一个项目,加多少夜班也值得。

深夜的黄埔,四周静悄悄的,只有投资三部的灯还亮着,师徒二人在紧张地准备方案,桌子上堆满从资料室搬来的相关法规和参考报告。

凌世杰抬起头,抻个懒腰,看到师婕聚精会神、一丝不苟的样子,心里有些替师父抱不平。他起身去茶水间冲了杯咖啡,轻轻放在了师婕的桌上:"停会儿吧师父,您都几个小时没歇口气了。"

"谢谢。"师婕瞄一眼咖啡,手头并没停下,"咱们还有好多东西要汇总呢。"

"您这么拼,公司那帮人还对您冷言冷语的,太过分了。"

"别人说了什么不重要,重要的是自己做了什么,现在对我而言最重要的就是做好这个项目。"师婕仰头看着凌世杰,"你也少搭理那些爱嚼舌头的人,我第一天就跟你讲过,公司政治是个大漩涡,你离得越近越容易被拖进去,明白吗?"

"明白。"凌世杰发现师父身上有种与其外形不相称的大女人气质,这是性格天成,还是在职场数年自我保护所练就?

"师父,您不怕这次……又失败吗?"

"没有失败,哪来的成功?"师婕双手离开键盘,捧起咖啡,"你以后慢慢会发现,干咱们这行失败是常态,不可怕,可怕的是遇到失败就灰心丧气怨天尤人。"

"失败是常态……难怪柯总被称为大神,他几乎没败过……"说着,他忽然意识到柯立锋如今的惨状,吐了下舌头。

师婕若有所思:"每个人在一生中都会遇到失败,人与人的区别不在于失败的大小和早晚,而在于能不能爬起来。"

说这番话时,师婕脑子里浮现出柯立锋的形象,而凌世杰想到的则是母亲的身影。父亲出事后,母亲默默地独自扛起重担,一句抱怨的话都不曾说过。凌世杰的心为之一动,一个是师父的言传,一个是母亲的身教,两个坚强而达观的女人在他的意识里合二为一。

"师父,您放心吧,我这人绝对不怕失败。"

师婕笑了:"你做我的徒弟,还没体会过成功的喜悦,倒先尝到了失败的苦果,既不幸又有幸,因为对刚入职场的你来说反而是件好事。"

快两个月了,师婕还是头一次这么跟他聊天,凌世杰感到一股暖意,仿佛和师婕的距离近了些:"师父,你知道吗,以前你给我的心理压力特大。"

"怎么会?"

"你有时候挺平易近人,有时候又拒人千里之外,我老搭错脉,不知道怎么讨好你。"

两人都没意识到,就在刚才,凌世杰已经把"您"换成了"你"。

"你完全不需要、也不应该取悦我,做好你自己,为师我就会满意。"师婕笑道,"我师父当初也是这么对我的,你想想,天底下还有比他更难取悦的吗?"

凌世杰霎时想到柯立锋那张冷傲的脸,也笑:"看来我比你幸运多了。"

偏偏此时凌世杰的肚子不争气地"咕噜"叫了两下,在一片寂静中不亚于两声巨响。师婕忍不住笑出声,凌世杰登时红了脸。

师婕拿过皮包,从里面翻出一块巧克力:"喏,就一块了,吃吧。"

凌世杰接过巧克力,和当初师婕在电梯里塞给他的是同款,他将巧克力一掰两半:"你肯定也饿了,一人一半。"看着师婕像小女生似的慢慢吃着巧克力,凌世杰想起她在相亲大会上温柔可人的样子,不禁有些好奇:"师父,你这么优秀,怎么还没男朋友啊?"

师婕冷不防被噎了一下:"你问这干吗?"

"不干吗,就问问,"凌世杰嬉皮笑脸,"你不会是挑花眼了吧?"

"你又不长记性了? 不该问的别问! 赶紧干活!"师婕佯怒地瞪向凌世杰。

"欧嘞。"凌世杰走回自己座位,精心地将巧克力包装纸抚平夹进本子里,看着已埋头工作的师婕,在心里默念:"师父,当你的徒弟我没觉得有任何不幸。放心吧,这次咱们一定成功。"

师婕仔细审查了几遍云红娘的项目方案,自忖应该没什么问题,但仍有些不放心,脑海里挥之不去凌世杰的那句话:"您不怕这次又失败吗?"虽然当着徒弟的面调子唱得挺高,但自己真能扛得住屡战屡败吗?小心驶得万年船,师婕觉得有必要听听师父的意见。

去找柯立锋还有个原因,真正放下一个人是件太难太难的事。自他搬走后,除了偶尔在茶水间碰上说几句话,两人再无更多联系。这是柯立锋迄今为止除了被关进去那一个月,离她最远的日子。师婕试图忘掉柯立锋,但不管怎么努力、如何忙碌,柯立锋依旧萦绕在她的脑海中。

师婕对柯立锋有种莫名的担心,既怕他自暴自弃,又怕他走向另一个极端。萧伯纳说过,人生有两出悲剧:一个是万念俱灰,一个是踌躇满志。过于悲观和过于乐观都会是同一个结局,而师婕不愿看到柯立锋上演任何一出悲剧。

夜深人静时她会想,也许柯立锋的冷漠是因为眼下这种境况不想连累她,也许她不该太心急要求师父立刻开始新的感情,也许自己现在最该做的就是依然像从前一样,默默等他走出低谷,等到花开的那一天。

国庆节前,师婕拎着大包小包食品来到自己那套小两居。柯立锋既不意外,也不热情,看师婕把各种吃的塞进冰箱,既没推辞,也没道谢。

算了,跟他不能计较这些。师婕把云红娘的投资方案递给柯立锋:"我去相亲的过程中发现这是个很好的项目……"她把重音放在了"我去相亲"四个字上,然后观察柯立锋的反应。

柯立锋没反应,或者说他的反应只在"项目"二字上。师婕有些失落。

柯立锋快速浏览完，还给师婕："数据看着还不错,关键是云红娘如何审核用户的真实性。"

"这方面应该没问题,我去相亲的时候,他们首先核实的就是身份证。"师婕再一次故意强调"我去相亲"。

"身份证可以作假。"柯立锋再一次毫不在意师婕的小心思。

"身份证作假是违法的,应该追究的是当事人的责任。就像有人用假身份证去银行开户,但我们不会因此就怀疑银行的可信度。"

柯立锋盯着师婕："我所指的用户真实性包含三个方面:一个是身份的真实性,一个是资料的真实性,再一个是动机的真实性。即便一个人拿的是本人真实的身份证,云红娘如何审核他各方面信息的真实性,比如婚史？即便这个人提供的信息都是真实的,云红娘如何查实他真是来相亲,还是有其他目的,比如骗财骗色？"

"骗色？这应该是道德问题,而不属于法律范畴吧,"师婕沉吟,"而且云红娘实行的是付费会员制,没有骗子肯先掏五千甚至三万块钱吧。"

"骗子也是这么想的。"柯立锋冷冷一笑,"不要低估骗子的手笔。"

师婕继续为自己和云红娘辩护："这种极端情况发生的概率极低。我觉得云红娘只需要在《会员协议》中把会员个人行为与网站责任明确切割,这样就可以规避此类法律风险。"

"你已经完全站到云红娘的立场上了？"柯立锋一耸肩膀,"我的看法已经说清楚了,你自己判断。"

师婕愈加失望,对项目柯立锋既没肯定,也没否定,显然不再把自己的项目当作他的项目;对相亲的事既没好奇也没反对,显然自己根本不在他的生活里。

师婕暗骂自己犯贱也真是犯出了一种境界,本来还想两人一起吃晚饭,筹划一下过节安排。现在看来,显然没必要了。

走出小两居,师婕下决心把感情先放一边,现在最关键的是力保云红娘能过投决会,毕竟这是自己第一个独立发掘、独立主导的项目。从今往后,我要开始习惯没有你柯立锋的日子,不管是工作还是生活。

凌世杰忐忑不安地坐在大会议室里,上回走进这里还是集体面试那次,而今天是参加云红娘项目的投决会。

整个国庆长假凌世杰都兴奋不已,因为师婕明确答应他将作为项目成员列席这次投决会,他不仅能现场目睹自己从头到尾参与的首个项目过会,而且项目通过意味着他的转正肯定不成问题。

但此时此刻,和其他几位高管的助理并排坐在靠墙位子上的凌世杰已经没有兴奋,只有紧张,命悬一线的那种紧张,他看着斜前方师婕满是疲惫的侧脸,替师父也替自己捏把汗。

就在前天,国庆长假刚结束,百度贴吧突然爆出云红娘上有人诈骗,而且是 VIP 付费客户以相亲恋爱为名的骗财骗色。网民一片哗然,云红娘立刻招致主流媒体的集体炮轰,公众纷纷指责云红娘只顾收钱,不管核实用户信息的真实性,打着替未婚人士搭建交友平台的旗号,实则成为新型骗子滋生的温床。

师婕和凌世杰看到相关报道后,预感这个负面事件肯定会给项目的通过带来巨大阻碍,两人马上分工忙碌,师婕负责联络云红娘了解详细情况,凌世杰负责查询所有相关法律规定。从掌握的资料来看,这个项目闯关成功的可能性最多只有百分之五十。

"那咱们也要破釜沉舟、背水一战!"师婕冲凌世杰握了握拳。

因为这是第四季度的第一次例行投决会,提交审议的项目不少,各项目相关成员都来了,大会议室坐得挺满,让凌世杰愈发感觉压抑,原先期待已久的大阵仗应有的仪式感和新鲜感荡然无存。又因为云红娘项目是抢在关门前最后一个提交的报告,所以审议也排在最后。前面若干项目终于审完,过的少、毙的多,几家欢乐几家愁。朱敏文和刘家昌等五部的人沾沾自喜,凌世杰则像在刑场上陪绑的犯人,终于等来宣判自己命运的时刻。

韦正雄坐在会议桌的主位,喝口茶,歇了歇才说:"这几天赵董和我们几个分析了一下形势。俗话说,春江水暖鸭先知,硅谷几家 LP 传过来的消息是美国金融市场可能会出问题,而且问题还不小。赵董提醒我们要稳健、要慎重,Michael 总也说下阶段新基金的募集可能比以往困难些,要我们珍惜手里的子弹。所以前面几个项目咱们花了不少时间讨论,各位辛苦了,再坚持一下,最后这个是三部提交的云红娘网站。大家可能已经知道,这几天媒体对云红娘的负面报道非常多,所以咱们商议一下,这个项目是否可行。"

财务总监吴贵勋首先发言:"ROI(投资回报)目前看着没什么问题,但需要注意的是,这么多负面消息将给云红娘今后的营收带来非常大的影响,而且这种影响会持续多久还未可知,所以我认为 Jessie 还是该重新修正投资回报率。"

师婕已有准备:"这个我已经考虑过,一般来说,这类负面新闻顶多影响公司两个季度左右的收益,我直接调低了两年的预期,够保守吧?但即使这样,项目的投资回报仍然非常可观。而且我们还可以借这个机会压云红娘再让步,如果条件谈得好,我们的收益不仅不会减少,还会增加。"

法务总监陈若洋说:"这项目的主要问题不在投资回报,而在于法律风险。媒体说云红娘惹了不少法律纠纷,我认为不能投这种麻烦缠身的项目。"

"这个问题我昨天已经跟云红娘那边沟通过,骗财骗色都是用户的个人行为,目前所有法律纠纷都发生在用户和用户之间,云红娘并没有接到一张传票,没有受害人起诉云红娘。公安部门已经介入调查,云红娘只是协助配合向警方提供一些信息。"

陈若洋皱眉:"向警方提供用户信息,这恐怕不仅会引起用户的反感,甚至会导致云红娘吃官司。"

"我们仔细看过云红娘网站上用户注册时接受的合同,合同中明确规定如果用户提供虚假信息或做出违法行为,云红娘有权追究用户的一切法律责任。也就是说,不是用户起诉云红娘,而是云红娘起诉不良用户,这样反而会给其他用户带来安全感和信任感。"

陈若洋仍不接受师婕的解释:"无论如何,骗财骗色最恶劣的是他们的 VIP 客户,云红娘没有核实客户的真实信息,早晚要承担连带责任。"

师婕针锋相对:"这点我不能认同。迄今为止,所有被骗财的人都是在交往一段时间后听信对方的花言巧语自愿把钱给出去的,云红娘在牵线搭桥后从不介入双方后续交往过程,从未建议或要求一方向另一方付款;而且到现在也没有一个人以强奸指控提起法律诉讼,因为连警方都很难界定什么是'骗色',毕竟所有用户都是成年人,理应对自身行为承担责任。云红娘作为一家网站,能做的是尽可能核实用户都是单身并给他们提供牵线搭桥服务,仅此而已,他们不可能核查用户的道德品质、财产状况和心理承受能力。这就像老百姓买股票,买哪只股票是个人选择,亏钱怎么能怪证券公司呢?证券公司也不可能预知哪家上市公司有造假行为、哪只股票会 ST 吧?"

陈若洋再次摇头:"我还是认为没必要投这种公司。即使云红娘没有法律责任,但显然已经深陷公关危机,公司形象严重受损。而且一旦产生巨大社会影响激起民愤,有关部门肯定会介入,那就超出法律范畴了,说不定哪天出台个什么文件,公司立马关门都有可能。"

坐在师婕旁边的徐瑞开口了:"我也同意吴总和陈总所讲的,这个项目风险太大,我们风控这边也建议先不要参与。"

师婕刚要继续据理力争,徐瑞抬手按住她胳膊:"这事我昨天已经向 Henry 总专门汇报了,你刚才提的几点理由我也跟他讲了。但 Henry 总的意见是,骗子事件本身也许不是云红娘的问题,但它的问题在于作为社会服务平台完全忽视其社会责任,这是其巨大风险所在,证明云红娘团队尚不成熟、存在管理隐患,所以我们风控中心对这个项目持否定态度。"

师婕听了,不再说一句话。

完了！坐在后排的凌世杰登时泄了气,风控中心有一票否决权,既然徐瑞已经搬出了欧亨利,这事儿就没什么好讨论的了。

韦正雄扫视一圈:"还有谁想发表意见？如果大家都没什么要说的了,那就表决吧,我看也别匿名投票,同意云红娘通过的举手。"

很自然,无人举手。韦正雄此举正是故意给师婕难堪,凌世杰留意到坐在对面的朱敏文和刘家昌都露出了幸灾乐祸的笑意。

"哟,没一个人同意,这种情况很少见哪,云红娘被否得毫无争议啊。"韦正雄笑眯眯看着师婕,"Jessie,你想为公司做成项目值得肯定,但就像 Henry 总说的,我们做项目不能只考虑赚钱,还要考虑我们的社会责任。"

师婕垂着眼睛没说话,又一次出师未捷,连她都开始怀疑自己的名字是不是太丧了。

"Jessie,我还想提醒你一点。刚才如果我闭上眼睛听你那几番话,可能会以为你是云红娘的高管呢,你一直在替他们讲话嘛,到底有没有考虑如何保护我们黄埔的利益？保护我们身后那些 LP 的利益？你的方案里哪怕加一个惩罚条款,一旦云红娘陷入此类公关或法律危机,黄埔有权追讨投资款并索赔,我们也会感觉好一点儿。但你没有。是不是因为指望他们给你当红娘,不敢得罪他们？"

韦正雄的话引发全场哄堂大笑,凌世杰从侧后方看着师婕的腮帮就知道她正在咬牙强忍……

待到大会议室只剩两个人,凌世杰才走到师婕旁边坐下。"唉,白辛苦了这么多天,"凌世杰垂头丧气地嘟囔,"师父,咱们怎么这么倒霉啊……"

师婕扭脸看着凌世杰,嘴角很吃力地往上扬了扬:"没关系,谋事在人,成事在天。刚才他们说的都有道理,我要是在他们的位置也会那样说的。"

"师父,我觉得你刚才跟他们据理力争的样子,特像一个在法庭上舌战群儒的律师,巨牛。"

· 184 ·

师婕惨笑:"我也误以为自己是辩护律师,结果我其实是被告。只是你今天再一次不幸,还是没体会到成功的喜悦。"

"你别这么说,我也学到了很多东西。师父,咱们接下来怎么办?"

师婕捋了下前额的头发:"从零开始,找下一个项目。"

回想起那天柯立锋对云红娘的看法,师婕不得不再次叹服他的敏锐和预见,尤其是柯立锋当时就一针见血地指出师婕太急于做成项目而完全站到云红娘一边。那天如果不把心思全放在他是否关心自己相亲上,如果能再虚心向他讨教一下,或许就不会有今天的完败了。

一个男人被一个聪明的女人爱慕,他必定有令其佩服之处。究竟是因为佩服才爱慕,还是因为爱慕才佩服,谁也说不清。

转眼临近 10 月底,凌世杰三个月的试用期即将结束,能不能转正他心里没底,不知道公司会用什么标准考核,要是根据功劳他恐怕很悬,但要是根据苦劳他觉得自己肯定没问题。

凌世杰把自己的担忧告诉了师婕,云红娘项目虽然被否,但师徒关系却因此贴近很多,凌世杰有什么话都敢直接跟师婕讲了。

师婕让凌世杰把心放进肚子里,说要是公司不打算给新员工转正,会先来和 mentor 谈话打招呼,不看僧面看佛面嘛,而到目前为止还没有谁为此事找过她。

凌世杰这才踏实下来。

这天,他到公司后像往常一样先把自己和师婕的桌子擦干净,又到茶水间冲好两杯咖啡,一杯给自己,一杯放在师婕桌上,然后坐回自己位子,一边悠然享受早晨的第一杯咖啡,一边打开电脑查邮件。

有一封来自人力资源 Linda 的邮件,看时间是昨天很晚发出的,凌世杰的心登时狂跳不已,他慌忙打开,瞬间脑袋里嗡的一声。

Linda 的邮件是发给他并抄送师婕的,内容很短,就一行字:经慎重评估,公司决定对你不予转正,请与 HR 联络办理离职手续。

凌世杰呆呆地盯着电脑,这是他收到过的最短的邮件,看的时间却最长。

窗外的秋风仿佛穿透了双层玻璃,径直灌进凌世杰心里。不予转正,意味着他将离开黄埔、离开师父,离开他憧憬已久却刚刚走进的资本世界。

他稍微缓过神,抬头看到不远处的刘家昌,赶紧起身,三步并作两步走过去,急切地问:"你接到 HR 通知了吗?"

"昨天就接到了,怎么了?"

"给你转正了吗?"

"当然,到期怎么会不转正?"刘家昌不可思议地望着一脸惊诧的凌世杰。

凌世杰转身就走,心里更加难受。如果刘家昌也没转正,他或许还稍觉平衡,说明公司的高门槛没谁能达到。但留下刘家昌却不留他,只能说明在公司眼里他毫无可取之处。

凌世杰拖着沉重的双腿回到三部,师婕已经坐在电脑前,双眉紧锁,她肯定也看到了 Linda 的邮件。

"师父……"凌世杰蹲到师婕身边,像个受了委屈的孩子,"我刚问过刘家昌……他转正了……"说完,他的鼻子忽然发酸。

师婕噌地站起来,把凌世杰拨到一边,怒气冲冲地向韦正雄办公室走去。

第一眼看到邮件时,师婕的心中已升起一团无名火。上次投决会韦正雄当众冷嘲热讽已经让她忍无可忍,现在 HR 竟然事先既不跟她讨论,也不知会,直接发邮件宣布此事,说明根本没把她放在眼里。但她毕竟是投资总监,凌世杰是她带的人,刚才又听说他们单单留下了刘家昌,这摆明公司不仅是否定凌世杰,更是否定她。

韦正雄前脚刚踱进办公室,师婕后脚就跟了进来,连门都没关严。

韦正雄扭头见师婕一副打上门来的架势,放下包,脱掉西装上衣挂到衣架上,走到茶几旁才笑呵呵地问:"哟,大清早的这是谁惹我们 Jessie 大美女了?"

"韦总,我想知道为什么不给凌世杰转正。"

"噢,原来是为这事,"韦正雄泡好茶,抱着保温杯坐到大班椅上,"这是管理层的意思。你也知道,这几天中美股市急转直下,各方面传来的消息都不容乐观,公司判断全球金融市场已开始动荡,不排除陷入新一轮危机,所以决定冻结编制,暂时不进新人了。"

"那为什么五部的刘家昌可以留下?"

"这个嘛,也是特殊情况特殊处理。五部上个月有人辞职,他们眼下又跟着三个大项目,人手紧张,HR 跟我商量,大家都觉得刘家昌表现不错,就把他留下来了,这也符合赵董培养子弟兵的初衷,你说对吧?"

"如果只能留一个,应该留潜力更大的。究竟他俩谁能力更强、更有发展空间,应该也听听我这个 mentor 的意见吧,有什么权力擅自决定?"

"你是说 HR 还是我没权力做决定?"韦正雄拉下脸,"这三个月我一直在观察这俩孩子,要论能力,刘家昌就是比凌世杰强,他已经参与了两个项目;你那个凌世杰呢?我都不知道他每天在干什么。"

"这方面责任在我,是我没能给他完成项目的机会,但这并不能说明凌世杰本人的能力差。"

韦正雄哼一声:"整整三个月,你这个做 mentor 的连个项目都给不了他,你用什么向我证明他能力强?你该好好想想,凌世杰不能转正究竟是公司的原因,还是你这个 mentor 的原因?"

师婕越发断定凌世杰是因为跟着自己才倒霉,她瞪着韦正雄,气得血直往头顶上涌。

韦正雄见师婕一脸不服气,反而咧嘴笑道:"不要以为赵董升你为总监,你就可以翘尾巴。你得明白,能当总监不是因为你多有本事,而是得有人收拾柯立锋留下的烂摊子。以前都是柯立锋给你撑腰,如今还有谁罩着你?你要是再看不清形势,下一个走的说不定就是你!别操心你徒弟了,还是多操心你自己吧!"

师婕再也说不出话。韦正雄的言语直接戳到她内心深处,击中了她最脆弱、最无助的地方。

因为担心师父而追过来的凌世杰,听到屋里两个人的这番对话,也如同遭到晴天霹雳一般,呆立在门外。

整个上午,凌世杰都不知道怎么过去的,一直坐在位子上,桌上是喝了半杯的咖啡。中午,他浑浑噩噩地下到 B1 餐厅,随便要了份炒饭和一瓶矿泉水,找了个角落脸对着墙坐下来。盯着面前的炒饭,凌世杰没有任何胃口,只是继续默默地发呆。

Linda 的邮件、韦正雄的话,还有师父那张愤怒到扭曲的脸,不停在凌世杰的脑子里闪现。他多少明白了,不管他如何努力都注定无法转正,因为他是师婕的徒弟,而师婕是柯立锋的徒弟。

这就是公司政治,是师父从第一天就告诫他千万不要卷入的致命漩涡,但其实他和师父因为柯立锋早已不可避免地深陷其中。

唉,算了,不给转正就不转吧,离开这个是非之地也未必是坏事。反正当初是冲着柯立锋来的,如今柯立锋都成司机了,留在这里也学不到什么。唯一惋惜的是,师婕确实是个难得的好师父,离开她真有点儿舍不得。

"哎,自己躲这儿吃饭也不叫我?上次的半顿你还没重新请呢。"

凌世杰一抬头,金晓已经笑盈盈地坐到他对面,托盘里装着香菇油菜、红烧肉、什锦炒饭还有一杯鲜榨果汁。

"咦,你今天怎么了?吃这么少?"金晓看了一眼凌世杰几乎没动的盘子,又看了一眼他一脸的生无可恋,关切地问。

"没胃口。"

"又挨师婕骂了?"金晓偷笑,"那种大龄剩女心理有毛病,你甭跟她一般见识。"

"不是。"凌世杰一皱眉,他不愿听金晓贬损自己师父,"我转正没戏了。"

金晓一惊:"为什么啊?你这三个月干得多卖力气呀,要在我们百川都能当劳模了。"

凌世杰心里更加难受,但又不好道出实情,只得苦笑:"卖力气有什么用?不想给我转正还愁找不到理由?"

"不转正是好事,"金晓满不在乎地晃晃脑袋,"你正好可以到百川来,这边有我在,保你干得风生水起。"

凌世杰低着头没说话,他就像刚掉到井里摔得头晕眼花,还没力气惦记往上爬,更没想过从三十五层爬到三十六层。

"喂,你别这么丧好不好?"金晓用勺子把半份红烧肉扒拉到凌世杰盘里,"有什么大不了的?山不转水转,你还怕找不到工作啊?"

凌世杰盯着盘子,依旧一副蔫头耷脑的模样。

金晓急了:"吃饭!有什么事吃了饭再说!"说完抄起凌世杰面前的筷子塞进他手里。

这一幕,恰巧被不远处端着托盘找位子的韦正雄看在眼里,他难得到员工餐厅吃饭,不想竟有意外收获。

午后一上班,韦正雄就把师婕叫到办公室,虽然还摆着架子,但语气明显缓和:"早上我没控制好情绪,有些话说重了,你别往心里去。"

师婕不明所以,她本以为韦正雄叫自己过来是因为意犹未尽,打算继续敲打,已拿定主意不争辩、不理会、不接受,没想到韦正雄会如此低姿态,这个老狐狸又在打什么算盘?

"关于凌世杰转正的问题嘛,我又仔细考虑了一下,毕竟事关他今后的职业生涯,确实应该慎重。你说的也有道理,我对他的了解肯定算不上全面,也是眼下大形势有些严峻,我可能操之过急了。"韦正雄见师婕一直皱着眉头,便挥下手,"这样,你把凌世杰叫来,我跟他单独谈一谈,他进黄埔三个月都没跟我讲过几句话。这倒是随你,你在黄埔五年也一直不肯跟我交心哪。"

师婕顾不得揣摩韦正雄话里话外的深意,也搞不懂他怎么一顿饭的工夫判若两人,师婕只有一个念头,徒弟的转正兴许有转机,她一边出门,一边说:"我这就去叫他!"

凌世杰很快就来了,惴惴不安地坐到了韦正雄对面。

韦正雄上下打量凌世杰,笑容可掬地问:"公司没给你转正,你心里是不是有什么抵触情绪啊?"

"没……没有……"凌世杰看着韦正雄和蔼可亲的样子,很难把他跟上午那个冲师婕咆哮的人联系起来,"公司不给我转正,说明我还有很多地方做得不够。"

"这也不能完全怪你,师婕这三个月拿不出一个项目让你充分展示自己,责任在她。以你的能力要是换到别的部门,应该会比现在表现得更好。"

凌世杰一凛,这岂不是在引导我说师父坏话?他立刻回应:"师总工作特别认真努力,我从她身上学到了很多东西。"

韦正雄嘿嘿一笑:"她拖累了你,你却还护着她,说明你讲义气重感情,我就喜欢你这种知恩图报的年轻人。"

凌世杰被韦正雄夸得莫名其妙,只好尴尬地笑了一下。

"小凌啊,如果我再给你一次机会,你要不要?"

"什么机会?"凌世杰的心提到嗓子眼儿。

"我可以让你继续留在黄埔,但是建议你换到四部或者五部,不要再跟着师婕了,怎么样?"

凌世杰紧张得声音发颤:"您是说……建议?还是我……必须换部门?"

韦正雄饶有兴致地盯着凌世杰:"如果我说必须呢?"

凌世杰咬着嘴唇,半天不说话。他当然巴不得留在黄埔,但又不肯背弃师父。答应,对不起师父;不答应,对不起自己。凌世杰太难了……

韦正雄哈哈大笑:"好啦,不难为你了。你就还跟着师婕吧,但仍属于试用期,至于能否转正、什么时候转正,都要看你今后的表现,怎么样?同不同意?"

看不到尽头的试用期？头上始终悬着一把剑？随时可能被踢出黄埔？凌世杰没想到是这样的结果,这意味着公司可以一直不给他转正,而且不需要任何理由,如此不平等条约真是闻所未闻。平等？凌世杰内心一阵酸楚,自己眼下有什么资格奢求平等？他耳边响起刚才师婕急切叮嘱的话:记住,无论如何先争取留下来!

"同意。"凌世杰看着韦正雄坚定地说。

"好!"韦正雄笑着站起来,"那我就等着看你的表现喽。"

凌世杰也连忙起身:"韦总,我一定会尽最大努力为公司做贡献。"

"你现在就可以去找 HR 续签合同。"韦正雄笑呵呵地搂着凌世杰肩头往门口走,就像老虎把爪子搭在小鹿身上,他随口问道:"对了,你跟那个金晓……你俩是什么关系啊?"

凌世杰一愣:"我们是……朋友。"

"哪种朋友啊?"

"嗯——那种……普通的朋友。"凌世杰不禁发慌,搞不清韦正雄为什么忽然问这个,难道是怀疑自己把黄埔的机密泄露给百川?

"别紧张,我就是随便问问,年轻人交往很正常嘛,"韦正雄拍拍凌世杰,貌似开玩笑地说,"说不定哪天你可以劝她来咱们黄埔,这样你们俩就可以从对手变成队友啦。加油,我看好你哟!"

就在这一瞬间凌世杰恍然大悟,他明白自己能留下来的原因了:合着黄埔一直想钓到金晓这条鱼,而我竟成了鱼饵。这金晓到底什么来路?我现在不仅被卷进公司内部的政治里,还被牵扯到公司和公司之间的政治里,真是我命由天不由我。但起码能留下来继续跟师父在一起,以后的事走一步看一步吧。

凌世杰脑子乱乱地走回三部,一眼看到站在走廊上的金晓。

"喂,你干吗去了?怎么不接我电话啊?"金晓旁若无人地冲凌世杰噘起嘴。

凌世杰赶紧掏出手机,六个未接电话,都是金晓的。

"不好意思我刚才静音了。"凌世杰纳闷,"你来我们公司干吗?"

"当然是有重要的事找你啦。"金晓拉着凌世杰急吼吼地走出黄埔,推开楼梯间的门,"我已经跟万总说了,他想亲自见见你,你什么时候跟我上去?"

凌世杰一怔:"我……没说要去百川啊……"

"黄埔都不要你了,你还能去哪儿?"

"黄埔……又要我了。"

"啊?怎么回事?"

凌世杰尴尬地挠头,"公司刚延长了我的试用期,我想再试试……"

"什么?!你这变化也太快了吧!"金晓气得恨不能给凌世杰两拳,"真是皇上不急太监急,我还一个劲帮你引荐,哼!我纯属瞎操心!"说完一甩手,气呼呼地上楼了。

凌世杰听着金晓高跟鞋笃笃的声音随着防火门的一开一关消失了,无可奈何地摇头苦笑:你还来拉我去百川?人家留下我就是惦记着让我把你拉来黄埔呢。

Linda 在贯彻老板指示方面向来雷厉风行,她把已经准备好的延长试用期合同递给凌世杰,话里有话地说:"好好干,争取早日转正啊,你这情况可是黄埔有史以来头一遭。"

"嗯。"凌世杰故作若无其事地回应,他已能感到自己的脸皮日益增厚。把签好字的合同交给 Linda,凌世杰貌似不经意地问道,"百川的人可以随便进咱们公司吗?"

"当然不可以。"Linda 登时警惕起来,"你见百川谁进来了?"

"金晓刚才来找我,她就是百川的啊。"

"嗨,我以为是谁呢,"Linda 松了口气,"她想来就来呗。"

"她有什么特别吗?"

"你跟她那么熟,还能不知道?"

凌世杰茫然地看着 Linda。

"别装了,"Linda 捂着嘴笑,"当然是因为她爸啊。"

"她爸是谁?"

Linda这才相信凌世杰是真不知情,一脸的不可思议:"她爸是金泽平啊,金晓没告诉你?"

凌世杰把延长试用期的决定告诉了师婕,但只字未提韦正雄劝他换部门以及想利用他延揽金晓的事。

师婕高兴之余不禁纳闷,要么转正、要么走人,黄埔还从未有过延长试用期的先例。

凌世杰支吾地说,韦总大概是看你现在手底下没别人,王广明之前转去了二部,马致远刚刚去了一部,我再一走公司还得给三部另招一个,反而与冻结headcount(编制)矛盾了。

师婕更加诧异,这可不像韦正雄上午的口风。但她没再深想,乐得凌世杰能留下来,她不仅仍然有个帮手,更主要是内心少了些歉疚。

"没关系,咱们努力把下个项目做好,争取让你早点儿转正。"

凌世杰听了只点了下头,心里不再有以往的兴奋和坚决,好像刚冲刺完的百米选手很难立刻重新站回到起点。况且他已经了然,师婕在公司面临的阻力远大于其他人,他对迅速转正已经不抱任何不切实际的希望。至于还能试用多久?他此刻也不愿多想。

凌世杰伫立在茶水间里,心不在焉地喝着咖啡。一如平日坐在凳子上看报纸的柯立锋瞟他一眼,"年纪不大,心事不少啊。"柯立锋走过来,与凌世杰并排站着,面朝相反方向。这种地下党接头的聊天方式已成为他俩的默契。

凌世杰没想到柯立锋冷不丁冒出这么一句,印象里这还是柯立锋第一次主动跟他搭讪。

"你就没什么正事可干吗?"柯立锋依旧不看凌世杰。

凌世杰低下头:"我……我没能转正……"他忽然感觉自己跟柯立锋有了种同病相怜,脑子里蹦出句歪诗:同是天涯沦落人,何必不打不相识。眼下也只能和柯立锋说说心里话了,"要不是云红娘在过会之前爆出负面新闻,我也不会这么倒霉……"

"倒霉吗？我看很正常。所有的失败都有其必然,相反,所有的成功才是偶然。"

凌世杰顾不上品味这句话里的深意,忧心忡忡叹口气:"他们给我延长了试用期,能不能转正看表现,可是……我现在反而不知道该怎么办了……"

柯立锋扭过脸,难得正眼看着凌世杰:"你这样下去只有两种结果,要么永远转不了正,要么随时被撵走。"

"我知道。"凌世杰哭丧着脸,"所以我才特别郁闷……"

"有什么可郁闷的,干脆现在走人,另谋出路,总比毫无希望地耗在这里强。"

被柯立锋这么一激,凌世杰的执拗劲儿反而上来了:"可我不甘心！我不想就这样放弃认输。再说,我要是这么走了,他们肯定会嘲笑我师父,说她带个徒弟连试用期都通不过。"

柯立锋轻蔑地一笑:"豪言壮语没用,忠肝义胆也没用。你要真不想走,得找到解决问题的办法。"

黑暗中骤见一道光！凌世杰眼前一亮,我怎么早没想到请教这位聪明绝顶的大神呢？于是,他赶紧急切地问:"你有什么办法？"

柯立锋见凌世杰已然上套,便不再拿着架子:"问题的关键在于师婕现在自顾不暇,手头的项目又都是别人挑剩下的残次品,所以你在她手下根本没有凸显自己能力的机会,也就永远没有出头之日。"

柯立锋一语道破症结所在,但这又是无药可解的绝症,凌世杰脸色黯淡下来:"本来我可以换到别的部门,但我不想让师父难过……"

"你换部门照样好不到哪儿去,他们都知道你是师婕的人,肯定不会重用你。"

柯立锋又是一语中的,凌世杰无言以对,所有的出路都被堵死了。

见凌世杰愁眉不展的样子,柯立锋卖个关子:"我给你指条明路,你愿不愿意试试？"

凌世杰看着柯立锋,瞬间联想起韦正雄问他时也是这种请君入瓮的表情。

"做我的徒弟,我保你三个月之内一定转正,干不干?"

"给你当徒弟?我已经有师父了啊……而且,我师父还是你徒弟……"凌世杰心说这不乱了辈分吗?我要是给你当徒弟,师婕岂不就成了我师姐?江湖上没这规矩啊。

柯立锋见凌世杰不太情愿,耸耸肩:"我无所谓,不收你这个徒弟,对我而言毫无损失,"然后盯着凌世杰,眼里露出一丝狠意,"而你,不拜我这个师父,恐怕会失去转正的最后一线希望。"

凌世杰被柯立锋咄咄逼人的目光刺得浑身一激灵,大脑迅速开启评估模式。大神为什么这会儿要收我当徒弟?真的只是纯粹为了帮我转正?肯定不是,没有无缘无故的爱。有我这么个徒弟对他有何利弊?凭我如今的能力帮不上他什么,就他如今的惨样谁也再害不了他什么。有他这么个师父对我有何利弊?利,在于转正的机会增大;弊,在于师婕知道会不高兴。如此看来,只要瞒着师婕便可保利大于弊。

况且,凌世杰又想,我来黄埔原就指望跟他学本事,现在他活生生地站在我面前,主动提出做我师父,他虽然身份变了,但功夫还在,我有什么理由拒绝?也许冥冥之中,我如此执着地耗在黄埔,就是在等待他的召唤……

师婕,师父,实在对不起,看来只好让你做我的师姐了。

想到此处,凌世杰把心一横:"好,我答应做你的徒弟。"

柯立锋满意地笑了,并不掩饰有种"正如我所料"的得意。

"但是,我有两个条件。"

这回轮到柯立锋一愣:"什么?"

"第一,我给你当徒弟这事儿,不能让第三个人知道。"凌世杰心想,你如今名声这么臭,身上还留有案底,被别人知道我拜个司机师傅当师父脸上实在无光,更无颜见师婕,尤其一旦被韦正雄发现肯定吃不了兜着走。

柯立锋爽快地点头:"没问题,这也正合我意。"

"第二,你既然保我三个月内转正,那咱们的师徒关系也约定三个月试用期,三个月内如果我转正,咱们的师徒关系也转正,否则的话,"凌世杰脖子一梗,"我要是被黄埔扫地出门,谁还给你当徒弟?"

"你果然不笨,"柯立锋欣赏地拍了下凌世杰的肩膀,罕有地表现出几分亲昵,"我敢肯定,你这个徒弟会一直当下去。"

凌世杰见柯立锋这般自信,心里忽然又有了底气,跃跃欲试的兴奋重回脸上。他放下手里的咖啡杯,笔直地站到柯立锋面前,先瞟一眼茶水间门口,然后深深鞠了个九十度大躬:"师父,请受徒弟凌世杰一拜。"

第十章

/

细节是魔鬼

柯立锋当师父后对凌世杰提的第一个要求就是搬来与他同住,理由是两个人在公司无法深入交流,要想获得真传,必先成为名副其实的入室弟子。

凌世杰未加犹豫便欣然接受,一来能和心中的大神朝夕相处,简直是做梦都不敢想的待遇;二来他巴不得马上逃离老妈的视线,因为夜长梦多,他在黄埔资本上班的事儿迟早会露马脚。

周五晚上,凌世杰到家已快十点。

赵雪梅赶紧端上碗热气腾腾的馄饨,坐在凌世杰对面心疼地唠叨:"小杰啊,是不是编程序太累了?没跟同事闹矛盾吧?你和柯总的关系怎么样啊?"

凌世杰低头大口吃着馄饨,这是他每天难得陪伴老妈的时光,也是他最发怵的关口,做贼心虚的滋味实在难熬。好在赵雪梅每回都是一口气提一连串问题,问了后边已忘了前边,就像容量有限的内存被不断刷新,凌世杰只需回答最后那个问题即可。

把汤喝完,凌世杰把嘴一抹,打个饱嗝儿,故作万般无奈地说:"妈,告您个不好的消息,公司今天通知我明天要住到东四环那边去。"

"啊?为什么呀?"赵雪梅惊讶之际,把刚才问的全忘了。

"我们公司在东四环那边接了个很大的软件开发项目,客户要求我们尽快交活儿,柯总决定整个团队到客户现场封闭式工作,所以我们都得搬去客户提供的宿舍。"凌世杰显得特别遗憾与不舍,"唉,得有一阵吃不到这么好吃的夜宵了……"

"这也太突然了吧……"赵雪梅急得直搓手,"这大晚上的,也没法出去给你买啥……"

"啥都不用买,我把平时换洗的衣服拿走就行,又不是离开北京,缺什么我自己可以买。"

"你明天就搬过去啊?"赵雪梅因为不能再和儿子过个周末很是失望,"那你得去多长时间?"

"这要看工作进度,"凌世杰想了想,"短的话三个月,长的话就说不好了,得看这客户是不是特挑剔。"

赵雪梅一听才三个月,放下心来:"你在那边可得注意休息,别老熬夜。跟同事住一起要谦让,多替别人着想……"

"知道啦。"

"还有,缺什么就打电话,妈给你送去。"

"哎呀,我又不是三岁小孩,我可是一个人在美国待了两年的。"

赵雪梅嗔怪:"你别嫌妈啰嗦,儿行千里母担忧……"

"从西三环到东四环哪儿有千里啊,三十里还差不多,您就别担忧啦……"凌世杰笑着走到老妈身边,搂住她的肩膀,看着刚过天命之年的老妈就已经日渐稀疏斑白的头发,顿感自责与不忍。为了从事自己向往的工作,他骗了老妈;为了给柯立锋当徒弟,他又骗了老妈,把她孤零零一个人丢在家里。老妈每天最开心的就是等他回家给他做顿饭、和他说几句话,可就连这么点儿满足都被他剥夺了。凌世杰觉得自己真是太自私了。

"妈,我会尽快回来的,"凌世杰用力紧紧搂住老妈,"您也照顾好自己,吃饭别老凑合,有什么事随时给我打电话。"

"好啦,我不用你操心,"赵雪梅尽量克制住自己的不舍,"你比我还啰嗦。"

凌世杰起身往自己房间走,到门口好像无意中想起什么,扭头问:"妈,您知道金泽平这个人吗?"

"不知道,他是谁啊?"赵雪梅一边收拾碗筷,一边说。

"金泽平是九州资产管理公司的董事长。"

凌世杰从 Linda 那里得知金晓父亲的名字后,立刻在百度上搜索他的简历,核心信息是两条:一,金泽平于 1995 年 4 月任九州信托投资有限公司总经理;二,九州信托投资有限公司于 1999 年 11 月改组变更为九州资产管理股份有限公司,金泽平任董事长至今。

凌世杰的心为之一颤,因为他的父亲凌颂华是在 1995 年 3 月的最后一天离世的,父亲生前的职务正是九州信托投资公司总经理。

也就是说,金晓的父亲金泽平是自己的父亲凌颂华的继任者。

也就是说,金泽平作为事件前后的亲历者,很可能清楚凌颂华出事儿的真实内情。

赵雪梅听到"九州"俩字有些惊讶,停下手上的动作,想了一会儿才说:"我好像有点儿印象,这个人应该是你爸走后上边调派过来的,我从没和他打过交道,不知道是怎样一个人。"随即,她警惕地盯着凌世杰,"你打听他干什么?"

凌世杰见母亲神色有异,忙敷衍道:"没什么,就是今天有个同事提到他,我随便问问。"

赵雪梅板起脸:"儿子,咱娘儿俩现在好容易过上平静的日子,你可别为过去的事儿胡思乱想瞎打听,听到没有?"

"听见啦。"凌世杰赶紧躲进自己的小屋。

第二天中午,凌世杰等赵雪梅前脚出门去川芙蓉,后脚便拎着箱子

· 199 ·

坐上了出租车。

敲门前，凌世杰既兴奋又忐忑。从三个多月前柯立锋掀翻牌桌上的筹码痛骂他，到如今收他为徒还要同吃同住，他什么都没做，命运就这么神奇地反转了，看来他的好运完全建立在柯立锋的霉运之上。

柯立锋把凌世杰带进屋里，既不像在公司茶水间时的冷漠，也没有室友之间应有的亲热。

凌世杰打量四周，两室一厅的小房也就七十平方米，几件不新不旧的宜家家具，显然是房东为了出租才配置的。房间收拾得很干净，干净到除了餐桌边的一块移动白板之外，什么陈设都没有，整个屋子没有丁点儿烟火气，像是二星旅馆的标准间。

"你就住这儿？"凌世杰很惊讶，没想到柯立锋会蛰伏于这样的陋室中。

"从今往后你也住这儿。"柯立锋随手一指旁边的一扇门。

凌世杰推开门，里面比自家那间屋还小，满满当当地摆着一张一人半的床、一个床头柜、一个双门衣柜，再也塞不进别的物件。

凌世杰抱怨："我连张桌子都没有啊？"

"你可以用餐桌。"柯立锋指着厅里。

"我用餐桌你怎么办？"

"我自己房间有桌子。"

"哦。"凌世杰撇撇嘴，把箱子拖进小屋，随口问，"哪天开始授课呀？"

柯立锋抬手看了一眼表："十分钟后。"

凌世杰立马不再挑剔什么屋子小、没桌子，三下两下就把东西都塞到了衣柜里，抱上电脑拿着笔和本坐到餐桌前，兴冲冲地望着坐在沙发上的柯立锋："师父，咱们开始吧。"

柯立锋走到餐桌前拉过移动白板，拿起白板笔一字一顿地说："做投资，讲究的是四门功课。"

"说学逗唱。"凌世杰对自己的捧哏功底挺得意。

柯立锋没理他,转身在白板上写出四个字:募、投、管、退。

"这我知道,募是资金募集,投是投资,管是投后管理,退是择机退出,对吧?"

柯立锋在"投"字上画个圈:"其他三个暂时用不上,我先教你如何'投'。说吧,关于投资方面,你最想跟我学什么?"

"当然是想练就一双慧眼啦,"凌世杰一副雄心勃勃的架势,"我要是能发现几个像雅虎、谷歌、携程网这种能改变人们生活方式的伟大公司,我就是最成功的投资家。"

"还几个?"柯立锋嗤之以鼻,"你知道什么叫痴人说梦、异想天开吗?"

凌世杰也意识到自己的话有点儿大,不好意思地伸出食指:"一个,一个就行。"

"要想有朝一日真能生出一双慧眼,"柯立锋又在白板上写下两个字"失败","就得从无数次的失败中历练,没有九十九次失败的积累,就别指望迎来一次成功。"

"师父,你能不能教我少遇到几回失败啊?"凌世杰心说九十九次?我再失败个一两次,就跟你彻底拜拜了。

"这就是我今天要给你上的投资第一课:要想成功,就得先让自己立于不败之地!如何做到这一点?就要从一次次的失败中学习,要想避免自己将来的失败,就要研究别人曾经的失败。"

"曾经的失败?"

"对,咱们这行所有的失败都源于对骗局的后知后觉。太阳底下无新事,历史总是惊人的相似,现在和未来的骗局一定是前人玩过的。我对你讲过,所有的失败都有其必然,而所有的成功才是偶然。别老羡慕别人的成功,有太多偶然性,很多成功不可复制。要去研究别人的失败,把那些必然性总结出来,你就可以少栽跟头。投资就像沙里淘金,你要先学会识别各种沙子,果断地筛掉它们,留在手里的才是金子。"

凌世杰郑重点头,在本子上工整写下"沙里淘金"四个大字。

柯立锋转身在白板上列出四家公司:银广厦、蓝田股份、美国安然、加拿大北电网络,又在每个名称上画个黑框:"这是今天的作业,你要认真研究这几家公司的兴衰史,搞清楚它们的投资人当初为什么瞎了眼做出错误决定,导致血本无归。"

凌世杰不以为然:"安然和北电我在 Stern 商学院都做过 case study(个案研究)……"

柯立锋脸一沉:"当初你只是个学生,如今你已经是投资人。"

"哦。"凌世杰赶紧抄录。

"你要注意领会两点,"柯立锋在白板上写下"细节"二字,"第一,细节是魔鬼,再精妙的骗术也能在细节中发现破绽,你的任务就是找到藏着魔鬼的细节。"

柯立锋又写出"自信"二字:"第二,只相信自己,不要被他人的言行所左右,永远只相信自己的判断。"

"我怎么觉得应该多参考其他人的判断?"凌世杰歪头质疑,"一个人的判断总会有偏颇,多几双眼睛、几个角度,不是可以看得更透吗?"

"恰恰相反,"柯立锋敲着四家公司的名字,"它们之所以成功骗过成千上万的人,正是因为人们都以为已经有好多双眼睛从好多个角度做出所谓正确的判断。越是人人趋之若鹜的东西,你越要格外警惕,要么是很多人合谋骗你,要么是有人在骗所有人。你要记住,凡是别人有意让你看到的东西都不可信,你必须而且只能相信自己。"

凌世杰看着柯立锋言之凿凿的样子,未免感觉有些危言耸听,他转转眼珠,神情仿佛在怀疑:至于吗?

整个下午,凌世杰一直在餐桌前用功,枯燥的数据和各种资料令他头疼,几次想请教柯立锋,但一直没敢去敲师父的房门。

五点多,柯立锋从屋里走出来,问凌世杰:"你是不是该做饭了?"

"啊?我做饭?"

"你不做谁做?"柯立锋跷起二郎腿坐在沙发上,"你在美国两年,不自己做饭活得下来?"

凌世杰嘟囔:"你在美国的时间比我长多了……"

"但你是徒弟,就该孝敬师父。"

凌世杰只好站起来:"饭我可以做,但不保证好吃。"

"无所谓,能填饱肚子就行。对了,要清淡,我不吃辣。"

清淡?凌世杰暗暗叫苦,我个大小伙子整天清淡怎么活?还不吃辣?我家可是开川菜馆的。

打开冰箱,除了几瓶饮料就是水果;拉开橱柜,里面只有几包海鲜泡面。凌世杰苦笑,就这几样,想不清淡也枉然。

两人吃完泡面,凌世杰刚打算继续做功课,柯立锋坐到他对面,递过一张A4纸:"先小人后君子,咱俩得约法三章。"

凌世杰一看,好吗,正反两面密密麻麻写了三十条,不由得叫道:"你这是'约法三十章'啊,《民法通则》才九章。"

第一条,徒弟负责所有家务。

凌世杰抬头看眼柯立锋:"所有?范围有点儿大吧?"

"包括但不限于扫地、擦桌子、做饭、收拾厨房、清洁卫生间,但我的房间你不许进去。"

凌世杰翻白眼:"你这招的是徒弟,还是住家保姆啊?"

"这点儿活算什么,以前的徒弟不仅得给师父端茶倒水揉肩捶背,早晨还得磕头请安。"

凌世杰撇嘴:"那我是不是还得给你洗衣服啊?"

柯立锋一脸认真:"那倒不用,自己的衣服自己洗,但衣服晾干要及时收回自己房间。"

凌世杰不情愿地在第一条上打个对钩。徒弟给师父干活倒也说得过去,好在屋子不大也不脏,收拾起来不费劲。

柯立锋敲下桌子:"还有,你的房间必须整洁,我会随时检查。"

凌世杰咬着牙点头,暗想,你比我老妈管得还宽。

第二条,徒弟负责采购所有食品,伙食费及水电气等各项费用AA制,徒弟负责记账。

凌世杰认为还算合理,打个对钩。

第三条,徒弟须按时缴纳房租,金额由双方友好商定。

"我还要付房租?"凌世杰眼睛瞪得溜圆,"合着我不仅是不要钱的住家保姆,食宿还得自理?"

柯立锋的脸一点儿不红:"徒弟住在师父家,难道不该交房租?"

"可入室弟子都是由师父包吃包住的。"

"那也不一定,"柯立锋振振有词,"孔子收徒还要束脩呢,我只不过让你跟我 AA 而已。你打算交多少房租?"

"你说吧,"凌世杰甚是不忿,"反正都是你说了算。"

"你看着给,我不清楚这一带的房租水平,也不清楚你个助理分析师的工资水平。"

凌世杰扫视一眼房间,稍作盘算:"我只能给两千。"

"成交!"柯立锋不忘冠冕堂皇地教训凌世杰,"投资就是让资源效益最大化。我把那间屋租给你,是让空间效益最大化;你把房租交给我,我能让资金效益最大化,明白吗?"

凌世杰噘着嘴在第三条旁边打上对钩,又注明两千元整,然后赌气地把剩下的二十七条打上一串对钩:"其余的也甭看了,我算是明白了,你想咋样我就得咋样。"

"这就对了。"柯立锋把"约法三十章"拿过来,"别睡太晚,明天早上六点起来跑步!"

"什么?!"凌世杰差点儿跳起来,"还要跑步?"

柯立锋抖抖 A4 纸:"第十五条明文规定,你可是画了钩的。"

凌世杰恨不得把不平等条约抢过来撕了,恨恨道:"我这哪是来给你当徒弟,简直就是住进了劳改营!"

柯立锋陡然变得严肃:"这就是我要给你上的投资第二课,投资人最重要的就是自律。从今天开始,我要一点一滴把你彻底塑造成像我一样的人。"

凌世杰就此开启了魔鬼般的自律训练模式,从上课到锻炼、从吃饭到穿衣,都必须按照柯立锋的要求,搞得凌世杰连走路先迈哪条腿都得看柯立锋的脸色。

清早,凌世杰跟着柯立锋跑步回来,冲完澡吃完饭,换好衣服背着双肩包正要出门。

"等等,"柯立锋叫住凌世杰,指着他脖子下面,"领带结太松,重新打。"

凌世杰抬手摸摸:"师父,我得赶地铁,保证进公司前一定打好。"

柯立锋指指贴在冰箱上的"约法三十章",第二十五条清楚写着"在公众场合务必讲求衣装规范严整、一丝不苟,具体标准由师父掌握"。

凌世杰没工夫较劲,只好怄着气重新打领带,直到柯立锋点头才飞奔出门。

师婕到得更早,见凌世杰西装革履地进来,不由得一愣,笑问:"不再去洗手间更衣了?你终于舍得打车了?"

凌世杰也一愣,这才意识到自己着装习惯的变化,忙顺竿爬:"哦,我想通了,以后挣钱第一,省钱第二。"

师婕拿起皮包和文件夹说:"走,跟我去亚运村见一家公司。"

上了奥迪,师婕习惯性叫了声师父,柯立锋点头,从侧面拿出一瓶矿泉水递给后座的师婕。

"谢谢师父。"师婕先是一怔,赶紧受宠若惊地接过来,她还是头一回享受如此优待。

凌世杰坐在一边,等着柯立锋也递给他一瓶,没想到柯立锋对他视而不见,脚踩油门出发了。

凌世杰搓火,都是徒弟,虽然一老一新、一明一暗,但也不必这么厚此薄彼吧?又想起这两天被柯立锋收拾得生不如死,决意趁机报复一下,嘴上叫声:"师父……"

师婕把瓶子从嘴边挪开,应道:"嗯?"

凌世杰惊觉,万幸师傅与师父同音,忙掩饰:"不好意思,我是叫

· 205 ·

柯……哎柯师傅,我能问你个问题吗?"

"你说。"

"开车的时候,领带是应该放在安全带外面,还是应该压在安全带里面?"凌世杰扬起嘴角坏笑,心想,谁叫你早上为个破领带害得我错过一班地铁。

柯立锋没料到会是这类古怪的问题,一手握着方向盘,一手认真地把自己的廉价领带掖进去又抽出来,演练几次才说:"我习惯放在外面,但感觉其实压在里面也可以。"

"你必须给我一个确定的答案。"凌世杰的表情如同柯立锋在家给他上课时一样。

"那就……放外面吧。"

凌世杰立刻模仿起当初面试考德扑时柯立锋的口吻:"其实答案是什么并不重要,我是想让你告诉我为什么。"

师婕侧脸看眼凌世杰,徒弟今天怎么用这种口气跟柯立锋说话?这不是自找不痛快吗?她歪过身子从后视镜里瞄一眼柯立锋,见他并没生气,稍稍放下心,他俩爱说什么说什么吧,反正在车里也无聊。

柯立锋想了一阵:"是为了避免领带被压皱?"

"错!"凌世杰一脸不屑。

"你说为什么?"柯立锋抬眼看着后视镜中的凌世杰。

凌世杰迎着柯立锋的目光,脸上带着掩饰不住的得意:"看来我这个半路出家改学金融的工科生,得给你这位金融科班出身的普及一点儿人机工程的常识。"他把身子凑到前排两个座位中间演示道,"如果领带放在里面,当安全带猛地收紧时会把领带压住加力下拉,可能会勒住脖子导致窒息。"又不忘捎带一句,"所以呀,你的领带结千万不要扎得太紧哟。"

师婕不由得紧张:"这么说我的丝巾也该放到安全带外面喽?"

凌世杰忙扭头冲师婕关切地说:"对呀师父,你以后一定得注意,在车里最好不要戴围巾、丝巾之类的。"说完瞥眼柯立锋,心道,既然你对两个徒弟不一视同仁,休怪我对两个师父也区别对待喽。"

柯立锋不以为然:"极小概率的危险隐患,没这么夸张。"

"话可不能这么说,再小的危险也是危险。柯师傅,做司机最重要的就是自律,要一点一滴严格要求自己,这不仅是对自己负责,更是对你身后的乘客负责,你说对吧?"凌世杰终于绷不住,咧开嘴笑了。

柯立锋斜睨着镜子里的凌世杰:"没错,包括对自己说的每句话都得负责。"

凌世杰一激灵,笑容瞬间凝固,立马把身子缩回座位里,像个做错事的小学生。

看着自己的师父跟自己的徒弟在自己面前像俩男孩一样斗嘴,师婕在一旁忍俊不禁。多么惬意温馨的画面,三代师徒其乐融融,以后总能这样该多好。

不过,他俩什么时候变得如此熟络的?

虽然不明所以,师婕仍挺高兴,柯立锋今日的举止完全出乎她的意料,不管是给她递水,还是跟凌世杰互怼,之前都从未有过。挺好,师父总算开始摆脱之前的郁结,逐渐适应新生活,慢慢回归正常人状态了。望着窗外湛蓝的天空,师婕一直担忧的心舒缓下来。

柯立锋甘愿忍辱负重回黄埔当司机,不单是为了查出陷害他的人。他非常清楚,如果就此荒废三年,即便查出害他的人,自己也难以东山再起,唯有设法密切跟踪黄埔的投资业务,才不致在行业内落伍。遗憾的是,韦正雄严禁他踏足办公区,他只能借助耳目才能了解黄埔业务,但这个"耳目"找谁呢?师婕肯定不行,目标太大,人品太正,况且一旦败露难免被逐出黄埔,作为师父他不能坑害徒弟。其他人没一个能入他的法眼,除了凌世杰。

首先,凌世杰智商足够,从他的学历和面试表现就可以断定;其次,情商也在线,眼里有活儿,嘴里有词儿,手脚还麻利;第三,他是师婕的徒弟,这种"三角关系"可以互为照应;最后也是最重要的,柯立锋总感

· 207 ·

觉凌世杰对自己有种莫名其妙的亲近和好感。

只有一点美中不足,凌世杰是个素人,级别太低,接触不到高价值信息。好在这并不重要,凭他柯立锋的本事,只要给他一个点,他就能画出一个圆。当柯立锋得知凌世杰没能转正后心中暗喜:机会来了,他可以在凌世杰这张白纸上画出他想要的图案。所以他主动收凌世杰为徒,既不是好为人师,也并非真想帮他转正,柯立锋没那么古道热肠。

晚上回到家,凌世杰刚往沙发上一瘫,柯立锋便督促道:"起来干活。今天你跑了几家,我也一样跑了几家,至于累成这样?"

"咱俩能一样吗?你是在车里等着,我是一家家在轮番做头脑风暴。"

柯立锋冷笑:"风暴再多也是光打雷不下雨,未必能成一个案子。"

凌世杰坐直身子:"师父,要不你帮我分析分析,这几家哪个有戏?我好转告我师姐,重点突破。"

"倒确实该上新课了,项目可行性分析。"

"太好啦,"凌世杰忙挪到餐桌旁,"开始吧师父。"

柯立锋却双手一摊:"讲不了,没案例。"

"今天见的这几家现成的,我把资料转给你。"

柯立锋摇头:"这几个项目都是头一回接触,所谓资料全是表面文章,而且你师姐找的项目大都一个风格,无从比较,谈何分析?"

"那上哪儿找呢?"凌世杰挠头,"咱自己编?"

柯立锋嗤之以鼻:"编出来的东西有意义吗?玩沙盘推演?那是自欺欺人,只有真实项目才有分析价值。"

"也是,"凌世杰一筹莫展,"那你说怎么办?"

柯立锋做沉思状:"只有想办法搞到另几个部门的项目。"

"那还不简单,之前五个部都归你管,我才不信你没把那些项目资料做备份呢。"

柯立锋眼睛一瞪:"你成心起哄?我要的是下半年的新项目。"

凌世杰立马起疑:"你刚说只要真的就行,怎么又非得是新的?"

柯立锋一凛,这小子确实聪明、不好糊弄,脸上却不动声色:"你是研究老掉牙项目上瘾了?行,反正新旧对我来说无所谓。"说完,他作势回屋拿笔记本电脑。

"嗯——"凌世杰沉吟,"我跟其他几个部的人都不熟,再说公司对内部文档管理有明文规定,不得透露给无关人员,而且完整的项目资料基本都在部门总监手里……"

"这些规矩都是我当初定的,"柯立锋走回来坐下,"所以你得想办法。"

凌世杰指着自己鼻子:"你想让我去偷啊?""偷"字刚出口,凌世杰心里咯噔一下,看着柯立锋那捉摸不透的眼神,暗想,难不成他真是这意思?

"你要真想练就一双沙里淘金的慧眼,分析新项目对你至关重要,不仅可以锻炼你独立思考判断的能力,还可以在项目讨论会让其他人看到你的进步,"柯立锋特意顿了下,"这对你转正会很有帮助。"

转正……凌世杰不禁踌躇,这是他的软肋,也是他最迫切的欲求。

柯立锋再次欲擒故纵,满不在乎地说:"当然,你也别太为难,大不了因陋就简,我另外教你点儿别的。"

凌世杰想从柯立锋脸上寻到一丝心怀叵测的痕迹,但柯立锋一副无欲无求、胸怀坦荡的模样。看来师父当真只是为了传道授业,况且以他现在的状态,即便了解这些新项目又能如何?

"好吧,我试试看。"

其实只要想做,事情本身倒并不难。第二天晚上,凌世杰熬到大家都下了班,便偷偷破解掉系统管理员密码,成功登录公司服务器,把朱敏文、季晓诚等人备份到服务器上的新项目文档拷贝到了移动硬盘上,退出前还特意更改了服务器日志,抹去了他的操作痕迹。

把移动硬盘塞进背包,凌世杰不禁自鸣得意:果然是艺不压身,我这点儿工科生的看家本领总算派上了用场。

有了黄埔的最新项目资料，凌世杰跟着柯立锋学习新的一课，这才发现对过往案例和未来项目的分析判断简直是两回事，就如同看过一千个婚姻成败的实例，依然无法笃定自己能收获幸福。

凌世杰像陀螺一样高速旋转起来，别人不满 996 的日子，而他却嫌 007 仍不够。偶尔给赵雪梅打电话报平安，他都是简略几句就匆匆挂掉，倒不是怕露馅儿，而是真没工夫陪老妈聊天。

所以，当金晓大摇大摆地走进黄埔，站到三部过道上叫他的时候，凌世杰才想起已有些日子没和金晓联系了。

自从获悉金泽平的身份以后，凌世杰就对金晓产生了一种无以名状的心绪，感觉自己就像个家境败落的男生站在自己儿时住过的大宅子前，看到里面走出个漂亮女生，冲他露出公主般的微笑。

九州资管是各家投资公司争相取悦的大金主，如能获得这个重量级 LP 的加持，就不愁自己旗下基金规模上不去台阶。凌世杰有时会不自觉地想，假如父亲不出事，金泽平的位置就还是父亲的，甚至父亲会继续升迁，那自己就会拥有金晓今天的一切，甚至更多。老妈也会像那些雍容华贵的官太太们一样，过着锦衣玉食的生活。而现在，自己却连个试用期都过不了，老妈还要每天在餐馆操劳。

更吊诡的是，命运竟然把金晓推到自己面前，而过去的一切既不是金泽平的错，与金晓更没关系。凌世杰不得不承认，自己对金晓多少有些羡慕和嫉妒，但没有恨，因为没理由恨她，也没理由对她诉说真相。

每每想到这些，凌世杰都会生出一股无力感，就像当初十二岁的他眼看命运被改变却无能为力，现在二十四岁的他同样无力改变命运。他只能选择离金晓远一些，不仅可以避免尴尬与纠结，人为的隔膜也能让他少一些面对自己的内心。

凌世杰站起身四下看看，其他人要么在忙，要么对金晓的到来已见怪不怪，只有刘家昌半个脑袋探出工位，冲凌世杰挤眉弄眼。凌世杰忽然有些烦闷，自顾自走到电梯间，冲一路跟着的金晓问："你来干什么？"

金晓笑盈盈地道:"你好长时间都不跟我联系,我来看看你在忙啥。"

"哪有好长时间?才一个星期而已。"

"都快十天了,这还不叫长?"

凌世杰没好气地说:"我一直在工作,有什么好看的?"

"中午一起吃饭吧,"金晓没发觉凌世杰神色有异,依然兴致勃勃,"你可还欠我好多顿呢。"

"没时间,我忙着呢。"

金晓嗔怪:"你至于这么拼命吗?连吃午饭的时间都没有?"

"大小姐,你以为别人跟你一样轻闲?"凌世杰突然失控发作,"你有个好爸爸,想去哪家公司就去哪家公司,想干什么就干什么,我没你这么好命,我不拼命连工作都没有。"

"你什么意思啊?"金晓莫名挨顿数落,立刻恼了,"我好心好意抽空来找你,你反而认为我靠着我爸整天无所事事、游手好闲?"

"是不是靠着你爸,你自己知道。"凌世杰虽已意识到自己的话过火,但依然嘴硬。

金晓瞪起眼睛抬手一指:"好你个凌世杰,我今天把话放这儿,一定要让你看看我金晓到底是靠自己还是靠我爸!咱们走着瞧!"

11月11日是个星期天,也是柯立锋三十六岁的生日。

师婕提前一个月就开始给柯立锋挑选礼物,往年都送他诸如博朗的剃须刀、飞利浦的电动牙刷或者登喜路的领带,今年送什么好呢?思来想去,想到柯立锋在她家住时抱怨睡不好觉,便买了个最新款的智能睡眠仪,希望柯立锋用时会想起和她"同居"的日子。

周六,师婕就已经买好一大堆柯立锋喜欢吃的东西,又订了个精美的蛋糕,然后给柯立锋打电话,设想到那个小两居给他做一桌菜,过个"二人世界"的生日。

柯立锋因为本命年的多舛,已不对这次生日有什么期待,但接到师婕电话还是由衷感到温暖和欣慰,泥泞识马、患难识人,当初收师婕做徒弟是此生最正确的决定。鉴于绝不能让师婕走进本属于她的这个家,柯立锋便说自己挺久没在外面吃饭了,很想念燕莎凯宾斯基一层的那家叫威尼斯的意大利餐厅。

师婕的构想虽然落空,但念及柯立锋这些日子确实过得可怜巴巴,便一口答应,寿星佬的愿望当然要满足。

当天傍晚,柯立锋从箱子里翻出一套深灰色 CANALI 西装、蓝色 Zegna 衬衫、黑色 Gucci 皮鞋,还有一件深灰色的 Armani 风衣,一眼瞥见蜷在箱子一角的几条红色领带,柯立锋立马把箱子扣上。

凌世杰一手擎着菜刀,一手拎着条鳞刮了一半的鱼,看着仿佛从杂志封面走出来的柯立锋,愣在厨房门口:"师父,你这是?"

"出去会个朋友。"

"你早说啊,"凌世杰举起鱼,"我正打算做点儿好吃的,咱俩一起过节呢。"

"过节?什么节?"

"光棍节啊,"凌世杰笑起来,"咱师徒俩是一对光棍儿。"

柯立锋也笑了:"你自己单过吧,犒劳犒劳自己。"自打凌世杰把黄埔项目资料偷回来,柯立锋对他温和不少。

"算了,我一个人还是吃泡面吧,省事儿。"凌世杰夸张地叹口气,"唉……同样是光棍儿,有人吃大餐,有人吃泡面……这都是命。"

坐在餐厅角落里的师婕,看到像个平面广告模特似的柯立锋走过来,压抑许久的心不禁又开始荡漾。时隔四个月,英俊潇洒风度翩翩的柯立锋再次出现在眼前。

男人不在乎漂亮女人有没有脑子,女人却在乎聪明男人有没有颜值。

师婕本以为柯立锋还会照旧一副司机打扮,她瞅眼自己这身休闲装,很不好意思:"抱歉啊,我没想到你会穿得这么……"

"生日嘛,"柯立锋微微一笑,"再说难得又回到这里。"

师婕环顾四周,一切果然还是老样子,或许柯立锋有意不想让她感觉物是人非吧。

两人点了意大利面和牛排,师婕还为柯立锋要了一杯上好的 Barolo 红酒。

抚今追昔,师婕不由得忆起往事:"师父,你还记得吗?以前每做成一个项目,你就会带我到这儿来。"

"是啊,有一阵来的次数多了些,你跟我说,师父,咱们要不少做点儿项目,要不就换家餐馆。"

师婕捂着嘴笑:"你知道吗?我那时一回家就赶紧吃碗担担面。"

"原来你每次都没吃饱?"柯立锋有些过意不去,"你早跟我说嘛,起码今天来得及换地方。"

"没事儿,"师婕忙摆手,"我也好久没来这里了,再说今天是你生日,你做主。"师婕举起水杯,"师父,我以水代酒,祝你生日快乐。"

柯立锋端起酒杯,难得说:"谢谢。"

柔和昏暗的灯光下,伴着轻缓的意大利歌曲,师徒俩像两个多年的好友又像一对默契的恋人,坐在威尼斯的贡多拉上边吃边聊。

吃罢饭,师婕打开蛋糕,柯立锋忽然感慨:"以往都是老赵想着我的生日……"

"是啊,赵董每年都交代要买个特大号蛋糕,让全公司的人给你庆祝生日,但好像赵董自己生日那天总碰巧不在公司。"

"不是碰巧,是他故意躲出去,不想压过我的风头,"柯立锋叹道,"老赵用心良苦啊……"

师婕见柯立锋如此感念赵卫国,心里涌出一股温情。这个貌似冷峻的男人虽然嘴上不说,但心里记得别人对他的好;所以我对他的好,他其实都知道。

师婕抱出精心包装好的礼物递给柯立锋:"给你买了个智能睡眠仪,不知道你喜不喜欢。"

柯立锋接过礼物:"如今也只有你还记得我的生日……"

"瞧你说的,徒弟永远也不会忘了师父的生日。"

"可我这当师父的总忘掉你这个徒弟的生日,"柯立锋抱歉地说,"确实不应该。"

"没事儿,女人最不喜欢别人提醒她又老了一岁。"师婕脸上挂着满不在乎的笑,心里却依然有几分遗憾:要是你能记得我的生日,再老我也会开心的。

柯立锋喝完最后一口红酒,目光变得少有的柔和:"以前从没在意自己年龄,现在闲下来才意识到我都奔四了,有些事儿该好好想想了。"

师婕心头一颤:"是啊,人只有静下来才能看清谁是真心,才能明白自己真心想要什么。"她深情款款地看着柯立锋,真希望两人永远停留在如此美好的时刻。

"对了,"柯立锋忽然想起什么,从西装里掏出个信封:"差点儿忘了,这是房租。"

师婕瞬间被拉回现实,心里这个气啊,还有比这更煞风景的吗?于是,她皱起眉头:"你这是干什么?"

"住你的房子,当然该付房租,"柯立锋丝毫没在意师婕脸色的变化,把凌世杰交给他的信封推到师婕面前,"我眼下收入有限,每个月只能付你两千。"

师婕刚想推辞,猛然想起弟弟早前说的话:"柯立锋这种自私到没朋友的人,生怕欠别人什么。"也罢,虽然一肚子不高兴,她还是面带微笑地把信封装进皮包。

等师婕结完账,柯立锋看着还剩大半的蛋糕,想起家里吃泡面的另一个徒弟,便提议打包。

师婕以为柯立锋是怕浪费:"蛋糕不好保存,吃不了就不吃了。"

柯立锋坚持:"挺好吃,可惜没吃几口,拿回去可以当消夜。"

师婕见自己买的蛋糕甚得柯立锋嘉许,高兴之余暗自记下牌子与品种。

走出餐馆,师婕要送柯立锋回家,柯立锋坚决不同意,说如今得注意避嫌、以防被人抓把柄,尤其绝不能再到家里找他。师婕方才的好心情顿时被一扫而光,也许柯立锋这颗冰冷无感的心是任谁都暖不过来的,如果硬要尝试,反而会被他寒透了心。

柯立锋回到家,见凌世杰还在餐桌旁研究案例,便把蛋糕放在桌上:"吃吧,夜宵。"

凌世杰掀开盒子:"哇,这么漂亮的蛋糕!"随即恍然大悟,"师父,原来今天你生日啊?难怪穿得这么隆重。"他赶紧从厨房拿出菜刀、两个盘子和两把小勺,冲柯立锋的房间大声说:"师父,你怎么不早告诉我啊?我也没给你准备礼物……"

"不用。"柯立锋换了衣服走出来,见凌世杰正要动手,立马拦住,"喂,你这菜刀又刮鱼鳞、又切蛋糕啊?"

"我洗过了。"凌世杰把菜刀凑到鼻子前闻闻,大大咧咧地说,"家里就这一把刀,凑合吧。"凌世杰给自己切了一大块,刚吃一口便笑:"师父,你可真会挑日子,光棍节过生日。"

柯立锋嘟囔:"这日子是我挑的吗?"

两人都笑。男人和男人的亲近,往往始于一句不经意的玩笑。

凌世杰做个鬼脸:"师父,这蛋糕是女的买的吧?"

柯立锋一愣:"何以见得?"

"男的才不会挑这种精致的包装呢,而且这女的肯定对你特好,"凌世杰一脸好奇,"师父,你俩在哪儿吃的?特浪漫吧?"

柯立锋有些局促:"好吃就行,不该问的别问。"

"我师姐也爱说这句,原来是跟你学的。"凌世杰的兴趣旋即回到蛋糕上,仔细看了一眼盒子上的品牌,"味道确实不错,明年你过生日我就给你买这种,我也好再吃一次。"

"何必等一年以后?你自己的生日就买呗。"柯立锋随口问道,"你生日是哪天?你爸妈都怎么给你过?"

凌世杰的勺子停在半空,半张着嘴,说不出话。

柯立锋发现凌世杰面色异样,却搞不清自己哪句话碰到了他的痛处,一时也不再开口。

凌世杰把勺子放到盘里,低下头,嗓音喑哑地说:"我从十二岁起,就再也不过生日了……"

进入12月,投资三部的状况依然不见起色。师婕从未像现在这样密集地看项目,整天奔波于各企业之间,但结果总是令人失望。就像站在西瓜地里,人家挑的又大又甜,而她经手的却个个都是生的。她起初抱怨时运欠佳,后来又自认眼力不济,这时她甚至怀疑莫非自己就不配挑西瓜。

周围的压力更是与日俱增,每次项目讨论会只要她提出异议,其他部门的人便投来讥讽的目光,那种"你还好意思指手画脚,也不照照镜子"的意味尽在不言中,似乎谁都可以质疑并惦记她这个投资总监的位置,甚至撤并三部的传闻也不胫而走。

所以,一接到韦正雄叫她过去的内线电话,师婕立马感觉摊牌的时刻到了。韦正雄本就看她不顺眼,常说她技不如人自然绩不如人,师婕心一横,大不了摘掉这个总监,再大不了炒掉我也无所谓。

"韦总,您找我?"师婕推开韦正雄的门,面容异常平静。

"来来,坐,有件事跟你说一下。"韦正雄从大班台后面走出来,笑容可掬地一指沙发,自己先坐下,把一张A4纸面朝下扣在茶几上。

事到临头,师婕再也无法淡定,忍不住猜测那张纸究竟是降职信,还是解聘书,忐忑地在韦正雄斜对面的单人沙发上坐下,喉咙有些发干。

"Jessie,最近看你挺辛苦啊。"

师婕没接话,职场上说"你挺辛苦"类似于情场上说"你是个好人",下场都不言而喻。

"别着急,做投资往往就是这样,三年不开张、开张吃三年,你也不要给自己太大压力。"

与其慢刀子割肉,不如来个痛快的,师婕不想让韦正雄继续兜圈子:"韦总,三部今年的业绩不理想,我确实有责任。"

"唉……三部今年的业绩不好也不能怪你,主要是因为柯立锋出了事,三部受的影响最大,情有可原。"

师婕一愣,韦正雄怎么突然如此善解人意?她的全部心理准备都落空了,反而没了方寸。

"我今天找你来,不是为业绩的事。"韦正雄顿了顿,"年底快到了,其他人或多或少都有奖金或提成,要是按照常规考核你不够条件,所以我特意向公司请示,给你争取到十万元奖金。"

"奖金?"师婕难以置信,"韦总,我没做出业绩,公司该怎么办就怎么办,不用照顾我。"

"你跟我非亲非故,还总是拒我千里之外,我干吗照顾你?这奖金是你该得的。"说着,他把那张 A4 纸翻过来,推到师婕面前。

师婕狐疑地拿起来,是封嘉奖信,表彰她严格执行公司规定、恪守职业准则。"韦总,这是?"

"咱们黄埔对员工设置了合规奖,一次性奖励五万到十万不等。"韦正雄居然主动讨好,"是我给你争取到最高额的。"

"合规奖?给我?"

"你自己倒不记得了?6月下旬,那天中午,你在走廊上拦住我,想起来没有?你举报有人利用内幕消息搞老鼠仓。"韦正雄阴笑道,"黄埔上下都得感谢你啊,要不是你及时举报,证监会也不会查出柯立锋有那么严重的违规行为。"

师婕腾地站起身:"韦总,我并没有举报任何人,当时我只是听到办公区有人打电话聊到华都有色快宣布停牌了,说要是这时大举建仓,等复牌来个十连涨,就可以财务自由退休了。我是建议公司加以留意,至少有必要提醒员工,以防这种言辞扩散出去,损害黄埔形象。我从没举报真有什么人做老鼠仓。"

"不用解释,大家心里都有数。"韦正雄懒洋洋地靠在沙发上,冲师婕挤了下眼睛。

师婕一下子全明白了!韦正雄这招狠啊,借着颁这个所谓的合规奖,把师婕与柯立锋被查落马一事直接联系起来。同时在公司广而告之,你们的一言一行,师婕都会第一时间向公司举报。这不仅让师婕担上背叛师父的恶名,更将她推到全体员工的对立面,这也太恶毒了!

"韦总,这个奖我不要!"师婕怒不可遏地把嘉奖信揉作一团扔到地毯上,"我再重申一次,我,没有举报任何人!"激愤之下,她不顾韦正雄脸色有变,愤然离去,把门重重地在身后摔上。

"师父,你怎么了?"凌世杰在过道看到怒气冲冲的师婕,吓了一跳,赶紧追在后面,"韦总又骂你了?"

师婕像没听见,径直走回自己桌前,努力控制着颤抖的手,把东西胡乱塞进皮包:"我有事儿先走了。"

凌世杰见师婕这般义愤填膺,好像即将喷发的火山,担心她出事:"师父,你去哪儿啊?我陪你吧。"

"你甭管我。"师婕快步奔出公司,她也怕再慢一秒自己整个人就要炸开。

独自坐在街心花园的长椅上,12月的阳光勉强透过层层阴霾照在师婕身上。椅子冰凉,身上也冰凉,她终于冷静下来。

6月下旬那个中午,多数人都下楼吃饭了,不远处工位上有人抱着电话闲聊,忙着干活的她隐约听到那些话之后,第一反应是去找柯立锋,但柯立锋偏偏不在公司,本打算等他回来再说,不巧迎面碰上了韦正雄。当时她顾不上多想,觉得都是公司领导,就把这事儿反映了,本意是希望引起高层重视,对员工强调一下静默守则,不得在任何时间、任何地点对任何人谈及敏感信息。否则,万一被他人听到并传播出去,难免导致不好的后果。

柯立锋因涉及内幕交易,也就是所谓的老鼠仓而被从重处罚,师婕从没想过会与自己有关,更没跟那件事儿联系起来,若不是韦正雄提起,她早已忘得一干二净。当时的举动只是个善意的提醒,她连那个打电话的人是谁都没告诉韦正雄,怎么变成了举报自己的师父柯立锋?况且根本无凭无据,何谈举报?

但刚才韦正雄的话着实惊到了师婕,她突然意识到柯立锋遭难很可能是自己间接造成的,虽然搞不清最终他们究竟是如何顺藤摸瓜锁定柯立锋的,但看似一切都始于自己对韦正雄的汇报。如果当时自己不多嘴,师父就不会有灭顶之灾、不会被Vivian算计得净身出户,华都重组就不会流产,达丽和乐开就不会投靠百川,师父就不会落魄成司机,自己就不会在公司朝不保夕……

原来,自己才是那个推倒第一块多米诺骨牌的人!而这一连串骨牌的另一端竟化作了一座山,压在柯立锋身上……

师婕的心几乎被懊悔、愧疚和负罪感淹没,她不知该如何面对柯立锋,尤其她还屡次劝说柯立锋不要执着于查找害他的人。如果有一天柯立锋知道此事,她的不离不弃、悉心照顾乃至一片真情,在柯立锋眼里又会变成什么?往好了想是赎罪,往坏了想是蓄意掩盖、是变本加厉的欺瞒。

不知在长椅上坐了多久,师婕的脑子和身子都冻僵了,她不敢再想,也无力深想。冬日的残阳早已被楼宇遮挡,师婕站起身,她决定无论如何还是要尽快把实情告诉师父,不管他怎么想,不管真相到底是什么,自己首先要无愧于心。

师婕暗暗祈祷,只要自己做到彻底坦诚,柯立锋或许会理解她原谅她,毕竟她当时多此一举真的只是无心之举,况且她同样是受害者。

凌世杰回到家,心不在焉地冲了两碗泡面,一边吃,一边不停查手机。

"你今天怎么了?"柯立锋对一心二用向来反感。

"师父,你知道我师姐在哪儿吗?"

"我怎么知道?她又不是小孩子。"

"我给她打了一天电话,一直关机,"凌世杰忧心忡忡,"我担心她有什么事儿。"

"她怎么了?"

"具体我也不清楚,反正上午她跟韦总谈完,气得脸都发青了,谁也不理就出了公司。我从来没见她这么生气。"

"无非是韦正雄又给她穿小鞋了,不必大惊小怪。"柯立锋吃完面,把碗一推,"你记住,不要掺和这种公司政治。"

凌世杰稍微放下心来,笑道:"我师姐第一天就跟我讲过这话,原来出处是你。这就是传说中的祖训吧。"

柯立锋瞥他一眼:"你们要想日子好过,就得尽快拿几个项目。"

"还几个?一个都拿不到。"凌世杰托着腮帮犯愁,"谈过的几家公司,要么我们瞧不上人家,要么人家瞧不上我们。"

"其实,云红娘就不错。"柯立锋淡淡地说,"我把你弄来的黄埔那些项目筛了一遍,就属云红娘能引起我的兴趣。"

"不会吧?"凌世杰很诧异,"那个已经被投决会毙了。"

"此一时彼一时。会员诈骗那点儿负面影响差不多已经过去,云红娘利空出尽,风险基本释放完毕,而现在云红娘的估值和心气都跌到谷底,正是捡便宜的好机会。"

凌世杰眼前一亮,转瞬又面露难色:"可毕竟被投决会否了……"

柯立锋哼道:"我教过你相信自己,什么时候教过你相信投决会?"

"我错了,师父教训得对。"凌世杰嬉皮笑脸地点头,"我明天就赶紧告诉我师姐。"

"你只要婉转地建议她重新跟进云红娘项目,不要提是我说的。"

"明白。"凌世杰心领神会。

过了两天,柯立锋载着师婕单独去办事,看她心事重重、萎靡不振的样子,柯立锋心里有些不忍。尽管他不是个暖男,尽管他那天刚教训凌世杰别掺和公司政治,还是问了句:"你最近……好吗?"

师婕一个人用柯立锋的车一向不坐后面,而是坐在旁边,她想用这种方式告诉柯立锋他在自己心里的位置。

"就那样吧。"师婕从来不跟柯立锋提及自己在公司受的委屈,此刻正纠结如何坦白自己向韦正雄汇报的事儿。

"韦正雄那个人……"师婕乍听到这个名字不由得浑身一颤,柯立锋瞥眼师婕,接着说,"你要小心点儿,尤其是他冲你笑的时候。"

"我知道,"师婕想起那个笑面虎对自己露出的阴笑,"我知道他想达到什么目的。"

"所以我近来刻意跟你保持距离,尤其不介入你的项目,就是怕再连累你。你已经因为我够倒霉了。"

师婕扭过脸,遇到柯立锋关切的目光,心里一阵酸楚:他几乎从未对我说过这样交心的话,原来,他一直在用他的方式保护着我,就像我一直在用我的方式关心着他。可是,一旦我向他坦白那件事之后,我和他还能像现在这样彼此信任吗?

师婕惴惴地开了口:"师父,能问你个问题吗?"

"你说。"

"如果……"师婕不敢正视柯立锋,双眼直勾勾地盯着前路,"我是说如果,有一天你发现害你的人是无意的,你会原谅……TA吗?"

柯立锋笑了:"又想劝我放下?"

"没有,我就问问。"师婕心知,自己已不再有资格劝师父了。

"你觉得呢?"柯立锋想了想才反问,"这么大一个局,把我害得这么惨,你觉得这会是某个人的无心之举吗?"

师婕沉默了,仿佛一块巨石压在胸口,一同被压在底下的还有那个永远不可告诉师父的秘密。

正如柯立锋所言,当韦正雄笑的时候要格外小心,而当他处心积虑布下一个局,简直就是防不胜防。韦正雄确实积极地说服了黄埔管理层给师婕嘉奖,也确实卖力地争取到最高额度十万,但他主要目的并非

· 221 ·

给师婕难堪,或者说他让师婕难堪的用意并非针对师婕,而是柯立锋。

柯立锋每天勤勤恳恳、从无怨言,也没有丝毫的卑微或沮丧,一副与世无争、人畜无害的模样,让韦正雄捉摸不透。起先他对柯立锋的百般折辱所带来的快感早已消逝,如今只有与日俱增的懊恼和不安。直觉告诉他、柯立锋是颗不定时炸弹,而师婕就是这颗炸弹上的引信,有她助攻,柯立锋总有一天会引爆整个黄埔。而一旦拆掉师婕这个引信,柯立锋即使三年后回到黄埔也不过是颗臭弹,孤掌难鸣。

所以,这个合规奖就是让柯立锋绝望地认识到,背叛他、陷害他的人正是他最器重、最信任的徒弟,他在黄埔早已彻底众叛亲离。

当然,如果师婕足够聪明,那厢是柯立锋流水落花春去也,这厢是韦正雄忽如一夜春风来,说不定会识时务、弃暗投明,那便一举两得了。

韦正雄预料到师婕不会心甘情愿地领下这份奖,但以她的秉性总不至于拒绝公司高层的肯定。没想到,师婕竟然当面把嘉奖信扔掉,这不仅让韦正雄的如意算盘落空,还让他在整个管理层颜面扫地。韦正雄恼羞成怒,你师婕居然如此不识好歹,敬酒不吃吃罚酒,那就怪不得我了。

终于等到赵卫国从新加坡回来,韦正雄第一时间把师婕拒领合规奖的事添油加醋汇报一番,随即气咻咻地说:"赵董,我认为公司必须严肃处理这起事件,师婕太不像话了,把公司领导对她的关怀和肯定完全不放眼里,这就是柯立锋带出来的徒弟。"

赵卫国沉吟好一阵才说:"韦总啊,我感觉主要责任不在师婕,是你提议给她颁这个奖有点儿欠妥,把好心办成了坏事。"

"赵董,您这话的意思是?"韦正雄见赵卫国并未站在自己这边,很是不解,甚至有点儿委屈。

"你有没有考虑过师婕的感受?"

韦正雄装傻:"她的感受?"

"没错,你代表公司向她宣布这个奖的来由,等于公开她是个告密者,那不就是把她置于全体员工的对立面了吗?无怪乎师婕反应强烈,你让她今后如何在黄埔立足？这究竟是赏她,还是撵她？"

"不至于吧？咱们就是要把她树为守法合规的典型,在公司弘扬正气。如果有谁孤立她甚至打击报复,有咱们替她做主嘛。"

"你我怎么可能管得过来？公司又不是幼儿园。"赵卫国摇头,"如果咱们真的大张旗鼓给师婕发这个奖,她的日子肯定不会好过。"

韦正雄心里搓火,但在赵卫国面前不便表现出来,只好退一步："哦——没想到还有这一层,您说得对,我确实有点儿考虑不周。"

"所以啊韦总,咱们做领导的要多换位思考,出发点固然重要,但也得讲求方式方法,不能让人家觉得咱们简单粗暴甚至以势压人,你说是不是？"

赵卫国面带微笑、语重心长说的这几句,在韦正雄感觉不啻啪啪打脸,但他既不敢也没理由发作,只能应承："是,赵董,您批评得对,我以后一定注意。"

挨了赵卫国这顿敲打,韦正雄窝了满肚子邪火,看来收拾师婕不仅要变本加厉,也得讲求方式方法。恨恨地走出赵卫国办公室,韦正雄一眼瞥见凌世杰,就冲他是师婕的徒弟,就冲他整天围着师婕鞍前马后,韦正雄的气就不打一处来。

"你,来一下！"韦正雄阴沉着脸,朝凌世杰勾了勾食指。

凌世杰赶紧跟进韦正雄办公室,诚惶诚恐地问："韦总,您找我？"

"我问你,最近跟金晓接触得怎么样？啥时候把她拉到黄埔来？"

"嗯——"凌世杰不愿撒谎,只好硬着头皮实话实说,"我最近跟金晓没怎么接触……"

"什么?！你这话什么意思？"

"就是……没见过面。"

"电话总打过吧？短信总发过吧？"

凌世杰的声音小得几乎听不见："也……没有。"

韦正雄一拍桌子："我上次怎么交代你的？之前你跟她眉来眼去,怎么听我一说反而断了来往？你成心跟我对着干是吧？就这么应付我

· 223 ·

布置给你的任务?!"

"没有,最近工作特忙,我实在抽不出精力……"

韦正雄哼一声,暗骂,真是个一事无成的废物,既然再无利用价值,就给我滚得越远越好!他冷笑道:"工作特忙?忙出什么来了?我看你们三部纯粹是瞎忙。这样吧,五部有个南洲建材的项目,他们忙不过来,你替他们把DD(尽职调查)做了,具体的去找朱敏文。"

凌世杰晕头涨脑地回到三部,纳闷五部的项目为什么派自己去尽调?按常规,尽调不都该由律师事务所或市场调查公司做吗?难道如今黄埔连这点儿钱也要省了?

"师父,韦总他什么意思啊?"把刚才的经过讲完,凌世杰怔怔地看着师婕。

师婕心里明镜似的,这是韦正雄又在故意刁难,把唯一跟着她的凌世杰从三部抽走,她就成了地道的光杆总监,只手单拳更不可能拿到项目,可这一切她却不能对徒弟明言。

"没什么,公司正常的工作安排,部门之间经常有这种协作。"

"哦……"凌世杰将信将疑,"所以我必须得去?"

"去吧,正好也历练一下,"师婕此时更像个长姐,"你头一次出差,在外面一定注意安全。"

凌世杰不踏实:"师父,你还有什么要叮嘱的吗?"

"你这次是给五部干活,韦总肯定不许我对你越界指导,一切只能靠你自己。还有……"师婕往前挪了半步,犹豫了一下才艰难地说,"我估计你能不能留在黄埔,成败就在此一举了。"

"我明白。"凌世杰鼻子有些发酸,转身要走。

"等等,"师婕回到自己电脑前,"我以前把尽调的注意事项做过一份表格,你对照着不要出什么纰漏。"

傍晚凌世杰回来,心事重重地跟柯立锋讲了自己要出差。

"挺好,也许是个机会。"柯立锋不仅不担心,反而有点儿兴奋。

"撵我滚蛋的机会……"凌世杰没好气地说,"我这次要是干不好,肯定留不下来。"

"凡事都有两面,危机往往就是机会,"柯立锋难得鼓励凌世杰,"你得这么想,干不好滚蛋,但要是干好了呢,就可以转正了嘛。"

凌世杰远没有师父这么乐观,暗忖自己即便熬过这关,最好的结果无非维持现状而已,叹口气:"反正都这样了,死马当活马医吧。"

第二天,凌世杰给老妈打了个电话,说公司临时派他出差做系统调试,随即带上简单的行李打车奔机场,南下湘州,踏上了吉凶未卜的征途。望着机场路两侧光秃秃的树木,他竟感觉有种风萧萧兮易水寒的悲壮。

第十一章

患难师徒

凌世杰坐在南洲建材大楼的会议室里,没两分钟就把羽绒服又穿了起来。

"小凌啊,不习惯我们南方的冷吧?"老米笑着说。

南洲建材负责接待的老米四十多岁,小鼻子小眼,没事总眯着眼笑,显得眼睛更小。因为"老米"这俩字,凌世杰在湘州的日子里像被洗脑了似的,常常不自觉哼唱起《老鼠爱大米》。

"我们北方屋里有暖气,你们这儿好像屋里比外面还冷。"凌世杰把羽绒服的拉链拽到下巴,"而且是湿冷。"

"就是,而且今年我们这边特别的冷,有些地方还下雪了。"老米递上一杯热茶,"坚持一下,过几天就回北京了。"

"老米,咱们赶紧开始吧。"凌世杰盘算,今天是12月26号,审各种报表和材料大概要四五天,争取元旦前赶回北京陪老妈过节。

"不急,"老米指指手表,"眼看快下班了,咱们明天早上再开始。"

老米招待凌世杰吃了顿辣椒炒各种菜,然后把他送到建材宾馆。

宾馆号称三星级，其实就是个招待所，装修简陋，设施破旧，地毯上印着各种污渍，房间里散发着挥之不去的烟味，潮湿的毛巾和被褥好像前面的客人刚用过。

凌世杰裹着羽绒服蜷缩在冰冷的被子里，在硬邦邦的床上辗转反侧，最后实在受不了，下楼找前台要求加台电暖气。前台小姐的态度更冷，说近期供电紧张，上面明确规定不得擅自用电取暖。凌世杰在寒冷的黑暗中几乎彻夜未眠。

第二天早上，老米来宾馆接凌世杰，还是笑眯眯的："怎么样？休息得还好吧？"

"还行。"凌世杰不想抱怨宾馆的条件，反正老米也解决不了，当务之急是赶紧开始工作，"老米，资料都准备好了吧？"

"哎呀，正要跟你说，真不巧，我们财务今天家里有事儿请假了。"老米抱歉地搓着手。

"什么？"凌世杰一听就急了，"你们公司就一个财务？"

"公司对这次尽调非常重视，专门抽调了一个财务，专人专责，别人不能随便插手，所以咱们还是安心等他回来上班。"

凌世杰暗气，岂有此理，就因为你们公司重视，我反而看不到资料了？板着脸问："那我们今天怎么办？"

"领导特意交代我带你先参观一下南洲的厂史陈列馆，"老米一脸自豪，"这样你对我们公司可以有更全面深入的了解，也有利于咱们一起把尽调搞好。"

万般无奈之下，凌世杰只得跟老米走进南洲建材的厂史陈列馆，本来十分钟就能看完的地方，老米生生磨叽了两个小时。走出陈列馆，老米说："现在我带你去吃午饭，尝尝我们湘州的特色。"

凌世杰看了眼表，还不到十一点，当地人都这么悠闲吗？"老米，午饭和晚饭之间干什么？"

"下午带你逛逛湘州市，"老米依然笑眯眯的，"你第一次来，怎么也得参观一下，我们这里有个明代的庙很有名，可灵验了。"

· 227 ·

"老米,我是来工作的不是来烧香的。"凌世杰一肚子不满,眼看又浪费一天,元旦前回北京怕是悬了。

第三天,凌世杰早早就等在宾馆门口,看到老米的车马上迎了过去。

"哎呀,不好意思,今天恐怕咱们还是没法看到资料。"老米一脸歉疚,"我们那个财务去税务局开个会,一大早就走了。"

"税务局?你不是说他专人专责配合我吗?"凌世杰不耐烦了。

"对呀,但每到年底这个局那个局一堆的会,我们是湘洲的大企业,不能不到场。人排不开,只好也让他去。"

"会要开多久?"

"哎呀,这我可说不好,有时候要开一整天呢。"老米准备开车,"这样,我带你到我们湘州附近的山上走走,这里风景可美了,你们北京是看不到的。"

凌世杰已经看穿老米是在找各种借口拖延时间,但是意图何在呢?莫非有什么见不得光的?"谢谢你的好意,我今天哪儿也不去,"凌世杰下了车,手扶车门看着老米,"不过我想提醒一句,你们能否及时完整地提供所需资料,这本身就是尽调的重要标准之一。大不了我直接给你们评不及格,明天我就回北京,不用再等什么资料。"

"哎呀,你不要这样讲,我也是没有办法嘛,"老米眼见这个毛头小伙并非想象的那般好对付,连忙下车,信誓旦旦地拍着胸脯,"明天!我保证,明天我无论如何也要让你看到所有资料。"

所谓明天,就是12月29号下午将近五点的时候,老米才把凌世杰拉到会议室,指着几大箱子各种报表资料得意地说:"怎么样?我说话算数吧?我们南洲正从国产财务软件切换到国外的 ERP 系统,麻烦得很,为了给你准备这些东西,我们那个财务从早上干到刚才。"

凌世杰没心思跟老米理论,他现在最需要的是时间,要尽快搞清南洲建材为什么如此推三阻四不让他看到资料。

"老米,我需要一个电暖气,"凌世杰把一箱资料搬到桌上,"晚上我就不回宾馆了。"

"哎哟,这么拼命呀,也好,早点儿看完,早点儿回家,我们的报表很清爽,一两天看完没问题,千万不要影响回去迎新年啊。"

凌世杰明白了,原来南洲建材目的就在于竭力压缩他审看报表的时间,拖到现在正是巴不得他归心似箭、敷衍了事。他苦笑,这个新年佳节恐怕会是个地道的劳动节。他给老妈打电话,说系统调试不顺利,不少问题需要他留下来解决,元旦怕是赶不回去了。

凌世杰把自己关在又冷又湿的会议室里,废寝忘食地审核着各种数据,因为南洲不肯提供电子版,他还得用数码相机把不少报表拍下来,困了就在桌子上打个盹,饿了就去食堂买点儿回来。他逐一把南洲与上游供应商签的采购合同、原材料入库单、供应商发票和南洲应付款进行三方比对,又把南洲与下游经销商的销售合同、成品出库单、南洲发票与应收款记录逐笔核验。然而,几个通宵下来,他却没发现任何问题。

筋疲力尽而又万分沮丧的凌世杰仍不甘心,总觉得有什么地方不对,可又找不到方向,便给柯立锋打电话:"师父,你跟我说细节是魔鬼,可我都快冻成鬼了也没发现细节有问题,凡是有 vendor code(供应商编码)的主要厂商我都查了,什么也没查出来。"

柯立锋想了想:"南洲这样的大型上市公司,无论对供应商还是经销商都足以店大欺客,上下游不敢得罪南洲,不排除配合南洲造假的可能。"

"那怎么办?我去查它的上下游?"

"账面造假不难,无非动动手指改数据嘛,但钢筋水泥的东西要造假就不这么简单。你别在他们总部耗着了,不妨去工厂实地看看。"

凌世杰觉得师父说的在理,纸上得来终觉浅,何必被他们牵着鼻子在账面上兜圈子?工厂的生产线、原材料入库和产成品出库都是实实在在的,总能查到些蛛丝马迹。南洲建材的主打产品是塑钢门窗,衡州厂区是其最大的生产基地,看来有必要深入虎穴一探究竟。

尽管强冷空气已经开始在南方大范围肆虐，但凌世杰已顾不上这些，师婕的执着、柯立锋的鼓励和他对转正的迫切期待，使凌世杰不再迟疑，他在湘州火车站假托去武汉玩两天再回京，摆脱了殷勤送行的老米，迎着寒风跳上了南下衡州的火车。

凌世杰到了衡州的生产基地，费尽周折找到了负责人袁厂长。听明他的来意后，袁厂长立刻警觉起来，坚持说没有接到总部通知不予接待。

凌世杰让袁厂长给老米打电话，老米显然吃了一惊，随即责怪凌世杰为什么不事先告诉他，他也好陪过来。凌世杰假托是黄埔那边临时要他来衡州看看，老米也不好多说，只得跟袁厂长嘀咕一通。

没过两分钟，朱敏文的电话就来了，劈头质问凌世杰：我什么时候叫你去衡州了？为什么不经请示擅自行动？凌世杰说，既然是尽职调查，就要尽最大努力查得全面彻底，不然对项目、对公司都算不上尽职吧。朱敏文被噎得没词，只好假意关心说，那边天气异常，尽早回京。

凌世杰要求袁厂长带他在厂区转转，想借突然袭击来了解最真实的一面，袁厂长冷冷地说不行，今天全厂休息。

凌世杰诧异：“今天是星期五，又不是周末，怎么不开工？"

"我们这里就这样，休不休看天气，不管是不是法定节假日，今天太冷又下雨，达不到开工条件。"

凌世杰执意要亲眼看看，袁厂长便把他领到一间空无一人的厂房："喏，你进去看吧。"

凌世杰不死心："那你们得休息到哪天？"

"你明天再来吧，预报应该不下雨了。"

"你们又不是露天作业，跟天气有什么关系？"

袁厂长不再理会，让人直接把凌世杰礼送出了厂。

凌世杰只好在附近找家小旅馆住下，条件还不如湘州那家宾馆，但他已经无所谓，睡过会议室桌子的人什么都能凑合了。

第二天,凌世杰跟袁厂长再次走进厂房,果然有些工人在忙碌。凌世杰问,为什么生产线没有全开?袁厂长毫不掩饰眼中的轻蔑,没好气地解释,现在是淡季,产能当然不会都上,谁家淡季还开足马力?

凌世杰快快地回到旅馆,越想越觉得可疑,如果生产有如此显著的淡旺季周期,在销售业绩中也应该对应低谷和高峰,否则要么缺货,要么积压。他拿出数码相机翻查之前拍照存档的报表,发现去年同期本应淡季中的销售额不降反升,这又如何解释?他只得又一次打电话求助柯立锋,柯立锋也说不出所以然,毕竟他对建材行业并无深入了解。

尽管韦正雄以考核凌世杰能力为由明令师婕不得出手相助,但当师婕接到凌世杰电话后,还是决定无论如何也要帮徒弟一把。虽然她也无法当即给出答案,但让凌世杰少安勿躁,给她一点儿时间。

师婕先设法找到一位建材行业的资深人士,这位专家说所谓的淡旺季很难一概而论,比如北方的冬季因为气候原因属于装修的淡季,但南方并无这个问题,而且现在离春节还有一个月,企业往往在春运前抢着生产发货。专家强调还是得看具体的品类甚至品牌,因为市场对不同产品的需求有很大不同。

师婕心想,这就是典型的专家,似是而非、模棱两可,乍一听面面俱到,实则跟没说一样,还不如自己去搞第一手资料。她跑了几家北京有名的建材家居商城,跟一些门窗专营店的人聊了聊,到家后立刻给凌世杰打电话。

"你听好,别管什么淡旺季了,产品本身有大问题,"师婕急切地说,"我问的几家店都已经不做南洲品牌的塑钢门窗了!"

"什么原因?"凌世杰更是急不可耐。

"塑钢门窗已经过时,现在新一代断桥铝的保温、阻燃和隔音功能更好还不易变形,不仅在北京,它在整个华北、东北、西北所谓三北地区都更受用户欢迎。近两三年,新建的楼盘都已经使用断桥铝门窗,所以塑钢门窗不可能在北方市场仍有增长。而且,仅有的几家还卖塑钢门窗的商家都不代理南洲产品,他们说南洲的质量不行,比别的品牌更容易变形变色。"

"这么说，南洲的塑钢门窗因为产品落伍和质量问题，不可能像他们报表中显示的市场份额那样每年持续增长？"

"全国市场不好说，但在北京市场可以下这个判断。如果南洲建材不尽快对产品转型换代，生存都成问题，更谈不上发展。"

师婕把搜集到的资料用电邮发给了凌世杰，但她没提自己的另一个收获。

这次走访几处建材家居商城，师婕看出它们的商业模式有个共同点，就是用极低的价格长期租赁或买下一大块地皮，建成后分租给商户，收取数目不菲的质保金，规定商户一旦撤店后，三年无质量纠纷才能返还；通过统一收银台先拿到所有商户的销售款，一个月后再转付商户并扣除百分之二作为管理费；而且按照租赁面积设定保底销售额，逼得马儿多拉快跑，不愁商户不卖力经营。

师婕稍加琢磨，便发现这类商城通过"霸王条款"把所有风险都转嫁给了商户，自己稳赚不亏。而且，他们在全国拓展连锁很轻松，每到一处都不愁招商，因为商户即便不情愿，也不得不跟着商城走，否则就可能被商城打入另册，少不了被刁难。随着城镇化水平不断提升，这类商城可以顺利复制到众多二三线城市，市场前景不可限量。

师婕终于看到曙光，她决定立刻针对家居商城进行深入调研。

凌世杰把师婕提供的信息梳理完毕，决定找袁厂长好好谈一次。

"袁厂长，咱们南洲现在生产断桥铝材质的门窗吗？"

"没有，我们塑钢门窗的订单还接不过来呢。"

"那咱们有计划对产品更新换代吗？"

"这个你得问我们总部，我只管生产。"

凌世杰不再客套："照我看，你们如果继续守着塑钢门窗不放，路会越走越窄。"

袁厂长脖子一梗："你不要听那些断桥铝厂家胡说八道，我们的塑钢门窗有很强竞争力，我们的规模你也看到了。"

"袁厂长,如果产品对路,规模是优势;如果产品落伍,规模就是包袱。"凌世杰微微一笑,"我们公司投资主要看的是前景,你们单凭只剩半壁江山的塑钢门窗,恐怕撑不起那么高估值。"

"你这话什么意思?"袁厂长抄起桌上的座机,指着凌世杰,"你不请自来倒也罢了,居然敢质疑我们南洲到底值多少钱,你知不知道自己的身份?"

"我是黄埔资本的助理分析师。"

"亏你还知道自己是黄埔的,我看你不是到下面巡视的,你是来寻衅滋事的,是成心破坏南洲跟黄埔的合作!你信不信,我现在就向总部反映,让他们找黄埔投诉你,到时你们公司绝饶不了你!"

袁厂长的恼羞成怒让凌世杰更加坚信自己的猜测没有错,他回到旅馆立刻打电话问柯立锋下一步该怎么办。

"你想怎么办?"柯立锋反问。

"我也不知道,但肯定不能就这样回北京,"凌世杰进退维谷,"现在跟公司说南洲建材作假,没人会相信;但要说尽调通过,我又不甘心。"

柯立锋沉默片刻后才说:"你先不要轻举妄动,等我想想办法。"

凌世杰在旅馆憋了两天,正要问柯立锋到底想出办法没有,柯立锋的电话就来了:"你那边住的情况怎么样?"

"糟透了,"凌世杰苦笑,"我住的这家温洁旅馆,既不温暖,又不清洁。"

"你房间几张床?"

凌世杰莫名其妙:"两张啊,标准间不都这样?"

柯立锋盼咐:"我在衡州火车站,现在打个车过去。我不想用身份证登记,到时你下来接我。"

凌世杰不敢相信自己的耳朵,手机差点儿从手里滑脱,他腾地跳下床,大叫道:"师父,你没骗我吧?!"柯立锋却已经挂了。

半小时后手机再次响起,是柯立锋沉稳冷静的声音:"我在旅馆出门右手的拐角,你下来吧。"

早已等候在旅馆门厅的凌世杰立刻冲出来,右拐跑了没几步就忽地刹住脚,只见穿着笨重羽绒服活像企鹅似的柯立锋正靠着电线杆,一脸疲惫,冲着他笑。

"师父!"凌世杰大喜过望,一下子扑上去紧紧搂住了柯立锋。

柯立锋先是一愣,迟疑着也张开双臂揽住凌世杰,僵硬的手在他后背拍了拍,对他耳边说:"你把我的行李拿上去,告诉我房号,我过会儿再进去。"凌世杰拎着拉杆箱刚要转身,柯立锋又问,"电梯里要不要刷房卡?"

凌世杰笑得露出一口白牙:"师父你想什么呢?压根儿就没电梯。"

等到柯立锋终于溜进凌世杰房间,凌世杰的眼泪都快流出来了。时隔半个月,竟在这五线小城见到从天而降的师父,如同迷途的孩子找到了亲人。看着师父满是胡茬的脸上还蹭了几道黑,想到这个平素领带不打好绝不出门的人竟为他搞得如此狼狈,凌世杰一时说不出话。

柯立锋看着手和脸已生冻疮的凌世杰,再看看这个简陋冰冷的房间,还有桌上没有泡开的方便面,也不由得心疼,嘴唇嚅动了几下才说:"这里能洗澡吗?"

"能,不过得等明天,太阳能的。"

师徒俩相视而笑,仿佛一对难兄难弟。

原来,柯立锋跟凌世杰通话后意识到南洲建材的案子不简单,担心凌世杰搞不定,便以父亲生病为由请假离京,瞒着黄埔上下包括师婕坐上了去衡州的火车。却不巧赶上南方遭遇历史罕见的大范围冰冻雨雪灾害,柯立锋的火车由于断电和路况问题不得不停在半路,所以他几经辗转才艰难抵达衡州。

凌世杰感动之际,急切地问:"师父,咱们接下来怎么办?"

"查!一定要查个水落石出,我感觉这事跟韦正雄有关。"

"韦总?"凌世杰诧异,"有什么证据吗?"

"没有,就是直觉,"柯立锋分析道,"那么多项目他不抓,偏偏亲自抓南洲建材,为什么派你这个没有实战经验的来做尽调?不是单纯折腾你那么简单,很可能因为这项目有猫腻。那个姓袁的厂长威胁说黄埔饶不了你,说明黄埔高层与南洲穿一条裤子,能轻易置你于死地的不可能是朱敏文,只有韦正雄!"

凌世杰打个寒战:"师父,你之前说我尽调干不好滚蛋、干得好转正,可现在的问题是……怎样才算好?是揭露南洲造假算好,还是替南洲掩盖算好?"

柯立锋斩钉截铁:"当然要揭露,绝不能让这帮家伙得逞。"

"可万一……如果没搞掉他们反而被他们搞掉,是不是很可悲?"

柯立锋斜睨凌世杰:"你当初在德扑牌桌上 all in 的勇气哪儿去了?"

凌世杰盯着柯立锋看了一阵,忽然咧嘴一笑:"师父,你不仅是来助阵,更是来督阵的吧?你是不是担心我放水、跟他们同流合污?"见柯立锋不置可否,凌世杰当即表态,"放心吧师父,你给我上的第一课就是如何识别公司造假,我最恨的就是这帮造假的害群之马!"

与凌世杰期待的反应不同,柯立锋只面无表情地点点头,没说话。

第二天,师徒俩开始冒着严寒轮流在南洲厂区门口蹲守,在柯立锋的提示下,凌世杰果真发现了端倪:塑钢门窗成品对运输要求原本不高,普通敞篷货车足矣,可南洲一律用封闭厢式货车,装载空间受限,效率低、成本高,唯一的好处是外面看不到里面装的什么、装了多少。凌世杰趁货车停下等待起杆时抓拍到了车轮照片,然后拉近放大,仔细比较进出厂时轮胎的压痕深浅,发现几乎没变化,说明没装多少货品。

凌世杰进一步根据车牌号记录查出居然有的车一天之内会往返四趟,南洲的产品究竟发运到哪里可以如此高效来回?他坐着"摩的"跟踪货车,本以为至少会开到周边的货运中转站,却不料货车连国道都没上,就在衢州市内兜个大圈又回到厂里,歇息一阵接着走马灯。

"师父,显然他们是特意跑空车做给我看的。发运是假的、出库是假的,所以生产也是假的,实锤了!"凌世杰揉着在"摩的"上被寒风吹得刺痛的膝盖,气愤地说。

柯立锋却摇头:"这证据还不足够,因为南洲的人甚至朱敏文他们都可以说,这只是一时偶然的个别现象,他们以往的数据都是真实的。咱们无法用瞬间的抓拍推翻全部历史。"

"那怎么办?咱们还得蹲守多久?"

柯立锋若有所思:"我跟你讲过,细节是魔鬼。其实还有一句,距离产生美。为了盯细节咱们凑得太近,不如跳出来。你师姐远在北京跑了趟建材城就揭出藏在你眼皮底下的破绽,咱们也该站远些。"

"你是说……"

"像南洲这种大型骨干企业对当地的社会经济和民生必定有很大影响,如果他们真的已经从辉煌走向没落,一定能从周边找到印记。"

接下来,师徒俩不再盯着南洲生产基地,而把注意力移向外围,发现距离不远便是衡州最主要的娱乐一条街,麻将室、卡拉OK、足疗按摩店鳞次栉比,但街上却十分萧条。

两人走进一间足疗店,里面只有一个姑娘,厚厚的脂粉也遮不住脸上的冻疮。柯立锋一看没法两人同时做,打算再换一家。

姑娘见难得来了客人,还是两位,嘟着猩红的嘴唇死活不让他走,说可以做完一个再做一个,还能打八折。

柯立锋想想也罢,正好可以多套套话,便走进一个双人间。里面摆着两张已经压塌了的足疗沙发,上面铺着破洞的毛巾,勉强能看出曾经是白色。

姑娘终于开了张,高兴得手和嘴都不闲着,说这条街是衡州最繁华的地方,这些店原来生意都好得很,因为很多外地司机在南洲厂外昼夜排队等着拉成品,无聊时唯有光顾这些场所。如今,外地车少了、司机少了,各家的客流也就断了,好多店都关了门,房东觅不到新租户,连旧门面都懒得拆掉。

"什么时候开始不行的?"柯立锋问。

“有两年多喽。唉，自从南洲不景气，我们也都没得饭吃喽，”姑娘噘起嘴，“我也打算关店回贵州老家喽，可是现在天气不好、路也不好，只能等开春以后再走喽。”

凌世杰一脸兴奋，柯立锋不动声色。两人交换一下眼色，这既是现实，更是历史，正是最强有力的实锤。

姑娘见两位客人东问西问兴致勃勃，普通话又很纯正，认定逮到两条大鱼，揉完脚，又忽闪着两只描得浓黑的眼睛，嗲嗲地问，你们要不要尝尝特色服务噻？

凌世杰一听立刻站起来，摇头摆手。柯立锋把裤脚放下，穿好鞋，推辞道：“不了，这里太冷。”

“哎呀里面有被子的嘛，我这里很安全的。”

话音未落，外面传来一个小孩的叫喊声：“来人啦！来查啦！”

姑娘一惊，连忙推开一扇小窗户，示意二人快逃。

凌世杰扶着柯立锋，踩着足疗沙发爬上去，然后自己一跃而上，两人先后狼狈地翻出窗外，顺着后面的窄巷撒开两腿狂奔，连头也不敢回，一直跑到另一条街才停下，弯着腰上气不接下气地喘。

惊魂稍定，凌世杰想起来：“师父，咱还没给钱呢。”

“算了。”柯立锋摆手。

“还是给吧，我看她也挺不容易的。要不是她，咱也探听不到这么多信息，再说要不是她反应快，咱俩现在已经被抓了。”

柯立锋又挥手：“随便你。”然后指着不远处一家鱼粉店，“我在那儿等你。”

不一会儿，凌世杰到鱼粉店跟柯立锋汇合，说那帮人走了，不是派出所也不是联防，是南洲保卫科和护厂队。“南洲的人居然能跑到市面上来执法，真是霸道得无法无天了！”凌世杰愤愤不已。

柯立锋霍地起身：“走！快走，此地不可久留。”

“怎么了？”凌世杰不解。

“咱们盯着他们，他们肯定也盯着咱们呢，”柯立锋已经往外走，

"刚才他们就是想用嫖娼的罪名抓咱俩现行。"

凌世杰忙跟上,又不忘从双肩包里拿出相机,把娱乐一条街的实景拍照留作证据。

两人悄悄溜回旅馆取了行李,连押金都不要了,直奔衡州火车站。

到了火车站大厅,混入熙熙攘攘的人群,柯立锋的心才彻底放下。

凌世杰没大没小地搭着柯立锋的肩膀,咧着嘴不知天高地厚地笑道:"师父,咱俩也算一起下过乡、一起扛过枪、一起嫖过娼了。"

"准确地说,是差点儿被嫖娼。"

师徒俩心照不宣地笑起来。

经过衡州一战,凌世杰领教了师父的果断和老辣,对柯立锋更加敬仰,原来大神是这样炼出来的;而柯立锋也发现徒弟果然是可造之才,对自己看人的眼光更为得意。

韦正雄悠然自得地坐在办公室沙发上喝茶,盘算春节是陪老婆去三亚,还是给她报个澳洲团,自己留在北京找乐子,这时手机响起,他一看号码,漫不经心地接通电话:"喂,都顺利吧?"

电话那边刚说几句,韦正雄已沉下脸,起身在屋子里来回踱步,脸色越来越青,气急败坏地说:"你们干的好事,反倒让我擦屁股?"说完,他把手机扔到大班台上,回到电脑前查邮件。

韦正雄死死地盯着屏幕,眉毛拧在一起,抓起分机拨完号厉声说:"你过来一下!"

很快朱敏文满脸堆笑地推开门:"韦总,找我有事?"

韦正雄示意朱敏文把门关严:"南洲建材那边怕是出问题了。"

"啊?什么问题?"朱敏文也紧张起来。

"凌世杰在那边到处乱窜,还胡说八道,"韦正雄瞪着朱敏文,"早知就不该让这小子去。"

朱敏文小心翼翼地把锅甩回韦正雄:"凌世杰是个外人,又没经验,当初您觉得让他去最稳妥……"

"稳妥个屁！"韦正雄指着屏幕上的照片，"这小子根本就不是一个人去的。"

朱敏文忙凑到韦正雄身边盯着电脑看了半天，照片中凌世杰身旁确有个人，但捂得严严实实，根本看不出是谁。

"会不会是凌世杰在当地找的向导？"

韦正雄白了朱敏文一眼："你看周围的当地人，哪个穿成这样？"

"能是谁呢？"朱敏文毫无头绪，"这人会不会咱们认识？"

韦正雄一怔："师婕呢？"朱敏文刚要开口，韦正雄自己反应过来，"哦，我早上才见她，看身材也不像。公司这几天谁没来上班？"

朱敏文摇头："这我不清楚。"

韦正雄带着朱敏文推开人力资源的门，劈头盖脸问Linda："这几天公司有谁去南方出差了？"

Linda想了想："凌世杰应该还在湘洲。"

"除了他还有谁？"

"应该没谁了，公司提醒过天气异常，近期别往南跑……哦，还有就是柯立锋上周请假了，好像是他父亲生病住院，他要回上海陪护。"

"柯立锋……"韦正雄转着眼珠念叨。

此时的柯立锋和凌世杰仍滞留在衡州火车站。由于湖南是重灾区，多处输电塔垮塌，电力中断，铁轨被冰覆盖，京广大动脉南下北上都不通，更有进退不得的客车停在这里。

候车大厅人山人海，两人的手机都已经没电，大厅内只有照明电，所有的插座都成了摆设，根本无法充电。

凌世杰看着黑压压的人群，担心再不囤些吃的就来不及了，他指着另一边的小卖部："师父，你就在这儿哪儿也别去，我去买点儿吃的。"

"嗯，我负责看行李。"

凌世杰从双肩包里掏出钱包，抽出两张钞票，然后把鼓鼓囊囊的钱包与双肩包一并托付给柯立锋看护。柯立锋笑道："你也知道压财？

你师姐教你的吧?"

凌世杰愣了下,也笑:"不用问,这也是从你祖传的。"

他一路挤到卖食品饮料的柜台,只见货架上跟鬼子扫荡过一样,只剩下两包饼干、两瓶水和几袋香辣豆干。

"我全要了。"凌世杰掏出一百元,凭借身高臂长直伸到售货员眼前,"不用找了。"

售货员冷冷地说:"钱不够噻。"

凌世杰顾不上理论,又把另一张百元钞票递过去:"这回够了吧?"

售货员把钱收起,将货架上几样东西都划拉进一个大塑料袋,丢给凌世杰。

好不容易连推带搡地挤回原先站着的位置,柯立锋却不见了。凌世杰暗叫糟糕,踮起脚尖抻长脖子四处眺望,全是黑乎乎的脑袋和臃肿的羽绒衣,这可怎么办?

情急之时听到大喇叭里的广播,凌世杰灵机一动,又趟开条路挤到火车站的广播室。

"麻烦您帮忙播个寻人启事。"凌世杰对广播室的姑娘奉上笑脸。

"男孩女孩?几岁了?叫啥名字?"广播员看都不看他。

"男的,不到四十,叫柯……"

"不管大人!"广播员白他一眼,"好多小孩挤丢了都播不过来呢。"

"求您帮帮忙……"凌世杰话没说完就被轰出来,这种节骨眼再帅气再阳光也不好使了。

凌世杰像只无头苍蝇似的在人群中东奔西突,就是寻不见师父踪影,正心急如焚,忽然不远处有人用扩音器喊:"请让开点儿,大家配合一下。"原来是电视台工作人员在驱离人群,记者要现场采访滞留旅客。凌世杰暗自庆幸刚才广播员没理他,不然万一柯立锋的名字广播出来,偏巧被电视台录到背景音里再一播出,难保不被黄埔的什么人听到,那可就都暴露了。

正想着,凌世杰身不由己地被一堆看热闹的人推搡着往前走,一直

· 240 ·

推到女记者附近。女记者一见凌世杰又高又帅很是出众,便将话筒探到他面前,一脸期待地问:"请问这位旅客,你想通过我们的镜头向身在远方的亲人说点什么?"

凌世杰一下蒙了,远方的亲人?不行,我妈以为我在湘洲,要是看到我在衡州,非得急死。他急中生智躲开镜头,抓过旁边电视台工作人员手里的扩音器大声喊:"我要一直向北走,不撞北墙不回头,越北越好,一定能回到北京!"

凌世杰转身混入人群,拼命挤到候车大厅最北端,沿着墙根好一阵找寻,终于看到柯立锋费力地拖着两个拉杆箱、胸前坠着双肩包踽踽走来。凌世杰立马奔过去抱住师父,开心地说:"我就知道你能听懂我的暗语。"

柯立锋擦擦头上的汗,苦笑:"你就不怕我找不着北?"

师徒俩像久别重逢一般都长舒了口气。

熬了一天一夜,总算有一列广州到武汉的车经停上客,逃难似的师徒俩拼尽全力终于挤上了车。

各节车厢里全是人,前胸贴后背,连厕所里都站着三四位。火车走走停停,人们在无休止的等待与煎熬中逐渐失去耐心,变得暴躁,各种气味混杂令人窒息,各种方言的争执和叫骂此起彼伏,伴随着女人的尖叫和孩子的啼哭。有个年轻人实在受不了,竟掀起车窗跳了出去,接着是一声惨叫,大约是摔折了腿。而车厢里的人们无动于衷,似乎什么都没发生。

凌世杰痛苦地看着眼前的场景,不知该为谁感到悲哀。

"真是人间炼狱……"柯立锋深深叹口气。

"师父,要不咱们在湘洲下车吧,"凌世杰觉得自己也快疯了,"可以到湘洲机场碰碰运气,起码坐飞机的人少一些。"

"不行,绝不能下车,必须尽可能向北,"柯立锋坚决地说,"这种灾情,机场肯定也瘫痪了。"

事实证明这是个英明决定,湘洲机场从未遇到过这种低温灾害,只有一辆除冰车能给飞机机身除冰。因为来了飞不走,各家航空公司干脆停飞湘州,导致大量乘客滞留。

凌世杰只好听从师父的话,继续挤在沙丁鱼罐头一样的车厢里,又担心要是一直这么站下去,师父能否撑到武汉真不好说,得想办法找个座位。他悄悄问周围坐着的旅客在哪里下车,有个人说在湘洲,凌世杰赶紧蹭过去用身子贴住他,一副凛然不可侵犯的样子。终于等到那人刚站起身,凌世杰立刻拉过柯立锋。

"师父,你坐。"

柯立锋确实已经坚持不住,顾不上谦让便一屁股坐下,把凌世杰的双肩包接过来放在腿上。凌世杰活动了两下早已僵直的腰背。

累劲儿刚缓过来,柯立锋的饿劲儿又上来了。

"师父,咱们只有这些了。"凌世杰掏出仅剩的几袋香辣豆干,"水也刚喝完。"

柯立锋立刻皱眉:"太辣,不吃不吃。"

"只是微辣,"凌世杰哄骗道,"豆干可是个好东西,既解饿又驱寒,你试试。"

柯立锋心想自己也是矫情,这一路苦都吃了无数,辣算什么?他拿过一包豆干,硬着头皮往嘴里塞,没一会儿就眼泪鼻涕稀里哗啦的,连嘴唇都没了知觉。

"味道不错吧?"凌世杰笑着问。

柯立锋不停地咝咝倒吸凉气:"嗯,以后你可以给我做川菜了。"

"不如带你去我妈开的川芙蓉,那儿的川菜可比我做得地道多了。"凌世杰不禁得意,"还是我有本事,给你当了两个多月徒弟就让你吃辣了,我师姐一个地道的四川人,跟了你五年都没能改变你。"又转而问,"哎师父,你说现在要是换成我师姐,她会怎么做?"

"她会把饼干给我留下,自己只吃豆干。"柯立锋擦擦眼泪,"女人终归比男人细心些。黄埔早期大家都很艰苦,我出差也坐经济舱,师婕每次给我订票选座位总是特意选三个空座中间的那个。我就问她为什么,她说后来选座的一看中间有人往往不愿意挨着,这样两边就很可能都空着,就算边上来个人,我挪到另一边仍然没人和我挤。我问她,如果两边都有人呢?她说真那样,坐边上也舒服不了多少。"

"还是我师姐心思缜密,"凌世杰啧啧称赞,"你当时怎么夸她的?"

柯立锋想了想:"夸倒没有,我只说她不如把这些心思都用到业务上,早点儿做出成绩,就有资格坐商务舱了。"

凌世杰心说,你这样的人真是天下少有。怔了片刻:"师父,我妈说夸人是一种最容易学习的技能,也是最没有成本的投资。"

"你妈说得对,"柯立锋瞟凌世杰一眼,"所以夸人很廉价。"

凌世杰被噎得彻底无语了。过一阵没见动静,他才低头一看,柯立锋的眼睛已经半开半合地开始打盹。这时周围越来越挤,凌世杰不想让其他人压到师父,便手扶椅背用力把身体往后拱,宛如给柯立锋撑起了一顶帐篷。

不知过了多久,柯立锋醒来看到凌世杰弓着的身子,又看到他手腕上的压痕和擦印,一股暖流涌上心头。从小到大,他没得到过什么人的保护,也从没想过要保护谁,他一直用冰冷的态度面对这个冰冷的世界,和所有人保持最安全的距离。而此时此刻,这个远比自己更疲惫不堪的徒弟,为了让坐着睡觉的自己免受些许挤压而一直在苦苦支撑,可自己却连句感谢和夸赞的话都吝啬得不肯说。

我所擅长的投资收获的只是金钱,却从没学会如何投资去收获人心,柯立锋头一次对自己产生了质疑。

火车终于到达武汉,一下车两人立刻分工,柯立锋找地方给手机充电,凌世杰则想办法弄回京的车票。

凌世杰回来还没开口,就发现师父面色严峻,柯立锋说:"只能你自己回北京了,我得赶紧去上海,我父亲真住院了,意外摔伤。"

"啊?"凌世杰立刻担心不已,"我陪你回上海吧,老爷子肯定需要陪床,你一个人太累。"

"不用,我可以的。"柯立锋重重拍了下凌世杰的肩膀,犹豫了几秒钟才头一次对他开口说出,"谢谢。"

柯立锋向凌世杰仔细交代一番如何处置查到的证据后,师徒俩分道扬镳,一个向北,一个向东。

柯立锋下了飞机就直奔上海瑞金医院父亲的病房。父亲已在康复中,柯立锋紧绷了一路的神经终于松弛下来。

狭小的病房有四个病人,陪床家属把病房挤得连护士的小推车进出都困难。柯立锋想给父亲升到自费的单人病房,可他如今囊中羞涩。虽然这几年给了父亲不少钱,但若让父亲把钱花在换个好点儿的病房上,父亲一定不肯。都怪自己,让年迈的父亲遭这种罪,柯立锋很是自责。

"小锋,你和薇薇怎么样了?"父亲关切地看着床边憔悴的儿子。

"还行。"柯立锋随口敷衍。

"你有什么事瞒着我吧?"

"没有啊,"柯立锋赶紧转移话题,"你现在的任务就是安心养伤,其他的就别操心了。"

"小锋,有事不要自己扛,我看得出你眼下不容易……"

知子莫如父,柯立锋沉默了,他低下头不想让父亲看到自己湿润的眼睛,过一会儿才嗫嚅着说:"爸,我又一个人了……"

父亲长长叹口气:"其实我早就有预感,以前我和亲家还经常打个电话,逢年过节也会一起吃个饭。自从你出了事,他们就再没跟我联系过。我这次摔倒,医院先联系的他们,他们也没过来。"

柯立锋苦笑:"夫妻本是同林鸟,大难临头各自飞……"他对Vivian及其父母愈加不满,暗恨自己当初怎么和如此没人性的一家人走到一起。

"你离婚没亏待薇薇吧?"父亲知道儿子的秉性,有些担心,"一日夫妻百日恩,你能给就多给人家一点儿,房子票子都是身外之物,不要在这方面算计得太细。"

看着病房里乱糟糟的环境,想着自己半年来的惨状,柯立锋恨恨道:"是她算计我,一点儿都不念旧情的是她。"

父亲没再多问,他从儿子的穿着打扮已经猜到八九分,沉默一阵才又开口:"薇薇可能和你妈妈一样,也是遇到什么难处了,她那么做也是迫不得已、情有可原,你不要怨恨她。"

"爸,你就是太老实太善良了。"柯立锋哼一声,"女人都一样,自私、贪婪,而且恶毒。"

"唉,你这叫一朝被蛇咬,以后遇到个真心对你好的,就不会这么想了。"

"女人心海底针,今天对你笑,明天就可以让你死,我不会再找了。"柯立锋转而问父亲,"你别老说我,这么多年你不也没再找?"

"咱俩不一样,我是因为有你呀。起初你还小,我怕万一找到个对你不好的;后来你大了,我也老了,不想再找了。"

"所以我这辈子不会再结婚,更不会要孩子,"柯立锋决绝地说,"万一碰上个像你老婆那样抛下老公和孩子自己跑路的,那孩子不就会像我当年一样受苦吗?"

父亲更加难受:"你不认她,我不怪你。我就是担心你,我老了还有你,可你老了有谁呢?小锋你答应我,遇到合适的别辜负人家。"

柯立锋不忍迎视父亲近乎恳求的目光,勉强应付道,"随缘吧,要是天上真掉下个好女人,我一定带回来让你看看。"

父亲打开床头柜的小抽屉,拿出个账本,从账本里翻出个塑料套,从套里抽出张银行卡,递给柯立锋:"这卡里是这些年你给我的钱,你拿去,应该能派上用场。"

柯立锋把卡塞回父亲手里:"这钱是我给你的,你想怎么花就怎么花,别老省着,更不用给我。"

"人老了花不了什么钱,再说我的退休金就足够了。"

"我现在也花不了什么钱,而且我挣钱的本事你又不是不知道。"

"没有钱,你拿什么挣钱?"父亲又把卡塞给柯立锋,脸上竟显出些

· 245 ·

许忸怩,"这钱我原本一直没敢动,赶上去年行情好,我实在没忍住,替你放到股市里滚了一遭。2月底进去,10月底出来,做得不好,没翻倍,你连本带利一并拿去吧。"

柯立锋笑道:"爸,姜真是老的辣,你比我厉害。"他不再推辞,收起卡,"我从卡里取出原来给你的数,你自己赚来的我不动。"

"你跟我还算计这些?"父亲嗔怪道,"你最好都拿走,免得我手痒又投进去。"

"你看好了就投呗,平时也有点儿事做。"

"不了,今年估计没得赚,明年再看吧。"父亲看着柯立锋,"人最关键的是控制住自己的贪念,不能管不住自己。"

"放心吧,"柯立锋知道父亲这是在提醒他,"我要等到后年再看,后年的8月份。"

父亲点点头:"三年,就当做个小长线,很快的。"

第十二章

老板最看重什么

晚上七点,凌世杰走出北京火车站,一坐上出租他立刻给师婕打电话:"师父,我回来啦。"

"你可算回来了!"师婕高兴不已,"我正担心你会被困在那边呢。"

听师父这么记挂他,凌世杰心里暖乎乎的,但他这会儿顾不上多说:"师父,我现在回家洗个澡,吃口饭,然后就去找你。"

师婕笑道:"你这一路肯定累坏了,先好好睡个觉,有事儿明天到公司再说吧。"

"我今天必须见到你,有重要的事得赶紧商量。"

师婕猜应该是南洲建材的事:"那你先回家,把位置告诉我,咱们在你家附近见。"

凌世杰连忙推托:"还是我去找你吧,我打车很方便。"

"那……好吧。"师婕没再坚持,"我家附近有个静吧,一会儿把地址发短信给你。"

凌世杰走进静吧,在昏黄的光线下寻找,转过拐角才发现最里面火车座上的师婕。师婕看着凌世杰洗后来不及梳理的头发揶揄道:"哟,我还以为来了个摇滚明星呢。"

"我确实是一路连摇带滚回来的。"凌世杰坐到师婕对面,脱下羽绒服,"还是咱北京好啊,再冷也有暖气。"才大半个月,凌世杰看师婕却好似如隔三秋,他把手和脸都凑到台灯旁,冲师婕炫耀:"瞧,咱也是生过冻疮的人了。"

师婕心疼地轻叫起来:"哎呀,怎么搞成这样?你这尽调是在南洲露天干的啊?"

"差不多。"凌世杰像讲故事一样把这些天的历险记简述一遍,但只字未提柯立锋。

师婕听完只觉得后怕:"你一个人这么干太危险啦,以后可千万不能再拼命,不值得。"

"值得,拼命才能活命,不然这次我就被韦正雄玩儿死了。"

凌世杰按照柯立锋的授意,向师婕汇报了南洲建材业绩造假以及和韦正雄的关系。

"太不像话了!"师婕气得嚷起来,忽然想起这是静吧,瞄一眼周围,压低嗓音说,"咱们必须马上向公司举报。"

"向谁举报?向韦正雄举报朱敏文,还是举报他韦正雄自己?"

"当然不是,想办法绕过韦正雄,让核心层其他人知道,"师婕想了想,"要不……我直接找赵董。"

"不妥,"凌世杰摇头,"我觉得不能按常理出牌,南洲方面肯定已经向韦正雄通报,韦正雄他们肯定已经做好了充分防备,咱们要是走正常渠道送上门去,一定会被他们大事化小,甚至倒打一耙。"

"你的意思是?"

"另辟蹊径,"凌世杰果断地一挥拳,"打他们个措手不及。"

"有具体想法吗?"

"我急着见你就为这个,咱们得连夜行动。"凌世杰四下瞅瞅,把身子凑近师婕,小声说,"找人直接在网上匿名发帖,对外扩散把事情闹大,让他们休想捂着盖着,这样黄埔为了平息舆论,就不得不对韦正雄加以处置。"说着,他做了个斩首的手势。

师婕不禁讶异,凌世杰历练了一趟就有如此手腕,但早对韦正雄深恶痛绝的她也觉得只有这种招数才能奏效。她琢磨片刻:"我觉得这个办法可行,但前提是由我来操作,你只提供素材,其他一概不要参与。你如今的角色太敏感,又还没转正,不能让他们顺藤摸瓜查出跟你有关。"凌世杰刚要张口,师婕制止道,"我早就盼着给韦正雄点儿颜色看看,这事我责无旁贷。"

"那……多谢师父。"凌世杰缓缓点了下头,虽然让师婕代他行事正是柯立锋筹划的关键一步,但真把师婕卷进来还是令他不放心。

师婕莞尔一笑:"谢什么?我是你师父。"

凌世杰掏出一个 SD 卡交给师婕,里面是他拍的数百张照片。

当晚,天涯社区的"职场天地"版块有人发帖,询问南洲建材的前景和待遇如何。

有人立马回帖,以内部知情人士身份爆料称南洲建材问题缠身,主打的塑钢门窗市场份额锐减,想开拓新品又苦于融资艰难,劝楼主千万别往坑里跳。

随即,有知名博客援引上述帖子并说老家就在衡州,有图有真相地诉说南洲这家当地支柱企业走下坡路后对当地社会民生的直接拖累,正所谓成也南洲、败也南洲。

继而有投资圈博主爆料说,南洲建材正和黄埔资本谈融资,说南洲的估值奇高,黄埔资本不是头被驴踢了,就是头儿在中饱私囊。

第二天,金融类媒体纷纷予以关注,有的以"南洲建材举步维艰,黄埔资本雪中送炭?"为题大肆讽刺挖苦,更有劲爆的干脆指称"黄埔资本再爆合伙人利益输送丑闻",事态迅速发酵,一时间投资圈里各种传闻沸沸扬扬。

凌世杰遵照柯立锋的叮嘱,一上班就把一份简明扼要的尽调报告交给朱敏文,结论是南洲建材对既往销售业绩和未来市场预期存在严重夸大，建议对投资方案重新加以审慎评估。

刘家昌正好刚把网络上对南洲项目的各种帖子做了个汇总简报，朱敏文看了眼帖子汇总，又看了眼尽调报告，铁青着脸对凌世杰说："你的结论跟外面的舆论真是不谋而合啊。"

凌世杰又是摇头，又是叹气："我命可真苦，要是早爆出来半个月，我也不用去遭这趟罪了……"

赵卫国自事发当天和韦正雄密谈后就没在公司露面，而韦正雄则整日阴沉着脸和市场、公关的人开会，偶尔瞥见凌世杰他的眼神立时变得像看仇人一样，其他同事也对凌世杰敬而远之。

凌世杰倒很坦然，在公司里既不打听也不议论，一副事不关己、高高挂起的样子。

四天后的上午，凌世杰一到公司，电脑上已有两封标注小红旗的重要内部邮件。

一封是赵卫国亲自发给全体黄埔同仁的，"对试用期员工凌世杰在南洲建材尽调中所表现出的敬业精神和专业水准予以表扬，并特批自即日起凌世杰成为黄埔资本正式员工。"

我转正啦！凌世杰高兴得差点儿从座位上跳起来，老天有眼啊，在我头顶悬了整整半年的断头铡终于不存在了。

第二封邮件是人力资源总监Linda发的通报，"鉴于投资五部员工刘家昌在南洲建材项目中对企业疏忽失察，以致黄埔资本的形象与声誉受到严重损害，公司决定予以开除，即日生效。"

什么？！凌世杰兴奋的心情瞬间转为错愕，这事儿明显不是刘家昌一个小卒所能操作的，刘家昌甚至很可能根本就不知道内情，可为什么偏偏只处理他一个人？

凌世杰寻不见刘家昌人影，五部的人冷着脸说，他已经几天没来公司了。凌世杰给刘家昌打电话，关机，发了短信也没回。

没一会儿，市场部的邮件到了，是公司刚刚召集多家行业媒体见面会所发的通稿,其中列举了诸多理由力证南洲建材业绩失实事件与黄埔资本任何高管毫无干系,具体相关责任人也已查明并予开除处理,还特别强调公司高层此前已专门委派一位得力员工赴南洲建材做尽职调查,并先于媒体爆出之前就掌握了事实真相,由此可见黄埔资本的专业能力是经得起考验的。

凌世杰顿时恍然,原来自己的转正与刘家昌的走人都是出于同一个目的——保韦正雄!他越想越生气,无法接受明明自己和师父历尽千难万险查出韦正雄有问题,却害得自己的同期生刘家昌当了替罪羊……凌世杰跑到楼梯间,愤愤然给柯立锋打电话。

柯立锋心情倒挺好,因为父亲摔伤后是第一次下楼晒太阳,他听凌世杰诉说完,淡淡来了句:"弃卒保车,正常。"

"师父,公司怎么能这么做呢?"

"要回答你这个问题,就得站在公司的立场,而不是你凌世杰的立场。眼下这种局面,黄埔最要紧的就是绝不能对外承认公司高层的水平或品行有问题,赵董不是在保韦正雄,而是在保黄埔。事情闹这么大总得有个交代,所以必须推一个人出去,刘家昌最合适,对公司而言损失最小。"

"刘家昌太冤枉了,早知……"

"早知如此还不如不闹这么大?"柯立锋骤然变得严厉,"你还不明白吗?这次要是他不走,就是你走!"

凌世杰周身感到一股寒意,同一天走进黄埔,本应成为要好的同事,却变成你死我活,而两人对这种命运攸关竟毫不知情,也都没得选择。

"别多想了。"柯立锋语气一转,"你应该有喜讯告诉我吧?"

凌世杰这才反应过来:"师父,我已经转正啦!赵董特批的。"

"感觉如何?"

"盼了这么久,可真转了正好像也没感觉多兴奋。"凌世杰心里还在别扭,转正又能怎样?刘家昌不是早就转正了?

柯立锋兀自感慨："人就是这样，当你拼命爬上一座山顶，看到的却是前面更高的山峰……"

下午，凌世杰刚从打印室出来，看到刘家昌低着头走进五部，便停下脚远远注视。

刘家昌默默收拾着自己的东西，以往那些平素跟他称兄道弟的同事们都在装作忙碌的样子，瞧都不瞧他一眼。

凌世杰正感到一丝凄凉，抱着纸箱往外走的刘家昌瞥见凌世杰，冲他投来怨恨的目光，然后重又低下头，黯然地走了出去。

凌世杰心中一凛，脑海里响起师父那句话"这次要是他不走，就是你走"。这里每个人都不过是资本汪洋里随波逐浪的一条小船，在风浪面前人人自危、人人自保，只求被打翻的不是自己这条船。

他这才悚然意识到，也许刘家昌最恨的不是黄埔、不是韦正雄、不是朱敏文，而是他凌世杰。

师婕心情忐忑地走进赵卫国办公室，这是赵卫国第一次如此正式地约她谈话。网上的兴风作浪暴露了，应该查不到自己这幕后黑手吧……

赵卫国和蔼地请师婕坐在沙发上，先是为之前合规奖的事儿解释一番，又勉励她在工作上不要有什么压力或情绪。

确信不是因为策动发帖的事，师婕心里安定下来，嘴上"嗯""啊"地应承着，等待赵卫国切入正题。

"Jessie，我还要表扬你带出个好徒弟，"赵卫国笑着说，"这次要不是凌世杰，咱们黄埔可就损失大了，所以我得谢谢你。"

"您千万别这么说，"师婕有些不自然，"凌世杰这次是为五部做尽调，我没帮他什么忙。"

"终归是你这个mentor调教得好。"赵卫国随口说道，"不过凌世杰在南洲建材尽调的手法，倒是让我想起一个人。"

师婕怔怔地望着赵卫国。

赵卫国既像点拨师婕,又像自言自语:"他是你徒弟,你是他徒弟,他有点儿像他倒也说得过去。"

"您把我绕糊涂了。"师婕想了想,"是在说……我师父?"

赵卫国点头:"如此想来就不觉得奇怪了,你徒弟身上有你师父的影子,说明你确实得了你师父的真传。"

师婕从赵卫国办公室出来,边走边琢磨他的话:凌世杰的身上有柯立锋的影子……

要不是赵卫国的提点,师婕绝想不到这一点,但凌世杰最近的变化着实不小,他先前提到柯立锋就牙根痒,后来两人好像没那么生分了,再后来他分析项目的角度甚至口吻都有点儿柯氏风格,尤其这次公开曝光南洲造假的手法,要说是柯立锋的点子,师婕丝毫都不觉得离奇。

难道他俩?

师婕回到三部,凌世杰正站在那里因为刘家昌的事发呆。

"我问你,"师婕把凌世杰拽到一旁低声问,"这次尽调是你一个人去的吗?"

"是啊。"

"那你给我的照片里怎么会有你自己?"

"哦,我找路过的人帮忙拍的,"凌世杰一脸坦然,"水平那叫一个差,把我拍得跟湘西土匪似的。"

师婕又问:"照片里还有你记录的货车牌号和进出厂时间,可上面的笔迹不止你一个人的。"

"那个嘛……那是我坐摩的去追踪货车,就让厂门口一个卖烟的摊主帮我记的,"凌世杰一脸的心疼,"为这我还给了他五十块钱呢,哎师父,没发票能给报销不?"

师婕见凌世杰应对得滴水不漏,也不好再问。难道我多心了?难道赵卫国也多心了?我徒弟身上有我师父的影子,莫非师父的基因强大到足以隔代遗传?还是我这承上启下的二传手太出色?

"师父,你是不是该祝贺我啊?"凌世杰得意扬扬,又满怀期待地看着师婕。

"对呀,我怎么把这事儿忘了……"师婕一拍脑门儿,也开心地笑起来,"祝贺你如愿以偿,终于转正!"她顿时觉得,这个阳光又体贴的徒弟跟那个冷漠又刻薄的师父毫无相似之处。

"光嘴上祝贺就完啦?怎么也得来个热烈的拥抱吧?"凌世杰说着张开双臂。

"成!"师婕笑着迎过去,抱住高高的凌世杰,拍着他的后背说,"今天师父先给你个拥抱,过几天再好好请你吃顿大餐!"

凌世杰抱着师婕,一瞬间感觉师父已不再是师父,而是真成了师姐,一个他想依赖一生,又想保护一生的……姐姐。

除夕那天,赵雪梅早早就起床,儿子三个多月没回家,当妈的自然非常牵挂。她先把房间都收拾停当,还特意在门口贴上了对联和福字,然后出门买了很多凌世杰爱吃的,急着赶回家拾掇。

头十年,赵雪梅为了尽快挣钱还债,除夕夜都是在给食客们端菜上酒中度过的。前两年,凌世杰去了美国,赵雪梅的春节更是跟平日没有两样。今年,她破天荒地不再做年夜饭生意,给留守员工们都放了假,打算好好和儿子过个团圆年。

"妈,我回来啦!"凌世杰拎着大包小包推开家门。

赵雪梅赶紧从厨房迎出来,从头到脚打量凌世杰,怜爱地说:"瞧这几个月给我儿子累的,瘦这么多,"旋即疑惑地问,"哎,你行李呢?"

"妈,我就是回来过年,"凌世杰早就想好如何继续瞒着老妈,"节后我还得回去住宿舍。"

"啊?还没干完啊?"赵雪梅很是失望。

"完是完了,但客户要求留人给他们继续做培训和维护,柯总就把这活儿派给我了。"凌世杰搂着老妈得意道,"本人现在已经升为项目经理了,所以更得好好表现。"

赵雪梅心知不能拖累儿子进步,只好问:"那你在东边还得待多长时间?"

"合同上是一年,到时再看情况。"

见赵雪梅问个没完,凌世杰赶紧拿出刚买的按摩仪和羊绒衫,并坚持让老妈把羊绒衫穿上。

赵雪梅看着身上红艳艳的羊绒衫,心里暖融融的,嘴上却嗔怪:"干吗瞎花钱,挣了钱得攒着,将来娶媳妇。"一提娶媳妇,赵雪梅立刻想起来,"连葳回国过春节,我和她爸妈已经说好,今年还是初三中午,咱们两家一起吃饭。"

大年初三,两家人聚在川芙蓉。连葳一见凌世杰就乐颠颠地拉着他坐在一起,拿出从英国给他带回的礼物。

凌世杰挺不好意思:"我什么都没给你准备……"他平时除了偶尔跟连葳在 MSN 上聊两句,根本想不起这个发小儿。

连葳歪着头笑道:"没关系,你从纽约回来给过我礼物了嘛,我这是还礼。"

"连葳呀,你世杰哥现在可厉害了,刚升了项目经理。"赵雪梅在连葳一家面前从不掩饰对儿子的自豪,连葳父母本就喜欢凌世杰,更是竖起大拇指交口称赞。

"我世杰哥当然最棒啦,他还有好多成就没告诉你们呢……"连葳说完冲凌世杰挤眉弄眼,凌世杰白她一眼,不自然地对三位长辈笑了笑。

连葳妈面露愁容:"世杰啊,你好好劝劝连葳,我们的话她听不进去,也就你能说动她。"

凌世杰一怔,扭头看着连葳。

连葳满不在乎地说:"没什么,就是我想申请当奥运志愿者,如果选上我就不回英国了。"

"你听听,"连葳妈直摇头,"为个奥运会她居然打算放弃学业。"

"那怎么了?"连葳脖子一梗,"学校可以秋天再回去,北京费了多大劲儿才有这次奥运会,我可不想错过。世杰哥你说对吧?"连葳很希

255

望凌世杰能跟她站在一起。

"你这孩子真是昏头了，"连葳妈急道，"本来你只比世杰小一岁，结果高考复读一年，大学毕业就晚了两年。让你去英国就是因为能一年拿到文凭，你又要往后拖，也不想想等你念完都多大了？"连葳爸不愿眼看闺女被揭短，拉了一下老婆的衣袖。

凌世杰瞥了一眼连葳："英国的大学应该没寒假吧？"

连葳急忙在桌子下面踢凌世杰一脚。

"啊？"连葳妈立刻质问，"连葳，你不是说学校放假才回来的吗？你居然敢逃学？我们花那么多钱……"

连葳爸笑着劝解："闺女肯定是因为想咱们才大老远跑回来的嘛。"

"不对！她肯定是为了选奥运志愿者才回来的，不信你问她。"

连葳不顾正盯着自己的三位长辈，单单气鼓鼓地瞪着凌世杰，暗道真有你的，我忠心耿耿替你隐瞒这么久，你却一上来就把我卖了。

凌世杰撂下筷子，先冲连葳抱歉地笑了下才说："其实四年后的伦敦奥运会你也可以当志愿者。"

"我就要给北京奥运会当志愿者！"

"那也不难，也许再过二十年北京又办奥运会呢？志愿者的年龄又不限三十岁以下，而且为奥运会做贡献不一定非当志愿者吧。你乖乖回去上学，按计划7月毕业再回来，正赶上8月北京奥运会，到时我跟你一块儿去当啦啦队。"

"我特喜欢志愿者那身衣服，要是当不上太可惜了。"连葳的口气软了下来。

"可你只差几个月就能拿到硕士文凭，再拖一年更可惜。你得考虑时间成本和效率，现在回去一气呵成是最理想的。而且你学的专业眼下在国内还算冷门，要是晚一两年回来找工作，竞争就激烈了。"

连葳噘着嘴嘀咕："反正我将来也不一定干这行……"

"这是后话。"凌世杰像大哥哥一样命令道，"你先老老实实回英国,完成论文、拿到学位,奥运会开幕前回北京就行。"

连葳撒娇:"那我回来看比赛你得陪着我。"

"没问题,我负责搞票。"凌世杰拍着胸脯。

赵雪梅和连葳爸妈心领神会地交换眼色,都含笑不语。

吃完饭,连葳和凌世杰把碗盘端到洗碗间,连葳咬牙切齿地伸手一指凌世杰:"好你个叛徒!"

凌世杰嘿嘿一笑:"我师父教我的,必须找准对方的软肋。你骗你爸妈偷跑回来,就是你的软肋。"

"哪个师父这么坏?男师父还是女师父?"

赵雪梅推门问道:"什么女师父?你俩聊啥呢?"

凌世杰和连葳都一激灵,赶紧打住。

凌世杰帮着老妈在店里忙了两天,又陪连葳逛了次庙会遍尝各路小吃,直到正月初七晚上才在老妈依依不舍的目光里离开家。

回到柯立锋的小两居就发现灯亮着,凌世杰高兴地叫道:"师父,你回来啦!"顾不上换鞋就跑向柯立锋房间,"你怎么不提前跟我说一声,我好去接你呀。"

柯立锋听到这声"师父",心里也一阵欣喜,连忙起身出来,师徒俩对视着傻笑。柯立锋忽然意识到,自己对这个徒弟的牵挂已远超当初的预想,他正出神,凌世杰忽然叫声不好,忙不迭退回门口换鞋。柯立锋不由得暗笑,徒弟真是被自己训练得近乎神经质了。

待凌世杰收拾完毕,柯立锋开始复盘南洲建材,给凌世杰上了戊子鼠年的第一堂课。

"我唯一不理解的就是最终的人事处理,"凌世杰仍然耿耿于怀,"刘家昌是丢卒保车的那个卒,但这个车是侵害黄埔利益的韦正雄,这不是姑息养奸吗?真不明白赵董怎么想的。"

"老赵的逻辑没错。"柯立锋起身在白板上写下"用人原则"四个字,"老板用人最看重什么?首先是忠诚,其次是能力,就是对公司的价值,其他的诸如贪财好色之类都是小节,老板并不特别在意。"

"韦正雄背地搞鬼,首先就谈不上忠诚。"凌世杰不由得质疑。

"但韦正雄对黄埔仍有价值,他一直负责政府关系,现在又兼管投资业务,今后黄埔要募集人民币基金也需要他,所以老赵眼下不会轻易舍弃韦正雄。"

"照你这么说,一个人的价值比忠诚度更重要?"

"也不尽然,取决于度。如果既有价值,还有忠诚度,这个人一定会被重用;而如果一个人对公司没有忠诚度,当他的价值被利用完肯定会被老板抛弃。"

"你是说韦正雄早晚会被?"凌世杰抬手在脖子上比画一下。

"哪个老板都不傻,尤其是老赵。"柯立锋沉吟道,"咱们这次忽略了韦正雄对老赵的价值所在,功败垂成啊。所以你要记住,要想打垮敌人,就一定要选准最佳时机,正中他的七寸,一击致命。"

凌世杰又壮着胆子把另一个疑虑说出来:"师父,你为什么一定要扳倒韦正雄,就为报复他对你的各种虐?"

柯立锋一怔,盯着凌世杰好一阵才幽幽地说:"因为我是被冤枉的,有人陷害。"

"冤枉?!你没做老鼠仓?!"凌世杰喜出望外地一下站了起来,听师父亲口说出他是清白的让凌世杰如释重负,师父的品行没问题,师父是个好人,师父和父亲一样都是被冤枉的。原先因为柯立锋有前科、名声不佳,凌世杰从不敢让人知道自己有这么一位师父,今后他这个徒弟可以当得正大光明、扬眉吐气了。

柯立锋仿佛看透了凌世杰的心事,摇摇头:"你我的事得继续保密,不能让第三个人知道,对你、对我都有好处。"

"嗯。师父,你觉得陷害你的人是韦正雄?"

柯立锋点了下头:"因为他有动机。当初老赵回国创立黄埔,人生地不熟便拉了韦正雄联手,所以韦正雄才能挂上联合创始人的头衔,但随着黄埔越做越大,韦正雄却逐渐边缘化。我给你讲过那四门功课,韦正雄跟四块核心业务都不沾边,美元基金募集是老赵和 Michael 的事,投、管、退都归我负责,所以只有把我除掉由他取而代之,他在黄埔的地位才会稳固。后续发展也正如韦正雄的预期,事实证明,我出事他是最直接的受益人。"

"师父,这些都是你的分析,有没有什么切实证据?"

"有。还记得你面试那天吧?"

"当然,到死也忘不掉,你把我骂得狗血淋头。"

"那天下午,我去电视台录节目,韦正雄曾问我是直播还是录播,我说是录播,他就说那还好,出了问题可以重来。"

凌世杰不解地看着柯立锋。

"这表明韦正雄很可能知道录制期间我会出事,他担心直播会对黄埔形象造成太大损害。"柯立锋笃定地说,"这事儿就是他一手谋划策动的,他只不过不知道具体的爆发时间。"

"师父,这只是你的推理……"

"足够了!"柯立锋不耐烦地一挥手,"后来的事你都看到了,对韦正雄这种人怎么做都不冤枉他!"

凌世杰想到韦正雄的种种嘴脸和恶行也不禁怒火中烧,他握紧拳头坚决地说:"师父你放心,为你、为我师姐、也为我自己,我一定要跟韦正雄斗到底!"

因为柯立锋之前请了长假,小卢一个人累得够呛,知道柯立锋节后回来上班,小卢便告了几天假,还跟柯立锋开玩笑说,老兄你也体会下一个人六台车的感觉。

正月初八一上班,柯立锋就去接从美国回来的赵卫国。

赵卫国一如既往地坐在前排,寒暄几句便严肃地说:"立锋啊,咱俩这么多年朋友了,今天我想好好跟你聊聊。"

柯立锋却一指远处已经建成的3号航站楼:"你下次坐飞机估计就要体验那个新航站楼了。"

赵卫国没理会，忧心忡忡地顺着自己思路继续说："黄埔的前景不乐观啊，先是你出事儿连带着华都有色，年前又是南洲建材，虽然我费尽心思保住了老韦，可他这人，唉，你也知道，不堪大任啊。"

柯立锋摸不清赵卫国的意图，没接茬。

"我这次回纽约找几个老朋友聊，大家都认为美国的次贷危机已经产生连锁反应，可能不只是调整，而是跌入长期的萧条。"赵卫国又叹口气，"我有种预感，属于我们的时代已然过去了。"

柯立锋看了赵卫国一眼："你还记得吗？2000年美国科技股泡沫破裂，当时欧美市场哀鸿遍野，你却判断中国的势头反而不错，几次三番劝我回来跟你干，说市场就是这样，西方不亮东方亮。事实证明，我2002年回来是非常明智的选择。"

"可这次不一样，不只是单个行业出问题，很可能是严重的金融危机并拖累实体经济的全面衰退，恐怕东西南北全不亮了。"

柯立锋耸了下肩膀："我倒没这么悲观，中国这回有可能又像2001年那样，率先触底反弹。"

"反弹？"赵卫国苦笑，"现在才刚开始，一眼望不到底呢。"

"那咱们就拭目以待。"

"立锋啊，我就佩服你这种越挫越勇的乐观和旷达，你的抗打击能力真不是一般人所能比拟的。"

"不见得。"柯立锋淡淡地说，"只有真受到打击才知道自己能不能扛，当一个人到了谷底，也就没什么可以失去的了。"

"既然如此，你是不是该触底反弹了？"赵卫国恳切地说，"你老开车也不合适，虽然眼下这形势我也帮不上你更多，但如果你愿意去大学讲课或者搞点儿研究，趁我现在还有能力，可以想想办法。"

柯立锋猜不透赵卫国是真心替他考虑，还是想把他轰走，但不管怎样自己都不能离开黄埔，便笑了笑，顾左右而言他："老赵，我这次回上海，我爸知道是你好心收留了我，特意让我谢谢你，说像你这样厚道的老板不多了。"

"哪里哪里,是我没照顾好你,对不起他老人家。听说这次老人家病得挺严重,我都没顾上问候一声,唉……"见柯立锋把老父亲搬出来做挡箭牌,赵卫国也不便多言。

"老赵,我明白你的好意,但你看我现在这样子,谁还敢要我?即便人家看在你的面子答应,心里总归不情愿,我何必去给人家添这个堵?"柯立锋意在明确表个态,好让赵卫国别再惦记这事儿,"其实我现在当司机也蛮好,毕竟黄埔是我熟悉的环境,还有你关照我。你了解我这人,到陌生的地方搞不定的,我不想再折腾。"

"那就随便你吧,我只是希望你别太委屈自己。"赵卫国就此不再劝柯立锋另谋出路,话题一转,"不过你听我一句,不要再执着于谁陷害你这件事儿上。"

柯立锋没说话。

"商场就是战场,历来纷争不断,各种手段屡见不鲜,要老是冤冤相报,搞不好闹得众叛亲离,最终倒霉的还是自己。"赵卫国用兄长的口气劝道,"该放手时就放手,得饶人处且饶人。"

柯立锋用冷峻的目光盯着前方,微微点了下头,算是应承。他心想,商场确实是战场,而战场向来不在乎谁对谁错,只在乎谁活到最后,最终还站着的必须是我柯立锋。

好奇心就像炉子上的一壶水,凉的时候悄无声息,一旦沸腾起来很难再压制住。师婕对柯立锋和凌世杰关系的好奇,就像水蒸气一样不断汩汩冒出来,她决定找个机会一探究竟。

正月十五的中午,师婕跟凌世杰说晚上请他吃饭,一是过元宵节,二是庆祝他转正。

"好呀。"凌世杰一口答应,突然想起早上已经跟柯立锋说好,晚上回去搭伴过节,便灵机一动,"师父,要不咱也叫上你师父?"

师婕原本打算问凌世杰叫不叫柯立锋,凌世杰若不同意,表明这俩关系没那么近;凌世杰若不反对,师婕正好借机探探他俩到什么程度。

没想到凌世杰竟主动提议叫上柯立锋……

"师父,你要不愿意就算了,"凌世杰见师婕发愣,赶紧改口,"我就是觉得多一个人可以多点两样菜。"

"我怎么会不愿意?"师婕莞尔一笑,"我正想问叫不叫他。"

凌世杰开心地问:"那咱仨到哪儿吃啊?"

"今天主要是请你,你说了算,我只负责买单。"

"好嘞,我特别想去湘鄂情。"

师婕想说柯立锋不吃辣,可刚讲过由凌世杰说了算,不好出尔反尔,只得转而问:"你在湖南还没吃够?"

"我那半个多月吃的都是方便面,"凌世杰仍心有余悸,"再说,我是因为去了趟湖南才转正,得吃顿湘菜纪念一下。"

"行,我定个包间。"师婕打算到时给柯立锋单点几个不辣的菜。

晚上,师婕和凌世杰先到了,柯立锋因为出车来得晚,凌世杰见柯立锋推门进来即刻起身迎过去:"师父,你坐中间。"

柯立锋冲凌世杰略一皱眉,没说话,径直坐到主位。凌世杰也已反应过来,赶紧转身去拿茶壶,趁着背对师婕吐了下舌头。

"你刚叫他什么?"师婕狐疑地看眼凌世杰,又看眼柯立锋。

"叫他师傅啊,"凌世杰坦然做个手握方向盘的姿势,"按辈分我该叫师爷,可显得太老相。反正北京人管谁都叫师傅,没毛病。"说完看着柯立锋,"行吗?"

柯立锋不动声色:"无所谓,只是个称呼而已。"

凌世杰习惯性地先给柯立锋倒茶,又把碟子上立着的餐巾取下来打开,呈给柯立锋。师婕顾不上纳闷凌世杰何时开始把"师傅"前面的姓去掉的,令她更诧异的是凌世杰对柯立锋的殷勤,尤其这殷勤透着那么的自然。虽说凌世杰是个有眼力见儿、会讨喜的人,但以他俩素来有限的交集,好像不至于熟稔到这般程度。

师婕把菜单递给凌世杰:"想吃什么就点什么。"

"那我可就不客气了。"凌世杰也不推辞,接过菜单点了剁椒鱼头、馋嘴蛙、湘之驴、小炒黄牛肉和瓦罐土鸡汤,然后指着菜单上的照片向柯立锋建议,"这个香辣豆干炒芹菜特别好吃,你尝尝?"

"我师父是上海人,不吃辣。"师婕一听凌世杰点的都是辣菜,生怕柯立锋不高兴,不过又感觉他俩关系也没多深,不然凌世杰起码知道柯立锋的口味。

"哟,我忘了这茬儿了,"凌世杰一脸歉意地把菜单递到柯立锋面前,"要不你换两个不辣的?"

"不用,就这样吧。"柯立锋没接菜单。

师婕惊讶地问:"师父,这几样菜都很辣,你确定能吃吗?"

"我天天在外面跑车,中午赶上什么吃什么,也就习惯了。"

"哦。"师婕将信将疑,把菜单接过来翻翻,对服务员说,"把剁椒鱼头换成酱烧吧。"待服务员出去,师婕看了一眼柯立锋,又看了一眼凌世杰,莫非徒弟早就知道师父如今已能吃辣?

菜上齐了,凌世杰举起红酒杯:"今天我要发自内心地说句谢谢,如果没有你们,我这次不可能转正。"说完一口气干了。

师婕愣住——你……们?

柯立锋抬手一指师婕:"你该谢的是你师父,我这个司机师傅今天就是作陪。"

凌世杰嬉皮笑脸地说:"当着师爷的面,我不敢只谢师父。要不是你,我能有这么好的师父吗?没有师父,我能有今天吗?"

"你倒是会说话。"师婕对凌世杰笑道,"我以茶代酒,祝你今后更上一层楼!"

"也祝我们师徒三人都心想事成!"凌世杰又一饮而尽。

吃完饭,柯立锋和凌世杰各打了一辆出租,先后回到小两居。

"师父,我今天反应机敏吧?"后到的凌世杰一进门就得意地问。

"还有脸说?"柯立锋白了凌世杰一眼,"你们五道口技校出来的就是少根筋,没两三句就差点儿穿帮。"

凌世杰反唇相讥:"那当然,肯定比不了你们五角场职教中心出来的老油条。"然后一脸坏笑,"怎么样,那个香辣豆干有没有让你回味无穷?"

柯立锋捶凌世杰一拳,佯怒道:"以后再不许让我看到什么豆干!"说罢走进卫生间,发现盥洗台上摆着两个新的漱口杯,粉色的上面写着"管钱的",蓝色的上面写着"挣钱的",当即喊道:"喂,这怎么回事?"

凌世杰走到卫生间门口:"噢,这个呀,商场情人节买一赠一,不买白不买。"

柯立锋撇了撇嘴:"那我用这个'管钱的'"。

"凭什么啊?咱俩当然是你负责挣钱啦。"凌世杰不满地道。

"就凭我管你,我想用哪个就用哪个。"柯立锋刚拿起"管钱的"漱口杯,又看到毛巾杆上挂着一蓝一粉两条毛巾,蓝色的上面绣着一碗米饭,写着"我只吃饭不洗碗",粉色的绣着一碗泡泡,写着"我只洗碗不吃饭",不屑地问:"这也是情人节买的便宜货?"

"对呀,"凌世杰笑道,"你不觉得就是咱俩的真实写照?"

柯立锋哼一声:"你是既洗碗,又吃饭。"

师徒俩斗嘴正酣,却不知此时此刻师婕就坐在楼下的车里。

从餐馆出来,师婕越琢磨越觉得凌世杰有些反常,又记起那天他不让自己去他家附近见面,便悄悄开着帕萨特跟在凌世杰的出租车后面,想看看他到底住在哪里。没承想,出租车兜了个不大不小的圈,竟开进了柯立锋的小区,下了车的凌世杰竟直接走进柯立锋的单元。

师婕眺望着楼上自己那套小两居的灯光,不由得暗气,确切地说是有些吃醋,还有些失落:原来这两人早就在本属于自己的地盘"同居"了,难怪师父各种借口不让自己来,难怪徒弟如有神助般进步飞速。

可是你们有必要瞒我吗?何苦在我面前装傻充愣遮遮掩掩?你们把我当自己人了吗?你们觉得我不配知道还是不敢让我知道?

师婕左思右想想不通,最后只好对自己说,算了,好在柯立锋不是跟哪个女人住在一起,好在凌世杰不是给别人当徒弟。毕竟肥水没流外人田,徒弟替我照顾师父,师父替我教导徒弟,也算是三赢,我乐见其成。至于他俩为什么瞒我,男人自有男人的逻辑,该让我知道时自然会让我知道。

南洲一战,凌世杰虽如愿成为正式的黄埔人,但境遇并没有变得比之前更好。由于韦正雄的不待见、刘家昌的离职,其他部门同事对他都另眼相看。凌世杰往财务或法务跑个流程都要比其他人多折腾几趟,财务和法务每次总能揪出不同的细节漏洞,还偏不一次说清楚,搞得凌世杰哑巴吃黄连——有苦说不出。

又到了各部一起开项目会的时候,凌世杰走进会议室,按理说他应该像往常一样坐到靠墙的后排,但看到其他几个部都是三四个人坐在会议桌边,而三部只有师婕一人,凌世杰觉得自己既然已经转正就是三部的正式成员,于是大模大样地坐到了师婕旁边。

"凌世杰,你懂不懂规矩?"坐在对面的朱敏文厉声断喝,"刚转正的也配坐前排?"

"就是,太不像话了!"季晓诚也指着会议桌边的人附和,"你看看,这里坐的哪个不是三年以上的老员工?你连个投资经理都不是。"

凌世杰被骂得面红耳赤,意识到自己确实坏了黄埔不成文的规矩,刚要站起身,却被师婕一把按住:"他们是你的直接领导吗?"

凌世杰待在原地,不知究竟该走该留。

师婕绷着脸说:"只有我吩咐你做什么你才做什么,"随即语气缓和下来,冲后面一努嘴,"今天你先坐到后排吧。"

凌世杰赶紧挪到靠墙的位置。

师婕回过头冲朱敏文和季晓诚正色道:"拜托你们二位记住,我的徒弟我可以骂,但其他人不可以!"

晚上回到家,凌世杰愤懑不平地向柯立锋诉说朱敏文等人的恶意针对,包括在讨论会上攻击他爱出风头、自以为是,委屈得就像个回家告状的孩童,眼巴巴地求安慰。

"你都二十五了,别跟个五岁孩子似的,你想让我哄你,还是替你

· 265 ·

出头?"柯立锋不但没有丝毫同情,反而板起脸训斥,"在公司受点儿委屈算什么?你能不能有点儿出息?"

凌世杰嗫嚅:"我就是心里不舒服,跟你唠叨几句……"

"唠叨就说明还在记恨,记恨就说明还没放下,放不下的男人成不了大事。"柯立锋一副恨铁不成钢,"别人骂你顶多伤你一时,你念念不忘就会伤你一世。"

"唉……我还不如不说。"凌世杰噘着嘴回到自己房间,心知柯立锋的话不无道理,但对师父如此不近人情还是有些失望,毕竟你是我师父,我平白被外人欺负,你不帮我还击也就罢了,至于劈头盖脸骂我一通吗?凌世杰不由得伤心,师终归不如父,要是父亲还在一定不会这样。

凌世杰并不知道,自从听说这事之后,柯立锋一直在静待时机。机会终于来了,朱敏文要用车去机场。柯立锋知道这位自己的前下属有严重的拖延症,总要耗到最后一分钟才着急忙慌出门,便故意把出发时间卡在准时和迟到之间的节点上,心说,能不能赶上飞机就看你的人品和造化了。

果然,朱敏文一如既往地拖到不得不走才下楼;果然,朱敏文的人品造化都"好"得不能再好,从东三环直到机场高速一路堵车。

朱敏文急得不停地看表,恨不得自己跳下车跑到机场。

"都是你,出来得太晚了。"朱敏文抱怨道。

"这你可赖不着我,要不是你下楼晚了十分钟,咱们不一定遇上堵车。"柯立锋慢条斯理地说,"北京这路况,早走十分钟就可能早到一小时,可要是晚走十分钟,呵呵……"

朱敏文毕竟对前老板心存忌惮,敢怒不敢言。等他心急火燎地挨到机场,原定的航班已完美错过,只好改签下一班飞机,不得不在机场干等三个小时。

而柯立锋开车回公司的路上竟罕有地吹起口哨,他越想,越自觉好笑。刚才报复朱敏文的行为也太幼稚了,前些天还教训徒弟不能小心眼儿,结果自己反倒吃饱了撑的使出这种手段。我还是原来的我吗?柯立锋脑海里闪过一个念头,我是不是太在乎凌世杰这小子了?

临近8月,整个北京日渐沉浸在一片喜庆欢乐气氛之中,奥运会热潮席卷了每个人。

黄埔资本响应政府号召在京企业尽量疏解员工到外地避开奥运会的倡议,提前给员工们放带薪假。

最后一个工作日的下午,韦正雄坐在柯立锋车上忽然发问:"老柯,放假期间有什么安排啊?"

"我打算回上海陪陪我父亲。"

"哎呀,你这份孝心恐怕得落空喽,"韦正雄咂着嘴,"公司虽然给大家放假,但奥运会这么重要的当口办公室必须得有人值班,我认为这个差事非你莫属,你这也算是为奥运会做贡献嘛。"

柯立锋面无表情地说:"知道了。"

韦正雄下车后,又特意走到右前门旁边,示意柯立锋把车窗摇下来,皮笑肉不笑地吩咐:"记住了啊,整个奥运会期间你每天都得守在办公室,不许迟到,更不许早退哟。"

柯立锋看都没看韦正雄,一脚油门开走了。

韦正雄刚到办公室坐下,师婕敲门进来,扬了扬手里的一沓单子说:"韦总,就等您签字了,我怕再过会儿财务就下班了。"

韦正雄现在瞧见师婕就来气,这姑娘虽然长得不错,但跟她师父一样死倔,活该她耗成个嫁不出去的老姑娘。

签完字,韦正雄把报销单推给师婕,坏笑着问:"Jessie,打算到哪儿去'避运'啊?哦,你可别想歪了,我说的是奥运的'运',可不是那个'孕'哟。"

师婕皱了皱眉:"我买了明天回成都的机票。"

"怎么,回老家相亲啊?"

"回去看望父母。"

"也是,你这样的大龄剩女回老家更不好找对象喽,"韦正雄淫邪的两眼死盯着师婕,"我看啊,你是咱们黄埔唯一的根本不用避孕的人,哈哈……"

师婕毫不掩饰脸上的厌恶:"韦总,我的事就不劳烦您费心了,反正我一根白头发还没有呢。"说完,拿起单据扭头走了。

韦正雄捋了捋鬓角,原已打算晚上去焗油,此时遮掩不住的白头发自然逃不过师婕的眼睛。韦正雄气得牙根儿痒,你个从不肯就范的女人,迟早落在老子手里,到时让你尝尝老子的厉害。

师婕径直去了洗手间,双手撑在盥洗台上,一阵阵反胃。韦正雄明目张胆的骚扰和肆无忌惮的挑衅让她既气愤,又憋闷,实在是欺人太甚!她脑子里闪过好几句川骂和京骂,恨自己刚才竟一句都没想起来。

这时手机响了,师婕一看是母亲打来的,忙用纸巾擦擦眼角。

"小婕呀,妈这边已经把你爱吃的泡菜和腌肉都备好咯……"

师婕哭笑不得:"你打电话就为告诉我这些哇?"

师婕的母亲在女儿面前向来藏不住什么,嘿嘿笑道:"妈是想让你做好思想准备,有几个嬢嬢已经安排了好几场相亲,这拨小伙子条件都不错的,肯定会有你看得上的嘛。"

师婕一听相亲,立刻又泛起恶心,镜子里登时浮现出韦正雄那张幸灾乐祸的老脸,她气不打一处来:"妈,哪个跟你说我要回去的?"

"咦,小睿说北京人都放假了,你不回来待在那里做啥子?"

"但我们公司不放假。"师婕心一横,"我马上要开会啰,不跟你说咯。"师婕挂上电话,恨恨地念叨好你个爱传闲话的师睿,看来又欠揍了。

正收拾东西准备下班的凌世杰听师婕沉着脸宣布完,不禁诧异:"师父,你真不回成都了?"

"骗你干吗?"师婕依然气不顺。

凌世杰见师父恨不能找人打架的阵势,吓得不敢再问:"那我先走了,我妈刚才来电话叫我赶紧回家。"

"嗯。"

"那……师父,咱们半个月后再见,"凌世杰有些依依不舍,"有事儿你随时招呼我啊。"

师婕挥挥手,算是作别。

三部只剩下师婕一个人,她坐在椅子上发呆,韦正雄的羞辱、母亲的催促,令她几乎窒息。

拜那位孔老先生所赐,当今社会不论对男还是对女,三十而立都是个最基本的要求,或事业、或家庭。而师婕的事业和家庭不仅都没立起来,反而像陷入了瓶颈,四处碰壁,到哪儿都被视为异类。

必须尽快走出来,即便不能两全其美,至少要在一方面有所突破,否则自己将陷入自我否定的恶性循环。

从哪里入手呢? 和事业比起来,情感这事儿似乎自己更难把握。事业上就算十分耕耘总能有一分收获,而柯立锋这块盐碱地,无论撒下多少种子无论怎样悉心浇灌,也未必开得了花、更结不出果。

师婕叹口气,把机票退了,打起精神投入工作。

凌世杰刚进家门,连葳就从厨房里蹦出来:"世杰哥,我回来啦!"

凌世杰很是意外:"怎么没让我去接你? 对我还保密?"

"您是大忙人嘛,我怎么好意思劳您大驾。"

"文凭到手了?"

"那当然,我说到做到,"连葳笑眯眯地指着凌世杰,"你说的话也要算数哟。"

"我说什么了?"

"陪我看比赛啊。"

"没问题,我们公司放假,你想去哪儿我都陪着。"凌世杰随即犯愁,"不过票不好弄,听说水立方连预赛的票都早抢光了。"

"我还想吃各种美食。"

"这倒好办,包我身上!"凌世杰见老妈端着一大碗米粉肉从厨房走出来,"妈,您急吼吼地把我叫回来,什么事啊?"

"陪连葳啊,还能有什么事?人家上午刚到北京下午就来咱家了,"赵雪梅把几个菜摆到餐桌上,解下围裙,"我现在得去店里了,你俩在家好好吃、好好聊。"然后特意叮嘱凌世杰,"小杰啊,你这些天多陪陪连葳,北京现在到处都是人,她一个女孩子自己出门不安全。"

凌世杰笑了:"瞧您说的,眼下还有比北京更安全的地方吗?"

"阿姨,世杰哥刚才都答应我了,"连葳开心地看着凌世杰,"他要带我去好多地方呢。"

"那就好,你们俩在一块儿我就放心啦。"

凌世杰和连葳一边吃,一边兴致勃勃地讨论要看的奥运会项目和想品尝的各色美食,连葳还拿出张纸列了个表格,把两人每天早中晚的活动安排都逐一写上。

正商量着明天上午在哪里碰头,凌世杰的手机响了,他一看来电显示赶紧起身走到客厅:"师父……"

师婕直接问道:"你这几天没什么安排吧?"

凌世杰扭头看眼餐桌旁正写写画画的连葳:"嗯——没……我没什么安排。"

"那你跟我一起出趟差,实地调研云红娘在几个重点城市的落地情况。"

"没问题!"凌世杰想到终于可以和师婕结伴出行,立刻喜不自胜。

"那我订机票,明天上午第一站去大连。"

挂上电话,凌世杰坐回餐桌,抱歉地看着连葳:"不好意思,我明天得跟师父出差,不能陪你了。"

"啊?"连葳震惊又加失望,"你们不是放假吗?不能跟你师父说放完假再出差啊?"

"就因为事情紧急所以才必须马上出差,我师父现在把宝全押在这项目上了,我当然得帮她。"

"噢,"连葳不敢坚持了,"那……TA是男师父还是女师父呀?"

"当然是我的美女师父啦。"凌世杰完全没在意连葳脸上的异样,扭头走回自己房间,"我得赶紧收拾行李,你接着做攻略吧。"

连葳噘起嘴小声嘟囔:"那还有什么好做的……"她用笔一行一行把写好的安排统统划掉。

第十三章

道是无情却有情

凌世杰跟着师婕马不停蹄地跑了大连、西安、杭州、重庆等多个城市，考察云红娘在京沪广深之外的拓展情况。各种迹象表明，云红娘确实具有很大的市场潜力，师徒俩信心十足，一路奔波仍乐此不疲。

师婕发现了个有趣的现象，每当他俩有什么问题拿不准，凌世杰便会"人间蒸发"一阵子，而一回来必定灵光乍现，提出新颖独到的想法。师婕虽然猜出个大概其，但还是想确认一下自己的判断。

这天下午，师徒俩坐在酒店的咖啡厅捧着电脑整理数据，师婕盯着云红娘提供的不同城市的会员收费标准，左思右想之后问凌世杰："二三线城市和一线的会员价格相差太大，而且各级城市人口规模也不一样，怎么才能设计出合理又简洁的收益模型呢？"

凌世杰正琢磨着，忽然站起身："哎哟肚子疼，我得赶紧去趟厕所。"捂着肚子拿起手机跑出几步，他又回头说，"师父，等我回来再研究。"

师婕望着凌世杰背影消失的方向若有所思，估计时间差不多了，便按下手机上柯立锋的号码,果然传出的是"您拨打的号码正在通话中,请稍后再拨"……她翘起嘴角会心一笑,近有徒弟做跟班、远有师父当高参,真好。

五分钟后,凌世杰神清气爽地回来了:"唉,中午那个水煮鱼绝对不新鲜。"

"怎么样,问题解决了?"师婕一语双关地问。

凌世杰一愣:"哦,没事儿了,我火力壮。"他坐回皮椅,胸有成竹地说,"师父,其实不用纠结每个城市会员卡的价格是多少、大概能发展多少会员,因为咱们关心的并不是单价和人数这两个因子,而是它们的乘积,也就是云红娘在各个城市的销售额。有个现成的数据最能直接反映每个城市的民生水平和人口规模,那就是GDP。咱们找几个典型城市做代表,算出云红娘的销售额与当地GDP的比例,再做个简单的线性回归,找出大致的比例范围,套入各地的GDP,就可以非常简便地生成收益模型,也就能比较精确地估算出云红娘的年收入。"

师婕略加思索便豁然开朗,喃喃道:"我怎么没想到这一层?"随即竖起大拇指,"还是你厉害,去趟厕所智商就爆棚。"

凌世杰讪讪地道:"师父,你是说我的大脑需要特殊刺激吗?"

"反正你获得灵感的方式比较特别。"

凌世杰嬉皮笑脸道:"还不是因为我有你这位特别的师父嘛。"

师婕一撇嘴,心想,你们这种小把戏爱玩多久玩多久,反正对我没坏处。

这时凌世杰的手机响起,他吓了一跳,还以为是柯立锋又打过来,一看是金晓才定下神,旋即有些不自然地看了眼师婕,起身走到旁边。

"喂,这么久你连个电话都没有,是真想跟我断交吗?"金晓的口吻却丝毫不像两人已很久没联系。

自打转正凌世杰又找回了往日的自信,加上天天跟两个师父在一起心情愉悦,他早已不再计较金晓与他的身世纠葛,现在金晓主动打电话过来,凌世杰更觉得自己当初过于褊狭,不该那样冷落她:"呃……

不是,我就是一直都特别忙。"

"嘁,转个正就至于忙成这样?告诉你啊,本人已经是百川正式的投资经理啦,现在主要看创新医药领域。"

"恭喜恭喜!"凌世杰由衷为金晓感到高兴,"以后是不是得叫你金经理了呀?"

"少来,你什么时候请我吃饭?我倒要听你说说,我当上这个经理究竟是靠自己还是靠我爸。"金晓趾高气扬。

凌世杰忙表示:"我在外地看项目呢,等我回北京就请你吃饭。"

"这时候出什么差?你一个人?"

凌世杰压低声音:"还有我师父。"

"啊?就你们俩?"

"嗯。"

"难怪你连奥运会都顾不上看了。"金晓揶揄完又盼咐,"等你回北京立刻来见我,我要第一时间听你老实交代。"

第二十九届夏季奥运会已经进行到第十个比赛日。

上午,韦正雄正躺在东戴河度假村舒适的大床上享受 Linda 的全套大保健服务,赵卫国的电话来了。

韦正雄赶紧推开 Linda,坐起身清了清嗓子:"赵董,您在纽约挺好的吧?"

赵卫国笑呵呵地说:"挺好,没什么事儿,临睡前找你闲聊几句。"

韦正雄心说,虽然此睡非彼睡,我这儿也正"临睡"呢,可还得硬着头皮陪赵卫国东拉西扯,Linda 在一边无聊地调换电视频道。

能想到的话题都聊完了,赵卫国漫不经心地问了一句:"哎,咱们黄埔的员工都放假了吧?"

"别人我都放了,就留柯立锋在公司值班。"韦正雄说完忍不住笑,他每每想到柯立锋像只困兽一样被圈在公司就心花怒放。

"就他一个人在公司?你这安排可有些欠考虑啊,大家都放假,奥运期间能有什么事儿?"赵卫国明显不太高兴,"再说老柯父亲身体又不好,他本可以回上海看看,你偏把他拴在公司,实在说不过去。"

"他是打算回上海,让我给拦了,"韦正雄一听赵卫国袒护柯立锋就烦,何况身边正躺着个直接下属,自己的威信总得维护一下,所以口气丝毫没软,"我了解过,今年公司属他请假最多,所以也该轮到他值回班了。"

"他那次请长假不是因为老父亲生病吗?你这样做何止是不近人情,都有点儿不太人道了。"赵卫国真动了气,"要么你赶紧让老柯回家休息,要么你现在就去陪他值班!"说完,他不容韦正雄张口就挂了电话。

"什么东西!"韦正雄气呼呼地把手机摔在床上。

"又挨训了?"Linda娇嗔地抛来一句嘲讽,"你呀就会对我凶,赵董说一你绝不敢说二。"

"你少废话!"看着身边虽然干瘦但还算白皙的Linda,韦正雄方才的兴致被一扫而光。哼!我今天就不打电话,把你个该死的柯立锋能圈多久就圈多久。

柯立锋这些天可谓海阔凭鱼跃、天高任鸟飞,韦正雄那句"你每天都得守在办公室"让他得以名正言顺地独自待在黄埔,宛如一只好奇心十足的猫,终于有机会把整个黄埔翻了底朝天,虽然他也不清楚自己究竟在找什么。

此时此刻,柯立锋就站在韦正雄的办公室里,从边柜上一摞废旧的文件堆里翻出一张皱皱巴巴的A4纸,正是那封被师婕揉作一团扔在地上、又被韦正雄捡起留作证据向赵卫国告状的嘉奖信。

合规奖?十万元?柯立锋眉头紧锁,反复看了几遍——表彰高级投资经理师婕严格执行公司规定、恪守职业准则……第一时间向公司反映个别人的可疑行为……

师婕……反映……可疑行为?!柯立锋头一次把这三个关键词联系在一起,他失神地盯着手上这张纸,缓缓走出了韦正雄办公室。

回到前台,柯立锋顺手用遥控器打开斜前方吊挂着的电视,正在直播奥运会一百一十米栏小组预赛,万众瞩目的刘翔即将在鸟巢首次亮相。但柯立锋没心思关注这些,他把声音调小,呆坐在椅子上,大脑像台飞速旋转的机器。这封嘉奖信是一年来苦苦寻觅所找到的唯一线索,但为什么从没听师婕提起过?这奖似乎并未如期颁布,而信又怎么会被揉搓成这个样子?柯立锋一直想查出究竟谁给他设的圈套,但今天这一发现究竟是圈套的圆心,还是边缘上的一个点呢?

电话总机铃声骤起,柯立锋被惊醒,没想到居然是赵卫国打来的。

"老赵啊,"柯立锋镇静地笑道,"你怎么有空打电话?我还以为总算有大客户找上门了呢。"

赵卫国非常恳切地说:"立锋,我得跟你道个歉,公司放假的具体安排我没过问,根本没想到老韦自作主张让你值什么班,本来你可以利用这个机会回上海陪陪父亲的。"

柯立锋半开玩笑地回了句:"没关系,我向来都以工作为重嘛。"

"这几天你在公司憋坏了吧?"

"还行,每天就是看电视转播,比去现场舒服。"

赵卫国随口问道:"这会儿看什么项目呢?"

"跨栏。"柯立锋说完瞥眼电视,随即惊讶地叫出声来,"啊?!刘翔退赛了?!这绝对是本届奥运会最大的爆炸新闻啊!"

赵卫国却像没听见似的:"立锋,赶紧回家吧,别在公司耗着了,剩下几天好好在家休息。你也别怨老韦,我刚才已经说他太不通情理了。"

柯立锋仍然盯着电视,感慨道:"想想四年前刘翔在雅典多风光,再看如今,唉……相比咱们这位上海小老乡,我已经挺好的了。老赵,你也别为我的事儿太操心。"

挂了电话,关上电视,柯立锋拿起那封嘉奖信走到韦正雄办公室,仔细地依照原样放归原处。接着,他检查了一下各处的设备和电源,把灯都关掉,锁门前又特意驻足扫视办公区,暗想这里究竟还藏有多少我不知晓的隐秘。

凌世杰和师婕跑了半个多月,终于完成了云红娘项目的实地调研,回公司后,两人加班加点地重新做方案,终于在投决会获得通过。凌世杰看着第一个亲身参与的项目过会,不禁憧憬起未来更多的成功接踵而至。

柯立锋却顾不上对两位徒弟表示祝贺,自从看到那封嘉奖信后,他心里疑点越来越多,要想有所突破就得搞清公司给师婕颁奖的具体缘由。

"你想办法进入 Linda 的电脑,帮我拷些资料。"柯立锋吩咐凌世杰,他知道韦正雄在机关单位养成的毛病,邮件向来要他人代为起草,而在黄埔这个人就是 Linda。

"没问题。"凌世杰登时来了精神,"师父,有什么重大发现?"

"不该问的别问,"事关师婕,柯立锋不愿透露详情,"你只要帮我拿到 Linda 去年六七月份生成的所有 Word 文件就可以了。"

第二天,柯立锋满怀期待地守在茶水间,一见凌世杰进来,便使眼色向他询问,凌世杰却貌似有难言之隐,只微微摇了下头。晚上刚进家门,柯立锋便急切地问:"怎么样?到手没?"

铩羽而归的凌世杰耸下肩膀:"师父,搞不定啊。"

"怎么会搞不定?你上回弄项目资料不是手到擒来吗?"柯立锋变得少有地烦躁,"怎么轮到我的事就搞不定?"

凌世杰见柯立锋怀疑自己没上心,不由得委屈:"你是我师父,你的事儿就是我的事儿,我能成心搞不定吗?"

柯立锋也意识到自己未免唐突,转而问:"究竟怎么回事儿?"

"唉,都怪我作茧自缚。"凌世杰把来龙去脉向柯立锋解释了一番,原来两个月前 Linda 找到他,说黄埔要提高 IT 管理水平,需要找个高手,但因为编制冻结不能招全职的,想让凌世杰回清华物色个兼职的,要求技术过硬且踏实可靠。凌世杰笑说,没问题,我们学校的既听话,

· 277 ·

又出活。他便把正在读研的学弟陆昊奇推荐到黄埔，可没承想这位学弟确实麻利，一来便把凌世杰之前走的后门都堵死了，公司 IT 系统安全性大为提升，害得凌世杰再也无法潜入黄埔服务器。

"好办，既然他是你学弟，又是靠你才有了这份工作，他应该还你人情，让他帮你拷出来。"柯立锋随即叮嘱，"但你别告诉他实情。"

凌世杰心说连我都不知道实情是什么，如何告诉他？"嗯，我再想办法吧。"嘴上答应下来，凌世杰心里却觉得有些不妥，这种违规操作自己动手倒也罢了，若多牵扯一个人，危险系数就不只是翻倍那么简单了。

所以不管柯立锋怎么催，凌世杰还是一拖再拖，说陆昊奇在准备论文一直没过来。其实除了风险有点儿大，凌世杰也不想让兼职的学弟卷入是非，更不想被学弟发现他有违职业道德的行为。但这些他不愿跟柯立锋说，师父这么聪明的人，不可能想不到这些。

但柯立锋还就真的想不到这些，确切地说他根本就不想这些，现在他只想尽快查出真相。

凌世杰眼见拖不过去，只好给陆昊奇打电话，问他哪天来公司。

"我明天下午过去，Linda 让我给她的电脑升级。"

"太棒了，我明天正好不忙，咱俩一起吃晚饭。"

第二天，两人吃过晚饭，凌世杰便顺理成章地留下陪陆昊奇加班，然后趁他不注意时偷偷把 Linda 的若干文件上传到自己的网盘。总算可以跟师父交差了，凌世杰这才长舒一口气。

于是，柯立锋连夜伏在电脑前逐个文件检视，终于发现一份 Linda 以韦正雄名义草拟的邮件，内容是韦正雄向赵卫国转述师婕听闻华都项目中有人想搞老鼠仓，建议公司强化合规培训，严防有人利用内幕消息牟利。

莫非这就是给师婕颁发合规奖的起因？柯立锋脑海里又浮现出那封皱巴巴的嘉奖信。师婕反映给韦正雄，韦正雄汇报给赵卫国，然后我就被带走调查，而师婕得了十万元嘉奖……难道这一切都是巧合？还是说除了韦正雄,赵卫国和师婕也参与了对我的陷害?抑或韦正雄不过是中间的一个传话筒,而真正害我的竟是?难怪这两人一直劝我不要再追究过往,莫非他们心中真的有鬼?

柯立锋不敢再往下想,师婕和赵卫国是自己最信任的人,如果他们就是自己一心要揪出来的幕后黑手,自己有没有勇气面对这种结果?震惊之余,柯立锋陷入极度的矛盾和焦躁之中。那封嘉奖信为什么被丢在了韦正雄的废纸堆里?为什么没听任何人提过师婕被嘉奖的事?还有,Linda在邮件里并没说师婕指认是我在做老鼠仓;再有,师婕接我出来第一时间就问我做没做老鼠仓,若是她举报的何须问我;对了,上次师婕还提到假如陷害我的人是无意的,我会不会原谅,莫非……

柯立锋心乱如麻,曾经以为只要给他一个点,他就能画出一个圆,现在却感觉这个点与他想画的圆似乎并不在一个平面。看来关键之关键就在于赵卫国如何回应韦正雄的这封邮件,是搁置一边,还是有什么后续举措?

凌世杰洗漱完正要回屋睡觉,柯立锋走出来说:"你还得替我办件事。"

凌世杰笑道:"不会是现在吧?那我明天早晨可起不来跟你跑步。"

柯立锋一脸严肃:"你让你学弟再进到韦正雄电脑里,我想要他那两个月的全部文件,尤其是E-mail。"他本想直接查赵卫国的邮箱,又担心过早暴露目标,也怕凌世杰和陆昊奇两个小家伙吓得不敢动手。

"这……不好吧?"凌世杰无法理解柯立锋为何如此变本加厉、得寸进尺。

"这事儿对我来说至关重要,"柯立锋的腔调不容置疑,"不惜任何代价你也得给我弄到手。"

凌世杰的逆反心理立刻升腾起来,不惜任何代价?谁是代价?陆昊奇还是我?我尚且不想牵连无辜的学弟,而你当师父的就一点儿都不顾惜徒弟?

"师父,能不能告诉我你究竟要找什么?我死也得死个明白吧?"

之前是师婕,如今又加上赵卫国,柯立锋更不能对凌世杰道出内情,不耐烦地说:"我的事儿你不需要知道,让你干什么就干什么。"

"你的事儿?"凌世杰一皱眉,"你要认为只是你自己的事儿,那跟我有什么关系?我为什么要一而再,再而三为你的事儿冒险?"

"因为你是我徒弟。"

"你真拿我当徒弟了吗?"凌世杰抬高嗓音,"你什么都藏着掖着,除了使唤我,就是利用我,你真正信任过我吗?"

"你真拿我当师父了吗?"急于探知真相的迫切与焦躁让柯立锋终于失控,他也瞪着眼睛扬起调门,"想当年师父让徒弟去死,徒弟都没二话!一日为师,终身为父,你敢这么跟你父亲讲话?!懂不懂规矩?!"

这句话顿时激怒了凌世杰,他气得浑身发抖指着柯立锋:"你不配提我父亲!你也不配当我师父!"说完愤然走回自己房间,猛地把门摔上,开始叮当作响收拾东西。

有一瞬间,凌世杰曾幻想也许柯立锋会推门进来,即便不肯道歉,起码来过问一下自己在做什么。但没有,自己乃至这间小屋仿佛已在柯立锋的世界里消失了。凌世杰狠下心,拉开门,拽着行李箱,头也不回地昂然走出了这个他住了十个月的地方。

柯立锋一直漠然地背着手站在窗前,听着凌世杰发出的各种响动。直到大门砰的一声关上,他始终一句话没说,既没劝阻,也没斥责。

人这辈子,没有谁能一路相伴,无非在一段时间同行一段路程而已。大多数时候谁也指望不上,只能靠自己。

柯立锋转过身扫视着重归静寂的小两居,走到玻璃缸前对着那只不离不弃、不问不怨的金钱龟幽幽地说:"相看两不厌,唯有我和你。"

出租车上的凌世杰回想着柯立锋刚才的那些话,胸中愤懑依然无法平复:这人简直不可理喻,刻薄冷血、毫无人性,根本不配为人师,都怪自己当初瞎了眼。

怨怼之余,凌世杰也很是失望,他本以为师徒这么久,两人已然情同手足,尤其当得知柯立锋是被冤枉之后,他甚至做好了要为师父两肋插刀的准备。其实,方才哪怕柯立锋说一句"你不许走,将来我再原原本本告诉你",他就会留下来,就会想方设法帮师父去偷韦正雄的文件。然而直到现在,柯立锋连句挽留都没有,更无意道歉,着实令人寒心。

望着车窗外的夜色,凌世杰更多的还是伤感,他知道终归有一天会搬出师父的小屋,却没想到两人竟以这种方式分手。

凌世杰站到家门口,整理一下心情,推开门。

"咦,你怎么大晚上的回来了?"赵雪梅盯着儿子手里的箱子,不禁奇怪。

"我的工作都完成了,"凌世杰故作轻松地笑道,"本来客户让我明天再走,我这不是思家心切吗,就连夜回来了。"

凌世杰不等老妈追问,假装又累又困,径直躲进了自己的小屋。

躺在床上,凌世杰越想越后怕,柯立锋居然打算一点一滴把自己塑造成他那样,我要是真成了跟他一样自私冷血的人,怎么对得起蒙冤故去的父亲、含辛茹苦的母亲,还有我真正的师父师婶?

凌世杰又看了一眼枕边的手机,那人没来电话,也没来短信。唉,算了,幸亏没人知道我当过他的徒弟,如今早已转正,凭着云红娘项目在黄埔也站稳了脚跟,既然彻底翻了脸,这师父不要也罢。

第二天,凌世杰依旧习惯性地六点起床,跑步、洗澡、做早饭。

"儿子,你咋变得这么勤快了?"赵雪梅惊喜地看着桌上的早餐,不敢相信自己眼睛,"你去啥公司做的项目啊?跟军训回来似的。"

"妈,您得允许儿子进步啊。"凌世杰笑着把赵雪梅按在椅子上,"以后我每天给您做早饭。"

"那敢情好,"赵雪梅笑得合不拢嘴,"就冲这一条,你也得替我好好谢谢你们柯总。"

听到"柯总"二字,凌世杰登时想起那"约法三十章",不禁怅然,自己过去十个月确实跟军训差不多。但不管怎么讨厌和怨恨那个人,凌世杰不得不承认,柯立锋确实已把自律和自立这两个好习惯一点一滴地注入了他的血液里。

吃过早饭,凌世杰仍按照柯立锋的要求,穿戴整齐地准备出门。

"小杰啊,我不是早说过不要这么西装革履地去上班吗?"

"妈,我穿什么上班您就别再操心啦。"凌世杰已经拉开门,又觉得还是该跟老妈解释一句,扭头说,"我现在是经理了,经常需要接待客户,穿得太随意不合适。"

赵雪梅欣慰地目送儿子出门,走到凌颂华的遗像前,用手轻轻擦拭相框,感慨道:"老凌啊,咱儿子真是长大了,整天嫌我唠叨啦……"

北京时间2008年9月16日,星期二,美国投资银行雷曼兄弟在数小时前正式宣告破产,消息一出,全球哗然,各国股市暴跌,多路媒体和专家纷纷站出来分析,断言此事件标志着美国次贷危机已恶化为世界范围内的金融危机,并定将愈演愈烈,全球股市还会持续下跌,实体经济、金融和房地产乃至每个人的生活都将受到深刻影响。

与黄埔资本众人的反应有所不同,柯立锋并没有特别关心这个消息,他也没为凌世杰的搬走而太多挂怀,而是在苦苦思索再次成为孤家寡人的他下一步该如何行动。

下班后,柯立锋回到悄无声息的家,独自默默坐在沙发上,懒得做饭,懒得吃饭,连灯都懒得开。自从发现那封嘉奖信,柯立锋已经决意不再让师婕介入自己的事,而凌世杰的离开更让他接连失去两个徒弟,没了徒弟的光杆师父就只是个司机师傅。

柯立锋正一筹莫展之际,赵卫国忽然来电话约他去凌霄会所见面,要聊聊今天发生的震惊世界的大事。

柯立锋在没有探明真相之前不知该如何面对赵卫国,便半开玩笑地说,他如今就是个司机,连国家大事都不关心,更何况世界大事。

赵卫国却坚持有很多问题要听柯立锋的意见,柯立锋只好暂时把烦恼搁在一边,前去赴约,想着也可借机探探赵卫国究竟有何意图。

两人坐在凌霄会所里,还是那个包间、那些菜、那款酒,只是柯立锋已不再有先前那一腔的肝胆相照。

"立锋啊,我再次发现你果然厉害。"赵卫国给柯立锋斟满酒,发自内心地说。

"老赵,何出此言啊?"

"雷曼的事情一出,几乎所有人都感觉风声鹤唳,我倒想起你年初讲的那句话,"赵卫国把最鲜嫩的一块清蒸石斑夹给柯立锋,"很可能,已经到底了。"

"这是你自己的判断,别归我身上。"柯立锋说完便低头开吃,这几天他一直没心情好好吃饭,更没吃过好饭。

"立锋,上次跟你聊完后我一直在想,这轮金融危机会是怎样一个走势,L形? U形? W形? 能不能是个V形? 今天早晨听到消息,我就感觉不仅是个V,很可能会来个耐克商标!"

柯立锋眉毛一挑:"对钩型?"

"没错! 先抑后扬,而且将远远高过以往的高点。"赵卫国越说越亢奋,"雷曼这一垮是件大好事儿,好就好在让各国的政策制定者不敢再观望。几个月前贝尔斯登出事儿,当时还各种说法不一,可今天你再听听,所有人都异口同声,大事不好、再不行动就来不及啦。所以,我预计世界各大经济体都会果断行动,货币手段、财政措施、产业政策多管齐下,用的都会是猛药,力度肯定前所未有。立锋,你那次说中国可能会率先触底反弹,我感觉真的被你说中了!"

柯立锋难得自谦:"我当时就那么一说,想让你宽心而已。"

"不,你肯定有你的逻辑。我是这么想的,因为金融体系相对封闭,所以欧美金融危机对中国的直接冲击有限,受影响的会是出口贸易和外向型制造业,只要加大扶持力度,同时扩大内需,就不会伤筋动骨,更不会硬着陆。"

柯立锋忽然笑了:"大概今天的《新闻联播》就是这么讲的吧?"

赵卫国严肃地说:"立锋啊,我约你出来,是想问问你对募集人民币基金的看法。"

"好事儿啊,"柯立锋自顾自往碟子里夹菜,"黄埔去年年初不就基本确定这个方向了吗?不能只有美元基金,要两条腿走路。"

"但迟迟没有行动啊,先是因为你的事,后来大环境又出了问题。"赵卫国下意识压低声音,"我估计央行可能会放水,因为流动性绝不能出问题。立锋,你想想看,这么多钱涌出来,咱们募集人民币基金是不是正当其时?"

"老赵,不是咱们,是你们,我现在就是个司机。"

"立锋,我可从来没把你当司机。说正经的,你是不是也认为黄埔应该逆势而动,在别人恐惧时贪婪一把?"

嘴上虽那么说,但柯立锋已情不自禁地又生出运筹帷幄、叱咤风云的冲动:"确实应该如此,这轮危机跟2000年科技股泡沫有很大不同,那次是互联网狂飙突进后遇到瓶颈,一下被打回原形;而这次正相反,我感觉又将迎来一波技术突破。去年苹果推出iPhone,今年咱们国家开始试点3G,智能手机这波浪潮甚至有可能高过前两次。如果黄埔募集人民币基金,我建议你重点关注新兴的移动互联网领域,潜力巨大。"

刚才还热血沸腾的赵卫国却有些担忧:"我知道你向来看好创投,不愿意碰二级市场,可眼下美国股市如此动荡,哪家敢去IPO?无法IPO创投,就没有出口;不能尽快获利退出,如何向LP交代?立锋,人民币基金参与二级市场还是有好处的,起码流动性强,随时买、随时卖,能随时修正错误。我对创投的担心就是流动性差,一旦该投的没投,或不该投的投了都不易修正,如果长期缺乏出口,就是一潭死水。"

"我觉得触底反弹需要催化剂,也许监管层会有大动作,总得给些实质性的重大利好吧,不排除给创投资金开辟一个出口。"

赵卫国眯起眼睛:"你是说……"

柯立锋喝口红酒:"比如……已经说了好几年的创业板。"

赵卫国扭脸望着窗外的小竹林和假山石,仔细琢磨了一阵柯立锋的话,口风陡然一转:"你知道吗,我最初听说这凌霄会所,还以为是在京城大厦、京广中心或者国贸、盘古顶层那种。凌霄嘛,肯定是壮志凌云、直上九霄的意思,没想到竟是这么个接地气的院子,不显山不露水,那又谈何凌霄呢?"

柯立锋猜不透赵卫国为什么无端扯到这些,默不作声。

"我后来才明白,原来这凌霄指的不是场所,而是场所里的人。无论身处山巅,还是谷底,一个真正的高人,他的视野和格局都照样会当凌绝顶,一览众山小,"赵卫国停顿片刻,忽然目光灼灼地直视柯立锋,"比如……你。"

"我?"柯立锋心里一惊,瞬间竟恍若曹操正与刘备煮酒论英雄,连忙笑着说,"老赵你就别拿我开玩笑啦。"然后指着桌上几盘没怎么动的菜,"我正要跟你商量一下,这几样我能不能打包带走,一天吃一盒,可以三天不用做饭了。"

赵卫国愣住了,没想到柯立锋根本不接他的话,更没想到往日嫌摆盘不好看都不肯动筷子的柯立锋竟然要求打包。

"老柯,你怎么变成这样了?"赵卫国深感痛惜地叹口气,"你可是从来不吃剩饭的人。"

"我如今什么都吃,怎么省事儿怎么来。"柯立锋将杯中的残酒一饮而尽,满不在乎地拍拍赵卫国放在桌上的手,"老赵,其实人在低处挺好的,没压力、没烦恼,更不用担心被人害,我总算明白什么叫幸福。平平淡淡、简简单单,就是最大的幸福。"

受美国金融危机影响,中国市场的投资者们都变得如履薄冰。赵卫国虽然摩拳擦掌有心在别人恐惧时贪婪,但现实中仍再三要求黄埔上下谨慎行事、务求稳妥,投决会对每个项目的审核都更加严苛,但凡存有异议的一概不投,非投不可的尽量少投。徐瑞笑言如今谁都能一票否决,我们风控终于不必总当恶人了;吴贵勋也说苦日子挺好,大家终于明白钱得省着用,不再埋怨我抠抠搜搜了。

时局若此,凌世杰的工作节奏也慢下来,加之已离开了柯立锋,感觉每天都好像有二十五个小时。

奥运会后,凌世杰特意请金晓到世贸天阶旁边的金钱豹吃了顿大餐,算是赔礼道歉,说那天冲她发脾气都是因为自己心胸狭隘,望金晓大人不记小人过。

"哪天?多久以前的事儿?"金晓早已不计较,她以为凌世杰当时纯因转正不顺压力太大,"不过,以后你对我不许再像冬天一样冰冷!"

"我保证对你像春天般温暖。"凌世杰笑着举起一只蟹腿发誓。

"不行,要像夏天般火热。"

两人恢复了从前的友情,经常一起在大厦吃午饭,下班偶尔也会约着去后海、三里屯或刚开业的蓝色港湾坐坐。金晓再也不算计凌世杰还欠她多少顿饭,相反晚上出去总抢着买单,还得意扬扬地说谁叫我级别比你高、工资比你高还有个好爸爸呢。凌世杰对这些话也不再敏感,每次都欣然领受,说吃大户的感觉就是好。

这天中午,两人刚走进 B1 的员工餐厅,凌世杰接到师婕从上海打来的电话:"你马上帮我核实美迪家项目的几个关键数据,具体要求已经发你邮箱了。"

"好的师父,马上搞定。"

凌世杰挂了电话,冲金晓说:"你自己吃吧,我得上楼干活了。"说完,转身往电梯间走。

金晓追过去:"你要干多长时间啊?我在餐厅等你一起吃吧。"

"别等了,我不一定还下来。"凌世杰说完匆匆走进电梯。

二十分钟后,金晓径直走进黄埔,把打包的饭菜放在埋头工作的凌世杰面前:"赶紧吃吧。"

"谢啦。"凌世杰抬头冲金晓笑了下,然而却把餐盒挪到一边,继续忙碌,"我得抓紧把师父要的东西弄完。"

"你至于吗，"金晓撇嘴，"师婕一句话，你连饭都不吃了？"

"我师父肯定有急用，不然不会大中午给我打电话。"

"我看未必，你把她当太后供着，她自然把你当个听差的，见不得你闲着。"金晓拉把椅子坐到凌世杰身边小声问，"师婕知道咱俩中午一起吃饭吗？"

"当然不知道。"凌世杰瞟金晓一眼，"干吗这么问？"

"她真不知道？"金晓将信将疑，"我怎么觉得她在成心搅和咱俩呢。"

"搅和咱俩？"

"对呀，你没发现咱俩每次在一起，她都叫你干这干那的？"

"没有吧，我师父才不是那种人呢。"

"她就是典型的大龄剩女心理，见到别人在一起就特别不平衡。"

凌世杰不喜欢金晓老说师婕坏话，尤其不愿听她管师父叫大龄剩女，不耐烦地道："你能不能别在这儿晃了？我忙着呢。"

"得，我不妨碍你当差。"金晓白凌世杰一眼，一边往外走，一边嘟囔，"哼，什么春天般的温暖，简直是秋风扫落叶。"

9月27号，周六。这天是父亲五十五周年的冥诞，凌世杰和母亲照例去给凌颂华扫墓。

凌世杰站在墓碑前，默默对父亲说："爸，我已经在黄埔站稳脚跟了。您放心，我一定会继续努力，做一个让人尊敬的投资人，绝不给您丢脸。"

晚上吃过饭，见老妈又是每年今日那种郁郁寡欢的样子，凌世杰不敢在她眼前晃悠，躲进小屋抱着电脑躺在床上浏览财经BBS。不知是老天有意为之，还是凑巧，居然有一篇讲述1995年327国债事件的帖子刚发出来就被置顶，长帖的末尾提及九州信托的凌颂华竟在被调查期间跳楼自杀，还说凌颂华的死把围绕他的那些隐情也一并带走了。

在这样的日子读到这样的文章、这样的话，凌世杰顿时感觉脖子后面的汗毛都竖了起来。他急忙从床上坐起,跟帖说,楼主不要卖关子,究竟有哪些隐情?对方没有回帖。他连续发了好几遍,惹得网友抗议说已经置顶了,你个当托儿的马甲还怕这帖子沉下去?而帖主始终没现身。

凌世杰从发帖人注册信息上找不出任何端倪,便不停地给对方发站内私信求见面,但对方从不回复。凌世杰急得抓耳挠腮,这么多年他一直在查访父亲离世的真相,现在终于有个人说得有鼻子有眼,他怎么可能放过这解开谜团的机会?无论如何,他也要见到发帖人。

一路追寻到对方博客,凌世杰继续留言求见面,仍不见回应。凌世杰决定来狠的,扬言要人肉对方,直到在网上网下都把他搞臭。

对方这才私信回复说,人不在北京,不方便见面。凌世杰回呛,你以为我连 IP 地址都不会查吗?真要敬酒不吃吃罚酒?对方这才就范。

星期日晚上十点,凌世杰坐在亚运村的上岛咖啡,手里拿着本财经杂志,满怀期待地等着发帖人前来接头。

他会是谁呢?那篇长帖资料翔实,叙事娓娓道来,评点鞭辟入里,即便不是曾经的当事人,至少也是知情者,究竟是金融圈的哪位资深前辈?凌世杰忽然一凛,不会是把父亲逼上绝路的人之一吧?不管怎样,父亲之死的隐情终于要水落石出了。

这时,一个戴眼镜穿牛仔裤格子衫的男生蹑手蹑脚地走到凌世杰面前,拿着和凌世杰手里一样的杂志,冲他讪讪地笑了下。

凌世杰登时愣住,什么情况?!这孩子看上去比我还年轻,怎么可能知道当年的事?莫非是他的父辈跟他讲过什么?

"我不是什么知情者,也不是知情者的下一代,我既不了解实情,更没亲身参与。"男生的木讷中透着诚实,诚实中又透着无所谓,"我学金融的,喜欢研究圈子里过去那些大事件,对 327 国债那事儿我挺感兴趣,我们老师说它是中国金融发展史上的一个里程碑,我就把凡是能找到的资料都攒成一篇帖子发网上了。"

"那你干吗用亲历者的口吻?你这样做究竟图什么?"凌世杰失望

至极。

"为了吸引眼球呗,谁不想写个东西有好多人看?"男生耸耸肩,"也算是个纪念吧,毕竟那次事件改变了很多人的命运。"

"你为什么说九州信托凌总的死有隐情?"

"那就是个修辞笔法,故弄玄虚而已,"男生不好意思地又笑了下,"不过我感觉当时的报道都没敢说透,刻意不谈凌颂华为什么死。"

凌世杰当然清楚男生说的是事实,这些年来他也看过当时所有的公开报道,一律语焉不详,这正是他要查出真相的动因——他始终不相信一向兢兢业业、奉公守法的父亲会挪用公款导致巨额损失进而畏罪自杀。

"哎,你是谁啊?"男生禁不住好奇,"你为什么也对327国债的事这么着迷?好像你的兴趣比我还大。"

"我是凌颂华的儿子。"

这下轮到男生睁大眼睛,惊愕不已。

只剩凌世杰一个人坐在咖啡馆,内心的沮丧无以言表。为什么母亲总是让我别再追问从前的事儿?为什么父亲留下遗言,无论如何也不让我踏入金融圈?他究竟遇到了什么?当时哪怕有一个人伸出援手,他也不至于……

此时此刻,又有谁能帮我呢?当时没能帮到父亲的人,如今会不会因为良心发现而帮我?

金泽平!这个名字一下子从凌世杰的脑海深处蹦出来,他犹豫片刻,拨通了金晓的手机。

"我能不能见见你父亲?"凌世杰踌躇道,"我想跟他聊聊。"

"太没问题啦!"金晓喜出望外,"我爸妈十一放假都在家,我问好哪天就告诉你啊!"

金晓放下电话,才发现刚才高兴得忘了问凌世杰为什么要见父亲,不过无所谓,无外乎因公或因私两种可能。因公就是凌世杰有工作上的事求助于父亲;因私就是凌世杰有意对自己表白,又怕两家地位悬殊

· 289 ·

父亲不同意,所以他想先和父亲谈谈,以免在家长反对的情况下鲁莽行事,最后酿成悲剧。

想到这里,金晓更觉得凌世杰心思缜密、稳妥可靠。不管怎样,先让老爸见过凌世杰肯定是件好事儿,只要老爸喜欢他,以后给黄埔打声招呼,或者帮他换家公司,凌世杰都会更加明白我对他的好。

周一清早,金晓看着镜子里自己肿胀的眼皮,心里甜丝丝地骂凌世杰:"都赖你个坏东西,大晚上搞突然袭击,害得人家一宿没睡好。"

她走到餐厅,没开口先笑:"爸、妈,国庆长假你们哪天没安排?我准备带个朋友来家里,你们多买点儿好吃的,让阿姨做些拿手菜。"

"晓晓,什么样的朋友?男的女的?"金晓妈立刻放下碗筷问道。

"当然是男的。"金晓摇头晃脑掩饰着不自在。

"男朋友啊?"金泽平也忍不住好奇。

金晓的脸立刻红了:"就是普通朋友。"

金晓爸妈相互看一眼,女儿长这么大从未如此郑重其事地带朋友来家吃饭,就看那副既忸怩又美滋滋的神情,一定不是普通朋友。

"不是正式的男朋友我就不见了,"金泽平假意绷起脸,"我的身份你清楚,不要随便把人往家带。"

"爸,就怕你摆这么大架子,人家再帅再优秀也不敢做男朋友了。"金晓着急地站到金泽平身边,搂住他的脖子,"人家还想跟你聊聊呢。"

"跟我聊?"金泽平一愣,"聊什么?"

"老金,瞧把你紧张的,"金晓妈一听说又帅又优秀,已经开始替准女婿说话,"晓晓的男朋友来家里,要跟你这未来的老丈人聊,你说能聊什么?"

"怎么就成老丈人了?"金泽平笑着拍拍金晓的胳膊,"那我可得好好跟这小子聊聊,绝不能把我的宝贝女儿交给个不靠谱的人。"

10月2号傍晚,凌世杰拎着个精致的大果篮跟着金晓走进玉渊潭旁边的一处高档公寓。待金晓推开两扇厚重的平开门,凌世杰立刻怔住了,除了富丽堂皇的装修之外,宽敞的客厅里竟七七八八地坐着十几号人,都正冲他亲人般绽放着灿烂的笑容。

原来,金晓妈刚把凌世杰要来家里的事儿透出口风,马上一传十十传百,七大姑八大姨们纷纷请战,要为金晓的终生幸福把关。

金晓低声跟凌世杰解释:"抱歉啊,我也不知道今天会来这么多亲戚。平时我们住金融街那套小一点儿的房子,还纳闷我妈为什么安排在这儿呢。"随即,她拉着他走进客厅,逐个把大舅妈、二姨妈、小姑、三婶等等介绍一遍,凌世杰礼貌地连道您好。

最后介绍到金泽平,两个人彼此凝视片刻。凌世杰毕恭毕敬地鞠个躬:"叔叔您好。"

金泽平老成持重地微微点下头:"你好。"

一圈见礼终于完毕,凌世杰规规矩矩地立在客厅里,只觉得脸上的笑容已然僵硬,浑身不自在,一时手足无措。

金晓见状,忙搬过两把椅子,和凌世杰并排坐在沙发对面,又塞给他一瓶饮料。

凌世杰像个被告,微低着头,不敢直视面前众多的法官。他暗地一个劲儿怪罪金晓,照这架势,我哪有机会和你父亲单聊啊?

"小凌啊,你家里几口人呀?"金晓妈越看这小伙子越喜欢,笑眯眯递给凌世杰一个削好的苹果。

"家里只有我妈和我。"凌世杰一手拿饮料一手拿苹果,嘴上忙着回答。

"你爸爸呢?"大舅妈关切地问。

"他很多年前就去世了。"

"哦,生的什么病啊?"

凌世杰正不知如何开口,金晓先嚷起来:"大舅妈,你问那么多干吗?"

大舅妈挺无辜地看着金晓:"有些病是会家族遗传的……"

二姨妈轻轻拱了下大嫂,笑容可掬地问凌世杰:"你妈妈做什么工作的呀?"

"他妈妈开了家川菜馆,"金晓又抢着替凌世杰回答,"他从小就帮妈妈干活,去美国念书也是勤工俭学。"

"这孩子可真懂事儿""是啊,真能干"……几位长辈连夸带问忙得不亦乐乎,只有坐在单人沙发上的金泽平默默审视着凌世杰的一言一行。

凌世杰脸上挂着笑,心里开始烦,我又不是来相亲的,查户口干什么?

"小凌啊,我家晓晓脾气有点儿怪,她要是欺负你,你就跟我说。"金晓妈已然把自己树立成识大体的丈母娘形象了。

凌世杰眼看再往下就该谈婚论嫁了,把心一横,欠身把饮料和苹果放在茶几上,站起来直勾勾地看着金泽平:"叔叔,我今天来主要是想和您聊聊。"

众人都一愣。

金泽平却像早已等候多时:"好啊,咱们去书房。"他起身颇有气度地冲大家笑一下,意思是你们叽叽喳喳半天,一切还得我来定夺。

凌世杰跟着金泽平走进书房,里面装修得古色古香,好似中世纪欧洲的小型图书馆。靠窗有两个墨绿色的古典单人皮沙发,沙发中间是一张做工精致的欧式实木小圆几,上面摆着副银质的国际象棋。

"坐吧。"金泽平先坐下,指着另一个沙发和蔼地对凌世杰说,没有半点儿官架子。

"叔叔,谢谢您肯见我,"凌世杰开门见山,"我来是想跟您打听一件事儿。"

"小凌啊,有话尽管说,有什么要求尽管提。"为了自己的宝贝女儿,金泽平已经准备好为这个准女婿提供经济或事业上的帮助。

"叔叔,我父亲是凌颂华。"凌世杰紧张地观察金泽平的反应。

"凌颂华……"金泽平在脑子里搜索这个名字。

"他也在九州信托公司工作过。"

"哦,我想起来了。"金泽平再次仔细打量凌世杰,"你是凌颂华的儿子?"

凌世杰点头:"我冒昧来找您,是想问您有关我父亲的事儿,他究竟做了些什么?还有,对他做的那些事儿究竟该如何定性?"

金泽平微蹙双眉想了一阵,摇下头:"你问的这些我都不了解,我是在你父亲出事儿后才从其他单位调过来,而且我也没有参与你父亲的后事料理。"

"哦。"凌世杰大失所望,只得又问,"那您知道有谁了解内情吗?"

金泽平不再回答,而是板起脸:"你今天以见家长的名义来找我,就是为这件事儿?"

"见家长?"凌世杰蒙了,"我从来没说过是来见家长啊,我只是问金晓能不能单独见一下您。"

"所以你想方设法接近晓晓就是为了见我?"

凌世杰一怔,怎么成了我想方设法?是你女儿主动接近我好吗?

"叔叔,您可能误会了,我认识金晓时不知道您是她父亲,后来才知道。我跟她做朋友不是因为您是她父亲,我来找您也不是因为她,而是因为我父亲……"凌世杰越说越乱、越描越黑。

"你别再叫我叔叔!"金泽平愠怒地打断凌世杰的绕口令,"你到底是不是晓晓的男朋友?"

"不是,我们俩就是普通朋友,不信您可以问她。"凌世杰想力证自己的清白,却不知反而罪加一等。

金泽平噌地站起来,声音不高但威力极大:"不管是不是,我都希望你离金晓越远越好,以后也不要再来我家。我女儿不能跟一个有污点的人的儿子在一起,就是普通朋友也不行。"

有污点的人?凌世杰已经很久没有遇到有人当面侮蔑自己的父亲,他咬紧牙关、竭力克制,起身走出书房。

客厅里的众人见凌世杰沉着脸径直走向大门口,都很诧异,金晓赶紧追过去:"你干吗走啊?到底怎么了?"

"你让他走!"金泽平立在书房门口大声对金晓喝道。

凌世杰什么都没说,拉开门走了。

金晓一看这情形怎能不急,回身冲金泽平叫嚷:"你跟他说了什么?你凭什么赶他走?"

"你应该问他跟我说了什么!"

"我比你了解他!他从来不会伤害任何人!"金晓都快哭了,瞪着金泽平,"肯定是你的原因,你对他有偏见,嫌他家没钱、没地位!"

"晓晓,你爸不是那样的人……"金晓妈首先从震惊中醒过神,赶紧过来相劝。

"他就是这样,谁都不入他的眼!"

"你这孩子简直不可理喻!"金泽平也火了,头一次指着宝贝女儿的鼻子厉声训斥,"我叫你不要随便往家带人,可你偏把这种人领回来,还说你了解他,你知道他……"

"哎呀老金,你就少说两句吧,都冷静冷静。"金晓妈不停地给金泽平使眼色,意思是让那么多人看着不好。

金泽平瞥眼坐在客厅里的众亲戚,心知这些人帮忙热心、看热闹更热心,便对金晓说:"以后不许你再和他有任何来往!听见没有?!"

"凭什么?!我想和谁来往就和谁来往,你管不着!"金晓带着哭腔冲金泽平喊道,"大不了我再也不回这个家了!"

失魂落魄的凌世杰又一次来到九州资产管理公司,曾经的五层小楼已在六年前改建为气势恢宏的大厦。他向上仰望,仿佛看到当年父亲一跃而下,鲜血浸透了他脚下这块地面。

有污点的人,原来我始终是有污点的人的儿子。

凌世杰颓唐地在楼前的花坛旁坐下,心如刀绞。他想起父亲温暖的笑容、母亲辛劳的身影,还有自己多年的努力,本该得到的幸福变成了伤痛,本该受到的尊敬变成了鄙视,而竟然没有一个人告诉他这一切究竟是为什么,竟然没有一点儿线索可以还父亲清白,甚至哪怕不是清白,他要的只是一个真相。但是,他什么都得不到。

手机震个不停,他心灰意冷地掏出来看一眼,然后接起。

师婕的呵斥声立刻迸出来:"你怎么回事儿啊?为什么不回短信,也不接电话?!"

"什么事儿?"凌世杰没精打采地问。

"华南卫视今天首播云红娘赞助的《红娘牵线》相亲节目,你尽快搞到收视率和观众反响数据,咱们要赶紧评估云红娘的冠名广告效果,尽早确定下一轮投资方案……"

凌世杰呆呆地听着,没说话,不知为什么他感觉师婕今天的声音有些刺耳。

"喂,你听见没有?"师婕不由得光火,"说话呀,你哑巴啦?"

"够啦!你有完没完?!"凌世杰一直紧绷的神经终于崩溃,他再也压抑不住情绪,也不想压抑了,"你可以把自己当成一台机器,但我不是,我是个有血有肉的人!我也有权利不开心,我也可以说不!你就知道天天催着我要这要那,可你想过我要什么吗?你要什么可以找我,我要的又该去找谁?!"

凌世杰这通发泄耗尽了他最后一点儿力气,他闭上眼睛靠着花坛,好一阵才发现手机一直没有声音,便有气无力地"喂"一声,又过一会儿才听见师婕细小的声音仿佛从另一个世界传来:"你……怎么了?"

"没怎么。"

师婕又屏气凝神等了片刻:"你在哪儿?"

"九州资管楼下。"

"你哪儿也别去,等着我。"

半小时后,凌世杰的眼前出现了一双精致的女式皮鞋,但他仍低着头,一动不动。

女士皮鞋绕到他身旁,师婕整理一下风衣也坐下来,看着凌世杰生无可恋的样子,猜到他一定发生了什么大事,便静静地守着,什么话也不说。

· 295 ·

不知过了多久,凌世杰抬起头,呆望着眼前五彩射灯映照下的斑斓大厦,痛苦地说:"十三年前,这个楼只有五层,我爸从顶楼的平台上跳下来……后来听大人们说,他是瞄准了楼前的台阶,头朝下跳的,说他可能是怕……楼不够高……"

凌世杰竭力忍住悲伤,缓缓对师婕道出自己的故事。这是他第一次向外人吐露自己的身世,还有这么多年来一直压在他心头的纠结和苦闷,连老妈都不曾真正地知晓。

师婕万万没想到,眼前这看似阳光开朗的大男孩竟有这么惨痛的过往,肩上背着这么重的包袱,心头刻着这么深的伤痕。

"走,先离开这个伤心的地方。"师婕不忍看着徒弟沉浸在悲哀中,拽起凌世杰。凌世杰像个听话的小弟弟跟着师婕上了车。

师婕把凌世杰带到上回那家静吧,依旧是那个僻静的角落,依旧是那两张面对面的火车座。

凌世杰自顾自地坐下,把头仰靠在椅背上,又闭上眼睛,仿佛世界已与他无关。

师婕看着对面的沙发犹豫一下,决定挨着凌世杰坐下来。她记得有篇文章说,想劝慰一个人最好并排坐,对方会感觉亲近,更愿意倾诉,而来自对面直视的压力会使人产生距离感和说教感。

师婕给凌世杰要来一杯菊花茶和一个三明治,凌世杰没拒绝,但也没碰。

师婕像个知心姐姐一样,柔声开导凌世杰:每个人终究都得和亲人离别,不要把悲剧当成厄运,好好活在当下才是对自己、对逝去的人最好的交代。

凌世杰两眼无神地盯着桌面,漠然听着师婕那些毫无意义的鸡汤。他心里感激师婕陪在身边,但此刻他浑身上下涌上了一股从未有过的疲惫,整个人像被掏空一般,一句话都说不出来,也不想说。

师婕劝了半天,看凌世杰还是打不起精神,心知自己的话全是无的放矢。她忽然意识到自己几乎不了解这个徒弟,每天除了指使和数落之外,她从没想过这个招之即来、挥之即去的徒弟真正想要的是什么。师婕不禁深深自责。

"都怪我不好,平日里对你的关心实在太少了。"师婕开始历数自己对凌世杰几次三番的不近情理甚至恶语相加。

凌世杰静静地听,他不需要师父用自责来安慰他,更不觉得师父有自责的必要,只是师父的话勾起了他很多回忆。同龄人习以为常的快乐和轻松他极少体会过,同龄人不该有的痛苦和艰辛他大都经历过,凌世杰鼻子一酸,自己这一路走来真是太难了。

"师父今天诚恳地对你道个歉,我以前确实对你不够好,总欺负你。"师婕用胳膊肘轻轻碰了碰凌世杰,"你能原谅我吗?我一定改,真的,我今后不会再那样了。"

师婕最后这句柔声细语的恳求在凌世杰听来就像全世界对他的道歉,也许他内心一直期盼的就是这样一声对不起,只是从来没人对他说过。

所有委屈和伤心像冲破闸门的洪水,凌世杰再也克制不住自己:"师父,我爸不是坏人,我不是坏人的儿子……"

"我知道,"师婕的眼睛也湿润了,"你爸爸是个好人,你也是个好人……"她看着像个孩子似的趴在桌上啜泣的徒弟,伸出手心疼地轻轻抚摸他的后背。

凌世杰一下扭过身,情不自禁地把师婕紧紧抱住,伏在她的肩头失声痛哭。

这一刻,凌世杰觉得自己就像个赤子,把男子汉最软弱、最无助、最不愿被女性看到的一面彻底暴露在师婕眼前,从此他再没有任何可以对师婕掩饰的了。

第十四章

我本将心向明月

　　凌世杰跟着师婕站在世贸大厦门口等车,心里百般的不情愿。自从和柯立锋闹翻后,凌世杰就再没坐过奥迪,即使去谈项目也宁可打车。师婕还以为他是不想让柯立锋太过劳累,倒也乐得配合。但今天是去和云红娘创始人商谈追加投资的,师婕想有点儿仪式感,不肯再坐出租。凌世杰只得找 Amy 登记用车,Amy 说小卢周末接送赵董,今天倒休,只有柯师傅当班。凌世杰只得自认冤家路窄。

　　奥迪车准时驶到门口,师婕拉开右后门坐进去。凌世杰迟疑一下,绕到车的另一侧打开了左后门。

　　将近一年前,凌世杰刚拜师不久后,有一次他单独坐柯立锋的车,习惯性地坐到后面,柯立锋见状没说话,双手抱在胸前纹丝不动。

　　"师父,怎么不开车啊?"凌世杰纳闷。

　　柯立锋倨傲地说:"你们赵董单独坐我的车都不坐后面,你倒好,真把我当司机啦?"

　　凌世杰讪讪地下车,挪到副驾驶,自此以后,他单独用车都坐在柯立锋旁边。而从湘鄂情那顿饭后,即便师婕也在,他照样坐副驾,师徒三人欢声笑语、其乐融融。

此刻,师婕见凌世杰时隔数月又坐回自己身边,却不跟柯立锋打招呼,而柯立锋也对凌世杰视而不见,一个闷头开车,一个闷头坐车,顿觉奇怪。

为了活跃气氛,师婕笑着说:"你们应该知道了吧,最近三聚氰胺毒奶粉的事儿闹得沸沸扬扬,乐开乳业也陷进丑闻已经被勒令停止销售,所有产品都被强制收回,能不能挺过去很难讲。我一想就后怕,要不是一年多前百川投资把乐开乳业抢走,这烂摊子就砸我手里了,真是塞翁失马,焉知非福啊……"

两个男人竟都装聋作哑,谁也不搭腔,柯立锋直视前方默默开车,凌世杰更是脸朝窗外始终不看柯立锋。师婕瞥一眼前面的师父,又看看身边的徒弟,诧异的同时不禁暗笑,这俩真像长不大的孩子。

后续投资方案顺利敲定,云红娘创始人殷勤地把师婕和凌世杰送上车,柯立锋径直开回世贸大厦,三人还是一路无语。

等奥迪开走,师婕并未着急进楼,而是叫上凌世杰去了旁边咖啡馆。

"你和柯师傅怎么回事?"

"什么怎么回事?"凌世杰装傻充愣,"我和他不一直就这样吗?"

"跟我装是吧?"师婕指着凌世杰的鼻子,"别以为我不知道你们俩的关系。"

"我跟他有什么关系?"凌世杰继续嘴硬,"开车和坐车的关系?"

"我最后给你一次机会。"

"哦,要从你这儿论的话,也算是徒孙和师爷的关系。"

"我看你是不见棺材不落泪。"师婕冷笑,"褐色的布艺沙发,枫木色的家具,油烟机的噪声有点儿大,淋浴房的下水不太好,还有,你那张床经常会吱吱响……"

凌世杰一惊:"你啥时候去过?"

"何止去过,那套小两居就是我的!"师婕得意地一甩头,"你们别因为我装傻就以为我真傻。"

"原来他住的是你的房子……"

师婕有点儿不自然:"那怎么了?徒弟把房子借给师父不可以吗?他又不是不给房租。"

凌世杰嘟囔:"我住那儿还给他房租呢。"

"他跟你还要房租?"师婕难以置信,"不会是每个月两千吧?"

"原来你什么都知道……"凌世杰狼狈地挠头,红着脸把他和柯立锋的师徒经过粗略地说了。

"好啊你,竟敢背着我又认下个师父,觉得我教不了你是吗?"师婕佯怒道,"居然把我这个师父降级成了师姐。"

"不不,你永远都是我师父,"凌世杰急忙辩白,"他不再是我师父,我也不再是他徒弟了。"

"行啦,瞧把你紧张的,跟你开玩笑呢,"师婕乐不可支,"你和他能成为师徒,我高兴还来不及呢。"

"我跟他真没有任何关系了。"凌世杰有些伤感,随即又耸耸肩,似乎已经无所谓。

"为什么?"师婕这才察觉事态严重。

"他太过分了,老让我做些不合规矩的事,我要是不干他就骂我,还骂得特难听……"凌世杰的心又开始隐隐作痛。

"做徒弟的挨师父几句骂怎么了?我不也经常骂你吗?"

"你跟他不一样,你是为我好,可他只是在利用我,都是为他自己,"凌世杰愤愤不已,"他就是个不近人情、自私刻薄的人。"

师婕盯了凌世杰好一阵才说:"有件事你可能不知道,当初要不是他看好你,为你不惜冲Linda发火,你根本不可能进黄埔。"

"什么?他当时不是已经出事了吗?"

"让Linda务必把你招进来,是他离开公司前说的最后一句话。"

这话不啻晴天霹雳,凌世杰一直以为自己的贵人是师婕,没想到竟然是柯立锋。

"而且,"师婕颇具玩味地笑道,"南洲建材尽调也不是你一个人干的吧?"

凌世杰没想到师婕连这个都清楚,一时窘迫得无地自容。

"所以说,没有他,你既进不来,也留不下。"师婕柔声问道,"你现在还觉得他纯粹是在利用你吗?"

凌世杰低头不语,他从没想过柯立锋原来是自己的双重恩人。换个角度看,即便柯立锋收徒纯粹是想利用自己,自己认柯立锋做师父何尝不是在利用他?利用他帮自己转正,利用他助自己成长。也许这世上就不存在绝对的利用和被利用,也不存在绝对的自私和无私。

在理智上,凌世杰此刻已原谅了柯立锋;但在情感上,他相信两人再也不可能回到曾经那种亲密关系了。在他心里,师父应该是个传道授业、不计回报的恩师,而柯立锋更像个强调服从的旧式家长。尽管柯立锋给了他很多,但殊途往往不能同归,他觉得自己已经不可能再和柯立锋走到一起。

柯立锋才没空理会凌世杰的矫情,等师婕和凌世杰下车后,他便赶紧往钓鱼台的方向开去,希望能查实更多韦正雄的行踪。

凌世杰搬走后,眼见这条内线也断了,柯立锋只得另想办法。

嫌疑范围缩小到三个人身上:师婕、赵卫国和韦正雄。

查师婕并不难,但好像没什么意义。一来是对自己徒弟人品的了解,二来逻辑上师婕没必要单为了升职或奖金而置师父于死地。

至于赵卫国,自己对他从未构成威胁,反而一直为他冲锋陷阵。而且他也一向倚重自己,直到眼下仍不时需要自己建言献策,柯立锋想不出赵卫国有何动机陷害他。

所以还是韦正雄疑点最多,要想看到狐狸的尾巴,野外总比窝里容易些,柯立锋便把注意力从办公室转向外界。

黄埔有六辆车,除了一般员工常用的三辆奥迪,奔驰归赵卫国专用；卡迪拉克归柯立锋、李慕白和欧亨利，因为那两人经常不在北京，所以当初主要是柯立锋用；而韦正雄专用的是辆雷克萨斯，偶尔让司机开，更多的时候他自己开。前一段趁韦正雄出差，柯立锋就开着雷克萨斯去了家改装厂，他想装个跟踪器，以便知道韦正雄都去什么地方。

改装厂推荐了两款产品：一款是韩国和台湾货，能把车辆前方图像都拍摄记录下来，这种产品国内尚不多见，得从深圳进货；另一款是德国货，能记录车速和油门刹车动作，还能把司机图像拍下来。简言之，这两款一个拍外面一个拍里面。

柯立锋摇头："这两种恐怕都不行，我不想让别人发现。"

"那您主要想记录什么？"改装厂的人问。

"我就想知道这车都去过哪儿，行车路线不用管，只记长时间停车的位置就行。"

"嗐，原来您要的不是行车记录仪，是停车记录仪。"改装厂的人又拿出一种钱包大小的东西，"这种是卫星定位，您可以随时把数据卡拔出来拷到电脑上，"

"还有别的吗？"

"另一种用的是手机那样的蜂窝基站定位，"那人神秘地补了句，"特小，除了您没人知道。"

"那就这个吧。"柯立锋马上点头。

有了跟踪器的数据，柯立锋这段时间频繁比对韦正雄自己开车出没的方位，寻找其中规律，发现疑点便实地探访。

过了阜成门，快到甘家口就是这家高级会所，与那些娱乐为主的场所不同，到这来的人就一个目的——谈事儿，与不想被人看到的人谈不想被人听到的事儿。跟踪器显示，韦正雄在过去半个月已经两次到过这里。

柯立锋把车停在一百米外的路边，慢慢溜达到会所前，赫然发现黄埔那辆雷克萨斯正停在大门旁边，虽然车牌已被遮盖，但他还是一眼就能认出来。

真巧啊！韦正雄居然又来了。柯立锋急忙绕到马路对面，找了个视野开阔的角落定睛观察，直后悔没把相机带来。

过了一个多小时，韦正雄出来了，会所保安赶紧把盖着车牌的挡板收走，韦正雄四下瞅瞅，匆匆开车走了。

10月下旬的北京天气骤然转凉，柯立锋又后悔没备件厚衣服，他在原地继续盯守一阵，却没再看到脸熟的人。

韦正雄为什么几次三番来这里？密会的是什么人？应该跟女人无关，柯立锋想，下次得带上相机、套上棉猴，有备而来。

10月底，喜事连连。云红娘凭借相亲节目《红娘牵线》迅速火遍全国，网上会员呈指数级暴增，云红娘乘势将线下收费业务拓展到线上，从四百元的年卡到五十元的月卡琳琅满目、薄利多销，盈利模式大为丰富，公司估值短短两个月竟猛涨近十倍。黄埔资本的两笔密集投资账面获利丰厚，一时在业内传为佳话。

这是凌世杰第一个全程参与的项目，也是师婕第一个主导完成的项目，更是黄埔自金融危机后难得逆流而上、开花结果的项目。师徒二人都满心欢喜，凌世杰更是自信爆棚。

让凌世杰更开心的是，他拿到了第一笔奖金——三十五万元，远高于他上班一年多的工资总额，他给自己留了五万，把一张三十万的卡喜滋滋地交给老妈。

赵雪梅看眼手里的金卡又看眼儿子，诧异道："你一个程序员能拿这么多奖金？"

"IT行业本来待遇就高，何况我们公司效益出奇的好，"凌世杰赶紧掩饰，"对了，春节不就告诉您我升项目经理了吗。"

"证明妈给你选的这个专业就是好，"赵雪梅把金卡收到个小盒子里，拍了拍，"你的钱我先给你攒着，等你结婚都还给你。"

"妈，您拿去分给那几个债主吧，反正债不还完，我不找女朋友，"凌世杰说完一耸肩膀，"信不信由您。"

"这孩子,还威胁起你妈来了……"

赵雪梅高兴地做了一大桌子菜,张罗连葳全家一起庆祝,她丝毫不见外,更不怕露富,什么好事都急着跟连家分享。

连葳爸妈自然对凌世杰夸个没完,连葳妈又借机半真半假地数落女儿:"连葳,看你世杰哥多有出息,再瞧瞧你,回来也不找个正经工作,整天就知道吃喝玩乐,还写什么博客。"

"吃喝玩乐也是工作,我这叫新新人类。"连葳不服气地翻个白眼,然后对身边的凌世杰得意地说,"我那个博客人气可高啦,大家都管我叫美食分享达人,已经有杂志邀请我写专栏了呢!"

"行啊你,真是傻人有傻福。"凌世杰拍拍连葳脑袋。

"你才傻呢,光知道工作,不知道生活。"

"世杰,我家连葳真是傻乎乎的,我们就指望你帮她呢。"连葳妈恳切地说,"如今你们年轻人搞的东西我们都不懂,你觉得连葳这么混下去,到底能不能混出点儿名堂?"

"说不定这还真是个方向。"凌世杰转向连葳,"苹果公司刚推出一个叫 App Store 的平台,谁都可以开发个手机应用放上去供用户下载。你也该试着搞个 App,用户可以给你博客上推荐的各家美食打分评级,如果积累到一定规模,就会有人给你投放广告,你就可以挣钱了。"

"哎呀那敢情好……"连葳妈总算看到了盼头。

"好什么好?"连葳不住摇头,"世杰哥,你愿意把工作当成爱好,我可不想把爱好变成工作,那多无聊啊!我就想简单地享受生活,不想把自己搞得太累。"

"就是,一个女孩子家,搞什么这屁屁那屁屁的?我坚决支持连葳做她喜欢的事儿。"赵雪梅一如既往地护着连葳,手一指凌世杰,"你别净出馊主意,忽悠她也弄什么高科技。"

"唉,本来也许是个挺好的机会。连葳,你要是真做起来,没准儿我还能投……"凌世杰见连葳直冲自己挤眼睛,才发觉几乎说漏嘴,急忙改口,"呃……投入点儿精力帮你看看。"

凌世杰一早醒来,发现手机上的日历有条提示信息,11月11号,猛然意识到这是柯立锋的生日,又想起去年今天,他曾承诺今年要给师父买他喜欢的那款蛋糕。一日为师终身为父,尽管已然不再是师徒,还是应该信守诺言,给曾经的师父过次生日。

上午等师婕刚有点儿空,凌世杰凑过去嗫嚅着说:"师父,今天好像是……你师父的生日……"

"对啊,你有什么想法?"

"我想……"凌世杰吞吞吐吐,"你能不能约他吃饭?我作陪。"

"作陪?就直说你想给他过生日不行吗?"

"是你作为他徒弟给他过生日,我作为你徒弟陪你给他过生日。"

"你累不累?"师婕压低声音,"咱们两个徒弟一起给师父庆生,不是理所应当吗?"

"我不是他徒弟了,只是觉得……我该谢谢他。"

"随便你怎么说吧,本来我也打算叫你一起请他吃饭的,既是为他庆生,也是和他分享云红娘的成功。"

"行,那我买个蛋糕。"

"不用,我已经订好了,你不知道他喜欢吃哪种。"

凌世杰心说,但你不知道我喜欢吃哪种,随即想起柯立锋的那款蛋糕肯定是去年跟他二人世界的那个女人买的,自己可别捅破了,忙说:"那我请吃饭。"

柯立锋欣欣然应邀赴宴,只是没再像去年那样盛装出场。

凌世杰见柯立锋坐下后一直不怎么搭理自己,看出柯立锋还在记恨,但他不认为自己做错了什么,更不想为突然搬走赔礼道歉,只是像个服务生似的不停为柯立锋和师婕添茶倒水。

师婕见两人谁也不给谁台阶,心想这是生日宴,还是鸿门宴?于是,她几次三番冲凌世杰使眼色。

凌世杰也明白师婕的意思,知道自己辈分低,理该有所表示,便站起来对柯立锋说:"我师父都跟我说了,要不是你,我进不了黄埔,所以我真诚地感谢你对我的帮助。"说完冲柯立锋深鞠一躬,端起酒杯一饮而尽。

柯立锋见凌世杰仍不肯叫自己师父,只拿起酒杯抿一口:"我没帮你什么,要谢就谢你师父。"

师婕赶紧赔笑脸:"师父,你收他当徒弟的事儿他都跟我说了。"

凌世杰接道:"还有,要不是你坚持看好,我们俩早都放弃云红娘了,也就不会有今天的成功。"

"啊?师父,原来是你背后授意的啊!我还纳闷,他怎么忽然提醒我拣起云红娘呢。"得知自己的成功竟缘于柯立锋的关键作用,师婕不由得感激,"师父,那我也得对你道一声谢谢。"

"是啊,他说不必把投决会的表决结果当回事儿,相信他人不如相信自己。"凌世杰搜肠刮肚,却找不出进一步奉承的言辞,只得对柯立锋干笑一声:"事实证明,姜还是老的辣。"

柯立锋瞟一眼凌世杰:"有心思扯这些没用的,还不如想想下一个项目在哪儿。"

师婕见凌世杰尴尬地杵在那里,赶紧叫服务员拿来她寄放的蛋糕:"师父,咱们吹蜡烛切蛋糕吧。"

凌世杰当场愣住,这不正是去年那款一模一样的蛋糕吗?瞬间恍然大悟:原来去年陪柯立锋过生日的人就是师婕,原来柯立锋特意盛装去见的人也是师婕,原来师婕对他这位师父远比对我这个徒弟更在乎,原来我今天真是来作陪的,人家才是真正的师徒、永远的师徒。

又到了年终盘点的当口,黄埔资本召开全体员工大会。云红娘成为黄埔新晋的明星项目,赵卫国在会上特意点名表扬了师婕和凌世杰,并提到云红娘有望在2009年登陆纳斯达克,那将是金融危机爆发以来黄埔的首个IPO,并宣布提升凌世杰为投资经理。

一旁的韦正雄面色阴沉,师婕倒也罢了,没想到凌世杰这个小虾米也入了赵卫国的法眼,柯立锋这条线上的人竟像割不完的韭菜,一茬接一茬,层出不穷。

散会后,赵卫国把师婕叫到办公室,表示想让她负责新兴互联网领域的投资,还有意提升她当合伙人。

"Jessie,你很可能是五个投资总监里第一个晋升合伙人的,公司对你寄予厚望,"赵卫国语重心长地说,"你师父走后,他这个合伙人的位置一直空着,作为他亲手带出来的徒弟,你接替他最合适,你师父也会感到欣慰,所以你不要有什么顾虑。"

师婕听完这番话如坐针毡,她并不想当什么合伙人,更不想填补柯立锋留下的位置,不然日后将何以面对自己的师父?

第二天一到公司,师婕就去找柯立锋。她想了一夜,觉得这么重大的事情必须听听师父意见。她已拿定主意,但凡柯立锋流露出一丁点儿的不悦,她都会拒绝接这个合伙人。

不巧的是柯立锋已经出车了,Amy说他要到下班才能回来。师婕一整天坐立不安,生怕柯立锋万一先从别人嘴里得知这个消息,好像是她蓄意隐瞒、先斩后奏,那她就更说不清了。

临近下班,Linda招呼大家去大会议室参加欢送会,被欢送的是之前已跳槽投资一部的马致远,他将被外派到一部所投的一家创业公司做COO。

凌世杰还是第一次参加这种性质的欢送会,墙上挂的横幅写着"祝老马马到成功",桌上摆着多种饮品零食还有个大蛋糕,马致远机械地跟每位道贺的人握手应酬。

热闹过后,马致远独自托着一小碟蛋糕走到角落里,凌世杰见他落落寡合的样子,想到当初他比王广明对自己还算客气些,好歹给过几个笑脸,便走过去热情地说:"老马,恭祝你前途无量,'马'上IPO。"

"成心挤对我是吗?"马致远白凌世杰一眼,"你是不是看我前途没亮特开心啊?"

凌世杰被搞蒙了:"你这话从何说起啊?我可是真心诚意向你道喜的。"

马致远皱起眉头:"你小子是真不明白假不明白?"

凌世杰摇头。

马致远盯了凌世杰好几秒才叹口气说:"这外派就跟发配一样,不仅是苦差,而且风险极大,项目顺利我得接着在那儿耗下去,一旦项目出问题我就是陪葬,总之别想再回来。"见凌世杰瞠目结舌,马致远把声音压得更低,"看见一部那几个货多开心了吧,终于把我这三部来的外人排挤走了……"

刚刚转为投资经理的凌世杰心里阵阵发凉,前有刘家昌、今有马致远,还有更早的柯立锋,都是说走就走、说没就没,好像每个人不管身处哪个位置、起着何种作用,都不过是黄埔这辆车上的零件而已,随时可以被替换甚至抛弃。

凌世杰怏怏地回到三部,忍不住对师婕感慨:"师父,这投资圈也太残酷了……"

"嗯。"师婕正低头忙着给柯立锋发短信,根本没在意凌世杰说什么。

凌世杰一看师婕没心思搭理自己,便收拾东西回家。刚走出公司,一眼就看到金晓正站在电梯间。

"凌世杰,咱俩今天必须谈谈。"金晓不容置疑地说。

凌世杰被金泽平骂走的第二天接到金晓电话,问他到底怎么回事,凌世杰不想解释,只说了句"咱们以后不要再联系了",随即在通讯录里删除了金晓的号码。节后上班的头些天,他因为怕碰到金晓,甚至连去餐厅吃饭都等到快关门时才下楼。

凌世杰知道这样对金晓不公平,但他只能如此。他清楚自己和金晓已经不可能再像以前那样相处,不仅因为他再次面对金晓难免想起金泽平对他的羞辱,还因为那天他突然发现金晓已把他当成结婚的对象。金晓这种娇生惯养、霸道傲娇的女孩做普通朋友尚可,绝不能娶回家当老婆,再说他也不愿让金泽平认为自己攀龙附凤、巴结豪门。

所以只能快刀斩乱麻,至于金晓会怎么想,凌世杰自认不该也不必考虑太多。金晓也许会因为伤及自尊而骂他、恨他,但她身边不乏追求者和献媚者,用不了几天一切都会过去。

没想到,金晓今天竟然堵到了门口。

两人坐在一家餐厅的小包间里,金晓点完菜,望着凌世杰:"你这两个多月过得怎么样?"

"还那样。"凌世杰敷衍道。

"你就不想知道我过得怎么样?"

凌世杰没敢吭声,说想,无异于引火烧身;说不想,又会引来一通骂。

其实不管凌世杰想不想听,金晓早就想一吐为快。

那天金晓和父亲大吵一架闹着要离家出走,被母亲和亲友团极力劝阻才勉强留在家里。第二天一早,金晓听凌世杰在电话里决绝地说,从此不再联系,又在家中大哭大闹,逼着父亲说清楚凌世杰到底哪里得罪他。不承想只过了一夜,母亲也站到了父亲一边,劝金晓不要再和凌世杰来往,究竟什么原因却不肯明说。

金晓想约凌世杰见面,但对方再也不接电话;她想出门找凌世杰,可父亲安排了司机像保镖似的跟在她后面。金晓既怨凌世杰无情,更恨父亲专制,干脆把自己关在房间里,连班也不上了,和父母打起冷战。这反而正合了金泽平两口子的意,只要宝贝女儿不再去找凌世杰,上不上班无所谓。

而另一边的万宗海已经焦头烂额,不仅是乐开乳业成了烫手山芋,达丽鞋业也已四面楚歌。去年达丽舍弃黄埔而投奔百川,融资到手后转型却极不顺利。达丽以往靠实体店打遍天下,贸然改到线上搞电子商务阻力重重,而曹总心知固守线下是等死,又深感转型线上是找死,一直在等死与找死之间摇摆不定,就这样把达丽鞋业活活弄死了,花重金从南普陀求回的好名字也成了历史。眼看两笔投资都打了水漂,万宗海打电话托金晓跟金泽平说说,能不能给百川再投点儿资,金晓当然没心思管这事。万宗海便以探望"生病"的金晓为由到访金家,金晓躲着不见,金晓妈只得出面接待。

没过几天,金晓妈便把万宗海儿子万小川的照片拿给金晓,说万公子条件挺好,留美的博士,尤其家世门当户对。金泽平也一反常态,高调邀请万小川来家里吃饭。万小川乖巧懂事,特别会讨金晓父母的喜欢,自此便常来金家走动,即使金晓对他横眉冷对也不以为意。

金晓父母见有万小川陪着,就撤走了司机兼保镖,并鼓励两人多出去"走走"。金晓伺机找个由头甩掉了万小川,就来到黄埔堵凌世杰。

金晓不停气地讲完,喝口红酒,盯着凌世杰:"我就是想知道,你到底喜不喜欢我?"

凌世杰本以为金晓喋喋不休说这么多的结语会是"怎么样?我找到个比你强百倍的",而自己也会真心祝愿他俩白头偕老,吃罢这顿最后的晚餐,就此天各一方。却不料金晓直截了当地问出这个问题,这是他最不愿直面的,当场拒绝女孩不是他的风格。

"呃——不能说喜欢。"

"那就是不喜欢喽?"

"嗯。"

金晓的脸抽搐一下:"是因为我爸那天跟你说了什么吗?"

凌世杰听金晓这么问,立刻觉得金泽平做人还不算太差,至少没把父亲的事儿告诉金晓。他脸色舒缓了些:"不是,我去找你父亲是因为别的事儿,和咱俩无关。"

"你不用瞒我,我爸要是说了什么对你家人不好的话,我替他向你道歉,"金晓的目光里透出决绝,"而且,我父母要是继续反对咱俩,我可以跟他们断绝关系。"

凌世杰没想到金晓竟这么执着,也许在她的意识里根本不可能有谁不喜欢她,或是只要她喜欢谁,谁就必须喜欢她?

"你可能误会了,不是因为你爸……"

"那是因为谁?"金晓忽然瞪大眼睛,"是因为师婕?"

凌世杰哭笑不得:"怎么把我师父卷进来了?"

"别以为我看不出来,你一直就在我和师婕之间摇摆不定,"金晓愤懑地说,"本来以为见我父母会让你的天平倾斜到我这边,没想到我爸和你吵翻了,你就干脆放弃了我!"

"你扯得太远了。"凌世杰也动了气,"完全是无中生有!"

金晓冷笑,"我不过说出你心里最隐秘的想法罢了!"

凌世杰觉得金晓简直是无理取闹:"我没你想得那么复杂!"

"那好,你敢不敢发誓你跟她只是徒弟跟师父?!"

凌世杰登时被问住,他从未想过这个问题。

"哼,不敢吧?被我说中了吧?"成功揭开了一个连自己也不愿面对的秘密,金晓却丝毫没有成就感,只有痛苦和沮丧。

一时间,两人都不再说话。

过了好一阵,金晓才幽幽地说:"我见到你的第一眼就喜欢上了你,以为咱俩是同龄人,有很多共同语言,在一起会非常快乐;以为只要我对你好,只要我愿意等,总有一天你会明白,也会接受我这份感情……"她用手抹去脸颊上的泪水,"没想到,你竟然为了师婕放弃了我……"

金晓抓起桌上的红酒瓶,咕咚灌进去一大口。

"你这是干吗?!"凌世杰急忙抢过金晓手里的酒瓶。

金晓伏在桌上哭得更加伤心,凌世杰有些手足无措地看着她,不知该解释还是安慰。

也许是哭够了,金晓抬起头叹口气,擦干眼泪苦笑:"好吧,我输了,竟然输给了一个大龄剩女。干吗皱眉头?不爱听啊?那我也要说,酒后吐真言,有些话必须跟你说清楚。你以为爱上了师婕,但你错了,师婕比你大,又是你师父,她对你的关心照顾就像大姐姐对小弟弟,可你却把这种长姐如母式的感情错当成爱情,其实你只是个还没断奶的男孩在寻求感情上的依赖。"

金晓又拽过酒瓶喝口酒，醉眼迷离，泪眼蒙眬，凑到凌世杰面前，好像看透至他灵魂深处："你知道这是为什么吗？因为你从小跟母亲相依为命，有很深的俄狄浦斯情结，所以你很享受被大女人管着宠着的感觉。"

凌世杰心头又是一震，面色凝重，默然无语。

"真正的男女之爱，应该是女人靠在男人的肩膀上，而不是反过来！"见凌世杰无言以对，金晓确信自己戳中了他的软肋，站起身高傲地说，"凌世杰，你可以不接受我对你的感情，不过你最好去问问师婕，看她接不接受你的这份恋母之情！"金晓最后看了凌世杰一眼，抄起手袋跟跄地走出了包间，那一眼里有痛苦、有怨恨，也有不屑。

凌世杰呆呆地坐在椅子上，脑子里回响的都是金晓的这番话，他第一次认真地审视自己对师婕究竟是何种情感。

接过师婕递来巧克力时感到的抚慰，拉起师婕手时的异样，抱紧师婕时的踏实，还有发现师婕单独给柯立锋过生日的嫉妒……他愿意天天见到师婕，愿意为她做任何事，愿意听她吩咐甚至责骂，愿意对她倾诉心里所有的喜怒哀乐……

不得不承认，他喜欢师婕，不只是徒弟对师父的喜欢，也不止是朋友之间的喜欢。难道真如金晓所说，他爱上了师婕？而且是出于强烈的恋母情结？

凌世杰被一股无形的力量推动着，他想立刻见到师婕，想听听师婕究竟如何看待他。

就在金晓质问凌世杰时，师婕和柯立锋正坐在那家静吧里，熟悉的角落，熟悉的火车座，还有熟悉的昏黄灯光。

师婕讲了赵卫国打算升她当合伙人的事儿，并说还没想好要不要接受，然后忐忑地等待柯立锋的反应。

柯立锋耸了下肩膀："为什么不？这是你应得的，难道把机会让给朱敏文？"

害得自己辗转反侧的难题竟被柯立锋一语道破,对呀,难道一个韦正雄还不够自己受的?难道宁愿再让朱敏文或季晓诚爬到自己头上?师婕的心顿时轻松许多,见柯立锋如此毫无芥蒂、开诚布公,她再也忍不住,终于把那个深藏已久的秘密如实吐露出来,然后更加忐忑地等待柯立锋的反应。

柯立锋专注地听完,平静地问:"所以你只是偶然听到别人闲聊的内容,然后汇报给了韦正雄?"

"是的,我当时根本想不到会对你有任何影响,至今也搞不懂怎么把你牵连进去了……"

柯立锋眉毛一扬:"假使你知道有如此后果,还会那样做吗?"

师婕咬着嘴唇想了半天,局促地说:"如果时间可以重来,我会直接汇报给你或赵董,而绝不是韦正雄这个小人。"

"所以,你的正义感和责任心绝不允许你听之任之,这就是你的本性,永远不会改变。"柯立锋笑了笑,"于你于我,都是命中注定。"

师婕沉默不语,一切都逃不过师父的眼睛,柯立锋早把她看透了。

"这也是你最可贵的一面,正直、善良。"柯立锋把目光从师婕脸上移开,喃喃道,"如果这世上还有什么人值得我信任,那只有你。"

"可我……"师婕感动之际对柯立锋的愧疚再次汹涌袭来。

"你不必有什么负罪感,即使你不汇报,我也未必平安无事,只有千日做贼,哪有千日防贼?他们早晚有机会下手。"

"他们?他们是谁?"师婕的心提起来。

"你还是别问了,"柯立锋关切地看着师婕,"知道越少越安全,我是为你好。"

昏暗的灯光下,柯立锋棱角分明的脸上现出少有的安详与宽和,原来冷若冰霜、拒人千里之外的柯立锋一直在用他特有的方式庇护着师婕,压在师婕心头的巨石瞬间化作齑粉,而同时消弭殆尽的是她在柯立锋面前一直苦撑的矜持和自尊。她胳膊支在桌子上,双手捂着脸,肩膀止不住颤抖,任凭眼泪无声地流淌。

柯立锋没想到师婕竟如此动容，赶紧拿起桌上的纸巾递到她面前，师婕看不到，也不想看，她忍了这么久，今天终于不用再忍了。柯立锋举着纸巾茫然失措，见师婕越哭越厉害，便伸出另一只手笨拙地试图掰开师婕捂住脸的手指，好让她擦擦眼泪。

柯立锋刚把师婕的手掰开一点儿，仿佛也开启了师婕感情的闸门，她再也不要压抑自己，双手一下攥住柯立锋的手，泪眼婆娑地看着他，哽咽着说："这么久了，你还不明白我对你的心吗？你真的不知道这世上只有我可以照顾你、守着你吗？就不能打开你的心接纳我吗？"

被师婕这番表白惊呆的不止柯立锋，还有凌世杰！

此刻，凌世杰正站在拐角后面的阴影里，痴痴地看着师婕含情脉脉地捧着柯立锋的手，二人四目相对，他感觉头顶不啻炸了个响雷，又像浑身被浇了盆冰水。

来的路上，凌世杰一直在为自己可能爱上了师父而惶恐，他本来想到这里再约师婕出来，正苦于不知如何对师婕启齿、如何让她明白自己的心思、如何知道自己在她心里究竟什么位置。可万万没想到，当他走进静吧，刚要走向那个熟悉的角落，眼前两个师父的一幕，令他顿时刹住脚步、呆若木鸡。

原来我不只是恋母，恋的居然还是师母！凌世杰的心仿佛被拴了个铅块般直坠下去，他脑子一片空白，失魂落魄地转身逃了出去……

柯立锋同样完全没想到师婕会瞬间失控，更没想到她会对他说出这样的话，震惊之余，又有些措手不及。

师婕炽热的目光中满含期待，令柯立锋恍惚间一下想起当初 Vivian 也是在他毫无准备的情况下突然表白，事后想来就是当时留学生身份的 Vivian 急于利用他解决留美问题。

而师婕此刻突然表白又目的何在呢？爱我？我从未对她表现出热忱，现在更是家徒四壁一无所有，她爱我什么？同情我、怜悯我？为了减轻负罪感而以情相许？还是担心不堪胜任合伙人而要拴住我长期利用？世上没有无缘无故的恨，更没有无缘无故的爱，女人的话不能信，女人的感情靠不住，Vivian的教训还不够惨痛？但不管怎样，不能伤和气，毕竟她是我徒弟，是将要代替我成为黄埔合伙人的徒弟。

柯立锋轻咳一声，从师婕手里缓慢但坚决地抽回手，用纸巾擦擦，尽量心平气和地说："你的好意我领了，但我从来不需要同情，何况眼下我也没心思考虑这些。"他站起身，面无表情地看着梨花带雨的师婕，"刚才的话就当你没说过，我也没听过。"说罢，他扬长而去。

第十五章

惊心动魄的生日

跨入 2009 年,元旦刚过,凌世杰忽然接到个电话,竟是刘家昌打来的,约他下班后在世贸大厦附近一家咖啡馆见面。

"你找我有事吗?"凌世杰莫名其妙。

"别紧张,不是找你打架,"刘家昌笑道,"见面聊。"

凌世杰走进咖啡馆,看到迎面站起来的刘家昌,他差点儿认不出。还不到一年,刘家昌已好似被气吹得双下巴都出来了,更没想到刘家昌竟冲他咧着嘴灿烂地笑,宛若老友重逢。

"你过得挺滋润啊。"凌世杰握过手坐下。

"还行吧,我目前在信嘉金融。"

"转做 FA 了?"

"是啊,待遇挺好,关键是压力比黄埔小多了。"

"看得出来。"凌世杰指了下刘家昌的肚子。

刘家昌敞开西装,幸福地拍拍肚皮:"没办法,女票喜欢做饭,还特爱做甜食,每天拿我当她的小白鼠。老话儿没错,人挪活,树挪死,你看我如今多好,心宽体胖。"

"恭喜啦。"凌世杰暗想,叫我来就为了炫耀你事业、爱情、体重三丰收?

"Jesse,我想给你介绍个项目。"

"你给我介绍项目?"凌世杰不敢相信自己的耳朵。

"对呀,你不是升投资经理了吗,可以独立接项目了。我手上正好有家公司在找最后一轮融资,想问你感不感兴趣。"

凌世杰将信将疑,脑海里浮现出刘家昌离开黄埔时投向他的那个恨恨的眼神。

"这么好的事儿,你怎么不找朱敏文?"

"找他?"刘家昌厌恶地一撇嘴,"当初我以为是你害了我,所以特恨你。后来终于想明白,你只不过做了你该做的,害我的是朱敏文,我该恨的是他。"

凌世杰点点头:"他们设了个套,咱们两个新人总得有一个当替罪羊。"

"所以这次我想帮你一把,"刘家昌一脸的同仇敌忾,"你要能做成这项目就又压五部一头,既为咱新人争口气,也替我向朱敏文报了仇。"

凌世杰发现刘家昌眼镜后面再次射出恨恨的目光,和他当初盯自己一模一样,看来他的小心眼儿一如既往,显然体胖未必心宽。

"不过你得抓紧,"刘家昌提醒道,"百川从开始就在里面,这轮Pre-IPO他们肯定志在必得。"

"那你还找我干吗?"凌世杰一听百川不免踌躇。

"百川的风格你还不了解?人家创始人不愿被百川拿捏住,所以想多找几家进来。"

第二天,凌世杰就跟着刘家昌到爱屋生物见公司创始人邹凯利。邹凯利四十岁上下,五官俊朗、目光灼灼,若不是身材偏瘦小,倒也算个美男子。

"Jesse,邹总是哈佛的博士,拒绝了好多美国大公司 offer 归国创业,专门研发预防女性宫颈癌的 HPV 疫苗,"刘家昌当着凌世杰对邹凯利大发溢美之词,"爱屋生物已走完多轮融资,形势一片大好。"

邹凯利摆手打断刘家昌,审视凌世杰:"这位是?"

凌世杰赶紧毕恭毕敬地递上名片:"邹总好,我叫凌世杰,黄埔资本投资经理。"

邹凯利把名片随手放在桌上:"黄埔我知道,但你……"

刘家昌忙接过话:"邹总,Jesse 是黄埔新秀,清华学霸,在美国学的金融,悟性极高。"

邹凯利不理睬刘家昌,问凌世杰:"你在黄埔多久了?"

"快两年了。"凌世杰尽量往久了说。

"就是说还不到两年?"邹凯利面露不屑,"你之前参与过医药行业的项目吗?"

"还没有,"凌世杰这回如实答道,脸上带着谦恭的微笑,"不过很多行业本质上是相通的。"

"我不这么看,投资人如果对医药行业只有一知半解,很难操作我们这样的大项目。"邹凯利又转向刘家昌,"小刘呀,我跟你们信嘉讲过,在这么重要的节骨眼儿上,我是不会考虑跟新手合作的。"

凌世杰回到公司,邹凯利那傲慢轻蔑的眼神却始终在他脑海挥之不去,爱屋生物这项目听上去不错,不过自己恐怕难以让这心高气傲的小个子信服,看来还得请师父出马。

撞见静吧那一幕后,虽然毫不知情的师婕对他一如往常,但凌世杰每次面对师婕总有种怪异的感觉,他不再分得清师婕究竟是师姐、师父还是师母。苦闷纠结过后,凌世杰终于拿定主意,他当下能做的就是不去打扰师婕的生活,同时努力让自己快点儿成为真正的男子汉,假如师婕将来有一天需要他,他便是师婕可以依靠的肩膀。

"这可是个好项目。"师婕听完凌世杰陈述立刻做出判断,作为女性她自然更懂这项目的价值,"如果 HPV 疫苗早些年问世,也许梅艳芳就不会……你尽快约一下,我跟你去见这位邹总。"

师婕自从云红娘项目后已在业内小有名气,邹凯利见到师婕后态度立刻一百八十度大转弯。

"师总,希望咱们有机会合作,携手把爱屋生物成功推上创业板。"邹凯利笑容可掬地握着师婕的手热情话别。

"我更期待的是像消灭天花那样,使宫颈癌成为首个被人类消灭的癌症,不再让类似梅艳芳的悲剧重现。"师婕又指着凌世杰对邹凯利说,"他是我徒弟,您有什么事儿尽管吩咐他。"

"名师出高徒,既然有师总做后盾再加黄埔雄厚的实力,我就放心了。"邹凯利这才对凌世杰微微笑了下。

一边跟邹凯利握手,凌世杰一边暗下决心,早晚我也会让你对我笑容可掬。

凌世杰开着师婕的帕萨特回公司,坐在副驾的师婕说:"爱屋生物就由你全权负责,你是这个项目的 owner(所有者)。"

"啊?我行吗?"凌世杰既兴奋,又忐忑。

"怎么不行?你不是一直嚷嚷要独立做个项目吗?真交给你反而不敢接?叶公好龙。"

"不是,我担心搞不定那个邹总。"

"不要紧,但凡需要我出面,我随叫随到。"师婕大姐大的范儿越来越足。

"谢师父。"凌世杰嘴上说着,心里却怀疑这是不是柯立锋与师婕商量好的安排,当初是他与柯立锋在师婕面前演双簧,如今总有种幻觉是柯立锋与师婕联手演给他看了。

这年春节早,2 月初刚上班,官方渠道就正式宣布创业板将于年内开板,这是创投行业期待许久的特大利好,投资圈一片欢呼雀跃,各创业公司也在资本鼓噪下蠢蠢欲动,爱屋生物高调声言要立马启动上市前的最后一轮融资(Pre-IPO),全力冲刺创业板。

时不我待,凌世杰和师婕加班加点做出投资方案,鉴于爱屋生物资质确实优秀,尤其国产HPV疫苗将是极具市场价值的重大突破,黄埔投决会顺利通过。

很快又有小道消息盛传,创业板开板可能从原本预计的年底提前到10月份,整个投资圈益发不用扬鞭自奋蹄,你追我赶。邹凯利眼看多家投资公司都巴不得搭上爱屋生物这轮末班车,自认为奇货可居,趁机坐地起价,决定采用竞投模式,要求有意向的投资方先交一千万保证金才能参与竞投。

看到好几家颇具实力的投资商都对爱屋生物趋之若鹜,师婕不免犹豫。这种一哄而上疯抢的项目往往潜力和危机并存,让人仓促间难免雾里看花、辨不清底细,便提醒凌世杰多加小心,毕竟要投的不会是小数目。

凌世杰不敢大意,又紧锣密鼓地对爱屋生物多方调研,仍没发现什么问题。一场群雄逐鹿即将开启,除了瞄准猎物,也得盯着其他猎手,凌世杰很自然地想到了金晓。

百川从A轮开始就投了爱屋生物,金晓也曾提过她负责创新医药领域,找她打探最合适不过。但之前二人见面话已说绝、一拍两散,凌世杰不知如何拉下脸联络金晓。

然而,天下就有这样的巧事,仿佛心灵感应一般,恰在这时桌上的分机响了,凌世杰刚拿起就听对方说:"是我,金晓。"

凌世杰跟着金晓又来到上次不欢而散的那家餐厅,金晓竟又订了那个包间,又点了和那天一样的菜。

凌世杰看着仿佛时光倒流的这一切,不免有点儿瘆得慌,不知金晓打什么主意。

金晓把两个杯子倒上酒,问道:"知道我为什么特意又来这儿?"

凌世杰摇头。

"我想把终点变为起点,咱俩应该在这里重新开始。"

凌世杰不由得紧张。

"我想通了,没有爱情,可以有友情,"金晓举起酒杯,"咱俩今后还像从前一样,做好朋友。"

凌世杰一颗心这才放下来,连忙也举起酒杯:"敬好朋友!"

两人这顿饭有说有笑,天南地北神侃,都绝口不提之前的不愉快。金晓告诉凌世杰,万宗海已经安排万小川也进了百川,想必要培养他子承父业,但没提她和万小川现在什么关系。凌世杰也不想问,他能和金晓化干戈为玉帛已然是最好的结果。

吃完饭走出餐馆,春寒料峭,但两人似乎都意犹未尽,金晓说这地方不好打车,凌世杰便顺势提议往前走走。

凌世杰貌似随口问道:"哎,你们也在看爱屋生物吧?"

"是啊,我们从A轮开始就是他们的主要投资人。"

"这轮Pre-IPO你们投不投?还是打算寻机退出?"

"瞧你这话问的,"金晓很不以为然,"我们要是不看好爱屋生物,怎么会从A轮一路走到现在?"

"就是说你们打算追加投资?"

"那当然,爱屋生物现在估值已近百亿,眼看就要上市,我们怎么可能不继续投?"金晓看着凌世杰,"我听说你们也打算竞投?"

"嗯,在考虑。"

"你们就别耽误工夫了,"金晓的下巴恨不能扬到天上,"有我们百川在,黄埔根本没机会,纯粹是当分母抬轿子、陪太子读书……"

凌世杰默然无语。

自赵卫国提议升师婕为合伙人,韦正雄三番两次对师婕旁敲侧击,暗示自己在其升职过程中有举足轻重的作用。师婕每次都敷衍说自己当不当合伙人无所谓,搞得韦正雄有话说不出。

这天,师婕从女卫生间出来,偏偏碰到从男卫生间出来的韦正雄。

"哟,这么巧,咱俩挺同步嘛。"见师婕不理睬自己的调笑,韦正雄吩咐,"你来趟我办公室。"

"哦,我先拿手机。"

"不用,几句话的事儿,耽误不了你几分钟。"

师婕只得跟着韦正雄走进他办公室。

"Jessie,我得先恭喜你啊。"韦正雄像个大老爷似的坐在舒服的大班椅里,师婕坐在对面像个受气丫鬟。

"恭喜我?"

"是啊,升你做合伙人的事儿已经正式列入下次的董事会议程了。"

"哦。"

"可惜这董事会不是我一个人说了算,我实在没办法凭一己之力保你当上合伙人。"师婕刚打算说没关系,韦正雄却口风一变,"但是我可以凭一己之力保你当不上合伙人,这就是传说中的成事不足可败事有余。"

师婕的脸色变得难看,韦正雄与赵卫国同样对人事任免握有否决权,虽然她绝不是非当合伙人不可,但韦正雄这阴险卑鄙的小人嘴脸还是令她恶心。

韦正雄赏玩着师婕的表情,像狼盯着肥美的绵羊:"Jessie,你这会儿是不是特恨我啊? 不过嘛,让我投你一票也没那么难……"他把身子贴近大班台,神秘地问,"你知道初夜权吧?"

师婕一怔。

"本来,我打算在你升职后的第一夜好好跟你庆祝一番,可又觉得不太稳妥,万一你不认账呢?"韦正雄站起绕过来,双手搭到师婕肩上,俯身凑到她耳边,"不如咱俩改成末夜权? 董事会前的最后一夜你陪我,第二天我投我的赞成票、你当你的合伙人,怎么样?"

"做梦吧你!"师婕厌恶地甩脱韦正雄的手,噌地站起身,怒气冲冲地走了出去。

做梦? 韦正雄望着门口冷笑,哼,倒要看看咱俩谁能梦想成真。

师婕直到走进楼梯间才克制住情绪,虽然双手仍在发抖,她竭力迫使自己冷静,事态已严重到超乎她预料,显然不是敷衍隐忍就能过关,必须想出对策。

初夜权!韦正雄说出这个词显得驾轻就熟,他很可能早就用同样手段要挟过公司里谋求升职的女下属。还有,他怕师婕不认账,说明有认账的,师婕第一个想到的是 Linda。

中午在 B1 餐厅,师婕特意端着餐盘坐到 Linda 对面。聊着聊着,师婕冷不防忽然问了句:"你知道初夜权吧?"

啪嗒一声,Linda 的勺子掉到碗里,她双眼睁得大大地盯着师婕,目光里满是惊恐,语无伦次地说:"我马上有个会,手机得充电……"然后慌张地端起餐盘,快要走出餐厅时,她才发现忘了把餐盘还回去。单凭 Linda 这种反应,师婕已然猜到了八九分。

下午,师婕把 Judy 约出来喝咖啡,言语间很是替 Judy 抱不平:"你比 Linda 还早来几个月,怎么她成了 director,而你还是专员?"

Judy 撇了撇嘴:"因为人跟人不一样呗。"

师婕接道:"你指的是……初夜权?"

Judy 盯师婕半天,忽然捂着嘴笑起来:"怎么,这回轮到的是你?"随即明白过来,"难怪,他要审议升你当合伙人了。"

"这么说你也有过同样的遭遇?"

Judy 耸耸肩,算是默认。

师婕追问:"你答应了?"

Judy 挺了挺凹凸有致的身材,傲然地一甩头:"我要是答应了,还有 Linda 的戏吗?"

师婕对 Judy 生出几分敬意,又多了点儿惺惺相惜,叹口气:"要是能有证据就好了。"

"你想干吗?"

"我想让他付出代价!"师婕咬牙切齿地说。

Judy 试探:"如果有证据你愿意出头吗?"

323

"当然，我绝对咽不下这口气。"

Judy 的脸红了，想了想说："不能找还在黄埔的。"她下意识地看看四周，小声说，"我可以给你一份黄埔近三年离职的女员工名单，从中大致就能猜出谁被骚扰过，你可以去找她们。"

"那太好了。"师婕又不禁担心，"万一 Linda 察觉风吹草动，她会不会向韦正雄通风报信？"

Judy 笑了："你以为她还嫌自己的麻烦不够多吗？"

说干就干，师婕第二天就拿着 Judy 给她的名单，逐一联系曾被韦正雄骚扰过的前同事。她先表明自己意图，但得到的都是拒绝。正因为想远远逃避，她们才不惜离开黄埔，没人愿意重提旧事。师婕苦口婆心、晓以大义，但磨破嘴皮仍难以打消那些女员工的顾虑。师婕率先在联名举报信上签字，表示即便没有其他人出来指证，自己也要跟韦正雄斗个鱼死网破。终于，有人勉强同意也在举报信上签名，却不愿提供详细经过作为证言。可没有切实证据就不足以扳倒韦正雄，为民除害貌似是个不可能完成的任务。

爱屋生物的竞投会定在星期二上午，巧的是黄埔审议新增合伙人的董事会例会也定在同一天的同一时间。

星期一下午，凌世杰正在最后检查爱屋生物竞投会所需材料，Sherry 走来交给他一张银行转账回单。

"Jesse，我们已经按照爱屋生物的要求，把一千万保证金汇到信嘉金融指定的托管账户了，你让他们查收确认一下。"Sherry 又冲凌世杰笑道，"吴总让我把他的原话转给你：这张入场券真够贵的。"

"可不是嘛，"韦正雄不知何时已站在 Sherry 身后，接着她的话说，"三部现在手笔真是越来越大啊。"

凌世杰一见韦正雄连忙起身，诚惶诚恐地说："感谢各位老板对我们三部的支持。"

韦正雄瞟眼师婕的位子："怎么，你师父不在？"

"她出去了。"

"明天就要竞标,她居然把活儿都甩给你,自己跑出去。"韦正雄斜睨凌世杰揶揄道,"看来你真可以独当一面了。"

"哪里,我只不过是个跟班,"凌世杰谦卑地说,"其实明天也没什么,把咱们公司议定的价码报出来就完事了。"

"那怎么行?"韦正雄鼓起眼睛,"商场如战场,你这个投资经理不仅要随机应变还得有当机立断的魄力,不然派 Amy 去不就得了?"

凌世杰忙问:"韦总,您的意思是我们在现场可以根据情况调整投资额?"

"当然,你师父没告诉过你?"

"那我们能灵活掌握的幅度有多少?"

"这个嘛,"韦正雄想了想,"黄埔有个不成文的规矩,可以上浮百分之十五左右。"

"百分之十五?"凌世杰没想到有这么大空间,"韦总,您能给我们一份书面的授权吗?"

"书面的还叫不成文吗?"韦正雄冷哼一声,"反正明天师婕也去,有什么事儿她会拿主意的。"

凌世杰正要张口,师婕回来了,韦正雄皮笑肉不笑地说:"正找你呢,去趟我办公室。"

走进办公室,韦正雄回手把门关严,从西装内兜掏出一张房卡,在师婕眼前晃晃:"Jessie,这家酒店你知道吧? 不难找。"

师婕已经察觉到韦正雄的不怀好意,戒备地看着他。

韦正雄收起房卡:"明天就要开董事会了,我得抓紧时间养精蓄锐,今天晚上休息好,明天会上才能发挥好。Jessie,你也得抓紧,今天晚上发挥好,明天会上才能有好消息。我上次跟你说的,你应该想清楚了吧?"

师婕脸色为之一变,正要转身就走,却被韦正雄叫住。

"Jessie,这可是你最后的机会,时间节点至关重要,你最迟务必在今晚九点前把我想要的东西交给我,否则……"韦正雄没再说下去,而是拍了拍衣兜,冲师婕猥琐地挤下眼睛,探手替她拉开房门。

师婕回到座位上,双手仍不自觉地攥紧,脸上阴晴不定,看来唯有铤而走险、深入虎穴这条路了。

凌世杰见师婕神情异样倒也没在意,反正每次师父见完韦正雄都没有好脸色。

当晚八点,师婕最后检查一次防狼喷雾剂和录音笔已妥帖放在包里,她要为自己以及那些被韦正雄骚扰过的女同事讨回公道。

到了酒店,师婕站在旋转门外给韦正雄发短信,故意写得很明确:我已按你要求到你订好的酒店楼下,但不知道你的房号,怎么找你?她想把韦正雄的回复一并留作证据,却不料韦正雄马上回拨电话,只说了"706"三个数就挂掉。见对手如此老奸巨猾,师婕益发感觉吉凶难测,但还是义无反顾地走进酒店。

师婕更没料到的是,此刻柯立锋正坐在酒店对面的包子铺里,默默注视着她的背影消失在旋转门后。通过近半年的跟踪,柯立锋已发现这家酒店是韦正雄与女人幽会的据点,有时出双入对,有时一前一后,其中柯立锋能认出的只有 Linda。他闲来无事还分析,不怕与韦正雄同进同出的女人应该还单身,而独来独往的恐怕是有夫之妇。

快八点时,柯立锋看到韦正雄停好雷克萨斯独自走进酒店,心想按照以往规律,要等三个小时韦正雄才能完事,到时一旦他和女人一同出来便可伺机抓拍照片,但大概率今晚又是白等一场。他熟门熟路地点好吃喝,准备饭后先回家歇一阵,十一点再回来碰运气。就在他将要把最后一个包子塞进嘴里,筷子却停在半路不动了,一个他最熟悉的身影出现在了酒店门口!

柯立锋无论如何也没想到会在这里看到师婕,刚想起身出去当面问个究竟,但马上克制住了冲动。她来这里干什么?莫非来见韦正雄?她怎么会勾搭上那个家伙?不可能,师婕恨韦正雄人尽皆知,不可能心甘情愿地委身于他。是被迫的？可能性也不大,因为师婕没有丝毫把柄怕韦正雄要挟,何况以师婕的头脑也不致误入韦正雄的圈套。

难道纯粹是碰巧在同一时间出现在同一地点？和师睿吵架了离家出走？来看望住这里的亲戚朋友？但她为什么神色慌张、举止可疑？难道……柯立锋的心被揪了一下,难道她是来和别人开房？前一阵还在我面前流泪表白,而今已投入另一个男人的怀抱？若真是这样,只能证明师婕果然和其他女人一样。

柯立锋有些心烦意乱,把餐盘一推刚要走人,一个念头跳出来,会不会她和我正是抱着同样目的而来呢？她也想抓到韦正雄乱搞女人的证据,甚至不排除拿她自己当诱饵……柯立锋下意识地站起身,师婕会不会有危险？我该不该做点儿什么？打电话阻止她？干脆闯进去设法查清房号、破门而入？

霎时间,各种主意层出不穷,柯立锋甚至连谎报火警惊扰韦正雄的点子都想到了,但又被他逐一否定。万一师婕并非因韦正雄而来,贸然把事情闹大就不仅是尴尬,而是彻底暴露了。

左思右想之后柯立锋决定就一个字:等。以不变应万变。

他离开包子铺,穿过马路走到酒店门口的廊柱后面守候。仅大约过了一刻钟,柯立锋就隔着落地玻璃看到师婕仓皇地从电梯间跑出来。等师婕刚跨出旋转门,柯立锋从廊柱后闪出一把拉住她。

毫无防备的师婕登时吓得魂飞魄散,"啊"的一声大叫,等她看清是柯立锋又吃一惊。她最不想在此时此地遇到的人就是柯立锋。

柯立锋二话不说,拽着师婕快步走到对面停车场上了奥迪车,迅速开走。

"你怎么在这儿？"师婕总算定下神,颤声问柯立锋。

柯立锋反问:"我正要问你呢,你怎么在这儿？"

"我要拿到韦正雄性骚扰的证据。"

"他骚扰的谁？"

师婕咬牙恨恨地说:"我!"

· 327 ·

柯立锋见师婕并非与别的男人约会,又确信她有惊无险、毫发无损摆脱了韦正雄,彻底放下心来,问道:"拿到了?都什么证据?"

师婕取出录音笔,刚要播放又改了主意,掏出耳机只自己听了一段,长舒口气:"录下来了,明天我要在董事会上放给所有人听。"

"你觉得有录音就足够了?"

"这难道还不够吗?"师婕气呼呼地看着柯立锋,"你还想要什么更直接更确凿的证据?"

柯立锋忽然问:"你没开车吧?"他怕万一韦正雄出来,发现师婕的帕萨特没开走,自然怀疑她有同谋。

"没开,我不想以后一上车就记起这事儿。"师婕想到刚才韦正雄穿着浴袍跟她撕扯的丑态就想吐,决定到家就把被韦正雄碰过的这身衣服扔掉。

虽然不情愿撞见柯立锋,但刚才被柯立锋拽着离开还是有种被英雄救美的感动,师婕又问:"你还没回答我呢,你怎么也在这儿?"

方才的所有疑虑都已打消,柯立锋反而对师婕生出点儿怨气,为什么瞒着他以身涉险?女人什么时候能学会不自以为是?他瞥师婕一眼:"我就想看看韦正雄到底和哪个女人幽会。"

师婕的眉头立时拧在一起,脸色黑得吓人:"所以你早知道韦正雄在酒店里,然后你看到我也进了酒店,然后你就待在门口,什么也没做?别说你以为只是巧合,我不信。"她失望而伤心地看着柯立锋,"你就没想拦我一下?你就不担心我有危险?你就不怕里面发生什么你不愿发生的事儿?"师婕转过脸盯着前方的路,眼睛里充满愤懑和绝望,"你什么都没做,你只想看看那个女人是谁,至于是不是我对你而言无所谓,是吗?"

柯立锋听出师婕开始哽咽,知道此刻有口难辩,平静地说:"我先送你回家吧,你现在过于激动,不适合谈这些。"

"谁说我要回家的?!"师婕命令道,"停车,我还有事儿要办!"

柯立锋只得找个合适地方把师婕放下,嘱咐一句注意安全。师婕看都不看他,砰地把门摔上扭头走了。

师婕连夜再次逐个去找那些离职的女员工,把录音放给她们听,要她们相信自己已拿到铁证,一定可以把韦正雄扳倒。终于有个人肯把事情讲出来,师婕如获至宝地录下证言,自信凭这两段录音足以证明韦正雄是惯犯,定能让他受到应得的惩罚。

3月31日,星期二,正好是凌世杰二十六岁的生日。他兴奋地早早起来,收拾停当后换上新买的西装,欣赏着镜子里格外精神抖擞的自己,脑海里先后浮现出三个画面:上午和师婕一起在掌声和羡慕嫉妒恨的目光中荣登竞投会的主席台,下午和师婕如功臣凯旋般领受黄埔老板们的嘉奖和同事们的夸赞,晚上和师婕在优雅的餐厅里享用大餐庆功和庆生。

这是给自己最好的生日礼物,也会成为生命中最美好的回忆。

凌世杰脸上带着笑走出房间,看到餐桌上摆着两个红红的煮鸡蛋,还有根大油条,这是老妈为他每个重要的日子预备的标配早餐,要是考试就寓意一百分,要是生日就寓意长命百岁。

见老妈还在厨房忙活,凌世杰坐下拿起油条。和长命百岁相比,他更希望今天是个一百分,是他迄今最具含金量的一百分。

这时师婕的电话来了:"上午我有事不能参加竞投会了,你自己去吧。"

"啊?"凌世杰既惊讶又遗憾,他憧憬的三个美好画面登时少了两个,"不能换个时间?什么事比竞投会还重要?"

"你别问了,竞投会上你只要按咱们的既定方针办就行。"

"哦,"凌世杰知道师婕拿定主意就不会改变,便不再坚持,"我会随时跟你联系。"

"你可能……没法联系我。"

"啊?"凌世杰更加诧异,"要是现场突发状况我怎么办?"

师婕想了想:"如果真有事就找我师父吧,他也是你师父。"

· 329 ·

"找他？你把这项目跟他讲了？"

"那倒没有,我相信以他的直觉和经验一定能帮你做出正确的判断。"师婕又叮嘱,"这是你第一次参加竞投会,又是一个人,千万小心谨慎,祝你好运。"

凌世杰放下电话,发现紧张得手心里都是汗。虽然这项目名义上归他,但此前一直有师婕帮助和把控,师婕这时突然掉链子,他能独自应对完全陌生而重大的场面吗？

不行,得尽早赶到现场,凌世杰匆匆塞了两口油条,不安地走出家门。

"儿子,祝你生日快乐！"赵雪梅追到门口,把两个红鸡蛋塞进凌世杰的双肩背里。

凌世杰头也不回就往楼下跑,他已经没心思惦记生日了。

信嘉金融把爱屋生物竞投会安排在希尔顿酒店的会议厅,凌世杰在门口遇到了迎候来宾的刘家昌。

"人真不少啊。"凌世杰看着里面三三两两站着的,没想到他们比自己来得更早,显然都怕挤不上爱屋生物上市前的末班车。

"可不,数得着的投资公司差不多齐了,今天的竞争会很激烈,"刘家昌得意地指点,"磐石资本、耀华投资、神州信托……最那边是百川的,你肯定熟。"说完冲凌世杰坏笑。

凌世杰看到金晓和一位年轻人站在一起,估计是万宗海的儿子万小川。

刘家昌见凌世杰径直往里走,不由得奇怪:"怎么,黄埔就你一个人来？"

凌世杰点头。

刘家昌既惊讶又羡慕:"你厉害呀,这么重大的事黄埔都敢交给你一个人？"

凌世杰朝刘家昌挥下手,走进会议厅。想到之前金晓对自己有意无意的帮助,凌世杰觉得有必要打声招呼,何况这里他也只认得金晓。

万小川打量凌世杰,目光里满是情敌间的戒意,见金晓兴致勃勃地跟凌世杰聊得挺欢,他渐渐显出不悦,借口去洗手间不再当灯泡。

"等结束了,我请你吃饭吧。"凌世杰没提今天是自己的生日。

"到时候再看吧。"金晓未置可否,"你们准备得怎么样?"

"当然万事俱备!"凌世杰一副成竹在胸的模样。

"我劝你慎重一点儿,别太冲动。"金晓咬着嘴唇看看四周,小声说,"爱屋生物能否顺利完成三期临床试验,能否顺利拿到药品批准文号,能否如期上创业板其实都很不确定。"

凌世杰将信将疑端详金晓煞有介事的表情,正要追问,只见门口一阵骚动,万小川和邹凯利握着手走进来,后面跟着爱屋生物一班人。望着万小川那副睥睨群雄志在必得的样子,凌世杰断定金晓的话无非是百川临场施放的烟幕弹,目的在于吓退其他投资商使百川轻松赢标。他只对金晓淡淡笑了下,便快步迎着邹凯利走去。

竞投会即将开始,凌世杰想起早上师婕的叮嘱,觉得有必要把到场公司情况和刚才金晓的话汇报给她,更想问清楚如果竞争白热化,自己是僵守既定方针还是可以自主提价?于是,他便走到没人的角落打电话。

师婕的手机已关机。

看来只能找另一位师父了,不过柯立锋对这项目并不了解,一两分钟也说不清,万一以偏概全反而可能误导柯立锋错判形势;再加上凌世杰至今潜意识里仍在跟柯立锋较劲,不想显得自己毫无主见,便决定与其直截了当,不如旁敲侧击。

凌世杰拨通柯立锋的手机:"喂?有空吗?想跟你切磋个问题。"

"说吧。"

"当初'同城会'那个项目,是什么因素让你见机行事、做出决断的呢?"

"你具体指什么?"柯立锋正端着水杯站在黄埔的茶水间门口,不错眼珠地盯着前台。

"我是问你为什么当场抬高出价、和创始人敲定 TS 而不管投决会给你的投资上限?"

"当时我在前线,最了解战局的只有我,我当然要临机决断。"柯立锋心不在焉地说,"将在外,君命有所不受嘛。"

"但你先斩后奏,万一拿回单子公司坚决不同意怎么办?"

柯立锋冷哼一声:"如果拿不回单子,公司想同意都没机会。"他只顾盯着前台的动静,根本没心思琢磨凌世杰为何在这时提这问题。

凌世杰收起手机,望着场内众多竞争对手,胸中升起一股豪气,将在外,君命有所不受,自己期待已久的一战成名、建功立业的时机终于来了!

柯立锋刚挂断凌世杰电话,就有个戴帽子的小伙快步走进黄埔,把一个文件袋撂到前台,对 Amy 说:"寄件人要求马上交给你们公司的赵卫国。"

Amy 站起身:"赵董正在开闭门会议,等散了会我就送过去。"

小伙有些不耐烦:"寄件人说了得第一时间让你们赵董看到,非常重要,十万火急。"

Amy 有些迟疑:"可这会儿不能打扰他。"

"反正我已经跟你说了,你要是不马上交给他,出了事你负责。"小伙扭头走了。

柯立锋踱着方步从茶水间走过来,见 Amy 正拿起文件袋不知如何是好,笑着问:"什么事这么为难?"

Amy 简略讲完继续发愁:"看不出寄件人是谁,也不知道里面是什么,唉……"

柯立锋难得循循善诱:"依我看,贸然敲门进去顶多是失礼,但如果真是至关重要的东西没及时让赵董看到,那可是失职。"

"哦……"Amy 盯着手里的文件袋,若有所思。

难怪凌世杰联系不上师婕,因为师婕的手机已经关掉,正静静地躺在大会议室的会议桌中央。

会议桌居中坐着赵卫国,两旁是韦正雄、李慕白、欧亨利以及几家参股机构派来的代表,当数分钟前师婕突然破门而入,出席董事会例会的众人都有些错愕。

负责会议记录的Rocco连忙起身走到师婕面前,轻声提醒她这是董事会会议。

"我知道。"师婕毫不畏缩地大声说。

Rocco紧张地扭头瞄了眼赵卫国,悄悄走回靠墙的位子。

韦正雄一见师婕来者不善,顿时有种不祥的预感,厉声呵斥:"师婕,你太不像话了!我们正要审议你当合伙人,你作为当事者怎么能在场?还不马上出去?!"

师婕看都不看韦正雄,脚下纹丝不动。

赵卫国没想到韦正雄这般气势汹汹,冲他摆下手,然后笑着对师婕说:"Jessie,你先在外面耐心等一下,等我们审议通过了,再请你进来发表感言。"

师婕往前走了两步站在会议桌旁,朗声道:"各位领导,我知道这是董事会例会,所以我才特意进来要求各位董事主持正义,为黄埔现在和以前的女员工做主,我有人证物证实名举报韦正雄对多名女员工实施性骚扰!"说完,她掏出文件袋里的录音笔和一沓复印纸举在手里。

在座所有人都大吃一惊,面面相觑。

赵卫国马上说:"会前要求关闭手机,请大家把关掉的手机都集中到会议桌上。Jessie,也包括你。"

众人纷纷把手机放到桌子中间。

赵卫国又吩咐:"Rocco,下面的内容不要记录了。"

Rocco痴痴地点头,把电脑扣上。

赵卫国见Rocco并未起身,冲门口努嘴:"这里不再需要你了。"

Rocco这才恍然惊觉,急忙快步走出会议室。

·333·

等门关上,赵卫国才一脸严肃地看着师婕:"现在你可以说了,不过我要提醒一下,你对每句话都要负责任。"

师婕郑重地点下头:"其实并不用我说什么,各位听一下这两段录音一切就都清楚了。"

她打开录音笔,先播放了酒店房间内她与韦正雄对峙片段,然后是那位女员工声泪俱下地控诉韦正雄骚扰她的详细经过。欧亨利的汉语水准不足以理解其中某些对话的确切意思,习惯性地请教恰好坐在身边的韦正雄,搞得韦正雄脸上红一块白一块,欧亨利这才反应过来,连声道歉问错了对象,另外几个人见状忍不住窃笑。

赵卫国铁青着脸问韦正雄:"韦总,这是怎么回事?"

韦正雄气急败坏地叫道:"她这是诬陷!"

"诬陷?"师婕冷笑,把手里有多名女员工联合署名的举报信复印件分发给每个人,"请各位看看,这八位黄埔不同时期的女员工难道会平白无故串通起来诬陷他吗?"

李慕白和欧亨利只得请旁人用英语解释个大概。赵卫国看着举报信,眉头紧锁。众人见赵卫国一言不发,也都不吱声。

韦正雄没料到师婕竟做得这么绝,真是要跟自己鱼死网破,不由得恼羞成怒地站起来嚷:"大家别信她!这录音是假的,是她故意引我说出那些话的!举报信的签字也是她找人伪造的!这女人非常阴险,因为我平日训斥她一直怀恨在心,又怕我否决她升合伙人,就想用这种卑鄙手段把我搞掉,你们千万不要被她蒙骗了!"

"我卑鄙?"师婕也抬高嗓门,"各位可以把这些签字的员工请来当面对质,看看到底谁卑鄙!"

"师婕,我要去告你!我告你无中生有,造谣诽谤!"

"好呀,正求之不得,我们八个人一定奉陪到底!"

"你们吵够了没有?!"赵卫国啪地一拍桌子,"这是董事会,不是菜市场!"

会议室立时安静下来。

赵卫国沉着脸指向韦正雄："韦总，你是做领导的，下属反映问题，不管真假对错，你都要好好解释、耐心沟通，这样大喊大叫成何体统？！"

韦正雄见赵卫国发话，不得不收敛气焰，狠狠瞪了师婕一眼才坐下。

赵卫国又转向师婕，和颜悦色地说："Jessie，你也不要太过激动，你提供的材料我们都收到了，请你相信公司一定会认真调查妥善处理，现在你能不能先出去？我们好继续开会。"

师婕看出赵卫国训斥韦正雄不过是做给她的表面文章，实际想把她支走息事宁人，气得倔劲儿上来："赵董，人证物证都在，我希望董事会现在就给我个说法。"

"Jessie，你不要急嘛，我刚才不是已经讲了？公司会认真调查这件事。"赵卫国耐着性子说，"调查就需要花时间，不能操之过急，以免冤枉任何人……"

"冤枉？怎么会冤枉他？"师婕抬手指点在座诸人，"我看你们就是想大事化小、小事化了。但是赵董，公司要真这么做，就是姑息养奸、助纣为虐。韦正雄在三年多的时间里，持续不断对近十名女员工实施性骚扰，难道你们就没有责任吗？！"

赵卫国明显已被这话激怒，但又不便发作，只是语气变得严厉："师婕，话可不能这么说，你今天举报的毕竟是公司的董事，涉及的问题也不是小问题，公司当然得谨慎处理，不能仅凭你一面之词就妄下结论……"

没等赵卫国说完，有人敲门，Amy一脸惶恐地探进半个脑袋。

"什么事？"赵卫国没好气地问，"谁让你进来的？"

Amy颤巍巍举起文件袋："赵董，这是给您的，说是急件，必须让您马上收阅。"

赵卫国压着火气走到门口，接过Amy手中的文件袋，Amy忙转身一路小跑没影了。赵卫国把文件袋扯开，掏出里面东西看了几眼，脸色立刻阴沉得吓人,快步走到前台:"是什么人送来的?"

没想到赵卫国亲自追过来,Amy整个人都哆嗦:"是个男的,人已经走了。"

"那人长什么样?"

Amy想了想:"看不出有什么特别,跟平常送快递的一样。"然后惴惴地看着赵卫国,"赵董,我是不是闯祸了?"

赵卫国见Amy如此紧张,也意识到自己有些失态,忙挤出点笑容:"没有,你做得很对。"

径直回到他的办公室,赵卫国站在窗前凝神思索,一阵长考过后他把文件袋收进抽屉里,面色严峻而坚定地走回大会议室。

赵卫国站着扫视在场所有人,目光特别在师婕身上停留片刻,然后用洪亮的声音说:"根据师婕提交的证据,我个人认为已经足以认定韦正雄在黄埔任职期间,作风不正、品行不端,利用职权对多名女员工进行性骚扰,这不仅严重伤害了员工的身心,也极大损害了公司形象和声誉。因此我提议,即刻解除韦正雄的一切职务,开除出黄埔资本,请董事会现在予以表决。"

凌世杰和柯立锋通完电话,听到扩音器里有人提示竞投即将开始,要求各家代表到前面来出示所在公司的授权书,换取信嘉金融发放的竞投牌方可参加投标。

凌世杰的心开始激动,赶紧朝会议厅前部走去。

"你们搞得挺正规啊。"凌世杰把授权书交给刘家昌。

"竞投嘛,就得有竞投的气氛。"刘家昌挑出写着"008"的竞投牌递给凌世杰,"来,这个最吉利的号给你,就看你的啦。"

厅内众人陆续坐好,刘家昌陪信嘉金融的邢总走上台然后恭立一旁。邢总首先重申竞投规则,此次爱屋生物创始股东与前期投资人有意对新投资人出让不超过总股本百分之五的股份,并新增一个董事会席位,旨在公司冲击创业板前最后一次答谢广大投资人的厚爱和支持。

"到场各位都是重量级投资人,并已缴纳一千万元的保证金,肯定都志在必得,希望大家踊跃竞投,价高者通吃啊。"邢总预祝竞投会圆满成功后,特意用眼神询问邹凯利要不要讲几句,邹凯利笑着摆手。

凌世杰有意坐在尽量靠后的位置,以便把整个场面一览无余。他再次给师婕打电话,还是关机,便发了条短信,说竞投马上开始要和她现场连线随时请示,但没回音。

信嘉金融特意从拍卖行请来的专业主持人健步登台,接过刘家昌双手奉上的拍卖槌,冲场下微笑致意,字正腔圆地说:"今天的标的很有特色,不是我常拍的艺术品,也不是哪个地块,而是真金白银的股权!小生恭请各位大佬积极举牌,共襄盛举。小生宣布,起价三亿元人民币,每次举牌加价幅度不得少于一千万元,现在竞投开始!"

话音未落,万小川第一个举起牌子:"四亿八千万!"

一片惊呼,所有人都瞠目结舌。

凌世杰登时傻了,之前在公司投决会上,他汇报了金晓无意间透露的重要情报,百川内部对爱屋生物的最新估值为近百亿,根据这个信息黄埔各部门反复权衡,拟定黄埔的出资额是四亿八千万,由此核算爱屋生物的现值大约九十一亿。但考虑到现场可能竞价激烈,投决会同意可以酌情上加到五亿,相当于爱屋生物估值九十五亿。

但谁也没料到百川一上来就把价格抬到如此高度,连个预热的准备活动都不做,意在用高门槛把对手清理得越少越好,不给那些重在参与的公司任何机会,减少不确定因素,以免被迫屡屡提价。

各家代表的脸上都现出慌乱,纷纷忙着跟总部联系,好几家显然直接决定出局,气馁地把竞投牌撂到地上。

"四亿八千万,一次。"主持人笑道,"虽然这场未必是小生拍过最贵的,但很可能是最快的。四亿八千万,两次。还有没有更高的?"

坐在前排的万小川回过头轻蔑地扫视众人,凌世杰还指望能跟金晓交换下眼色,但万小川身旁的金晓一动不动。

就在这时,磐石资本的代表举起牌子:"五亿!"

· 337 ·

全场再次哗然,万小川恨恨地盯着磐石资本的人,摸出手机打电话。

凌世杰看眼手机,师婕没有任何消息。磐石叫出的五亿已经是凌世杰手中的最高权限,难道自己要跟其他家一样,连个碰球机会都没有就黯然下场吗?

凌世杰迫不得已拨了韦正雄的号码,也关机。

主持人叫道:"五亿,一次!"

难道这是天意?考验我随机应变、当机立断的时刻到了?

将在外,君命有所不受。这项目我必须拿下来,要让所有人佩服我、夸赞我、羡慕我,要让所有人看看什么叫孤注一掷、什么叫力挽狂澜!

"五亿,两次!"主持人的眼睛只盯着万小川,仿佛全场其他人已然不复存在。

凌世杰按照韦正雄说的那条不成文的规矩心算出提高百分之十五的竞标价,他觉得应该借鉴百川的套路,一次高开到位,一骑绝尘甩开对手,不给他们纠缠不休、屡次加价的机会。

主持人已经高高举起拍卖槌:"五……"

突然,会场最后面一个竞投牌举得更高,上面白底黑字写的是"008",凌世杰脸上带着时不我待、舍我其谁的豪情,高声喊出:"黄埔资本,五亿五千两百万!"

此时此刻在黄埔的大会议室里,董事会例会已近尾声。

听到赵卫国义正词严的总结性发言,所有人立刻看清风向已变,忙见风使舵,纷纷谴责韦正雄的丑行劣迹,墙倒众人推,董事会当场一致决议将韦正雄解除全部职务,开除出黄埔资本。

师婕激动地向赵卫国和各位董事鞠躬致谢,感谢他们伸张正义,然后像个得胜而归的女英雄,迈着从未有过的轻松步伐回到三部。兴冲冲打开手机,满眼是凌世杰一连串的短信,她直接打开最新一条,看到成功中标的金额当即皱起眉头。

而韦正雄万万没想到,赵卫国居然不留情面,如此决绝地将自己开除,会议结束立马追着赵卫国冲进办公室。

"赵董,您凭什么都不调查就直接把我开了?!"韦正雄开始打感情牌,"我跟了您这么多年,我是什么样的人您还不了解吗?您怎么宁愿相信那个老姑娘也不相信我呢?"

"相信你?"赵卫国从抽屉里拿出那个文件袋,甩给韦正雄,"你自己看吧。"

韦正雄忙抽出文件袋里的东西,只看一眼便乱了方寸。

"你说师婕搞到的那些签名都是伪造的,这些照片也是伪造的?眼下 PS 的水平都这么高了?"赵卫国晃了晃手机,"要不要我当你面给严立行或者李明远打电话?"

韦正雄哑口无言,额头上冒出冷汗。

"你作为黄埔资本的联合创始人,跟明日集团的李明远见面倒无可厚非,你可以是为黄埔拉人民币基金嘛,但为什么磐石资本的严立行也在场?黄埔和磐石这两家竞争对手什么时候化干戈为玉帛了?我这个董事合伙人怎么不知情?"

韦正雄有二心不是一天两天,他的如意算盘是由大金主李明远的明日集团出资,由磐石资本的严立行搭台,以便他跳出黄埔自立门户,也过把当家做主的瘾。此刻见自己暗度陈仓之事已败露,他干脆撕下最后一层面皮:"赵董,我确实一时糊涂,跟他们见面聊了聊。但您也不能下手这么狠吧,好歹给我留点儿余地,要是把我逼到无路可走,恐怕……"

"恐怕怎样?你竟敢威胁我?"赵卫国斜睨韦正雄,"我逼你?是你逼我没得选择!你搞女人那些事儿以为我不知道?难道我容你还不够吗?你知道我的底线,这回你是犯了天条,是老天不容你!"

韦正雄又软下来,瘫坐在椅子上可怜兮兮地乞求:"那您也可以让我自己走嘛,或者说是身体原因什么的,用这个理由把我开了,那我的名声……"

见韦正雄服了软,赵卫国也不穷追猛打,指着韦正雄手里的照片说:"你应该感谢我把这些压下来,因为女人的事让你离开黄埔只涉及你的私德,如果我把你吃里爬外、阴谋另起炉灶的事传扬出去,圈子里还有你容身之地吗?"

此时的韦正雄已黔驴技穷,眼见赵卫国不可能有丝毫通融,无心恋战的他只得站起身,耷拉着脑袋、拖着沉重的脚步往外走。

"抓紧把手续办了吧,"赵卫国在韦正雄出门前冷冷地说,"我相信你和Linda彼此都不会为难对方的。"

处理完韦正雄,赵卫国又将师婕叫到办公室,先表扬一番她勇于同丑恶行为做斗争,半开玩笑地说她如今在黄埔已成为正义的化身,又抚慰她安心工作不要有任何顾虑,最后遗憾地告知鉴于董事会例会被意外中断,她升职合伙人一事恐怕只能暂时搁置。

师婕非常平静地表示理解,她早就有所预料,闯进大会议室之前,她甚至做好了被撵出黄埔的准备。即便侥幸成功扳倒韦正雄,她在高层心目中也绝不是什么正义的化身,而是个地道的麻烦制造者。

临送师婕出去前,赵卫国随口问道:"Jessie,除了性骚扰之外,你有没有发现韦正雄其他方面的问题?"

师婕刚想提南洲建材但马上忍住,转而回答:"那倒没有。"

"哦。"赵卫国只笑了下。

师婕走出赵卫国办公室,仍在琢磨董事会上的那一幕,为什么赵卫国开始还以谨慎调查为名,试图敷衍了事,但在中途接到那个急件之后就断然痛下杀手?就是说,假如没有那个插曲,赵卫国不会开除韦正雄,他一定会竭力把性骚扰一事淡化于无形。也就是说,赵卫国在乎的只是所谓的公司稳定大局,他并不在乎正义和公理。

师婕心中头一次对赵卫国生出几分失望,同时有个大大的疑惑,显然促使赵卫国做决断的并非她提交的证据,而是那个文件袋,里面定有让赵卫国再也容不下韦正雄的东西,可那究竟是什么呢?

爱屋生物的竞投会圆满结束,黄埔资本以五亿五千二百万的价格赢得投资权。凌世杰压抑不住内心的狂喜,只匆匆跟邹凯利握了手,连刘家昌的祝贺都没心思回应。他要立刻见到师婕,要和她分享这个好消息。

"凌……"走在凌世杰身后的金晓刚想叫他,被万小川拉住。

兴冲冲地回到公司,凌世杰立马感觉整个公司都安静得近乎诡异,但他顾不上琢磨,径直走到师婕面前。

"师父,看到我短信没?"凌世杰笑得无比灿烂,"咱们赢了!"

"看到了。"师婕并没显出半点儿兴高采烈,直接问,"怎么会超出五千多万?"

"当时现场竞争太激烈,百川和磐石一下就把价格抬上天了。你电话一直关机,我就按照公司那条不成文的规矩加了百分之十五,这才拿下来的。"凌世杰仍沉浸在兴奋与自得之中。

"不成文的规矩?谁跟你说的?"

"韦总啊,他昨天来找你的时候亲口跟我说的,还说要有当机立断的魄力。"

师婕眉头紧锁。

凌世杰不由得疑惑:"怎么,有什么问题吗?"

师婕像是自言自语:"恐怕跟财务和法务都要费口舌了……"

凌世杰不仅没得到表扬,师婕甚至连个笑脸都没给,更甭提众人的钦佩与羡慕了,心里颇为失望。他讪讪地坐到自己位子上,这才发现周围的气氛压抑得让人喘不过气。

发生了什么事儿?凌世杰不敢问师婕,正一头雾水,陆昊奇在MSN上连发几个表情包:出大事儿啦!

听陆昊奇讲个大概,凌世杰已经把刚才的喜悦忘得一干二净,心里沉甸甸的。回想起师婕这些天的心神不宁,还有早上跟他说的话,以及一直关机,凌世杰暗恨自己只在乎赢下项目,竟没留意到师父受了这么大委屈、遇到这么大难关。

还想成为她的肩膀呢，可当她最需要依靠的时候，我在哪儿？凌世杰看眼师婕，没脸亲口对她说，只得悄悄发了条短信：师父，我都知道了，对不起，我没帮上忙，都是我不好，你别太难过。

师婕拿起手机，看完瞟凌世杰一眼，回道：这是我个人的事儿，你不必有什么负担。

凌世杰不知该放心还是更担心，师父明明近在咫尺，却似乎远在天涯，晚上一起吃大餐就甭想了。

早上幻想的三个美好画面竟一个都没实现，看来人生的一百分比考试要难拿得多。

凌世杰忽然记起双肩包里还有老妈塞的两个红鸡蛋，掏出来一个放在桌上、一个拿在手里。他想了想，又把桌上那个也拿起来，走过去默默把两个红鸡蛋都放到了师婕桌上。

韦正雄原本在办公室等 HR 的人来办手续，结果等来的却是 Judy 的电话，叫他来一趟。韦正雄站在 HR 的房间，本以为至少 Linda 会对他说几句劝慰的话，没想到 Linda 连个眼神都没给他，像见到苍蝇一样，恨不得他马上消失。

女人都是养不熟的白眼儿狼，韦正雄心里恨恨地骂，没良心又没脑子的货，倒了我这个靠山，你还能有好日子过？

签完 Judy 已准备好的文件，韦正雄像丧家犬一般狼狈地离开黄埔，刚走出世贸大厦，发现柯立锋正站在不远处等他。

"你是特意来看我笑话的吧？"韦正雄走过去，脸上挂着外强中干的冷笑。

"你以为我跟你一样？"柯立锋不屑地反问。

韦正雄一听，反而神气起来："那倒是，你怎么能跟我比？我至少还有老婆孩子，钱也不缺，离开黄埔无非换个地方。哪儿像你孤家寡人，还是个臭开车的！"

落水狗叫得再凶也咬不到人,柯立锋不予理会,直接问:"当初是不是你诬陷举报了我?"

"你真想知道?"韦正雄叉开双腿,摆出一副浑不憷的架势,拍着胸脯说,"就算是老子做的,你能拿我怎么样?就你这副德行,想搞你的人多了去了,你查得过来吗?"说罢恶狠狠地朝地上啐一口,撇着外八字的脚晃着肩膀走了。

柯立锋望着韦正雄的背影,不知为什么,心里竟丝毫没有大仇得报的满足和快感。

第十六章

同流不一定合污

整个4月份,凌世杰都在跟法务部和财务部打拉锯战,陈若洋和吴贵勋就像商量好了似的,用各种借口对凌世杰百般挑剔刁难,使得爱屋生物投资合同的签署与执行一拖再拖。

向来以死板著称的陈若洋始终不承认公司有所谓不成文的规矩,认定凌世杰擅自做主提价已超越公司的授权上限;吴贵勋则认为投资总额远高过预期,爱屋生物根本撑不起这么贵的估值,让凌世杰再去跟邹凯利讨价还价,还说中标后再改价格并不鲜见。

邹凯利当然不买账,说要改也只能往高改,假若中了标再压价,其他家投资商不闹翻天才怪。邹凯利如今就像热锅上的蚂蚁,每次见到凌世杰就问一句话:你们的资金何时到位?

"都快一个月了,我们只收到信嘉转来的一千万保证金,你们已经严重影响到疫苗试验进度,更会耽误我们的上市计划!"邹凯利仰脸瞪向凌世杰,"别忘了,这价格可是你当众举牌喊出来的,现在你们不签合同也不打款,这要是传出去,你们黄埔的信誉可就彻底毁了!"

凌世杰夹在中间狼狈不堪，一边对邹凯利拍胸脯打包票竭力安抚，一边对陈若洋吴贵勋点头哈腰好话说尽。终于在五一长假前的最后一个工作日，陈若洋勉强批准了合同，吴贵勋勉强支付了总投资额的百分之十，即五千五百二十万。

合同开始执行，凌世杰总算松口气，投后管理归公司其他人员负责，他要做的是找到下一个像爱屋生物这样优质的项目。

长假过后的第一天，凌世杰步履轻松地走进公司，打开电脑浏览按关键词定制的新闻简报，一条醒目的大标题跃入眼帘：爱屋生物造假，食药监局严查！

凌世杰脑袋嗡的一下，急忙定睛往下看：食药监局发布审查通告，指出爱屋生物在第三期临床试验中存在严重造假行为，在交付试验的样品中发现有自境外采购的葛兰素史克公司产品，勒令其终止第三期临床试验，予以三年内不受理其药品注册申请的处罚，并将进一步调查处理相关责任人。

然后是邹凯利等公司高层向食药监局和媒体齐声喊冤，辩解并非有意偷梁换柱，而是工作人员误把采购回来做对比研究的国外产品混入了试验用的自产样品。

凌世杰的第一反应跟网上的主流看法基本一致，就是即便邹凯利等高层得以逃脱追责，但三年内爱屋生物不可能有疫苗上市已板上钉钉，爱屋生物不仅冲击创业板无望，能否熬过生存危机都是问题。

爱屋生物怎么能犯下这种伤天害理的事儿？不仅害人，而且害己！凌世杰立刻抄起电话打给邹凯利，对方已关机。

凌世杰抓过背包，疯了似的跑出公司，在电梯口差点儿跟师婕撞个满怀。

"你干吗去？"师婕诧异地看着心急火燎的凌世杰。

"爱屋生物暴雷了！我去找……"凌世杰话没说完，电梯门已经关上。

爱屋生物的大楼门外聚着不少媒体,在两排保安后面是一排爱屋生物的人,任凭他们声嘶力竭地喊话,媒体仍不肯散去。

凌世杰挤到保安面前,合同签约时一起审定新闻稿的公关部经理见是凌世杰忙走过来,低声问:"凌经理,你怎么也来凑热闹?"

"出这么大事儿,我能不来吗?"凌世杰没好气地说,"我找邹总。"

公关部经理稍一犹豫,凌世杰已经拨开保安的胳膊,径直闯了进去,保安的人墙在他身后重新合拢。

与外面的喧嚣形成鲜明对比,门厅内是死一般的静寂,没有人声,连个走动的人影都不见,简直是一出真实版的空城计,连前台都跑到外面当肉盾去了。

直接坐电梯到了三楼,凌世杰沿走廊冲向总裁办公室,终于看到个活人。总裁室秘书坐在门外的桌子后面,听到脚步声已经站起来。

凌世杰气喘吁吁地停在秘书面前:"我要见邹总!"

"很抱歉,邹总不在公司,您有事儿给他打电话吧。"

不等凌世杰追问,桌上的座机响了,秘书接起来:"很抱歉,邹总不在公司,您有事儿给他打电话吧。"声调平静得像是电脑语音合成的自动答录机,显然这段话秘书今天已经不知重复了多少遍。

凌世杰问:"邹总什么时候回来?"

"很抱歉,这个我不清楚,您可以直接联系他。"

废话!要是能联系到,我还会上门堵他?凌世杰知道再问也只会得到句"很抱歉",便走到等候区的沙发坐下,决定守株待兔。事到如今,邹凯利不可能不回公司。

一个头戴光环的归国专才,一个训练有素的科学家,居然违背职业道德公然造假,拿千万女性的生命健康当儿戏,又拿下属员工当替罪羊,邹凯利简直是行业的耻辱和败类!

凌世杰越想越气,再也坐不住,起身走到落地窗前,窗外是位于楼后的员工和访客停车场,以往停得满满当当,如今稀稀落落、屈指可数。凌世杰猛然看到邹凯利的路虎正停在一处不起眼的树荫下,立刻什么都明白了,邹凯利就在公司,他并非不肯见自己,而是不想见任何人。

凌世杰走回秘书桌前,正色道:"我知道邹总就在里面,麻烦你通报一下,就说目前有可能挽救你们的只有黄埔,如果他不想失去最后这棵救命稻草,就立即出来见我。"说完,他拿起桌上分机递给秘书。

很快,总裁办公室的门开了,邹凯利满脸堆笑地快步走出:"抱歉抱歉,我上午实在是太忙了,这才让秘书不要随便打扰我。"说着,他第一次主动伸出手,老朋友似的挽着凌世杰的胳膊,把他迎进办公室。

凌世杰没想到这么快便如愿以偿地让邹凯利对他笑容可掬,只是这得偿所愿并未给他带来丝毫的快意和自得。

邹凯利请凌世杰坐在沙发上,还特意端上一杯好茶:"你来得正好,我本来还想去找你呢。"邹凯利也坐下,一脸坦然,"公司虽然遇到点儿小麻烦,但你放心,绝对不会影响我们两家继续合作。"

"这叫小麻烦?!造假、欺诈、蒙骗,这是什么性质的行为,你邹总不会不清楚吧?"

邹凯利不以为然地摆下手:"没你说得那么严重,我们已经向食药监局和媒体都说明了,真的是员工一时失误,百密一疏啊……"

"邹总,造假欺诈已经是科学家的耻辱,继续撒谎抵赖那就突破了做人的底线。"凌世杰鄙夷地看着邹凯利,"你这样高素质、有理想的杰出精英,做出这种害人毁己的事儿,到底图的什么?"

邹凯利毕竟理亏,自知搪塞不过去,被一个晚辈如此训斥还是头一遭,脸上红一阵白一阵。

凌世杰乘势进一步施压:"这里就你我二人,你要还想让我帮你从黄埔拿到资金,就告诉我你究竟为什么这么干。"

邹凯利沉默良久,苦笑道:"怎么说呢?我当初真是一心想做好药,这是我的专长也是我的理想,希望能用所学为社会做点儿贡献,所以一回国我就瞄准四价疫苗攻关,想尽快赶上默沙东。"

凌世杰相信这番话里的真诚,他并不怀疑邹凯利的初心。

"A轮拿到百川融资后我特别兴奋,觉得终于可以一展我的抱负,"邹凯利神色忽然黯淡,"可百川进来后整天逼着我上市,逼我编故事。去年葛兰素史克推出二价疫苗,百川就强行要求我中途搁置四价改为专攻二价,说二价疫苗能更快出成果、更快上市,可根据百川制定的上市时间表,我已经来不及搞出自己的二价疫苗了……"

凌世杰明白了:"就是说百川知道你根本没做出二价疫苗,在产品上市前公司不可能上市,但他们急于退出,不想再等,所以你们两家携手制造声势,骗来下家当接盘侠?"

邹凯利点头:"我不能说 No,也不敢说 No,而且说也没用,毕竟他们只听资本的,而我只能听他们的。"

"难怪万小川那天一上来就高开四亿八千万,"凌世杰懊恼地摇摇头,"我要是不举牌就好了。"

"但你不可能不举牌,而且肯定会超过五亿。"邹凯利偷瞄一眼凌世杰,"从你一只脚踏进来,这个结局就已经定了。"

凌世杰一怔:"你这话什么意思?"

邹凯利又垂着眼皮考虑一阵,才下了极大的决心,抬起头再次开口:"跟你说实话吧,这是百川的万总亲自设计的一个局,我只是配合他演这出戏,目的就是把你们黄埔套进来,"他凄凉地笑了下,"我不过是万总的一个棋子罢了。"

凌世杰惊问:"万宗海为什么单单设计黄埔?"

"万总说之前截和了你们黄埔两个项目,当时以为是香饽饽,后来却都成了雷,两大笔投资全打了水漂,还让他成了业界的笑柄,所以他对黄埔恨之入骨。万总还指名道姓地说他最恨的就是师婕,说那两个项目都是过了她的手,认定她是故意给百川挖坑,所以他要报复的不仅是黄埔,更要让师婕付出代价。"

凌世杰这才恍然明白,为什么邹凯利起初不肯跟他谈,原来就是要引师婕出面。

那金晓所谓"爱情不成友情在"能是真的吗?其貌似无意透露的百川志在必得、内部最新估值近百亿,应该也是为了报复他和师婕而故意撒下的钓饵,难怪邹凯利说,黄埔的举牌价一定会超过五亿。

照此推断,刘家昌也一定是为了报复他,才配合邹凯利邀黄埔入局,凌世杰又想到刘家昌离开黄埔时那个恨恨的眼神,原来所谓的"终于想明白",是刘家昌终于想明白了如何复仇。

他们真是来自五湖四海,为了一个共同的目标走到一起来了。凌世杰不禁打了个寒战,他们未必事先通过气,但也许竟是默契得不约而同!投资圈这是怎样的蛇蝎人心、怎样的鬼蜮世界?明明周围所有人都已经对我起了杀心,而我却一直浑然不觉……

凌世杰收拢心神,继续质问邹凯利:"别把责任都推百川身上,你就没想过临床试验造假一旦败露会产生什么后果?"

"我想过,只要你们黄埔的资金进来,哪怕食药监局的调查结果出来,咱们两家也已经绑到一起。"邹凯利一声叹息,"可惜人算不如天算,你们黄埔的资金迟迟不到账……"

"你就不考虑公司声誉和社会责任吗?"

邹凯利居然露出一丝久违的书生气:"我做过推演,短期内肯定对爱屋生物和我个人都会产生负面影响,但留得青山在不怕没柴烧,只要还有资金和研发团队,我就有东山再起、将功补过的机会。而一旦资金枯竭、公司关门,奢谈公司声誉和社会责任又有什么意义呢?"

"但你想过吗,万一食药监局没查出来,你们的疫苗蒙混过关上了市,老百姓将会受到多大伤害?"

"原本我也有这种侥幸心理,但我现在已经想明白了,唉……这种可能性根本不存在,食药监局肯定会查出来。"

"何以见得?"

"因为……食药监局之所以一查一个准,就是因为有人把我们举报了。"

"谁举报?"凌世杰一凛,"难道是……百川?!"

"万宗海一心就为坑黄埔,他比任何人都不希望看到我的疫苗通过三期临床试验,否则不仅没害到黄埔,反而成全了黄埔,他怎么能允许这种结果出现?所以他宁可不等黄埔更多投资款到位,也要抢在三期试验结论出来之前就下手。"邹凯利眼神里竟生出些哀怨,"所以我是受了你们黄埔的连累,万宗海为了害黄埔,不惜断送爱屋生物啊……"

凌世杰恨恨不已:"你当初跟他狼狈为奸设局害人的时候,怎么没想到会有今天?"

邹凯利喃喃道:"我花了五年时间,从象牙塔里的博士变成生意场上的商人,终于体会到什么叫尔虞我诈、你死我活。资本这东西真是个魔鬼,跟魔鬼打交道久了,自己也成了魔鬼。"

凌世杰厌恶地看一眼面前这个魔鬼,他片刻也不想再多待。

"凌经理你等一下,"邹凯利见凌世杰起身,忙堆起讨好的笑,"其实这些本不必都跟你讲的,我就是想对你展现我的诚意,因为咱们如今是一家人。凌经理,你刚才不是承认了吗,如今黄埔就是我的最后一棵稻草,你们得救我的命啊,什么时候能兑现后续的投资款?"

"你想什么呢?!我们黄埔不仅一分钱不会再给你,还得把之前的六千五百万追回来。"

"追不回来啦……"邹凯利一声哀号,"都已经被百川划走了。"

"什么?!"

"当初就有协议,这轮募集的资金优先供百川退出,何况爱屋生物的CFO也是百川的人啊……"邹凯利拉住凌世杰的衣袖,"凌经理,你可要想清楚,咱们是唇齿相依啊,你被百川算计了,我也是百川的牺牲品。咱们可是拴在一起的,一损俱损一荣俱荣,你不能见死不救,我们公司要是死了,你在黄埔也待不下去。"

"我能不能留在黄埔无所谓,但你们这样毫无道德底线的公司,还是死了好!"凌世杰愤然拂袖而去。

愤懑又压抑的凌世杰不想回公司,也不想回家,他低着头,漫无目的地在街上走,胸口仿佛压着块沉重的石头。

众人联手设局,自己竟毫无察觉,像个傻子似的被人牵着鼻子走,还自以为眼光独到、决断超群,我哪儿来的这份迷之自信?

原本一腔热血跨进投资圈,希冀凭借才华和努力投出伟大的公司,让这些伟大的公司改变世界。然而事与愿违,这是个魔鬼横行的圈子,所有局中人都利欲熏心,都在与我为敌,可我究竟做错了什么?是我太天真,还是他们太丑恶?

看来父亲是对的,他早已深知这圈子的险恶,他早已认定我这样的人根本就不该踏入投资圈。

不知走了多久,也不知身在何处,凌世杰迷茫地望着天上被乌云遮住大半的月亮,内心第一次充满了恐惧、绝望和怀疑。他怀疑自己,怀疑人性,怀疑曾经坚定不移的选择。

第二天凌世杰刚进公司就发现气氛迥异,所有人不但不跟他打招呼,甚至迎面走来都扭脸装没看见,连 Amy 也故作忙碌不理他。

凌世杰一阵心寒,真是群势利眼,没有雪中送炭只有落井下石,这就是高大上的外表掩盖下的黄埔众生相。

走进三部,师婕看到凌世杰像被霜打了似的,忙上前关切地问:"你昨天什么情况?怎么一整天不给我消息?"

"我去找邹凯利了……"凌世杰不知从何说起,鼻子有些发酸。

"先别想太多。我现在马上要去参加关于爱屋生物的高层会,等我回来再聊。"师婕说完,抱着电脑匆匆走了。

凌世杰心神不宁、如坐针毡。关于爱屋生物的会竟不让他这个最了解情况的项目负责人参加,显然要讨论的不是后续如何应对危机,而是如何处置他这个高价买雷的经手人。雷既然炸了,就一定得有人牺牲,而他就是那个最该牺牲的人。

凌世杰起身拖着脚步,心事重重地走进茶水间,见柯立锋坐在里面看报纸,不由得羞愧难当,扭过头拿着咖啡杯走到热水机前,精神恍惚地按下键。

"哎呀!"凌世杰的手被溢出的开水烫到。

"你今天怎么了?"柯立锋眼睛仍盯着报纸,"这么心不在焉的。"

"我……"凌世杰有气无力地说,"要离开黄埔了……"

"嗯?"柯立锋抬起头,"跳槽?"

"不是,"凌世杰随手一指,"等他们开完会,肯定得把我开了……"

"为什么?"柯立锋起身走近两步,"究竟怎么回事儿?"

凌世杰长吁短叹地把爱屋生物的来龙去脉大致讲了,"唉……只能怪我自己,要是不那么盲目自信、不那么冲动就好了。"

柯立锋眉头紧锁,这才意识到自己那天泛泛的一句"将在外,君命有所不受"竟然给这个徒弟带来了灭顶之灾。

凌世杰哭丧着脸回到座位,脑子已近麻木,眼前不断闪现几个画面,先是 HR 众目睽睽之下宣布他被开除,忽而是刘家昌在众人的冷眼漠视中抱着纸箱孤零零地走出公司,随后是师婕爱莫能助地望着他,眼里满是痛苦和无奈。凌世杰已分不清哪些是真实,哪些是幻觉,他只知道自己完了,而且把师婕拖入困境。

既没脸面对师婕,也没勇气等待对自己的宣判,凌世杰草草写了个请假条放到师婕桌上,说自己亟须休息几天,然后落寞地走了。

大会议室的高层会正在进行中,除了师婕,其他人一致认为爱屋生物项目的责任应该由凌世杰承担,理由很简单,如果不是他罔顾投决会商定的投标上限擅自提高价格,黄埔就不会中标,也就不会踩上雷。

"凌世杰不是擅自提价,"师婕再三辩解,"韦正雄在竞投会的前一天曾经给过他口头授权,还鼓励他要有当机立断的魄力。"

陈若洋摇头:"你不要总是把韦正雄搬出来,他已经不在黄埔了,无从查证。"

"要想查也不难,咱们现在就可以找老韦对质。"与韦正雄一向走得很近的吴贵勋当即拨通韦正雄的手机,打开免提。

"绝对没有,我从来没说过这样的话!"韦正雄自然矢口否认,"师婕纯粹是信口雌黄,她教出来的徒弟也是满嘴胡说八道!"

吴贵勋挂上电话，冲师婕双手一摊："你看，当事人明确否认了，你的说辞恐怕站不住脚吧。"

师婕恨得咬牙切齿："这只是他的一面之词……"

陈若洋又摇头："但你所讲的不也是凌世杰的一面之词吗？"

师婕刚要继续争辩，赵卫国摆下手："我看还是先不要纠结于这个问题了，眼下关键的是如何善后，处理相关责任人不急这一时。"

吴贵勋赶紧邀功："幸亏我有先见之明，一直拖到上月底才拨过去百分之十，所以咱们的损失尚在可控范围，最多不超过六千五百多万。"

"这些钱有可能追回来，"陈若洋也忙不迭为自己评功摆好，"幸亏我多了个心眼儿，在《投资合同》中坚持增加了惩罚条款，一旦爱屋生物有弄虚作假等违法违规行为，黄埔承诺的五个多亿总投资不必履行，并可通过法律途径追讨已经支付的投资款甚至罚金。"

"爱屋生物的有形资产大概剩不了多少，无形资产值不值六千多万也不好说，恐怕咱们得做好计提这笔投资损失的准备。"赵卫国转而问，"Jessie，谈谈你的想法？"

"赵董，既然像吴总和陈总所言，这次的损失在可控范围内，我还是恳请公司不要对凌世杰处理过重，"师婕看了看在场所有人，坚定地说，"我是凌世杰的上级，我愿意也应该承担主要责任。"

"你怎么承担责任？"李慕白透过花镜的上沿看着师婕。

"我可以不再担任投资总监的职务，而且为了弥补公司损失，我可以和凌世杰一起，接受降薪和停发所有项目奖金提成的处罚。"

众人纷纷摇头，更有人不屑地笑出声。

"师婕，你说得轻巧，那可是六千多万啊！"吴贵勋瞪大眼睛，敲着桌子，"公司所有人辛辛苦苦一分一分地赚、一分一分地省，现在被你俩搞得说没就没了，这可是黄埔有史以来最大的单笔投资损失，降薪停发奖金未免太小儿科了吧？"

"就是，除了直接经济损失，你知道这给公司带来多大的法律风险

· 353 ·

吗?"陈若洋随声附和,"黄埔可能不得不应对连环诉讼,你和凌世杰承担得了吗?"

李慕白当即表态:"我觉得必须开除凌世杰。"

"对,必须开除,以儆效尤!"陈若洋做个 OK 的手势。

吴贵勋举起手:"我也同意!这种人绝不能留在公司,不开除不足以服众!"

师婕孤掌难鸣,眼看保不住徒弟,急得舌头都有些僵直。

"你们太不像话了!"大门猛地被推开,进来的是柯立锋!他径直走到会议桌前,指着众人厉声喝道,"你们作为公司高管,一个个没有一点儿担当,不反思自身问题,只知道找下属背锅,黄埔只剩你们这帮庸人了吗?!"

所有人都呆若木鸡,只有师婕像看到了救星,眼泪差点儿流下来。

"谁让你进来的?"吴贵勋第一个反应过来,怒气冲冲地朝柯立锋走去,"你有什么资格站在这里?"

"就是,谁给你的权利?"陈若洋也站起来大呼小叫。

"哎,老吴、老陈,你们这是干什么?"赵卫国连忙制止,"既然已经来了,就让人家把话说完嘛。"继而微笑着向柯立锋做个"有请"的手势,"老柯,有什么话尽管说。"

柯立锋扫视在场众人,镇定自若地说:"你们一个个鼠目寸光,只看到危机却看不到机会,光想着怎么把本钱救回来,就看不出这是多好的便宜?爱屋生物虽然被处罚,但仍然有国内最顶尖的 HPV 团队,所谓三年不受理药品注册也有回旋余地,食药监局明文规定如果确属临床急需的品种不排除特事特办,毕竟人命关天救人要紧。这就是机会。"

陈若洋嘲讽道:"老柯也是受了三年处罚,他最有发言权喽。"

赵卫国怒视陈若洋一眼,陈若洋立马低下头。

李慕白说:"Frank,你说的只是一方面,但无论如何爱屋生物这次肯定赶不上创业板了。"

柯立锋冷笑："难道只有创业板一条路？爱屋生物如今是砧板上的肉，黄埔为什么不趁机下手？前期投资人都慌不择路、急于脱手，黄埔正好可以用极低的价格接盘。甚至可以搞个金蝉脱壳，逼爱屋生物把核心团队、现有研发成果，包括专利改头换面重组一家新公司，由黄埔担任大股东，还愁日后没有高价转让股权甚至上市的机会？"

赵卫国眯起眼睛，仔细掂量柯立锋的话。

柯立锋把目光转向吴贵勋和陈若洋："但你们根本没这种眼光，只盯着我徒弟，非把他开除才算罢休，你们配坐在这儿吗？！"

"你徒弟？"赵卫国诧异地看眼柯立锋，又看眼师婕，"没人说开除Jessie嘛。"

柯立锋才意识到情急之下口不择言，一时怔住。

师婕连忙补救："我师父是护徒心切，听咱们在里面争得挺凶，以为你们要炒掉我呢。"

李慕白笑了："老柯，我们在商量开除你徒弟的徒弟，你搞错啦。"

刚被柯立锋批得哑口无言的几个人都借机跟着笑，以解自身尴尬。

赵卫国却微微蹙起眉头，向来心思缜密的柯立锋未必搞错，当初凌世杰在南洲建材尽调的路数就已经能看到柯立锋的影子，这次爱屋生物凌世杰临机决断的风格跟柯立锋那个"同城会"如出一辙，只是凌世杰比较倒霉罢了。看来，柯立锋、师婕、凌世杰这三人关系绝非简单的老中青三代师徒的串联，而恐怕是某种复杂的并联。

还有，柯立锋刚才论及爱屋生物有理有据、头头是道，绝不像他以往自称的不再关心投资业务。恰恰相反，他没有一天不在关注黄埔的每个项目，难道他回黄埔真的只是走投无路、找个容身之地而已？忽然，一个无端冒出来的念头竟把赵卫国吓一跳：莫非扳倒韦正雄的关键物证也是柯立锋暗中搜集、并在最恰当的时机送达董事会现场的？

李慕白、吴贵勋和陈若洋还在喋喋不休，不把凌世杰开除决不收兵，而赵卫国此刻已不在意处置凌世杰这种小事儿，他心里在谋划的事情比这要大得多。

高层会刚散,柯立锋就发短信把师婕约到世贸大厦旁边的咖啡馆,这是两人自从3月底在那家酒店外不期而遇之后第一次单独相处。师婕因柯立锋刚才的义举已不再记恨他,而是担心地问:"这地方人来人往的,你不怕被黄埔的人看见?"

柯立锋一耸肩膀:"反正已经暴露了。"转而问道,"你打算怎么救你徒弟?"

"我正发愁呢……"师婕叹口气,"虽然被你那么一搅,会上没来得及当场决定,但他们不会善罢甘休的。出这么大事儿肯定得有人背锅,我看凌世杰这回凶多吉少。目前唯一办法就是证明韦正雄确实授权过凌世杰,但我们拿不出任何证据。"

"韦正雄本人就是证据,你直接去找他,逼他承认。"

"没用。"师婕摇头,"我有多恨他,他就多恨我,肯定不会承认。"

"不见得。"柯立锋从兜里掏出个信封,"你把这个给他。"

师婕打开信封,里面是几张照片,她扫一眼立刻惊问:"明日集团的李董?还有磐石的严立行?他们怎么会跟韦正雄在一起?这些你怎么搞到的?"

柯立锋轻描淡写地说:"因为我不仅想知道韦正雄跟哪些女人幽会,更想知道他跟哪些男人密会。"

师婕茅塞顿开,这几张照片定是赵卫国在董事会中途收到的东西,赵卫国正是因此断然对韦正雄痛下杀手。原来,是师父在关键时刻给了韦正雄致命一击。

"谢谢。"师婕感激地看着柯立锋,"若不是你出手相助,单凭我那些证据肯定扳不倒韦正雄。"

柯立锋又一耸肩膀:"所以我那天问你是不是只有录音就足够。"

师婕这才明白自己误解了柯立锋,当时情急之下她还以为柯立锋要的是"捉奸在床"那种画面,不好意思地笑了下,随即眉毛一扬:"那天你真的就没担心过我有危险?真的就只打算像狗仔队守在外面?"

柯立锋事后也曾不止一次这样问过自己，但他当时只有一个念头：等，至于等什么、等多久他也说不清，而此刻他不愿纠缠往事，只淡淡地反问："你觉得呢？"

师婕舒心地笑了，她相信柯立锋一直在以独特的方式保护她、帮助她。

韦正雄乍一接到师婕的电话，先是错愕，得知她想让自己给凌世杰作证，立刻狞笑道："你毁了我，还有脸求我帮你？！"之后师婕再打，他干脆直接挂掉。

师婕冷笑，这可真是不见棺材不落泪，找到 Judy 调出韦正雄的资料，直接把他家地址和老婆电话发到他手机上。

没过一分钟，韦正雄气急败坏地打过来："你到底想干什么？！"

"一小时后，在你家对面的君子茶楼见，最好别让我等你。"

韦正雄果然没让师婕等他，师婕走进茶楼的小包间，还没坐稳，就听韦正雄气鼓鼓地说："这次你不用藏着掖着，随便录。"

师婕笑道："吃一堑长一智了？今天不用我录什么，你会自觉地给黄埔出一份书面证词，证明你口头给过凌世杰授权。"

"你做梦呢吧？我没给过凌世杰任何授权，你就是说破大天我也是这句话，吴贵勋、赵卫国来我还是这句话。"

师婕不动声色地拿出柯立锋交给她的照片，推到韦正雄面前："先别把话说死，你再好好想想？"

韦正雄一见照片立马惊问："谁给你的？"

师婕故意逗他："为什么非得是别人给我的？"

韦正雄哼一声："你如果早有这些，还用得着跑去酒店录音？"

师婕收起笑容："既然你清楚这些照片的分量，就应该明白你没有提问的资格，只能照我说的做。"

韦正雄眯起眼睛："你这是威胁我？！"

"怎么是威胁呢？"师婕嘲弄地扬起嘴角，"我能做的无非是对某些

· 357 ·

人陈述事实罢了。"

"某些人?"韦正雄警觉,"你指的是谁?"

"你说呢?"师婕很享受这种猫玩老鼠的过程,"我知道你眼下是在走钢丝,在老婆和家人面前你说是黄埔有人泼脏水、编造桃色丑闻把你挤走;在新老板面前你又说自己只是一时色迷心窍、私德有亏,但绝对不会承认你想挖黄埔墙角,我没说错吧?"

韦正雄瞪着师婕,除了生闷气,毫无他法。

"不过呢,偏巧我手里正好握有你两方面的罪证,可以把录音给你老婆听,也可以把照片给你老板看。"师婕沉下脸狠狠盯着韦正雄,"所以,如果你想毁了别人,我就毁了你。"

韦正雄的额头渗出汗珠,他非常清楚,一旦师婕把他的全部丑行暴露给老婆和家人还有正在洽谈的新公司,他不仅将人财两空,今后在投资圈也再无出头之日,下场只会比柯立锋更惨。

"即便我替凌世杰作证,你照样可能那么做,我凭什么相信你?"韦正雄开始讨价还价,"你不把那些证据销毁,就等于一直把刀架在我脖子上。"

"起码那把刀不会现在就劈下来,"师婕微微一笑,"这样才能让你每天都好好做人。"

韦正雄盯了师婕良久,叹口气:"好吧,我回头给老赵写个邮件。"

"现在就写。"师婕从包里取出笔记本电脑,跟服务员要了 WiFi 密码,然后把屏幕转向韦正雄,"写完马上发给赵董,抄送李慕白、吴贵勋和陈若洋,密送给我。"

"算你狠!"事到如今,韦正雄只得按照师婕的口述给赵卫国等高层发了封邮件,承认自己确实对凌世杰讲过可以见机行事、上浮百分之十五。

师婕满意地合上电脑,站起身。

"你等等。"韦正雄的目光在师婕脸上逡巡,"高层会上的事儿我听说了,你对我如此赶尽杀绝究竟是为你徒弟凌世杰,还是为你师父柯立锋?"

师婕鄙夷地瞥一眼韦正雄:"是为我自己的良心。"

师婕和柯立锋为保住凌世杰费尽心力的时候,凌世杰却坐在紫竹院公园的长椅上,目光呆滞地盯着湖里悠闲自在的鸭子,心如死灰。

从公司出来不久,他便接到邹凯利的电话,软磨硬泡地让他想办法推动黄埔履行合同。

"你别再来烦我!"凌世杰怒不可遏地关掉手机,他不想听到邹凯利的声音,不想听到黄埔开除他的消息,恨不得任何人都找不到他。

也许我真的不适合留在投资圈,既然改变不了世界,那就改变自己吧。

为了不让老妈察觉任何反常,凌世杰这两天一如既往地早出晚归,白天失魂落魄地四处乱逛,晚上打起精神走进家门。

师婕并不知晓凌世杰行迹有异,当她得知公司基于韦正雄的证词不再打算开除凌世杰后,兴奋地给凌世杰打电话,本以为心急如焚的徒弟接到佳音自会欢天喜地重回公司,不料凌世杰的手机竟一直关机。

师婕问 HR 要到凌世杰家庭住址,一路找上门,然而家里同样寻不到人。

不会出什么事了吧?师婕不由得紧张,只好给柯立锋打电话,毕竟他跟凌世杰"同居"那么长时间,应该知道点儿什么。

柯立锋想了想:"他曾经提过他妈妈开了家餐馆,叫川芙蓉。"

在网上搜到川芙蓉的地址告诉师婕,挂断电话,柯立锋才猛然记起凌世杰有事儿瞒着他妈妈,一无所知的师婕怕是要把凌世杰苦心编织的谎言揭穿了。也罢,纸包不住火,柯立锋想,总不能牵扯越来越多的人一起帮那小子圆谎,既然这一天终究要来,早来比晚来好。

正在总台对账的赵雪梅看见师婕走进来,便笑着说:"姑娘,再过两个小时才营业呢。"

"您好,我是来找凌世杰妈妈的。"

· 359 ·

"我就是呀,"赵雪梅上下打量师婕,"你跟世杰是?"

"我叫师婕,和凌世杰是同事,有急事儿找他但一直联系不上,您知道怎么能找到他吗?"

赵雪梅不由得纳闷,"他没在公司吗?"

"他这两天请假了。"

"请假?"赵雪梅更加诧异,"可他每天都照常上班啊。"

这话说完,赵雪梅和师婕都一激灵。赵雪梅忽然想到,莫非儿子是跟上家谎称休假,偷偷找了下家,却被自己说漏嘴了;而师婕猛然意识到,凌世杰一定不敢把公司发生的事儿告诉母亲,连忙替凌世杰补救:"休假也不一定在家待着,他可能有自己的安排吧,我就想问您他有没有其他电话。"

赵雪梅却仍顺着自己的思路往下走,儿子之前一直对这公司挺满意,又升职又拿奖金,怎么忽然就跳槽了? 会不会跟公司闹什么不愉快、被人家找上门了? 赵雪梅担心地问:"我家世杰没出什么事儿吧?"

"没什么,就是最近他负责的一个投资项目不太顺利,不过现在问题已经澄清了,我就是想通知他尽快回公司上班。"

赵雪梅暗自嘀咕,怎么不光编程还搞投资了? 再说这姑娘的穿着打扮和气质也不像常见的那些程序员,便狐疑地问:"姑娘,你是哪个公司的? 世杰怎么做投资了?"

师婕笑道:"黄埔资本啊,我是他师父,投资经理当然做投资啦。"

赵雪梅只觉得一股血忽地冲向脑顶,眼前顿时天旋地转。

晚上将近十点,在外游荡一整天的凌世杰才回到自家楼下,仰望着家里的灯光,奇怪老妈今天从店里回来得挺早。

他走上楼,站在门口定定神,又深深地呼出一口长气,抬手把脸颊往上提了提,总算勉强扬起嘴角,这才推开门。

"妈,我回来啦!"凌世杰一边换鞋,一边大声地说,"今天公司刚接了个大项目,柯总又让我负责呢。"

· 360 ·

家里悄无声息,老妈并没有像往常一样迎出来,厨房没人,卫生间的灯暗着,老妈的卧房门少有地关着,从门缝看不见灯光。凌世杰扭脸看了眼门口,鞋和包都在,老妈显然已经回来,难道这么早就睡了?估计是太累了。也好,免得还得在她面前强颜欢笑。

凌世杰从冰箱拿出瓶饮料,刚打开,留意到餐桌上有张纸,拿起一看,顿时瘫坐在椅子上:师婕来找过你了,让你给她打电话。

师父来过了?!完了!天要塌了……

进到自己房间关上门,凌世杰慌乱地打开手机,按下师婕的号码。

"你到家了?"师婕的声音有些喑哑,"下来吧,出门走到楼东侧的路边就能看到我的车。"

凌世杰打开帕萨特的右前门,师婕不等他坐进来就说:"真对不起,我不知道你骗你妈妈的事,没两句全露馅儿了。"

"没关系,"凌世杰苦笑,"反正都过去了。"

"对,都过去了,"师婕的疲惫一扫而光,"我在这儿等了你五个小时,就是想当面告诉你,韦正雄承认给过你授权,你不是擅自提价,事情都解决了,明天你赶紧回来上班。"

凌世杰才注意到,车里的麦当劳包装袋还有喝光的可乐杯,感动地看着师婕:"师父,谢谢你为我做这么多。"随即又垂下头,"但我说的过去了,是我跟黄埔的缘分……都过去了。"

师婕没反应过来:"你什么意思?"

"我……不想再回黄埔了。"

师婕立刻急了:"我没听错吧?遇到挫折你就打退堂鼓?跟你师父的遭遇比起来,你这点儿打击算什么?"

"我不是害怕挫折,也不是不喜欢干这行,"凌世杰沮丧地说,"我可能不适合这个圈子……"

"那你适合哪个圈子?我可以明确告诉你,遇到困难就想逃避的人,没有圈子适合他!"

"我指的不是这个,"凌世杰嗫嚅道,"我是觉得这个圈子特别……

· 361 ·

脏。唯利是图、毫无底线,我不想害人,更不想整天防人,我不想跟他们同流合污……"

"脏?你是说这圈子里的所有人?包括我,也包括你自己?"

凌世杰不太情愿地把从邹凯利嘴里逼问出的内情告诉师婕:"竞投会那天在场的,从爱屋生物、信嘉金融到百川投资,可能还有磐石资本,所有人都存心害我,想起那一幕我就……不寒而栗。"

同在静吧的那晚一样,师婕再次发现自己这个徒弟外表下的脆弱,而脆弱源于他天性的纯良,他在痛苦地审视自己的内心,挣扎着想保持自己的本真。

"其实我们每个人对命运都拥有比想象中更多的主宰权,"师婕温婉而坚定地看着凌世杰,"同流不一定合污,出淤泥也可以不染,资本的世界虽然冷漠残酷甚至肮脏,但最终成为怎样一个人,仍然取决于你自己。"

"可是,我怕自己的内心没那么强大……"

"别灰心,认清世界的真相之后依然热爱它,这就是英雄主义,"师婕笑着拍拍凌世杰肩膀,"有朝一日,你一定会成为投资圈的英雄!"

"投资圈的英雄?"凌世杰被感染了,"师父你真觉得我能做到?"

"当然!"师婕张开手掌,"咱俩都能!"

凌世杰激动地和师婕击掌共勉,几天来第一次露出轻松的笑容。

"你赶紧回家照顾你妈妈吧,下午她高血压犯了,我送她回来的,降压药已经吃过。本来我打算在楼上陪她休息,可她硬撑着跟我聊天,还要给我做饭,我就赶紧溜下来了,不然就成你妈妈陪我了。"

凌世杰再三道谢,随后苦笑:"我过了自己这道坎儿,未必过得了我妈那道坎儿。"

"真搞不懂,你在黄埔工作有什么可瞒她的?"

"一言难尽。"凌世杰关车门前冲师婕挥手,"师父,明天见!"

凌世杰打开家门便暗叫糟糕,只见老妈正襟危坐在沙发上,疲倦的脸上透着严肃,他刚才的激荡兴奋转瞬变成忐忑不安。

· 362 ·

"妈,您怎么起来了?"凌世杰小心翼翼地坐到老妈身旁,"感觉好点儿了吗?"

赵雪梅一声断喝:"谁让你坐下了?!"

凌世杰立马起身,像幼时做错事之后般垂手站在老妈面前。

赵雪梅又失望、又伤心:"你说,为什么骗我?"

"妈,骗您是我不对。可我去黄埔也是为了快点儿挣钱、挣大钱,帮您赶紧把债还清……"

"你有手有脚有脑子,干什么都能挣钱,编程序不也没少挣?"

"那太慢了,"凌世杰小声嘀咕,"只有钱生钱,才能挣到快钱、挣到大钱,其他的都没法比……"

"你还敢狡辩?!"赵雪梅抬手指着儿子,"我跟你讲过多少次,你爸临走专门嘱咐你不要跟钱打交道,你为什么偏不听话?"

"就是因为我爸不让我干这一行,才更激起我的好奇心和求胜欲,我倒要看看这行是什么龙潭虎穴。"

"你是在步你爸的后尘,这是条不归路!"

"妈,我向您发誓,我绝不会像我爸那样!我一定要证明给您看,我的选择没有错,我不会辜负您和我爸的期望!"

赵雪梅看着一脸坚毅的儿子,仿佛看到了当年的凌颂华,心头一阵酸楚,"你已经辜负了你爸,也辜负了我这么些年含辛茹苦……"

凌世杰的心软下来,决定退一步:"妈,您给我三年时间。如果三年后您还不放心,我就改行,您让我干什么,我就干什么,行吗?"

"不行!明天你就去辞职!"

凌世杰急了:"妈,求您了,您就相信我一回,行不行?"

"你已经骗了我,我还怎么相信你?我如今就剩你了,不能眼看着你毁掉!再最后问你一句,你到底辞不辞职?!"

凌世杰脖子一梗:"不辞!"

"你想气死我是吧?"赵雪梅眼泪哗地流下来,嘴唇颤抖地说,"那你就别认我这个妈了!"说完刚要起身,一下又歪倒在沙发上。

"妈!"凌世杰急忙上前摇晃赵雪梅的肩膀,"妈,您别生气,这事儿以后再说……"

赵雪梅推开凌世杰,双眼紧闭,任由泪水流淌,一副哀莫大于心死的模样,再也不肯开口。

母子俩都过了一个漫长的不眠之夜。

第二天赵雪梅精神恍惚地走出房门,发现凌世杰没像往常那样在厨房忙活,她刚准备煮鸡蛋、又没了情绪,都这样了,吃不吃早饭有什么区别?她倦懒地走出来,发现餐桌上有张纸,就是昨天自己给儿子留言的那张,被翻了个面,新写了行字:妈,我不去黄埔上班了,您放心,我说到做到。

赵雪梅一阵欣喜,儿子终究是孝顺听话的好孩子。她走到凌世杰屋外轻轻推开门,凌世杰躺在床上,睁着双眼望着天花板出神。赵雪梅柔声说:"找工作的事儿不急,好好歇几天,啥时候想找了再说。"

凌世杰缓缓地扭过脸:"妈,您也歇几天,别去店里了。"

"行,妈听你的,什么也不干。"赵雪梅嘴上这么说,浑身却像打了鸡血似的,迈着轻快的脚步直奔厨房。等把远比平日丰富的早餐做好,又回来隔着门叫:"小杰,起来吃点儿东西吧。"门里没反应,赵雪梅心知儿子昨夜肯定也没睡好,便不打扰他的回笼觉。

心情一好,精力就格外充沛,赵雪梅闲不住,蹑手蹑脚、轻拿轻放地把客厅厨房一通打扫。见儿子还没动静,她便把早餐收起来,在儿子的留言下面写上:妈去店里看一眼就回来,你自己热饭吃吧。

在川芙蓉忙了一天,赵雪梅到家发现凌世杰又睡了,不禁会心一笑,儿子这是要把一年的觉都补回来。等她到厨房先后打开冰箱和橱柜才吃了一惊,饭菜丝毫没动,走时什么样,现在还什么样。

赵雪梅推开凌世杰房门,禁不住掩住口鼻,显然儿子不仅一天没吃饭,他是一天都没下床。"小杰,起来透透气,我给你热饭。"

凌世杰翻过身,睁开眼睛,怔怔地看着赵雪梅说:"我不饿。"随即又倒头睡去。

第三天早上,行尸走肉一般的凌世杰终于出了房间,百无聊赖地站在餐桌旁盯着包子油条愣神。

赵雪梅说:"吃饭呀,看能看饱啊?"

"我不饿。"

凌世杰刚要转身,赵雪梅揪住他:"你想干吗?跟你妈搞绝食啊?坐下!吃饭!"

凌世杰乖乖地坐下,看看几样吃食又看看赵雪梅。赵雪梅哭笑不得:"还等我喂你啊?是不是睡傻了?"

凌世杰迟缓地拿起筷子,刚咬了口包子就说:"没胃口,不想吃。"

赵雪梅开始发慌,不敢再掉以轻心,坐到凌世杰边上问:"你是不是饿过头了?这样下去身体会垮的。"

凌世杰撂下筷子:"我对吃没兴趣。"

"那你对啥有兴趣?出去转转?看场电影?"

凌世杰可怜兮兮地看着赵雪梅:"我对什么都没兴趣。"

赵雪梅盯着凌世杰的脸,才两天工夫就已经丝毫看不到往日的神采,眼窝凹陷、印堂灰暗,她攥住儿子的手说:"你老这样怎么行啊……"

凌世杰凄惨地笑了下:"没事儿,过几天就好了。"然后,他起身打着晃,幽灵似的飘回房间。

这下赵雪梅真害怕了,听说有些得抑郁症的年轻人就这样,轻则把自己关在家里谁也不理,重则万念俱灰甚至厌世轻生。

赵雪梅急忙把连葳叫来,想让她开导凌世杰,可凌世杰死活不出屋。连葳刚要上前推门,赵雪梅一把拉住她,难为情地说:"他的房间这会儿根本进不去人,那个味儿啊,像个猪窝。"

"阿姨,我得跟您说声对不起。"连葳陪赵雪梅坐回沙发,歉疚地说,"世杰哥在美国转专业还有去投资公司的事,我一开始就知道。"

"啊?"赵雪梅惊讶地看着连葳,"你是跟小杰合伙骗我?"

"阿姨您别生气,世杰哥也是没办法,怕您不同意,不想惹您不高兴。"

"他明知道我不会同意,为什么还偏要去做?"赵雪梅气不打一处来。

连葳想了想:"其实谁被逼着做自己不喜欢的事都会难受吧。"

"我逼他了?我都是为他好啊。"

"这就是问题所在。做家长的都认为自己是为孩子好,却不明白这种好在孩子眼里未必是真的好,更没想过孩子究竟要的是什么。阿姨,您知道我爸妈总想让我找个工作,到现在对我干的事儿都一直不支持,整天说都是为我好、为我前途着想。我倒是没瞒他们,也不跟他们吵,他们爱说什么说什么,反正我不听,他们拿我也没办法。"

赵雪梅叹口气:"你们这俩孩子,看着都挺乖,可没一个让父母省心的。"

"阿姨,父母只要不瞎操心,就肯定省心。"连葳咯咯笑起来,"您想想,父母跟孩子对着干,就算胜得了一时,还能胜得了一世?"

"唉,可怜天下父母心呐。"

"您也别觉得不平衡,"连葳挽住赵雪梅的胳膊,"所有感情都是这样,谁更爱对方,谁就已经输了。"

"照你这么说,该让步的反倒是我?"

"阿姨,您之所以反对世杰哥进投资公司,不就是因为凌叔叔当年的一句话吗?但以我的理解,叔叔这句话的含义是希望世杰哥不要做一个为钱而丢掉良心的人,而不是说他只要不跟钱打交道就可以为所欲为。"

赵雪梅惊异地看着连葳,她从没想过换这个角度领会老公的遗言。

"阿姨,您对世杰哥的期望到底是什么?是他每天开开心心干他爱干的事,还是他每天愁眉苦脸干您让他干的事?"

"当然希望他开心啦。"

"那您就应该放手,让世杰哥去做自己喜欢的事,这样他才会开心,您也就会开心。"连葳拉着赵雪梅的手,"我相信世杰哥不管干哪一行,永远都会是个正直善良的好人,就像凌叔叔嘱托的那样。"

"你这丫头,叫你来是让你说服我的?"赵雪梅笑着打了下连葳的手,"你就知道向着你世杰哥,不肯向着我。"

连葳临走在厅里喊了句:"世杰哥我走了啊。"依旧没反应。赵雪梅跟连葳相视而笑,送连葳下楼。

又过了好一阵,凌世杰的屋门才打开,他邋遢地走出来,上完洗手间发现老妈又像那天晚上一样正襟危坐在沙发上,严肃地看着他。

凌世杰苦着一张生无可恋的脸说:"妈您又要干吗?我连颓废几天都不行啊?"

"不行!你现在不光对不起我,更对不起你自己。"赵雪梅拍一下沙发,"你坐下,妈有话说。"

凌世杰怏怏地坐下,一副死猪不怕开水烫的架势。

"小杰,妈想通了。"赵雪梅捋了捋凌世杰乱糟糟的头发,"妈这半辈子纯粹是因为你而活的,但妈不想让你这一辈子因为妈而活。"

凌世杰扭脸看着赵雪梅,几天来眸子里头一回闪出灵光。

"你想做哪行就做哪行,妈不管你了;你回黄埔还是去黑埔,也随便你。"

凌世杰将信将疑地审视赵雪梅的脸:"妈您这不是气话吧?过阵子您又反悔怎么办?"

"妈虽然还生你的气,但这是妈的真心话,妈也没什么可反悔的,是你自己选的路,要反悔也是你自己。"赵雪梅从茶几上拿过一本业已斑驳的《效率手册》,封皮上的年份是 1995 年,"小杰,这上面记着当初亲戚朋友托你爸炒国债期货的钱数,本金是多少、这些年我还了多少,每家每笔都清清楚楚。这个本子连同剩下的最后这点儿债,妈就传给你了。你记住,世道不易、人心险恶,别像你爸那样去害人,不管是有意还是无意的,但更不要被人给害了。"

凌世杰庄重地点下头,双手把《效率手册》接过来:"放心吧妈,我不会后悔,也不会再让您难过。"随即往赵雪梅身边凑了凑,笑道,"其实啊,这个账本我很早以前就偷看过啦。"

赵雪梅捶儿子一拳,推开他说:"哎呀,你几天没刷牙啦?"

凌世杰重新回到黄埔,他竭力不去在意他人异样的目光,一心只求在哪里跌倒,就在哪里爬起来。可仅仅数日之隔,他竟再也找不回原先的状态,脑海中挥之不去的是爱屋生物的惨败,一朝被蛇咬就此畏首畏尾、瞻前顾后,生怕重蹈覆辙。曾经意气风发、信心爆棚的凌世杰不见了。

这天中午,凌世杰和师婕在 B1 餐厅吃饭,他沮丧地喟叹:"唉……我已经不是从前的我了。"

师婕瞟他一眼:"脱胎换骨了?你不会是急于出师吧?"

凌世杰苦笑:"师父你别损我了,我现在对任何事情都不敢做判断,总怀疑自己一做就错。"

师婕安慰道:"心态得慢慢调整,就当生了场大病,病去如抽丝嘛,不能急,多给自己一点儿时间。"

"嗯。"凌世杰看看周围,忽然想起什么,"师父,怎么没见你师父啊?"

师婕这才告诉凌世杰,那天柯立锋为了保他怒闯高层会,引得公司里议论纷纷,说柯立锋名为司机,其实一直在偷偷介入投资业务,赵卫国为平息物议,给柯立锋放了长假暂避风头。

"唉,他还能不能回黄埔都是未知数。"师婕很是忧虑。

凌世杰既震惊,又感动,没想到他眼中自私刻薄的柯立锋竟肯为他承担这么大风险、付出这么大代价。

草草吃完饭,凌世杰回办公室就打电话:"师父,我想见你。"他终于在搬离小两居九个月之后,又一次叫柯立锋师父。

柯立锋依旧惜字如金:"嗯,我安排一下。"

柯立锋所谓安排是去求小卢,说周末想借用一下奥迪,请他帮忙。

"没问题,"小卢很爽快,"你老柯向来不愿求人,既然你张口一定是真遇到难处了,放心吧。"

周六上午,小卢编了个借口把奥迪开出来交给柯立锋,柯立锋连声道谢。"你还是甭谢了,"小卢连连摆手,"你这从来不说谢谢的人突然这样,我瘆得慌。"

柯立锋接上凌世杰就一路向西往城外开,凌世杰不明所以问去哪儿,柯立锋说你不是要见我吗,已经见到了,后面的事就听我的。

到了十渡,柯立锋带着凌世杰登上蹦极的高台,由工作人员绑好绳索和安全带。

"你不会是不敢吧?"柯立锋问萎靡不振的凌世杰。

"没什么不敢的,"凌世杰意兴阑珊地踢了踢绳索,"就是觉得没意思。"

柯立锋挑衅地盯着凌世杰:"如果是我非让你跳呢?你是不是又得问清楚为什么?"

凌世杰被激出一口气,迎着柯立锋的目光回答:"没错,但我这次跳完再问。"他走到跳台边缘,扭头说了句,"师父,待会儿见!"就纵身跳了下去。

工作人员过来最后一次检查柯立锋的装备,柯立锋一本正经地说:"才想起来,我忘了吃降压灵和心血康了……"

工作人员赶紧解开绳索安全带让他离开跳台,埋怨说,你是成心的吧,为什么不看《蹦极须知》?刚才问你还说没病,这可是你的责任,我们分文不退。柯立锋笑说没关系。

等凌世杰走进休息区不由得一愣,柯立锋正跷着二郎腿坐在里面优哉游哉地看着他。

"你怎么到的这儿?"凌世杰惊讶地问。

柯立锋笑而不答。

"我在下边根本没看到你,你是从索道站走下来的吧?"凌世杰被气乐了,"有你这样当师父的吗?为老不尊,就会骗人。"

柯立锋站起背着手径直往外走:"谁让你那么好骗?自己不设防,

赖不着别人。"

凌世杰听出师父这是在敲打他爱屋生物一战中的自负和轻信,悻悻地跟在后面。

初夏的午后,暖风拂面,漫山遍野都是翠色盈盈。师徒俩面对青山绿水,坐在一家露天餐馆的小桌前,像一对仙风道骨的武林高手,又像两个潇洒儒雅的谦谦君子。

凌世杰先拜谢柯立锋在高层会上为他打抱不平的义举,又恳请师父今后别再为他这样冒险了。柯立锋自嘲说,想冒险也没机会了。

凌世杰又坦承,爱屋生物的失败对他打击很大,职业生涯刚开始就遭遇滑铁卢、走了麦城。柯立锋揶揄,你太高看自己了,从未过五关斩六将的人也配自比关羽和拿破仑?

凌世杰红着脸说,因为父亲的过往,他内心深处一直怀疑自己是否适合投资这行。

"你师姐已经把你父亲的事告诉我了。"柯立锋顿下,"你不是想问为什么非让你蹦极吗?就是让你体验生死临界,好跟你聊聊生死。"

"生死?"

"对。面对非议和冤屈,你父亲的选择是舍生取义,以死昭示自己的清白,而我选择苟且偷生,这两种选择有没有高下难易之分?有,你父亲的选择高贵但容易,我的选择低贱但艰难。"

凌世杰有些懵懂:"选择死怎么会容易?"

"你不要误解。只有极少的人有勇气自己结束生命,所以我非常敬佩你父亲的选择。"

凌世杰没想到师父会如此评价父亲,他一直认为父亲是因为逃避才自绝人世。

"想过吗?你父亲为什么选择了死?死其实不是生的对立面,而是作为生的一部分得以永存。就像你父亲,即使已经走了这么多年,他依然影响着你,提醒你为他洗清冤屈,告诫你不要重蹈他的覆辙,这就是你父亲死的意义。"

死是生命的一部分,死是一种意义,凌世杰似乎理解了父亲的选择,对父亲弃他而去多少有些释怀。

柯立锋转而问:"生和死,你认为哪个更可怕?"

"死。"

"所以,一个人如果死都不怕,还会怕生吗?"

"你不怕死?"

"我不怕死,但我不能死,我要为自己昭雪,我要亲手复仇,这是我活着的意义,因为我的死无法作为生命的一部分留给后人。"

"为什么?"

柯立锋一耸肩膀:"因为我这辈子可能没有后人。"

没有后人?怎么可能?那你跟师婕……

凌世杰的胡思乱想被柯立锋的话打断:"你父亲选择了高贵的死,我选择了勇敢的活。与人生这两种最艰难的抉择相比,你那点儿失败和挫折又算得了什么?"

凌世杰终于明白了,柯立锋借车开出一百多公里,又扯出生死这么宏大的话题,就是想帮他打开心结、重拾自信。他满怀感激,瞬间从刻薄的严师身上体会到一种慈父般的关爱。

柯立锋悠悠地说:"虽然我还活着,但我已经死过一回了……那种滋味不是一个苦字所能形容,你懂什么叫死去活来吗?虽然遍体鳞伤,但死而复生的我比以前更强大。"

凌世杰很是震撼,师父从来不曾这样袒露自己的内心,他甚至觉得师父这番话不会对第二个人讲,即便是师婕。凌世杰竟有点儿受宠若惊,感觉与柯立锋的心是如此贴近,他点头说:"明白了师父,我确实太娇气了……"

"你要记住,"柯立锋严肃地看着凌世杰,"假使有一天,你命中注定难逃你父亲那样的遭遇,你也可以做出完全不同的选择。"

"嗯,我宁愿艰难地活着,像你一样,亲手抓到陷害自己的人。"

柯立锋一愣:"谁说我抓到了?"

"韦正雄不是已经受到惩罚了?"凌世杰也一愣,"你不是说他就是陷害你的幕后黑手吗?"

柯立锋沉默片刻,目光投向远方:"要么不是他,要么不只是他。"

"不只是他?"凌世杰胸中顿时充满上阵父子兵的豪气,少年时无力帮助父亲,如今定要帮上这个父亲般的师父,他慷慨激昂地说,"咱们一定能揪出所有的幕后黑手,为你彻底洗清冤屈!"

回程凌世杰主动要求开车,偷瞄副驾驶问道:"师父,能跟你商量个事吗?"

"说。"

"我能不能搬回来?你现在进不了黄埔,咱俩老见不到面……"

"现在不是正见面吗?"

"我是指低头不见抬头见那种。"凌世杰觍着脸笑,"募投管退,你刚给我讲完投,其他三个都没讲呢。"

"'退'这门功课得你给我讲,"柯立锋瞟凌世杰,"没人比你会打退堂鼓。"

"揭人不揭短嘛……"凌世杰讪讪地说,"到底让不让我回啊?"

柯立锋撇嘴:"当初又不是我撵你走的,你想回就回呗,啰嗦。"

凌世杰坏笑:"我是怕你如今不方便。"见柯立锋一脸莫名其妙,凌世杰忙摇头,"没什么,就当我没说。"

师父点了头,难的是老妈这关。老妈刚同意他仍旧在黄埔工作,转脸又要搬出去,凌世杰有点儿开不了口。

周日上午,凌世杰起大早做了饭,等赵雪梅去店里,他又里里外外彻底来了个大扫除,然后把行李收拾好,放在自己屋里。

下午,赵雪梅拎着袋子走进家门,准备给凌世杰做完晚饭再回川芙蓉。发现家里窗明几净,不禁怀疑儿子又在打什么主意。

凌世杰赶紧接过东西,把赵雪梅拉到沙发上,端上刚沏好的热茶,坐下来给她揉肩。

"有话直说。"赵雪梅闭着眼睛。

"妈,您现在真是料事如神。"凌世杰笑着吹捧。

"哼,无事献殷勤。别忘了,我是你妈。"

"真是知子莫如母。"凌世杰停住手上的动作,"妈,给您出道选择题。您是希望我在家住,但早晚都见不到我呢?还是希望我在外面住,但每星期回来陪您两整天?"

赵雪梅听出儿子这是又要搬出去,只是不好意思明说而拐弯抹角。自从上次闹完她已经彻底明白,儿子翅膀硬了,跟他较劲只能给自己添堵,还不如都随他,他高兴自己也高兴。

"我两个都不希望。"赵雪梅故意板着脸。

"您不带这样的,必须二选一。"

赵雪梅哼道:"什么二选一,我有的选吗?还不是你自己拿主意?"

"谢老妈!"凌世杰高兴地搂住赵雪梅,"我保证每星期至少回来陪您吃两顿饭!"

"刚才还说陪两整天,眨眼就变成陪两顿饭?"赵雪梅白凌世杰一眼,"搬出去可以,但你得说清楚搬到哪里。"

"跟我师父住一起,白天上班,晚上他给我上课。"

"等等,你要跟那个师婕住一起?"赵雪梅登时警惕,"她没结婚?你们俩孤男寡女……"

"什么呀,我另一个师父,就是上次跟您通电话的柯总。"

"柯总是你师父?"赵雪梅有些晕,"那师婕?"

"他俩都是我师父,而且柯总也是师婕的师父。"

"什么这师傅那师傅乱七八糟的,听着就像在川芙蓉后厨似的。"

凌世杰笑道:"您这就不懂了,商场就是江湖,江湖就有师徒。"

赵雪梅嘟囔:"我是不懂,如今都分不清你的话哪句真、哪句假了。"

"妈,您就信我一句话,我肯定会好好的。"

· 373 ·

时隔九个多月,凌世杰重又回到柯立锋借住师婕的小两居,趁着安顿自己物品的当口各处仔细巡视检查。

奇怪,竟然没发现任何属于女性的东西,连根长头发都没有,师父和师婕究竟走到哪一步了?

凌世杰的心情莫名地轻松,不禁站在厅里抚今追昔:"没什么变化嘛。"

柯立锋纳闷:"能有什么变化?"

"比如……你不止我一个徒弟?"凌世杰话里有话地坏笑。

柯立锋全然不解其意,没好气地说:"你就够我烦的了。"

凌世杰愈发判定师父和师婕的关系并未发展到实质性阶段,内心不由得燃起一线希望。

凌世杰从包里取出原属于柯立锋的那个小算盘:"师父,这是你的吧?"

柯立锋一下从沙发上站起,拿过小算盘来回翻看抚摸,惊喜地问:"这东西怎么会到你手里?"

"他们要把你办公室的东西都扔掉,我从箱子里捡回来的,"凌世杰大略讲了当时情形,"我估计这是你的宝贝。"

"宝贝,确实是我的宝贝,这是我五年级赢得上海少儿珠算大赛金奖的奖品。"柯立锋看着失而复得的小算盘激动不已,"那时我就决定这辈子跟钱打交道,像我父亲一样。"

但柯立锋并没告诉凌世杰,当十二岁的他兴冲冲捧着小算盘跨进家门,正打算向父母报喜,却见父亲一个人沉闷地坐在竹椅上抽烟。父亲瞪着满布血丝的眼睛告诉他,母亲去了日本,应该不会回来了……

柯立锋摩挲着小算盘,忽然往前一递:"拿着,送给你了。"

凌世杰不敢相信自己的耳朵:"师父,这么有意义的东西送给我?"

"送给你更有意义,"柯立锋一脸郑重地看着凌世杰,"它象征咱们师徒二人之间的传承。"

"谢谢师父!"凌世杰双手接过小算盘,心潮澎湃,师父把唯一剩下的心爱物件传给他,不仅是鼓励,更是认可。他想到昨天师父在十渡言及可能没有后人,不由得觉得师父这是已把他认作后人,由他把师父的生命意义延续下去。

"放心吧师父,将来我也会把它传给我徒弟的!"凌世杰扬了扬手里的小算盘,算珠发出清脆悦耳的哗啦声。他脸上带着激动,心里充满希望,那个奋发而自信的凌世杰终于满血复活了。

第十七章

投资就是投人

夏末,师婕主导投资的美迪家传来好消息,美迪家在黄埔注资后大刀阔斧扩张,迅速在各中心城市成为建材家居商城的龙头,并已启动创业板上市流程。这匹黑马令很多人方才意识到,原来随着房地产蓬勃发展和城镇化加速,建材家居装修商贸综合体已成为潜力巨大的赛道。

而云红娘也在纳斯达克成功上市,曾经在最困难时播撒的种子破土而出最终开花结果。师婕因在这两个项目中所表现出的独具慧眼而声名鹊起。黄埔美元基金最主要的 LP 是北美一家超大型公务员退休金管理机构,其驻华代表乔纳森特意来见师婕,对她赞赏有加。

一同送走乔纳森,赵卫国把师婕叫到办公室,特意请她坐到沙发上,告之黄埔董事会决定时隔五个月后再次审议提升她为合伙人。

"自打你师父出事,我先是让韦正雄代管五个投资事业部,开掉他后我只好亲自上阵,实在有点儿力不从心啊,毕竟我以前主要是把握大方向。"赵卫国眼里充满殷切的期待,"Jessie,我很看好你,你就是黄埔下一个柯立锋,是公司新的头号投资人,你要再接再厉,争取尽早把整个投资管理部都管起来。"

师婕连忙摆手:"赵董,我师父是我师父,我是我。"

赵卫国一愣,随即高兴地说:"对,你师父已经出局了,根本不能和你同日而语,你早已青出于蓝而胜于蓝。"

"不不,您可能误会了。"师婕猜到赵卫国以为自己那句话是力图与柯立锋划清界限,忙解释,"我师父永远是我师父,我不可能成为他,更没想过取代他。"

赵卫国又一愣,笑容有些僵硬:"我没误会,你是你,他是他嘛。"然后语重心长地说,"师徒情分固然值得珍惜,但你不能因此故步自封、不敢越雷池一步;你超越了柯立锋,他反而会更欣慰,正所谓长江后浪推前浪,一代就应该比一代强嘛。"

师婕悟不透赵卫国究竟想说什么,想激励她多出业绩又何必总提什么超越,单纯的师徒关系何必非要争出高低?

"Jessie,心理学上有关于弑父情结的说法,我觉得挺有道理,这辈人总要击败上辈人才算真正成人。"赵卫国点拨道,"你不妨多一点儿野心,必要时要勇于革你师父的命。"

弑父?革命?师婕一惊,原来所谓"超越"竟是要借我的手置师父于死地?!她故作懵懂:"赵董,我师父都惨成那样了,还要革他的命?"

赵卫国哭笑不得,这师婕简直是个榆木疙瘩,说了半天纯属鸡同鸭讲,只好无奈地摆摆手,让她走了。

师婕刚走没几分钟,韦正雄的电话来了。

"赵董,我听说师婕要升合伙人了?"韦正雄迫不及待地问,连寒暄都省了。

"是有这回事,"赵卫国皱起眉头,"你消息挺灵通嘛。"

"赵董,您可得三思啊。"韦正雄丝毫没把自己当外人,"现在她成了黄埔的功臣,要是再升她做合伙人,想动她可就难啦!"

"老韦,这个不该你考虑吧?"赵卫国冷冷地说,"我确实要动她,不过跟你说的正相反,我不仅要给她升职,还要委以重任。"

· 377 ·

"赵董,师婕可是柯立锋的人,她永远都不会跟您一条心的!"

赵卫国哼一声:"你是我的人吗?你跟我一条心吗?"

韦正雄沉默片刻,叹口气:"5月里您要是借着爱屋生物爆雷,给她扣个失察渎职的罪名把她撵走就好了……"

"撵走?你干的好事还有脸提?!"赵卫国陡然提高嗓门,"那个时间点我根本不可能处理她,要不然公司内外都得议论说我是因为袒护你不成,借机打压她,那我成什么了?!"

韦正雄没想到还有这一层,有些无地自容,嗫嚅道:"反正我得提醒您,不能养虎为患啊。"

"我倒巴不得她是只老虎呢!黄埔现而今有几个能捕食的?我不靠她,还能靠谁去带兵打仗?!"赵卫国说罢直接挂了电话。

2009年9月,师婕被正式提升为黄埔有史以来第一位女合伙人,负责新兴互联网业务。

赵卫国率众人向师婕热烈祝贺后,叫她和自己一起坐上小卢的车。

"赵董,咱们这是去哪里?"师婕不明所以。

赵卫国故作神秘:"到了你就知道啦。"

奔驰车从三环驶上五环一直往西北方向开,直到上地的最北端,停在一栋四层小楼前,赵卫国领着师婕一起走上小楼的顶层。

"快来,看看咱们的风水宝地。"赵卫国招呼师婕到窗前,一手叉腰,一手指点北面,"Jessie,既然专注于新兴互联网,就得尽可能贴近这个领域的创业公司,这里就是黄埔的前哨阵地,"然后扭脸满怀期望地看着师婕,"公司决定由你这位新晋合伙人亲自率领投资三部到这里开辟新战场!"

师婕放眼一瞧,尽是尘土飞扬的工地,不由得困惑:"投资三部?意思是只把我和凌世杰放到这儿?"

赵卫国笑道:"不要小瞧自己,你们俩不是已经闹出挺大动静了嘛,说不定将来你们真成了气候,整个黄埔大部队都要来投奔你们呢。"

师婕四下打量,这间五十平方米左右的办公室空旷而简陋,门窗破旧,墙面脏兮兮的,更像个废弃的仓库。她心里拔凉拔凉的,这不仅是发配,简直是被发配到了北大荒。

"赵董,这儿离总部太远了,公司的各种资源我们都利用不上。"师婕愁道。

"哎,都互联网时代了,距离不是问题。"赵卫国不以为然地一摆手,"整天跟创业公司打交道,你们自己也该有点儿创业精神嘛。"随即露出亲切和蔼的笑容,"目前是偏僻了一点儿,但你看看周围正在修的这些路、正在盖的这些楼,马上就要和南面的新浪、百度连成一片,做投资一定要有前瞻意识嘛。"

明升暗降、明褒暗贬,看来赵卫国真是用心良苦。师婕无奈挤出一缕僵硬的笑容,势单力孤地跑到上地自谋生路,真得祈求上帝帮忙了。

回程中,赵卫国痛惜地告诉师婕,因有人向监管部门举报柯立锋没有严格遵守禁入期,疑似通过他人间接参与投资业务,黄埔迫于压力不得不解除与柯立锋的劳务派遣合同,他不再是黄埔的司机,不得出入黄埔办公区域。"包括你的上地分部,他也不能进去。"赵卫国盯着师婕特意强调。

师婕虽有思想准备,仍很愕然:"赵董,您不能再设法通融一下?"

赵卫国沉吟:"我就是太通融了……"

师婕下了赵卫国的车,当即给凌世杰和柯立锋打电话,约到小两居碰头。师婕打包了些食品,三人边吃边由她把下午和赵卫国去上地的情况讲了。

"这不是打入冷宫吗?"凌世杰拍案而起,"我算看出来了,他们合伙给你这个新合伙人挖坑,把咱俩扔到那鬼地方,任由自生自灭。"

"你能看到这一层,说明有长进。"柯立锋罕有地夸赞凌世杰。

凌世杰同情地看着柯立锋:"你比我们俩更惨,连司机师傅都当不成,这赵董也太决绝了。"

"就是,"师婕愤愤不平,"他还说什么之前太通融了,好像早就该斩草除根似的。"

"赵卫国的理由完全说得通,自从我暴露之后就料到这一天,"柯立锋却满不在乎,"反正我早被放了无薪长假,这司机名存实亡。"

凌世杰愧疚地低下头:"师父,都怪我不好,你要不是为了救我,也不会落到今天这步田地。"

"不提这个了,"柯立锋摇头,"赵卫国这么做就是个信号而已,其象征意义远大于实际意义。"

"什么信号?"凌世杰疑惑地看着柯立锋。

师婕刚想解释,柯立锋口风一转:"不愉快的话题到此为止。我以水代酒,先祝贺师婕升任合伙人!也祝贺你们俩乔迁之喜!"

"迁到那破地方何喜之有?"凌世杰见师婕瞪他,忙跟着举起水杯,"今日咱们师徒去上地,明天送他们去见上帝!"

师婕走后,柯立锋回到自己房间陷入沉思。一切已经昭然若揭,赵卫国的这个信号不啻宣战,说明他已经撕下所有伪装,不再对拉拢师婕抱有幻想,也不会再对自己手下留情。

事到如今,柯立锋已经有足够的把握断定,赵卫国就是令自己蒙冤落马的幕后黑手,但他为什么要用在"华都有色项目搞老鼠仓"这个名目呢?其结果不仅导致了华都有色重组流产,还牵连黄埔的业绩与声誉都大受损害,拿上百亿的项目、上亿的收入为我柯立锋一个人陪葬,这代价未免太大了吧……

整个国庆长假,师徒三人都在忙一件事:乔迁。

师婕带着凌世杰搬到上地那间"仓库",找人把门窗和墙壁粉刷一新,放进必要的办公家具,这才大致像个办公室。师婕又在一楼的走廊尽头给柯立锋找了间小屋作落脚点,这里原先是存放各种修缮器材和清洁用具的储藏室,师婕说服物业清理一番出租创收。

"师父,只能先委屈你了。"师婕推开小屋的门,面带歉意地说。

柯立锋站在门口往里看,窄小的房间将将摆下一张员工桌和一把员工椅,墙角放着两把塑料折叠椅。

"挺好,还有窗户呢,"柯立锋表示满意,"偌大的世界至少还容得下我一张桌子。"

"电源和网线都帮你拉好了,"凌世杰也觉得对不起师父,"要实在憋屈得慌,你就经常出去走走。"

"怎么会憋屈?比黄埔的茶水间可强多了。"柯立锋转向师婕,"只是这间屋跟你们的办公室都由黄埔付房租,黄埔一旦查出来,可就不只是我一个人违规了。"

"放心吧,这间屋姓师不姓黄,六平方米的房租我自己掏得起。既然黄埔不让你上去,以后就只能我们俩下来。"

凌世杰抢过话头:"这里名义上是'柯办',其实是咱仨的会议室。"

"难怪已经预备了两把折叠椅。"柯立锋走到桌子后面坐下,"来,咱们这就召开第一次每周例会。"

"我先提议,上班时间改成九点半,"凌世杰替师婕放好折叠椅,抱怨道,"这儿离咱们住的地方太远,以后工资都贡献给出租司机了。"

"还是八点半上班,"柯立锋把手一挥,"六点半出发,避开早高峰,到这附近吃早点。"

"那得几点起呀?我要求取消晨跑。"凌世杰求援地望着师婕。

"我早就替你们考虑好啦,"师婕笑盈盈地拿出两把钥匙放在桌上,"我在西二旗那边买了两套房,一套我自己住,一套你俩住,走过来也就二十分钟,平时咱仨还能搭伙吃饭,不错吧?"

柯立锋皱起眉头:"你还真打算在这里扎根了?"

"不然怎么办?我那两套房都在东三环和东四环之间,这是北五环外,不搬过来的话,工夫全浪费在路上了。对咱们投资人来说,时间就是金钱哟。"

"你什么时候买的?"

"赵卫国带我来的第二天,我就开始物色了,正好那个楼盘还有房,我就赶紧拿下两套大两居,还是精装修,家电齐全,拎包入住。"

"你这出手也忒快了!"凌世杰惊呼,"买房子跟买白菜似的……"

"我看过了,眼下的房价虽然比年初的低点有所反弹,但还是比早前的高点降了不少。"师婕得意地说,"美迪家的任总跟我讲过,将来回头看现在的房价就是白菜价,我信他,就用美迪家的项目奖金交了这两套房的首付。任总还说,要买就趁早,不定啥时候就不许买了。"

凌世杰不禁好奇师婕的资产配置:"云红娘上市你还拿了奖金呢,没打算买股票?股市虽然也有反弹,跟以前的高点比更是跌了很多。"

"我绝对不碰股票,咱们本就是做金融的,景气度已经跟股市密切相关,不能把鸡蛋都放在一个篮子里。"师婕一指凌世杰,"哎,你那些奖金也不是小数了,可以考虑买房子,千万别买股票。"

凌世杰只笑了笑,心说我先把剩的那点儿债还清再说。

"师父,我这个策略不错吧?"师婕一副求夸奖的表情看着柯立锋,"我都盘算好了,现在住的那套房留给我弟,你们住的那套小两居地段好,我重新租出去,租金差不多就够这边的按揭了。"

"你的房子十年能涨几倍?三倍?十倍?"柯立锋很是不屑,"我对三年二十倍以下的标的不感兴趣。"

凌世杰脱口而出:"哪儿找那么高的回报?"

"忘记咱们是干什么的了?"柯立锋面色严峻地扫视两个徒弟,"不要把心思花在这些小算计上。看看云红娘,看看美迪家,短短两年难道没有二十倍?我们要找的标的就是人,创业公司的创始人!"

搬到上地的坏处是离黄埔实在太远,去签字报销都得花上大半天,开会更简直像去趟上海,早出晚归一整天。但好处是天高皇帝远,少了许多监视和猜忌,也不用整天看公司各路人的脸色;而且这里确实离互联网创业公司很近,走动非常方便。

还有一个好处,离川芙蓉近了。

凌世杰因为老妈对他再也不加干涉,反而什么话都敢跟她说了,母子俩的关系达到空前的融洽和密切。

赵雪梅得知儿子和两个师父搬到了上地,经常忙得早上吃路边摊、中午吃盒饭、晚上吃泡面,她心疼得不行,不时变换花样,挑些川芙蓉的菜品让连葳送过来。师婕这川妹子自然是无辣不欢,柯立锋也已修炼到一边大口喝水,一边竖起拇指,师婕尤其羡慕凌世杰有个开菜馆的老妈,说跟着沾光打牙祭了。

凌世杰倒不在乎这些,川芙蓉的手艺已经吃了十几年,何况每星期还能回家暴搓两顿。他的小心思在两个师父身上。

近来凌世杰的生活异常简单,眼前基本就俩人,不是这个师父就是那个师父,或者两个师父都在。可没他的时候两个师父在一起干什么呢?凌世杰仔细回想,那俩好像就没单独在一起过。

这就有点儿奇怪了,要说以前师婕跟弟弟住、师父跟我住,他俩没有空间独处倒还好理解;可搬到上地师婕一个人住,按说师父晚上可以去找她,然而这些日子师父从未在外留宿,每天下班就回家,连出门散步都叫上我。难道师父怕我发现,不好意思晚上去师婕家,两人只能白天在"柯办"伺机眉来眼去、卿卿我我?那我岂不碍事儿?

于是每次师婕拉他去"柯办"谈事,凌世杰都假装特忙的样子,说你自己去就行啦,可师婕每次都坚持等他一起下去,以至于他感觉师婕好像有意避免跟柯立锋单独相处。

莫非他俩根本不是恋人关系,还是俩人吹了?是师婕甩了柯立锋,还是柯立锋甩了师婕?

不管怎样,只要他俩没戏,我就还有戏。凌世杰内心重新燃起希望,决计一俟事业小有所成,便向师婕发动攻势。

螳螂捕蝉,黄雀在后,连葳的小心思却在凌世杰和师婕身上。

因为经常来送饭,连葳和师婕很快变得热络,总在一起有说有笑。没过多久,连葳就发现在凌世杰心里师婕绝不单纯是师父,而在师婕眼中凌世杰却纯粹只是徒弟。

旁观者清,对这一切洞若观火的连葳仍继续明智地看破不说破,对两个人的态度一如既往。

而凌世杰每次听到连葳当着师婕的面甜甜地叫他世杰哥总不免尴尬,答应不是,不答应也不是,只得紧张地偷看师婕脸色。

"师父,她管我叫哥不是那种哥……"每次连葳刚走,凌世杰就变着法解释,"我们两家是世交,我和她就是发小儿,仅此而已,真的。"

第一次师婕笑着点头,嗯,这样的发小儿真好。

第二次师婕笑了笑,嗯,我知道了。

第三次师婕一愣,嗯,你已经说过了。

第四次师婕诧异地看眼凌世杰,没再理会。

第五次师婕真烦了,喂,你还有完没完?

凌世杰再没解释过。

周一上午,师徒三人又在狭小的"柯办"开每周例会。

"我讲过,咱们的目标就是找到三年涨二十倍的东西。我习惯采用自上而下的策略,先选择赛道,再物色公司。"柯立锋在桌上摆了三支油笔,"不如这样,咱们各自在手心上写出自己最看好的赛道。"

三个人拿起笔,柯立锋很快写好,饶有兴致地望着两个徒弟。师婕闷头认真思索,而凌世杰却轮番观察两个师父。等都写完,柯立锋一声令下,三个人同时把左手的掌心亮出来,不禁相视而笑,原来三人不约而同写下的都是两个字——"团购"。

"真是亲师徒,心有灵犀啊。"师婕抽出纸巾递给柯立锋和凌世杰擦手,"我选择团购因为这是在互联网中最容易把线上线下打通,把人口红利发挥出来的产业。"

凌世杰赞同:"团购具有极大潜力,它包括两方面:一是庞大的消费市场,十几亿人要吃饭、要买东西、要美容健身;二是庞大的就业人口,与第三产业的劳动密集型正好吻合,可以吸纳成百上千万人。"

"而且,这也是智能手机逐渐普及后的第一个移动互联网风口。"

柯立锋补充说。

"那咱们就进军团购领域了？"凌世杰已经摩拳擦掌。

"全票通过。"柯立锋下了断语，"咱们接着选公司。"

此时的团购网站已是雨后春笋，经过一轮筛选，做餐饮团购的饭乎网进入三人的视野。

柯立锋看着两个徒弟："说说为什么选这家公司。"

凌世杰立刻举手："我关注的是创始人王一维，他之前已经不止一次创业，有一定经验。我判断他这次投身团购不是盲目跟风，而是对这一新兴业态有自己的理解。"

"投资就是投人，这个出发点没错。"柯立锋表示首肯。

"我关注的是饭乎网目前的运营思路，"师婕说，"多数团购网站为了招揽用户，对商家不论档次来者不拒，结果多是打折才来、不打折再不来的低质用户，维持DAU（每日活跃用户）只能靠吃力地拉新。而饭乎网不同，他们在筛选入驻平台的商家时，回避那些不惜赔本赚吆喝的，只死磕有品质、有信誉的，虽然在推广初期比较艰难，但高质量的商家才能引来高质量的用户，而且用户黏度好，ARPU（平均用户贡献值）更高，在即将到来的团购大战中存活的概率也更大。"

"寻找独特性、考察持久性，这是投资中非常重要的两个关注点。既要长得好，还能活得长，投资投的是未来，如果公司不能存续，即使投再少的钱，也是白打水漂。"柯立锋把视线转向凌世杰，"我要强调一点，务必重视创始人自身的特质，有没有狼性、够不够接地气。只有把这种特质塑造成整个饭乎网的企业人格，才有可能在混战中活下来、并吞其他对手，从而发展成一个庞然大物。"

目标业已明确，柯立锋给凌世杰下达具体任务："你先重点考察王一维的身体素质和抗压能力。"见徒弟一头雾水便解释，"团购行业的门槛太低，进来分蛋糕的公司会非常多，最终饭乎网能否活下来就看创始人能否扛得住。"

"这就像赌马，得挑一匹体力最好的马下注，对吧？"

柯立锋笑道:"如果王一维不给力,咱们就得赶紧押另一匹马。"

凌世杰挠头:"可这怎么考察啊?我总不能拉他去体检吧……"

"那是你要考虑的问题,我要的是结果。"

王一维和凌世杰差不多年纪,从外地考到北京一所不出名的大学,做过网站、跑过推销,基本上除了正经上课没干过,其他都干过,勉强混了个文凭便在北京闯荡。年初创办饭乎网,之前只拿过一轮天使投资,目前已有意寻求 A 轮融资。

凌世杰和王一维有过几次接触,因为年纪相仿沟通挺顺畅,王一维是个爽快人,加之不敢冷落"黄埔资本"这家潜在的大金主,听凌世杰约他吃饭立刻答应。

"一维,你平时喜欢运动吗?"凌世杰在餐桌上随口问道。

王一维瞟凌世杰一眼,喝口啤酒,瓮声瓮气地反问:"踢球算吗?"

"当然,怎么不算?"

王一维揶揄:"我还以为你们这种人眼里只有高尔夫才算。"

"那是上岁数的老板们干的,我这号小卒受不了那么慢的节奏,还是喜欢对抗性强的运动。"

"我现在烧着别人的钱,每天跟竞争者真刀真枪对抗性运动,连觉都舍不得睡。"

"那可不行,身体是革命的本钱。"凌世杰见机提议,"一维,咱们早上一起跑步吧,我每天坐办公室,感觉越来越虚了。"

"跑步?我可没时间。"

"时间是挤出来的,而且跑步不耽误思考。我一个人老犯懒,咱俩互相督促,怎么样?"

王一维想了想:"行,我也确实需要锻炼了。"

凌世杰得寸进尺:"还可以踢球,这边创业公司多,年轻人也多,我知道他们组织了好几支足球队。"

"你想累死我啊?"王一维鼓起眼睛,"你知道我每天有多少事要处理?"

"所以更需要充沛的体力。"凌世杰心说,就是要看你会不会累死。

王一维不免好奇:"世杰,我发现你挺有意思,听说过投资人拉创始人喝大酒的,你倒好,拉着我起大早健身。不过这样好,健康、阳光,我喜欢!"

恰好两人住得不远,第二天起凌世杰就和王一维开始晨跑,周末至少再踢两场球。

起初凌世杰自恃上学时运动底子好,并没把王一维放在眼里,估摸用不了多久就能触及他的身体极限,不料先到极限的是自己。

"你歇着吧,我得忙了,公司攒了一堆事。"几乎一夜没合眼的王一维踢完九十分钟下来,笑着拍拍坐在地上呼哧带喘的凌世杰,"身体是革命的本钱,你要是扛不住,我可不敢要你们的钱。"

凌世杰仰望着精瘦的王一维,暗自惊叹他体内难道有台永动机?如此大的体力和脑力消耗,平常居然每天只睡四个小时。

"师父,王一维绝对是匹好马!"凌世杰如获至宝地向柯立锋汇报,"他的身体素质和抗压能力绝对能胜任接下来的残酷竞争。"

这天下午,凌世杰又到王一维那里打卡,走到办公室还没敲门,门开了,王一维正好送客出来,竟是一张熟悉的面孔——金晓。

金晓也一愣,刚想和凌世杰打招呼,凌世杰却侧身让到一旁,把脸扭向一边。

王一维送完金晓回来,冲沙发上的凌世杰笑道:"原以为只有我们团购这行竞争激烈,没想到你们投资圈同行之间也跟仇人似的。"

凌世杰不知如何接话,干笑一声。

"你别装不知道她是谁,我没那么傻,你跟她肯定认识。"王一维朝凌世杰挤下眼睛,"在我这儿碰到起码该跟人家打个招呼,不排除将来你们两家都投我呢。"

凌世杰暗叫冤家路窄,哪有黄埔,哪就有百川;哪有百川,哪就有金晓。于是,他试探道:"你真考虑拿他们的投资?"

"我说的是不排除。"王一维不禁有些小得意,"饭乎网眼下可是香饽饽,除了你们黄埔,还有好几家重量级投资商都对我们感兴趣呢,我可不想现在就把话说死。"

凌世杰此刻顾不上回想刚才金晓见到他时的愕然神情,他只想摸清还有哪些投资商也打算染指饭乎网。

金晓在爱屋生物的竞投会之前是经过一番挣扎的,虽然当万宗海指使她向凌世杰透露所谓底牌时她欣然领命,并毫不犹豫地照办,但事后却总担心会不会把凌世杰害得太惨。她恨凌世杰的决绝,恨凌世杰要了她,既然不喜欢她,又何必要见长辈,害她在父母亲戚面前丢脸?她恨凌世杰居然宁愿选择那个大龄剩女而拒绝她,她也因此深恨师婕。她想狠狠给凌世杰一个教训,让他尝尝什么叫痛彻心扉,但又不能痛不欲生,要痛到恰到好处。随着竞投会日益临近,金晓最初强烈的报复心却渐渐化作担心,怕自己下手过重,怕凌世杰一落千丈不得翻身,怕凌世杰知道一切后永远不肯原谅她。

所以当金晓在竞投会上看到凌世杰踌躇满志的样子,忍不住提醒他谨慎从事、切莫冲动,但从凌世杰的反应看似乎事与愿违,本想拉他一把,倒成了推他一把,凌世杰很可能把自己所讲的实情误解为烟幕弹,反而越发坚定要赢下竞投。金晓无奈地想,自己已仁至义尽,你凌世杰就自求多福吧。

果然,凌世杰举牌赢下竞投;果然,爱屋生物爆雷;果然,凌世杰遭遇灭顶之灾。这时的金晓五味杂陈:活该!谁让你对不起我……笨死了,那么明显的圈套你却往里跳,我拦都拦不住……你会不会恨死我了?我只想让你尝点儿苦头,没想把你弄得这么惨……你不会一蹶不振吧?我能帮什么吗?但你现在最不想见的人大概就是我……

金晓整日魂不守舍、郁郁寡欢,曾经指望复仇所能带来的快感并未到来,却感觉空虚、懊悔和自责。

金泽平注意到女儿的异样,旁敲侧击探询出了什么事。金晓实在无法单独承受煎熬便说:"爸,我还是放不下那个人。"

金泽平自然明白女儿所指:"晓晓,过段时间就好了,将来你会明白,根本不值得为他那样的人牵肠挂肚。"

金晓诧异地看着父亲:"爸,你是不是一直有什么瞒着我?"

金泽平沉默片刻,终于下了决心:"你知道他去年国庆为什么来见我?是来问他父亲的死因的。"

"他父亲?"

"对,很多年前自杀了,我调到当时的九州信托就是接他父亲的位置。"

"自杀?!"金晓惊愕不已,"怎么会自杀?"

"具体细节我也不清楚,但肯定是在工作中犯了错误想逃避处理才选择自杀,他父亲是个有污点的人。"

"犯了什么错误?怎样的污点?"

"有些事搁到现在可能不算什么,但在当时性质就很严重。"金泽平叹口气,"我听说他父亲人很干练,极度自信,这种人就容易冒进,冒进就容易出事。"

金晓所受的震动非同小可,她绝没想到自己与凌世杰的命运在许多年前就发生过纠葛,原来自己的优越和富足正是建立在凌世杰的坎坷和痛苦之上,而自己竟然把奋力攀爬上来的凌世杰再次推入深渊,自己都干了些什么啊?

金泽平看出女儿仍心事重重,又开解道:"基因这东西非常重要,他有这样的父亲,说明他的原生家庭很有问题。他表面好像开朗随和,其实对他父亲的死一直念念不忘,对自己的不幸一直耿耿于怀,好像谁都欠他似的。尤其看到你,他心理就更不平衡,你们俩要是在一起,你肯定苦不堪言。"

金晓两眼发直,已经听不进父亲的话语,脑子里只想着如何才能弥补自己对凌世杰的伤害,哪怕仅是真诚地当面说声对不起⋯⋯

迟至今日,老天终于给了金晓一个机会。

凌世杰跟王一维聊了不长时间便告辞,王一维也不送他,当他从饭乎网的楼里一出来,就看到金晓站在路边。

金晓也看见了凌世杰,忙迎上来。凌世杰仍然沉着脸视而不见,打算从另一边绕过去。

金晓堵住凌世杰去路:"我能跟你谈谈吗?"语气不再有往日的盛气凌人,而是近乎央求。

凌世杰把目光投向一旁。

"我给你发过好几个短信,你都不回。"

凌世杰不说话。

"我是来向你道歉的,"金晓愧疚地压低声音,"本来只是想教训你一下解解气,可没想到……看着你掉进圈套,我反而更难过……"

凌世杰依旧不说话。

"真的对不起,"金晓带出哭腔,"都是我不好,我不该伤害你……"

"对不起?"凌世杰终于冷冷地开了口,"你扎了我一刀,然后跑来说,本来只想扎我胳膊,没想到扎了胸口,我是不是还得谢谢你刀下留情?"

"我不是这意思,"金晓急得连连摆手,"我是想弥补我的过错……"

"怎么弥补?"凌世杰哼一声,"语言、眼泪,还是让我也扎你一刀?"

金晓紧咬嘴唇,低声说:"如果你要做饭乎网,我可以退出。"

"笑话,你也太自以为了不起了吧?"

"我知道这不足以弥补对你的伤害,但我至少算是做了点儿什么,以表达我对你的歉意……"

"你不用有什么歉意,更不用弥补什么,你我不是朋友,只是对手。商场就是战场,尔虞我诈是常态,你死我活是必然。上次被你算计,我认栽,你不用猫哭耗子假慈悲,也不必内疚懊悔求原谅,更拜托你不要用大小姐高高在上的优越感来施舍!"凌世杰说罢绕过金晓,头也不回地走了。

金晓黯然望着凌世杰情断义绝的背影,抬手擦了擦脸颊上的泪水。

10月30号上午,凌世杰正盯着电脑屏幕看盘,电话响了。柯立锋问:"忙呢吗?"

"创业板今天开板,首批二十八只新股上市,都涨疯了。"凌世杰的兴奋转瞬消退,"唉……当初还指望爱屋生物成为其中一只呢……"

"该记住的是失败中的教训,而不是失败本身。"柯立锋随即吩咐,"你下来一趟。"

凌世杰走进"柯办",柯立锋递给他个电话号码。

凌世杰看眼便问:"师父,这号码你三个月前不是让我打过吗?"

"嗯,现在又该打了。"

"还是找……小贾?"

"对。"

"还是对方说'稍等'我就挂?"

"嗯。"

凌世杰看着柯立锋那副"不该问别问"的表情,把到嘴边的"为什么"生生咽了回去,拿出手机拨号,打开免提。

"你好,华都有色。"传来一位中年妇女的声音。

"您好,请问小贾在吗?"

"小贾啊,他已经离职了,你哪位啊?"

凌世杰一愣,赶紧用目光询问柯立锋怎么办,柯立锋在纸上飞快写下"去向"二字。

"哦,我是他老同学,从老家来北京,给他带了点儿东西,但怎么也联系不上他,您能告诉我他去哪了吗?"

"他好像换手机了,我也没他新号,"中年妇女很是热情,"不过你可以去他单位找找看,他现在在凯昌科技,就在三元桥东边,佳程广场里面。"

凌世杰连声道谢,还没挂电话,就见柯立锋已经飞奔而出。

小贾一出电梯,就从兜里掏出包软中华,抽出一支叼在嘴上。往大厦门口刚走几步,他忽然定住脚目瞪口呆,烟从嘴里掉出来都浑然不觉。

柯立锋笑呵呵地走上前:"还是老习惯?熬不过俩小时就犯烟瘾?"

小贾下意识想转身,又觉得实在徒劳,就这么一脚前一脚后地站着,进退维谷。

柯立锋拍下小贾肩膀:"走吧,我陪你出去抽支烟。"

小贾见无处可逃,只好若无其事地堆起笑脸。"你怎么找到这儿的?"

"你又没隐姓埋名,不难找。"绕到佳程广场北面,柯立锋指着一家咖啡屋,"到里面坐吧,外面风大。"

小贾硬着头皮跟柯立锋走进咖啡屋,坐到一处安静的角落。

"你换工作为什么不告诉我?"柯立锋一改方才的亲热,冷冷地问,"咱们当初不是说好的吗?"

"我也是刚过来不久,本打算这两天就告诉你的。"

"托你办的事你办了吗?"

小贾一脸歉疚:"唉……起初我真的挺上心的,一直替你留意有谁离职,可大半年也没见有人走,加上事情太多,我慢慢就给忘了。刚才见到你我才一下子想起来,觉得挺对不住你。"

柯立锋意味深长地看着小贾,似笑非笑。小贾被看得有些发毛,嗫嚅道:"我说的都是实情……"

柯立锋冷不丁地问:"你什么时候跟百川勾搭上的?"

"百川?"小贾不由自主一哆嗦,"我跟百川没什么啊……"

柯立锋轻蔑地一笑:"你的新东家凯昌科技就是百川投资的,别告诉我这是巧合。"

"这能说明什么？我在华都有色待腻了,想尝试一下新机会,刚好百川的人介绍我到凯昌科技,谁还没几个朋友？"

"你在华都有色只是个财务主管,连经理都不是,到凯昌科技就摇身一变成了分管财务的副总,介绍你的那位百川朋友面子很大嘛。"

小贾继续诡辩:"华都有色是家大型上市公司,凯昌科技还处于创业期,规模不可比。何况人往高处走,不升职加薪谁跳槽,这有问题吗？"

"可惜别人不这么想,"柯立锋眼里射出两道寒光,"如果我告诉华都有色,你才是真正断他们毕生财路的那个人,他们会怎么想？"

"你胡说八道!"小贾端着咖啡杯的手又抖一下,瞪起眼睛,"我好心好意帮你,你反而倒打一耙？"

"我让你帮我找的那个人,正是你自己!"柯立锋双手抱在胸前,"当初你答应跟我聊还收下那笔钱,我就知道是你了。别人都对我避之犹恐不及,只有你肯见我,因为你有同情心？不是,因为你心虚,还有点儿好奇。你想看我后续有什么动作。"

小贾撇嘴:"如果你当时就这么断定,何必等到今天才说出来？"

"因为你肯定会否认,所以我必须等你走出下一步。"柯立锋微微一笑,"现在你最好把实情告诉我,这样对你并无损失,否则一旦华都的人知道了,恐怕他们把你生吞活剥的心都有。"

小贾的眼珠在镜片后面转了转,咧开嘴笑了:"你去告诉他们好了,这些都只是你自己的分析推理,毫无真凭实据,没人会相信你。"

"指控才需要证据,忏悔不需要。你别忘了,至今华都的人仍认定我是罪魁祸首,如果我去向他们忏悔,不该和你串通合谋搞老鼠仓害得华都重组黄掉,你觉得他们会跟我要证据吗？我说什么,他们信什么。想想看,到时你会是怎样的下场？"

"他们能把我怎么样？反正我已经离开了。"

"恐怕你得变成我这样,赔钱丢工作,比他们还惨,他们才会放过你。"

小贾算见识了什么叫道高一尺、魔高一丈,他眯起小眼睛紧张地权衡利弊,过了好一阵才惴惴地试探:"我怎么相信你不会再找我麻烦?"

"因为你了解我是个理性的经济动物,从不感情用事,将来还跟你纠缠不休能带给我什么实质利好?你不过是送了颗子弹,根本不知道拿枪的人瞄准的是谁,所以你不是我的仇人。今天的事儿你知我知,永远不会有第三个人知道。"

小贾沮丧地叹口气:"你可真够有耐心的,常说躲得过初一、躲不过十五,我是躲得过前年、躲不过今年。"

他的心理防线被彻底攻破,只得承认2007年5月份万宗海找到他打探华都有色重组项目有无隐情,他便把审计公司对华都有色并购西峰锂业的《商誉评估报告》给了万宗海。

"什么?!"柯立锋这一惊非同小可,"所有材料都在你手里,为什么单单把那份《评估报告》给他?"

"你也知道那份报告水分最大,我就指给他看主要是哪几个数据有问题……"

"如此一来,华都就等于被百川掐住了脖子,重组一事必然凶多吉少。"柯立锋咬牙切齿地低声喝问,"你为什么胳膊肘往外拐?"

"因为……万总的出价实在让我无法拒绝……"小贾脸一红,嗫嚅道,"虽然现在看也不算个多大的数目。"

"他给了你多少?"

小贾擦擦脑门上的汗:"五十万……"

柯立锋已然彻底无语了。一个看着如此憨厚老实的人竟为了区区五十万,不惜毁掉公司上百亿的利益,不惜把与他从不相干的人推入深渊而毫无内疚,对金钱的贪婪真会让一个人把人性深处的恶这般暴露无遗?!

小贾嘟囔着替自己辩解:"就算重组成了,也是华都那几个大佬发财,根本没我什么事儿,而且万总还保证事后帮我找个更好的位置。"

"他还做了什么?"

"还嘱咐我拿到钱不要立刻辞职,否则很容易被盯上。"小贾苦笑,"结果我熬了两年多才离职,没想到还是被你盯上了。"

柯立锋有些不耐烦:"我问的不是这个,是他拿到那份报告之后做了什么?"

"这我就完全不清楚了,真的。柯总,我已经都告诉你了,今后咱们能不能井水不犯河水……"

柯立锋挥下手:"你走吧,我不想再看到你。"

小贾赶紧起身溜了,匆忙之际,连搁在桌上的烟和打火机都忘了拿。

柯立锋凝神思索,看来陷害他的幕后黑手除了赵卫国,还有万宗海。万宗海的动机自不必说,搅黄华都重组同时搞掉柯立锋,百川不仅重创黄埔还能趁机拿下乐开乳业和达丽鞋业,后续发展也果然如此。而赵卫国在此间扮演了何种角色?是见死不救,还是爱莫能助?他又怎么会眼睁睁看着华都重组流产,并容忍那两个项目白白落入百川之手?

难道他们是共谋?两个多年来缠斗不休的冤家对头怎么可能联手?是什么共同目标让他俩走到一起?

也许,这幅拼图只差最后一两片就可以完成,柯立锋感觉距离真相大白已是咫尺之遥。

回到"柯办",柯立锋第一时间把加班的师婕和凌世杰叫了下来。

"咱们不仅要拿下饭乎网,"柯立锋用力攥紧拳头,"而且必须在饭乎网重挫百川!"

凌世杰不解:"师父,这是为什么?"

"是啊,赢得项目就行,何必计较赢的是谁呢?"师婕也觉得柯立锋有些一反常态。

柯立锋愣一下,随即反问师婕:"你难道忘记乐开乳业和达丽鞋业了吗?"又一指凌世杰,"你难道忘记爱屋生物了吗?"

师婕和凌世杰被柯立锋这么一激,新仇旧恨齐上心头,顿时同仇敌忾。柯立锋满意地看着两个徒弟，一个缜密的计划已在脑海里形成。

又到了柯立锋的生日。

早上，柯立锋站在镜子前，边刮胡子边暗自感慨，已经三十八岁将近不惑，却仍然一无所有。不，至少身边还有两个敬重关爱他的徒弟，他还有东山再起的希望。

想到晚上师婕定会像前两年一样请他吃饭、送他礼物、买来蛋糕，再有凌世杰一同庆生，柯立锋很是欣慰，特意换上西装，神采奕奕地走出家门，巴望着晚上早点儿到来。

他一整天坐在"柯办"，都不敢出去溜达，生怕错过师婕或凌世杰下来约他晚上吃饭。每逢有人推门，他都会升起一股期待，同时提醒自己接到邀请时尽量矜持一点儿。

可师婕总共推门进来三次，除了工作什么都没提，连句"生日快乐"也没说。而凌世杰更甚，居然都没下来露个脸。难道他俩竟没一个记得今天是什么日子？

溜溜等了一天，直到师婕和凌世杰都走了，柯立锋才失望地站起身，穿上西装外套悻悻地走回家。

唉，我这师父当的，连个张罗生日的徒弟都没有。柯立锋独自凄凉地吃着泡面，咧着嘴角苦笑……

师婕怎么可能忘掉柯立锋的生日？她到死都会记得这个日子，但她已经不知道该不该为这个男人庆生了。

整个上午，师婕都有些神不守舍，犹豫要不要像以前那样陪柯立锋过生日。她三次以谈工作为名推开"柯办"的门，但每次看到柯立锋那副自恋自负的样子，就想起那晚他在静吧对自己冰冷的拒绝和断然的离去。师婕的心依然隐隐作痛，自尊令她始终开不了口，连句"生日快乐"都说不出来。

师婕想，要是凌世杰提出一起给师父过生日，她便做个顺水人情，可凌世杰不仅没提，还打电话约王一维吃饭，显然根本不记得这回事。

如此一来，师婕彻底打消了过生日的念头，她现在最不愿意的就是单独面对柯立锋，不想让柯立锋觉得自己对他还有什么期待，更不想让他认为无论怎样冷酷无情，自己仍会在他身边。

既然无法走近，又舍不得走远，不如先躲到一旁。

师婕觉得自己有两颗心，作为女人，她的心在流血、在变冷；作为徒弟，她的心选择了宽容……

凌世杰当然也没忘记柯立锋的生日，早晨看到师父拾掇打扮穿上西装，他立时想起两年前师父也是这样去和师婕过的二人世界。

他曾想过师婕或许会提出和他一起给师父过生日，可奇怪的是师婕只字未提，却单独跑去楼下三次。

一定是师婕约了师父吃饭，不想带我这个灯泡，那我就别上赶着往前凑了，以免搞得人家为难。凌世杰有些醋意和失落，但为了让师婕安心，特意当她面约王一维饭局，不等下班就逃出公司，至于跟师父说句"生日快乐"，等晚上回家再说不迟。

没想到正吃饭，王一维接到海淀分局的电话，说饭乎网的员工和竞争对手天食网的人因为地推抢业务打起来了，叫他作为公司负责人亲自去接受处理。海淀分局离凌世杰家不太远，他表示自己对那一带很熟，仗义地坚持陪王一维去了海淀分局，折腾到将近半夜，终于把人领出来。

凌世杰到家轻手轻脚地打开门，没想到柯立锋还没睡，正坐在沙发上盯着笔记本电脑。

"师父，生日快乐！"凌世杰看眼手表，差五分钟十二点，"还好，总算赶上了。"忙把早已准备好的生日礼物递给柯立锋。

柯立锋接过包装精美的礼盒，拆开是支限量版的万宝龙金笔，心里挺高兴，至少这徒弟没忘了他生日，嘴上却说："干吗花这么多钱，我也用不上。"

"将来再当大老板，肯定能用上。"凌世杰瞥见餐桌上还没扔掉的泡面桶，惊讶地问，"师父，你没跟我师姐一起过生日？"

柯立锋一副淡然的样子:"呃,没有,她可能有别的事吧。"

凌世杰既有些歉疚,又有点儿开心:"早知道我就陪你过生日了,改天再约王一维。"

"又不是什么整年份,过不过无所谓。"柯立锋继续故作全神贯注地盯着电脑,"再说我也没时间出去吃饭,今天是淘宝第一次搞的什么双十一购物节,我正等着看他们全天的成交量呢,要真能突破五千万那可是个奇迹。"

第二天柯立锋刚走进"柯办",就发现桌上放着一张生日贺卡,打开一看是师婕送的,上面写着"即便失去一切,至少还有明天"。

看来这徒弟也没忘记,想必昨晚确实有事。柯立锋拿着贺卡翻来覆去看了几遍,欣慰地翘起嘴角,小心细致地把贺卡收进抽屉。

这天下午,凌世杰一进饭乎网就察觉气氛不对,平日嘈杂忙乱的办公区异常宁静,离王一维办公室最近的几个员工噤若寒蝉,都没敢像以前那样跟凌世杰打招呼。

凌世杰敲门进去,王一维正独自坐在桌上,桌前满地碎纸片。王一维瞥眼凌世杰,愤愤地说:"一群笨蛋!"

凌世杰试探道:"广州那边不太顺利?"

王一维用脚尖踢了踢近前的几张纸片:"两个月了,完全打不开局面,废物!"

原来是饭乎网的南下战略遇到了困难,王一维派出精干团队拓展广州市场,但遇到几家当地团购网站和天食网等大平台的狙击,一时间多方混战,据说有商户一天之内接到十多家团购网站登门谈合作,饭乎网团队在胶着中没了章法,不断向王一维求援。

"一维,我感觉大体有两个方向,要么从北京多投些资源过去,一个是钱,一个是人,对商户、对会员再开展几波力度大的让利推广;要么物色一家广州当地的网站收购过来,作为咱们的广州分站。"

王一维听到花钱就头大,饭乎网的现金已然捉襟见肘,他眉头紧锁地坐回椅子上。

凌世杰拿出笔记本电脑,调出表格:"不管选哪个方向,都要先核算 ROI(投资回报)。一维,你先对明年上半年饭乎网在广州地区的 revenue(销售额)做个 projection,然后咱……"

"泼?泼什么?"王一维登时腾起一股无名火,"喂,你不飙那个破英文会死啊?!"

"哦,好吧。"凌世杰笑了笑,"就是业绩预测。"

"预测?"王一维更是火冒三丈,"你们整天就知道预测,业绩是预测出来的?我告诉你,业绩是干出来的!"

"实干当然重要,但尽可能精准的预测也不能忽视。预测是根据合理假设,对公司未来的经营状况进行可行的量化分析,公司下一步的各方面工作计划都应该基于预测,这样才能避免拍脑袋胡乱决策。"

"你甭跟我扯这些,"王一维指着凌世杰的电脑,"你跟算命的没什么两样,全靠蒙!"

"一维,公司经营既是艺术,但也是科学,有根据大量数据和案例总结出来的客观规律。你要想把饭乎网做大做强,就得多了解和运用这些现代的经营理念和方法论。"凌世杰笑着说,"你老说自己是在带队伍,当然应该争取带出一支正规军嘛。"

王一维不耐烦地挥手:"打住,我们就是小米加步枪的土八路,听不懂你这黄埔出身的高谈阔论,更玩不转你从美国拿回来的什么先进武器。"

"可现在已经是移动互联网时代,光靠小米加步枪和人海战术肯定打不赢!"凌世杰也开始较劲儿。

"够啦,我这'土鳖'跟你这'海龟'说不通,我也没请你来给我上课。"王一维过去拉开门,"走好,不送。"

凌世杰见王一维如此无礼地下了逐客令,脸上挂不住了,二话没说站起身就走。

在路上凌世杰越想越气,虽然迄今他不止一次遭到过创始人的冷

· 399 ·

遇,但王一维这般对待令他格外受不了,因为他在情感上已把王一维视作朋友加兄弟,结果竟被"自己人"轰出来。凌世杰停住脚,靠在公交站牌上掏出手机,开始给王一维写短信,有些话当面说不出口,写成短信便能将字句化作匕首和标枪投向对方。凌世杰要让王一维明白,他刚才的言行不仅损害了两人关系,更暴露出他的不专业,而这种不专业必将妨害饭乎网的发展。可惜刚写一半就到了短信字数上限,凌世杰只得改了主意,准备用宝贵的手机流量发电邮声讨王一维。

忽然,凌世杰想到了柯立锋,如果换作师父会怎么做?他想起师婕讲过的柯立锋与"同城会"创始人拍桌对骂之后如何做的,师父能做到,他也定能做到。凌世杰立马把电邮草稿删除,掉转头往回走。

男人之间没什么矛盾是一顿撸串儿不能化解的,如果有,就两顿。

几瓶酒几十串下肚,两人的神经都放松下来,刚才的尴尬已烟消云散。

"世杰,你这人哪儿都好,就有一点……"王一维笑着给自己和凌世杰倒满酒,"嘴里老爱整洋词儿。"

"唉,干我们这行的都这毛病,我以后注意。"

"其实你们嘴里不少的中文词儿我都没整明白呢,啥叫'链路'?啥叫'赋能'?'品牌势能'又是什么鬼?再夹杂英文就真成天书了,更可恨的是你们还各整各的。"王一维努力回忆,"你今天说那个泼什么是预测,可百川那天也要我预测,说的就是另一个词儿,叫四什么……"

"四什么?"凌世杰一头雾水。

"嗯,one,two,three,four,那个词前面是个 four,four 什么来着?"

"forecast?"

"没错,就是这个!"王一维拍下脑门,"我就听着有个四。"

两人都开怀大笑,碰杯后一饮而尽。

"跟你掏句实话吧,我挺怵和你们这种人打交道的。"王一维放下杯子,坦诚地看着凌世杰,"我这人学历低、外语差,也没啥见识,你们投资圈的各个一肚子学问,头上自带光环,我在你们面前特自卑、特压抑,总感觉咱们不是一类人。"

"这你大可不必,"凌世杰笑道,"龙生九子,各不相同,不是一类人很正常。再说英雄不问出处,我还佩服你打天下的胆识和魄力呢。"

"我就是一介勇夫,没啥可佩服的,"王一维连忙摆手,"我还怕在你们眼里,我是那个扶不起来的阿斗呢。"

凌世杰想了想:"一维,我给你打个比方吧。你好比是个父亲,饭乎网就是你的孩子,我好比是个重点学校的老师,而这个学校就是投资人和他们的资本。你想把孩子送进重点学校让他早日成才,我作为老师,不管你什么出身什么水平,都要帮你实现这个目标。学校为了提高声誉,吸引更多家长把孩子送来,肯定会对我们这些老师精挑细选,学历背景之类的门槛自然不低。看上去家长老师和学校各有自己的立场和需求,但三方的目标都是要把这孩子培养成才,所以咱们即便不是同类人,但可以也应该是同路人。"

"你是说只要孩子有潜质,我这个当爹的是草根也不要紧?"

"不管你是草根还是精英,都应该充分信任学校、配合老师,相信我们都是真心为孩子。"

王一维抄起酒瓶:"凌老师,为咱们的孩子早日成才,干杯!"

凌世杰也把杯子搁到一边,拿起另一个酒瓶:"前提是:你这位'饭爸爸'要把'饭乎网'这孩子交到凌老师手里哟。"

"没问题,你这个老师我认定啦!"

第二天,王一维主动邀约凌世杰参加饭乎网的团建足球赛,时不时戏称凌世杰为"凌老师",凌世杰也管王一维叫"饭爸爸",两人的关系比朋友哥们儿更深了一层,成为真正的伙伴。

第十八章

高回报就要承担高风险

经过一段时间的考察分析，柯立锋和师婕一致认为团购门槛太低，唯一能挡住众多涌入者的护城河就是资金和团队执行力，而团队执行力也离不开资金，只有供给充沛、犒赏丰厚才能保证部队的战斗力。

"所以我们必须在 A 轮就重投，用钱把规模砸出来，不能搞'小步快跑'滚动发展的模式。"柯立锋在每周例会上对师婕和凌世杰说。

"可要投重金就得大幅提高饭乎网估值，否则在现有估值下，王一维就得出让很多股份，恐怕他很难接受，没人愿意贱卖亲生孩子。"师婕疑虑道，"但要是换不来多少股份，照现在总部对三部的冷淡态度，投决会不可能同意掏出大笔投资。"

柯立锋想了想："那就跟王一维对赌，激励饭乎网尽早实现业绩目标，迅速把预期规模和估值兑现出来。"

"我觉得可行，"师婕点头，"附加对赌条款作为保障，总部那边应该更容易接受，通过投决会的阻力会小不少。"

"那就这么定了。"柯立锋转向凌世杰，"你负责说服王一维接受对赌。"

凌世杰心说,刚忽悠王一维把孩子交到自己这老师手里,却要告之假如下学期成绩达不到年级前三,这孩子以后就归学校了,不禁犯愁:"我怕他会觉得咱们在算计他……"

柯立锋不以为然:"自古华山一条路,他应该有不成功、便成仁的决心。况且一旦他在限期内达不到预定目标,证明他和饭乎网都毫无价值,黄埔身为投资方,比他损失更大。"

凌世杰暗想,投资圈果然不讲常理,夺走人家孩子,还嫌自己吃亏。

师婕见凌世杰不言语,笑道:"对赌条款虽然看上去残酷,但高回报就要承担高风险,对投资人和创始人都如此。"

"我一开始就说过,创始人的狼性非常重要,"柯立锋接过话,"关键时刻就看他有没有破釜沉舟、背水一战的勇气。"

凌世杰仍有顾虑:"投资商大都乐于跟创始人签对赌协议,就算我说服了王一维,他也可以选择其他家,凭什么单跟黄埔对赌?"

"投资圈最不缺的就是钱,而王一维要的不仅是钱,而是更看重投资方所具有的独特价值,这是别家给不了他的东西。"柯立锋笃定地看着凌世杰,"必须让他认识到,咱们跟其他家不一样。"

凌世杰嘟囔:"咱们跟其他家有什么不一样?"

柯立锋诡秘地一笑:"那就换个角度,让其他家跟咱们不一样。"

让其他家跟黄埔不一样,就是让别人都不提出对赌,听起来像是黄埔只想自己往坑里跳,但把别人都拦在坑外也并不容易。

柯立锋思虑再三,决定以百川为切入口,因为凌世杰汇报过百川对饭乎网盯得很紧,而王一维也把百川当作重点考虑的融资方之一。

"你去找金晓,把黄埔有意跟王一维对赌透露给她,"柯立锋把凌世杰叫到"柯办","注意分寸,不要做得太刻意。"

凌世杰上次之所以对金晓甩出狠话,就是因为已决计不再和她有任何瓜葛,而今要是主动去找她,岂不是蓄意利用她对自己的感情和歉疚？这不仅失去了男人的尊严，连做人的底线都没了。

"师父，你知道我和金晓早掰了，"凌世杰显然不情愿，"我都说了绝不再跟她联系。"

"天底下哪有什么绝对？"柯立锋不以为然，"断交可以再复交嘛，我相信她不会不见你。"

"可我真已经把话说绝了……"

"你是怕丢面子？做大事不能拘小节，自尊心又算得了什么？"

"自尊心倒在其次，我不想利用她对我的……"

柯立锋不耐烦地打断："利用她又怎样？这叫以其人之道，还治其人之身。别忘了，是她先利用的你，要不然你怎么会在爱屋生物栽那么大跟头？"

凌世杰条件反射的一震，心头刚愈合的伤口又被扯开。人不犯我，我不犯人，既然是金晓先害的我，既然我们师徒三人已决意把百川列为头号敌人，既然为师父也为我自己都必须赢下饭乎网，也就没什么好纠结的。

"那我试试看吧。"凌世杰点下头。

"不要跟我说试试看！"柯立锋厉声道，"要做就做到底，得有必胜的决心！"

凌世杰回到楼上，把刚才柯立锋讲的话给师婕学了一遍，嘟囔着问："你觉得他逼我做这事合适吗？"

师婕沉思道："咱们师父就是这样的人，他在乎的是结果，至于过程嘛……"

"为达目的不择手段？这未免有点儿……"

"那倒不至于，得看这个'目的'是什么，如果是出于正义，'不择手段'未必是贬义词，可以理解为不遗余力。"

"那我就不遗余力达到师父的目的？"

"你入行已经两年多了，不管是我还是师父都已经不用再做你的mentor，现在是你自己做决定的时候了。"

见师婕不肯明确作答,凌世杰意识到师婕对柯立锋的做法也有些不认同,刚在楼下被柯立锋逼着下定的决心不由得动摇。既然两位师父的意见并不完全一致,他打算拖一拖再说。

快到中午,柯立锋打来电话问凌世杰:"你跟金晓联系了没有?"

"还没有,"凌世杰支吾,"你说注意分寸,我还没想好怎么跟她谈,这分寸不太好把握。"

柯立锋有些烦躁:"这有什么难的?你就自然而然,实话实说。"

凌世杰心想你说得倒轻松,要是你肯设身处地、换位思考还能不明白我的难处吗?

下午,师徒三人开完会,柯立锋叫住凌世杰:"我交代的事你办了没有?"

凌世杰硬着头皮说:"我一直忙得还没顾上跟她联系。"

柯立锋脸一沉:"你这是在故意拖延?"

凌世杰偷瞄师婕:"我还是觉得……把我跟金晓的私人关系扯到两家公司的竞争中,有点儿不太合适。"

"有什么不合适?!"柯立锋再也压不住火,指着凌世杰的鼻子吼道,"这就是商场!这就是投资圈!你要么适应,要么走人!"

师婕忙打圆场:"师父你先别急,情况我已经听他讲了。咱们再想想有没有其他方法也可以同样达到目的。"

"你以为我没想过?没有其他办法!我这个就是最简单、最直接、最有效的方法!"柯立锋咆哮完,径自气咻咻地拉开门走了,丢下两个徒弟尴尬地站在"柯办"小屋里。

凌世杰叹口气:"看来只能照师父的意思做了。"

师婕看眼凌世杰,没说话。

金晓乍接到凌世杰电话很是惊讶,手心里都是汗,本以为凌世杰这辈子都不会再跟她说一个字,没想到竟然约她晚上一起吃饭。

"就咱俩?"金晓简直怀疑自己幻听。

"对。"

"有什么事吗?"金晓忐忑地试探。

"没什么事,就是聊聊。"

不管了,哪怕就是再骂我一顿我也去。金晓精心化好淡妆,兴奋地在房间里试穿各款衣服,最终翻箱倒柜找出两年多前面试时的那套湖蓝色连衣裙。虽然不合季节,却有特殊意义。她套上一件薄羊绒大衣,披上围巾,开车来到一处不起眼但讲究的私房菜馆。

凌世杰望着款款走进来的金晓,有些不知所措,显出亲热不行,显出冷淡也不行,只好微微点了下头,算是打招呼,随即把菜单递过去:"这儿是老板做什么客人吃什么,喏,今天是这几道菜。我请客。"

金晓接过菜单扫一眼就撂下,俩胳膊肘支在桌边,直勾勾看着凌世杰,笑盈盈地说:"真没想到你还会约我。"

"我也没想到。"凌世杰挤出一丝干笑。

"我向万总申请从医药换到互联网领域就是想,也许能在项目上碰到你,可没想到碰上了又不欢而散,我以为咱们再也不会见面了……"

凌世杰尴尬地咧了咧嘴:"既然在同一个领域,总会见面的。"

"是啊,这就是上天的安排。"金晓看了眼身上的连衣裙,"尽管闹了不止一次别扭,但我还是觉得咱俩挺有缘的,不然面试那天怎么就特别说得来?"

凌世杰恍惚记起,当初第一眼看到电梯里的金晓好像穿的就是这身,这才猛然意识到金晓对这场饭局的期待不仅是鸳梦重温,甚而是再续前缘,这可如何是好?凌世杰连尴笑都挤不出来,担心这么聊下去的结果比不欢而散更糟。

金晓见凌世杰垂着眼皮像木头人似的呆坐着不接茬,心知自己恐怕是会错了意,看这架势,凌世杰约饭时所说的聊聊根本不是为重建彼此关系,更没打算为之前的冷酷道歉。那就别自作多情了,看他到底想聊什么吧,金晓于是干脆也闭了口。

两人默默地各自低头吃饭,好像闹别扭的情侣,又像是过了七年之痒的老夫老妻。

凌世杰等一阵,不见金晓吱声,心里不免发慌,如此冷场,要说的话还怎么说?只好借着给金晓倒茶问道:"最近又去过饭乎网吗?"

金晓瞟眼凌世杰:"嗯,不过肯定没你去得勤啦。"

"你们打算投吗?"

金晓当即明白了,这顿饭原来是工作餐,看来凌世杰依旧只把自己当作对手,而不是朋友。金晓虽有些失望伤感,但又觉得轻松,这样也好,不用费尽心思取悦他了。

"当然啦,不然何必跟这么久。"金晓俏皮地歪着脑袋,"咱们两家又碰到一起了,用你的话说,又成了你死我活的对手。"

"不一定,我们还没想好要不要投。"

金晓一愣:"不会吧?那你干吗像点卯似的一趟趟跑?团购行业里饭乎网是最有潜力的一家了。"

"这点我同意,"凌世杰耸耸肩,"但他们未必接受我们的条件。"

"你们什么条件?"金晓马上反应过来,笑道,"对不起,这是贵司的秘密,我不该问。"

"告诉你也没什么,"凌世杰故作漫不经心地说,"黄埔希望和王一维签对赌协议,不过我估计他不会同意。"

金晓眯起眼睛盯了凌世杰好一阵,露出一丝坏笑:"你跟我说这些是想诈我?还是打算咱俩互相尔虞我诈?"

凌世杰一怔,囧得满脸通红,假装喝水呛到了,连声咳嗽掩饰尴尬。

金晓见状扑哧笑出声,随即低头继续吃饭,不再多问。

两人有一搭无一搭地闲扯,好不容易挨到吃完饭结完账,一起走出餐馆。

"我送你回去吧。"金晓一指自己的车。

"不用了,我开车来的。"凌世杰指了指另一辆车。

"你买车啦?"

"我师父的,"凌世杰一脸坦然,"我们都住在上地那边同一个小区,离这里太远,她就把车借给我了。"

原来你们都已经住在一起了!这念头令金晓泛出一股说不清的滋味,不知是天凉还是心凉,只觉得周身冷飕飕的。她白一眼凌世杰:"其实你今天想告诉我的在电话里说就行,用不着见面。"

"饿死我了……"凌世杰一进家门就冲进厨房,边拿出泡面,边抱怨,"花我那么多钱,都不知道吃的什么。"

"怎么样?透给她没有?"柯立锋迎上来急切地问。

凌世杰把经过大致讲完,摇头说:"师父,我觉得这招未必奏效。"

柯立锋沉思片刻,问道:"金晓觉得她聪明,还是你聪明?"

"她认为天底下她最聪明。"

"那她知道,你知道她自认为比你聪明吗?"

凌世杰好不容易绕明白师父的绕口令:"她知道。"

柯立锋微微一笑:"那咱们不妨等等看。"

几乎就在同时,金晓坐在自己卧房里也正琢磨:两年多来,即使在关系最好的时候,也都是凌世杰找我套百川的消息,却从没对我透露过一句黄埔的事。如今他那么恨我却放下自尊、舍下脸面主动请我吃饭,还特意告诉我对赌的消息,到底为什么呢?

思来想去,金晓觉得有必要把这事汇报给万宗海,事关重大,已不单是她和凌世杰两个人的恩怨,万一后续有什么演变,至少自己没有隐瞒不报。何况金晓隐隐有种感觉,或许凌世杰就是希望她这么做……

金晓看眼表,才九点多,便拨通万宗海的手机,把和凌世杰面聊的情况简略说了。

"万总,我觉得凌世杰似乎是在有意透露黄埔想跟饭乎网搞对赌,只是我没想明白他这么做的用意何在。"

万宗海沉思片刻,问道:"你觉得你和他谁更聪明?"

金晓脱口而出:"虽然他是学霸,但没我聪明。"

"他知道你自认为比他聪明吗?"

"知道,而且他也承认没我聪明。"

万宗海立刻笃定地说:"既然如此,就可以认定凌世杰是有意这么做的,而且他传递的是真实信息。"

"您相信他说的是实话?"

"没错,因为他知道骗不了你,索性实话实说。"

"可他为什么要告诉我呢?"

"这不难理解,黄埔想用对赌降低风险,但又清楚很少有创始人愿意接受,如果只有他们一家要求对赌,饭乎网绝对不会考虑他们。黄埔担心就此出局,那个师婕便让凌世杰把这个消息透露给你,婉转地想请咱们跟他们联手,让各家投资商一致提出对赌,王一维就没得选择了,这也算是行内一种默契的攻守同盟。"

"那您的意思呢?"

"我其实原本也想搞对赌,但既然黄埔这么干,那我偏要反其道而行之,不仅百川不搞对赌,我还要把消息传给磐石那几家,大家联合起来都不对赌,让黄埔自己去碰得头破血流吧。"

"可是……如果黄埔就是想只有他们一家跟饭乎网提对赌呢?"

万宗海哈哈大笑:"你以为师婕是谁啊?借她两个胆子也不敢这样耍小聪明,跟所有投资商唱对台戏?咱们的唾沫就能把她淹死!"

金晓正琢磨,万宗海已明确发出指令:"你明天就和小川一起去见王一维,向他灌输对赌的各种坏处。你就跟他说,如果他接受对赌协议,他就是自掘坟墓!"

第二天中午,师徒三人去外面吃过午饭后一起走回小楼。正要在楼梯口分手,凌世杰接到条短信,金晓的,只有短短一行字:现在你我扯平了,两不相欠。

柯立锋听凌世杰念完短信,笑道:"看来金晓确实比你聪明。"

凌世杰却有些猜不透金晓的意思:"师父,咱们这步棋到底走通

· 409 ·

没有?"

柯立锋没说话,扭头朝"柯办"走去。

凌世杰又转向师婕,师婕摇了摇头,轻叹一口气,走上几阶楼梯才说了句:"你可真是咱师父的好徒弟。"

凌世杰正一头雾水,又一条短信进来,还是金晓的,还是短短一行字:唉,我们怎么都变成了这样的人……

遵照柯立锋的部署,凌世杰来向王一维提议对赌,刚说了没两句就被王一维打断:"世杰,你觉得咱俩是朋友吗?"

"当然啦,"凌世杰不明就里,"不仅是朋友,更是哥们儿。"

"好。是哥们儿就该为兄弟两肋插刀,对吧?"

"对呀。"

王一维一拍桌子:"那你为什么把刀往我两肋上插呢?"

凌世杰有些蒙:"你觉得我是在害你?"

"凌老师,真把我当土鳖?你以为我不懂对赌是什么意思?"王一维冷笑,"如今我好歹是个有一亩三分地的自耕农,跟你这地主对赌以后,我就成了佃农!"

"你怎么能这样理解?签了对赌,地还是你的地,地主只是给你提供更多支持,双方都能收获更多粮食,这是双赢嘛。"

"双赢?是你赢两次吧?"王一维斜睨凌世杰,"如果收成好算我运气,如果收成不好我交不上租子,就得把地赔给你,我不就成佃农了吗?!不对,我的下场连佃农都不如,就是个农奴!"

"一维,你这套是哪儿听来的?"凌世杰哭笑不得,"纯属偷换概念。"

"实话告诉你,已经有好几家投资商劝我无论如何不要对赌,因为这是个能勒死我的枷锁!万一饭乎网业绩达不到对赌协议的约定,我要么砸锅卖铁赔你们钱,要么饭乎网就被你们收走,没错吧?"

凌世杰一惊,没想到百川的动作这么快。

"人家都是真心为我考虑,唯独你们黄埔想骗我往火坑里跳。"王一维指着凌世杰,"你口口声声是我哥们儿,要真有良心就该拦着黄埔别来害我,即便拦不住也不该你来给我下套!"

凌世杰见无法谈下去,站起身说:"你先冷静一下,我改天再来。不过请你相信,我绝对不会害你,黄埔也不会把你推进火坑。"

气头上的王一维追出门外,不顾周围愕然的员工,冲凌世杰的背影咆哮:"你们黄埔就是吸血鬼!饭乎网就算一分投资都拿不到,也不会跟你们这种没人性的地主老财签卖身契!"

凌世杰灰头土脸地回到"柯办":"师父,咱好像犯了个严重错误。"

柯立锋一凛:"你指什么?"

"次序颠倒了,应该先潜移默化地让王一维不排斥对赌,然后再提出来。现在可好,咱们成了唯一的恶人,王一维也跟我化友为敌了。"

柯立锋诡秘一笑:"正该如此。你想,如果咱们事先做了王一维工作,他还会轻易接受百川他们洗脑吗?百川一旦发觉王一维并不抵触对赌,他们还能联合一致不提对赌方案吗?"

"原来你明知道我得碰一鼻子灰,还让我去?"凌世杰来不及埋怨又发愁,"被他们先入为主,就更不容易说服王一维了。"

柯立锋想了想,二话不说出门走了,凌世杰莫名其妙发了会儿呆,只得心事重重地回楼上去。

下班后,凌世杰郁闷地走进家门,一眼看到茶几上放着个大西瓜,西瓜边摆着把刀,柯立锋跷着二郎腿在看电视。

"师父,大冬天吃西瓜?你这可真叫反季节消费。"

柯立锋笑道:"我这是响应号召拉动内需,特意跑超市抱回来的。"

凌世杰拿起刀正准备切,却被柯立锋拦住:"先别急,咱俩对赌一把,就赌这瓜甜不甜。"

"这怎么赌啊?"凌世杰放下刀,抱起西瓜拍了拍,"我又不知道甜不甜。"

"知道了还叫赌?"柯立锋哼一声,"你我都不懂如何挑瓜,所以处在同一水平,咱俩对赌你觉得有几成把握能赢?"

"肯定五五开,"凌世杰不以为然,"跟猜硬币一样纯靠运气。"

"但如果我是瓜农,这瓜是我的瓜田里长出来的,我知道它的品种,清楚整个成长期、日照情况和浇水施肥等等一切,我对它简直了如指掌,如果你和我对赌,你的赢面有多大?"

"那不明摆着吗,我肯定十赌九输。"

柯立锋看着凌世杰,笑而不语。

凌世杰端详着西瓜,琢磨师父的话:"瓜农敢跟买主打赌说不甜不要钱,是因为他们对瓜非常了解,相信自己十赌九赢……"他忽然两眼放光,"师父,我知道怎么说服王一维了!"

柯立锋点头,把刀递给凌世杰:"不过你可不能也给他买个西瓜。"

"明白!"凌世杰兴奋地一刀把瓜切成两半,红色沙瓤,好瓜。

几天后的上午,凌世杰又走进王一维办公室。

王一维冷冷瞟他一眼:"要是来找我吃饭未免早了点儿,先坐那儿等着;要是又来跟我聊什么对赌,抱歉,恕不远送。"

凌世杰笑着卖关子:"都不是,我来拉你去个好玩儿的地方。"

"玩儿?你觉得我现在像有心思玩儿吗?"

"走吧,跟我去开开眼界,"凌世杰拽着王一维往外走,"保你不后悔。"

凌世杰开着帕萨特,把王一维从西北角的上地拉到东南角的十里河文玩市场,这是凌世杰向已是京城吃喝玩乐达人的连葳打听来的。

冬日正午的暖阳虽然敌不过干冷的北风,但市场外面的露天空地上已围了不少人,旁边的停车场还在涌进各种座驾,奔驰、宝马、别克……车里下来的人或拎着袋子或背着双肩包,都鼓鼓囊囊的。

"这什么地方?"王一维皱着眉头打量四周,"这帮人干吗的?"

凌世杰反问:"你听说过'神仙难断寸玉'这句话吗?"

"没有,什么意思?"

凌世杰指着场地中间长桌上几十块大小形状各异的石头:"看见那些石头了吧?样子普普通通,但里面也许包着块玉。无论人眼或仪器,都没法准确辨别出石头的内涵,连神仙都判断不出里面是什么,必须先把石头买下再切开,才知道究竟是价格不菲的翡翠,还是一文不值的顽石。这就叫赌石。"

"他们大包小包拎着的是现金?就来赌几块石头?"王一维难以置信,"这帮人真不差钱儿……"

一个四十多岁的油腻男站在长桌前唾沫横飞地吆喝:"大家注意啦,今天这批石头每块价格五万,各位抓紧时间,机不可失时不再来,黄金有价玉无价,这翡翠可值钱啊,出一块少一块啊!"

一帮人蜂拥围到长桌旁,纷纷掏出强光手电筒和钢尺等各式家伙,仔细检视各块毛料原石。

有个小伙绕桌走了一圈,指着一块石头:"就要它了。"说着掏出五万现金。

"得嘞!"油腻男麻利地接过钱,指使身边的伙计把石头抱给小伙,小伙挺行家地用钢尺和油笔在石头上标出切割线,跟着伙计走向场边的切割机。

"这是干吗?"王一维不解。

凌世杰小声说:"等把石头切开,他就知道自己赚还是赔了。"

过了一阵,那边传来一片唏嘘,小伙垂头丧气地径自走了。

王一维不屑地摇头:"我当初可是用五万块做的第一个网站,唉,钱在不同人手里真是有不同的价值。"

凌世杰不置可否地笑了笑,没说话。

这时,场内唯一坐着的人从导演椅上站起身,是个留平头的中年男人。他顺手把紫砂茶壶交给身边的随从,掸了掸羊绒大衣,气定神闲地走到桌旁,瘦削而硬朗的脸上毫无表情,黝黑粗糙的皮肤显然久经风吹日晒。他变换角度端详每块石头,让伙计举起放下、放下举起,最终挑出五块,扭身看向随从,随从赶紧拎着包跑过来,掏出二十五万现金递给油腻男。平头对伙计交代一番,不慌不忙地走回导演椅坐下,点上烟,随从递上紫砂壶。

"这土豪的钱是大风刮来的吗?"王一维惊讶不已,"二十五万,换五块石头?"

旁边看热闹的凑过来:"听说这位是个行家,常年在云南缅甸那边转悠。"

另一个附和:"这哥们儿的眼睛号称能透视,那可是砸了多少块石头练出来的。"

王一维沉吟:"难怪,一看就跟刚才那小伙子不在一个段位。"

凌世杰刚要开口,切割师傅兴奋地跑进场内,大声叫着:"第一块就切涨了!春带彩,好长的水,怎么也值六十万!"

很快再传捷报,又有一块切出了翡翠,专业人士当场估值四十万。

众人一片惊呼:"二十五万换回一百万,转眼四倍呀!"欢喜得好像自己赚到了。

唯独那个平头静静地坐在椅子上,好像无论翡翠还是石头都与他无关,俨然已达不以物喜、不以己悲的境界。

"怎么样?刺不刺激?"凌世杰拱一下王一维,"这趟没白来吧?"

"简直不可思议,"王一维仍在啧啧称叹,"难怪这么多人来赌石。"

凌世杰问:"你认为今天谁是最大的赢家?"

"当然是这位啦,没人能挑中两块有玉的。"

"我看未必。"凌世杰用下巴朝油腻男扬了扬,"我数过,桌上有二十几块石头,庄家今天进账一百多万,利润应该比那个平头还高。"

王一维面无表情地看凌世杰一眼,凌世杰又问:"你认为今天他俩谁赔谁赚?"

"平头一共掏了二十五万,其中十五万买了三块石头,亏了;十万买到一百万的璞玉,赚了。那个庄家把一百万的璞玉只卖了十万,亏了;把一钱不值的二十多块石头卖了一百多万,赚了。虽然每个人都有亏有赚,但算总账他俩都赚了。"

凌世杰意味深长地看着王一维:"所以,这是不是就叫双赢?"

王一维登时警觉,一脸狐疑:"凌老师,你原来是拉我来上课的?"

凌世杰嘿嘿一笑。此时恰好这场赌石已告结束,平头起身朝停车场走,随从收起导演椅、带齐家当,赶紧跟上。王一维诧异:"他买的石头呢?"

"没切出东西的当场就扔了,谁还留着?怪沉的。"

"我是问那两块切出翡翠的。"

"哦,应该留给市场里哪家玉器行了吧,待价而沽。"

王一维正准备跟凌世杰找地方吃饭,却发现几个伙计和操作切割机的师傅跟那个油腻男围坐在一张小桌旁,桌上是刚取来的盒饭,便问:"这几位怎么还不收摊?"

"据说午后还有一场,换一堆石头接着赌。"凌世杰转而问,"哎你说,这个庄家和那个行家,谁更自信?"

"当然是那个平头,不然他敢拍二十五万换五块石头?他对自己的眼力一定有十足的自信。"

凌世杰却摇头:"我不这么看。平头即便看走眼,损失的就是那二十五万。倒是这位庄家,一旦刚才二十几块石头没有一块切涨,下午那场赌石还会有人来吗?如果上下午两批石头都没出好货,他今后还能做这门生意吗?平头只是今天押了二十五万而已,下次未必什么时候再来,可庄家每场都得押上他的信誉和前途。我听说他搞赌石已经有年头了,而且他的原石卖价最贵,别家一般开价一两万,他是无论大小一律五万起,可每场都一抢而光,就因为每场他的石头里总能切出翡翠。他未必清楚哪块石头有玉,但自信每批石头里肯定有宝贝,就靠这种自信他才能一直赌。"

王一维像是自言自语:"他这副自信从何而来呢?"

"因为这些是他的石头,他了解出自哪座山、哪面坡,经过什么样的溪水冲刷,他跟这一批批石头一起,从缅甸到云南又到北京,天底下没人比他更了解他的石头。"凌世杰话题一转,"他搞赌石并非只源于对石头的信心,更是因为他对这门生意的信心。你想,除了这种卖法,谁会掏五万买块破石头?如果他自己把一堆堆石头切开,精挑细选,再把一块块翡翠剖出来,得花多少时间?他是商人,不是匠人。他相信赌石能给他带来最快最大的回报,才心甘情愿为此承担风险。"

王一维瞥眼凌世杰:"你想把我比作他?"

"一维,虽然咱们都相信,饭乎网将来一定价值连城,但眼下它还是块其貌不扬的石头。百川那几家不是为你着想才不提对赌,他们是要降低自己的风险,只肯先出石头的价钱,等你每切一刀他们再涨点儿钱,随时准备抽身。只有黄埔愿意现在就给出璞玉的价钱,跟你一路走下去。"凌世杰有些激动,"一维,最了解饭乎网的是你,你清楚它的过去和未来。你为什么认定黄埔想把你往火坑里推?你是不相信饭乎网,还是不相信你自己?如果你连这点儿自信都没有、连这儿风险都不敢承担,难不成你清楚手里就是块不值钱的石头?那你不是在坑我吗?"

这时两人已走到帕萨特旁边,王一维定住脚,眸子里闪出亮光。他明白黄埔是在赌他这个人,赌他的潜力和未来,而其他投资商只是单纯评估眼前这块石头,至于他这个人有多大价值并不重要。王一维生出一股感动,一种被认可被信任、被寄予厚望的感动。他下定决心,伸出手诚恳地说:"世杰,你愿不愿跟我一起赌?"

凌世杰赶紧握住王一维的手:"当然愿意,我不是一直劝你跟我赌吗?"

"你没听明白,不是你跟我赌,而是你跟我一起和黄埔对赌。"见凌世杰一脸惊愕、下意识地想缩回手,王一维的手暗暗加力,目光灼灼地盯着凌世杰,"你来饭乎网当CFO,或者C什么O都行,咱俩一起干,怎么样?"

原来,王一维通过与凌世杰的密切接触,发现凌世杰有想法、有激情,并真心实意从他的角度着想,便萌生了拉凌世杰入伙的念头。

这可让凌世杰陷入两难,自己一直以来只想做投资,此刻却被邀请去当CFO,他马上联想起被外派的马致远,干得好回不来,干不好更回不来,顿感大祸临头。

"什么事这么为难?"师婕见凌世杰愁眉不展,主动问道,"咱师父又给你出难题了?"

"这回是王一维。"凌世杰苦着脸把事情讲了,叹口气,"我一心只想当星探,从没打算当演员。"

"好事儿啊,说明王一维对你高度认可。"师婕笑道,"如果你实在不想去,就帮他找个比你更适合他的人。"

凌世杰郁闷地走回座位,忽而想起师婕总是对连葳赞不绝口,还曾半开玩笑地说凌世杰和连葳很般配,忍不住小声嘟囔:"你就是老觉得别人比你更适合我。"

师婕没听清:"你嘀咕什么呢?"

凌世杰一惊,忙摆手:"没什么。"

屋漏偏逢连夜雨。赵卫国了解到饭乎网项目进展顺利,再也按捺不住,指派朱敏文团队也参与进来,美其名曰是来支援,其实想取代师婕和凌世杰,进而摘桃。

朱敏文干脆绕过师婕,径自趾高气扬地去见王一维,没想到王一维根本不和他谈,明确说,你们黄埔我只认凌世杰和师婕。

赵卫国见半道截和已不可能,另生一计,决定亲自登门拜访饭乎网。王一维对赵卫国当然很客气,赵卫国先为之前沟通不畅导致的误会表示歉意,随即诚恳地说:"我的设想是让朱敏文从旁协助,项目依旧由师婕主导。既然你这么认可师婕,我建议在黄埔注资后就让师婕加入你的管理团队,可以当COO嘛,怎么样?"

王一维大喜过望:"太好了,我正巴不得呢。之前一直以为您肯定不会放师婕走,所以我才只敢惦记凌世杰。"

赵卫国心思一动,立刻顺水推舟:"那我就再大方点儿,好人做到底,我把师婕和凌世杰都派给你,一个COO、一个CFO,这可是我们黄埔投后服务从未有过的大手笔,足见我的诚意了吧?"

"好事成双!您可真太给力啦!"王一维高兴得直拍手,转眼又担心赵卫国说话不算数,赶紧说,"赵董,咱们一定要把这个条件写到《投资意向书》里。"

赵卫国含笑答应。

柯立锋得知这招釜底抽薪后不由得紧张,赵卫国摆明是要斩断他的左膀右臂,忙让师婕去找黄埔美元基金的大金主乔纳森,希望其可以出面对赵卫国施压。师婕只和这位LP大佬见过一两次,怕自己说不上话。柯立锋沉着脸说,不做怎么知道?师婕只好硬着头皮求见乔纳森。

乔纳森一听是师婕,便很痛快答应见面,两人约在嘉里中心的咖啡厅。乔纳森认真地听师婕把情况一五一十讲完,不等师婕替自己求情,就开始耐心做起她的工作,说去饭乎网这样有发展前景的公司任高管未尝不是件好事,等饭乎网上市后把股票期权一套现,便可实现财富自由,这是多少职业经理人梦寐以求的事。师婕说,自己真心热爱投资。乔纳森笑道,等你财富自由后可以做天使投资人嘛,想投谁投谁。师婕又说,自己毕竟是黄埔的合伙人,不能只考虑自己。乔纳森说那就更应该去饭乎网,先期保证黄埔赢得投资机会,后续保证黄埔的投资尽快获利退出。师婕的心彻底凉了,原来乔纳森只图投成项目赚到钱,根本不介意牺牲个把投资人。

见乔纳森这条路走不通,顿感无力回天的柯立锋为尽快拿下饭乎网主投权、将百川逼到死角,只得转而建议师婕和凌世杰先应承下来。

凌世杰忧心忡忡:"师父,如果我们去了饭乎网,将来怎么再回黄埔?"

"走一步看一步吧。"柯立锋不想惦记那么远,他考虑的是当下,"你们俩都不去看来不可能,所以咱们退而求其次,争取去一个、留一个。"

凌世杰偷瞄身边的师婕,不知如何是好。虽然他内心一万个不情愿,但也不好意思提议让师婕去。

柯立锋自然明白凌世杰的心思,但他也委实难以定夺,毕竟手心手背都是肉,只好甩出一句:"你们自己商量,实在不行就抓阄。"

师婕抬头看眼柯立锋,又看眼凌世杰,一言不发,起身走了出去。

凌世杰见师婕这种态度,内心更加纠结。跟柯立锋回家后,他就把自己关在房内闭门不出,整晚长考。师父要靠这个项目挫败百川,师婕要靠这个项目保住合伙人的位置,王一维诚心诚意邀自己去帮他,如果牺牲自己一人能成全他们三个,理应义不容辞。但自己的人生夙愿是做个投资人,不是当 CFO,一旦改行就会离自己的梦想越来越远。可要是拒绝王一维,不排除他失望之下意气用事转投百川,不仅使他们三人的愿望落空,自己恐怕也难以承受爱屋生物之后的又一次挫败。

人这辈子总该做几件能感动自己的事。

第二天早晨,凌世杰瞪着满布血丝的眼睛看着柯立锋,毅然决然地说:"师父,我知道该怎么做了。"

凌世杰被一种"我不入地狱,谁入地狱"的豪情驱使着来到饭乎网,他坐在沙发上,庄重地对王一维说:"我决定了,加入饭乎网,陪你走到上市敲钟!"

王一维跷着二郎腿坐在转椅上,似笑非笑地看着凌世杰:"喊,瞧你这视死如归的架势,怎么着?难道我饭乎网是龙潭虎穴?"

"一维,实不相瞒,我下这个决心确实不容易。但我可以发誓,既然走出这一步,就一定跟你走下去,决不中途反悔!"

"别说得这么慷慨激昂,"王一维撇嘴,"你愿意来,我还不愿意要呢。"

"什么意思?"凌世杰忽然一凛,"你难道非要师婕不可?你也太……"

"我太什么?太得寸进尺?太痴心妄想?"

"一维,你接触的投资商不少了,见到过几个女合伙人?师婕升到这个位置有多难你知道吗?就凭你一句话她就得放弃这一切,你觉得合适吗?"

王一维颇具玩味地看着凌世杰激动的样子,终于忍不住笑出来:"别这么义正词严啦,你们俩都不用来,成了吧?"

凌世杰不由得紧张:"你别说气话,我来就行了,师婕不用来。"

王一维收起笑容,走过来坐到凌世杰旁边,坦诚地说:"世杰,咱们是好兄弟,你肯为我走出这一步我很感动,但我也不是个自私的人,不能为了我的梦想就逼你放弃你的梦想。"

凌世杰一怔:"你怎么知道我的梦想是什么?"

王一维挤下眼睛:"你要做个牛得不能再牛的金牌投资人,对吧?"

凌世杰皱起眉头:"不记得我说过,从来都是听你聊你的梦想。"

"师婕告诉我的。她昨天晚上特意来找我,跟我说了你的难处,她还说真正的朋友和伙伴应该彼此成就,而不该一方为另一方牺牲。"

"她真这么说?"凌世杰顾不上心生感激,立刻担忧地问,"她是打算自己过来?"

"放心吧,师婕跟我也是朋友和伙伴,我当然也不会让她为我牺牲。"王一维拍拍凌世杰肩膀,"昨天师婕跟我详细分析了饭乎网核心团队的短板,我们一致认为现在缺的是个精通财会实务的CFO,可以把控细节、降低成本、提高资金效率,必须是业内已经具备丰富经验的人选。这方面师婕并不擅长,而你虽然金融底子比师婕好,但长项是解决上市过程中财务合规的问题,眼下还用不到,而且将来黄埔也完全可以帮助我完成。"

"谢天谢地!"凌世杰立马仰靠在沙发上,长舒一口气,笑道,"我就说嘛,我们俩都没有金刚钻,揽不了你这瓷器活儿。"

王一维擂了凌世杰一拳:"那你还不赶紧去帮我找这金刚钻?"

师婕和凌世杰经过一番考察筛选,最终相中了饭乎网最大竞争对手天食网的大管家周子群。王一维对周子群的背景和经验很是满意,但周子群是天食网的元老,为人忠实稳重,之前已经有几家高端猎头试探过他,但他始终无意跳槽。如何说服他加盟饭乎网呢?

"反间计!"柯立锋灵机一动,"放风说周子群打算跳槽,准备带着公司的关键运营数据到新东家那里去邀功。"

天食网的老板朱总本就是个多疑的人,听到风声立刻防患于未然,马上以培养新人为名给周子群派了个副手,又给周子群安了个首席战略官的虚衔,意在把周子群逐步架空,这使得从创业初始便跟着朱总的周子群彻底寒了心。

既然已离心离德,后面的事儿自然好办。2010年春节过后,设法摆脱了竞业禁止协议的周子群顺利加入饭乎网任职 CFO。

正月十六是个星期一,凌世杰一到办公室就捧出个橘色的盒子,神秘地说:"师父,请允许徒弟我对你表达最诚挚的感谢!"

师婕一看盒子的颜色就说:"爱马仕呀,干吗这么破费?"打开一看,是条羊绒披肩,"你先说为什么谢我,我再决定收不收这么重的礼。"

"你这次不仅帮我留在了黄埔,又使饭乎网项目朝成功推进了关键一步,我怎么感谢都不过分。"

"咱们是一个 team(团队),这不都应该的吗,有什么好谢的?"师婕把盒子放到桌上,看着凌世杰,"我倒一直想问你,为什么要答应去饭乎网?"

"这都小意思,不算啥,"凌世杰还以为师婕要夸他舍己为人,谦逊地一摆手,"我为你们两位师父做点儿牺牲,也是应该的嘛。"

"应该的?"师婕脸一沉,"你就不怕连饭乎网也牺牲了?"

凌世杰很是错愕:"师父,这从何谈起啊?"

师婕严肃地说:"创业是个很痛苦很孤独的过程,就像在沙漠中独自跋涉,创始人会不自觉地想拉上别人跟他一起,遇到谁都觉得像同路人。王一维真正需要的是周子群那样的 CFO,你觉得自己够条件吗?

既然不够格,却为了什么师徒感情硬着头皮上阵,你扛得住吗?既然扛不住,你所做的牺牲只会牵连大家跟你一道牺牲。"

这番话听得凌世杰心有余悸:"我当时没想这么多,只觉得如果不答应王一维就会失去他的信任,很可能就此丢掉'饭乎网'这个项目。"

"项目、项目,你真是越来越像咱们师父了,为了赢得项目不惜牺牲一切,"师婕惋惜地说,"甚至你自己的夙愿、你的初心。"

"有舍才有得,不对吗?"凌世杰委屈地嘟囔。

师婕失望地摇头:"一个优秀的投资人,要始终站在企业的角度考虑如何让这个项目成功,而不是站在自己的角度考虑如何拿到这个项目,否则就可能赢了项目、输了事业。"

凌世杰似懂非懂地看着师婕,隐约察觉到两个师父的价值观好像不太一样。

师婕看穿凌世杰的心思,叹口气,语重心长地说:"作为你的另一个师父,我想提醒你:不要因为走得太远,就忘了自己为什么出发。"她把礼盒原样盖好,递给凌世杰,"说了这么多,你应该明白我为什么不收这份礼。拿回家给你妈妈吧,或者……送给连葳。"

凌世杰只得接过来,手上虽轻飘飘的,心里却沉甸甸的。

第十九章

天使、魔鬼与仆人

　　团购市场竞争愈发激烈,饭乎网亟须资金,但 A 轮融资还有不少细节尚待敲定。万般无奈之下,王一维又想到了老徐。

　　老徐是饭乎网的天使投资人,两人早在王一维刚从学校出来创业做博客网站时便认识。去年初王一维打算创立饭乎网,老徐看中王一维的人品能力还有团购的前景,立刻解囊五百万。王一维非常感激,提出给老徐百分之二十五的股份,这是一般天使投资的上限。但老徐只要了百分之二十,说将来饭乎网还要不断融资,他占太多股份日后会成王一维的累赘。老徐的这个好,王一维一直记着。

　　此时,王一维打算另把百分之十的股份作价五百万出让给他,一来解资金上的燃眉之急,二来也算还了点儿老徐当初的人情。

　　"我建议你还是找老徐借钱周转,不要再出让股份。"凌世杰当即劝阻,因为柯立锋预先专门叮嘱过他。

　　"为什么?"王一维眉毛一扬,"一年前我拿百分之二十换来五百万,现在拿百分之十再换五百万,不算吃亏。"

"你算过没？要是拿这第二笔五百万当作Pre-A融资，老徐就已经持有饭乎网百分之二十八的股权。我必须提醒你，天使投资人持股一旦超过百分之二十五，创始团队后期会付出很大代价。"凌世杰在纸上飞快列出一组算式，"而且你真觉得不吃亏？难道眼下饭乎网的估值比创立时才翻了不到一倍？你要是坚持这么低价甩卖股份，即将参与A轮融资的投资商肯定会有想法。"

王一维觉得凌世杰说得有道理，只好厚着脸皮去找老徐借钱。没想到老徐非常痛快便答应了，并保证钱第二天就到饭乎网账上。

千恩万谢之后王一维说："这五百万的利息您定，我都可以。您帮了我这么大忙，多给点儿利息也是应该的。"

老徐笑道："创业不容易，这五百万你先用，如果三个月内能还给我，就不用付利息了；如果周期超过三个月，咱们就按照正常的银行贷款利率，你看行不行？"

王一维感激涕零地握住老徐的手，在他眼中，两鬓斑白、五短身材的老徐名副其实真是位活生生的天使。

凌世杰在例会上把这个喜讯告诉了两位师父，感慨道："天使就是天使，王一维能遇到老徐真是幸运。"

"既然是天使，总有一天该回天上去。"见两个徒弟都怔怔地看着他，柯立锋继续慢条斯理地说，"这一天已经到了。你们尽快做王一维工作，让他劝老徐在A轮融资获利就退出，把宝贵的股份让出来。"

"啊？"凌世杰无法理解，"还没过河就要拆桥？"

师婕无声地叹口气："我明白师父的意思，他认为这条河已经过完，该把桥拆下来、架到前面的河上去。"

"没错。后续还将有多轮融资，需要不断出让股份，而且还得给饭乎网核心团队预留出期权池。"柯立锋面无表情地说，"你们要让王一维明白，A轮融资完成后、老徐就没有任何价值了。"

"师父，你说的只是一方面。我承认，咱们这种专业机构注资后，老徐这样的天使确实对王一维作用不大了。但老徐对王一维有恩，王一维希望跟老徐一直携手走下去。虽然股份会不断稀释,但价值会水涨船高。老徐作为第一个看好王一维的投资人,分享饭乎网成功的硕果也是他应当应分的。"

师婕站在了凌世杰一边:"王一维是个很重感情的人,我觉得他这种想法完全可以理解,无非是咱们后续投资的成本高一些而已,但总体而言大家都会获益。"

"这是你们两个专业人士该说的话吗?"柯立锋瞪起眼睛,"你们只想到王一维和老徐,有没有想到你们背后那些出资人?你们只想着尊重他俩,你们尊重自己的专业吗?"

"又上纲上线……"凌世杰不服气地嘟囔。

柯立锋进一步提升调门:"你们如果够专业就该非常清楚,将来老徐每轮增长的身价都是后续投资人的真金白银撑起来的,为了投资人的利益,现在就该把老徐甩下去,绝不能让他搭便车。"

"再专业的投资人也是人。"凌世杰也不由得抬高声音,"老徐刚刚雪中送炭,王一维向来知恩图报,我们总不能太不近人情。"

"你到底要做一个人,还是要做一个投资人?"柯立锋严厉质问凌世杰,"要做投资人,就把做人放到一边,我们所做的一切都是为资本服务。"

凌世杰倔强地脖子一梗:"如果连人都做不好的话,肯定做不好投资人。"

务实的柯立锋向来对形而上的争论没兴趣,更懒得跟钻牛角尖的凌世杰抬杠,他发现亟须做工作的并非王一维,倒是面前这个徒弟,立刻改变策略,冲凌世杰微微一笑:"你以为王一维真心不想让老徐退出吗?"

凌世杰既愕然又惶惑,他从未想过这个问题。

柯立锋用和缓的语气说:"王一维可不傻,尽管对老徐心怀感激,但他也清楚老徐占那么多股份对饭乎网未来融资已经构成阻力,只不过他碍于情面,不愿意当恶人罢了。"

凌世杰摇头:"不可能,王一维不会这么想。"

师婕难得又一次附和徒弟:"我也觉得王一维不是这样的人。"

"那只能说明咱们从一开始就看错了人!王一维还远不够成熟,你们更有责任让他尽快成长。"柯立锋的目光又变得咄咄逼人,盯着凌世杰,"我曾说过,考察创业公司要看创始人有没有狼性,这个狼性不仅是在红海奋勇拼杀,还要有足够的贪婪,时刻准备以最小的付出博取最大的收益。你要让王一维明白,创始人不该只想着对某个人报恩这点儿小节,而是如何早日把公司做大做强,这才是大局。否则,老徐那两个五百万也很可能付诸东流。"

凌世杰默默掂量柯立锋这席话,他不得不承认,无论站在饭乎网的角度,还是黄埔的立场,师父讲得都对。"可我怎么跟王一维说呢?"凌世杰仰头望着天花板发愁,"而且就算说通了他,我估计他也不好跟老徐开这个口。"

"投资人带给创始人的不仅是资金,还要帮创始人排忧解难。"柯立锋意味深长地一笑,"你如果能替王一维把股权结构清理干净,他即使表面不悦,内心不知道会有多感谢你呢。"

感谢我?王一维不恨我就谢天谢地了。凌世杰暗自叫苦,怎么这种得罪人的差事总落我头上……其实去说服王一维的意义不大,正如自己刚才所言,即使说通了王一维,他也不便出面跟老徐谈,既然最终目标是说服老徐,倒不如直捣黄龙。这么想着,凌世杰竟有点儿同情柯立锋,要不是因为禁入令,师父肯定早已直接去见老徐,又何必跟徒弟费这番口舌。

凌世杰决定直接找老徐探探口风,如果老徐松口,后面就好办了;如果老徐坚决不同意,顶多怪他横插一杠子,而王一维和老徐不曾伤和气,这事儿还有转圜。既要帮朋友排忧解难,还得保全朋友的面子,凌世杰这回真是为王一维两肋插刀了。

潜在投资人邀现有投资人见面名正言顺,老徐很客气地请凌世杰茶叙。凌世杰看着慈眉善目的老徐,越发觉得居心叵测的自己不是东西,心里一乱,嘴上就不太听使唤,事先预备好的一套说辞被他搞得像个蹩脚的诗朗诵。凌世杰说不是所有的旅程都要一起从头走到尾,当旅伴最需要您的时候您陪伴他、支持他,当您可能成为旅伴的负担时就应该主动离开他;缘分在合适的时间开始,在合适的时间结束,这才是最美好的。

老徐把玩着手里的烟斗,耐心听凌世杰说完,眯起眼睛问:"你绕这么大圈子,就是想让我在饭乎网A轮融资时彻底退出,对吧?"

凌世杰干笑着点头:"您真是明白人。"

"好,我知道了。"老徐和蔼地说,"放心,我会主动跟一维提的。"

"您……这就同意了?"凌世杰难以置信,早耳闻老徐好说话,但没想到这么好说话。

"天使就该成人之美嘛。"老徐爽朗地笑起来,"贪婪是魔鬼,正因为魔鬼的存在,才反衬出什么叫天使啊。"

凌世杰羞愧得无地自容,他之前纠结的是究竟做个好投资人,还是做个好人,不料在老徐眼里却已成了魔鬼。

老徐不想让王一维当面为难,所以第二天给王一维打了电话,说自己资金上有些运作不开。王一维忙说,那我想办法把上次借的钱尽快还给您。老徐笑说,那点儿钱不够,我是指望最初投的那笔五百万翻几番回到我手里。王一维吃一惊,说您这是要撤股退出,不跟我一起往前走了?饭乎网的好日子可就要来了!老徐说,就是为了让饭乎网的好日子早点儿来,我才主动放弃继续持股。王一维哽咽得说不出话,老徐说天使投资人嘛,首先是天使,其次才是投资人,何况我这笔投资赚得也不少哟。王一维的眼泪止不住流了下来……

王一维一个电话把凌世杰叫来,沉着脸说:"你背着我干的好事!"

凌世杰先是装傻充愣,见糊弄不过去,只好照实交代。

"一维,我认为这是对饭乎网最好的结果。"凌世杰巴望着王一维真像师父说的那样,即使表面不悦,内在也会对他心存感激。

王一维就像根本不认识他似的,直勾勾地盯了凌世杰半天,最后只淡淡地说了句:"投资人到底是投资人。"

万宗海一直有心促成儿子与金晓走到一起,但万小川似乎对金晓已经没了曾经的心气儿。万宗海还以为儿子又像以前似的,玩一阵过了新鲜劲儿便把人家甩了,教训他可千万不能把金晓等同于过去那些女孩。万小川立马喊冤,说金晓不仅聪明漂亮,尤其骨子里有股桀骜不驯的傲气,他挺喜欢,奈何金晓心里还装着别人,他总不至于自降身价跟那小子争吧。万宗海问那小子是谁。万小川说还能是谁,黄埔的凌世杰呗。万宗海想起当初听金晓母亲提过女儿对凌世杰有好感,但时间已过去这么久,金晓前一阵跟凌世杰吃个饭都向他汇报,怎么会还没把凌世杰放下?万宗海决定试探一下金晓。

"听说你和黄埔的凌世杰在谈恋爱?"他把签好的文件递给金晓,故作漫不经心地问。

"谁这么八卦?"金晓立刻绷起脸,"我和他什么关系都没有。"

"怎么?以你金大小姐的条件,凌世杰竟然看不上你?"万宗海继续刺探。

金晓的心被扎了一下,但自尊不允许她承认失败:"不是他看不上我,是我看不上他。"

万宗海见金晓说得这般决绝,心里有了底,笑道:"听说那小伙子各方面条件都不错,你看不上他哪一点?咱们百川可是很开明哟,没规定不许跟同行交往。"

金晓恨恨地说:"也许在别人眼里他确实很好,但跟我相克,所以我不想和他再有任何交集。"

"哦?"万宗海又来了兴趣,"他怎么惹到你了?项目上打得不可开交,那是各为其主,你们年轻人不是一向很分得清吗?"

"跟项目没关系。他爸当年跳楼自杀,他一直走不出来,老觉得他爸特冤、他自己特惨,好像这世上谁都欠他,尤其是我。"

"自杀?他爸做什么的?跟你又有什么关系?"万宗海的问题越来

越多。

"他爸跟我爸是同行,我爸接的就是他爸的位子。"

"哪年的事儿?"万宗海惊愕不已。

"呃——九五年?"金晓说完耸耸肩,拿着文件走了。

万宗海呆坐在皮椅上,半天才回过神,喃喃自语:"我怎么早没想到?姓凌的没多少嘛……"他思虑片刻,拿起桌上的分机:"给我查一个人的手机号,黄埔资本的,叫凌世杰。"

凌世杰听到万宗海主动约见,心里直发毛,当初在爱屋生物万宗海用金晓这个小卒就把他害得那么惨,现在老帅亲自出马,岂不是要置他于死地?

"我不想去,"凌世杰对柯立锋说,"谁知道他又在打什么坏主意。"

柯立锋笑道:"所以才更应该去,不然怎么知道他打什么坏主意?"

"可他要是给我下套怎么办?"

"你只把耳朵和眼睛打开,把嘴闭上就行,等回来咱们再分析。"

凌世杰走进一处不大的庭院,一个身穿汉服的姑娘把他引到一间茶室,只见万宗海坐在桌后的太师椅上,正面带慈祥的笑容向他招手。凌世杰一脸戒备地坐到万宗海对面,紧张得一颗心突突乱跳。

"世杰啊,这地方你肯定头一次来吧?你们黄埔是洋派,不一定喜欢这古色古香的意境。这里原先很破败的,我们几个朋友把它买下拾掇出来,今天你先认个门,以后可以常来坐坐。"万宗海等汉服姑娘给凌世杰沏好茶,热情地说,"来,先品品今年新出的明前茶。"

凌世杰只翘了下嘴角算是还个微笑,却没动茶杯。

"怎么?只喝得惯洋咖啡了?对咱本民族的茶文化这么排斥?"

凌世杰只得端起精巧的玻璃杯,先闻了闻茶香,然后饮一小口,心想师父那句"闭上嘴"的嘱托显然是做不到了。

万宗海示意汉服姑娘出去,亲自给凌世杰的碟子里夹了几块小点心:"世杰啊,叔叔今天约你来,是想跟你说声对不起,我一直没有照顾你,是我太疏忽了。"

叔叔？疏忽？凌世杰一愣，这话从何说起？

"叔叔也是刚知道你是凌颂华的儿子。"万宗海一脸愧疚，"以前见过你不止一次，在世贸的电梯里还遇到过，其实你姓凌，长得也很像你爸爸，我早该想到的。"

凌世杰脱口而出："你认识我爸？"

"岂止是认识，我和你爸爸当年的交情很深的。"万宗海陷入久远的回忆，"你爸爸当年可是我们这行里出了名的帅才，长得帅又有才，那么早就独当一面，好多人都得到过他的提携和帮助。我们俩经常一起喝酒，喝到兴头上你爸爸就会跟我讲他的宏伟构想，那可真是一盘大棋啊。如今这圈子里没人有他的智慧和魄力。"

"万总，您当时在？"凌世杰已经不自觉地用起了尊称。

"我也在金融行业，和你爸爸的九州信托有不少业务往来。你爸爸后来的结局对我刺激很大，是我下决心从体制里出来下海做公司的诱因之一吧。"

"您了解我爸？"凌世杰急切地问，"您认为我爸是个好人？"

"当然是好人，你爸他是个大好人！"万宗海叹口气，"可惜啊，生不逢时，你爸爸的思维太超前，性格也过于刚烈。"

"我爸究竟做了什么？能查的我都查过，全都含糊其词，连个明确的结论都找不到。"

万宗海想了想，欲言又止，挥下手说："往事不必再提了，牵扯到很多人很多细节，时过境迁，不要太过纠结，要学会放下。"

"万总，但我真的很想知道，我爸到底做没做坏事儿。如果真的做了，会不会是他好心办了坏事儿？"

"其实他做的那些事儿搁到今天再平常不过，事实也证明现在的不少常规操作都是按照他当年的思路走的。"万宗海擦下眼角，感慨道，"从某种角度说，今天所有在金融圈里的人，包括我，都受益于你爸爸当年的勇敢，只是……第一个吃螃蟹的人结局总是不太好。"

凌世杰听到万宗海对父亲的高度评价，感动得不知该说什么，长久以来的疑问终于得到答案。对他来说,父亲究竟做了什么已不再重要,重要的是父亲是好人,是他心目中那个顶天立地的男子汉,这就够了。

"万总,谢谢您告诉我这些,解开了我多年的心结。"凌世杰举起玻璃杯动容地说,"我爸要是能听到您这些话,也可以瞑目了。"

"世杰,别还是'万总''万总'的,太生分。"万宗海认定火候已到,把手探过来拍了下凌世杰的胳膊,真诚地说,"世杰啊,到你万叔叔这里来吧,叔叔能帮昔日老友照顾他的儿子,也算是了却叔叔一桩心愿。你要是不好意思跟黄埔提,叔叔去跟你们赵董讲。"

凌世杰看着万宗海殷切的眼神,相信他确实是真心希望自己加入百川,但想到自己的两位师父,想到万宗海之前对自己和师婶的坑害,还有柯立锋说的一定要击败百川,凌世杰立马提醒自己绝不能答应。世上没有无缘无故的恨,更没有无缘无故的爱。尽管万宗海卸掉了他多年来压在心头的包袱,但他毕竟是自己和两位师父的对手,况且金晓还在百川,自己更不能去趟这池浑水。

"万总,您今天帮我走出多年的阴影,我感激不尽,也会一直记在心里。但实在抱歉,我可能不得不辜负您的好意了。"凌世杰双手捧起茶壶为万宗海倒茶,"我们正准备和饭乎网签订投资协议,这时候我不能离开黄埔,否则就太没有职业道德了,您说是吧?"

"哦,既然如此,叔叔不勉强你。"万宗海有些出乎意料,难掩失望地干笑一下,"没关系,以后你什么时候想过来,我百川的大门永远为你敞开。"

凌世杰走了,万宗海郁闷地坐在原处,他本想靠打感情牌拉拢凌世杰,即便不能一举扭转百川在饭乎网的劣势,起码可以打乱黄埔的阵脚。没想到这小子不买账,如此一来,百川在饭乎网占有一席之地的可能性就又降低了。

不行,还得想别的办法。

万宗海掏出手机,拨通电话后大刺刺地说:"老赵,我老万,出来聊聊吧。"

赵卫国一副拒人千里之外的口气:"你我有什么可聊的?"

"又不是没聊过。"万宗海冷笑一声,"你应该清楚,我找你聊的一定是大事。"

赵卫国立刻去见了万宗海,而见过万宗海后他就立刻到了上地。

这还是赵卫国第一次亲自来探望搬到上地的投资三部,一番嘘寒问暖之后,他问起师婕饭乎网的最新形势。

"赵董,到目前为止都很顺利,"师婕信心十足,"最后一轮投决会通过后就可以立即跟饭乎网签投资协议。"

"很好。"赵卫国满意地点点头,"咱们做投资的,押对一家公司就可能趁势一跃而起,错过一家公司也可能从此一蹶不振。'饭乎网'这个项目虽然不一定很大,但意义非同小可,不少 LP 都很关注。"

"您放心吧,我们一定会交给 LP 一份出色的答卷。"

赵卫国笑了:"对此我毫不怀疑,以你 Jessie 的能力没有什么做不到的。不过,有件事儿我还是想跟你商量一下。"

"您说。"

赵卫国面露难色:"咱们的 LP 中也有给百川投了钱的,他们希望黄埔能给百川留点儿机会,不要将百川赶尽杀绝。"

"这是赵董您的意思,还是某些 LP 的意思?"师婕警惕地看着赵卫国,"或者,是百川的意思?"

赵卫国被师婕如此一针见血搞得有些不快,但又不便发作,尴尬地笑了下:"总之,我认为给百川分一杯羹,让点儿筹码给他们,利大于弊,你看呢?"

师婕想了想,赵卫国亲自来替百川说情着实有些奇怪,但如果确实出于脚踩两只船的 LP 的要求倒也情有可原,而且要是能给点儿甜头便可将百川化敌为友,倒也不是件坏事儿。

"赵董,原则上是可以放百川进来,但具体条件您得让万宗海来跟我谈。"

"哎,不用那么麻烦,"赵卫国一摆手,"咱俩商量好,我转达给他就行啦。"

"赵董,您还是让万宗海来找我吧。"师婕绵里藏针,"这事儿不管是谁的意思,最终都得看王一维的意思,至于王一维听谁的,您应该深有体会了吧?"

之前,无论试图派来朱敏文取而代之,还是釜底抽薪把师婕送给饭乎网,两步棋都落了空,赵卫国心知师婕所言不虚,无奈只好同意。

万宗海一听,心里老大不高兴,暗骂赵卫国软弱没手段,堂堂董事合伙人连个初级合伙人都搞不定。但为了"饭乎网"这块战略要地,他只好纡尊降贵到上地见师婕。

"哎呀,你这里的条件有点儿简陋啊……"万宗海坐在会客室里四下打量,"师总,黄埔未免太委屈你啦。"

师婕笑道:"实不相瞒,这间会客室还是跟物业临时借的。我的办公室更简陋,实在配不上您大驾光临。"

万宗海低声下气地赔笑脸:"之前的磕磕碰碰纯属误会,真是对不起啦。主要是我考虑不周,搞得两败俱伤,希望你能既往不咎,咱们化干戈为玉帛。"

师婕没心思听万宗海兜圈子:"万总,我是看在赵董面子上才同意去说服王一维让您跟投,至于王一维肯分几个点给百川,我可说不好,您最好别抱太高期望。"

万宗海立即笑逐颜开:"不会不会,只要百川能上车,没座站着也行。"

"不过,我帮您这个忙,自然有我的条件。"

万宗海心领神会:"当然,我心里有数,绝不会让你白帮忙。"

师婕不屑地一撇嘴:"您太小看我了,我师婕不是那种人。"

万宗海有些没底:"那你的条件是?说说看,只要我能办到的,一定照办。"

"不好意思,我只负责谈到这儿,"师婕露出神秘的笑,"接下来换

· 433 ·

另一个人跟您谈。"

万宗海惊愕地问，"谁呀？"

"您的老相识。"师婕轻蔑地瞥眼万宗海，起身径自走出会客室。

前脚师婕离去，后脚进来个人，柯立锋转身把门关严，坐到万宗海对面。

"你？"万宗海瞠目结舌，"怎么是……你？"

柯立锋似笑非笑："我来跟你谈条件的。"

"你跟我谈不上吧？"醒过神来的万宗海瞬间趾高气扬，"你早被黄埔扫地出门了。"

"看来你是不打算跟投饭乎网喽？"柯立锋站起身，"也好，省得我跟你费口舌。"

"你等等！"万宗海霎时感到几分恐惧和绝望，"是你一直在背后？"

柯立锋转回头，咄咄逼人地直视万宗海："老万，你之所以今天到这里来、坐到这张椅子上，都是拜我柯立锋所赐！"

"原来如此，难怪……"万宗海全明白了，从王一维甩开其他投资商、心甘情愿地跟黄埔对赌，到天食网的干将周子群义无反顾地加盟饭乎网，再到干脆利索地劝退天使投资人老徐，这一连串神操作的幕后高人定是柯立锋，师婕与凌世杰只是唯柯立锋马首是瞻的马前卒。

识时务者为俊杰，万宗海只得抢步把柯立锋拉回来坐下，堆起笑脸："跟谁谈不是谈？只要能让我跟投饭乎网，我才不感兴趣你们黄埔内部的事儿。"

柯立锋轻松地说："条件很简单，你只要告诉我华都有色究竟怎么回事儿。"

"什么？！"万宗海又吃一惊，脑筋飞速运转，思忖如何应付。

"这对你来说根本算不上条件，举手之劳而已，不用你付出分毫。"

"你说的我怎么听不懂啊……"万宗海故作茫然，"你是不是问错人了？"

柯立锋不予理会，只冷冷地盯着万宗海。

一阵难挨的沉寂过后,万宗海干笑一声:"嗯——我倒是听老赵跟我聊起过,说是韦正雄嫉妒你,利用华都项目黑了你一道。"

"韦正雄从未介入过华都重组,他即便想害我,也不可能利用这项目下手。"

"那我就真不清楚了,"万宗海一脸无辜,"华都是你们黄埔的项目,连韦正雄都不知内情,跟我们百川就更没关系了。"

"老万,我刚才已经说了,此时此刻你坐在这里是有原因的。既然把你逼到这个死角,我会轻易让你蒙混过关吗?提醒你一句,你能不能跟投饭乎网,王一维只听师婕和凌世杰的,而师婕和凌世杰只听我的。"

"可我真不知道啊,"万宗海被人为刀俎、我为鱼肉的无力感所淹没,"总不能胡编乱造吧?冤枉谁都不合适……"

"冤枉?"柯立锋冷笑,"你以为保住你跟那个人的秘密,他就能保住你在饭乎网的一线机会?你错了,以他对王一维有限的影响力,你觉得他保得了你吗?假如今天你们俩的处境调换一下,你觉得他会这么死保你吗?"

万宗海的心防被柯立锋这一连串质问彻底击垮,他确实幻想保住赵卫国这位黄埔掌舵人,便能保住百川在饭乎网的份额,但他已然认清残酷的现实,仅存的生机其实攥在柯立锋手里。

忽然,万宗海灵光乍现,一个念头跳出来:让柯立锋知道真相又如何?让他认清真正的死敌岂不更好?也许就此引发黄埔内讧、不攻自破,我还犯得着求赵卫国分我一杯羹?整个饭乎网都将变成我百川的囊中物……

万宗海长叹一声,一副往事不堪回首的模样说道:"老柯啊,其实有些事儿我早就想告诉你,咱们虽谈不上是朋友,可好歹同行这么多年,我总感觉有点儿对不住你。今天既然你问起,我就知无不言、言无不尽,也算是去掉我的一块心病。"

原来在三年前,眼看黄埔夺得华都有色并购重组西峰锂业的投行业务,万宗海气得火冒三丈,这个项目黄埔一旦做成,就会把百川甩得更远,他决计不惜一切也要把项目搅黄。

当万宗海从小贾那里得知《商誉评估报告》严重造假顿时如获至宝,他耐心等到华都有色把全部申报材料呈交给证监会、正式进入审核流程,才主动约赵卫国出来,告知他自己已拿到确凿证据。

"老赵,你不会不知道这种重大造假行为的责任人将受到怎样的惩处吧?"万宗海恶狠狠地说,"我可以把你送进监狱,让黄埔彻底完蛋。"

"那你为什么不这么做?"赵卫国故作坦然,掩饰内心的慌乱。

"因为让你倒霉,我除了解气并没得到任何实质好处,那么多家竞争对手里少了家黄埔,我的日子未必好多少。"万宗海阴笑,"所以我改了主意,与其见义勇为,不如见利忘义。"

赵卫国想了想:"我怎么知道你不是讹诈?"

万宗海拿出《商誉评估报告》中的一张报表,指着上面用红圈标出的一串数字,得意扬扬地说:"这就是你的命门。"

赵卫国一耸肩:"哦,这个是初稿里的错误,审计所的终稿已经改正了。老万,你恐怕是空欢喜一场。"

万宗海一怔,莫非小贾给的并非最终版?小贾与赵卫国之间究竟该信谁?他死盯着赵卫国的脸,咬着牙说:"那好,我回去就向监管部门实名举报。即便真如你所说,监管部门也不会怪罪我,只会向我表示感谢。"

僵持了好一阵,赵卫国面无表情地开口:"说说你的条件吧。"

万宗海毫不掩饰其小人得志的嘴脸,"就两条:首先,华都有色的重组必须黄掉,我绝不能眼睁睁看着你们黄埔做成这笔大单,我要让你颗粒无收、白忙一场,这是你应得的报应;第二,你得送几个项目给我,这是我应得的报偿。"

赵卫国沉默良久才说:"第一条你不必担心,壮士断腕的道理我自然明白;至于第二条,原则上没问题,具体哪几个项目等我安排好告诉你,不过也要看你能不能接得住。"

万宗海哈哈大笑:"老赵,我就喜欢跟你这种聪明人打交道……"

师婕推门回到会客室时万宗海已经走了,只剩柯立锋一个人低头沉思,便问:"师父,审出来了吗?"

柯立锋抬起头,师婕吓了一跳,柯立锋竟像骤然苍老了许多,眼神里满是悲戚和怨愤。

最后的两块碎片找齐了,拼图已经完整,柯立锋彻底弄清了赵卫国的心机。当时迫于万宗海的要挟,必须使华都有色马上撤回全部申请材料才能确保造假行为日后无从查证,所以只能找个由头让项目胎死腹中,而又不能把火引到赵卫国和黄埔身上,所以诬陷柯立锋私下搞老鼠仓就成为最佳选择。这样既可以令项目立即终止,又彻底去除了柯立锋这一功高震主的心腹之患,并让华都有色把一切罪责归咎于柯立锋个人。一直困扰柯立锋的疑问解开了,他之前把自己看得太重,今日才认识到自己竟只是个 collateral damage(附带伤害)而已。

柯立锋喃喃道:"原来,赵卫国并非为了除掉我而牺牲华都有色,他是拿我给华都有色陪葬……"

师婕不解:"陪葬?那华都有色项目到底为什么死的?"

柯立锋看了一眼师婕,没再说话。想到自己这些年来为黄埔殚精竭虑、为赵卫国冲锋陷阵,又想到赵卫国的处心积虑,还有后来的假仁假义,柯立锋仿佛掉进了个冰窟窿,心凉透了,也麻木了。

万宗海去见师婕,让赵卫国如坐针毡。他从师婕和凌世杰操作饭乎网项目的手法来看,已判定柯立锋仍在背后出谋划策,而师婕一定对柯立锋言听计从,恐怕师婕坚决要求和万宗海面谈也是柯立锋的授意。如此说来,万宗海这次去见的应该不止师婕一个人,肯定还有柯立锋,而柯立锋见万宗海的目的只会是……

万宗海这种唯利是图的人定然是靠不住的,且不说自己和他是对头,即便是朋友也会被他为利益随时出卖。

就像专门验证赵卫国的推算似的,万宗海的电话来了:"老赵,我刚离开上地,你猜我见到谁了……柯立锋!"

赵卫国感觉心脏猛然抽搐一下,没说话。万宗海接道:"老赵,你得理解我,我也是被逼无奈。不过我第一时间打给你就是想给你预警,你好早做准备。老赵,我只能帮你到这儿了……"

挂断电话,赵卫国已经顾不上怨恨万宗海,他不由得嗟叹——柯立锋,你可真能忍啊,简直是现代版的卧薪尝胆……

回想柯立锋俯首帖耳甘为司机,赵卫国不由得倒吸一口凉气,真是一念之差,当初那点儿妇人之仁竟给自己埋下天大的隐患。如今柯立锋已从万宗海口中得知华都项目的全部真相,势必视赵卫国为死敌,摊牌的时刻到了。

必须先下手为强,亡羊补牢,犹未为晚。幸亏柯立锋已经被踢出黄埔,现在唯有拼全力打压师婕,绝不能让这个柯立锋的代理人再创佳绩,只有令高层和LP们都对她丧失信心,才能寻机把她也撵出黄埔。攘外必先安内,至于饭乎网落入谁手已顾不得了,位子和单子孰轻孰重,赵卫国一向拎得清。

专门审议饭乎网投资方案的投决会在黄埔资本大会议室召开。凌世杰习惯性地走向靠墙的后排座位,师婕却叫住了他:"凌世杰,你坐我边上。"说完,拍了拍旁边的椅背。

凌世杰犹疑地望向会议桌边的几位大佬,脚下没动地方。

师婕特意提高声音:"怎么?我的话都不听了?让你坐你就坐。"

坐在会议桌远端的朱敏文忙附和:"Jesse,你师父说得没错,咱们不搞论资排辈那一套。"

凌世杰登时想起,自己曾经就在这里被朱敏文等人当众呵斥离开会议桌,今昔对比之下,他不由得生出一股豪情,地位与尊严只能靠自己争得,而不能指望他人的施舍。

可惜,凌世杰的好心情并未延续多久。在师婕做完项目陈述后,以往都是最后才做总结发言的赵卫国却一反常态,迫不及待地率先发难。

"就饭乎网的发展现状而言,我认为A轮的投资额过高,咱们黄埔承担的风险太大。"赵卫国话已说完,头依旧摇个不停。

"我倒觉得师婕给饭乎网提的对赌方案比较可行,"不明就里的吴贵勋仍急于亮出财务部的态度,"经过我的测算,这个方案综合平衡了风险与收益,可以说是最佳选择。"

赵卫国的脸色有些难看:"我宁可投一千万美元占百分之十,也不想投两千五百万美元占百分之三十。"

"赵董,您这个说法我不太理解,"吴贵勋逢账必算的职业病立刻犯了,"如果投一千万占百分之十,相当于饭乎网现值九千万;如果两千五百万占百分之三十,相当于饭乎网现值还不到六千万。哪个买得更便宜?这不是显而易见嘛。"

"你算得没错,但钱是赚出来的、不是算出来的。六千万也好,九千万也罢,都是虚数,但掏出去的两千五百万可是实打实的真金白银。我们不能只盯着估值,在饭乎网前景未明时应尽量把控风险,少投一点儿风险就小一点儿。"赵卫国严肃地看着吴贵勋,"你是老黄埔了,应该知道我们要对投出的每分钱负责。"

吴贵勋还想继续争辩,坐在赵卫国右手的欧亨利开口了:"我觉得我们不能以绝对的投资金额来衡量风险,要相对地看。你们不是有个故事嘛,一杯水一杯水地去救火,肯定不如一桶水泼上去管用。"

"Henry总,那叫杯水车薪。"吴贵勋笑道,"还是我们中文形象生动言简意赅吧?"

欧亨利皱起眉头:"什么盖?你最后那几个字是什么意思?"

其他人都善意地笑起来。

欧亨利也笑了:"我的意思就是,有时多投一点儿,更可能把公司做成,风险反而更小。"

这一表态并没有让凌世杰松口气,他偷瞄师婕,师婕仍冷眼旁观,没有自我辩护的打算。她已看透赵卫国宁可否掉饭乎网,也不想让他们师徒如愿以偿,不想眼见他们势力壮大,所以再说什么都没意义。

这时陈若洋发言:"赵董对风险的考虑我完全理解,我已经花了很多时间和 Jessie 把各项条款都字斟句酌、再三完善,我认为这个方案很稳妥,把各种可能出现的最不利局面都设想到了。可以说,不管怎样我们都处于不败之地。"

赵卫国沉着脸挥下手:"你那些都是文字游戏,合同订得再好,对方不认账怎么办?创业公司说垮就垮,打官司都找不到人,现实往往比我们设想的最极端情况还要极端,这种例子还少吗?"

欧亨利不慌不忙地说:"我知道你们在背后都叫我 Mr. No,因为我对你们想投的很多项目都说了 No,所以黄埔最害怕风险的是我,最保守的也是我。但今天我要说,Jessie 的这个项目我不担心,我很乐观。所以 Jessie 你不要怕我,我们风控今天不会投否决票。"

师婕朝欧亨利报以感激的微笑,凌世杰更是兴奋地偷偷攥下拳头。

有人正窃窃私语,赵卫国敲了敲桌面:"表决之前我想重申一下,这次会议涉及公司机密,我要求在座各位都把手机关掉,放到桌子中间。"

待众人都照做之后,赵卫国扫视一圈,目光最后落在了师婕脸上:"既然大家都相继表了态,下面就进入表决环节。刚才 Henry 说他不会投否决票,我想提醒各位,咱们黄埔有两张否决票,另一张在我手里。所以今天不搞匿名投票,也用不着计票……"

凌世杰已知道将会发生什么,但他唯有徒劳地对赵卫国怒目而视。师婕也看着赵卫国,眼中只有轻蔑,心里只有嘲笑。赵卫国连匿名投票的遮羞布都不要了,却竟然害怕在场的人对外通风报信,可见其专横跋扈的表象之下是色厉内荏。

"赞成的都不必举手了,因为没有意义。"赵卫国缓缓举起右手,"我正式表态,否决 Jessie 有关饭乎网项目的投资方案!好了,我宣布本次投决会到此……"

"结束"二字正要出口,大会议室的门被推开了,一个人健步走进来,气定神闲地望着赵卫国,竟是乔森纳!

赵卫国这一惊非同小可,举着的手竟忘了放下。显然,黄埔早有内线将情况密报给了乔森纳,会是谁呢?他阴沉着脸看了看会场,觉得眼前再没一个人可以信任。

乔森纳的到来令投决会不得不暂告中断,赵卫国请乔森纳走进他的办公室,把自己对饭乎网的看法阐述一番。乔森纳静静地听完,并未对赵卫国的说辞表态,而是很认真地问:"赵董,你怕不怕师婕他们另立门户?"

赵卫国不免错愕,他完全没料到乔纳森会冷不丁冒出这么个问题,更猜不透其用意何在。其实这问题赵卫国没少想过,他并不害怕,铁打的营盘,流水的兵,只要他在,无论谁走,黄埔依然是黄埔。

"这个问题我没仔细考虑过。"赵卫国试探道,"我倒是想问问你,你怕吗?"

"坦白讲,我不怕,"乔森纳意味深长地一笑,"但你应该怕。"

"我有什么好怕的?"赵卫国故作轻松地说,"我相信即便他们自立门户,也不会对咱们有什么影响。"赵卫国特意把重音落在"咱们"二字上,他想让乔森纳明白,你我是拴在一根绳上的。

乔森纳洞若观火,当即摇头:"不是对咱们,是对我没有影响。赵董,如果一家米其林餐厅的主厨另起炉灶,而餐厅只剩几个打下手的帮厨,客人会跟着主厨走呢,还是守着这家餐厅?"乔纳森嘿嘿一笑,"友情提示一下,你是餐厅老板,我是客人。"

赵卫国的心陡然一沉,他一直以为只要有米其林这块招牌,永远都会宾客满堂。

"赵董,恕我直言,你们都是资本的仆人,过去黄埔给我们赚钱的是柯立锋,现在是师婕。如果师婕另立门户,黄埔剩余团队为我们赚钱的能力将大为降低,LP们将何去何从还不显而易见?"

"你放心,我会尽快找到比她更有能力的投资人才。"

"Too late(太晚了),投资圈从来都是人等钱,没有钱等人的。"乔森纳拍拍赵卫国的肩膀,"资本只会去能带来最大回报的地方,如果你阻挡资本赚钱,资本就会重新选择它的仆人。"

接下来再没发生新的插曲。众人回到大会议室,乔纳森很低调很客气,只肯坐在靠墙的角落,一再说自己这个不速之客只是来观摩的。因为乔纳森亲临现场施压,赵卫国不得不有所克制,在表决中投了弃权票,师婕投资饭乎网的方案终于获得通过。

几家欢乐几家愁,当师婕和凌世杰在办公区接受同事祝贺的时候,赵卫国把自己关在办公室痛定思痛。

半年前创业板已经开市,人民币基金募集风起云涌,但人民币基金的出资人普遍比美元基金的 LP 更急功近利。深知这一点的赵卫国一直瞻前顾后,总担心会反被人民币基金的出资人所挟制,所以迟迟下不定决心,但刚才乔森纳的直言不讳令赵卫国清晰地认识到,美元基金的 LP 同样会随时弃他而去。

虽然另一条船未必比这条船靠得住,但脚踩两只船总比没得选择要好些,情势所逼,他不能再犹豫。赵卫国暗下狠心,必须加快募集人民币基金,唯有摆脱对单一基金的依赖,才可能在资本面前活得像个人样儿。

第二十章

资本只会站在胜利者一边

师婕走进"柯办",一脸愠怒地质问柯立锋和凌世杰:"你们怎么跟王一维讲的?为什么他死活不同意百川跟投?"

"对不起,我忘了跟你说了,"凌世杰赶紧拉过折叠椅让师婕坐下,瞟了眼柯立锋,又讨好地冲师婕笑,"是我让王一维不要接受百川的资金。"

"你?"师婕立刻柳眉倒竖,"你有什么权力擅自行事?!"

"不能怪他,"柯立锋接过话,"是我让他这么做的。"

"为什么?起先万宗海要跟投,你们都是同意的,所以我才约他当面谈妥。现在你们在背后挑唆王一维不接纳百川,到底什么意思?"

"当初是要逼迫万宗海说出真相,我才让你假借谈判的名义把他诓来,"柯立锋慢条斯理地说,"其实我从来就没打算让百川跟投。"

"你要打听华都的真相,只能用这种手段迫使万宗海就范,我可以理解。但既然万宗海已经满足了你的要求,你就应该遵守承诺啊。"

"我怎么没遵守承诺?你不要忘了,咱们从来没答应万宗海给他饭乎网的股份,"柯立锋振振有词,"咱们只是承诺帮他做王一维工作,至于王一维给不给、给多少不是咱们能决定的。如今是王一维不肯带他玩儿,不算咱们食言。"

"狡辩!你们不仅没有劝王一维接纳百川,反而劝他拒绝百川,这叫帮万宗海做工作?"师婕把目光投向凌世杰,"你就是这么帮的?"

凌世杰的脸立马红了:"你别生气,先听咱师父怎么说,"随即声音低了八度,"我觉得他说得有道理。"

"什么道理?无非是咱们千辛万苦争来的项目,你们不想给百川留活路罢了。"师婕不再理会凌世杰,直盯柯立锋,"你要找的幕后黑手已经找到,又何必做得这么绝呢?投资公司之间不应该总是敌人,山不转水转,有时竞争有时合作,没必要在圈子里把自己搞成孤家寡人。何况饭乎网还处于相对弱小的发展初期,应该避免过早树敌。黄埔赢得主投权已经足矣,不该因小失大激怒百川。"

柯立锋轻蔑地一撇嘴:"真是妇人之见。"

师婕被这句话激得愈发愤怒:"我觉得言而有信是做人起码的底线,与性别无关,可你们背信弃义,害得我成了恶人,你们这么做考虑过我吗?"

"你考虑过大局吗?"柯立锋也急了,"假如信守你所谓的承诺,放任百川跟投饭乎网,就是引狼入室、贻害无穷。万宗海定然逐步渗透,先干预日常管理,再混进董事会,并在后续融资中争取扩张份额,甚至将黄埔排挤出去。这个后果你能承担吗?!"

师婕一时语塞。

"我也同意师父的观点,"凌世杰在一旁小声帮腔,虽然他感念万宗海说过父亲的好话,但在饭乎网的大是大非上还是拎得清的,"我觉得小不忍则乱大谋,咱们不能给百川日后兴风作浪的机会。"

师婕听这俩一唱一和,觉得凌世杰真是越来越像柯立锋。她心知已不可挽回,只得无奈地摇摇头:"你们以为这样就没有后患吗?可能来得更快!"

· 444 ·

正如师婕所料,万宗海的反应可想而知,他豁出老脸去乞求师婕,还被迫向柯立锋招供,结果竟仍被王一维排斥在外、一无所获,是可忍孰不可忍!百川立刻不管不顾地投了饭乎网的对手天食网,并扬言不惜任何代价也要在半年内击败饭乎网。

2010年的盛夏比往年更闷热得多,上地这座小楼已经临近拆建,所以不可能再装中央制冷,楼上的办公室师婕让黄埔出钱配了柜式空调,但楼下"柯办"那间小屋太小,连壁挂式空调都没法装,师婕只好给柯立锋买了台电扇。

这天,柯立锋破天荒地上了楼,推开办公室的门,堂而皇之地坐到了沙发上,自然得就像到家一样,然后说:"咱们需要讨论一下黄埔正在募集的人民币基金。"

"师父,你怎么上来了?"师婕惊讶地看眼柯立锋,慌忙地跑到门口左右张望。

"师父肯定是楼下热得受不了,上来蹭空调呗。"凌世杰笑着给柯立锋拿瓶冰水,"师父你踏实待着,今天是星期五,已经算周末了,没事儿。"

师婕仍不放心:"可万一黄埔的人……"

"黄埔的人来不来无所谓,跟星期几更没关系,"柯立锋罕见地晃悠着二郎腿,"因为今天是个特殊的日子。"

师婕忙看台历,凌世杰忙看手机,二人惊喜地齐声喊道:"8月13号!"

柯立锋长长地呼出一口气,悠悠地说:"三年啦,终于熬出来了……"

"好快啊,"师婕不由得鼻子一酸,双眼湿润,"一晃都三年了。"

"你还嫌太快?"柯立锋瞟眼师婕。

师婕忙摆手:"哎呀,你知道我不是那意思……"

"师父,你终于可以扬眉吐气啦!"凌世杰高兴地想扑上去和柯立锋拥抱,可走到近前又收住了,只是咧着嘴一个劲儿傻笑,"下周一,哦不,干脆明天,我陪你回黄埔走一遭,让他们看看柯立锋又回来啦!"

"别嘚瑟,现在还不是时候,"柯立锋笑着一挥手,"先不要声张,继续低调,我还像之前一样尽量不抛头露面。"

师婕点头:"嗯,我也觉得必须有个说法再回去。"

凌世杰跃跃欲试:"师父,你说吧,为你早日回到黄埔,咱们该怎么干?"

柯立锋坐直身子严肃地说:"当务之急是要分析出黄埔人民币基金的潜在 LP 中,哪些有可能支持咱们,哪些支持赵卫国。"

凌世杰立刻按照柯立锋的吩咐,在白板上把 LP 名单用不同的颜色列出,红色的是明确支持赵卫国的,即"敌人";绿色的是基本会支持师婕的,即"盟友";灰色的是"统战对象",是有可能争取过来的势力。

柯立锋指着白板上的灰色名单:"这些机构有的是国资、有的是民企,他们各有各的痛点,咱们要逐一加以分析,然后有针对性地做工作。"

柯立锋看着师婕:"你还有一项任务是随时通报基金的募集情况,以便咱们马上去做新加入的 LP 的工作。"

师婕有些担心:"眼下赵卫国已经撕掉伪装,变本加厉地排挤我,他恐怕不会让我知道太多详情。"

"不要那么不自信,你现在是黄埔的明星,是赵卫国的一块招牌。新的 LP 如果要投钱肯定会要求和你面对面聊一次,赵卫国再想屏蔽你也做不到。"

"但愿如此吧。"师婕半信半疑。

柯立锋微微一笑:"不是但愿,是肯定。"

果然,尽管赵卫国百般不情愿,但师婕作为黄埔业绩最好、名声最响的合伙人,还是被频繁安排与各家潜在出资人接触。而师婕每次都会寻机提到她背后有两个真正的能人:一个是自己的师父柯立锋,一个是自己的徒弟凌世杰。柯立锋的声名自不必说,凌世杰因为饭乎网的战绩也被一致看好,这三人组合令很多出资人备感兴趣。

上地办公室的白板上,根据师婕带回来的消息,名单在不断丰富,标注的红绿灰三色分布也此消彼长,显露出对出资人的争夺激烈而胶着。但总体来看,灰色仍然居多,因为不少出资人虽认可师婕等人的能力,但鉴于赵卫国毕竟是黄埔创始人,大家还是希望和气生财,不肯明确支持他们与赵卫国对抗。

2010年9月,饭乎网遭遇到前所未有的危机。

凭借百川注入的大笔资金,天食网遵照万宗海速战速决的战略意图,在短时间内接连以现金方式收购了两家中等体量的团购网站。此招立竿见影,天食网的用户数和交易额一举超越饭乎网。见饭乎网势头不妙,黄埔人民币基金中有些原已表态支持师婕的出资人立刻转为观望。

柯立锋见形势不利,果断带着师婕和凌世杰赶到饭乎网,与王一维等核心高层紧急开会商议对策。

王一维双手握住柯立锋的手说:"柯总,久仰大名,今天终于得见真人了!我首先要感谢您一直在幕后为我们出谋划策。"

凌世杰笑道:"师父出马,一个顶俩,今后我们两个徒弟可以稍微轻松点儿了。"

柯立锋皱眉:"大敌当前,你还想轻松?"等众人都落座,柯立锋先反客为主地阐明本次会议的议题,然后坚决地说:"我提议,饭乎网把原本为今后一年储备的资金拿出大半用来补贴商家和用户,我们要在未来三个月内同天食网打价格战。"

"这恐怕太过冒险,"一向谨慎的CFO周子群马上反对,"我认为价格战是个无底洞,一旦开打便难以收场,尤其天食网背后是百川和它纠集的一票投资人,他们的资金明显比饭乎网更为雄厚。"

"我倒认为不妨一试,"凌世杰自然站在师父一边,"因为天食网接连收购两家团购网站后现金已经吃紧,如果他们想要应战,先得再次融资。依我看,他们下轮融资不大可能顺利完成,股权分散正是天食网的隐患所在,投资人数目过多,难免各自心怀鬼胎,不仅拖延决策过程,还容易被咱们各个击破。"

"这只是其中一个可能性,不排除他们联合起来拧成一股绳,"周子群毫不让步,"我们必须把对手想得极聪明,而不是很愚蠢。"

"对,考虑最坏的情况,争取最好的结果。"柯立锋说,"虽然长期看我们在资金方面不具优势,但短期内可以搏一把。两强相遇勇者胜,我们只要以己之长,攻敌之短,胜算还是很大的。"

师婕接道:"咱们没必要跟天食网全面开打,这样容易分散资金,效果不一定好,应该集中火力攻击对方的薄弱环节。我建议饭乎网选一批有品牌知名度的商家重点补贴,打出'真品质、真团购、真低价'的口号,直击天食网大而不精的软肋。"

"这也符合饭乎网自身定位。"凌世杰表示赞同,"通过对优质商家的高额补贴,不仅打击了天食网,还能增强商家对饭乎网的依赖度,更能提升用户对饭乎网的黏度,一举三得。"

周子群见师徒三人态度一致,知道自己势单力孤说不过,只好看着王一维。毕竟公司是他的,也只有他才能决策。

王一维默默听着四个人你一言我一语,一时拿不定主意。

凌世杰见王一维犹豫不决,决定推他一把:"一维,好比你的部队已经被四面围困在城里,你该拼力杀出重围,还是继续坐以待毙?"

王一维瞥凌世杰一眼,并不作答,而是转向柯立锋问道:"柯总,您能不能给我交个底,如果饭乎网的资金链告急,黄埔的下一轮注资能否及时到位?"

柯立锋微微一笑:"我可做不了黄埔的主。不过假如我是投资人,我在乎的不是你缺不缺弹药,而是你把弹药用在了什么地方、你能不能打胜仗。"

王一维被点醒了,援军是盼不来的,只有先证明自己能攻善守、将成大业,否则援军只会作壁上观。他不再瞻前顾后,果断地一拍桌子:

"打,跟天食网拼了! 即便是以弱敌强,我们也要搏一回!"

在饭乎网发动促销价格战之后,天食网果然当即应战,一时间战云密布,双方激烈厮杀。

王一维见天食网来势汹汹,丝毫不像钱快烧完的样子,马上坐不住了跑来见柯立锋:"柯总,我怎么感觉他们的弹药取之不尽、用之不竭啊……"

"沉住气。"柯立锋安稳如常,"我原本担心天食网不应战,现在他们攻势这么猛烈,显然是倾巢而出以求速战速决,我反而踏实了。"

"为什么?"王一维很是不解。

"急于速胜恰恰表明他们外强中干。照这个烧钱速度,天食网恐怕坚持不过两个月。"

"可饭乎网也撑不了多久啊,这简直是要同归于尽,"王一维底气不足,"你们不会让我死在黎明前吧?"

柯立锋朗声大笑:"多虑啦,饭乎网注定如日之升,不可阻挡。"

凌世杰见王一维仍将信将疑,便安抚:"一维,你放心吧,我师父自有妙计。其实这回挑起战端的目的并非靠价格战击败天食网,而是要拖垮他们。"随后得意地看向柯立锋,"师父,我说得没错吧?"

柯立锋含笑不语,显然对凌世杰的悟性颇为满意。

王一维无奈地苦笑:"反正我和饭乎网的前途都在此一战了。"

柯立锋笃定地说:"我猜想就在此时此刻,天食网的老朱也正和百川的万宗海还有一帮投资人开会,他们的日子不比咱们好过,而且他们吵来吵去也吵不出结果,很快就将见分晓。"

正如柯立锋所料,天食网的中小投资人合伙向朱总和万宗海施压,说这种杀敌八百、自损一千的打法无异于自杀,他们不忍眼看自己的投资被白白烧掉。没过多久,天食网的火力不得不减弱,而饭乎网因为采取了师婕打品质牌的策略,商家与用户的反响都越来越好,国庆长假后的战局态势已明显有利于饭乎网。

一切尽在掌握。踌躇满志的柯立锋盯着日历上将于一个月后举行的黄埔人民币基金成立大会，盘算着那时天食网业已偃旗息鼓，摇摆的出资人又会重拾信心，在基金成立大会上的筹谋基本稳操胜券。

正在此时，师婕带回消息，赵卫国突然将基金大会提前至10月底！

"看来他是在跟咱们抢时间啊……"师婕忧心忡忡。

"这个老奸巨猾的家伙！"凌世杰愤愤不已，"师父，赵卫国不想等到饭乎网胜出的那一天，怎么办？"

柯立锋神情凝重地望着窗外，成立大会突然提前，说明赵卫国已经孤注一掷，宁可基金规模尚未达到预期也要终止募集，显然是怕夜长梦多。既然双方都清楚成败在此一举，那就索性放手一搏。

"看来幕后我是待不住了，得亲自出马去游说某些关键出资人。"柯立锋转过身冷静地说。

"师父，你打算用什么撒手锏搞定那些金主？"凌世杰好奇心大起，"以往业绩和未来投资策略这些都是老生常谈了。"

"我自有我的谈法。"柯立锋白凌世杰一眼。

"师父，能不能带我一起去？我也想开开眼界。"

柯立锋摆手："没必要，基金募集这一课对你为时尚早。"

师婕笑着嗔怪凌世杰："忘了当初缠着我带你去跟乐开谈判了？师父只能一对一跟人家谈，就怕现场出现变数，比如你这个生面孔。"

"哦。"凌世杰郁闷之际，又不免担心柯立锋能否马到成功。

2010年10月的最后一个工作日，黄埔"新时代"人民币基金成立大会在金融街威斯汀大酒店的会议厅隆重举行。

就在会议即将开始的前一刻，明日集团董事长李明远把赵卫国拉到旁边一间休息室，关上门，不等坐下便说："赵董，我们这边出了点儿小问题，得赶紧跟你商量一下。"

赵卫国浑身一颤："李董，这节骨眼儿出问题，你不是釜底抽薪嘛。"

李明远连忙摆手："你别误会，我不是不投，也不是少投，绝不会釜底抽薪的哈。"

"哦,那就都好说。"赵卫国出了一头虚汗,"你有什么想法只管提,我尽力配合。"

"是这样,因为人民币资本项目监管越来越严,我们集团的下属实体公司也非常希望丰富自己的投资组合,让他们的财务报表也都漂亮点儿,所以我想改用旗下七家实体公司的名义分别来投这个基金,你看行不行?"

"就是一个投资人变成七个投资人?"

"对,但我们投资的总金额不变。"

赵卫国忽然莫名有些紧张:"你们这么分开投,表决权怎么算?"

"赵董你是不是忙晕了?"李明远笑起来,"总投资额不变,表决权占比肯定和之前一样嘛。"说着,拿出已准备好的七份基金发起人协议交给赵卫国,"你看有没有问题,我们这边已经都签好了。"

赵卫国一听明日集团的出资额和表决权占比都没变化,彻底安下心来,既然只是人家内部分配问题,自己理应配合。他现在就怕最后关头功亏一篑,自己更不敢节外生枝,便草草翻了翻协议,一边签字,一边说:"李董,咱们这么多年交情,我这人民币基金可全仰仗你大力支持啊。"

"别客气,我当然希望跟黄埔一直走下去啦。"李明远重重拍了拍赵卫国肩膀,笑着走了。

赵卫国却仍在琢磨李明远的话,他特意说跟黄埔而不说跟我一直走下去,难道我和黄埔不是一回事儿?赵卫国转念又觉得大概是自己过度敏感,跟黄埔走不就是跟我走吗?便自嘲地摇了摇头。

会议厅里,黄埔员工与会务公司的人忙前忙后,来自各家机构的投资人济济一堂,谈笑风生,一派喜庆祥和。赵卫国一路热情地跟各位来宾握手寒暄,心底却不知为什么隐隐感觉周遭的气氛有些异样,每个人都似乎笑里藏刀、暗含杀机。也许是自己的神经绷得太紧?最近确实处心积虑、草木皆兵,等到今日大功告成,必须找个安静的地方好好歇

· 451 ·

息几天。

赵卫国站到台上的话筒前,把自己调整到最佳状态,扫视在场众人,用近乎亢奋的语调大声说:"诸位来宾,欢迎大家今天来与我们共同见证和分享这一激动人心的历史时刻,下面我宣布,黄埔资本新时代人民币基金成立大会正式开始!"

台下响起热烈的掌声。

赵卫国鼓了几下,便矜持地停手,继续说道:"我们把这个人民币基金起名为'新时代',就是为顺应时代的发展,与我们的投资人一起搭上新经济、新技术、新业态的高速列车,共同驶向灿烂辉煌的新时代。我很高兴地告诉大家,黄埔资本决定委派公司的合伙人、年轻有为的师婕担任新时代基金的管理人!下面,请师婕给各位讲几句!"

台下响起更热烈的掌声。

师婕在众人瞩目下从容登台,站在麦克风前待掌声消停后,面带微笑说:"谢谢各位投资人的厚爱,谢谢赵董和黄埔对我的信任,但是,"她的语气陡然一变,"我不能接受这个职位,因为我不适合做这个新基金的管理人。"

台下顿时骚动起来,赵卫国大为惊愕,这师婕在搞什么?

"赵董,你们这什么意思啊?"

"这么大的事儿你们黄埔事先都不沟通好?太不专业了!"

"就是,师婕不当管理人,谁当?"

"老赵,你们黄埔得派最优秀的人操盘,我们才放心啊!"

赵卫国一脸尴尬,脑门开始冒汗,他狠狠瞪了师婕一眼,旋即笑容可掬地走到麦克风前:"大家静一静,我可以明确表态,师婕正是我们黄埔最优秀的投资人。她刚才这么说,主要责任在我,之前我只是对她吹过风,没透露这是最终正式决定,本来想当场送她一个惊喜,估计她是被这个消息吓到了。"赵卫国扭头盯着师婕笑道,"我相信,师婕一定会接受这项工作,她也一定能够胜任!"

师婕对赵卫国的眼色视而不见,直接抢过麦克风说:"黄埔最优秀的投资人不是我,而是我师父柯立锋!"说着,把手指向会议厅后部。

众人纷纷扭头,视线齐刷刷像聚光灯一样射向出现在会议厅门口的柯立锋,有人惊愕、有人兴奋、有人期盼、有人敌视。

柯立锋一身笔挺的西装,宠辱不惊地迎接众人的目光,脸上带着自信的微笑。

赵卫国立刻气急败坏地叫嚷:"柯立锋早就不是黄埔的人了,他没资格到这里来!你们赶紧把他轰出去!"见黄埔的人个个呆若木鸡、全没反应,赵卫国又喊,"保安!保安在哪儿?!把门口那个人轰走!"

"赵董,这可不行!"凯丰集团的邓总制止,"柯立锋是我请来的投资顾问,我们凯丰最终投不投你这个新时代基金,全听他的!"

赵卫国咬着后槽牙冷笑:"邓总,柯立锋虽然三年禁入期已满,但他是否具备相关的职业资格,你要三思哟。"

"多谢提醒,老柯要是没有上岗证,我怎么敢请他当投资顾问?"

僵持片刻,赵卫国无奈地朝已经赶来的保安挥手,示意他们走人。

柯立锋突现会场,师婕临阵辞任,这一切显然不是巧合。早知如此万不该走这个形式,分头与各家出资人签妥协议便万事大吉。但此时赵卫国连后悔的工夫都没有了,会议厅里多位出资人的声音已此起彼伏。

"赵董,我看好柯总,要是由他管理这个新基金我就投!"

"对,否则我们就不投了!"

"赵董,我们要求在《基金发起人协议》中补充一条,黄埔必须承诺聘用柯立锋担任新基金的实际管理人!"

"同意!"

"同意!"

"不同意!我们绝不让有污点的人管我们的钱!"

"对啊,他又搞老鼠仓怎么办?!"

"就是,师婕不干,黄埔可以另选他人,怎么也轮不到柯立锋!"

一时间两派各执一词,会场吵作一团。

赵卫国眼看乱糟糟、业已失控的场面有些不知所措,两边都是金主,对谁都不能翻脸,哪一方拂袖而去都将导致新基金的彻底流产,他心中不祥的预感越来越强烈。

台下正吵得不可开交,李明远走上台来,他在金融圈的地位举足轻重,大家自然都给面子,会场逐渐趋于安静。

一副长者风度的李明远开口说:"既然现在的焦点是要不要柯立锋来主管这个新基金,我提议现场表决,由到场的每位 LP 投票,少数服从多数,这也符合民主议事规则嘛。"

大佬发话,观点又不偏不倚,众人纷纷点头。

"但怎么叫少数服从多数?"邓总又嚷道,"是按股份比例算还是按到场的人头算啊?"

"当然该按照股份比例。"一位重量级 LP 说。

"那不行,我们小机构的钱就不是钱吗?"另一位 LP 反驳,"必须保护我们中小投资者的权益,一家一票,不管投资多少,这才公平!"

"我不同意!"另一家大机构代表说,"投资额决定表决权,谁投得多,话语权当然应该多,到哪里都是这规矩。"

此话又引起一群小 LP 反对,抗议这是摆明了以大欺小、倚强凌弱。

场内一群西装革履的老板们为了各自利益完全顾不得斯文,吵得乌烟瘴气。

"大家听李董怎么说!"终于,不知什么人喊了一句,众人这才重新安静下来,都盯着台上的李明远。

李明远好像早已料到会有这样的局面,处乱不惊地说:"基金章程里关于哪些情形必须按照股份比例表决有明确规定,我印象中不包括眼下这种情形吧。这个新时代基金就像个班集体,咱们出资人就是这个集体的成员,现在要选出个值日生为大家服务,应该每个成员都有一票。总不能谁家里有矿,谁就能多投几票,你们说对吧?"

认购基金份额数一数二的明日集团绝对是大户,而大户的当家人如此公允无私令中小投资人齐声喝彩，另外几家权重较大的机构也不好再反对。李明远按人头计票的提议就此通过，凡认购份额超过百分之一的，不论规模，一家一票。

赵卫国自从在饭乎网的投决会上被乔纳森当场施压，便记取了美元基金里乔纳森所代表的超大型机构一家独大的教训，在募集人民币基金时有意控制份额上限以确保权重分散。本来他还自鸣得意，不会再有被一家掣肘的危险，却不料有得必有失，此时这么多LP均为一家一票，难免顾此失彼。赵卫国紧张地反复掐算，感觉支持自己的应该在半数以上，这才稍觉心安，也就顺水推舟，没有否决李明远的提议。

很快计票完毕，反对柯立锋担任基金管理人的有二十二票，支持的仅有十八票。赵卫国悬着的心终于落地，正喜形于色要宣布结果，师婕却上台大声说："我向大家报告一个特大利好，黄埔投资三部的凌世杰刚刚发来消息，饭乎网已经达成了收购天食网的意向要约！"

原来，就在黄埔人民币基金大会的同时，凌世杰正陪同王一维在上海金茂大厦与天食网的朱总举行秘密会谈。

正如柯立锋预判，天食网的资金链已不堪重负。凌世杰通过一系列诸如天食网再三拖延同商家的结算周期等翔实证据，戳破了天食网运营正常的假象，并先行分化瓦解了天食网的一帮中小股东，劝他们施压朱总接受饭乎网提出的换股并购。这样，虽然眼下拿不回现金，但从岌岌可危的天食网这条破船跳上饭乎网这艘快艇总是好事儿。

在凌世杰的催逼之下，朱总不得不原则上接受换股并购要约，只是恳求多给点儿时间拟定具体的协议，因为换股比例等还需要精打细算。

王一维刚有些心软，凌世杰当即断然拒绝："朱总，你多考虑二十四小时，天食网的估价就会降低一千万……"凌世杰逼视着朱总，从牙缝里吐出两个字，"美金！"此时，凌世杰的言行举止已酷似他的师父柯立锋。

最终，朱总只得无视万宗海的意愿，自己做主接受城下之盟，凌世杰当即把喜讯传给了师婕。

听到师婕公布的这一消息，金融街威斯汀酒店的会议厅里立刻炸锅了。这消息表明团购赛道的殊死搏杀已近尾声，而师婕师徒主导投资的饭乎网已成为最后的赢家，一个重重的砝码无形中又加在了柯立锋阵营的天平上。

赵卫国见势不妙，立即宣布投票已经结束，却见李明远执拗地高高举着手。

"李董，我知道你支持柯立锋，但表决已经结束啦。"赵卫国调侃道，"你得接受现实，还是把手放下吧。"

"谁说我支持他？"李明远一脸认真地纠正，"我举手不是投票，是想提问。"

赵卫国哈哈大笑，冲着远在后排的柯立锋大声嘲弄道："老柯，听到没有？你的票又少一张。"转而以胜利者的姿态看着李明远，"李董，有什么问题你尽管问。"

李明远说："咱们刚才不是做了变更嘛，明日集团旗下有七家公司参投，每家份额都超过百分之一，不应该只有一票，而是七票。"

赵卫国的脑顶嗡的一声，顿感大事不好。李明远会前的变更还有刚才的提议，原来都是为了这一刻。看来，他一直都是脚踩两条船！李明远这个小人，真是知人知面不知心啊，枉我将他奉为上宾，枉我从未计较他当初与韦正雄暗通款曲。但事已至此，尽管赵卫国心里蹦出无数句国骂，嘴上却只能以礼相待，公事公办地挑着毛病："李董，即便有七票，你也只能代表你自己。因为你们事前没有提交一致行动人协议，所以你无法代表旗下实体投票。"

"这道理我懂，当然得他们各自拿主意，我不能剥夺他们的权利。"李明远直视赵卫国，"赵董，你也不能。"

"但是按照你刚才的提议，我们只允许现场投票，"赵卫国故作遗憾地双手一摊，"我们这么多人可没办法等那六位赶过来。"

李明远微微一笑，抬手指向会议厅大门："他们就在门外，难道这还不算身在现场？"

赵卫国应声跌坐在椅子上,从片刻前的胜券在握瞬间变成心如死灰。完了,彻底完了,无尽的绝望把他拖入黑漆漆的深渊。

门开了,明日集团下属六家公司的授权代表鱼贯进入会场,李明远做手势请大家安静,然后提议重新投票,有些人反对,但更多人赞成。

就在这时,一直默默站在会场后面的柯立锋稳步走上台,第一次开了口:"你们要我当这个基金的管理人,还要写进发起人协议,但是,你们就没想过至少该问我一句,我愿不愿意?"

众人先一愣,忙七嘴八舌劝柯立锋,说大家这么看中你,你可不要摆架子,更不能辜负大家的一片信任。

"我可以做这个管理人,但我有个条件,你们也要写进发起人协议,"柯立锋手指赵卫国,厉声说,"这个人,不得在黄埔担任任何职务,不得从事任何工作,连司机都不可以!"

众人愕然,继而传来几声嘀咕:"这有点儿过了……太绝情了……"

柯立锋丝毫不为所动:"难道你们愿意把钱投给一个内部纷争不断、彼此互相陷害的公司吗?!"

出资人面面相觑,世上没有不透风的墙,赵卫国和柯立锋的恩怨在圈子里已多少有所传闻。

"我看可以这样,"关键时刻又是李明远提议,"既然咱们都是黄埔这只新基金的出资人,就有权对黄埔的治理结构提出咱们的看法。不如干脆把'是否聘用柯立锋为基金管理人'的议案改为'对赵卫国的不信任案',如果不信任案获得多数支持,黄埔资本董事会就该顺应咱们这些出资人的呼声,除非他们不想要这只基金了。"

"同意!"

"没问题!"

"赞成!"

赵卫国绝望地看着这些资本的化身,一个个都是他亲自三顾茅庐、费尽唇舌恭请来的,昨时还称兄道弟、恨不能肝胆相照,今日却纷纷见

· 457 ·

利忘义、落井下石,他内心无比的悲凉,颤声说:"你们这是逼宫!是反客为主!是背信弃义!"但不管赵卫国怎样痛心疾首地斥责,一切都已经于事无补,更让他心碎的是,在场的黄埔员工无论级别高低,竟无一人站出来帮他,都在一旁痴痴地当个看客。

而众人所不知的是,李明远之所以在关键时刻倒向柯立锋,不仅是见风使舵,更是因为此前柯立锋已向他承诺,一旦自己掌管黄埔,便给李明远的明日集团最低的管理费率以及选取项目、分红和退出时的最优先权,并答应择机为李明远提供一个黄埔董事会的席位。

重新投票的结果是支持"对赵卫国不信任案"的达到三十三票,不仅超过半数,而且已超三分之二。更令人惊异的是,前一轮站在赵卫国一边的 LP 居然有九人倒戈。而只有柯立锋注意到,李明远和旗下新来的六个人是在眼见柯立锋一方已稳超半数后才举起了手。李明远这个老狐狸,柯立锋暗忖,原来自己许以重诺拉来的同盟军竟然直到最后一秒仍留有后手。逐利的资本真是永远只会站在胜利者一边,柯立锋想到此处,才发觉后背已汗涔涔的。

赵卫国独自坐在会议厅的角落里,仰天长叹,想不到资本如此残酷,十年创业维艰,结果自己竟然被一手缔造的投资公司和背后的资本无情地抛弃。

在热烈祝贺柯立锋荣任新时代人民币基金管理人的掌声中,赵卫国垂着头,拖着沉重的脚步,黯然退场。

几天后,黄埔资本召开临时董事会,为确保人民币新基金的成立,董事们决定聘任柯立锋为黄埔资本董事合伙人,负责公司全面管理;赵卫国不再担任任何职务,其在黄埔资本的股份将另行签订协议由其余股东回购,在回购前仍保留分红权,但不再有表决权,赵卫国就此彻底出局。

当天晚上,赵卫国约柯立锋在凌霄会所见面,还是那个鸿运厅包房,但桌上只有可怜的两样下酒菜。

赵卫国特意穿了身考究的羊绒套装,还染黑了头发,希望显得年轻点儿精神点儿,但愈加下垂的眼袋和浮肿的眼泡依然暴露出他这些天的疲惫和憔悴。

赵卫国一边给自己和柯立锋倒酒,一边感慨:"立锋,我果然被你取而代之了,说明我当初对你的预判没有错,提防更没错。"

"凡事儿都要讲个前因后果。"柯立锋没接酒杯,"我一直对你忠心耿耿,你不害我,我怎么会复仇?"

赵卫国把酒杯搁在桌上,摇摇头:"什么是因?什么是果?天底下谁能说得清。你想过没有,在你眼里的因,也许正是我眼里的果?"

"你这话什么意思?当初我做过任何对不起你的事儿吗?"

"你永远只站在你的角度看问题。卧榻之侧岂容他人鼾睡,这句古语听过吧?你在黄埔从来不把我放在眼里,动不动就说我是做咨询出身、不懂投资;你还说我做过的唯一正确决策就是把你请回国……"

柯立锋皱起眉头:"这些话我都是当着你的面半开玩笑讲的,我从来没在背后议论过你。"

"不仅当着我的面,也当着其他人的面!"赵卫国怒道,"你对我尚且如此,做事儿更从来不考虑别人。我念在咱俩的情分上,念在你功劳卓著,处处维护你、替你擦屁股。而你呢?把这一切都视作理所应当,越发一副功高盖主、无冕之王的架势。你居然怪我猜忌你?你说,哪个是因?哪个是果?咱俩究竟谁先对不起谁?"

"老赵,以我对你的了解,你绝不只是因为几句伤你面子的话就对我动了杀机,时至今日,还有什么原因是不能说的?"

"是啊,没什么不能说的。我早就看好中国未来的发展,因此才创立了黄埔,我更清楚在中国做投资公司,募集人民币基金才是大势所趋。2007年初,咱们就打算募集人民币基金,但那些急功近利的本土LP跟你一样狼性十足,我担心你们一拍即合、把我架空,所以就……你走后我仍然犹豫要不要搞新基金,韦正雄正是因为等不及才找磐石和李明远试图另起炉灶,等我终于下定决心,可到头来还是死在这只新基

· 459 ·

金上,死在你和那些本土 LP 手里,真是逃不过的劫数啊……"赵卫国满目悲凉,"希腊神话里有个老国王,听到预言说他会被自己的外孙杀死,吓得把女儿关起来不让任何人靠近,可他女儿竟怀了天神的孩子;等孩子生下来,他又把母子俩扔进大海,却又被海神救了。那孩子不仅没死,还越来越强大。老国王听说外孙要回来就赶紧跑,没想到半路遇到比赛,参赛的外孙扔铁饼,居然一下就不小心把老国王砸死了。这何止是预言,这就是宿命!无论我听天由命,还是想逆天改命,结局都一样。无论我信任你,还是猜忌你,无论我被动提防你,还是主动陷害你,你都会取代我。是我成就了你,而我的职业生涯注定毁在你手里,这就是你我的命!"

柯立锋默然良久才说:"你讲了这么多,但都不是理由。如果你认为我威胁到你,大可以让我走人,为什么要把我害得那么惨?!"

"我何尝不想点到为止?但我了解你的性格,你是睚眦必报的人,又从来不检讨自身。即便我只是请你离开,你照样会跟我反目成仇,想方设法打垮黄埔。所以这一切都是你性格使然,怨得了我吗?"

柯立锋没说话,但心里不得不承认,赵卫国看他确实入骨三分。

"还有,你恨 Vivian 背叛你,但你想过没有,冰冻三尺非一日之寒,这个果又是谁种下的因?你检讨过自己吗?导致她下狠手害你人财两空的根本原因,正是你自己!"

柯立锋心里咯噔一下,他从来没从这个角度审视过自己与 Vivian 的恩怨纠葛,不过嘴上却说:"我的私事儿就不劳你操心了。"

赵卫国自顾自喝了口酒,苦笑一下:"其实你我走到今天这步,与其说是我心太狠,倒不如说是因为我心太软……我原本只想让你蹲三年禁闭,期满后离黄埔越远越好,但没想到你被 Vivian 趁火打劫搞成净身出户。我当时看你那么可怜就动了恻隐之心,虽然后来动过几次念头想撵你走,但终究……唉,一招手软,满盘皆输。如果我铁了心不让你回黄埔,又何至于有后来发生的这一切……就像那个老国王,如果他狠下心杀掉女儿,女儿怎么会生下孩子?如果他狠下心把母子都杀

· 460 ·

掉,那个孩子又怎能长大成人?还是心太软啊……"

"你就是这么检讨自己的?只是力度与分寸拿捏得不太到位?"柯立锋冷哼一声,"我告诉你,不是火候问题,而是次序问题。一旦作恶就要恶到底,永远别再心存任何善念。"

赵卫国手中的筷子一抖,盯着柯立锋看了片刻,同情地说:"做投资,我不如你;做人,你不如我。你的狠、你的恶毒,是在你骨子里的。我即便做什么对不起别人的事儿,终究有个底线,起码我心知自己是在作恶。而你不同,你永远不会觉得内疚,你永远认为自己师出有名,所以你作起恶来没有底线。"

柯立锋沉下脸:"你今天约我就为说这些?你害得我几乎走投无路,难道是我咎由自取?时至今日你还想站在道德制高点上?"

赵卫国笑着摆手:"不说了,反正你永远听不进逆耳忠言。咱俩相交十几年,就算如今反目,但也曾经是兄弟,"他停顿良久才又怅惘地说,"可惜啊,我本来是把你当接班人的,可万没想到,你的心太急了。"

柯立锋也不免有些伤感,想了想说:"三年前那笔三百万罚金是你出的,虽然你是始作俑者,但一码归一码,这钱我会还你。"

"算啦,你欠我那么多,还得起吗?知遇之恩怎么还,恩将仇报又怎么还?钱这东西生不带来死不带走,我已经彻底看淡了。"

柯立锋眉毛一扬:"我欠你什么?不管是恩还是仇,你我已经两清了。"

赵卫国用筷子指点餐盘上嵌的"凌霄"二字,又抬头扫视包房,喃喃道:"凌霄……高处不胜寒啊,有谁能一直站在高处?"他举起酒杯,"最后给你提个醒,资本无情,今天可以背叛我,明天就能抛弃你。比如李明远,"赵卫国瞟一眼柯立锋,"又比如乔纳森……"

柯立锋全然不以为意,出于礼貌也举起酒杯笑道:"但总不能因为害怕明天就不过今天吧。"

赵卫国和柯立锋一起走出会所,没有感谢,没有致歉,也没有祝福,只是客套地互道再见。也许这个再见是再也不见。

有些人,可以共苦,但无法同甘;有些人,在某个路口相遇,注定会在另一个路口分别。

赵卫国看着柯立锋远去的背影,掏出手机按下师婕的号码,平静地说:"Jessie,是我,有些事儿现在应该告诉你了……"

重回云端的柯立锋志得意满地坐在原属赵卫国的办公室里,第一个召见的就是司机小卢。

"你还记得当初我问你的话吗?"柯立锋似笑非笑,"如果有朝一日当不成司机了,你怎么办?"

小卢吓得登时脸都白了:"老柯,哦不柯总,哦不柯董,我这人身上毛病是不少,但我可没做对不起您的事儿啊……"

"瞧把你紧张的,"柯立锋一本正经,"事到临头再着急也晚了,我早就提醒你要有风险意识。"

"风……风险……"小卢的舌头已经发硬,"您这是要炒了我吗?"

"反正这司机你是当不成了。"

小卢欲哭无泪,眼中满含哀怨。

柯立锋起身走到小卢面前,把手搭在他颤抖的肩头:"但是,你有同情心,你的善良就是你最好的保险。放心吧,我是个恩怨分明的人,会一直记着你曾经对我的关照。从今天起,你不用再走劳务公司外派了,你就是黄埔资本的正式员工,行政方面的事儿都归你管。"

小卢睁大眼睛直勾勾地望着柯立锋,半天才说:"您别逗我,就让我接着当司机就行。"

柯立锋的手上暗暗加力:"你还是头一个把我的话不当真的,是我看上去不够严肃?"

"哦不,我哪儿敢啊?柯董,您放心,我一定好好干!对了,不管您让我干什么,我都会照样给您开车!"

柯立锋笑着摆手:"现在给你第一个任务,请师婕到原来韦正雄的办公室见我。"

"得令!"小卢感恩戴德,欢天喜地领旨出了门。

师婕走进韦正雄那间办公室,看到柯立锋站在里面正四下打量,便立在一边默不作声。

"你对这里应该没什么美好的记忆吧?"柯立锋扭头看着师婕。

师婕皱起眉头,一脸厌弃:"只有恶感。"

"那我就以毒攻毒,治好你的心病。"柯立锋替师婕把大班椅拉出来,做个有请的手势,"从今往后,这就是黄埔资本投资管理事业部负责人师总的办公室,有什么要扔要换的随便你,重新装修一下也行。"

师婕依旧站在原地,并没往大班椅上坐,似乎对新任命和新处所都兴致缺缺,只淡淡地应了句:"这些等我回来再说吧。"

"回来?"柯立锋一怔,"你要去哪儿?"

"我想休息一段时间,太累了,脑子也很乱,想静下来重新梳理一下。"

"哦。"柯立锋难得对师婕表现出体贴和关切,"也好,你这几年确实很辛苦。打算去哪儿?"

"先回成都待几天陪陪父母,然后去拉萨。"

"拉萨?这季节合适吗?"

师婕莞尔一笑:"冬天的拉萨有最好的太阳。"

"哦,多晒太阳对你有好处,还可以调节情绪。准备什么时候走?"

"明天。"

"哦,这么急啊……"柯立锋局促地搓着手,像是下了番决心才问,"那你……不陪我过生日了?"

这下轮到师婕一怔,她显然没料到柯立锋会提起这个,顿时有些伤感,勉强挤出点儿笑容:"这次……恐怕不行,以后吧。对了,明年是你的整日子,不惑之年。"

柯立锋讪讪地道:"其实无所谓,就算是逢十生日也可过可不过。"

一阵沉默过后师婕说:"没别的事儿那我就去安排一下。"

"哦,好。"柯立锋回过神,"对了,麻烦你让凌世杰到我原来的办公室等我。"

师婕走到门口,回头凝视柯立锋:"师父,提前祝你生日快乐。"

柯立锋的嘴角动了动,没说什么,只笑着挥下手。

凌世杰站在已空置许久的那间办公室,抚今追昔、感慨万千,上次进来还是帮 Linda 把柯立锋的东西扔出去,没想到再次进来竟已过了三年之久。物已逝、人已非,房间里没有了大神,也没有了大神的东西,凌世杰却感觉离自己心中的大神如此之近。

柯立锋笑着走进来:"我都忘了这里什么样儿了,这么好的房间居然一直空着,可见没人愿意沾上我的晦气……"他环顾自己曾经运筹帷幄的地方,"2002 年我回国加入黄埔,2003 年黄埔搬进世贸大厦,我就坐进了这间办公室。那年我三十二岁。"他用手指了指脚下,"今后这里就属于你啦。"

"啊?"凌世杰不胜惶恐,"不合适吧?你刚提我当投资总监,我连合伙人都不是,怎么能坐你当初的办公室?"

柯立锋斜睨凌世杰:"怎么?你这是暗示我该升你当合伙人?"

凌世杰慌忙摆手:"不不,我哪儿敢啊……"

"这有什么不敢的?你比我小整整一轮,但现在的你已经赶上七年前的我。我相信,不出三五年你就会赶上现在的我,然后用不了多久你就会超越我。"

"怎么可能?"凌世杰挠着头笑,"你连四门功课还没教全,我上哪儿超越你?"

"你就这么急不可耐?放心,我不会猫教老虎留一手。"柯立锋摩挲着自己曾经坐过的椅子,深有感触地说,"做师父的心理都很复杂,既盼徒弟赶上自己又怕徒弟超过自己,但位子早晚被后生取代。"

凌世杰掏出那个小算盘放在桌上,动情地说:"师父,我向你保证,在我心里你永远都是我的师父。"

柯立锋被凌世杰的真诚打动,他拿起小算盘仔细地抚摸,多少往事涌上心头。他打开椅子后面的玻璃柜门,把小算盘摆放在架子上,端详着说:"这就是它原先所在的位置,唯一的不同是它如今属于你了。"他转过头看着凌世杰,"当初你加入黄埔,不就是想有朝一日成为我吗?现在,你已经做到了。"

(完)